乙女ゲームの悪役なんてどこかで聞いた話ですが 5

柏てん

Ten Kashiwa

レジーナ文庫

ミハイル

騎士団員。戦術の天才。
俺様気質で、周囲の人間を
よく振り回す。

ゲイル

騎士団員。ミハイルの側近。
強面（こわもて）だが、おおらかで
優しい性格。

ヴィサーク

リシェールの
契約精霊。

ラーフラ

気まぐれな木の精霊。

リシェール

乙女ゲーム世界の悪役に
転生した少女。
ひょんなことから悪役ルートの
回避に成功したが、
トラブル三昧の日々を送る。
メイユーズ王国を守るため、
体を成長させたのだけど……？

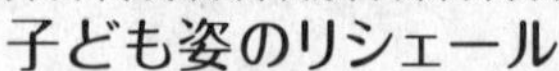

子ども姿のリシェール

登場人物
紹介

クェーサー
闇の精霊使いの
一族の末裔。
メイユーズ王国を
滅ぼそうとしている。
シリウス
魔導省の長官。
その正体は、天界から
人間界にやってきた
エルフ。
カノープス
メイユーズ王国の
近衛隊長。
仕事熱心で
真面目なエルフ。
シャナン
メイユーズ王国の王子。
本来の姿を取り戻し、
リシェールのことも
思い出したが……？
アラン
メリス侯爵家の現当主。
リシェールの実の叔父。

目次

乙女ゲームの悪役なんてどこかで聞いた話ですが 5

1周目　物語は動き出す

まさか本当に体を成長させることができるなんてね。

私は、目の前にある鏡をまじまじと見る。そこに映っているのは、痩(や)せた二十歳くらいの女性だった。床につくほど長く伸びた黒髪に、青灰色の瞳。体にシーツを巻きつけただけという姿だ。

これは私——リシェール・メリスが成長した姿である。

前世で普通のOLだった私は、車の運転中、道路に飛び出してきた子どもを避(よ)けて電信柱に激突した。そしてそのまま命を落とし、前世でプレイしていた乙女ゲームの世界に転生したらしい。

ちなみに、そのゲームは『恋するパレット〜空に描く魔導(まどう)の王国〜』というべたべたな名前。当時は略して『恋パレ』と呼ばれていた。

ゲームに登場するリシェールは、ヒロインの恋敵(こいがたき)——つまり悪役だ。しかも物語の結末で必ず不幸になるタイプの、かわいそうな役回りである。

そんな悪役に転生した私は、王都のスラム街に当たる下民街で生まれ育った。

そこで母と暮らしていたのだが、五歳の時に母を亡くした。それがきっかけで秘めていた強大な魔力を暴走させ、私は前世の記憶を取り戻したのだ。

その後、私の強大な力を利用しようと考えた実の父――メリス侯爵に引き取られたものの……

強すぎる魔力に体が耐えきれず、寝台の上で毎日苦しむばかりだった私。

そんな私を救ってくれたのは、ここメイユーズ王国の王太子であるシャナン殿下だ。

そして殿下だけでなく、ほかにもたくさんの人達に助けてもらい、今はリル・ステイシーと名乗って、新しい人生を送っている。

こうして図らずも悪役令嬢ルートを回避した私だったのだけれど――

私の前には今、別の困難が立ちはだかっていた。

私達の暮らすメイユーズ王国は、現在、闇の精霊使いクェーサーによる呪いに蝕まれている。エルフのシリウスがその呪いを抑えてくれているものの、彼は瀕死の状態にあった。

私にとっても、この国にとっても、シリウスはかけがえのない存在だ。

なんとかして彼を助けたい。

けれど、私もまたのっぴきならない状況にある。クェーサーは、どうやら私を狙っているようなのだ。

私の母は、闇の精霊使いの一族アドラスティアの末裔だったらしい。つまり、私もまたその血を引いているということ。

この国にかかった呪いはまだ完成しておらず、完成させるためには、強大な魔力とアドラスティアの血が必要となる。クェーサーは、私を使ってこの国を滅ぼすつもりでいるのだ。

一刻も早くシリウスを助けたい。でもその前に、まずクェーサーの手から逃れなければ――

そう焦る私に、助言をくれた人物がいた。それは、アドラスティアの血を引くパール・シー。彼女は私に、大人の体を手に入れなさいと言った。

その言葉が意味するところはまだわからないけれど、私は彼女の助言に従うことにした。時の魔導を使うベサミ・ドゥ・テイトの協力を得て体を成長させたのだ。

私は再び鏡に映る自分を見つめ、それから、傍らにいる男性に目を向けた。小麦色の肌をしていて、白銀の髪からは獣耳がのぞいている。彼は契約精霊のヴィサ君ことヴィサーク。人型を取った彼は、心配そうな表情を私に向けていた。

そんなヴィサ君の横には、木の精霊ラーフラが浮かんでいる。相変わらず、まりもにそっくりだ。

二人は、意識を失った私が目覚めるのを、待っていてくれたらしい。

「ヴィサ君、ラーフラ。私、とりあえずミーシャのところへ行ってくるね。そばにいてくれてありがとう」

体を成長させるという第一ミッションはクリア。でも、突拍子のないことをしてしまった私は、養母のミーシャに事情を説明しなくちゃいけない。それに、服も貸してほしい。

「俺も行く！」

「ヴィサ君は待ってて」

彼は精霊だけど、今は成人男性の姿だ。着替えることを考えると、同行はご遠慮願いたい。

しょんぼりしつつ頷(うなず)いたヴィサ君にお礼を言うと、私は自分の部屋を出た。

向かうはミーシャの寝室だ。

シーツを纏(まと)った姿で、廊下をおそるおそる歩く。幸運なことに誰とも会わなかった。

ミーシャの部屋の扉の前に立ち、私は深呼吸をする。

どんな風に説明すれば、私がリルだとミーシャに信じてもらえるだろうか？

成長する前と同じところなんて、髪と目の色ぐらいだ。

それ以外は、すべて違う。身長はミーシャと同じぐらい。伸びすぎた髪は床についているし、無理に成長したせいか、体はがりがりに痩（や）せている。

驚くのは間違いない。信じてもらえないかもしれないけれど、とにかく話してみるしかないだろう。

おそるおそる扉をノックしたが、返事はなかった。

眠っているのかと思い、静かにドアノブを回す。病弱な彼女は、たいていベッドの中にいるのだ。

部屋の中を覗（のぞ）くと、薄暗く、そして静まり返っていた。

天蓋（てんがい）付きのベッドの上で、布団が少しだけ盛り上がっている。

それがわずかに上下するのを見て、私はほっとした。

「ミーシャ、眠っているの？」

そう声をかけたら、布団がもぞりと動く。

「リル、なの？」

布団から、美しく儚（はかな）げな女性——ミーシャが顔を出す。

覚悟を決めてベッドに近づくと、ミーシャは一瞬息を詰めた。見知らぬ人物が入ってきた、と警戒しているのかもしれない。

どう説明しようか悩み、言葉が続かなかった。

部屋はしばし静まり返ったが、先に口を開いたのはミーシャだった。

「いつまで経っても目を覚まさないから、心配したじゃない！」

そう言うや否や、彼女は勢いよく体を起こして咳きこんだ。私は慌てて彼女に駆け寄り、背中をさする。

するとミーシャはぎゅっと強い力で私を抱きしめた。

ただ、先ほどの彼女の言葉の意味がわからない。

私は、ベサミから受け取った「時の魔導の矛盾」を使って体を成長させた。これは、シャナン殿下の体の成長を止めていた時に生じた矛盾だ。

とてつもない力がこめられた「時の魔導の矛盾」――それを呑みこんだ私はその力を受け止めきれず、しばらく気を失っていたようだ。とはいえ、それも数時間のことだと思っていた。だって、部屋も屋敷も、前に見た時と何も変わってなかったし……

「……そうだよ」

「どういうこと？」

「それはこちらのセリフよ。半年近くも目を覚まさないなんて！」

「は、半年⁉」

「そうよ。緑色の変な男の人が部屋に入るなって言うから、リルの無事を確かめることもできなかったの。本当に本当に心配したんだから。なんだかずいぶんと成長しているけど、無事ならとにかくよかったわ！」

緑色の男というのは、ラーフラのことだろう。まりもの姿でいることが多いけど、彼は人型だと緑髪の男性だ。いや、それより――

「いいいい、今何月なの⁉」

「今日から黒月よ」

その言葉に血の気が引いた。黒月とは、前世で言うところの十月。私が時の魔導の矛盾を呑んだのは緑月――五月だった。まさかそんなに眠っていたとは……

クェーサーがこの国にかけている呪術は、一族の祖であるアドラスティアを復活させ、この国を滅ぼすというもの。ミーシャの様子からすると、術はまだ完成していないようだが、今は一体どういう状況なのだろうか。

シリウスやシャナン王子も、どうなっているか――

慌てて部屋を出ようとしたら、ミーシャに引き留められた。

その拍子に、体に巻いていたシーツがはらりと落ちる。

「まったく。そんな格好でどこへ行くつもり？」

そう言うと、彼女は手元にあった呼び鈴を鳴らした。

びくびくしながら待っていると、すぐに古参の侍女がやってくる。

彼女は私の存在に驚いていたが、よけいなことは言わず、ミーシャの指示に従って私を着替えさせた。

着せてもらったのは、ハイウエストのワンピース。ミーシャの髪色と同じペールブルーで、優しい印象だ。

「もうレディになるのだから、私が切るわけにはいかないわね」

ミーシャはずっと私の髪を切ってくれていた。けれど今日は侍女に散髪を頼み、傍ら（かたわ）で私を見守ってくれる。

伸びすぎた髪は腰のあたりで切り揃えられ、丁寧にくしけずられて結（ゆ）われる。さらに侍女は淡く化粧まで施（ほどこ）してくれた。

身ぎれいにしてもらった私は、貧相なことは変わらないが、なんとか見られる姿になっていた。

「素敵ね。でもあなた、ちょっと痩（や）せすぎよ」

ベッドに腰かけ、ミーシャはそう言って笑う。

突然成長してしまった養女に対して、彼女はなんて寛大なのだろう。私がリルだとわかってくれたことにも驚いたけど、彼女の肝の据わりっぷりもすごい。

彼女はこういう突然の事態に強い。幼い頃から病を患っているからか、儚げな外見に反して芯が強いのだ。

「さあて。落ちついたところで、どういう事情なのか話してもらおうかしら？」

侍女を下がらせ、ミーシャはそう言って首を傾げた。

この国とシリウスを守るために体を成長させたことをざっくり説明すると、ミーシャは眉根を寄せる。

「まったく。テイト卿にも困ったものね。子どもにそんな危険なものを渡すなんて」

ミーシャがまず怒るのは、その部分に関してらしい。

「でも、私から頼んだんだから、ベサミ様は悪くないよ。いきなり無茶を言って困らせたのは、私の方なんだし……」

「とはいえ、この国にかけられた術とやらをどうにかするのは、大人の仕事でしょう？　どうしてリルがそんなことをしなくちゃならないの？　ありえないわ」

ミーシャが興奮してきたので、私は慌てて彼女をなだめる。体に障るからあまり興奮させないように、とお医者様にしつこく言われているのだ。

「いいの。自分で決めたことだもん。でも、体を成長させたあと、一体どうすればいいのか……」

パールから受けた指示は、体を成長させることだけ。話はそれからだと言われた。

なんとか彼女とコンタクトを取らなくてはいけない。

「ちょっと待って」

そう言うと、ミーシャは侍女を再び呼び出し、何事か言いつけた。

侍女は部屋を出たが、間(ま)もなく戻ってくる。そして白い封筒をミーシャに差し出した。

「あなた宛に来ていた手紙よ。差出人の名前がなかったから、どうしようかと困っていたの」

ミーシャから渡された封筒には、ただ私の名前だけが綴(つづ)られている。

中には一枚の便箋が入っていた。

その文面に目を走らせ、私は言葉を失う。

「なっ」

手紙はパールからだった。

そして『クェーサーの企(たくら)みを阻止するには、純潔を失うべし。術には漆黒(しっこく)の乙女の血が必要』と書かれている。

純潔とは、まさかあの純潔か。

だからパールは、体を成長させるようにと言ったのか。

いや、しかし九歳の子ども相手になんてことを言うんだ……

呆然としている隙に、ミーシャが私の手からさらりと便箋を奪っていく。

慌てて止めたが、間に合わなかった。

「まあ……」

ミーシャは無邪気な顔をしかめ、汚らわしいもののように便箋をつまんだ。

「これ、本当なの？　あなた、騙されてるんじゃない？」

彼女の疑問はもっともだ。パールの言葉に根拠はない。

しかしだからといって、何もしないわけにもいかない。

クェーサーの術について知っているのは、パールのみ。ほかに頼るアテはないのだから。

私には前世の記憶があり、精神年齢は立派に三十代だ。もしその行動が必要不可欠なのであれば……覚悟を決めようと思う。とはいえ、体が大人になったって、みんなからしたら九歳の少女だ。それで『純潔を失う』なんて、反対されるに決まっている。

ミーシャは今まで、私が行うどんな突拍子のないことも、温かく受け入れてくれた。

いつだって私を信じてくれた。

だから——今、私は腹を括る時なのかもしれない。

墓まで持っていくつもりだったけれど、信じてもらえないかもしれないけれど、ミーシャに話してみよう。

「ミーシャ。あのね、聞いてほしい話があるの」

「なあに、リル」

ミーシャはいつもの調子で答えてくれる。

私はぎゅっと手を握った。緊張で体が熱くなり、手のひらがじっとりと湿る。

「何言ってるのって思うだろうし、信じられなくて当然だと思う。でもね、頭がおかしくなったわけでも、嘘をついているわけでもなくて、本当のことなの。あのね、私……」

まくしたてるように早口でそこまで言って、息を吸った。そして——

「私、前世の記憶があるの」

その言葉を聞き、ミーシャは目を丸くする。

私は焦って、次々と言いつのる。

「前世ではもう大人でね、仕事もしてたんだけど、事故で死んじゃって。前の世界はこの世界と全然違う、魔力もない世界。でもちょっと似てるところもあるし、食べ物は近いものもあるから、前世で好きだったものを作ってみたりしてね。みんなに異国のものだって言ってきたものは、だいたい前世のものを再現したんだよ……っ！　えっと、だから何が言いたいかっていうと、私、本当は中身も大人なの！」

ほとんど息継ぎせず言いきった。

そんな私を、ミーシャはまん丸の目で見つめている。

——無理だ。さすがに信じてもらえない。

目の前が真っ暗になった気がした。覚悟はしていたものの、ショックが大きい。

すると、ミーシャが大きなため息をこぼした。

「なるほど、そういうわけだったのね」

「……え？」

「ずっと不思議だったのよ。リルって普通の子どもと違うでしょう？　誰も思いつかないようなことを知ってるし、大人顔負けの思考力と判断力だし。頼れる大人がいなかったから、こうなったのかしらと思ったけれど——そういうことなら納得だわ」

あっけらかんとしたミーシャの言葉に、私はぽかんとする。

ぱくぱくと口を開けたり閉じたりするだけで、声が出ない。

だって、こんなにあっさり信じてもらえるなんて、ありえるのだろうか。むしろわけがわからない！

「……え……、あの……ミーシャ？　私が嘘をついているかも、とか思わないの？　すっごくおかしなことを言ってるよ、私？」

「リルが変わったことを言うのは、前からでしょ。それに、嘘を言っていないのは、目を見ればわかるわ。もう四年もあなたの母親をやってるのよ？」

笑みを浮かべたミーシャの声は、なんだか力強い。

私は思わず彼女に抱きついた。

「ありがとう、ミーシャ」

「こちらこそ、話してくれてありがとう。……それで、リルはどなたかに純潔を捧げに行くの？」

ストレートな言葉に、私はたじろいだ。

「う……はい……。だって、私が今できることは、それしかないから」

「そう……。正直ね、リルにそんなことをさせるのは、抵抗があるわ。たとえ体が大人になって、中身も大人だったのだとしてもね。でも、あなたが自己犠牲の精神だけで行動するわけではないのなら――止めないことにする」

「え？」

私は首を傾げる。ミーシャは何が言いたいのだろう。

「相手のことをリルが本当に思っていて、その方もリルを大切にしてくれるのなら、応援するわ。けれどもこの国のためだけに純潔を捨てに行くのなら――屋敷から出すわけにはいきません。いい？」

それは強い母の宣言だった。

私は感動して声を出せず、ただ頷く。

するとミーシャは無邪気に笑った。

「やっぱり、リルには好きな人がいるのね」

「うん……って、え!?」

「誰かしら？　私の知っている人？」

「そ、それは……」

別に隠すようなことでもないが、なんだか恥ずかしい。

けれどミーシャがあまりにも嬉しそうに尋ねてくるものだから、私はその質問から逃げられなくなった。

「ミ、ミハイルだよ」

ミハイルは乙女ゲームの攻略対象の一人であり、赤髪の騎士団員だ。養父母であるゲイルとミーシャ同様、四年前から私の面倒を見てくれている。一緒に過ごすうちに、彼は私にとって特別になっていたのだ。

そう言うと、ミーシャは目を見開いたあと、にっこりと笑った。

「そうだったのね！　あの方なら安心だわ」

予想外の反応に、今度はこちらが目を丸くする。

驚いていると、ミーシャは私の肩に力強く手を置いた。

「行ってきなさい。あなたはとてもきれいだから、自信を持って。――伝わらなかった時には、ヤケを起こさず帰ってきてね。ほかに解決策はないか、私も一緒に考えるから」

ミーシャに後押しされ、私の心は固まった。

今すぐ、ミハイルのところへ行こう。

驚かれても、手酷く拒絶されても、あきらめない。

ミハイルのことが、私は大好きなのだから。

涙をこらえて精一杯頷（うなず）くと、私はミーシャの部屋を飛び出した。

屋敷から出た私を待っていたのは、ヴィサ君とまりも――ラーフラだった。

さっきまで人型だったヴィサ君は、いつもの小さな獣（けもの）姿に戻っていた。猫とも犬とも言える、シーサー似の姿だ。

それを見て、私は正直ほっとした。

「リル、着替えたんだな」

私のもとへ飛んでくるヴィサ君を抱きしめると、ふわふわの体から太陽のにおいがする。

半年近くも眠っていたと聞かされたからだろうか。その感触が妙に懐かしく感じられた。

「王子は命に別状がないようだ。お前が眠っていた間、国に大きな変化もない」

まりもが大儀そうに言った。そして、無言でじーっと見つめてくる。

「よかった……ありがとう、ラーフラ」

お礼を言うと、ラーフラは満足したように頷いた。

どうやら感謝待ちであったらしい。彼もずいぶん人間に馴染んだなあ。

とその時、ヴィサ君が真剣な声で私を呼んだ。

「リル」

私は思わず固まった。そういえば、目覚めたばかりの時に、人間界を捨てようと持ちかけられたんだった。

ヴィサ君が私を大切に思っているからだとわかってはいるが、私にはそんなことできない。だから断ってしまったのだけど――

一人と一匹の間に、気まずい沈黙が生まれる。

「ヴィサ君、あのね……」

言いよどんでいると、ヴィサ君が小さく笑った。

「わかってるよ。どこへでも連れてってやるから、乗れって」

そう言うと、彼は大きな獣(けもの)の姿に変身した。私はほっと安堵(あんど)の息をつく。

この世界で悔いのないように生きたいと言った私を、彼は受け止めてくれた。それだけでなく、手助けまでしてくれる。いつだってそうだったように。

私は泣きたくなった。

彼の寛大さに甘えるばかりの私は、少しでもヴィサ君に何かを返せているのだろうか？

「ありがとう。ごめんね、ヴィサ君」

「いいって。どんな状況になっても、俺がリルをずっとそばで守り続けるのは変わらないんだから」

大きな獣(けもの)が、照れたように背中を向ける。

私はその背を何度も撫(な)でてから、ゆっくりとまたがった。

「リル、横乗りになれ。せっかくきれいな格好してるんだから」

ヴィサ君がぶっきらぼうに言う。どうやら照れているらしい。

私は慌てて片方の足を引き抜き、横乗りになった。

「それで、どこに行くんだ？」

「それは――」

私が場所を指定すると、ヴィサ君は気に食わないと言いたげに鼻を鳴らした。

しばらくして、私達はメリス邸に到着した。ミハイルの実家に行ったら、彼はここにいるはずだと聞かされたからだ。

メリス邸に着くと、ヴィサ君は少し散歩をしてくると言って、まりもを引っ張って行ってしまった。そんな彼の心遣いが、とてもありがたい。

兄のアランが当主となったメリス侯爵家は、現在、借金返済のために屋敷をホテルに変え、メリスホテルとして営業している。ホテルの正面入口は、フットマンと宿泊客でごった返していた。私がいない半年の間も無事に営業できていたようで、ほっとする。

胸を撫で下ろしつつ、目立たないよう裏口から中に入った。

夕刻が迫っているからか、メイド服姿の従業員達が忙しく動き回っている。

誰にも見咎められないよう、こっそりとバックヤードを抜けて廊下に出た。

今の私の姿なら、宿泊客だと言えばなんとかなるだろう。ミーシャのおかげで、身なりはきちんとしているはずだ。

この家の間取りなら、誰よりも知っている。

とりあえず、オープニングセレモニーの際にミハイルが宿泊していた客室に向かう。

ミハイルの実家の使用人の話では、彼はこの五ヵ月間、家に戻っていないのだそうだ。

騎士団に出仕する時も、このホテルから城へ向かうらしい。

なぜだろうかと考えながら、飴色の廊下を進む。

連泊客専用のエリアにある目的の部屋には、掃除不要の札が下げてあった。

何度もためらってから、私はその扉をノックした。

もちろん今は、ここがミハイルの部屋ではない可能性もある。そしたら連泊客専用の部屋を虱潰しに探すか、どうにかして宿泊名簿を盗み見るか……

それにしても、決心して来たはずなのに、この期に及んで足がすくむ。

ミハイルに部屋にいてほしい気持ちと、いてほしくない気持ちが、同じ重みで圧しかかってきた。だって今から、体を成長させたことや前世のこと、純潔を捨てる必要があるという話までしなくてはいけない。

心臓が、胸を突き破（やぶ）って外に飛び出しそうだ。

部屋の中から物音がして、心臓が一際（ひときわ）大きく跳ねた。

この姿を、どう説明しよう？

どんな言葉で、好きだと伝えよう？

そして国を守るために、今すぐに抱いてほしい、なんて――言えるだろうか？

今まで子どもだからと甘えて、好き勝手言ってきた。

困らせるだろうし、最悪、手酷く拒否される可能性だってある。

緊張で肩が震えた。

考えすぎて、頭が真っ白になる。

キイと蝶番（ちょうつがい）のきしむ音がして、扉が開いた。

「ようこそいらっしゃいました。リシェール・メリス」

そう言って扉の内側できれいに笑ったのは、望む相手ではなかった。

それどころか、見覚えのあるホテルの部屋ですらない。

ただひたすらの闇。そこに白い顔が浮かんでいる。

「クェーサー」

その顔の持ち主の名前を、私は呆然とつぶやいた。

2周目　絡めとる蜘蛛の糸

私は何かに絡めとられたように、その場から動けなくなった。

見知った、けれどできることならこの先一生見たくなかった顔が、そこにあったからだ。

「なんであなたが……」

ようやく出た言葉はそれだけ。

緊張で喉にひどい渇きを感じた。

「ご挨拶だね？　僕に純潔を捧げに来てくれたんだろう？」

この男はどこまで知っているのだろう。

私の脳裏をそんな疑問が駆け抜ける。

だが同時に、それを考えても無駄だとも思う。

クェーサーは失われた古の術に通じている。人間の常識が通じないほど強力な術を扱う男に、そんなことを尋ねるのは愚問だ。

気づけばあたり一面、闇が広がっていた。三年前の内乱騒動で、クェーサーに闇の中に閉じこめられた時と一緒だ。

どんな小さな光も届かない、闇の牢獄(ろうごく)。

いや、今はそんなことよりも――

「ミハイルをどこへやったの!?」

甲高(かんだか)い自分の声が、まるで他人のもののように聞こえた。

「はは、心配するのは好きな男のことだけ？　養父のことはいいのか？」

クェーサーが楽しそうに言うのとは対照的に、私は怒りに燃える。

「ゲイルに何かしたら許さない！」

そういえば、家に養父ゲイルの姿は見当たらなかった。

上司であるミハイルと一緒にメリスホテルにいたとしても、おかしくない。

私が眠っている間に、クェーサーはメリスホテルに触手を伸ばしていたというのか。

だとしたら、兄のアランは？

私に協力してくれると約束してくれた友達、ルシアンやアルベルト、レヴィは？

何から尋ねればいい？　尋ねたところで、クェーサーが素直に答えるとは思えないけれど。

「何が、目的なの？」

半ば答えを知りながら、私はまずそう尋ねた。

「おや、すでに知っていると思ったけれどね」

クェーサーがそう言い、不意に白い手を伸ばしてきた。

「その顔、君のお母さんにそっくりだ。アドラスティア様に捧げるつもりだったが、惜しいね」

「お母さんを、知っているの？」

私の母はアドラスティア一族の末裔なのだと、パールに聞いた。母は私にはマリアンヌと名乗っていたけれど、本当の名はリベルタスと言うらしい。

「知っているさ。彼女は名うての殺し屋だった。一族の中でも随一の能力を誇り、いずれ一族の首領になると目されていた。それがどうだ？ 忌まわしい大陸の男にうつつをぬかし、あげく、流行病なんぞであっさり死ぬなんてな！ 寝床で死ぬような女じゃなかったのに、運命とはわからないものだ」

私を動揺させるための言葉だとわかっているのに、優しかった母が殺し屋だと言われたら、冷静ではいられなかった。

嘘だろう？ そう思うのに、クェーサーのあまりにも自信ありげな態度が心を弱らせる。

私を産む前に母がどんな生活をしていたのか、本人から聞いていない。

「けどなあ、リベルタスには感謝しているよ。なんせリシェール――君を産んでくれた」

「何言って……」

「太古の一族の者同様、強い魔力を持つ君なら、きっとアドラスティア様をよみがえらせることができるだろう。リベルタスも一族の役に立てて本望だろうさ！」

そう言うと同時に、彼の手から放たれた闇の精霊が、私を雁字搦めにする。

「くっ！」

すぐに逃れようともがくが、動くほどにそれは体に食いこむ。

「少し予定は早まったが、君が手に入ったのでよしとしよう」

「待って、ミハイルとゲイルは、みんなはどうしたの!?」

咄嗟にそう叫ぶと、クェーサーは不気味なほど優しい笑みを浮かべる。

「無意味に暴れられると手間だから教えておくが、彼らには手を出していない。あの部屋の入口をこの闇の空間につなげて、君が来るのを待っていただけさ。でも君が素直に従ってくれなかったら、これからどうなるかは――わからないな」

安堵で体から力が抜けた。

絶体絶命の事態からは脱していないけれど、大切な人達が無事だと聞いたら冷静になれた。

私はもがくのをやめ、クェーサーを見上げる。

抵抗は無駄だというあきらめと、彼の思うままにはさせないという怒り。ほかにも様々な気持ちが浮かぶ。

私は一体いつまで、この男の手のひらの上で踊らなくてはならないのだろう？

そのまま闇の空間に閉じこめられるかと思っていたのに、クェーサーはすぐに移動しはじめた。闇の空間から出ると、そこは現実世界だった。

「また、闇の空間に拘束すると思った？　君には前に、あそこから脱出されちゃったからね。同じ方法をもう一度使うほど、僕は愚かではないんだよ」

以前クェーサーによって闇の空間に捕らわれた時には、光の魔導を使って闇を払い、脱出することができた。

しかし、現実世界だとその方法は意味がない。

いつのまにか闇の精霊ではなく縄で拘束されていた私は、埃だらけの床に転がされていた。

暗くて、埃っぽいにおいがする。板敷きの床に、同じく木の板で覆われた天井。

粗末な建物の中のようで、その天井からところどころ光がもれている。

建物に何か特殊な術がかけられているのか、常に感じているヴィサ君との絆が今は感じられない。

ひどく心細くなってくる。

「それでは、君達にはこの娘の世話を頼みますね。生かさず殺さずで、よろしくお願いします」

そう言って、クェーサーは建物から出ていった。

クェーサーが声をかけていったのは、十歳前後の少年少女達だ。彼らはフード付きのローブを着ており、全員がおそろしいほど無表情だった。

身動きさえしなければ、等身大の人形だと思ったかもしれない。

彼らは生きている人間としての気配が希薄だった。

それから私は、その部屋で彼らに見張られることになった。

彼らはよけいな言葉を口にせず、ただ淡々と私に食事を与える。希望すれば足の縄のみ外されて、トイレに行けた。もちろん、毎回少女がついてくるのだが。

そうして過ごすうちに、私が閉じこめられているのは、隙間風の吹くあばら屋だとわかった。監禁生活三日目に雨が降った時には、雨漏(あまも)りしたほどボロボロだった。家具の類(たぐい)はほとんどない。

しばらくは大人しくして様子を見ることにしたが、そうするといろいろと考えてしまう。

ここはアドラスティア一族の隠れ家なのだろうか？

一族はアドラスティア商会として王都にもぐりこみ、商売だけでなく悪事を働いていた。

すでに王都から撤退したはずだが、ここがアドラスティア商会の持ち物だとすれば、まだ騎士団の捜査に引っかかっていない隠れ家ということになる。

焦りと、クェーサーに利用されるかもしれないという恐怖——私はそれらと戦った。

しかし声を荒らげたり暴れたりすれば、見張りの子ども達の警戒心をあおるだけだ。私は歯を食いしばって必死に耐える。

手が戒(いまし)められているので、ペンタクルを描いて魔導を使うこともできない。

しかも、今の私は急激に成長した体に慣れておらず、とてもじゃないが走ったり戦ったりはできそうにない。

ということで、私は自力での脱出ではなく、助けを呼ぶ方法を探すことにした。

この建物を出られたら、私と精神でつながっているヴィサ君ともコンタクトが取れるはずだ。

一度でも失敗すれば警戒されてしまうだろうから、チャンスは一度きり。

とにかく情報が必要だと、私は見張りがかわるごとに彼らに話しかけることにした。

しかし少年も少女も無表情のまま、私の話に返事一つしない。

本来なら外で遊び回っている年頃だろう。

それがこれほど従順にクェーサーの命令に従っているのだ。とてもじゃないが普通じゃない。

唯一反応を示したのは、彼らの中で最も体の小さい少女。首を傾げるだけの、ほんのわずかな反応だったが、私は希望を見出した。

それから私は、彼女が見張りの時に他愛ない話をするようになった。

見張りは一日三交代制で、だいたい二日に一度の割合でその子の番が回ってくる。

私は思いつくまま彼女に話をした。

雨上がりの空が好きなこと。風に揺れる花が好きなこと。

北にある街へリテナには温泉というものがあって、毎日熱いお湯が湧き上がってくるということ。

そこに浸かって眺める景色が好きなこと。

何か話していないと、私自身が冷静ではいられなかったのかもしれない。

そのせいか、子どもが興味を持ちそうな話をしようとは思わなかった。

自分を保つため、私は好きなものの話ばかりした。

いつもそばにはヴィサ君という精霊がいて、彼の優しさと、その白銀の毛並みが大好きなこと。

親に見捨てられた自分を引き取ってくれた、養父母が好きなこと。

最初は険悪だったけれど、兄と普通に話せるようになって嬉しかったこと。

そして外の世界には、私の好きな人がいること。

その人の夕焼け色の髪が、私はとても好きなこと——

たくさん話をしたけれど、少女は私の話になんの反応も示さなかった。

それでも私は話し続けた。

捕まってから十日ほど経った、ある日のこと。

目を覚ますと、ガラスもはまっていない簡素な窓の縁に、粗末な器に活けられた花がのっていた。光の粒子に紛れて瑞々しく咲く花は、大好きな夕焼け色。私は言葉をなくしてそれに見入った。

「きれいね……」

思わずそうつぶやくと、間近にいた見張りの少女がほんのかすかに笑った。

それは私が話しかけ続けた、一番年少と思われる少女だった。

その日から、少女はぽつりぽつりと私と話してくれるようになった。

聞けば、名前はないという。アドラスティア一族では十五歳で成人とされ、それまでは一人の人間として認めてもらえないのだそうだ。

そのため、一族の子どもは、四、五人のグループにまとめられ、年長の子どもが年少者の監督責任を持つという。

私を見張っているのも、そのグループの一つらしい。

もし母が私を連れて一族のもとに帰っていたら、おそらく私も同じように母と引き離されていたに違いない。

そう思うと、母が最悪の環境である下民街に潜伏してまで一族に戻らなかったのも、頷けた。

「でも、名前がないと呼びかけることもできなくて不便じゃない？」

私の言葉に、彼女は不思議そうな顔をするばかりだ。

名前を持つことが、ピンとこないらしい。

そんな彼女を、私は痛ましく思った。

「うーん……じゃあ、マリアって名前はどう？　私のお母さんは、マリアンヌっていうの」

母の本名はリベルタスで、マリアンヌという名前はメイユーズ王国に潜入するための偽名だった。

それでも私にとっては、マリアンヌという名前の方が、ずっと慕わしく感じられるのだ。

手足を縛られて床に転がされたまま言うセリフでもなかったが、私が提案すると少女は驚いたように目を丸くし、そしてふっと微笑んだ。

そうしていれば、とても可愛い普通の女の子だ。

光沢のあるダークグレーの髪と、飴玉みたいな桃色の目。彼女の笑顔は、まるで雪解けのあとに訪れた春のように、温かだった。

「マリア……マリア」

そう何度も繰り返しながら、彼女はおそるおそる自分を指差した。

「うん。あなたはマリア。気に入ってくれた？」

「……うん」

そう頷いてあどけなく笑う彼女に、私の胸はズキリと痛んだ。

――私は、彼女を利用してこのアジトを脱出しようとしている。

時は一刻を争う。

なにせ私は、この国を滅ぼそうとするクェーサーの野望を阻止しなければならないのだ。

でも、私が逃げ出したら、そのあと彼女はどんな目に遭うのだろう？

たとえマリアが苦しむかもしれなくても、私には逃げないという選択肢はない。

だから私は、その胸の痛みからそっと目を逸らした。

日が経つごとに、マリアは私に打ち解け、そしていろいろなことを話してくれるようになった。

ほかの子ども達とも、会話はほとんどないらしい。

しかもアドラスティア一族の子ども達は、己の魔力を制御するために、幼い頃から厳しい訓練をしなければならないそうだ。

大人の事情に振り回されながらもひたむきな彼女を見ていると、数年前の自分を思い出す。

彼女もまた、生き残るために必死に戦っている最中なのだ。

そんなマリアから、私は少しずつクェーサーのことを聞きだそうとした。

まず教えてもらえたのは、クェーサーが一族の祖であるアドラスティアの復活の儀式を行うために闇月――十一月を待っているということだった。

闇の魔力が最も強くなる闇月でなければ、アドラスティアを黄泉の国から呼び戻せないらしいのだ。

目が覚めたのが黒月――十月に入ってすぐだったから、闇月はもう目の前。

ためらっている暇などないのだ。

マリアと話していて、ほかにもわかったことがある。

それは見張りをしている子ども達はみんな、倫理観が希薄だということだ。

たとえば物を盗むことや、人を傷つけることを悪いことだとは思っていない。

命じられれば、やる。

命じられなければ、やらない。

判断基準はシンプルで、とても残酷だった。

私はクェーサーへの憎しみを深くせざるをえなかった。

本当だったら、彼らはまだ母親に甘えている時期なのに。

名付けたというだけで私に懐いてくれたマリアが愛おしく、そして切ない。

下民街にある銀星城に行った時も思ったことだ。そこには身寄りのない子ども達が、寄り添うように生きていた。

どうして子どもは皆、平等ではないのだろう？

自分では生まれる場所を選べない。

どの環境がよく、どの環境が悪いと断じるのは私の主観かもしれないが、それでも胸が深く痛むのだった。

――なんという偽善だろう。以前暮らした地球でだって、すべての子どもが平等というわけではなかったのに。

話をするたびに、マリアは饒舌になっていった。

ほかの子どもと交代する瞬間こそ大人しくしているが、足音が遠ざかると私のそばに座りこみ、様々な話をしてくれる。

私はそれに相槌を打つだけでよかった。

きっと彼女は、話を聞いてくれる大人に飢えていたのだろう。

「だからね、マリアは言ったの。リルに下手なことをしたら危ないんじゃないかって。クェーサー様が連れてくるぐらいだもん。リルはすごい人なんでしょ？」

話は、私の見張りをするグループの中でどんな話をしたか、という内容だった。

クェーサーの名前を聞き、私は心の中でピンと緊張の糸を張る。

「クェーサーは、マリア達にとってどんな存在なの？」

おそるおそるそう尋ねると、マリアはにっこりと笑って言った。

ここ数日で、ずいぶんと表情豊かになったものだ。

「クェーサー様はね、私達の救世主なの。大人の人達が、みんなそう言ってたよ。〝大陸のけがれたぶんめいを洗い流して、あたらしいちつじょをそうぞうする〟んだって」

明らかに意味をわかっていない言葉が、マリアの口からするするとこぼれた。

〝洗い流す〟とは、一体どういうことなのだろうか？

パールは、それが起これぱメイユーズ王国どころか大陸全体が危ないと言っていた。

大陸には多くの国がある。アドラスティア一族はかつて大陸から排斥されたため、大陸を恨んでいるのだ。

背筋に不穏な予感が走り、私の体は震えた。

「リル、寒いの？　おふとん持ってこようか？」

マリアが心配そうに、私の顔を覗きこんでくる。

大丈夫だよ、と自分に言い聞かせるように何度もつぶやいた。

一日の大半を縛られて、床に転がされて過ごす生活にも、大分慣れた。

マリアが見張りについている時だけ、私は体を起こしてもらって多少の人間らしさを取り戻す。

トイレに行ったあと、私は勇気を出してマリアにお願いしてみた。

「ごめんね、マリア。そっと縛ってもらっていいかな？　手首が擦れて痛くて……」

いくら仲良くなったとはいえ、彼女はアドラスティア側の人間だ。そう懇願すること

で、築いた信頼関係を失ったらどうしよう。

長くそんな風にためらっていたので、口に出した瞬間は心臓が破けそうなぐらいドキ

ドキした。

マリアは不思議そうに私を見上げ、しばらく何かを考えている風だった。

しかしゆっくりと一度だけ頷くと、結びかけていたロープを解いてくれる。

「じゃあ、マリアが見張ってる間だけ外しておいてあげる。ね、特別よ？」

そう言ってにっこりと笑った彼女に、私の胸は罪悪感と喜びでないまぜになった。

「大丈夫？　お兄ちゃんやお姉ちゃん達に怒られたりしない？」

「大丈夫！　今日はマリア以外みんなお出かけしてるの。だからいつもより長くおしゃ

べりできるよ！」

マリアがそう言って身を乗り出した。私の鼓動がばくばくと鳴る。

――だとしたら、今日はこのアジトに私とマリアしかいないということか？

そしてそのマリアは、私に同情して手足の縄を外してくれるつもりのようだ。

監禁がはじまって、半月以上が過ぎた。

新しい体にもずいぶん慣れ、皮肉なことに充分な休息を取ることができた。

与えられる食事のおかげで、骨と皮だけだった体にもうっすらと脂肪がついている。

逃げるなら、今がチャンスだ。

闇月(あんげつ)はもう迫(せま)ってきている。

——でも、そしたらマリアはどうなるの？

こめかみを、つうと汗が伝(つた)い落ちる。

短い間にもかかわらず、こんなに私に懐(なつ)いてくれたマリア。

私を逃がしたと知られたら、彼女は無事ではいられないだろう。

子ども達を人とも思っていない集団だ。始末されても、おかしくない。

——どうする？　逃げるか、否(いな)か。

先延ばしにしていた決断を迫(せま)られていた。

いいや、覚悟はしていたはずだ。クェーサーの企(たくら)みを成就(じょうじゅ)させるわけにはいかない。

私は後ろ手をそっと床につけた。マリアからは死角になる位置に、指を置く。

そして爪で床板を削(けず)ってペンタクルを描こうとした、その時だった。

「お姉ちゃん？　何してるの？」

そう言って、マリアが首を傾げた。

「魔導を使うつもり？　お姉ちゃんの周りの魔法粒子が騒いでるよ」

ギクリと、体の動きを止める。

彼女が闇の属性だというのは、彼女の周囲に漂う粒子で知っていた。だから違う属性のペンタクルを使おうとしていたのに、気づかれてしまうなんて。

心臓がドクドクと高鳴る。

汗が顎を伝って落ちていった。

マリアは満面の笑みを浮かべて、口を開く。

「ねえ、お姉ちゃん……」

＊　✣　＊

黒月の初日、ミハイルはゲイルとともにステイシー邸に向かっていた。

リルが自室で眠りについたと彼女の契約精霊に告げられたのは、五ヵ月前。

クェーサーに関する調査が進展を見せ、何もかもこれからという時だった。

周囲の人間は驚き、気を揉んだが、白い巨体を現したリルの契約精霊が、今は見守るしかないのだとミハイル達に伝えた。そして緑の精霊が彼女の部屋への入室も禁じたのだ。

精霊達はリルがそうなった原因を告げることなく消え去り、そして今に至る。

この五ヵ月間、ミハイルは家に帰らず、メリスホテルに寝泊まりしていた。リルがはじめたメリスホテルにいる方が、実家にいるより心が落ちついたからだ。

馬にまたがりながらミハイルが思うのは、これから見舞う、およそ常識が通用しない子どものこと。ステイシー邸に行ったところでリルに会えはしないが、彼は時々、様子を見に行っていた。

リルという娘は、いつもミハイルの想像を軽く超えてくる。

四年前に面白がって王都に連れてきたはいいが、こちらは振り回される一方だ。

そう思いつつも、彼の口元に自然と浮かぶのは、寂しげな笑みだった。

娘のような、と言うのは大げさだが、十歳以上も年の離れた少女。

それなのに、思い出すと胸が震える。

婚約者を喪って以来、ミハイルは女性に嫌悪感を抱いてしまっていた。

なぜなら婚約者だったリルカは、ミハイルとの関係を妬む令嬢に呼び出されて事故死したからだ。

以来、騎士団に入ったミハイルは、極力女性と関わらないように生きてきた。

リルだって年の差がなければ、そばに置かなかった。

退屈な馬上で、ミハイルは過去を振り返る。

過去とはいっても、ほんの数ヵ月前の出来事だ。

仕事で行った街トステオ。そこで出会った魔女マーサは、ミハイルを洗脳し、己こそが彼の婚約者たらんとした。

彼女の魔法は、ミハイルにとって居心地の悪いものではなかった。

騎士としての任務を忘れ、婚約者のフリをした魔女と暮らす日々。

それはミハイルが失った未来だった。

けれどリルによってその正体を暴かれたマーサは、ミハイルを道連れに死のうとした。

リルカの死んだ湖で。

それを体を張って止めたのもまた、リルだった。

途切れ途切れの意識の中で、ミハイルは確かに聞いたのだ。

『私が一緒に死んであげる』という、リルの叫び声を。

今、その言葉を思い出して感じるのは単純な怒りだ。

簡単に身代わりになろうとするリルに、そしてマーサに心を奪われていた自分に。

そして半死半生の淵を彷徨ったミハイルは、その湖でリルカと再会した。

あれが本物のリルカだったのか、それともそうではないのか、わからない。

ただ、彼女の死を悲しむばかりでは、リルカは決して喜ばないだろうということはわかった。

自分にそれを教えてくれたのはリルだ。

そして、ミハイルを無味乾燥な日々から救い出したのもまた、リルだった。

気がつけば、ミハイルはその少女を誰よりも大切に思っていた。誰よりも愛しいと思っていた。

だから残りの生涯をすべて懸けて、あの娘には恩返しをしようと思う。

それは義務感ではなく、ミハイル自身がそうしたいと強く願っているのだ。

もちろんこの先時が経てば、彼女は愛する人を得て、ミハイルを置いていくかもしれない。

けれど、それでもいい。

なぜなら、彼女からはもう充分に与えてもらったのだから。

あとは返すだけ。

そんな人生を、ミハイルは愉快に、そして楽しみに思う。

――だから、早く目覚めてくれ。リル。

切実な願いを胸のうちでつぶやく。

ステイシー邸に着くと、見知った使用人に手綱を預けた。

そしてミハイルはゲイルとともに屋敷に入る。

そこで待ち構えていたのは、ゲイルの奥方ミーシャだ。

彼女は愛する夫ではなく、ミハイルを見て喜びの表情を浮かべたあと、何かに気がついて片眉を上げた。

「あら、リルはご一緒ではありませんでしたの？」

そしてそのすぐあと、彼女からリルの目覚めと成長という衝撃的な事実を知らされたのだった。

ミーシャから事の次第を聞いたミハイルとゲイルは、ミハイルの実家とメリスホテルを駆け回った。しかし肝心のリルは、また姿をくらましてしまったらしい。

困った二人は、リルに手を貸したという時の精霊と人間のハーフ――王太子の側仕えであるベサミ・ドゥ・テイトを捕まえようとした。

急いで城に向かうと、ベサミはいつも通りシャナン王子のそばにいることがわかった。

しかし彼は多忙で、面会はなんとひと月待ちだという。

もちろん、そんなに待ってはいられない。ミハイル達は奥の手を使うことにした。

「用件は手短に頼む」

押しかけた部屋の主（あるじ）は、執務机の向こうから冷たい口調で言った。元騎士団副団長でありき救国の騎士と名高い、カノープス・ブライク近衛（このえ）隊長だ。

一時（いっとき）はリルを従者としていた人物である。事情を話せば、きっといいように取り計らってくれるだろう。

しかし、面会の許可が出たとはいえ、彼はなぜかひどく慌てている様子だ。

騎士団の執務室ではきちんと整理整頓していた彼が、今は崩れそうなほど書類を積み上げた部屋であれこれと指示を出していた。整理する暇もないということだろう。

現在のメイユーズ王国の運営は、偏（ひとえ）に彼とベサミの肩にかかっている。

今年のはじめに起きたメリス侯爵家の騒ぎを機に、貴族を束ねる円卓会議が国政に対する発言権を失ったせいだ。

国王は以前より、床（とこ）に臥（ふ）せっている。だから、王の部下と円卓会議で国政の協議をしていたのだが、今はそれもできない。そういうわけで、王子の側近である二人が実質的に国を支えていた。

カノープスの多忙ぶりを見て、ミハイルはすぐに本題に入った。

「ここにいるゲイル・ステイシーの養女、リル・ステイシーが姿を消しました。かつて隊長の従者をしていた、あのルイです。状況からテイト卿が関わっているものと思われます。ぜひカノープス近衛隊長にご助力をお願いできればと」

ミハイルの言葉に、カノープスはペンを走らせていた手を止めた。

「なぜベサミがそれに関わっていると？」

「彼女の義母が、本人からそう聞いたと言っています」

ミハイルが口にできたのはそこまでだった。

ドンッと乱暴な音がして、ミハイル達の背後にあった扉が開かれる。

部屋に飛びこんできたのは、見覚えのない金髪の若者。そして後ろに続くのは、探し人である紫の巻毛の青年ベサミだ。

「リルがどうしたって!?」

ミハイルとゲイルは言葉をなくした。

金髪の青年は、細部まで精緻な刺繍の施された青いジュストコール姿だ。貴族でもかなり高位と思われた。

いや、貴族ではない、とミハイルは考え直す。

まだ幼さを残す青年の顔には、見覚えがあった。

「まさか……王太子殿下？」

唖然としたミハイルの言葉に、ベサミが冷たい眼差しを向ける。

「カノープス。この二人は？」

尋ねられて、カノープスは大きなため息をついて立ち上がった。

そしてベサミに負けない鋭さで、凍えた視線を返し答える。

「尋ねたいのは私の方だ。やはり貴様、リルを利用したな」

カノープスの不穏な問いかけに、ミハイルとゲイルは体を硬くした。

金髪の青年が叫ぶ。

「どういうことだ、ベサミ！　リルに何をした⁉　まさか私の〝時〟が戻ったのと、関係があるんじゃないだろうな？」

問いかけの形を取りながらも、半ばそう確信しているのだろう。彼の青緑の目が戸惑いと怒りで揺れている。

そしてその言葉に、ミハイルは彼が王太子シャナン・ディゴール・メイユーズであると確信した。

王子は病にかかっていて、御年十一歳なのだが、数年前からほとんど成長しない体だと言われていた。どうやら彼は、なんらかの魔導により己の時を失っていたらしい。

しかしこのままでは、話はどんどん本題からずれていくばかりだ。

不敬を承知で、ミハイルは話に割って入る。

「そのリルが、姿を消しました。テイト卿、何かご存じではありませんか？」

部屋が静まり返る。

ミハイルの金の瞳が、獣のように鋭く光っていた。

「私は頼まれて方法を教えただけ。決断したのはアレ自身だ」

いかにも不服そうに、ベサミは顔をしかめる。

「なんだとっ」

王子の顔がさらに険しくなった。

人情家だが理知的な彼が、側付きにそんな顔をするのは珍しいことだ。

「それで、その大人になったリルとやらは、今どこにいる」

近衛隊長の声は冷静だ。

全員の視線が、ベサミに集中する。

彼は驚くほど、大きなため息をついた。

「知らない。確かに体の時を進める方法は教えたが、そのあとは勝手にどこかへ消えた。それも半年近く前のことで、以来会っていない」

「そんなばかな！」

王子が叫ぶ。

熱心な側仕えの仮面を捨て、ベサミは主に目を向けた。

「真実です。アレは勝手にあちこち動き回る。それは誰もが知っていることです」

確かに、リルがすぐ暴走することは、王子を除く全員が頷く事実だ。

王子は、唖然とした顔になった。一方ミハイルは、王子の取り乱しように驚いていた。

王子とリルを単なる学友と思っていたが、それだけではなさそうだ。

「とにかく、今重要なのは彼女がどこに行ったのかということです」

ミハイルは内心焦っていたが、言葉は理性を保っている。

「またクェーサーが関係している可能性もあります。我々は、シリウス長官のためにこの国にかけられた呪術を解きたいと、リルに協力を求められていました。我々が危惧しているのは、その動きを悟られてリルが囚われたのではないかということです」

ミハイルの言葉に、部屋の空気が凍りついた。

次に口を開いたのは、カノープスだ。

「――非常に残念だが、その可能性は否定できないだろうな。彼女には強力かつ大陸一の速さを持つ精霊ヴィサークがついている。並大抵のトラブルであれば、自分で対処して戻ってこられるはずだ。それができずにいるということは、クェーサークラスの強力な術者が関わっていると考える方が自然だろう」

一度言葉を切ると眼鏡を外し、カノープスは皺の寄った眉間を揉みほぐした。

「しかし大々的に動いて、向こうにこちらが警戒していると悟られたくない。私は魔導省と協力して彼らがいる場所を割り出すから、君達は大人しく待機していてくれ」

魔導省とは、魔導に関する国家事業を行う部署で、その能力は極めて高い。

「そんな！」

カノープスの言葉に、ミハイルが非難の声を上げる。

「何か私達にできることはありませんか⁉」

それにゲイルも続く。

リルを探しに来たのに、蚊帳の外に出されるなんて、たまったものではない。

「下手に動いて、あの娘を危険にさらしてもいいのか？　君達の協力が必要ならば、すぐに知らせる。ただ、それまでは待機していてほしい」

そう言いおいて、カノープスはあわただしく部屋を出ていった。

先ほどの言葉通り、魔導省に向かうのだろう。

手詰まりか。

思わず舌打ちをしたミハイルに、思わぬところから救いの手が差し出された。

「お前達は私と来い。これからリルの捜索本部を立ち上げる」

言うや否や扉に向かったのは、シャナン王子だ。

「は!? 殿下、何を言っていらっしゃるんですか!」

先ほどから気だるげな態度を崩さなかったベサミが、驚きの声を上げた。

ミハイルとゲイルは、呆気にとられて王子を見る。王子自らリルを探そうとするなど、予想外だ。

「リルがいなくなったと聞いて、放っておけるか!」

「しかしっ!」

ベサミを振り切るように、シャナンは部屋の外に出ていく。

「ついてこい」

呆然としていたミハイルとゲイルが、主の命令に従う。

一人取り残されたベサミは、こんなはずではなかったと苛立たしげに舌打ちし、そのあとに続いた。

＊
❖
＊

「ねえ、お姉ちゃん。ここから逃がしてあげようか？」

そうあっけらかんと言ったマリアに、私は驚いて口がきけなくなった。

「だって、いっつも縛られてて痛そうだし。それにマリア、お姉ちゃんともっとずっと一緒にいたいの。でも見張りのお役目はたまにしか回ってこないし……」

マリアはそう言って、悲しそうな顔をした。

彼女は私と過ごす時間が短いと心から嘆いており、自分の申し出が組織を裏切るものだという認識は薄いようだった。

もしバレたりすれば、最悪、命がないにもかかわらず。

「でも、私が逃げたら、マリアはその……周りの大人に怒られちゃうんじゃない？」

渡りに船の申し出だというのに、あまりにもあっけらかんとしているので、私はついそう尋ねてしまった。

「別に、怒られたりしないよ？　ただ、バレて捕まったら、消されるだけじゃないかな？失敗した子は、みんな帰ってこないもん」

訂正。彼女は最悪の事態を考えていないわけではない。ただ、それをなんとも思っていないだけだった。

「ねえ、一緒に逃げようよ。マリアね、行きたいところがあるの。見たいものがあるの」

マリアは目を輝かせて身を乗り出す。

そんな彼女は普通の子どもと変わらなかった。初めて見た時の、無口で表情のない子どもはどこかに行ってしまったようだ。

「うん。わかった」

私は覚悟を決めた。

こうなったら、マリアを連れて逃げて、自分がアドラスティアから守ればいい。そう決心したのだ。

私は思わず彼女を抱きしめた。

マリアは驚いた様子で、モジモジする。

「えへへ、このぎゅってやつ、気持ちいいね」

照れたように笑う彼女が、愛(いと)おしくて仕方ない。

思わず涙をこぼした私を、マリアは不思議そうに見上げた。

マリアに手を引かれ、私達は急いで隠れ家の外に出た。

陽は完全に沈み切っており、あたりには雑然とした街並みが広がっている。

道路は舗装されておらず、土が剝き出しになっている。それだけで、ここが下民街であるとわかった。

「走って！」

私はマリアの手を引き、必死になって走った。

ほかの子ども達が戻ってくる前に、できるだけあの建物から離れなければいけない。

下民街ならば、土地勘は少なからずある。

王都の中心にある城を目印に、馬車など到底通れそうもない細い九十九折りの通りを進む。

追手も心配だが、進むうちにもっと恐ろしいことを思い出した。それは、下民街の治安の悪さだ。

夜に女と子どもの二人連れという組み合わせが、どれほど無防備であるか。

それを私は嫌というほど知っていた。

たまに、道脇にたむろしている破落戸達とすれ違う。

あまり外に出ないのか、マリアは物珍しそうに周囲を見回していた。

それが破落戸の目に留まってしまわないか心配で、いっそ抱え上げたかったが、今の私には体力がなさすぎて無理そうだ。

「お姉ちゃん、どこへ行くの？」

尋ねられ、息を弾ませながら言う。

「はぁ、はぁ、大丈夫。ちょっと知り合いのところ！」

そう言って、私達は危険な街を駆け抜けた。

そしてついに、今にも崩れ落ちそうなその〝城〟にたどり着く。

建物に入ったことで、私はほっと安堵の息をもらす。

「誰だお前達は！」

かけられた言葉は、半ば予想通りだ。

飛びこんだ室内には、幾人かの少年がいた。

ここは下民街に作られた、身寄りのない子ども達の城――銀星城だ。

以前来た時と比べて人の気配が少ないのは、ここにいた子ども達の多くが、私と友人の運営する工房に移ったからだろう。

工房では、子ども達に働いてもらうかわりに、清潔で安全な生活を提供している。

「銀星王を呼んで！」

　カラカラの喉で、私は精一杯叫んだ。

　少年達は、私達を警戒するように取り囲む。

「女、お前どこから来た？　子どもでも捨てに来たのか？」

　口を開いたのは、一際体格の大きい少年だった。もう青年と呼んでもいいかもしれない。彼の声音は皮肉に満ちていた。

　少年達が私達にじりじりと近づいてくる。

　もうほとんど、大人と変わらない体格の少年達だ。取り囲まれれば迫力があった。

「はぁ、お願い……銀星王に会わせて。急用があるのっ」

　目の前に立つ一番体格のいい少年を、私はじっと見つめた。

　炎の明かりがいくつかあるだけの薄暗い室内で、少年は値踏みするように私をねめつけている。

「おねえちゃんをいじめないで！」

　そう言って私と少年の前に割りこむマリア。

　私は慌てて、彼女の小さな背中を抱きしめる。

　銀星城の子ども達は、子どもの味方だ。しかしもし万が一、彼女が傷つけられることがあったら――

そう思うと、ひどく恐ろしかった。

自分が暴力を振るわれるよりも、よっぽど怖い。

「ふん。ガキに好かれてるみたいだな」

少年が、つまらなそうに吐き捨てる。

彼は私のことを、子どもを捨てに来たと思いこんでいるらしい。

そんな母親は少なくないと、以前――ここで『王』を務めている友人レヴィが言っていたのを思い出す。

何があってもすぐ盾になれるよう、私は強くマリアの体を抱きしめた。

私と少年達の間に、重い沈黙が流れる。

「おい、それぐらいにしておけ」

そんな声とともに、部屋の奥から男が現れる。

頭に巻いた布。そして見覚えのある顔かたち。

安堵した私は、思わず地面に崩れ落ちる。

「レヴィ……」

乙女ゲームの攻略対象の一人、レヴィ・ガラット・マーシャル。

お目当ての人物が、銀の髪を布で覆い隠し、いつも通りのいけ好かない顔でそこに立っている。

彼は猛禽のように鋭い眼差しを向けてきた。私のかつての学友で、工房の共同経営者でもある。

「先代！」

体格のいい少年が叫ぶ。

ああ、そうか。そういえばレヴィはアランと同い年で、今年のはじめに十三歳になった。もう成人して、銀星王は引退していたのか。

銀星王は下民街の子ども達を統制する王。成人すれば、もうそのコミュニティの中にはいられなくなるらしい。

それはさておき、レヴィはいつもの余裕の表情を崩し、目を見開いていた。見覚えのない女に名前を呼ばれて驚いたのかもしれない。

「誰だ？」

レヴィは私を睨みつける。口元には、笑みを浮かべたまま。

その顔は獲物を嬲る獅子のように凶悪だ。

「あ……事情を説明するから、人払いをしてほしい。大切な話があるの」

そう言うと、レヴィはしばらく考える素振りをした。

「先代！　こんな女の言うことなんて……」

「――いいだろう。ウィリー、奥を借りるぞ」

体格のいい少年は、ウィリーと言うらしい。

「そんな、信じるんですか⁉」

彼はレヴィの決断に異を唱えたが、すぐに口を閉ざす。

「俺がいつ口答えを許した？」

レヴィの低く冷たい声が響く。

少年達は押し黙ってしまった。

「王位こそ譲ったが、俺の王は俺自身だ。お前の指図は受けない。来い、女」

レヴィの指示に従って、私達は建物の奥へ向かう。

室内は以前来た時と変わらず雑然としており、風が吹くたびにどこかがキシキシと音を立てた。

マリアは私に手を引かれながら、やはり物珍しげに周囲を見回している。

突き当たりの広い部屋に入ると、おんぼろな建物にそぐわない布張りの豪勢な椅子があった。それは初めてここを訪れた時、レヴィが座っていた玉座だ。

その日のことを、私は懐かしく思い出す。

前世の知識を頼りにたどり着いたこの場所で、私は彼と出会った。

「ここまで来れば、誰にも聞こえないだろう。じゃあ、話してもらうぞ。どうしてお前は、俺の名前を知ってる？」

「……以前も、ここでレヴィと話をしたね」

思わずそう言うと、レヴィが顔をしかめる。

「お前に会った覚えはない。遊びに付き合う義理はない」

「私もそんなつもりはない。ただ、どう説明していいのか……」

思わず言いよどむ。

時の魔導の薬を呑んで体を成長させた、と言ったところで、信じてもらえるのだろうか？

荒唐無稽すぎて、自分で自分のしたことが信じられないくらいなのに。

しかし、だからといって嘘を言っても意味がない。

「信じてもらえないかもしれないけど、私はリルなんだ。リル・ステイシー」

レヴィが呆れた顔をする。

「どんな嘘を言うかと思えば……」

「嘘じゃない！」

「嘘じゃないもなにも、リルはまだ十歳にもならないガキだ。名を騙るなら、もっとほかにいるだろう。それにあいつは今……」

「嘘じゃないってば！　学習室にルイとして潜入していた、リルだ。時の魔導の薬で姿を変えたんだよ」

「はっ、馬鹿馬鹿しい。ならば初めてここで会った時、俺がリルに何をしたか言ってみろ」

蔑むようにレヴィが言うので、私はキレた。

「私のファーストキスを奪っていきやがったんだろぉが！　このエロ子爵!!」

売り言葉に買い言葉でそう叫ぶと、レヴィは呆気にとられて私を見つめた。

「私達は追われているんだ」

あれからすったもんだの末、レヴィはなんとか私がリルであると信じてくれた。

いや、それはあくまで言葉だけで、彼の顔には明らかに半信半疑と書いてあるが。

「相手は？」

「アドラスティアの連中。ここ半月くらい囚われていて、今日隙を見てやっと逃げ出したんだ」

私がそう言うと、レヴィは頭をがりがりと掻いてため息をついた。

「その名を知ってるってことは、お前、やっぱりリルなんだな」

「さっきからそう言ってるでしょ！」

「突然成長しましたって言われて、そうそう信用できるか！　そんな夢見がちなヤツに銀星王なんぞ任せたら、すぐに大人の食い物にされちまうだろ」

「あ、そういえば、銀星王はもう引退したんだね。さっきの大きい子が、新しい銀星王なの？」

「ウィリーな。あれで一応統率力はあるんだが、融通が利かない。なんとかうまくまとめていってくれればいいが」

後継を心配するレヴィは、なんだかお兄さんぶっていて、ちょっとおかしかった。

「引退してからも下民街に出入りしてるなんて、心配しすぎじゃない？」

「バカ。俺が今日ここにいたのは、お前に頼まれた件を調べるためだろうが。平時なら俺もここのヤツらも、大抵は工房に詰めてる。引っ越しは完全に終わってるからな」

それで人の気配がなかったのか、と納得する。

メリスホテルのオープンのため、工房についてはレヴィに任せきりになっていた。

その上、アドラスティア一族による王都内での不審な出来事について調べてほしい、と頼んだのだ。なんというか頭が上がらない。

私が責められていると解釈したのか、マリアが私の前に出てきて手を広げた。

「お姉ちゃんをいじめないで！」

レヴィは呆れたようにマリアを見下ろす。

しかし彼はマリアに呆れたのではない。

また変なものを拾ってきて――と、私に呆れているのだ。

「で、このチビはどうした？」

「――彼女はマリア。アドラスティアの子だよ。逃げ出すのを手助けしてもらったの」

「へえ。組織を裏切ったのか？　なかなかの気概だ」

レヴィは感心した様子だが、マリアは今にも噛みつきそうな顔でレヴィを見上げていた。

「マリア、大丈夫。このお兄ちゃんはちょっと胡散臭いけど、一応信用できるから」

我ながら説得力がないなと思いつつ、フォローしておく。

「おいおい。お前、本当にフォローする気あるのか？」

「あるけど……胡散臭いのは否定できないんだから、しょうがないでしょ」

「お前なぁ」

レヴィが疲れたようにため息をついた。

この件に関しては、これ以上言いつのっても無駄だと判断したのだろう。

「とにかく、追われてるっていうのなら、ここじゃ守りが不充分だ。お前達は俺と一緒にとりあえず工房へ。そこからは城へ向かう」

「王城へ？」

「ああ。昏睡状態から目覚めたと思ったら、急に姿を消した誰かさんがいるだろう。そいつの捜索本部が、そこにあるんだ。しかも王子主導。お前、一体何をやらかしたんだ？」

「何って……そんな、どうして……」

私が戸惑っていると、最後にレヴィはいつもの人の悪い笑みを見せた。

「それにしてもお前、いつまで子ども気分でいるつもりだ？　その図体で子ども言葉なんて、前とは逆になったんじゃないか？」

以前より砕けた話し方をする私を、レヴィが揶揄する。

「よけいなお世話!!」

言い返しながら、私はレヴィを睨みつけた。

それからすぐにレヴィに借りた帽子の中に髪をまとめ、汚れた麻の服を纏う。私達はどこから見ても下民街の住人だった。

これならば、悪目立ちせずに外を歩ける。

「よし。これでいいな」

出来上がりをチェックするレヴィは、今の私よりも少し大きいぐらいだ。

一気に身長差が縮まったので、なんだかおかしな感じがする。

成長してこれなのだから、おそらく今後一生彼の背を抜くことはできないだろう。

出発前、彼は何やら入念に少年達と打ち合わせをしていた。

普段はふざけたやつだが、仕事に関しては信用できるところがありがたい。

だからそちらはいいとして――

「マリア、もっときれいなお洋服着たかった」

私はひざを折って、がっかりした様子のマリアと目線を合わせた。

「私のおうちに行ったら、きれいなドレスをいっぱい着させてあげるから、もう少し我慢してね」

ステイシー家には、私が着られなくなった子ども用のドレスが山ほどあるはずだ。

それを着せる相手ができれば、ミーシャも喜ぶことだろう。

私の言葉に、マリアは目を輝かせた。その様子は、普通の少女となんら変わりない。

改めて、子どもを思うままに操ろうとするアドラスティアのやり方に、私は反感を抱いた。

たまらなくなって、マリアをぎゅっと抱きしめる。

マリアは嬉しそうに、くふふと小さな笑い声をこぼした。

私達は少年達の一団に紛れ、下民街を抜けることにした。

少年達と言っても、ウィリーを含む彼らは、大人と並んでも遜色ないほど立派な体格だ。

マリアなど、彼らの中にいれば姿が隠れて外からは見えない。

私達が隠れ家から逃げたことを知って、クェーサーが手をこまねいているとは思えない。私達を捕まえようとするならば、おそらく下民街と平民街の境を狙うだろう。

なんせ、私がメリス邸およびステイシー邸のある貴族街に戻ろうとするのは、間違いないのだから。貴族街へは、平民街を通らないと行けないのだ。

そういうわけで、私とマリアは少年達に紛れ、下民街を歩いていた。

もちろん、どこでクェーサーが見ているかわからないので、心臓はばくばくだ。

それに、もし何かあって少年達を巻きこんでしまったら。

そう思うと、本当は泣きたいくらいつらい。

私は彼らに幸せになってほしくて、レヴィと工房を立ち上げたのだから。

「お前に頼まれていた件だがな――」

そんな私の胸のうちを知ってか知らずか、レヴィは何食わぬ顔で私に近づき、そっと耳打ちしてくる。

「確かに、ここ数年の間に下民街で不審死が相次いでいた。ここじゃ不審死なんて珍しくもないから誰も気にしなかったんだが、体がバラバラになるまで破壊される事件があってな。さすがに、人の記憶に残っていた」

物騒なつぶやきに、思わずマリアを盗み見てしまう。

こんな話、彼女には聞かせたくない。

彼女は少年達の隙間から見える下民街の様子に夢中で、私はほっと息をこぼした。

「……遺体が発見された場所の位置関係はわかってるの？」

「ああ。王都の外縁に広がる下民街にまんべんなく散らばってはいるが、地図に記してみたら、ある種の規則性があった。おそらくその場所には、お前の言う闇の魔力の塊ってやつがあるんだろうな」

闇の魔力の塊とは、アドラスティア商会の倉庫の跡地で私が見つけたものだ。

パールは、人の生命力を吸いとる石アンテルドを核としたそれが、王都中に散らばっていると言っていた。

アンテルドを育成するには、数年間、人間に寄生させておかなければならない。そしてアンテルドを取り外す時、宿主の体はバラバラに飛び散るらしい。

クェーサーによって、学友のルシアンにもその石が埋めこまれていた。

ルシアンはなんとか命を吸いつくされずに済んだが、ほかの人々はそうではなかったのだろう。

「彼らの計画は、もうかなり進んでいるとみて間違いない。何がなんでも止めなくちゃ」

少年達を巻きこむかもしれないという思いを、私は捨てることにした。

今クェーサーを止めなければ、彼らどころか大陸全土の人が危険にさらされるのだ。

四の五の言っている場合ではない。

なんとしても下民街（げみんがい）を脱出して、クェーサーを食い止めなければ。

「それは同感だが、どうやらおいでなすったようだぜ！」

レヴィが急に大声を出したので、はっとして視線を前に向ける。

そこには私を見張っていたアドラスティアの子ども達が、凍（い）てついた表情で立っていた。

「おい、見張りをサボって何している」

冷たい表情の子ども達の中で一番体格の大きい男の子が、マリアを見ながらそう言う。

こちらは総勢十人。そして向こうは六人。

数ではこちらが優勢だが、彼らは特殊な力を使うアドラスティアの子ども達だ。

彼らには不思議な迫力があり、私はマリアの肩に置いた手に力を入れた。

「なんだお前らは！」

銀星王であるウィリーが、一歩前に出る。

レヴィはぴたりと、私の横についていた。

「うるさい」

そう言って少年が前に手を突き出すと、触れてもいないのにウィリーの体が吹っ飛んだ。

私は言葉を失う。

目を凝らすと、少年は手に風の魔法粒子を纏わせていた。

しかし、彼がペンタクルを描いたような様子はない。

以前クェーサーにも驚かされたが、これがアドラスティアの使う魔導なのか。

考えている間に、マリアが私の手をするりと抜け出した。

私は慌てて止めようとするが、小さな彼女はすばしっこい。

たちまち少年達の前に飛び出して、彼女は小さな体でみんなを守るように手を広げた。

「マリア！」

叫ぶが、彼女は振り向きもしない。

「お姉ちゃんは、私が守る！」

マリアはそう言って宙に手をかざすと、何かを口ずさみはじめた。

歌のようだが、歌詞の意味はわからない。この国の言葉ではないのだ。

いや、私はこの歌を聞いたことがある。

マクレーン伯爵家でクェーサーに遭遇した時、彼もこんな歌を口ずさんでいなかったか？

いいや――それよりも、もっと前。

幼い頃、熱にうかされながらベッドの中で聞いたのではなかったか。

寄り添う母が、似たような歌を歌っていた気がした。

「馬鹿な！」

目の前にいるアドラスティアの少年達が身構える。

はっとした。

不思議な風が吹き、魔法粒子(まほうりゅうし)がどんどん集まってくる。その色は黒。

間違いなく、闇の魔法粒子(まほうりゅうし)だ。

それは飛び狂う蝿に似ていた。
あまりの禍々しさに、同行していた少年達が悲鳴をあげる。
集まった粒子はマリアの周囲を取り囲み、どんどん厚みを増していく。
忌まわしい光景に、体が震えた。
闇の魔法粒子が一ヵ所に集まった姿はまるで、以前辺境の村で見た闇の精霊のようだ。
「なんなんだ、こいつらは……」
レヴィが私を庇いながら、強張った顔で言う。
マリアも、そして相対する少年達も、明らかに普通ではない。
メイユーズ王国では、魔法粒子はペンタクルを描かねば支配できないものなのだ。
レヴィは少年達を庇うようにしつつ、短い杖を取り出した。
ペンに似たそれは、ペンタクルを描くための道具だろう。
レヴィの属性は土。
彼が空中に描き出したペンタクルによって、踏み固められた土がボコリと盛り上がる。
そして、少年達を守る土塁が出来上がった。
ゲイルと同じで、大勢を守る時にこれほど頼りがいのある能力はない。
レヴィはそのまま、アドラスティアの少年達を警戒し、動かなかった。

彼は土の魔法粒子以外見えないはずだが、何か感じるものがあるのだろう。

一方、すべての魔法粒子が見える私は、マリアを止めなくてはと思うのに、恐怖で声も出なかった。

風、水、土、木、火、そして金と闇も。

光と時以外のすべての属性が、そこにはあった。

その二つがないのは、それらが固有の血族に受け継がれるものだからだろう。

アドラスティアの子どものグループは、異なる属性の者達を集わせて死角がないように構成されているらしい。

そしてその中で最も邪悪で厄介な力――闇属性の持ち主が、マリアだったというわけだ。

物理的に作用するほかの属性と違い、光、時、闇は防ぎようがない。

中でも闇の属性は、ほかの属性とは一線を画す力だ。

人々の恐怖や憎悪を好む闇の精霊達は、別名魔族とも呼ばれ、それを飼いならす闇の術者は古より恐れられてきたという。

子どもでも大人でも関係ない。

闇の力はそれほど脅威的なのだ。

「いけ！」

マリアがそう叫ぶと、集まっていた闇の魔法粒子が黒ヒョウみたいな形になり、一族の子ども達に襲いかかった。

彼らは慌てて応戦したが、黒ヒョウは倒れない。

「今のうちに！」

マリアの叫び声にはっとする。

それはレヴィも同じだったようで、彼は慌てて少年達を引き連れて走り出した。

そのうちの一人が、ウィリーに肩を貸している。

「リルも来い！」

私を振り返りながら、レヴィが叫ぶ。

「マリアも、早く！」

アドラスティアの子ども達に手をかざしたまま動かないマリアに、私は言った。

しかし、彼女は険しい表情のまま首を振る。

「ううん。私が操らなくちゃ、精霊はすぐに消えちゃうの。私はいいから、お姉ちゃんは先に行って」

そう言われても、自分より幼い子どもを置いていけるはずがない。

「そんなのダメだよ！　いいから、マリアも行こう！」

そう言って彼女に駆け寄ろうとするが、レヴィに押しとどめられた。

「やつらの狙いはお前だ！　あいつの気持ちを無駄にするつもりか!?」

怒鳴りつけられ、瞬く間に抱き上げられる。

彼は私の抵抗にかまわず、走り出す。

「ダメ！　やめてよ！　まだマリアがいるのにっ。離して！　マリア、やめて……マリアを助けて!!」

必死にそう叫んで暴れても、レヴィは足を止めなかった。

涙が出てきて、止まらない。

こんなことをさせるために、彼女を連れ出したわけじゃないのだ。

「イヤッ、やだよ……マリア、マリア……ヴィサ君！　ラーフラ！　私はここにいる。助けに来てよ！」

叫びながら、もがき続ける。

私は無我夢中でレヴィの肩に噛みついた。

「うわっ」

驚いたレヴィに取り落とされて、私は土の上を転がった。

「馬鹿！　何考えてんだ!!」

レヴィに怒鳴りつけられるが、私はそれどころではない。

「レヴィこそ、何考えてるの！　こんな助け方されたって、ちっとも嬉しくない。私は最後まで、全員が助かる方法をあきらめたくない！」

節々が痛む体で立ち上がる。どこかが擦り剥けたのか、服に血がにじんでいた。

「マリア。私はあなたを守るって決めたの。だからそう簡単に、見捨ててなんてあげないから！」

そう叫んだ瞬間、一帯に強い風が吹いた。

土埃が舞い上がり、その場にいた全員が目を庇う。

しかし不思議なことに、私はそよ風ほども感じない。

自然と、私は口元に笑みを浮かべていた。

「遅いよ」

私の文句に、両脇から返事がある。

「そう言うな。ずっと探してたんだぞ」

「不服。人ごときに利用されるとは」

白く輝く大きな獣と、緑の鎧を身につけた大男。

両脇に立っていたのは、私の精霊達だった。そして彼らは、アドラスティアの子ども達に向かっていく。

——結論から言うと、私の精霊達は強かった。

それはもう、めちゃくちゃ強かった。

いくらアドラスティアの一族であるとはいえ、子ども相手にこれは反則かもしれない。

あまりに一方的な展開に、そんな感想を抱いたほどだ。

魔法は突風で吹き飛ばされた上に、子ども達は地面から生えた植物に絡みつかれて身動きが取れなくなっている。そんな彼らを見ながら、なんだかこちらの方が悪者みたいだと思った。

何はともあれ、大勝利である。

『リルゥ！』

パンッと何かがはじける音がして一瞬にして小さくなったヴィサ君が、抱きついてきた。

私も高ぶった気持ちのまま、彼のふわふわした体をぎゅっと抱きしめる。

『心配したんだぞ！　お前、ミハイルの部屋に入ったきり出てこないから！　しかも、そのままいなくなって！』

ぐりぐりとヴィサ君が私の頬に頭を押しつけてくる。

ずいぶん心配をかけてしまったと申し訳なく思いつつ、私もぐりぐりし返した。

『人間。突然姿を消す、よくないぞ』

いつのまにかまりも姿に戻ったラーフラもまた、ふよふよと私の顔近くで浮いている。

ああ――なんて素敵な精霊達だろう、と思った。


アドラスティア一族の子ども達を捕まえ、銀星城に閉じこめた私達は、オヤの工房に向かうことにした。

久しぶりに訪れた工房は、子どもどころか大人まで増え、以前より活気に満ちていた。

「うわぁ、すごい！」

「どこかの誰かさんが無茶な要求ばかりしてくるから、子どもだけじゃ追いつかなくなったんだ」

そう言いながらも、レヴィの顔は誇らしげだった。

メリスホテルに卸(おろ)してもらっている彼らの商品は大人気で、今は工房の拡大のため建物を探しているところだという。

「もう下民街(げみんがい)の子ども達は、飢(う)えや寒さに苦しまなくて済む。俺だけじゃここまではできなかったよ」

何気ない口調でレヴィが言うから、一瞬何を言われたのかわからなかった。

レヴィの方を見ると、彼は照れたようにそっぽを向いていた。

胸がじんわり温まる。

「こっちこそ、私だけじゃ何もできなかったよ。ありがとう、レヴィ」

珍しく、素直なお礼が口から出た。

ふざけて人のファーストキスを奪ったりしなければ、彼はとてもいいやつなのだ。

「あれは何を作っているの？」

ふと、手をつないでいたマリアに聞かれ、彼女が指し示した先を見た。

そこでは大人と子どもが入りまじって、布の染色をしている。その布はやがてホテルで、色柄の選べる夜着になるのだ。

メリスホテルにおいて、このサービスは驚くほど好評だった。

私と手をつないだまま、マリアは「あっちは？　こっちは？」と忙しい。

彼女の案内をレヴィに任せ、私はヴィサ君達と一緒に貴族街へ戻ることにした。

レヴィと一緒に地上を行くよりもヴィサ君に乗って城に向かった方が速い。

「無茶はするなよ。お前にはまだまだ稼いでもらわなきゃならないんだから」

レヴィに言われ、普通に心配してくれればいいのに、と少しおかしくなった。

彼と手をつないだマリアは、私を見上げ心細そうな顔をしている。

「絶対迎えに来るから、ここでお友達を作って待っててね」

マリアの小さな頭を撫でながら言うと、彼女は黙ってこくりと頷いた。

工房で働く子ども達は、結束力が強く面倒見がいい。

ここでなら、彼女にもたくさん友達ができるだろう。

「じゃあ、行ってくるね！」

また大きくなってもらったヴィサ君にまたがり、私は下民街を脱出した。


ヴィサ君に乗って最初に向かったのは、メリスホテルだ。

本当はレヴィが言った通り、すぐに城に向かうべきだろう。でも、私はゲイルとミハイルの無事を、どうしてもこの目で確かめたかった。

ホテルに着くと、そこは相変わらず盛況だった。

クェーサーはミハイルの部屋を闇の空間とつなげたが、それ以外は何もしていないと言っていた。疑わしいが、少なくともホテルの営業には支障が出ていないようで、ほっとする。

メリス家の家令に、アランとホテルの経営に携わっている商人のスヴェン、そしてミハイルとゲイルに会いたい旨を伝える。

下民街の格好のまま来てしまったので、すれ違う宿泊客達に嫌な顔をされた。このホテルは裕福な商人を対象としたリッチな宿というところが売りなので、これはまずい。

しまった。裏口から入るべきだった、と後悔しても後の祭りだ。

家令であるセルガはさすがで、そんな私を見ても嫌な顔はしなかった。

しかし困惑しているのはありありと伝わってきて、なんだか申し訳なく思う。

私がリルの遣いであると伝えれば、セルガは丁重に奥の部屋へ案内してくれた。

案内されたのは、緑月――五月にみんなにアドラスティアのことを打ち明けた応接室だ。

私は調度を汚さないよう気を遣いながら、半年ほど前の出来事をぼんやり思い出していた。

「リルはどうした⁉」

そう叫んで部屋に飛びこんできたのは、アランだった。

そのすぐあとには、表情を硬くしたスヴェンが続く。トステオの街で知り合った凄腕の商人で、私不在のメリスホテルを支えてくれている。

ミハイルとゲイルの姿はない。

「リルは無事なのか⁉　今どこにいるんだ！」

アランはつかみかからんばかりの勢いで近づいてくる。

紳士的な性格なので女性に手荒な真似はしないが、もし私が男の姿で現れていたら、遠慮なくつかみかかっていただろう。

とりあえず私は、二人が無事であることに安堵した。

クエーサーは今のところ彼らを自由にしておくつもりらしい。

闇月まで時間がないので、そんなことにかまっていられないというのが本音かもしれないが。

「おいこら。使者殿がしゃべれないだろうが」

スヴェンが猫にするようにアランの襟首をつかみ、彼を私から引きはがす。

おいおいアランは仮にも侯爵だぞ。

以前会った時はいがみ合っていたが、会わない間に、大分仲良くなったらしい。

二人のギスギスしたやりとりを知っているだけに、その変化は意外だ。

私は一応、膝を折って彼らに礼を示した。すると頭が冷えたのか、アランは口を閉じる。

静かになった部屋で、どう言えば一番混乱が少ないだろうかと考えたが、どう言っても同じかと思い直す。

「信じられないだろうけれど、私がリルなの。まずは話を聞いてほしい」

単刀直入にそう宣言すると、スヴェンとアランは奇妙な声で呻いた。

まず『そんな馬鹿な』と切り捨てないほどには、彼らは私の無茶に慣れているのかもしれない。

私は、リル本人であると証明するため、知っていることを手当たり次第に話した。

メリス家が抱える借金や、私とアランが血のつながった姪と叔父であるということ。

アランがメリス家のファミリーツリーに、私と母の名前を書き入れてくれたこと。

彼らは徐々に『信じられない』という顔から、『信じたくはないが、信じざるをえない』という顔に変わっていった。

話を一通り聞き終わった二人は、黙りこむ。先に口を開いたのはスヴェンだった。

「……話はわかったが、時の魔導で体を成長させるなんて、本当に可能なのか？」

もしかしたらその逆も――

スヴェンは時の魔導の商業利用をもくろんでいるのだろう。ああ、この人はいつどこでどうしていても商人なのだな、と感心してしまった。

「死にかけたけどね。無事に済んだのは偶然というか、運の要素が強いよ」

あとはラーフラのおかげだ。はっきりいって彼の協力がなければ、私は死んでいた。

スヴェンはがっかりだと言わんばかりにため息をつく。

アランは次第に苦虫を噛み潰したような顔になってきた。

そんな彼をこちらの世界へ引き戻そうと、顔を覗きこみ声をかける。

「ごめんね、アラン。婚約も解消しなくちゃだね。私はこんなだし……」

私はステイシー伯爵家の令嬢として、アランと婚約していた。メリス家のホテル事業の後ろ盾としての婚約だったが、突然十歳ほども体が成長したのだ。仮の関係でも続けるのは難しい。

私の言葉を聞いて、アランの目の色が変わった。

「っ！　時が早まっただけだ！　リル、今すぐ式を挙げよう。覚悟はできている」

どうやら、アランはずいぶん混乱しているようだ。

美青年を台なしにするくらい鼻息の荒いアランを見つめながら、私はさすがの彼もキャパオーバーかと申し訳なく思った。

「ちょ、落ちついて」

必死になだめるが、アランは私の両腕をつかんでくる。私が身じろぎしても離してくれない。

「なぜだ？　ほかに好いた男でもいるのか？」

「それは……いたっ」

アランの手に強い力がこもった。

といってもそれは一瞬で、私が痛がったらアランはハッとして手を離す。

「す、すまない……」

そう言うアランの顔はすっかり青ざめて、まるでこの世の終わりのような表情をしていた。

痛い思いをしたのは私の方なのに、アランの方が何倍も傷ついた様子だ。

そんな彼を見ていたら、なんだかさらに申し訳なくなった。

婚約解消の時が、こんなに早く来るなんて考えてなかった。

せめて家族を失ったアランの心の傷が癒えるまでは、そばで支えようと思っていたのに。

「とにかく二人とも落ちつけ。リルからの使者が来たと城にはすでに伝えてあるから、間もなく向こうから反応があるはずだ。痴話喧嘩をしている暇はないぞ」

「え！　いつのまに」

「俺達はずっとお前を探していたんだ。特に、今城に行ってるやつらはな。しかし、ただの連絡係かと思ったら、まさか本人だったとは……」

スヴェンが呆れたように言う。

私は返す言葉もなかった。

「何はともあれ、無事でよかった。な！」

そう言って、スヴェンはアランの肩を叩いた。

スヴェンのおかげで、私とアランは少し気を取り直すことができた。

「ああ、そうだな。リル、無事でよかった……」

そう言うアランの目は、まだ複雑そうに揺れていたけれど。

言葉の上だけでも落ちついた様子を見せるアランに、私も安堵の息をついた。

城からゲイルとミハイルが駆けこんできたのは、それから一メニラ――三十分も経たない頃だった。

「リルの使者が来たというのは本当か！」

目の色を変えたミハイルのあとを、ゲイルが小走りに追ってくる。

「待てって、落ちつけ」

彼の来訪は荒々しかった。

ミハイルは貴族なのに、礼儀を放棄した振る舞いだ。

いつも飄々としている彼がこんなに感情を表すのは珍しい。

ゲイルの後ろには、さらに困惑した様子の家令セルガが続く。

メリスホテルでは、客人を出迎えるフットマンにすべて老齢の男性を採用している。まるで討ち入りのごとき勢いのミハイルを止められる者はいなかったに違いない。

焦っているのか、怒っているのか。

荒い言葉遣いだったが、今でさえ彼は己の激情を抑えているのだと私にはわかる。だって彼の周囲には、触れる物をすべて焼き尽くしてしまいそうなほど火の魔法粒子があふれているのだから。

「リルはどこにいる⁉」

驚いていると、彼の視線が私を捉えた。さっと目の色が変わる。

彼は迷わず私に歩み寄り、腕をつかむ。

その荒ぶる粒子が見えるだけに、私は一瞬自分が燃やされてしまうんじゃないかと思った。

頭が真っ白になる。

なんて説明したらいいんだろう。

どうしたらミハイルは納得してくれるんだろう。

この国を、シリウスを救うために純潔を捨てたい。

純潔を捨てるのなら、相手はミハイルがいい。

そんな暴走めいた思いこみでここまで来たけれど、実際その人を目にしたら、私は途方に暮れてしまった。

だって、断られたらどうする？

そんなこと知るか、と手を振り払われたらどうする？

いつもは優しい金の目が、今は燃えながら突き刺さりそうなほど鋭い。

怖い。怖い。

この人に拒絶されたくない。

そんなつもりで優しくしたんじゃない、と困惑されたくない。

この期に及んで何を動揺してるんだと思いつつ、私はなかなか口を開けなかった。

だって拒絶されたら、もう今までのようにはいられない。

ゲイルよりよっぽど保護者を気取ることがある彼だ。最悪、私の前から去っていくかもしれない。

そんな場合じゃないのに、恋心が私を弱くするのを感じた。

今までは、どうせ失うのは私の命一つと、どんな時でも向こう見ずでいられた。

でもミハイルとの関係を失うのかもしれないと思ったら、今すぐ泣き崩れてしまいそうなほどつらい。誰と別れるのよりもきっとつらい。

名もない国境の村から、私を助け出してくれたミハイル。

子どものたわごとだと馬鹿にしないで、いつも無茶に付き合ってくれた。

私が王子の学習室に入る時には、学習室の講師になってまでそばで見守ってくれた。

——攻略対象なんて、好きになるものかと思っていたのに。

気づけば誰よりも、そばにいたかった。

私だけを見てほしいなんてわがままが、心の中に生まれていた。

ミハイルが好きだ。

どうしようもないほど好きだ。

たとえ彼が、いつまでも亡き許嫁(いいなずけ)を愛していたとしても、私はミハイルのそばにいたい。

今にも干からびそうなほど喉(のど)は渇いて、心臓はばくばくと脈打っていた。

何もかも怖い。ただ、ここまできたらもう立ち止まることはできない。

「国のために、どうか今すぐ私を抱いて」

そう言って見上げると、ミハイルの金色の目には、思いつめた表情をした黒髪の女が映っていた。

部屋に沈黙が落ちた。どのくらいの時間だったかはわからない。

まるで永遠にも思えるような時間だった。

「何言って……」

それは誰のつぶやきだったか。

「やっぱり……リルなんだな？」

掠(かす)れたミハイルの声が、やけに大きく聞こえた。

驚きつつ、おずおずと頷(うなず)く。

どうやらミハイルは、私がリルだと察していたらしい。

「どうしてこんな無茶を！」

ミハイルを突き飛ばして視界に滑りこんだのは、ゲイルだった。

彼の素(す)っ頓狂(とんきょう)な声で、現実に引き戻される。

鼻と鼻が触れそうなほど近くで覗(のぞ)きこまれ、私は思わず息を詰めた。

「確かに髪の色も目の色も同じだ……。ミーシャから話を聞いてはいたが……」

呆然としたように彼が言う。

どうやら、ミハイルとゲイルはミーシャから事の成り行きを聞いていたらしい。

「ごめんね、ゲイル。でも、本当なの。えっと、テイト卿に相談して、この姿になったの。あの、実はクェーサーについてわかったことがあって……」

私がたどたどしく言葉を紡いでいると、見かねたスヴェンのフォローが入る。

「お前達が来る前にかなり話したが、どうやら本人で間違いないようだ。本人でなければ知らないようなことを知っていたし、なによりこの無茶苦茶な性格が証拠だな」

失礼な。

そう思ったが、彼が保証してくれたおかげでゲイルは納得したみたいだ。ありがたい。

ゲイルは呆れ顔になって引き下がった。

「それで、抱いてくれとは一体どういう意味なんだ？」

驚いたり呆れたりと忙しいゲイルと違って、ミハイルは怖いくらい静かだった。

――いいや静かなんかじゃない。

それは表面的なもの。だって相変わらず、彼は燃え盛る粒子を背負っているもの。真剣な眼差しで見下ろされ、私はいきなり本題から入ったことを後悔した。つい口走っちゃったのだ。

二人きりになってから、ゆっくり説明すべきだった。

「ノッド卿、リルは混乱している。少し休ませないと」

そう言って、アランが私を庇うように、部屋の外へ連れ出そうとする。

私はそのまま流されそうになるが、ミハイルは私の腕をぎゅっと握った。

「話がしたい。悪いが、二人にしてくれ」

そう言うや否や、ミハイルは反論を許さない速さで部屋を出た。

もちろん、私を連れて。

私が足をもつれさせて転びそうになると、今度は横抱きにされてしまった。

細身とはいえ騎士。その腕や体はしっかりしていて、人一人抱えているというのにまったく大変そうではない。

驚くやら恥ずかしいやらで、私は声も出せなかった。

部屋を振り向くと、扉の隙間から見えたのは、残された人々の呆気にとられた顔。

私は彼らに申し訳ないと思いながらも、抵抗一つできなかった。

途中の階段では下ろしてくれと言ったのだが、ミハイルは黙ったまま歩き続けた。

その顔があまりにも厳しいから、そんなに私の申し出が不快だったのだろうかと悲しくなった。

ミハイルが私を運びこんだのは、メリス家にある私の私室だ。

名目上アランの婚約者とはいえ、私の部屋は質素なものだ。

シンプルだが寝心地のいいベッドと、資料が詰めこまれた本棚。そして九歳の私の身長に合わせた小さな机しかない。

ホテルの開業準備で忙しかった頃は、本当に眠るだけだったので、これで充分だったのだ。

しかし窓辺の花瓶には、きれいな花が飾られていた。

おそらくメイドが気を利かせてくれたのだろう。

客室とは比べ物にならないささやかさだが、ぽっと心が温かくなる。

ソファがないからか、ミハイルが私を下ろしたのはベッドの上だった。

先ほど自分で破廉恥な懇願をしたくせに、慣れないことで思わず顔が熱くなる。

「あ、あの、ミハイル……?」

彼の真意がわからず、ベッドに座り直しながらその顔を見上げる。

するとミハイルは、ひたすら困った顔をしていた。

先ほどの燃え上がる炎の粒子も、突き刺さるような鋭い眼差しもそこにはない。どうやら本当に落ちついたらしい。

「ったく、お前は常に俺の想像を超えるな」

「いやー、それほどでも」

「褒めてない！　呆れているんだ。それぐらいわかれ」

私の隣に腰かけたミハイルが、ゲイルのように荒々しく頭を掻きむしる。

そんなに乱暴にしたら、きれいな赤い髪が抜けちゃうんじゃないかな。ハゲたらどうする。

私は明後日な心配をする。

ミハイルはまっすぐ私を見て、口を開いた。

「……俺達が、どれだけ心配したと思う？」

思わず顔が熱くなった。

急に抱いてくれなんて言う痴女を、そんな切なげに見つめないでほしい。

「ご、ごめん。いっぱい眠っちゃって、しかもそのあとすぐにいなくなったりして。まさか私も、クェーサーに攫われるなんて思ってなかったから」

「やっぱりあいつの仕業だったのか」

吐き捨てるようにミハイルが言う。

「自分でも、うかつだったたって思うよ。でも早く純潔を捨てなくちゃって、焦ってて……」

もじもじと、粗末な服の裾をいじる。

好きな人にいきなり抱いてと言ったなんて、頭が冷えると急に恥ずかしくてたまらなくなった。

「……その純潔を捨てるって、お前なあ」

私の恥じらいが伝わったのか、ミハイルもこれ以上なく気まずそうな顔だ。

しかし、その顔が妙に色っぽい。――私の目の錯覚かもしれないけど、鼓動がよけいに速まってしまった。

「ミハイル。あのね、アドラスティア商会の跡地にあった闇の魔法粒子（まほうりゅうし）の塊（かたまり）はね、クェーサーが王国転覆（てんぷく）を企（たくら）んで仕掛けた巨大な魔法陣の一部なの」

「なんだと？」

「それで、その術には、強い魔力を持った一族の処女の血がいるんだって……」

自分がアドラスティアの血を引いていると告白するのは、つらい。

それでミハイルが私を嫌うとは思わないが、それでも。

しかし、そんな感傷に浸っている場合ではない。

「ミハイル。私のお母さんは、アドラスティアの……クェーサーと同じ一族出身なんだって。それで今、一族の中で一番強い力を持った処女は私で、クェーサーは私を狙っているみたい。だから私が、処女じゃなくなればいいって思ったの」

そう言って、私は今までの経緯を説明した。

城の井戸から過去の遺跡にたどり着いたこと。そこで出会ったパールから聞いた話。

そして彼女から届けられた手紙。マリアに聞いたこと。

半年前の出来事もあるのに、まだ昨日のことのように鮮明だ。

「お前なぁ、なんて無茶ばかり……」

呆れたようにため息をつかれ、カチンとくる。

「そんな、確かに無茶したのはわかってるよ？　でも、このままじゃクェーサーの思い通りになるって言われたら……私がそれを止められるのなら、知らないふりなんてできるわけないでしょ!?」

「なんでそうやって、いっつも一人で背負いこもうとするんだ！　そのパールとやらが本当のことを言ってるかどうかも、わからないんだぞ？」

ミハイルの言うことはいちいちもっともだ。

しかしだからといって、無茶で無謀だからあきらめます、というわけにはいかない。

私は覚悟の上で、この姿になったのだから。

「それはそうかもしれない。でも自分にできることがあるなら、私はやるよ。ミハイルが無理だって言うなら、ほかの誰かに頼む」

順を追って話すべきだとわかっていても、頭に血が上(のぼ)ってしまってできない。

私は勢いで部屋を出ようとした。

部屋を出たらきっと後悔するのはわかっていたが、それでも足は止まらない。

しかし扉に手をかけた瞬間、後ろからミハイルに抱きしめられた。

「行くな……」

一瞬、何が起きたのかわからなかった。

振り向こうとしたのだけど、彼が私の肩に顔を埋(うず)めていて振り向けなかった。

ミハイルはそれ以上何も言わない。

沈黙がつらくて、息が止まりそうだった。

それは一瞬のことだったのか、それとも気が遠くなるほど長い時間の出来事だったのか。

ミハイルが沈黙したままなので、私は不安になった。

「ねえ、どうしたの？　どこか痛いの？」

まるで、子どもに問いかけるような声が出る。

だって能弁なミハイルが黙りこくるなんて、よほどのことだ。

私を抱きしめる節くれ立った手に触れた。

色白な手だけれど、手のひらには硬い剣だこがある。確かに男の人の手だ。

私の体温に驚いたように、ミハイルがびくりと震えた。

「バカが……ずっと行方知れずだったんだぞ？　心配しないわけがあるか」

彼の顔を覗きこめば、ミハイルの目元が赤く染まっていた。

以前より頬はこけ、目の下には隈ができている。

ミハイルは私の右手を握りしめて自らの頬に寄せた。

「無事で、よかった……」

ミハイルの息がかかる肩口が熱い。

彼の声は少しだけ湿っていた。

私はたまらなくなって体ごと振り向くと、ミハイルを強く抱きしめ返した。

心配をかけるのなんて、いつものこと。だからみんなも慣れっこだと、どこか高を括っていたのかもしれない。

ミハイルがこんなに心配しているなんて考えもしなかった。

私の悪い癖だ。

いつも自分のことばかりで一杯になってしまって、周りの人の気持ちに気づくのが遅れる。

「ごめんなさい！　心配かけて……。本当にごめんなさいっ」

かつて、幼馴染(おさななじみ)である婚約者を亡くしたことのあるミハイルだ。

意地悪なところもあるけれど、その実、彼は心を許した者に対して面倒見がよくて情が深い。

知っていたのに、私はまたミハイルに心配をかけてしまった。

ミハイルの頬に顔をすり寄せ、少しの隙間(すきま)も生まれないよう身を寄せた。

二人の間に生まれる熱が、私の心まで熱く焦がす。

この人とともに生きたい。ずっと一緒にいたい。

自分が、こんなにもミハイルを好きだなんて……

行き場のない思いが熱いため息に変わる。

いつのまにか立場は逆転し、私の方が縋(すが)りついて泣いていた。そんな私の頭を、ミハイルがそっと撫(な)でてくれる。

「謝るぐらいなら、最初からいなくなったりなんてするな」

「うん……」

静かな部屋に、私のすすり泣く声が響く。

無事この人のところに帰ってこられたと思うと、嬉しい。

そしてもう、離れたくない。

胸の中から愛(いと)おしさがあふれ出して、どうしようもなくなってしまった。

好きだ。ミハイルが好きだ。

でもなかなか言葉にできなくて、かわりにミハイルの赤髪をかきあげ、こめかみにキスをした。

途端、青ざめた顔が真っ赤に染まる。

「おい！　さっきからベタベタしすぎだぞ。少しは慎(つつし)みを持て！」

どうやら、ミハイルは私が冗談でじゃれついていると思っているようだ。

こちらは抱いてくれと言っているのに、真面目に考えてないのだろう。やはりミハイルにとって私は子どもなのだ。

「ミハイル。あのね、聞いてほしい話があるの」

ミーシャは私に前世の記憶があると信じてくれたけど、ミハイルもそうだとは限らない。正気を疑われる可能性もある。

それでも、打ち明けて私が身も心も大人なのだと知ってから、改めて私のことを考えてもらいたい。

ぎゅっと手を握（にぎ）りしめると、私は勢いよく口を開いた。

「私っ、前世の記憶があるの！　前世は魔力がない、ここと全然違う世界だったんだけど、私は大人で――」

覚悟したつもりだったのに、ミハイルの口から否定の言葉を聞きたくなくて、私は話し続けた。

私がこの世界で作ったおにぎりや固形石鹸（せっけん）、ホテルなんかが前世の知識によるものだと伝えると、ミハイルは顔をゆがめる。

「お前……またそんなことを言い出して……」

ミハイルは頭を抱え、唸（うな）るように言う。

「いや、でもこんなに子ども離れした非常識なやつだからな……。学力だって思考力だって、ほかの子どもとはケタ違いに高い。中身が大人だったたって話も、ありえる話か……？」

どうやら信じかけているらしい。

私はチャンスだと思い、たたみかける。

「そう、私は大人なの！　ベサミのおかげで、無理やりだったけど体も大人になれた。ついさっきまで子どもだって思ってた相手なんだから、急にそんなこと言われてもって、ミハイルが困るのもわかる。でも、子ども扱いしないで。お願い、抱いてほしいの」

私は背伸びをして、彼の唇を奪ってやった。

一瞬硬直したミハイルが、目を大きく見開いて私を見ている。

「お前、何を……」

やけになって、私は叫んだ。

「だって、好きなんだもん！　だから抱いてって、最初から言ってるじゃない‼」

ミハイルが腕で唇を拭っていて、地味に傷つく。

そんなに私にキスされるのが嫌か。

「えっ、ちょっ、待った。言いたいことはいろいろあるが……お前には、恥じらいってものがないのか！」

「だって口で言ってもわからないんだもん。行動で示すしかないでしょ」

「行動でって、お前なぁ……」

心底呆れたという顔をされたが、私はかまわず言葉を続けた。

「突然でごめんだけど、納得なんていかないかもしれないけど——でも、私は初めての相手はミハイルがいいの。好きじゃなくてもいい、私を嫌いになってもいい。お願いだから今すぐに抱いて」

もう恥じらいなんて捨てている。私は必死だった。

堰（せき）を切ったように思いがあふれ出す。

私はミハイルの妹じゃない。

ましてや娘でもない。

元婚約者の身代わりでもない。

ただ守られるだけの存在でもない。

ひどく傲慢（ごうまん）な願いだが、私は私としてミハイルに認められたかった。

リル・ステイシーとして、彼に愛されたかった。

出会った時は、意地悪ばかりする偉そうな彼が、あまり好きではなかった。

でも王都に来てから、ずっと見守ってくれている彼の優しさに気がついた。

湖にミハイルが引きずりこまれそうになった時、自分の命にかえても助けたいと思った。

それからゆっくり、自分がミハイルを特別に好きなのだと、気づいていったのだ。

涙腺が緩（ゆる）む。

本当に本当に、いろいろなことがあった。

最初は、彼はゲームの攻略対象だから、関わりたくないとすら思っていた。

それなのに、今ではこんなにも、私にとってなくてはならない人になっている。

ミハイルは、意地悪の中に隠した、不器用な優しさでずっと守ってくれた。

助けてもなんの得にもならない身寄りのない私を、危険をいとわず庇ってくれた。

その優しさが、嬉しくもありつらくもあった。

いつかミハイルが、ゲームのようにヒロインに心奪われたらと思うと、やっぱりつらい。

でもそれでもいい。

ミハイルが私を好きでなくても、気が進まなくても、一度でも触れてもらえるのなら。

ぼろぼろと涙が頬を伝う。

いやだな。これじゃあ、泣き落としみたいだ。

ミハイルは苦しげな顔で私を見ている。

卑怯でごめん。

こんな言い方じゃ、まるで脅してるみたい。

もし嫌でも、無理だなんていえない状況だよね。

嫌われても、文句なんて言えない。

でも今、少しでも私に親愛の情を感じてくれているのなら――受け入れてほしい。

「お願いだから、何か言って……っ」

沈黙に耐え兼ねた私は、ついに俯いてしまった。

これ以上何を言えばいいのか。

何を言えば、彼にこの気持ちが伝わるのか。

それがわからなくて――

「お前は本当に、向こう見ずな大馬鹿だ……」

やっと聞けたミハイルの声は、掠(かす)れている。

「今の話、本当なんだな」

「うん」

「無理、してないか」

「……うん」

「――そうか。義務感でお前を守ったことなんて、一度もなかった。……リル、好きだ。ずっと大事に思ってきた。お前の中身が大人で、よかった」

そう言うと、ミハイルはぎゅっと抱きしめてくれる。そのぬくもりがあまりに心地よくて、私は二度と離れたくないと思ってしまった。

いた。

＊
❖
＊

目が覚めると、体はぬるま湯に浸かったように心地よかったが、関節が悲鳴を上げて

夢うつつの状態で周囲を見ると、すぐそばでミハイルが眠っている。シーツに散らばる彼の赤い髪を指でなぞった。

すべての出来事は夢のようだ。しかし決して夢ではないと体の痛みが伝えていた。

痛みがこれほど嬉しいことなど、あるのだろうか。

嬉しいのに、泣きたくなる。

眠っているミハイルを起こさないように、私はそっと寝台を出る。

彼にお茶を淹れてあげたかった。

音を立てないよう気をつけて身支度を整え、部屋を出る。

部屋の外の空気に触れると、途端に気恥ずかしさでじたばたしたくなった。

だって、一体どんな顔をして仲間達に会えばいい？

昨日の私は必死でいろいろなことを口走ったが、事が済んだ今では、どんな顔で彼ら

の前に出ればいいのかわからなかった。

お茶を用意するために厨房へ行くと、そこには誰もいなかった。

そう言えば時計を確認していなかったが、まだ真夜中なのだろうか。窓の外が暗い。

メリスホテルはルームサービスに対応するため、深夜でも厨房に誰かしらは詰めているはずだ。

誰もいないなんておかしい。

シフトのミスや当番の不注意で厨房を空けているとすれば、重大な過失だ。

明日、注意しなければ。

そう思いつつ、竈に火をおこす。ちょっとずるをして火のペンタクルを描くと、ケトルの水はすぐに熱くなった。熱伝導がよくなるよう、火の魔導を使ったのだ。

もういいかと思い、ペンタクルをこすって消そうとする。

ところが、いくらこすっても消えない。ペンタクルは炎を激しくさせるばかりだ。

今まで一度もこんなことなかったのに。

焦りつつ、ペンタクルを消そうとこすり続けたら、今度はペンタクルから直接炎が噴き出て、私のガウンに燃え移った。

慌ててガウンを脱ごうとするが、火の回り方がそれよりも圧倒的に速い。

瞬(またた)く間(ま)に、私の体は炎に包まれる。

熱い。周囲の酸素まで燃焼しているのか、息もできない。

どうしてこんなことになったのだろう。先ほどまで幸せの絶頂にいたのに。

つらくて苦しくて出た涙は、こぼれる暇もなく蒸発してしまった。

私はこのまま死ぬのか。

死を予感した瞬間、世界は闇に包まれた。

3周目　それぞれのゆうべ

リルが大人の姿でメリスホテルに戻った日の晩、アランは一睡もできずにいた。

アランが眠れなかった時間は同時に、リルとミハイルが彼女の私室に閉じこもっていた時間でもある。

あんまり気を落とすなと笑うスヴェンの手を払いのけ、アランは執務室として使っている書斎に入った。そしてじっと座りこむ。

立ち上がればすぐにでも、二人のいる部屋に乗りこんでしまいそうだ。

二人を引き離し、成長したリルを奪いたい。そんな妄想を、何度も繰り返している。

しかし、まっすぐな目でミハイルを見つめるリルを思い出し、その衝動を抑えつけた。

体が成長したと言ってもリルが九歳の子どもであることは、ミハイルだって知っている。彼は大人だから、無茶なことをリルにしたりはしないだろう。

それに、仕方ないことなのだ。

リルが今まで婚約者としてそばにいてくれたのは、彼女の優しさだ。

そうやって、アランは何度も自分をたしなめる。

しかし、目の前で組んだ手に自然と力が入るのも、血がにじむほど唇を噛んでしまうのも、どうしようもなかった。

メリス侯爵家に引き取られた時は、異母妹だと思っていた。

かつて母の魔の手から彼女を守れなかった自分を、不甲斐なく思ったこともあった。

再会後も、リルを嫌う母に見つかる前に王都から追い出そうと、彼女に冷たく当たった日々もあった。

しかしどんな困難の前でも、彼女はまっすぐな目でアランを見返してきた。アランの兄で彼女の父でもあるジークと同じ、青灰の瞳で。

両親と兄を失った時、アランは駄目だと思いつつ、唯一残った肉親である彼女に縋ってしまった。

沈みゆく船に一人残る恐怖に怯え、彼女の優しさを利用して無理やり引き入れたのだ。

しかしリルはその才覚によって、無事メリス家を立て直してしまった。彼女が昏睡状態に陥った半年前から、メリスホテルやそのほかの独自商品は大人気を博している。すでに予定の倍以上を売り上げ、年末までに王家に支払う賠償金のメドは立った。

だからもう、彼女を縛ってはいけない。

彼女が望むなら、婚約を解消して、彼女が心から望む相手と結ばれるよう応援すべきだ。

わかっているのに、どうしてこんなにも胸が苦しいのか。

明け方、アランは玄関前の大広間にふらりとやってきた。

幾度も階段を上(のぼ)ろうとする。しかし、結局彼は階段を下りた。

リルの私室がある階を見上げ、外に出て新鮮な空気を吸おう。頭を休めよう。

体も、心も、そしてずっと思考し続けていた脳みそも。すべてが疲弊(ひへい)していた。

リフレッシュしてから寝台に飛びこめば、すべてを忘れて眠ることができるかもしれない。

そう思って、彼は玄関を目指したのだった。

＊❖＊

その晩は、ゲイル・ステイシーにとって感慨深いものとなった。

自(みずか)らの養子が旧友兼上司に突然迫(せま)るという衝撃的な場面を目(ま)の当たりにし、彼は邪魔することもできずふらふらと自宅に戻ったのである。

本当はもちろん、ついこの間まで九歳だった娘が大人の男と夜を過ごすなんて、許せない。衝動のまま二人が入った部屋に乱入したかったが、ゲイルは妻のミーシャに言い含められていたのだ。

『話はあとで私がするから、リルを止めないで』と。

自宅で愛しい妻に事の次第を話すと、大層喜んだ。

そして、養女のリルは前世の記憶を持つ大人なのだと打ち明けられた。荒唐無稽な話に激しい頭痛を覚えたものの、今までのことを思い出し、悩んだ末に受け入れた。

すると、これでよかったのかもしれないという気持ちになった。

かなり複雑な心境でミーシャのようには喜べないが、リルがトラブルメーカーなのは今にはじまったことではない。

ありえないことを平気でやり、果てには前世の記憶があるなんて言い出す。めちゃくちゃなことばかりだが、ゲイルにとっては、それすら愛おしい娘である。

願わくは、彼女には幸せになってもらいたい。

そう思いつつ、ゲイルはその夜眠りについた。

翌日の朝早く、ゲイルは再びメリスホテルを訪れた。

朝靄の中で、ホテルはまだ静まり返っている。

寝ずの番をしていたフットマンに導かれ、招き入れられた玄関前の広間には、いくつかの見知った顔が並んでいた。ミハイル、アラン、スヴェン、そしてカノープスの四人だ。

彼は不穏な空気を察知する。

昨日までのリルの無事を喜ぶ緩（ゆる）い空気が消えうせ、全員の顔が引きつっていた。

その中でも、最も見知った顔――ミハイルがひどく青ざめている。

「……なにかあったのか？」

おそるおそる尋ねると、彼はか細い声でこう告げた。

「リルが……いなくなった」

ゲイルは息を呑む。いつもは自信にあふれているミハイルの金色の目が、不安に揺れていた。

＊　❖　＊

早朝、リルが見つかったという知らせを受けて、シャナンはメリス侯爵家へと出向いた。

侯爵邸の前で馬車が停まると、シャナンは御者（ぎょしゃ）が扉を開けるのを待たずして外に飛び出す。

同行するべサミがいさめる声が背後から聞こえてくるが、振り向きもしない。

戸惑うフットマンの間をすり抜け、彼は巨大な木の扉を自らの手で開いた。

広間には、数名の男が集まっている。そのほとんどが見知った顔だ。

彼らは皆驚いたように、シャナンを見つめていた。

「リシェールはどこだ！」

シャナンの呼びかけに、彼らの驚きは一層深いものになる。

「殿下、そのお姿は……？」

そう言ったのはアランだ。

以前会った時よりもシャナンは明らかに成長を遂げているが、正体はわかったらしい。

その時、ドンッという大きな音がして、全員の視線がそこに集まった。

素肌にガウンを羽織っただけの姿のミハイルが、壁を殴りつけたのだ。

「おい！　殿下の御前だぞ……！」

激しく狼狽しながら、その態度をいさめるゲイル。

「よい」

シャナンは右手を横に振り、儀礼的な対応は不要だと伝えた。

彼の表情は真剣そのもので、焦燥を感じさせる。

「それで、一体これはどういうことなんだ？」

メリス邸の玄関ホールに集まっていたのは、シャナン、ベサミ、カノープス、ミハイル、ゲイル、アラン、スヴェンの七人。

さらにそれを遠巻きに、使用人達が見守っている。

「あー……、とりあえずここでは宿泊客の邪魔になる。場所を変えさせていただいても？」

肩をすくめながら、スヴェンがシャナンに問いかけた。

その気安い態度に身を乗り出したベサミだったが、シャナン本人がそれを押しとどめる。

「そうしてくれ。情報の共有が必要だ」

かくして、彼らはメリスホテルの中で最も格式のある会議室に移動した。

上座にシャナンが座り、その両脇にはベサミとカノープスが立つ。

テーブルを囲む男達の顔は、緊張と不安で強張っていた。

全員が知っていることを話し、現状の確認を行う。深夜までミハイルと一緒にいたはずのリルが、忽然と姿を消したらしい。

「カノープス」

「は」

シャナンの呼びかけに、カノープスが応じた。

「リシェールには、そばに置いていた精霊がいると言っていたな。どこにいるかわかるか？」

「それでしたら、そこに」

無表情のカノープスが、部屋の入口付近を指す。

するとその場所がまるで陽炎のように揺らめき、何もなかった空間に二人の男が現れた。

一人は褐色の肌に白銀の髪で、西方の民族衣装のような服を纏っている。その白い服には金糸で精緻な刺繍が施されていた。獣のような縦に長い瞳孔が、彼が人ならざる者であることを示していた。

もう一人は、肌も髪も緑がかった不思議な色彩を持っていた。身につけているのもまた、緑色の鎧だ。髪が緑色の人間はいても、肌まで緑がかった人間はいない。長身の不愛想なその男は、まるで石のような静かな目をしていた。

カノープス以外の人間が、呆気にとられて二人を見る。

いち早く正気を取り戻したミハイルが、白い装束の男に駆け寄った。

「何か知らないか？　お前達はリルの契約精霊なんだろう⁉」

どこか責めるようなミハイルの物言いに、ヴィサークは表情を変えた。

「てめぇ」

彼はミハイルに詰め寄り、襟元をつかんで体を持ち上げる。

信じられない力だ。

青い目と、金の目が交錯する。

「リルが願ったから、俺はあいつをお前に託したんだ。なのになんだ、この様は!!」

彼は今にもミハイルに殴りかからんばかりの勢いだった。

水色の風の魔法粒子が、吹雪のように舞い散る。とはいえ、それが見えるのは精霊のラーフラとエルフのカノープスだけ。

ミハイルは動じずに叫ぶ。

「俺を殴ってリルが戻るなら、好きなだけそうしろ！　お前こそ、なんで片時も離れずリルを護らなかった⁉」

「なんだと⁉」

ミハイルも負けじと叫ぶ。赤い粒子があたりに散った。

ゲイルは慌てて仲裁に入る。

精霊は、人の力を超えた圧倒的な存在だ。

このまま放っておけば、怒りにまかせたヴィサークが何をしでかすか、わかったものではない。

彼がどれほどの力を持っているか、ゲイルはリルと出会った国境の村や数年前の騎士団内乱事件で、目の当たりにしている。

『植物達に尋ねたが、リルの行方は不明。緑なきところにいる』

マイペースに口を開いたのはラーフラだった。

彼の声は、脳に直接響くような不思議な声だ。

その時だった。コンコンとノックの音が響く。

視線でシャナンに確認を取り、アランが来訪者に入室を促す。

「入れ」

部屋に入ってきたのは、メリス家に長年勤める家令だった。

「旦那様。お客様のお越しです」

「待たせておけ」

アランが苛立ちを押し殺した声で言う。彼もまた、リルの所在をつかめない現在の状況に苛立っている。

しかし家令は眉を寄せ、困ったような顔をした。

「それが……」

「アラン！　大変だ！」

家令を後ろから押しのけるように乗りこんできたのは、マーシャル子爵子息のレヴィだ。

アランと同じく王子の学習室に所属し、優秀さを認められた一人。

レヴィは部屋の中を見ると驚いたようだったが、すぐにいつもの調子を取り戻し、優雅にお辞儀して見せた。

「おっと。これはこれは皆さま、お揃いで」

そんな彼の態度に、苛立っていた男達は毒気を抜かれてしまう。

それによって落ちつきを取り戻した面々は、『こんなことをしている場合ではない』と悟り、姿勢を正す。

慌てて苛立つばかりでは、事態は何も解決しない。

「それで、一体何が大変なんだ？」

アランが尋ねると、レヴィは思い出したように背後にいた人物を引っ張り出した。

ダークグレーの髪を持つ、地味な少女だった。

目を丸くしたアランに、少女はいきなりつかみかかった。

「お姉ちゃんは⁉　お姉ちゃんは無事なの⁉」

年端（とし）もいかない子どもに服をつかまれ、アランは固まる。

そのあと、彼は反射的にレヴィを睨（にら）んだ。

「これはどういうことだ？」

「まあまあ。実はこいつはリルが監禁先から連れ帰ってきた娘でな。頼まれて、平民街にある工房で様子を見てたんだが、明け方になって急に騒ぎ出したんだ。お姉ちゃんを助けなきゃ――って」

レヴィも苦笑して顎（あご）を掻（か）く。

しかし少女はおかまいなしで、部屋の真ん中に進み出た。

「ねえ、お姉ちゃんは無事なの？　ここにいるの？」

そう何度も繰り返し、彼女は答えを待っていた。

とりあえずは面倒見のいいゲイルが進み出て、彼女の前で腰をかがめる。

「お姉ちゃんってのは、リルのことか？」

態度こそ優しいが、ゲイルは顔に傷のある強面（こわもて）の大男だ。一瞬少女は怯（おび）えて黙りこんだが、心配の方が勝（まさ）ったのだろう。おずおずと口を開く。

「リルお姉ちゃんの気配が、闇に包まれたの！　使い精霊をつけといたのに……」

その言葉に、反応したのはカノープスだった。

「使い精霊とは、精霊使いが用いる技か？」

冷徹な表情のカノープスにも、マリアは怯まなかった。

「そう。力の弱い精霊を使役して、簡単な用事を言いつけること。私の属性は闇だから、闇の精霊をお姉ちゃんの髪にひそませておいたの。絶対にまた会えるようにって」

「それで、あんなに大人しくリルから離れたのか。はじめはリルにべったりだったのに、やけに聞き分けがいいなと思ったんだ」

レヴィが呆れた様子で言う。

「その精霊は、今どうしている？」

カノープスが尋ねると、マリアは何かの気配を探るように目を閉じた。

彼女の顔は、先ほどまでの焦った様子が信じられないほど無表情だ。

そして小さな唇から、途切れ途切れに歌のようなものがこぼれ落ちる。

会議室は静まり返った。

精霊使いの技というのは、メイユーズ王国で使われている魔導とは似て非なるものだ。

誰もが緊張した面持ちで彼女を見守る。

しばらくして、彼女は目を開けた。

「力が……強まってる。ここじゃないどこか、闇の中にいるみたい。たぶん、リルお姉ちゃんとまだ一緒。使い精霊が喜んでる……」

彼女自身、困惑したように眉をひそめていた。

闇の中という抽象的な表現に、男達は顔を見合わせる。

「闇の、中？　それは暗い場所と言う意味か？」

身を乗り出したのは、シャナンだ。

「違う。闇の空間。ここ とは違う場所。地上ではないどこか」

その様は、まるで厳かに神託を行う巫女だ。

マリアはしばし考えて、さらに歌う。

今度は先ほどと少し節回しの違う曲だ。

悲しげで、どこかおどろおどろしい。

少女が歌っているのに、親しみやすさはまったくない。

一同は本格的に身構えた。

全員が固唾を呑んで見守る中——彼女は突然、悲鳴を上げて倒れた。

そばにいたゲイルが、慌てて抱き起こす。

荒い息の中で、彼女は呻くように言った。

「はあ、はあ……っ、使い精霊に視界を同調させたら、真っ黒な場所が見えた。真っ暗で、何もない場所。悪意と憎悪だけがある場所。あれはここじゃない！　人が暮らせない国よ。闇の精霊が生まれ、集(つど)うところ……」

「魔界か！」

　ヴィサークが叫ぶ。

　何かに怯(おび)えるように、マリアは体を震わせている。

　ゲイルはゆっくりと、彼女を抱きしめ、背中を撫(な)でてやった。

「魔界だと？」

　カノープスが信じられないという顔をする。

　魔界とは、闇の精霊の住処(すみか)。人の住む地上とも、ほかの精霊達が住まう精霊界とも違う、荒れ果てた最期(さいご)の地。

　古い文献には、そう書き記されている。

　人間には、たどり着けない場所である。

　人や精霊の上位種族であるエルフすら、よっぽどのことがなければ訪れない。なのでカノープスも驚いたのだ。

　困惑する人々にかまわず、人型を取っていたヴィサークが獣(けもの)へ姿を変える。

　巨大な白い獣(けもの)――この世界ではタイガキャットと呼ばれる動物に似た姿。西の精霊王ヴィサーク本来の体だ。

いても立ってもいられないと言うように、彼は窓から飛び出そうとした。

そばにいたラーフラは、緑の毛玉に姿を変えて、その体に引っつく。

「待て！」

ミハイルが叫ぶ。

「魔界へ行くんだろう？　俺も連れてってくれ!!」

具現化したヴィサークの体に、ミハイルが迫る。

精霊は気まぐれで、とても危険な存在と言われている。機嫌を損ねれば、たやすく人を害することもある。

ゲイルは慌てて彼を止めようとしたが、少女を抱きかかえていたので動けない。

かわりにカノープスがため息をつきながらミハイルに歩み寄る。

「やめておけ。人の身で無事で済むとは思えない」

「そんなことは百も承知です！　でも、リルが囚われているのに、じっとしてなんていられない!!」

ミハイルが叫ぶと、周囲に赤い火の粉が舞った。

魔法粒子が彼の感情に反応し、具現化してはじけたのだ。

カノープスは足を止める。

しばらく睨み合いが続き——しかし言葉を発したのは、二人のうちどちらでもなかった。

「……容認できない」

そう苦々しくつぶやいたのは、王太子であるシャナンだ。

「ミハイル・ノッド。貴公は我が国にとってなくてはならない人間だ。危険な地に赴くのを、黙って見過ごすわけにはいかない」

シャナンは、血がにじむほど強く唇を噛みしめていた。

本当は、彼自ら乗りこんでリシェールを助けたいのだろう、とその場の誰もが察する。

王太子の前で腰を折ったのは、彼の側近である近衛隊長だった。

「殿下。魔界へは、わたくしがまいります。しばしおそばを離れます無礼をお許しください」

そう言うや否や、彼は瞬く間に優美な黒の獣に変化した。

聡明な目と、優美でしなやかな馬のような体。黒くつやつやとしたその毛並み。

誰もが呆気にとられて、変貌した彼を見つめる。

『私はエルフですので、魔界に行っても無事に戻れるでしょう。娘、案内を頼む』

カノープスは全員の頭に響く不思議な声でそう言うと、呆然とする人々を尻目にマリアの前で伏せる。

「いや、こんな幼い女の子を魔界に行かせるわけには……」

そう抵抗するゲイルに、マリアは力強く言う。

「大丈夫。マリア、闇属性だから。魔界に行っても平気って、聞いたことあるの」

少女は大きく頷いた。ゲイルはためらったが、しばらくしておそるおそるカノープスの背にマリアを乗せてやる。

「カノープス……」

シャナンは驚き、自らの側近の名前を呼んだ。

エルフとは、人を超越する生き物だ。なので、人前に姿を現すことはほとんどない。

天界から大陸に現れたエルフは、現在臥せっているシリウスのみであるとされてきた。

立ち上がり、飛び去ろうとするカノープス。その前に、人影が飛び出してくる。

ミハイルだ。

彼は疑似精霊の依代を握りしめている。

疑似精霊とは、強い魔力を持つ者が精霊に似せて作ったモノだ。

多くの場合、騎獣として用いられる。

ミハイルはそれを窓から外に放り投げた。

彼の疑似精霊は、炎を纏う龍だ。それも足のついた蛇。東方の大国で語り継がれるそれを模している。

彼は乱れたガウン姿のまま、言い放った。

「同行が許されないのなら、勝手についていくまでだ」

決意を秘めた表情に、カノープスはため息をこぼす。

『ついてくるのは勝手だが、せめてまともな服を着ろ。それぐらいは待ってやる』

結局、ミハイルが準備する間、出発は待たれることとなった。

庭ではすでにヴィサークが、今や遅しと待っている。

そして二メニラ——一時間後、ミハイルとマリアを乗せたカノープス、そしてヴィサークとラーフラは、魔界に向けて飛び立った。

＊❖＊

魔界は、人間界と同一であり異なる世界。重なり合うものの、別の場所だ。

延々空を高く飛び続ければ、あるいは地下にもぐり続ければ、いつかたどり着く……

というような場所ではない。

――メイユーズの国教である聖教史は語る。

世界は元は一つであった。

しかし世界のすべてを創造した神が去り、残された者達は覇権をめぐって争うようになった。

最も強い力を持つエルフは争いを好まず、世界を四つの階層で分けようと思いついた。

もっとも高く、天に近い場所を天界と呼び、エルフが住まう世界に。

それに次ぐ場所、精霊と妖精が遊ぶ魔力に満ちた世界を、精霊界に。

地上に生きる人間達の世界を、彼らは下界と呼んだ。

そしてそのさらに下。最も深い階層には、ほかの精霊達と共存することのできない闇の精霊達を住まわせた。これが今、魔界と呼ばれている。

上の階層からは、下の階層が見渡せるようになっている。

エルフ達は時折、下の階層を眺めては、大きな諍いが起きてないかを確認し、時には調停の役割を担っていた。

彼らは神が残した世界を守ろうとしたのだ。

だから下の階層からは上の階層が見えないようにし、よけいな諍いの種を生まないようにした。

ただ時折、力の強い者は、上の階層の世界を覗き見ることができる。

そのせいで見えるのが魔法粒子だ。

人は己と響きあう属性に関してだけ、上の階層にある精霊界を覗き見、そして操ることができた。

そんな人々が寄り集まり、国ができては滅びた。

人は何度もその歴史を繰り返した。

聖教とは、そんな人の愚かさを語り伝える導である——

＊ ✣ ＊

獣となったカノープスも、そして風の精霊であるヴィサークも、そのスピードは圧倒的だった。最下層と言われる魔界を目指すからには地中にもぐるのかと思っていたミハイルだが、カノープスは天高く飛んでいく。

疑似精霊ごときでは、遅れを取っていたことだろう。

リルを姉と呼ぶ少女の背中を支えつつ、ミハイルはカノープスの背で考えた。

遥か高く、空気が薄くなるほどの高さまで上昇したところで、カノープスが突然止まる。

『今から闇の領界に入るぞ。注意しろ』

そう言うと、彼は人のものとはまったく異なる、異様なまでに高音の鳴き声を上げた。

ミハイルは思わず耳を押さえる。

耳が痛いのではない。

その声の持つあまりの力に、本能が震えたのだ。

そしてしばらくすると、突如として空が破れた。

空の切れ目には、黒い何かが気味悪くうごめいている。

しかしカノープスやヴィサークは意にも介さず、その切れ目に飛びこんだ。

* ✣ *

「君は本当にとても優秀で、度しがたいほど愚かだ」

目を覚ました私を迎えたのは、聞きたくもない男の声――クェーサーの声だった。

かつて、この声を好意的に思っていたことがある。

私達が騎士団に所属していた頃のことだ。

私はカノープスの従者で、彼は騎士団長の従者だった。
仕事を教えてくれる彼を、私は慕っていた。
あの頃に帰れるならば、私は自分で自分を殴ってやりたい。
反論しようとするが、口が開かなかった。
体中が、べっとりとした粘液のようなもので覆われている。
冷たくも、熱くも、痛くもないが、どうしようもなく不快だ。
目を開くことすら、できなかった。
それとも、本当は目は開いているのに、そこが闇だから何も見えないだけなのか。
ただ、かろうじて息はできる。――いいや、私は本当に息をしているのだろうか。
もしかしたら〝私〟など、もうどこにもいないのかもしれない。
すでに死に絶えて、意識だけの存在になり果てたのかもしれない。
五感を支配されてしまえば、そんなことすら判断がつかないのだと知る。
「君の口答えには飽き飽きしているからね。その口を封じさせてもらったよ」
彼の声は私の心を荒れさせるだけだった。
クェーサー・アドラスティア。
国家転覆――どころか、大陸全土の破壊を目論む、精霊使いの一族の末裔。

「くっくっく。それにしてもまさか、テイト卿に頼ってまで体を大きくするとはね。さすがにその考えは僕にはなかったなぁ」

彼がとても愉快そうなのが、伝わってきた。

クェーサーの、嘲（あざけ）るような言葉が耳に障（さわ）る。

ただただ不愉快だ。

「まあおかげで僕は助かったんだけれど。君の行動力にはいつも恐れ入るよ」

何が、助かったのだろう。

もし私の行動のどれかが彼を喜ばせたのなら、こんなに不本意なことはない。

しかし私はすでに純潔を失っていて、彼にとっていいことだとは思えない。

そんなことを考えていると、クェーサーの声が意味ありげに途切れた。

物音はしない。

なんでもいいから情報が欲しくて、様子をうかがい続ける。

すると、クェーサーとは別の声がした。

「……私もまさか、ここまでしてくれるとは思わなかったわ」

その声を聞いた瞬間、心臓が止まるかと思った。聞き覚えのある女の声だ。

心臓が、激しく脈打つ。

そんなはずはないと思いたいが、確かにその可能性だって充分にあった。

「なんで？　という顔だね。それにしても、いささか不用心だよルイくん。よく知りもしない相手の助言を受けて、まさか純潔まで捨ててしまうなんて。なあ、パール・シー」

くつくつと、女の笑い声が聞こえる。

私の一片の希望すら、クェーサーが呼んだ名前によって打ち砕かれてしまった。

その艶っぽい笑い声は間違いなく、城の地下で私に真実を教えたパールの声だった。

どこまでが嘘なの？

必死に、過去のことを思い出そうとする。

「だいたいね、君は僕のことを甘く見すぎじゃないの？　なんでわざわざ捕まえた君を、あんなに無防備なあばら屋に、それも大した見張りもつけずに転がしておくと思うの？　何かあるんじゃないかって怪しむのが普通じゃない？」

そうかもしれない。

けれどあの時の私は必死で、とにかくクェーサーから逃げなければと考えていた。

話しかけてくるクェーサーの声は、どうしようもなく酷薄だ。

「一応、あそこで君のナイトに救出してもらって、盛り上がり最高潮の初夜を演出してあげようと思ってたんだけど……まさか自ら逃げ出しちゃうとはね」

ぐちゃぐちゃと、不穏な音がした。

なんの音だろうと思っていると、クェーサーが楽しげに言う。

「音が聞こえるかい？　この音は、闇の魔物がお前の絶望を食っている音だよ」

なんておぞましい話だろう。

「ああ、そうだ。心配しなくても大丈夫。パールが話したことは、大体が本当だよ。僕がアドラスティア様をよみがえらせて、大陸の文明を洗い流そうとしているのも、そのために王都にアンテルドを核とした闇の塊をばら撒いてきたのも、すべて真実さ。でもね、偽りがたった一つだけ。小賢しい君なら、もう想像がついているんじゃないのかな？」

「もったいつけてはかわいそうよ。早くあの忌々しいリベルタスの娘に、引導を渡してちょうだい」

パールの声には、粘ついた媚が混じっていた。

美しい彼女がクェーサーにもたれかかっている様が、目に浮かぶようだ。

「アドラスティア様の眠りを覚ますために必要なのはね、神聖な処女の血じゃあないんだよ。穢れに接した――処女を失ったばかりの女の生血が必要なのさ」

クェーサーが言い終わった刹那、首に鋭い痛みが走った。

皮膚が裂け、急速に血が失われていくのがわかる。

反射的に発したはずの悲鳴が、なぜか聞こえない。

自分の耳にすら届かない、私の断末魔の叫び。

「すぐには死んでしまわないよう、傷は浅くしておいたから。せいぜい僕の可愛い精霊達に、美味しい絶望を食べさせてあげてね」

そして、クェーサーの声すら途絶えた。

後悔や悔しさよりも、ただ痛みと恐怖が膨らんでいく。

刻々と血が失われていく、針の見えないカウントダウン。

あとどれだけ血を流せば、私は死に絶えるのだろう？

それともすでに私の体は死んでいて、それに気づかず魂がただ悲嘆に暮れているだけなのか。

周囲の闇の気配が、より一層強くなる。

私の絶望を吸って、育っているのだろう。

これが――私の最期。

私が何をした？

誰かを傷つけることもあった。小賢しく周囲を利用した時もあった。

注(そそ)いでもらう愛情に気づかず、人を傷つけたこともある。

だけど、こんな最期(さいご)を迎えなきゃいけないほど、それは罪深いことだったのか？

悲鳴も涙も奪われ、ただただ絶望を感じる。そして悲しみや心の痛みを。

ついさっきまで、あれほどの幸福に包まれていたというのに。

血は刻々と流れ続けている。

そして私の嫌悪と恐怖に、闇の魔物達がどんどん集まってくるのがわかった。

ああ、気持ち悪い――


どれほどの時が経ったのだろうか。

私の精神は疲弊(ひへい)していた。

いっそ死んでしまいたい、と何度願ったことだろう。

しかしそれは叶わない願いだった。

それどころか、いつまで経っても意識すら失えない。

永遠のように感じる苦痛の中で、ただ生かされている。

すべての権利を奪われた。

冷静に、冷静になるべきだ。

そう、心に強く言い聞かせる。

今まで何度も、死にそうな目には遭ってきたじゃないか。

それでもなんとかここまで生き残った。

まだだ。あきらめるにはまだ早い。

私は必死に、薄れかけた記憶を手繰り寄せた。

マリアは確か、クェーサーはアドラスティアをよみがえらせるために闇月——十一月を待っていると言っていた。

時間の感覚は曖昧だが、捕まった日は闇月までまだ数日あった。

クェーサーとパールはどこへ行ったのだろうか。いつからか、彼らの声は聞こえなくなっていた。

私は失った感覚を取り戻そうと、意識をあちこちへやった。

せめて体さえ動かすことができれば、できることもある。

闇月が来る前に、私が死ぬことさえできれば——そうすれば、せめてメイユーズ王国は助けられるかもしれない。

私の大切な人達を、むざむざとクェーサーに奪われずに済むかもしれない。

けれどどうしたって、体の感覚は戻らなかった。

自由なのは思考だけ。

私はせめて、楽しい記憶を思い出すことにした。

これ以上闇の精霊に、絶望という餌を振る舞ってやるのは癪(しゃく)だからだ。

ちょっと暴走することはあるけど、いつもそばにいてくれたヴィサ君。ついでにラーフラも。

新しい家族になってくれたゲイルとミーシャ。優しい二人が大好きだった。

無条件に愛してくれたシリウス。あなたが私を見つけてくれた。

私を死の淵(ふち)から救ってくれたシャナン。己(おのれ)の命すら惜しまず、あなたは私を救ってくれた。

ほかにも、私はたくさんの素敵な人達に出会った。

どんな時だって変わらない態度で接してくれたカノープス。

義母の死を乗り越えて、私の力になってくれると言ったルシアン。

いつもふざけた態度のレヴィ。

思いこみは激しいけど、今はなにかといたわってくれるアラン。

本当の父、ジーク。ホテルを手伝ってくれるスヴェンもいる。

昔からお世話になった料理長。まさか貴族だとは思わなかったが。

工房に勤めるたくさんの子ども達。

ホテルで働く従業員達。

――みんな、みんな好きだ。愛してる。

そして――ミハイル。

もう、一生会えないかもしれない。二度とあの金の目に見つめられることは、ないのかもしれないけど。

ありがとう。

私を助けてくれて。

私を見守ってくれて。

私を……愛してくれて。

熱い涙が、目からあふれて頬を伝った。

そのぬくもりで私は、自分に頬があるのだと知ることができた。

胸が張り裂けそうだ。張り裂けたところから、彼らへの愛しさがあふれ出すかもしれない。

涙にむせぶ嗚咽は、耳に届かずに消える。

それでも――私は絶望に負けたりしない。闇に心を奪われたりなんてしない。

アドラスティアをよみがえらせて、愛しい人達を危険にさらすくらいなら、私は死も恐れない。

もう一度会えなくたって、愛しい人達がどこかで生き延びていると知っていれば、幸せな気持ちでこの世を去れるだろう。

涙を感じる頬から、感覚を探っていく。

そして私は、自分に口や、耳や、首や肩があることを知る。

死ぬのならば、それだけで充分だ。

私は、口を思いきり開けた。

怖くて、口は震えている。

本当は死にたくない。

でもクェーサーの思い通りになるのはもっといやだ。

もっとみんなと、一緒にいたかった。

もっと笑い合いたかった。

幸せになりたかった――……

そう思いながら、私は力の限り己の舌に噛みついた。意識は、次第に薄れていった……

＊
❖
＊

……どうやら私は、無事天国に来られたようだ。
だって視界を占めているのは、もう闇ではない。
私はどこか、深い森の中にいた。
霧深い太古の森だ。
植物は私の知るものの何倍も大きく、生い茂る木々はその頂点が見えないほどだった。
まるで巨人の国だなあ。
そんなことをのんきに考える。
カサリと、生い茂った草が足に触れた。
自分の足など久しぶりに見たなぁ。
なんだか懐かしくて、私はしゃがみこんで足を撫でる。
『よかった。どうやら成功したようだ』
どこかから声が聞こえ、私は周囲を見渡した。
しかしそこに人の姿はない。

首を傾げていると、もう一度声がした。
『目の前におるよ。ずいぶん草臥れてはおるが』
私はもう一度周囲を探す。
しかし目の前といっても、そこには巨大な木が立ち尽くすばかり。
ほかに生き物の気配はない。
『その木じゃよ。わしは木の精だから』
驚いて、目を見張った。
そういえばさっきから、私の心の声に誰かが答えてくる。
私の考えていることが筒抜けらしい。
『年を取ると、こんなことばかり得意になっていかんな。怒らないでくれよ』
「あなたは……？」
見上げて声に出して問いかけた。
ツタが這い、苔むした、見たこともないような巨大な木。
樹齢はどれぐらいなんだろうか。
千年や二千年ではないように思える。
『わしはシャリプトラ。木の精霊王を務めておる』

「じゃあ、ラーフラの……」

ラーフラは以前、木の精霊王だったのに、私についてくるためにやめてしまったのだ。

『あやつは不肖の眷属じゃ。ラーフラの前の代の精霊王はわしだったんだが、数年前に精霊王の立場を譲ってな。やっとのんびり過ごしておったのに、あやつときたら、春先に突然やめおって……。ほかにふさわしい者が見つからず、仕方なく、再びわしが精霊王を務めておるのじゃ。ラーフラは融通が利かないやつだが、悪気はないんで許してやってくれよ』

なんだか意外な気分になる。

木の精霊は、みんなラーフラのような性格なのだろうと思っていたからだ。

『ああ、それはな』

それはさておき、どうして彼は死後の世界にいるのだろう?

やはり、彼は私の思考を読んで、すぐに答えをくれた。

『おぬしがまだ死んでなどおらんからじゃ。ここは死後の世界ではない』

「え? だって……?」

確かに、私は自殺したはずだ。

クェーサーの思い通りになるのが嫌で。

大切な人達を失うのが嫌で。

『まあ死にかけたというのは、本当じゃがな。魂が死出の旅に出るのを、わしが途中で拾い上げたのじゃ』

驚いた。精霊とはそんなことにまで干渉できるものなのか。

『うむ。まあみんながみんなできるというわけでもない。わしは年だけは食ってるからのぉ』

どうやらシャリプトラは、不思議なことは全部年齢のせいにするつもりらしい。

まあ、私が理屈を考えても無駄だろう。

元々精霊というのは、人間の考えが及ぶような存在ではないのだ。

ヴィサ君のわかりやすさは、精霊の中では例外というだけで。

『はは！　確かにあれはわかりやすいなぁ』

愉快そうにシャリプトラが笑う。

といっても口を開けて笑うわけではない。

風もないのに木の葉がざわざわと揺れるのだ。

「それで、あなたはどうして私を引き留めるようなことを？」

不思議に思って尋ねる。

今まで会ったこともない彼が、私の死を止める——助けてくれる理由がわからなかったからだ。

どう答えようか、とシャリプトラが考えている気配がした。

さわさわと風が木々を撫でて音を立てていく。

『……神との約束だからなぁ。お前を見守り続けることは』

「神、様？」

久しぶりに聞いた単語だ。一瞬、理解が追いつかない。

日本とは違い、この世界の神はすでに世界から去ってしまった存在だ。

言い伝えでは、神様が去った穴埋めに、エルフが人々を見守ることになったのだとか。

だから彼らは、今も天界から世界を見守っているのだ。

『アレはなんというか、好奇心旺盛でなあ。いろんな国や世界を見るのが好きで、それが高じて果てのない旅に出てしまった』

彼の口調はそれを責めるというより、まるで旧友を懐かしむみたいだった。

神様の話をしているとはとても思えなくて、私は驚いてしまう。当然、私と神様は今まで会ったことはない。

「でもどうして、神様が私を？」

さわさわと、またシャリプトラが笑う。

『それはあやつが、誤ってお前を殺してしまったからじゃ』

「私を？」

そんなはずはない。

だって私は、自ら舌を噛み切ったのだ。

しかし当たり前のように私の心を読んで、シャリプトラは否定する。

『ああ、今回のことじゃない。もう、ずうっとずうっと、昔のことじゃ』

「昔？」

『ああ。遥かな昔、お前は別の世界の住人じゃった。しかし神の失敗によって、その命を失わせてしまった。あやつはお前の魂を持ち帰り、この世界に放した。今度こそ幸せになるようにと』

「ちょ、ちょっと待って！」

神の手違いで死んだ？

当然ながら、私にそんな記憶はない。

前世の日本で死んだのだって、運転中に飛び出してきた子どもを避けて、電信柱に突っこんだからだ。

『〝でんしんばしら〟とやらは知らん。だが神は、自分が突然飛び出したせいで、お前を死なせてしまったと言っていた』

「え……」

シャリプトラの言う通りならば、あの子どもこそが神様だったというのか。

もう遠い記憶だが、どこにでもいる普通の少年のように見えたのに。

『許してやってくれ。新たな世界に行って、あやつもはしゃいでおったらしい。しかし死んだ者は生き返らせられぬと向こうの神に言われ、やむなくその魂を持ち帰ったのだと言っていた』

それが、私がこの世界に転生した理由だというのか。

でも、ならどうして、この世界は『恋パレ』——乙女ゲームと酷似しているのだろう？てっきり、乙女ゲームの世界に転生したと思っていたのに。

『せめてもの詫びに、おぬしが喜びそうな世界を作ったと聞いたが、それがどういうことかまではわしにはわからん』

「私が喜びそうな、世界？」

『〝げーむ〟とやらがなんちゃら、と言っとった気もするが……』

シャリプトラが申し訳なさそうに枝を下げる。

「でも、それじゃあ、おかしいでしょう？　私が生まれ変わって、まだ十年も経っていないのに、聖教ではずっと前に神は去ったって……」

シャリプトラの話は、時系列が合わない気がする。

『やはり、覚えておらなんだか。お前はもう、何度も生まれ直しているというのに』

「生まれ直しているって？」

『神はおぬしを幸せにするためにこの世界へ連れてきた。しかしおぬしは、どうしても不幸な結末を迎えてしまう。そのたびに神はおぬしの人生をやり直させたのじゃ』

「不幸な……？」

『そう。時に迫害され、時に人生に失望し、おぬしは死んだ。そのたびに神はその記憶を消して、おぬしを生まれ直させた。それを繰り返すうち、やがて神に刻限が来た。あやつはおぬしをわしに託して旅立ったのだ。そしてわしは、おぬしが幸せになるところを見守るため、その役目を引き継いだ』

その話は、私の理解をこえていた。

てっきりゲームの中だと思っていたこの世界は、実は神が私のために作った世界だというのだ。

そしてその世界で私は何度も生き死にを繰り返しているという。

……そういえば、最近は見ないけれど、幼い頃は怖い夢を繰り返し見ていた。

それは、不幸になる夢だ。

そうだ、どうして忘れていたのだろう。

私は夢の中で、いつも思っていた。

——もう二度と、悪役になんてなりたくない、と。

しかしそれでは、メイユーズの国も、そこに暮らす人達も、ただ私を慰めるためだけに作られたまやかしだったというのか。

衝撃を受ける私に、シャリプトラが語りかける。

『いいや、それは違う。神はあくまで世界の仕組みを寄せただけ。すべてが同じではない。それはおぬしもわかっておるじゃろう？　しかもあやつは、もうこの世界にはおらん。世界は、いつか神という庇護者の手を離れ、自分達の未来をつかみ取らねばならんのだ』

「自分達の、未来……」

『そう。だから下界で生きる人々がまやかしだとは、思わんでくれ。あれらがそこで自由に生まれ死にゆくのは、もう神にすら動かしようのない事実なのじゃ。似ているのは、あくまで表面的なこと』

——確かに、メイユーズに起きた出来事がゲームのままだったかと言えば、それは違う。

シャナン王子がリシェールの命を救うなんて設定はなかったし、ミハイルとゲイルだって、あれほど親しい設定ではなかった。

アドラスティアなんて設定は、影も形もなかったのだ。

それらの自分がプレイした商業用のゲームとの差異を、ここが未プレイの同人版恋パレの世界だからだと、私は解釈していた。

しかしそうではなかった。

元からここは、乙女ゲームとは異なる、筋書きのない世界だったのだ。

呆然として、思わずへたりこんだ。

では、私は死を運命づけられた悪役令嬢などではなく、この世界には明確な主人公もいないということなのか。

予想もしていなかった真相に、頭が真っ白になってしまう。

嬉しいのか、悲しいのか。どんな感情を抱くのが正解なのかもわからない。

『だから、安心して幸せになっていいんじゃぞ』

シャリプトラの声は優しかった。

『神に託されて、わしはずっとお前を見ておった。お前はいつもいつも、自分ばかり犠牲になって人の幸せを希(こいねが)ってばかりじゃ。しかし縁あってこの世界に来たのなら、お前自身が幸せになることを考えてもよかろう』

まるで恵みの雨のように、その言葉は空っぽになった私の心に染みこんだ。

『幸せになったら、それと引き換えに他人が不幸になるわけではない。お前の幸せを己の幸せと思う者もいよう。人の幸せは奪い合うものではなく、分け合って増えていくものだと、わしは思う』

目の前にそびえ立つ大木を見上げる。

遥かその高みには雲が引っかかっており、光の中で弱い雨が降ってきた。

無数のしずくが光を反射して、まるで天国のようにきれいだと思った。

『ほら、迎えが来たようじゃ』

「え?」

なんのことだろうと思っていたら、突然大木が縦に裂けた。

いや違う。彼ではなく、この空間が裂けたのだ。

そしてその隙間から、まばゆい光がこぼれた。

一瞬にして光に包まれ、反射的に目をつぶる。

木々のざわめきが聞こえなくなり、私はまた何もわからなくなった――……

4周目　光は闇を打ち砕くのか？

気づくと、私はまだ闇の中にいた。

シャリプトラとの会話は夢だったのだろうか？

しかし明らかな異変もあった。

意識を失う前はただ深くよどんでいた闇に、切れ目ができている。そこから覗いた白い光に、闇の精霊達がのたうち回っていた。

私を取り囲んでいた精霊達は、光を厭い逃げていく。

ようやく、体が思うように動かせる。

首の傷も、そして噛み切ったはずの舌も、なぜか治っていた。

手が動く。

体が動く。

当たり前のことなのに、それが何より嬉しい。

同時に、光にさらされた自分の体に、私は妙な感動を覚えた。

ああ、私はまだこの形で――リルという人間として生きている。

それが嬉しかった。

シャリプトラの話が本当だとするなら、もう私は乙女ゲームの設定とはなんの関係もない。

先の運命なんて何一つ決まっていない。ただこの世界を生きる、一個の命にすぎない。

みんなも同じだ。

大好きな大好きな、あの人達と同じ。ただ自由に生きることができる。

そんな喜びが湧き上がってきた。

ようやく帰属する場所を見つけたような、安心感。

そうしてみて初めて、私はこの世界に馴染み切れていなかった自分に気がついた。

指を振り、空中に光のペンタクルを描き出す。

闇の切れ目を広げるためだ。

以前クェーサーの闇から脱出した時と同じ――いや、それ以上に複雑なオヤレースで強化した、最新版のペンタクル。オヤレースとは、トルコのレース編みだ。ペンタクルにそれを組み込むと、魔導が強化されるのである。

体に残っていた魔力が、どんどん吸い出されていくのがわかった。

思った以上に魔力を失っていたらしく、体が傾(かし)ぐ。

しかしその分だけペンタクルは輝きを増し、空間の亀裂から爆発的な光の粒子があふれ出した。

「何事だ‼」

異変に気づいたのだろう。

声のする方を見ると、いつのまにか、そこにはクェーサーとパールが立っていた。

彼らは光の奔流(ほんりゅう)を押しとどめようと、歌を用いて闇の精霊を呼び寄せる。

そうはさせない。私はよろけながら己(おのれ)の魔力を絞(しぼ)り出した。

ペンタクルの輝きは増し、亀裂はどんどん大きくなる。

「邪魔する気か！」

クェーサーに威嚇(いかく)されて、怯(ひる)みそうになる自分を叱咤(しった)した。

（負けるか！）

私は、ただ、帰りたかった。

そして帰るためには、クェーサーの存在は邪魔なのだ。

私は体からすべてを絞(しぼ)り出すつもりで、魔力を光のペンタクルへと結集させた。

メイユーズ王家に伝わる光の紋章。前世の知識として知っていたことに感謝する。

光の精霊の加護を与え、闇を打ち砕くものだ。
光と闇の力は拮抗し、ものすごい魔力の波動が襲いかかってくる。
私は立っていることすらできなくなった。
膝をつき、しかし魔力を送る手だけは下ろさない。
光と闇がぶつかり合い、反動で飛び散った粒子はまるで火花のようだ。
クェーサーの手に、パールも手を添えているのが見えた。
彼女はクェーサーの歌に同調しはじめ、新しい歌が響いてくる。
頭が割れそうなくらい痛かった。
勢いを増した闇の精霊が襲いかかってくる。
でも負けるわけにはいかない。
たとえ命の最後の一滴を絞り出すことになろうと、この体が砕け散ろうと——
だって、私はこの世界が好きだ。
今はまだ知らない、未来の続きを見たいのだ。
すると私の願いに同調するように、亀裂の向こうからも光の粒子が集まってくる。
こまごまとしたそれらは最初、とてもささやかだった。
しかしそれが寄り集まり、私の放つ光と合わさって大きくなる。

光と闇の力が再び互角になり、体にかかる重圧が弱まったのがわかった。
あの亀裂の向こうには、何があるのだろう。
そう目を凝らしていたら――
「リル!!」
闇の世界に、突如光が満ちた。
すべてを吹き飛ばすほどの、強い風が吹く。
クェーサーとパールが、突風に吹き飛ばされるのが見えた。
誰かの声に返事をしようにも、強い向かい風のせいで口を開くことすらできなかった。
ごおおという風のうなりにより、聴覚は使い物にならない。
（だれ？）
心の声が聞こえたかのように、返事が返ってきた。
「俺だ！」
聞き慣れた声だ。その声音からは焦りがうかがえる。
それだけで、私の肩から一気に力が抜けた。
思わずその場に崩れ落ちそうになって、抱きしめられる。
強い力。逞しい二本の腕。温かくて、鍛えられた硬い胸。懐かしいにおい。

目がかすんでいても、私にはそれが誰なのかすぐにわかった。

ミハイルだ。

たとえこれが夢でも、最期の瞬間に彼に会えたのなら、幸せだ。

「バカ！　お前はいつもいつも、心配ばかりかけて……っ」

その声は湿り気を帯びていた。

私が彼を悲しませていると思うと、胸が締めつけられる。

気づけば、私は仰向けに寝かされていた。頭の後ろに人のぬくもりを感じて、ミハイルが膝枕をしてくれているのだと気づく。

見上げると、私を覗きこむ人達がにじんで見えた。

すぐにわかったのは、ミハイルの赤い髪。

かすむ視界の中で、私はそれに手を伸ばす。

白い頬に触れるとすぐに指先が熱く濡れた。夢じゃない。

「お姉ちゃん！」

小さな灰色の人影が、聞き覚えのある声を出した。

私は驚き、ひゅっと手を引っこめる。

「マ、マリア!?」

口から出た声はガラガラだった。

喉（のど）を切られた影響だろうか。

しかし改めて指で首をなぞっても、そこには傷らしい傷はなさそうだ。

「だいじょうぶ？　どこもいたくない？」

じっと灰色の人影を見つめていたら、やがて小さな少女の顔が見えてくる。

眉をへにゃりと下げて、彼女が心から心配してくれているのがわかった。

答えるかわりに、私は彼女の頭を撫（な）でた。

工房で世話を焼いてくれたのか、灰色の髪はきれいにくしけずられている。

マリアは可愛くはにかんだ。思わず私まで笑顔になる笑みだった。

「マリアね、お姉ちゃんのこと見つけたのよ？　えらい？」

どういうことだろうかと首を傾（かし）げると、彼女を押しのけてカノープスが覗（のぞ）きこんできた。

相変わらずの無表情と、眼鏡の奥の鋭（するど）い眼光。

「お前……木の魔法の気配がする」

怒られるのかとびくついたら、彼はそうつぶやいて突然口の中に手を突っこんできた。

「も、もがぁ!?」

私は驚いて叫ぶ。

彼はそれを意に介さず、むんずと舌をつかんだ。

そんな部分をつかまれたことがないので、思わず呼吸を止める。

「再生の痕……？　一度千切れたものを再生させたのか？」

カノープスが不思議そうに言う。

私はぎょっとしたが、言い訳も思いつかずへらへらと笑うしかなかった。

一時は死を覚悟して舌を噛み切ったのだなどと、言えるはずがない。

マリアがショックを受けるだろうし、いろいろな人からたっぷりお説教を受けることは、目に見えている。

「敵にやられたものではないな？　どうしてこんな無茶を――」

呆れているのか、怒っているのか。

カノープスは無表情の中に、不明瞭な感情をにじませた。

気のせいかもしれないが、その肩がかすかに震えているようだ。

「こら、早く離せよ！」

そんなカノープスの手を振り払ったのは、人型のヴィサ君だった。

南国系イケメンであるこの姿にはいまだに慣れないが、その冴えた目の色とつやつやの白銀の髪は、間違いなく彼のものだ。

「リル、大丈夫か？　どこも痛くないか？　迎えに来るのが遅くなってごめんな？」

『ふむ、森のにおいがするな』

ラーフラも、まりもの姿で不思議そうにつぶやいた。

その時離れたところで、誰かが叫ぶ。

「茶番もそこまでにしてもらおうか！」

声の出どころを探すと、ぼろぼろになったクェーサーが立っていた。

黒いローブはところどころ破れ、なぜか髪も一部が不自然に縮れている。それは、すぐそばにいるパールも似たようなものだった。

肩で息をする彼らを見て、カノープスがつまらなそうに眼鏡を直した。

「まだやるのか？」

気づけば、そこは光に包まれた白い空間に変わっていた。

闇の精霊どころか、一粒の闇の魔法粒子すら見つからない。

どうやら私の使った魔導に、カノープスも加勢してくれたようだ。

「甘く見るなよ。アドラスティア様さえ召喚できれば、こちらのものだ」

そう言って、彼は赤黒いマントを取り出した。大人の私が両手を広げたぐらいの大きさだ。

そのマントを染め上げているのは、おそらく私の血だろう。

それだけ出血したのかと思うと、ぞっとする。どうりで体が動かないはずだ。

彼はそのマントを地面に広げ、そこへ向かって手のひらをかざした。

そして歌う。

アドラスティア一族の歌だ。

私の血を使って何か術を施(ほどこ)すということは――まさか、一族の祖をよみがえらせるという儀式をはじめようというのか。

「そんな、闇月(あんげつ)でなければ儀式はできないと……！」

やけに悲鳴じみた声だと思ったら、それは自分の声だった。

「すでに黒月(こくげつ)の後半。予定より少し早いが、媒体を増やせばいいだけのこと。なあ、パール」

歌の合間にクェーサーが呼びかけると、ぼろぼろの美女パールがゆっくりと頷(うなず)いた。

「ええ、そうね」

そして彼女は次の瞬間――事もなげに己(おのれ)の喉笛(のどぶえ)を切り裂いた。

すると傷口から噴水のように血が噴き出し、あたり一面に散らばっていく。

大きな動脈を切ったのだ。

「やめて！」

私は必死でそう叫んでいた。

起き上がろうとして、ミハイルに止められる。

私は呆然と、噴き上げる血と倒れゆく彼女を見つめることしかできない。

あれではもう助からない。

頭の片隅で、冷静に判断する。

パール、どうして？

彼女はなぜ、クェーサーの言葉一つで簡単にその身を投げ出せるのだろう。

井戸の底、精霊使いの遺跡だという不思議な場所で、私の母について語った彼女を思い出す。

パールに騙されていたことは、確かに悔しかった。

でもだからといって、こんな風になってほしかったわけじゃない。

それに——

先ほどまで親しげにしていた相手に、突如死を命じるクェーサーもそれに応じるパールも、私には理解できなかった。

「闇月はまだでも、穢れた乙女の血が二人分もあれば、充分だろう」

媒体とは、儀式に使う血のことだったのか。そのために、仲間を自害させるなんて……

「下衆が……ッ」

ミハイルがつぶやいた。

私の血が染みこんだマントに、パールのそれが降り注ぐ。

倒れゆく彼女の体を支えようともせず、クェーサーは猟奇的な高笑いをあげた。

闇の精霊達が再び現れ、嬉しそうにマントに群がりはじめる。はじめは少なかったが、次第にそれらは存在感を増した。

私は思わず息を呑む。

まるで無数の蝿が飛来して、たかっているかのような光景だ。

「リル、見るんじゃない」

そう言ってミハイルが私から視界を奪ったが、今見たばかりの光景は脳裏に焼きついていた。

「アドラスティアをよみがえらせてどうする？」

カノープスの冷たい声がする。

「我々の悲劇の上に築かれた、大陸の穢れた文明を洗い流す！　ひぃはは！　アドラスティア様、今こそ宿願を果たす時です!!」

クェーサーの声からは狂気しか感じられなかった。

かたかたと、体が震えだす。

私が、短慮を起こしたからだ。パールを疑いもせず、純潔を失ってしまったからだ。

どうしよう？　どうしたらいい？

あの時はそれが最善だと思った。でも、クェーサーの手のひらの上で踊らされていただけだったなんて。

私の目元を覆うミハイルの手を、涙が濡らす。

「リル、大丈夫だ……」

私を慰めるように、ミハイルが言った。

「お姉ちゃん泣かないで」

マリアはそう言うと、服の裾で、ごしごしと涙を拭ってくれた。

ミハイルの手が離れ、マリアの顔が見える。

「だいじょうぶよ。マリアがなんとかしてあげる」

つぶやいて、彼女もまた異国の歌を口ずさみはじめた。

懐かしい歌。母の歌っていた歌。なのにそれは精霊を使役するためのものだという。

クェーサーに集中していた魔法粒子が、枝分かれするようにマリアのもとへ飛来する。

それはほんのささやかではあったが、彼女は懸命だ。

「なるほど」

それまで黙りこんでいたカノープスが、場にそぐわない落ちついた声音で言った。

「少なくとも事態を遅らせることぐらいはできるか」

そう言って、彼は己の右手を宙にかざした。

するとその手をめがけて、闇の魔法粒子が集まってくる。

その量はすぐに増大し、彼の手元でどんどん膨らみ黒い塊になった。

「闇の属性はエルフには不向きだな。やはり威力が落ちる」

カノープスは変わらぬ様子でそんなことを言う。

黒い塊はどんどん膨らんでいき、クェーサーが不愉快そうに顔をゆがめる。

「無駄なあがきを！」

そう言うと、彼は一部の闇の精霊を操り、あろうことかこちらに差し向けてきた。

狙いはマリアだ。

「危ない！」

私が叫んだのと同時に、クェーサーの闇の精霊が吹き飛ばされた。

助けてくれたのは、私の頼もしい精霊達だ。

「くっそー！　俺達を無視して話を進めんなよ！」

『〝達〟とは、まさか我も数のうちか』

ヴィサ君の放つ強風が、集まる闇を蹴散らそうとクェーサーに吹きつける。

『野蛮なやつだ』

そう言いつつ、ラーフラは私に苔のマントをかけてくれた。

以前、湖で瀕死の私を救ってくれたマントだ。

私に触れたマントは、不思議なことにどんどん大きくなっていく。

何もなかった空間に、緑地が広がっていくかのようだ。

それは加速度的に面積を増やしていき、対峙するクェーサーの足元にまで達した。

苔から蔓が伸びはじめた。おそらくクェーサーの体を拘束しようとしているのだ。

「忌々しい小細工ばかり！」

クェーサーは不愉快そうに振り払うが、その蔓達は怯むことなく彼に絡みつこうとする。

しかしクェーサーの体に触れようとするたび、見えない何かに阻まれ切り刻まれていた。

蔓の残骸がクェーサーの足元に積み重なり、それをかき分けてまた新しい蔓が伸びてくる。

我慢できなくなって起き上がろうとした私の体を、ミハイルが優しく押しとどめた。

「大人しく寝ていろ」

「だって、私のせいなのにっ」

力の入らない体が憎かった。

クェーサーを包みこむ闇の魔法粒子(まほうりゅうし)は増加し続けていて、多少蹴散らしただけでは焼け石に水だ。

自分でどうにかできると思っているわけじゃない。

でも何かしなければ、という焦燥(しょうそう)に駆られる。

「リル、落ちつけ。非常時こそ冷静になれ、と教えただろう」

事態を静観していたミハイルが囁(ささや)く。

彼は、私の師でもある。

この四年間、私に根気強くいろいろなことを教えてくれた。

彼の言った訓示も、その中の一つである。

それに従って必死に冷静になろうとするが、増大するばかりの闇に気を取られて仕方ない。

一度助かったと思ってしまっただけに、その絶望はさらに大きく感じられた。

「クェーサー！」

耳元で、ミハイルの厳しい声がした。

「はは、ただの人間がこんなところまでよく来たものだ」

クェーサーが嘲（あざけ）るように言う。

「君ごときに、何ができる？　精霊使いの子どもだろうが精霊王だろうが、そこにいるエルフにすらどうにもできないというのに。もうアドラスティア様の復活は止められないんだ！」

ひぃやはは、とクェーサーが狂気じみた笑い声をあげる。

しかしミハイルが動じる様子はなかった。

「確かに俺は、隊長にも、リルにも、お前にも、魔力で敵（かな）いはしないだろう」

「なんだ？　己（おのれ）の無力さを認めてどうする。つまらない時間稼ぎでもするつもりか？」

「クェーサー・アドラスティア。冥土（めいど）の土産（みやげ）に教えてくれ。俺がもしリルを抱いていなかったら、どうなっていた？」

「ははははは！　今さらありもしない『もしも』を論じても、手遅れだろう。騎士団最高の頭脳が泣くぞ、ミハイル・ノッド」

「最後なんだ。それぐらいの権利はあるはずだ」

ミハイルがそう言うと、クェーサーは楽しそうに顔をゆがめた。

「ないさ、そんなもの。胸糞悪い質問をするな。神聖な乙女など、アドラスティア様は認めない。忌々しいだけだ」

「それは残念だ」

言い終えると、ミハイルはおもむろに手をかざした。

「何をするつもりだ？　お前ごときの魔力で何ができる？」

高揚したように、クェーサーの口数が増えていく。

長年の悲願が叶うのだ。それもそうだろう。

「己の短慮を悔いるんだな。飛びこんできた仔ウサギを請われるままに暴いた獣め！」

二人のやりとりを聞いているのは、苦痛だった。

「ミハイル……」

ミハイルは何も悪くない。

全部私が突っ走ったせいなのだ。

けれどミハイルは私に優しく微笑みかけてくれた。

「心配するな。お前は自分のできることを精一杯やっただけだ。そうだろう？」

彼が気遣ってくれて、私は激しい罪悪感にさいなまれる。

私のせいでいつも迷惑ばかり被っているミハイル。

なのにまだ、私に笑ってくれるのだ。

「それに、俺にもできることがある」

言うや否や、ミハイルの手のひらから火が噴いた。

おそらく、体のどこかに仕込まれているペンタクルを使ったのだろう。

しかしそれは中近距離用のはずで、この位置からではクェーサーにすら届かない。

なによりその角度が、マリアを避けるためか微妙に曲がっていた。

ミハイルの手はクェーサーがいる場所を外している。

何をするつもりだろうかと見上げていると、クェーサーは笑い声を上げた。

「はは、片腹痛い。悪あがきにしてもお粗末だ」

一方ミハイルは冷静だった。

相手まで届かないかと思われた炎は、ヴィサ君が放つ風に乗り、クェーサーに襲いかかる。

炎は風の中の酸素を燃焼させながら、空間を伝播していった。

粒子ではなく、本物の火花が散る。

「俺の風を利用するつもりかよ！」

『いや。利用したるは風のみにあらず』

ヴィサ君の言葉に、なぜかラーフラが答えた。

彼の言う通り、炎はクェーサーの周囲に積み上げられた蔓(つる)の残骸に燃え移っていく。

炎が伝わると、もくもくと煙が立ち上(のぼ)る。

しかし、それだけだった。

蔓(つる)はまだ水気を含んでいるのだ。

枯れ枝のように爆発的に燃えたりはしない。

「はっはっは！　これで大口を叩いたのか？　お粗末すぎて涙が出る」

クェーサーの高笑いがこだまする。

しかしミハイルは手を休めなかった。

それどころか、ヴィサ君もラーフラも。

相変わらず風は炎を運んで吹き荒れ、蔓(つる)は生えては切り刻まれるを繰り返す。

「西の精霊王、あいつの周りに防音の魔法をかけてくれ！」

ミハイルの要請に、白い獣(けもの)は苛立(いらだ)たしげに答える。

「ったく、てめぇに協力するのは今だけだぞ！」

ヴィサ君が防音魔法を展開すると、煙は風の障壁に阻まれ、外に出ることができなくなる。

私は困惑した。

今この局面で、その魔法がどう効果があるのか、理解できない。

煙のせいで、クェーサーはすぐに見えなくなった。

白い煙がもくもくとその場に留まり、濃くなっていく。

闇の粒子は主人を見失い、戸惑うように霧散しはじめる。

それをマリアとカノープスがどんどんかき集めていった。

ミハイルは二酸化炭素で、クェーサーを窒息させようとしているのだろうか。

全員が固唾を呑んで、その白い塊を見守った。

ところが、だ。

すぐにその塊は、闇の刃によって内側から打ち破られた。

爆発的な勢いで、そこから煙が飛び出してくる。

「そんな！」

私が悲鳴を上げたのと、クェーサーの姿が見えたのは、同時だった。

「ばかばかしい。お前らは力を合わせてこの程度なのか？」

心底呆れた顔をするクェーサーに、ミハイルは少し悲しげな顔になる。

「……闇がどのように蔓を防いでいるかは知らないが」

悔しがるのとは遠いその態度に、クェーサーが訝しげな顔をする。

「そのまま死ねば、せめて苦しみは少なく済んだだろうに」

「何を……」

クェーサーの言葉をすべて聞くことは、できなかった。

彼のいた場所に、突如巨大な火柱が上がったからだ。

一瞬、何が起こったのかわからなかった。

そして悟る。

防音魔法によって密閉されていた空間をクェーサーが打ち破ったことで、不完全燃焼状態の炎に、一瞬にして大量の酸素が供給されたのだ。

大量の一酸化炭素ガスは酸素と結びつき、大爆発を起こす。

バックドラフト。前世では、その現象をそう呼んでいた。

「見るな……」

ミハイルが優しく私の視界を塞ぐ。

立ち上る激しい炎に、クェーサーの断末魔の叫びもかき消されてしまったのだろう。

ただ轟々というすさまじい音だけが響く。

パールは彼と一緒に逝けたのだろうか。

呆然とする中、私はなんとなくそんなことを思った。

「では、どうするか」

沈黙の中で口を開いたのは、いつも冷静な近衛隊長だった。

いくらクェーサーを倒したといっても、彼がはじめてしまったアドラスティア復活の術が白紙に戻るわけじゃない。

ミハイルの手を借りて、私はゆっくりと体を起こした。

「アドラスティアの復活がもう阻めぬのなら、大陸から人間を少しでも避難させねばなるまい。エルフや精霊ともできる限り連携を取り――」

すっかり人間じみたエルフが、素早く段取りを整えようとする。

ヴィサ君が、私をちらちらと気にしつつ言いづらそうに言う。

「あいつらが協力するかね。精霊使いが本格的に復活するというなら精霊は戦うが、人間の救助までは……」

一方、ラーフラはにべもない。

『洗い流すという表現が正しければ、大規模な洪水が起こるということか。植物の危機ならば、我々森の民は人ではなくそちらを優先させてもらう』

話がまとまらず、どうしようかと困っていると……

ミハイルが、ひどく気まずそうに手を上げた。

「あ――それについてなんだが……」

全員の視線が、彼に集中する。

自然、彼の膝の上にいる私にも視線が向けられ、気まずい思いをした。

「その、俺とリルは、まだヤってない……」

「え……？」

私の口から声がこぼれる。

「えぇ!?」

私とヴィサ君の声が重なった。

目を精一杯見開いてミハイルを見ると、彼は気まずげに頬を掻いた。

「その、お前があまりに痛そうにするから、どうしても先に進めなくて――」

「うそ！　血も出てたのに!?」

「お前は少し慎みを持て……」

カノープスに地の底から響くような声で注意される。

しかし今はそんなことにかまっていられない。

「本当だ。お前が痛みで気を失ってしまったから、そのあとは何もしなかったよ」

ミハイルが苦笑いして言った。

確かに痛かったし、監禁されていた疲れなんかも重なって気を失った。

けれど気がついた時にはシーツに血がついていたし、これで目的は達成できたと安堵したのだ。

「でかした人間！」

ヴィサ君が喜色満面で言う。

顔が熱くなってしまう。私は俯いて言った。

「あ、あの、子どももいることだし、これ以上この会話は……」

恥ずかしすぎて、穴があったら入りたい。

むしろ穴を自分で掘って入りたいぐらいだ。

しかし、平和な時間はそう長く続かなかった。

ピシリと、何かにひびが入ったような音がする。

カノープスがエルフのとがった耳を上下に動かした。

「まずいな」

言うや否（いな）や、彼は馬に似た黒い獣（けもの）に変身した。エルフが変化までできるとは、知らなかった。

『術師が死んで空間が崩壊しはじめている。すぐにこの空間を抜けるぞ』

そう言うと、すぐさま彼は身を伏せた。

ミハイルは大型化したヴィサ君の背に私を、そしてカノープスにはマリアを乗せる。

彼自身はしばらく迷った末、私の後ろにまたがった。

「私は大丈夫だから、マリアについていてあげて。あの子はまだ小さいし——」

「大丈夫だよ、お姉ちゃん。私、お姉ちゃんが思うほど非力じゃないもの」

マリアが大人ぶって言う。

ミハイルもまた、彼女と同意見のようだ。

「体に力が入らないくせに何を言ってるんだ。あまりうるさく言うと意識を失わせるぞ?」

ミハイルがすごんだので、私は口を閉じるしかなかった。

『時間がない。急ぐぞ』

言うや否（いな）や、カノープスがすさまじい勢いで飛び立った。

すぐにヴィサ君もそれに追随(ついずい)する。

飛ばされないように、私はヴィサ君の体に必死にへばりついた。

そんな場合ではないのに、後ろからミハイルに抱きこまれて、ばくばくと心臓がうるさい。

ミシミシという音がひどくなった。

ところどころ不自然に空間が崩れ、闇が流れこんでくる。

闇の精霊達の高笑いが聞こえた。

『振り落とされるなよ！』

ヴィサ君の言葉に、背筋がぞくっと粟立(あわだ)った。

己(おのれ)に体があるのかすらもわからず、多くの感覚を失い、闇の世界に捕らわれていた恐怖がよみがえる。

それは『わからない』ことへの恐怖だった。

そんな私の様子に気づいたのか、ミハイルの腕の力が強くなる。

「大丈夫だ。何もかもうまくいくから」

ミハイルは普段、こんなあやふやなことは絶対言わない。

私とは違って理知的な性格で、理想よりも現実や結果を重視するからだ。

しかしその彼が、私を慰めるためにそんなことを言う。
嬉しいのか悲しいのか、私はまた泣きたくなってしまった。

5周目　人間界で待っていたのは

崩れゆく魔界の空間を無事抜け出した私達は、そのまま城へ向かった。

クェーサーの術を身に受けて衰弱していたシリウスの様子を確かめるためだ。

速度を落とすヴィサ君の上で、私は必死に祈っていた。

まだ、シリウスには聞きたいことがいっぱいある。

どうして、出会った時から私に優しくしてくれたのか。

そしてあの夜、夢うつつに青星しか知らないはずのことをつぶやいたのはなぜか。

青星は、私が前世で飼っていた犬だ。いくらシリウスがエルフだといっても、彼が青星のことを知っているはずはないのに。

——いいや、そんなこと、答えてくれなくたっていい。

無事で生きていてくれるなら、それだけでよかった。

さすがというか、風の精霊王とエルフというコンビの移動速度は桁違いだった。

それほどかからず、城壁に囲まれた王都が見えてくる。

なぜかひどく懐かしく感じた。

街にどんどん近づき、あっという間に城に着く。

窓から、城の中でたくさんの人々が走り回っているのがわかる。

何か緊急事態でも起きたのだろうか？

まさかと胸騒ぎを覚えつつ、裏庭に着地した。

城内には見張りも立っているが、近衛隊長であるカノープスが一緒のおかげか、大きな騒ぎにはならなかった。

ヴィサ君には人に見えない小さな姿になってもらい、あたりを見回す。

ミハイルとカノープスはともかく、ぼろぼろで血のついたドレス姿の私と、見るからに貧しい家の子どもといった格好のマリア。

城内でこの格好では、人目を引いて仕方ない。

通り過ぎる誰もが一瞬ぎょっとしたあと、しかしそれどころではないといった様子で去っていく。

カノープスはその中から、立ち止まっている時間が特に長い一人の兵士を捕まえた。

兵士の所属は、近衛隊の下部組織である警備兵団だ。それが突然近衛隊の隊長に呼び止められたものだから、彼はひどく緊張していた。そして震える声で答える。

「私もよくは知らないのですが、お偉い方が亡くなったので、警備を増やすようにとの命令で……」

私達は揃って息を呑んだ。

心臓がどくりと不吉な音を立てる。

『まさか、シリウスが亡くなったのでは』と思ったが、怖くて口に出すこともできない。

私の世界から、一切の音が消えた。

まずは王子に帰城を知らせるというカノープスと別れ、私達はシリウスの部屋に向かう。

目指すは、魔導省の棟の一番上の階。

階段を上りはじめると、すぐに息が切れた。

ミハイルは心配して少し休むかと聞いてくれたが、私は首を横に振った。

私はシリウスを助けたかったのだ。

クェーサーを倒し、呪いも失敗させた。

けれど間に合わなかったのだとしたら、私はどれだけ悔やめばいいのだろう。

ぶるぶると体が震えた。

私はミハイルに肩を支えられ、マリアと手をつなぎながら階段を上った。

ヴィサ君も同じような気持ちなのか、私達にぴったりとついてくる割に足をもじもじさせている。

シリウスとヴィサ君は仲が悪い。けれど、私に関することだけは気が合う時もあって、結局似た者同士なんだって笑ったなぁ。

そんな他愛もないことを思い出しながら、私は階段を上り切った。

シリウスの部屋の前に着くと、ちょうどそこから男が出てくる。彼はこちらに気づき、声を上げた。

「ミハイル様!?」

シリウスの世話役であるユーガンだった。

彼の顔はひどく青ざめていて、私はひどく動揺した。

「ちょうどよかった！　リル様がどこにいるかご存じではありませんか!?」

ユーガンの口から飛び出した自分の名前に、どきりとする。

ミハイルは一瞬私の顔色をうかがったあと、姿勢を正した。

「すまんが、今城に戻ったばかりなんだ。ひどく騒がしいようだな。何かあったのか？」

ミハイルが尋ね返すと、ユーガンは表情を引き締める。

「それが我々も突然のことで――……」

体の震えが止まらない。

＊ ✣ ＊

ちょうど同じ頃、王子のもとに向かったカノープスもまた、同じ報に接していた。

「……国王陛下が、崩御なされた、だと？」

直属の部下達はカノープスを探していたようで、見つかった途端、口早にそう報告してきたのだ。そして今後の指示を求められた。

カノープスはとりあえず、いつでも動ける状態で待機するよう近衛隊に命じる。そして王の寝室へと足を向けた。

おそらく、王子もそこにいるだろう。

国王は数年前から床に臥せっていて、いつが今際の際とも知れない状態だった。とはいえ、このタイミングで崩御とは思いもよらず、カノープスは戸惑いつつ歩く。

王の寝室の前には、人だかりができていた。

しかし、よほどの地位の者でなければ、近づくことは叶わないらしい。人々のほとんどが近衛隊員によって行く手を阻まれている。

カノープスが近づくと、人垣は彼のために道を空(あ)ける。カノープスは部下の黙礼を横目に部屋に入った。

王のプライベートルームの扉は厚く、遮音性(しゃおんせい)が高い。

室内は恐ろしいほどの静寂(せいじゃく)に満ちていた。

社交を嫌う存在感の薄い王妃に、次期国王であるシャナン王子。

彼の横に従っているのはベサミだ。

あとは国王が信頼していたごく少数の使用人と、リルが探し求めた白い髪の男が一人。

誰も、泣いてはいなかった。

知らせを聞いた時はクェーサーの関与を疑ったが、部屋の中に闇の気配はない。

王は本当に病死したようだ。

シャナンは涙を流さず、ただじっと父の亡骸(なきがら)を見つめていた。

しかし、ふとカノープスに気がつきこちらを見る。

「来たのか」

声をかけられ、はっとする。

前に会った時と身長はそう変わらないというのに、やけにシャナンを大きく感じた。

「お前には、ずいぶんと迷惑をかけたな」

王に別れを告げていたのだろう。シャナンはひどく優しい顔をしていた。

メイユーズ王国は、掟に従い三年の喪に服することになった。

家々には白い花が飾られ、多くの国民が国王の死を悼んだ。

彼は歴史に名を残すほどの功績を持つ王ではなかったが、国民を虐げることもなかった。

近年は王太子による平民の優遇措置もあり、王家の支持率が高まっていたところである。

国王の葬儀はしめやかに行われたのだった。

* ❖ *

私達はユーガンから国王崩御を知らされたあと、シリウスが目を覚ましたことも聞いた。

シリウスは無事なのだが、国王崩御により多忙だという。

そこで仕方なく、シリウスに会うことはあきらめて、メリスホテルへ戻った。アランやゲイルが待ってくれているはずだ。

崩御(ほうぎょ)の知らせはまだ届いていないらしく、ホテルは平常通りだった。

そこで私達は仲間に盛大に出迎えられた。

血相を変えたアランに、寝不足らしいゲイルはもちろん、呆(あき)れ顔のレヴィ、心配顔のルシアンやアルベルトという学友達が揃っている。あと、仕事を抜け出してきたスヴェンも。

王子とシリウス、それにベサミを除いた攻略キャラが勢ぞろいだ。

ちなみにルシアンとアルベルトは、成長した私を見て、それはそれは驚いていた。

たくさんの人に心配をかけたんだなあと改めて思いつつ、私は絞(し)め殺されそうなほど強いアランの抱擁(ほうよう)を甘んじて受けた。

相手は十三歳。力は強いが、さすがに大人の体の私ならば大丈夫——のはず。

「ぐえっ」

手加減を知らないアランをミハイルが引きはがした時、私の喉(のど)からは情けないうめき声が出た。

感動の再会になりきらなくて、申し訳ない。

学友達は呆(あき)れを通り越したのか、くすくす笑いだした。しかもゲイルは真顔で次の抱(ほう)

擁の順番待ちをしているから、私も思わず笑ってしまった。

そして今度はゲイルに圧死させられそうになっている私を見て、ミハイルとスヴェンも呆れたように笑う。

やがてスヴェンは、アランを引きずって仕事に戻っていった。

レヴィはまた来ると言って、マリアを連れて工房へ帰っていく。

マリアは最後まで名残惜しそうにしていたけれど、「絶対また会いに行くし、こっちにも遊びに来てほしい」と言ったら、大人しく引いてくれた。

闇の精霊使いという特殊な力を持っているけれど、その素顔は寂しがり屋で心優しい少女だ。

強大な力を持つ主導者クェーサーを失った今、これからアドラスティアの一族がどうなるかわからない。

それでも彼女のことだけは、何があっても私が守ろうと決めている。

もちろん今回みたいに、逆に守られてしまう可能性もゼロではないのだけど……

アルベルトが、ぜひ姉のリズとエルにも会ってやってほしいと言うので、今度は彼らの家にお邪魔する約束をした。国境の村で出会った二人だ。

彼女達とは本当に久しぶりなので、私はその約束の日がとても楽しみだった。

その際、最近ルシアンとアルベルトのお目付け役であるパールの姿が見えない、という話を聞いたが、私は知らないふりをしておいた。

彼女は謎が多すぎて、私には語れない。

どれが彼女の真実の顔だったのか、その答えはきっともう永遠に出ない。

私達の無事をミーシャに知らせるために先に帰ったゲイルを追って、私とミハイルは馬でステイシー邸に向かうことにした。

騒動が起きてから初の二人きりだ。ただし、ミハイルには見えないが精霊達はそばにいる。

日暮れ前の王都は、夜の準備に追われていた。

穏やかで当たり前の日常が、そこにはある。

クェーサーの思い通りになっていたら、これらがすべて壊されていたのだと思うと、ぞっとした。

当たり前の日常が愛(いと)おしい。

「……リル、この国が好きか？」

ミハイルが突然、そんなことを聞いてくる。

なんのつもりだろうかと後ろを振り向こうとしたら、片手で前を向かされた。

「どうしたの？　急に」

パカパカと、馬は人が歩くぐらいのスピードでゆっくりと進む。

「いや、お前は時々、まるでどこか遠くを見てるような顔をするだろう？　前世のことを考えているのかなと……もちろんそれが悪いわけじゃないんだが」

驚いた。

そんな顔をしているつもりはなかったのだ。

なんて答えたらいいんだろうかと、私は戸惑う。

それをどう解釈したのか、ミハイルが言葉を続ける。

「責めてるわけじゃないんだ。ただ俺が聞きたいのは――お前はそこに帰りたいのか？　ってことなんだ」

「え？」

「いつか、その昔いた場所に帰りたいと思うか？　もし帰れるなら――このメイユーズを去りたいと思うか？」

ミハイルの声音（こわね）には、切実な色がまじっていた。

聞かれたのは考えてもいなかったことで、だから私は前を見たまま言葉に詰まった。

私は——帰りたいのだろうか？　生まれ育った日本に。

そこには、お父さんとお母さん、そして青星がいる。友達もいた。お祖母ちゃんは亡くなったので、もういないけど。

恋しいかどうかなんて、今まで考えてこなかった。

だって当たり前すぎて——

この世界でリシェール・メリスとして目覚めた時、つらくて苦しくて悲しくて、日本に戻りたいと思った。

でも、自分が事故で死んだ記憶が残っていたし、それは叶わない願いなんだと思ったのだ。

だからこそ、この世界で運命に立ち向かって一生懸命生きてきた。

でも、シャリプトラに会って、私には逃(のが)れるべき運命なんてないのだと知った。

ここは乙女ゲームにそっくりだけど、乙女ゲームじゃない。

ここでどう生きていこう？

私は日本に帰りたいのか？

何も言えずにいるうちに、いつのまにかステイシー邸に着いていた。

日はとっぷりと暮れている。

どうやらずいぶん長い間、物思いにふけってしまったらしい。

出迎えに駆け寄ってくる使用人を見ていると、ミハイルが何気なく言った。

「俺はお前と、結婚したいと思ってる。俺と一緒に、ここで生きてくれるか？」

驚いて振り返ったら、ミハイルは切なそうに笑うだけだった。

聞き間違いかと思ったけれど、ちょうどそばに来た使用人もぎょっとした表情で彼を見ているから、おそらくこれは現実なのだ。

私は使用人の手を借りて、ゆっくり馬から下りた。

「いくらでも待つから、よく考えてから答えを出してくれ」

そう言い残すと、ミハイルはそのまま自分の家に帰ってしまった。

彼を見送りつつ、私は今さらながらドキドキしてくる。

『なんだよアイツ、すかしやがって！』

ヴィサ君が叫ぶ。

そういえば、今まですっかり精霊達の存在を忘れていた。二人きりでどれだけ自分が浮かれていたのか思い知らされたようで、恥ずかしくてしばらく身動きが取れなかった。

私がなんとか屋敷の中に入ると、ちょうど階段からミーシャが下りてくるところだった。

私は慌てて、彼女に駆け寄る。

「ちょ、ミーシャ起きて大丈夫なの⁉」

起き上がるどころか、彼女が自分の足で階段を下りることなど、どんなに体調がよくても滅多にないことだ。

「どうしても自分の足で、あなたを迎えたくて」

ミーシャがにっこりと笑う。

思わず、私は彼女に抱きついた。

そしてバランスを崩したミーシャごと、今度はゲイルに抱きとめられる。

階段を下りている途中に抱きつくなとゲイルに怒られて、私達は笑った。

家族がくつろぐためのダイニングが、重い空気に包まれている。

私達はソファセットに向かい合って座り、ゲイルは怖い顔だ。ミーシャは彼の隣でにこにことしている。

先ほどの使用人が、ゲイル達にミハイルの発言を報告してしまったのだ。

ミハイルに直接話を聞きに行く、と家を飛び出そうとしたゲイルを、ラーフラに頼んで蔓でぐるぐる巻きにし、強制的に止めた。

それからゲイルは不機嫌極まりないし、ミーシャはミーシャで『楽しそうね』なんて羨ましそうにしていて、私は頭を抱えるばかりだ。

「それで、何がどうなってるのか、ちゃんと説明してくれるか？」

ゲイルが言う。

できるだけ落ちつこうとしているのだろう。

「説明って言われても……」

私だって、まだ気持ちの整理がついていない。

もごもご言いよどんでいたら、ゲイルがダンッとテーブルを叩いた。

私達に手荒なことをする人じゃないので、びっくりする。私は冗談じゃなしにソファからちょっと飛び上がった。

「旦那様、落ちついてください」

ミーシャが可愛く言う。

この強面の男をまったく恐れていないらしい彼女に、逆に感心してしまう。

「リル。ミハイルのことはどうするんだ？　俺達に気を遣って無理をするのはよくない」

「そんなこと……」

「確かにミハイルは俺の上司だが、嫌なら嫌と言っていいんだぞ。なあ、ミーシャ」

ゲイルが、妻を味方につけようとする。

すると彼女は少し考えたあと、首を傾げて言った。

「わたくしは、リルが望むのであれば、とっても素敵なお話だと思いますわ。ただ、そうするとリルの戸籍はどうすればいいのかしら？」

「戸籍だって？」

「ええ。だって……今の姿でリル・ステイシーとしてお嫁に出すわけにはいかないですわよね？　子どものリルは、メリス家のお坊ちゃんと婚約しているんですし」

私とゲイルは顔を見合わせた。

私は今この瞬間まで、アランとの婚約をすっかり忘れていたのだ。

6周目　みんなで幸せになるために

家族で話し合ったあと、私は疲れが出たのかフラフラだった。

ゲイルから強制的に療養命令が出て、私はしばらくステイシー邸の自室で寝て過ごすことになった。

子ども用の少し小さなベッドの上で、ぐるぐるといろいろなことを考える。

国王が崩御したこの国のこと。

その跡を継ぐ王子のこと。

ミハイルのプロポーズへの返事。

アランとの婚約をどうするのか。

私の戸籍は、一体どうすべきなのか。

ひとしきり悩んで、知恵熱まで出したけど、これと言ったひらめきはなかった。

私が家にいることを、ミーシャは純粋に喜んでくれた。

ここ半年はずっと眠っていたし、その前はメリスホテルに泊まりこんでいたので、彼女と過ごす時間がめっきり減っていたのだ。

その喜びように、すっかり親不孝をしていたのだなあ、と私は反省した。

あまりにミーシャが私にべったりで、ゲイルは少しいじけていたけど。

彼は大柄で強面な割に性格は可愛い人だ。

そしてそれをわかって私にべったりしているミーシャは、なかなかの小悪魔だと言わざるをえない。

「私の旦那様はね、本当に可愛い人なの」

嬉しそうに言うミーシャは、体さえ弱くなければ本当に最強だと思う。

ミハイルには、しばらく考えさせてほしいという旨の手紙を送った。

もちろん彼のことは好きだが、結婚は家同士のことだ。

私を娶ることが彼の不利益になるなら、身を引くべきなのかもしれないとも思う。

いつも突っ走るなと怒られてばかりなのに、こんな時は怯んでしまう自分が、なんだかおかしかった。

それに――と思う。

リル・ステイシーの名前を失ったら、私はまた得体の知れない女になってしまう。

そんな女との結婚なんて、当然ミハイルの家族は反対するだろうし、それによって彼が苦労するのも本意じゃない。

『なありル、気分転換に散歩でも行くか？　俺が乗せてやるからさあ』

考えこむ私を心配して、療養十日を過ぎたあたりから、ヴィサ君がそんな提案をしてくれるようになった。

大きな体の扱いにもすっかり慣れ、休養のおかげで体力も回復してきた。

少し迷ったが、私はその提案に乗ることにした。

服はミーシャのドレス――ではなく、使用人の服を借りた。

下働きの少年の服は、私の体にぴったりだった。長い髪は茶色のハンチング帽に押しこむ。

動きやすいし、なによりヴィサ君にまたがることができる。

だいぶ寒くなってきたから、その上に、分厚いコートを羽織った。

その大きな背中にまたがると、ヴィサ君は垂直に一気に上昇する。

まりも姿のラーフラを落とさないように、懐に入れておく。

上空から見る王都は――メイユーズの国は美しかった。

荘厳な城と、巨大植物テリシアに覆われた騎士団本部。

ミニチュアのような建物の群れと、城壁の外に広がる広大な大地。

遠くに小さく見えるヘリテナ山脈には、白く雪がかぶさっている。

マーサの木が生えた湖。

遠くには、五歳の私が捨てられた森。

眼下の広大な風景に見とれながら、私は『この国が好きか？』というミハイルの言葉を思い出していた。

この国であった出来事は、もちろん楽しいことばかりではなかった。

何度も絶望で打ちひしがれたし、死を覚悟したのも一度や二度じゃない。

でも——目の前の景色の中に大好きな人達が暮らしているのだと思ったら、愛しさが胸からあふれて止まらなくなった。

苦しいぐらいだ。愛しさで、息が詰まる。

「きれいだね……」

口から出たのは、そんな陳腐な言葉だった。

その美しさは、言葉にできない。

自然の美しさと、人が大地に根差している美しさ。

そしてもう当たり前になってしまった、世界に満ちる魔法粒子。

キラキラと光る、多彩な色の粒。ヴィサ君の周りは水色のそれが輝きを放っている。

胸元のラーフラからは緑色が。太陽から降り注ぐ光は黄色。
人と魔法が共存するこの世界が、私は好きだ。

『リル、大丈夫か？』

黙りこんだ私を、ヴィサ君が心配してくれる。

声が湿らないよう注意しながら、そっと返事をした。

「大丈夫だよ。ヴィサ君、私を工房へ連れてって」

行先に工房を指定したのは、絶対に会いに行くというマリアとの約束を守るためだ。

ヴィサ君のスピードでは、下民街近くにある工房まではあっという間だった。

ふと工房の隣を見ると、建物の改築工事をしている。

新しいお隣さんでも越してくるのかと思っていたら、そうではなかった。

「拡張工事？」

工房に入ると、今日もレヴィがいた。

国王が崩御されて貴族は大慌てだと聞くが、彼は違うらしい。

「前にも話したと思うが、メリスホテルの注文に生産が追いつかない。建物を探していたら、ちょうど隣の持ち主が故郷に帰るっていうんで、譲ってもらって増築することにしたんだ」

工房の今後を語るレヴィの目は、いきいきしている。

やはり、工房を作る時に彼の協力を仰いでよかった。

私は心からそう思った。

「すごいだろう？」

誇らしげなレヴィに、私は上機嫌で相槌を打つ。

「うん。工房の仕事、任せっきりにしちゃってごめんね。でも私じゃこうはいかなかったよ」

「なら、ご褒美をくれよ」

「は？」

瞬く間に私は、レヴィに抱きこまれていた。

十四歳にして手の早い。

身長はほんの少し向こうが高いぐらいだが、力となると圧倒的に負けてしまう。

『こんのガキャー！』

ほかの人には見えないように小さな姿になったヴィサ君が、空中で足掻いている。

私の精霊を刺激しないためにも、こういうおふざけはやめてもらいたい。

「別に子どものままでもよかったが、この姿もいいな、お前」

帽子が落ちて、黒い髪がふわっと広がる。それを指で絡めとられ、キスされた時と同じ嫌な予感がぞわぞわと背筋を駆け上ってきた。

「別にあんたのために大きくなったわけじゃない！　さっさと離して」

断固とした態度を取らないと、流される。

それが私が前回の失敗から学んだ教訓だった。

「つれないな、ノッド卿にはあれほど情熱的だったのに」

猫のようにレヴィが笑う。

思わず、私は彼のおきれいな横っ面を叩いた。

「私にだって、選ぶ権利ぐらいあるわ」

レヴィはため息をついて私の髪を離す。

「それがわかっているなら、さっさとアランを解放してやれ」

目も合わさずに、彼は言う。

「え？」

「あいつだって、もう子どもじゃないんだ。お前の意見を尊重する度量ぐらいあるさ」

「何言って……」

突然切り出されたのは、想像もしていなかった話だ。私は言葉をなくしてしまう。

レヴィは複雑そうに笑った。

「お前、あのあと一回もアランと会っていないだろ？」

あのあとというのは、魔界から戻って以降という意味だろう。

確かにずっとステイシー邸で療養（りょうよう）していたので、アランには会っていない。

「あいつ、気の毒なぐらい仕事に打ちこんでるぜ。まるでよけいなことを考えないようにしてるみたいに……。俺だってあんなやつ好きじゃないが、あいつのしんどさはわかる。好きな女が自分に遠慮して、自由に生きられないのは気分が悪（わり）い。そして気持ちすら言ってもらえなかったら、自分はそんなに不甲斐（ふがい）ない男かと情けなく思うだろう」

レヴィの言葉に、私は虚（きょ）を衝（つ）かれた。

ミハイルのプロポーズをどうしようとか、戸籍をどうしようとか。そんなことをぐるぐると悩んでいる間に、私は大切な家族をすっかり置き去りにしていたのだと気がついたからだ。

私は、どうやったらアランを傷つけずに済むか考えていた。けどその前に、きちんと彼と向き合わなければならなかったのだ。

自分のあんまりな態度に気づいてしまって、たまらなく恥ずかしくなった。

羞恥で頬が熱くなる。

「別に、あいつが俺に何か言ったわけじゃないぞ。あいつはプライドが高いからな」

冗談めかしたレヴィの言葉が、なおさら胸に突き刺さった。

「私は……」

自惚れていたのかもしれない。

私がいなきゃアランがダメになる——なんて。

一人じゃ何もできないのは、私の方なのに。

その時——

「あ！　お姉ちゃん!!」

すっかり工房の作業服に馴染んだマリアが、建物の中から顔を出す。

作業服といっても、子ども達に支給されているお揃いのワンピースのことだ。

嬉しそうに駆け寄ってくるマリアは、もう普通の女の子にしか見えなかった。

「マリア……」

うまく言葉が出てこない私を見て、彼女は怪訝な顔をした。

「お姉ちゃん、どっか痛いの？　それともレヴィにいじめられたの？」

心配そうに、マリアが私のスカートの裾を握った。

見上げてくる顔は純粋そのものだが、レヴィには鋭い眼差しを向ける。レヴィは苦々しげな顔になった。

「おい」

「お姉ちゃんをいじめたら、しょうちしないからね！」

舌足らずに怒ってくれる彼女のそばに、私は思わずかがみこんだ。

そしてさらさらした彼女の灰色の髪を、ゆっくりと撫でてやる。

マリアはまるで猫がまどろんでいるみたいに、目を細めて気持ちよさそうな顔をした。

元気な彼女の姿に安堵したが、たった今刺さったばかりの胸の棘は疼いている。

「大丈夫、いじめられてなんかいないよ。ただ自分が情けなくなっちゃって……。しょうがないお姉ちゃんだね」

思わずマリアに語りかけると、彼女はよくわからないという顔をした。

「お姉ちゃんはしょうがなくなんてないよ？　だって私を助けてくれたもの」

「ううん。私はマリアに助けてもらったんだよ。私一人じゃ、なんにもできなかった」

「一人じゃ何もできないのは、いけないことなの？」

不思議そうに問われて、はっとした。

「マリアは、『たがいに補い合いなさい』って、教わったよ。『それぞれゾクセイが違うから、自分のとくいなことだけやって、あとはほかの人にまかせなさい、にんむをする時も、考えるのはかしこい子がやればいいのよ。あなたは自分のとくいなことで役に立てばいいの』って」

それはきっと、彼女がアドラスティアの大人達から言われたことだろう。

あの一族の子ども達は、それぞれ属性の違う者達が集まってグループを作っていた。できないことはしない。得意な人間がやればいい。

徹底した合理主義による指導だろうが、それは今の私に必要な言葉でもあった。

何もかも一人で抱えこんで悩む必要は、ないのかもしれない。

それよりも、信頼している人には自分がどんなことで悩んでいるかまで、ちゃんと伝えて正しい答えを見つけなくては。

それはきっと、必要なプロセスなのだ。

みんなで幸せになるために。

「ありがとう」

マリアをぎゅっと抱きしめると、私は工房を去ることにした。

彼女はゆっくりしていけばいいと残念がったが、私には一刻も早く会いたい人がいたのだ。

「絶対また来るから、待っててね。ほら、ゆびきり」

そう言って、不思議そうにするマリアの小指に自らのそれを絡めた。

「ゆびきりげんまん。うそついたら針千本呑～ます。指切った！」

「針を千本？　ずいぶんと過激な約束の仕方だな」

レヴィが呆れたように言う。

「うん。だから絶対に破らないよ。ね、マリア？」

問いかければ、彼女は目をキラキラさせて頷いた。

メリスホテルに行くと、すぐにアランのいる執務室に通された。

しかしそこには、たくさんの旅行鞄が置かれていて、以前とは様変わりしている。

アランは本棚の前で本を読みふけっていた。

私はすぐにピンときた。

「領地に戻るの？」

挨拶より先に、思わずその質問が口をついた。

私の声で顔を上げたアランは、元気そうでよかったと微笑む。

「返事になってないよ」

思わず歩み寄ったら、アランは手にしていた本を閉じた。

「幸い、賠償金の支払いが滞りなくできるくらいメリスホテルの売り上げが見込める。今度は領地の運営に力を尽くす番だ」

「本当!?」

そんなに繁盛していたなんて初耳だ。そしてそれだけの期間、メリスホテルに関わらずにいたのかと、申し訳なく思う。

言い出しっぺは私なのに。

けれどアランは、そんなのまるで気にしてないという顔だ。

「ああ。お前と――それからスヴェンのおかげだな。メリス侯爵家を私の代で潰さずに済んで、本当によかった」

感慨深げに、彼が言う。

その言葉に、私はアランの心境の変化を知った。

スヴェンにホテルの経営を手伝ってほしいと頼んだのは私だが、アランは彼があまり得意ではないのだと思っていた。

スヴェンもレヴィも不遜な態度を取るから、真面目なアランには受け入れがたいようだった。

けれどアランは今、なんのてらいもなくスヴェンへの感謝を口にした。

私がホテルにいない間に、彼らは信頼関係を築いたのだろう。

そう思ったら胸がいっぱいになって、思わずアランに抱きついてしまった。

『リル！』

ヴィサ君の非難なんて耳に入らない。

「よかった。本当によかったね、アラン」

私の声は自然と震えていた。

ろくに手伝えなくてごめんとか、いろいろがんばったんだねとか、言いたいことはいっぱいあるのに何一つ出てこない。ただよかったね、とそればかりを繰り返す。

今の私よりは、少し小さなアラン。

彼は驚きつつも、私を慰(なぐさ)めるように背中に手を回した。

「全部、リルのおかげだ」

「そんなことない！　がんばったのはアラン自身だよ！」

「いいや……お前がいなかったら、私は家族を失って立ちすくんだまま、一歩も動けなかっただろう。自分ばかりが不幸で孤独なのだと思いこんで、世界を、兄を――そしてシャナン殿下を恨(うら)むことしかできなかったはずだ」

「アラン……」

もしそうなったとして、誰がアランを責められただろう？

自分の成人を祝うパーティで事件が起きて父が死に、相次いで母も亡くした。しかもその事件の主犯は、慕っていた兄なのだ。

それからたった一年で、誰かへの感謝を口にできるようになったアランは強いと、私は思う。

「あの事件のあとは突然一人になって、誰も彼も手のひらを返したように去っていった。それまでの自分の人生は、そんなに薄っぺらなものだったのかと愕然としたよ」

当時を語るアランの口調は、内容に反して柔らかいものだ。

「でも、逆に残ってくれた人達の大切さが身に染みた。家令のセルガも、侍女のメリダも、変わらず私に仕えてくれた。ホテルをやるなんて無茶にも、侯爵家のためならと協力してくれて……」

アランの言葉が途切れる。

彼の顔が埋められた肩口で、熱い吐息を感じる。

彼の言う通りだ。

侯爵家の建物をそのままホテルにするなんて、無茶なことだった。長年使用人として勤めた彼らの協力がなければ、うまくはいかなかったに違いない。

「不思議なんだ……」

抱き合ったまま、アランがぽつりと言う。

「リルの言葉で……リルが一緒にいてくれるというから、ホテルをはじめた。もちろんそれだけではなく、お金やほかにも理由があったけれど――でもそれでいろいろな人に出会えて、いろいろなことがわかって。だからもう私は、一人でもちゃんと立てる。勝手だと思うか？」

「ううん。アランがそう思えるようになって嬉しいよ。私だけじゃなくて、私よりももっとあなたを大切に思っている人が、いっぱいいっぱいいるんだから」

顔を上げたアランの目のふちが、赤くなっていた。

少年のようでもあり、青年のようでもある。甘さと鋭さが同居するアンバランスな美しさ。

体を離すと、アランは私の目をまっすぐに見つめて言った。

「――リルが好きだから、もうこの手を離すよ。だから、君は君の幸せをつかんでほしい」

思わず呼吸をするのも忘れる。

婚約を解消してほしいと言う前に、もう彼は全部わかっていたのだ。

そう思ったらひどく泣けてきた。

多分今、私の顔はとんでもないことになっているだろう。

「ごめん。ごめんね。アランから言わせて、ごめん。本当はもっと早く、私から言わなきゃならなかったのに……」

でも怖かった。

それを言って、アランを傷つけたくなかった。

だから先延ばしにしていて、レヴィに怒られたのだ。

「わかっているよ。私のかわいい妹。たとえ婚約を解消しても、リルがメリス一族の一員だということは変わらない」

すると、アランは執務机に手を伸ばした。そしてそこに置かれていた、開封済みの手紙を引き寄せる。

「これを君に」

頭の中に疑問符を浮かべつつ、手紙を受け取った。

封蝋(ふうろう)の印は王家の紋章だ。それだけで、とても重要な手紙であることが想像できた。

おそるおそる、折り畳まれていた便箋を開く。

「ええと……『メイユーズ王国、王太子シャナン・ディゴール・メイユーズは、前メリス侯爵の遺児であるリル・メリスを、侯爵家の血縁として正式に認める』。これって……」

驚いて、アランの顔と手紙の文面を交互に見た。

彼は穏やかに微笑むばかりで何も言わない。

リシェール・メリスでも、リル・ステイシーでもない名前。

リル・メリス。

シャナン王子は、メリス侯爵家の事件について、何もかも知っているはずだ。前メリス侯爵の子どもは長男のジークと次男アランのみ。前侯爵の娘ということになっていた私リシェールは、実はジークの子だ。

王家がそれを隠蔽し、私の戸籍を作ってくれたのか。

それは同時に、私達が正式な姉弟になることを示していた。

この世界は、叔父と姪のような近親婚に、日本より寛大である。それでも、姉弟間の婚姻はさすがにタブーだ。

つまり、今日ここに私が来る前から、アランは私達の婚約を解消するつもりだったということになる。きっとアランはこの話について、王子と相談してくれたのだろうから。

「不祥事のあったメリス家の娘では苦労をするかもしれないが、それでも一応高位の貴族であることには変わりない。現侯爵の姉ならば、伯爵子息との結婚も叶うだろう。とはいえ、リルは本当は九歳だから、そのあたりは考慮して適切な振る舞いをしてもらいたいものだがな」

優しく語りかけるように、アランが言う。伯爵子息とは、ミハイルのことだろう。

アランは、何もかも了解してくれていたのだ。その上で、こんなお膳立てまでしてくれた。私が彼を傷つけたくないだなんだと、うじうじしている間に。

あの日、自分にはもう誰もいないのだと泣いて嘆いたアランは、どこにもいない。

私は悟った。

ここにいるのは、頼りになる侯爵様で、私は彼の優しさに実はずっと甘えていたのだった。

泣き崩れるという表現がぴったりなほど、私はぼろぼろと泣きながら再びアランの胸に倒れこんだ。ぎゅうぎゅうに抱きしめて、何度もしゃくり上げる。

アランはとんとんと私の頭を撫でるばかり。

「やっと君に、兄らしいことができた。まあ、外見から言って戸籍上は君が姉ということになってしまうけれど」

「でも、どうしてこんな……まさか王家がこんなことをお許しになるなんて」

悪用されることがないよう、貴族の戸籍は厳しく管理されている。

それがどうして、存在しないリル・メリスという女の戸籍が認められたのだろう？

すると、アランの苦笑の気配が伝わってきた。

「きっとシャナン殿下の温情だろうな。リルがメリス家の娘であるのは、誰よりもあの方がご存じだから……」

そう言うと、アランは私の顔をそっと覗きこんだ。

「本当は、私の手で幸せにしたかったけれど——リルはやっぱり、自分で幸せをつかみに行くのが似合ってる」

アランは私の目元に唇を寄せる。そして涙を舐めとると、今度は唇にキスをした。

『うわっ！　何してんだよ!?』

驚いたヴィサ君を横目に、私も目を見張る。

それは触れるだけの可愛いキスだけれど、家族がする親愛のキスより長くて濃密に感じた。

驚きで涙は止まったが、離れた唇のしょっぱさに現実を意識してしまって、言葉が出ない。

優しく微笑んでいたアランの笑みが、いたずらっぽいそれにとってかわる。

「でも、リルが幸せじゃなかったら、なんとしてもすぐに奪いに行く」

いつからアランは、こんなことが言えるようになったのだろう。

私は腰が抜けて、その場にずるずると座りこんでしまった。

どうやら思った以上に――少年が大人になるのは早いらしい。


領地へ戻る際には見送りに行くとアランに約束し、私はステイシー邸へと帰った。

メリスホテルに思った以上に長居してしまったので、帰宅するとすっかり夜だった。

少しの気分転換のつもりが、とんだお出かけになったものだ。

先に帰宅していたゲイルに、心配しただろうと怒られ、私は反省した。

それに、移動はヴィサ君に乗っていただけだというのに体が重い。

しっかり休養を取ったとはいえ、まだまだ無理は禁物のようだった。

夕食のあと、ダイニングで団欒(だんらん)をしている時に思い切って、私はゲイルとミーシャに戸籍の話をした。

アランが申し出てくれた、メリス家の籍に入るという話だ。

二人は少し残念そうにしたが、それが最善だろうと提案を受け入れてくれた。

シャナンの即位後の承認となるだろうが、それが済めば私は正式にメリス家の子どもに戻る。

　リシェール・メリスの名を捨ててから、私はルイ・ステイシー、リル・ステイシーと二つの名前を得た。ステイシー姓は私にとって、すっかり馴染み深いものになっていた。

だから少し寂しくもある。

「その年でお前ほど改名してる子どもは、そういないだろうな」

　ゲイルが冗談めかして言う。

　あえて明るく言ってくれるゲイルの優しさに、私は感謝した。

「名前が変わっても、私達があなたの親であることに変わりはないわ」

　ミーシャの懐の深さに、思わず涙腺が緩みそうになる。

「ありがとう、ミーシャ。不出来な娘だけど、優しくしてくれて本当にありがとう」

「やだ、そんなお別れみたいに言わないで。ここはあなたの家なんだから、いつだって帰ってきていいのよ？」

　ミーシャの方こそ、そんな優しいことを言わないでほしい。

　さっき我慢した涙が、こぼれ落ちそうになる。

「おいおい。まるで明日嫁に行くみたいじゃないか。湿っぽい話はまたその時に……ってあれ？」

　呆れたように言うゲイルこそ、目に涙が浮かんでいた。しかもそれが頬に伝うまで自分でも気づいていなかったらしい。

私とミーシャは泣き笑いになる。

その晩は三人で、遅くまで思い出話に花を咲かせた。

＊ ❖ ＊

そのあと、私はカノープスに頼んで、シリウスと再会できる日をじりじりと待っていた。

けれど国王の崩御（ほうぎょ）とシリウスの体調が安定しないということで、実際に面会の許可が下りたのはひと月後のことだ。

年の瀬である色濁月（しょくだくげつ）――十二月は目前に迫（せま）っており、日々寒さがしんしんと深まっていくようだ。

シャナンの戴冠は年明けすぐと決まり、王城は水面下でその準備に追われているらしい。

シリウスとの面会を待つ間、私は柄（がら）にもなく緊張していた。

クエーサーの術が失敗に終わったことで、シリウスの命に別状はないという。でもどんな状態かは会ってみるまでわからない。

シリウスはとても長い時を生きている。歴代のメイユーズ国王を見守ってきたとはいえ、我が子同然に見守ってきた王が死ねば、彼はやはり悲しむのではないか。傷ついているのではないか。

自分のように少ししか生きていない人間が、彼になんて言えるのだろう。

考えれば考えるほど深みにはまり、結局その悩みは解決しないまま魔導省に呼び出された。

ヴィサ君とラーフラはいつものように姿を消してついてきてくれているが、それでもひどく心もとなかった。

「もう少々お待ちくださいませ」

シリウスの部屋で、彼の世話係であるユーガンのうやうやしい接客を受けて、待機する。

窓の外は晴れ渡ったいい天気だ。

冬は寒いけれど、晴れの日は空気が澄んで気持ちいい。

「待たせたな」

ドアの開く音とともに、聞き覚えのある声がした。

慌てて立ち上がり振り返ると、そこには眠りにつく前とまったく同じ姿のシリウスが、当たり前のように立っていた。

私は思わず駆け寄り、彼に抱きついてしまう。

シリウスの胸に顔を埋め、おいおいと泣く。

自分でも、まさかこんな風に取り乱すとは思っていなかった。

シリウスは大きな手で私の頭を撫でた。

「これはこれは、大きくなったね。リル。クェーサーと戦って、私を助けてくれたと聞いたよ。この国の平穏もリルのおかげだ。ありがとう」

優しい、いつものシリウスだった。

「よか……っ、ごめ……、私……っ」

言いたいことはたくさんあるのに、何も言えなくなった。

彼の無事な姿を見ただけで、すべての苦労が報われた気がした。

「とにかく座ろう。ユーガン、お茶を淹れ直してくれ。リルにはとびきり甘いやつを」

「かしこまりました」

ユーガンが部屋から去っていく気配がした。

私はシリウスに半ば抱えられるようにして、豪奢なソファに腰を下ろした。

『へっ、全然ぴんぴんしてるじゃねーか。心配して損したぜ！』

ヴィサ君が憎まれ口を叩く。

しかしそのしっぽは左右に激しく揺れていた。きっと嬉しいのだろう。

『ご病気と聞いていたが、息災なようで何より』

初対面のラーフラは、四角四面の挨拶をした。

そうしているうちに、ユーガンが戻ってくる。

とにかく落ちつこうと、私はユーガンが淹れ直してくれたお茶を飲む。

花の香りがするそれは、蜜が入っているのか、すごく甘かった。

胃袋が温まると、自然とほっとして力が抜ける。

改めてシリウスを見上げたら、彼はとても優しい表情で微笑んでいた。

「今日は、私に聞きたいことがあってきたのだろう？」

いきなり、彼は核心をついてきた。

動揺して、思わずカップをソーサーにぶつけてしまう。カチャンと小さな音がした。

心得たように、ユーガンが部屋を出ていった。

二人――＋精霊二匹――にされ、私は腹を括った。

そこにどんな答えが待っていても、もう逃げたりしないと。

「シリウスはその……青星なの？」

それは、ずっと彼に聞きたかったことだ。

青星は、私が前世で飼っていた犬である。

青星しか知らないはずのことを、シリウスは知っていた。床に臥せる彼が夢うつつでつぶやいたのだ。

彼との面会を待つ間に考え、私の出した結論がそれだった。

シリウスは表情を変えるでもなく、静かに目を伏せる。

「何から話せばいいのか……」

その声はまるで、途方に暮れているようにも聞こえた。

「全部。全部教えて。ちゃんと受け止めるから」

懇願すると、彼は「長い話になるが」と前置きして、語りはじめた。

それは長い長い、一匹の犬の物語だった。

前世で私が置き去りにしてしまった、日本スピッツの青星。

二度と会うことはないと思っていた青星が、姿を変えて、世界も時間も超えて今目の前にいる。

途中、私はこらえきれなくて涙をこぼした。

そして話を聞いている間中ずっと、その涙は止まらなかった。

だから話が終わる頃には顔がパンパンになり、おそらく別人のようになっていたと思う。

「けれど私はこの世界で、前世でリルと二人でいた時よりたくさんの幸福を得たよ。だから君が悲しむ必要なんて何一つないんだ。ただ私をシリウスと呼んで、笑いかけてくれる君さえいれば」

そんな風に言われて、なんて答えられただろう？

私はただ嗚咽をこらえながら、こくこくと首を振り続けるよりほかなかった。

7周目　私の王子様

灰月(はいげつ)――一月。

年が明けて、新しい年になった。

私の年齢も十歳だ。外見年齢は、二十歳前後だけどね。

シャナンの戴冠が無事に済んで、メイユーズ王国民は新たな王の誕生を歓迎していた。

もっとも、戴冠自体はとても地味に執(と)り行(おこな)われた。

前国王の服喪が終わる三年後、改めて即位を祝う式典を、他国の客人も招いて大々的に行(おこな)うことになっている。

それまでの時間は、新たな王の土台固めと同時に、前王の行(おこな)った政策の清算にあてられる。三年間喪(も)に服すると規定されているのも、次の王の準備期間という意味合いが強いのだ。

その日、私は領地から戻ったアランと一緒に、侯爵家の紋章の入った馬車に乗りこみ、王との謁見(えっけん)のため城へ向かっていた。

城に行くのはシリウスに会いに登城して以来だ。

しかし元々毎日通っていた場所なので、さして抵抗はない。

問題は、果てしなく重くて動きづらいドレスの方だ。

今日の目的は、私が前侯爵の娘——リル・メリスであるとシャナン王に正式に認めてもらうこと。

なので正式な身なりで臨まないといけない。それはわかっているが、女性用の正式なドレスは動きづらくて重苦しくて、本当にしんどかった。

子ども用のドレスもたいがい窮屈だったが、それすら大目に見られていたのだと知る。

ぎゅーぎゅーに引き絞られたコルセットと、スカートを膨らませるクリノリンは、まるで小さな要塞だ。マナー講師は、その上でどんな場面でも音を立てず、滑るように歩けと言う。

馬鹿かと思う。

ぎこちなく歩く私を、アランは呆れ半分でくすくすと笑っていた。

「そんなことで、ちゃんと謁見が果たせるのか？」

馬車に乗るのさえ難儀していた私だ。彼の心配はもっともである。

「だ……大丈夫じゃないけど、うん。なんとかする……」

言葉を発するのにも、大変な労力が必要だった。

社交界でレディの口数が少ないのが美徳とされているのは、きっとこのドレスの構造に理由があるに違いない。無理にたくさんしゃべろうとすれば、肺の空気がすぐになくなって、失神してしまいそうだもの。

改めて、女の美しさに対する執念は恐ろしいと思った。

『人間はなんで、こんな動きづらいもんを身につけるんだかなぁ』

人型になるとほぼ半裸みたいな格好の——現在はほぼどころか全裸の子猫姿な——ヴィサ君が、これまた呆れ半分好奇心半分といった様子で、しっぽをぱたぱたと振っている。

『非効率的であることは間違いないな。なんらかの宗教的な儀式か？』

ラーフラも不思議そうだ。

口を開くのも億劫だったので、私は否定も肯定もしなかった。

そうこうしているうちに馬車が止まり、外から城のフットマンによって馬車の扉が開かれた。

先にアランが降りて、次に彼が私に手を貸してくれる。

彼の手つきはとても優しい。前に学習室に通ってた頃は、こんなこと想像もできなかったよなあ、と感慨深く思う。学習室に通いはじめた頃は、兄として憎んでいたアランと和解できるとは、思っていなかった。

勝手知ったる王城なので、私達は案内もなく謁見の間に進んだ。

謁見の間の手前にある部屋は、謁見を待つ者達の待合室になっている。

新しい国王に一目挨拶をしようと、部屋は人でごった返していた。

「うわ」

思わず私は呻いた。

正式な謁見の経験はないが、まさか大人しくこの順番を待たねばならないのか。

見ているだけで具合が悪くなりそうだった。

しかもさらに悪いことに、その場にいたのはほとんどが貴族。

アランに気づいた者達は、こちらにちらちらと侮蔑の視線を送ってくる。転落した侯爵家に、好意的に接してくれる貴族はまだ少ないのだ。

大半が、タウンハウスを下々の者に貸し出す愚か者だと、揶揄するやつらである。

アランは平気な顔をしていたが、私はイラついて仕方なかった。

なので遠慮なく、そいつらをギラギラと睨みつける。

すると、謁見の順番を管理していた侍従が、突如口を開いた。

「アラン・メリス侯爵、こちらへ。陛下がお待ちです」

私とアランは顔を見合わせる。

建前ではあるが、私達の用件は前侯爵の婚外子の承認。緊急を要する内容でないのは確かだ。

ずっと順番待ちをしていた連中が、どうしてアレが先なのだと侍従に食ってかかる。

数人の侍従達がやってきて、そんな貴族達をどうにかなだめすかす。

「侯爵とご令嬢は、どうぞこちらへ」

促されれば拒むことなどできず、私達はおそるおそる謁見の間へ進んだ。

貴族達の嫉妬めいた視線が突き刺さる。

この謁見は無事済むのだろうか、と私は急に不安になってしまった。

謁見の間に入ると、そこには思ったよりたくさんの人がいた。

国王の発言を書き留める役を担う書記や、入室者の名前を読み上げる係。

そして中央にある玉座にはシャナンが座り、その左右にはベサミとシリウスがいる。

さらに一歩下がった位置に、カノープスが立っていた。

私達はマナーにのっとって、新王の前に跪く。

許しがなければ、顔を上げることもできないのが謁見だ。

シャナンにはかつて命を救われ、そして学習室でともに机を並べたというのに、今はずいぶん遠い人になってしまったと思う。

でも同時に、無事に戴冠した彼の立派さが誇らしくもあった。

志した当初とはいろいろなことが変わってしまったけれど、やはり私は可能であるなら、彼の役に立つ人間になりたいと思った。

ミハイルに恋をした今も、その気持ちに変わりはない。

私にとってシャナンは、ミハイルとは別の意味でとても大切な人なのだ。

――そうして頭を下げたまま感慨にふけっていたら、突然あたりがざわざわと騒がしくなった。

謁見の間が騒がしくなるなど、ただごとではない。

しかし許しがあるまで頭を上げてはいけないので、私はどうしたものかと迷ってしまった。

ヴィサ君が騒がないということは、命を脅かすような事態ではないのだろう。

すると、床を映していた視界に突然靴のつま先が入ってきた。

靴職人が丹精こめたであろうそれは、大量の宝石で飾られ、きらきらと光っている。

すごい靴だなあと感心していたら、上から声が降ってきた。

「顔を上げて、リシェール」

古い名前を訂正することもできず、私は顔を上げた。

先ほどまで玉座に座っていたはずのシャナンが、目の前に立っている。彼は私の顔を覗きこみながら言った。

「やっと会えて嬉しい、僕のリシェール。これでついに、君を娶ることができる」

シャナンの衝撃発言が聞こえ、呆然とする。私はぽかんと口を開け、おそろしく間の抜けた顔をしていたことだろう。

はっはっは、お前といるとつくづく飽きない。

スヴェンならば、そう笑い飛ばしてくれたはずである。

しかしここにいるのは、しかめっ面のアランだけ。

新王との面会直後、城の応接間で、私達は二人で頭を抱えていた。

——どうしてこうなった。

その言葉が何度も頭に浮かんでは消える。

「私が言えたことではないが、どうしてお前はこういつもいつも……」

アランはそうぼやくと、大きなため息をつく。

その先を言わなかったのは、優しさなのかなんなのか。

言い返せないのは、私自身もまったく同じことを考えていたからだ。

「ほんとにね。こういつもいつも……」

どうしていつも、予想外の困難が襲いかかってくるのだろう。

おとぎ話のように、〝めでたしめでたし〟のあとは、『あんなこともあった』と笑うだけの人生を送りたいのに。

「ああ。とにかく事態を整理しよう。リル、お前は陛下と特別な面識があるんだな？　突如求婚されてもおかしくないような」

以前より大人になったアランは、冷静に状況を把握しようとする。

事態がもう自分の手には負えなくなっていたので、私は早々に彼にすべてを打ち明けた。

五歳の頃、メリス家に忍びこんできたシャナンと面識があったこと。

彼は私のために禁術を使ったせいで、一時的に昏睡状態に陥ってしまった。そこでベサミは、シャナンの体の時を禁術を使う前まで戻し、この数年間、成長を止めてきたのである。そのため、シャナンはつい最近まで、メリス家で私と会っていた間の記憶も失っていたという。

話し終えると、アランの顔から血の気が引いていった。

おそらくだが、私の顔色も似たような色のはずだ。

「――それで、〝時〟を取り戻した陛下は、同時にお前のことも思い出して、お前を気に入ったという訳か」

一体どうしたらと途方に暮れていると、コンコンとドアをノックする音がした。

「はい」

「私だ」

少しくぐもってはいたが、誰だかすぐにわかった。

「どうぞ」

そう答えると、姿を見せたのはシリウスだ。

半月ほど前にすべてを教えてくれた元愛犬は、とんでもなく美しい顔に無邪気な笑みを浮かべていた。ほんのふた月前まで病み衰えていた面影など、皆無である。

部屋に入った途端に、シリウスは大きく腕を広げた。

抱擁を待っていることは一目瞭然である。

私も否やはなかったので、少し恥ずかしかったがその腕の中に飛びこんだ。

シリウスの腕の中は、当然ながら青星のようなひなたの毛皮のにおいはしない。だけど懐かしく感じるのは、彼が母の次に私を抱きしめてくれた人だからかもしれない。

「息災か？　リル。何か困ったことはないかい？」

困ったことだらけである。ざっくりとした質問に、苦笑いがこぼれた。

挨拶するために立ち上がったアランは、呆気にとられている。

『あ～鬱陶しいのが来た！　お前、仕事忙しいんだろ？　帰れよ！』

シリウスの体調が回復したら、ヴィサ君の態度はすっかり元に戻ってしまった。

シリウスが死ぬかもしれないという時はあれほど気落ちしていたというのに、やはりヴィサ君は意地っ張りだ。

「うるさい蠅がいるな。リルの契約精霊でなければ、この手で叩き潰してやったものを」

『なんだとコラ！　お前、西の精霊王ヴィサーク様に向かってなんて口をっ』

「リル、今からでも遅くない。あの蠅を捨てて、私と契約するというのはどうだろう？」

シリウスの目は本気そのものである。

なんでこの二人はここまで元通りになれるのだろうと思いつつ、私は首を横に振った。

「叔父様。それよりも王の様子は……？」

シリウスを叔父様と呼ぶのは、昔の癖だ。

メリス家で独りぼっちだった私を、彼は叔父だと周囲に暗示をかけ、見舞ってくれていた。

その暗示はすでに解けて、もう彼はメリス家には縁もゆかりもないことになっている。

しかし、慣れ親しんだ呼び名を変えるのは難しく、私は彼の前ではまだ叔父様と呼ぶ。

ようやく私から体を離したエルフは、耳をぴこぴこ動かしながら大儀そうに言った。

「相変わらずだ。リルと結婚すると言って聞かん」

「そ、そんな……。でもお妃様は、国外から娶るのが慣例ですよね？　国内貴族の、それも婚外子である私じゃ……」

王家は特別な存在だ。その結婚も国民にとって大事で、国力の釣り合う他国の王族を娶るのが普通だった。

だから言外に無理だろうと伝えたが、シリウスは顔をしかめたままだ。

「それがそうでもない」

彼の言葉に、私は目を剥いた。

「どういうことですか？」

言葉を失った私のかわりに、アランが問いかけた。

アランを一瞥して、シリウスは眉間にしわを寄せる。

「まず一つに、近隣国には今、陛下と身分の釣り合う姫君がいない」

シャナンは私の二つ上だから十二歳。

私は他国の姫君達を、可能な限り思い返してみた。

大陸にはたくさんの国があるが、シリウスを擁するメイユーズはその中でも一目置かれている。

つまり生半可な国の姫では、家格差がありすぎてしまうのだ。

なので近年は、同程度の国力を持つ強国三つのどこかから花嫁を娶るのが恒例化していた。

けれどその三国には現在、年頃の娘がいない。

多少の年の差は許容するにしても、未婚の娘自体がいないのだ。

しかし別に、その三国以外から娶ってはいけない、という決まりはない。

たとえば勢いのある新興国だとか、国は小さくても高貴な血統を持つ姫君だとか、とにかく釣り合う姫君がまったくいないなんてことは、ないはず。

その時、ノックをして部屋に入ってきたのはシリウスの侍従の一人だった。

彼は部屋に入ると、私達に黙礼してシリウスに何事か耳打ちする。

ずっと魔導省長官としての仕事ができずにいたシリウスは、それを取り戻すように大忙しだ。

とにかく今日のところは家に帰るように言われ、私達は大人しく家路についた。

私が帰ったのは、ステイシー邸ではなくメリスホテルだ。ホテルの料理長に新メニューを考えるのを手伝ってくれと言われ、最近はメリスホテルに寝泊まりしていた。

「お前ってなんか、特殊なフェロモンでも出してるの？」

メリスホテルで事の顛末(てんまつ)を聞いたスヴェンの反応は、私が想像していたのよりもばかばかしいものだった。

しかもふざけた様子ではなく真面目に尋ねられ、こっちの方が知るかと言いたくなる。

「だってシリウス長官もそうだし、ミハイルとレヴィとアランだろ。ルシアンとアルベルトとも妙に仲がいいし、果てには王様ときたもんだ」

スヴェンはアラン相手でもまったく遠慮がない。

「そこに俺の名を加えるな！」

アランが顔を真っ赤にして叫ぶ。

「だってほんとだろ？　実際、婚約もしてたわけだし」

「それはそうだが……でも俺は真剣にっ」

「だから、ミハイルだって王様だって真剣なんだろ？　それで今ここで顔つき合わせて打開策を探ってんだろ」

スヴェンの容赦ない返しに、アランは俯いて黙りこんでしまった。

私としてはなんだかいろいろと申し訳ない気分だ。

許されるなら、床に手をついて謝りたいぐらいである。

しかしそれをやるとよけいにアランのプライドを傷つけると思ったので、今はひたすら叫びたいような羞恥に耐えていた。

『なあなあ、リル～』

空中でごろごろしながら、ヴィサ君が私に寄ってくる。

ラーフラはもう少し離れた場所で、しっぽを水差しに垂らしていた。どうもあのしっぽには水を吸い上げる機能があるらしい。

『リルはミハイルと結婚するんだろ？　じゃあさっさと、あの王とやらの求婚は断ればいいじゃねえか。それとも迷ってるの？　なんなら俺にしとく？』

矢継ぎ早の質問の最後に、何かよけいなものがまじっていた気がする。

気疲れがひどかったので、最後の質問だけはスルーすることにした。

『迷ってるんじゃなくて、もし正式に指名されたら断れないんだよ。シャナンはこの国の国王だから』

『え？　じゃあミハイルと逃げるか？』

そういうわけにはいかない。ミハイルはこの国の騎士で、プロポーズだってずっとこの国で生きようと言われたくらいだ。国を大事に思っている彼に、家族や友人まで捨てさせるわけにはいかない。

『もしそうなったら……どうしようね』

スヴェンの茶々とアランの漫才めいたやりとりのおかげで、ようやく客観的に今日の出来事を考えられるようになってきた。

私はミハイルが好きだ。それは何があっても変わらない。

温かくて泣きたいぐらいに切ない。けれど、少し苦い。

そんな思いが胸の中に確かに息づいている。

でもシャナンに乞われたら、それは国民として拒否できない。

拒否すれば、家族のアランにも迷惑がかかるだろう。

なによりシャナンからの求婚を断って、彼の臣下であるミハイルに嫁ぐことなどできるはずがない。

私に残された道はそう多くなかった。

シャナンを受け入れるか、それとも彼があきらめてくれるのを待つか。いっそ国を出るか。

それぞれの利点と欠点がぼこぼこと頭に浮かぶ。

つまり、どれもいい手ではないってことだ。

ただミハイルには、この話を知らせたくないと思った。

豪胆なようで優しいあの人はきっと、知ったら気に病(や)んでしまうと思ったから。

彼に知られる前――できるだけ早急に決着をつけなければならなかった。

そのためには、シャナンを説得するしかない。


思い立ったら吉日ということで、私はさっそくその晩、城に忍(しの)びこむことにした。

城門は閉まっているが、ヴィサ君に乗って上空から侵入すればいい。

シリウスが意識不明の間は解けていた結界も、修復されている。けれど、私は彼のおかげで一応フリーパス。

あとは魔導を使って姿を隠し、王子を探すだけだ。

夜の城は静まり返っていた。

光の魔導石を使った照明は落とされ、見張りや見回りをする兵士のカンテラがところどころでちらちら揺れる。

それらの切れ間(ま)を狙って裏庭に着陸し、ヴィサ君にはすぐさま小さい姿になってもらった。

あとは王子を探すだけ。私は持参した紙に『マップ』のペンタクルを描いた。周辺の地図と、そこにいる人の位置を把握できる魔導だ。『マップ』で見つけられるのは、乙女ゲームに登場していたキャラクターのみだけど、私が探しているのはシャナンだから問題ない。

すると脳裏に城の地図が浮かんで、私はぎくりとした。

私の現在位置を示す点滅する光のすぐ近くに、黒い丸がぽちっと浮かんでいたからだ。

ぎぎぎぎと音がしそうなほどぎこちなく、後ろを振り返る。

するとマップが示す通り、そこには全身黒ずくめの近衛(このえ)隊長が立っていた。

「そこで何をしている」

腕組みをしたカノープスは不機嫌そうである。

今の私は城への侵入者なので、仕方ないことだが。

「あ、えーと、こんばんは～」

私はとにかく乾いた笑みを浮かべるよりほかなかった。

まさかこんなに早く見つかってしまうとは。

カノープスに感知されないように、ヴィサ君にだってすぐに小さくなってもらったのに。

「あのな――私が城の周囲に『探索』を使ってないとでも?」

暗闇なので顔はよく見えないが、心底呆れたという風にカノープスが言った。

『探索』というのは『マップ』に少し似ているけれど、『マップ』と違って無差別に人や物、精霊などを感知する魔導だ。消費する魔力が尋常ではないので、私は今まで使ったことはない。

それにしても、シリウスとカノープスの両エルフが結界を敷いているのなら、我が国の城の防御は完全無敵だ。

これなら何があっても大丈夫だなあ、と他人事のように思った。

闇の中で、カノープスがため息をつく気配がした。ずれてもいない眼鏡を直している。

心底呆れた時の、このエルフの癖だ。

「……じきに見回りがくる。とにかく場所を変えるぞ」

事を荒立てたくなかったので、私は大人しくカノープスに従った。

カノープスの私室に通されると、私は事情を話した。

「それでこの真夜中に、単身忍びこんだのか？」

カノープスの呆れた口調に、自然と頭が下がる。

ソファに座る前に、従者をしていた時の癖でお茶を淹れた。

お茶の葉を発酵させない緑茶は、私がこの世界で作った物の一つである。そして彼の好物だ。以前ステイシー邸で飲んで、とても気に入ったらしい。

熱いお茶を飲むと、カノープスの肩から少し力が抜けたのがわかった。

カノープスが怒っていると話しづらいので、私も胸を撫で下ろす。

「だって、久しぶりに会っていきなり、結婚したいって言われたんですよ？　何も聞けないまま追い出されちゃったし……」

シャナンの行動に慌てたベサミによって、私とアランはすぐさま謁見の間を追い出されてしまったのだ。謁見の間はゆっくり話ができるような場所ではないので、そのこと自体は仕方がなかったと思うのだが。

カノープスは何事かを考えるように、再び腕組みをした。

この不愛想な人がそうして難しい顔をしていると、気が弱い人なら泣いて逃げ出しそうな威圧感がある。

しばらくして、カノープスはおもむろに口を開いた。

「――お前には、まったくそのつもりはないのか？」

一瞬何を言われたのかわからず、私はぱちくりと瞬きを繰り返す。

「は？」

「だから、王子の求婚を受けるつもりはないのか、と聞いている」

「い、いやだってどう考えても不釣り合いだし。……それに私はその、別に結婚したい人が……」

この朴念仁にまさか恋愛関係の質問をされる日が来るとは。思ってもみなかったことで、私はしどろもどろになった。

「知っている。ミハイル・ノッドだろう」

ああ、そういえば、カノープスも私を魔界まで迎えに来てくれたんだった。

だとしたら、私達の関係はとっくに知っているだろう。

「しかしミハイルは単なる伯爵家子息で、嫡子ではない。人の世では、国王に嫁ぐ方が名誉なことではないのか？」

私は呆気にとられる。

馬鹿にするなと怒ってもいいような気がしたが、カノープスは本気で疑問に思っているらしい。少し傾げた首の角度がその証拠だ。

「そっ、名誉とか、関係ないです！　別に名誉と結婚するわけじゃ、ない……」

言っていて恥ずかしくなった。

どこのヒロイン面だ。思わず両手で顔を覆う。

じたばたしたいが、無礼になるのでさすがにやめておいた。

「そうだろうか？　貴族の結婚はそういうものだと聞いた。私にも縁談は多く来るが、大抵は一度も会ったことのないような相手だぞ」

そういえば――と私は従者時代のことを思い出していた。

カノープスは騎士団の副団長時代からとてもモテていて、送られてくるラブレターを仕分けするだけでも大仕事だったのだ。

「貴族の結婚に、そういう側面があるのは否定しません」

むしろ恋愛結婚なんてほとんどいないだろう。

「でも私はもう、そんなものに振り回されたくないんです。私は、自分の生きたいと思う場所で生きたい」

口にしてから、それが自分の本当の望みであることに気がついた。

子どもの頃は、あっちへこっちへ。誰かの都合で人生を決められてばかりいた。

生まれた場所は下民街(げみんがい)。いつも命の危険を感じていた。

母が死んだあとは侯爵家へ。けれど誰も口をきいてくれなくて、つらかった。

捨てられた先の国境の村での生活は、穏やかだった。でも王都に戻ってきたのは自分の意志で、それからはずっと自分が望むように生きてきたつもりだ。

つらいことも苦しいこともあったけれど、今さら進んできた道を否定なんてしたくない。

たとえ〝神様〟とやらに連れてこられた世界でも、私は私の人生を生きたいのだ。

それを、身勝手と言う人もいる。

誰もが不自由の中を生きているのだから、一人の勝手で列を乱すなと。

でも、誰のものでもない、自分の人生だ。

どうせ後悔するなら、自分の決断に後悔したい。

まっすぐ前を向くと、不思議そうな顔のカノープスと目が合った。

やがて彼は、珍しく小さな小さな笑みを浮かべる。

「お前といると、退屈しないな」

ぼそりとつぶやかれたそれは、多分独り言だ。

笑みはすぐにかき消えたが、カノープスの機嫌は悪くないらしい。

「ルイ――リルがそう言うのなら、私は反対しない。お前には、従者をしてもらった恩もある」

そう言うと、カノープスはそっと立ち上がった。

見れば、緑茶の入っていたカップが空だ。思っていたよりも長い時間、私達は向かい合っていたのかもしれない。

「来い。陛下に会わせてやる」

カノープスに促され、私はゆっくりと立ち上がった。

城内は静まり返っている。

カノープスの後ろで私だけが『隠身』の魔導で姿を隠し、夜の城を進んだ。

近衛隊長がいるのにわざわざ姿を隠すのは、よけいな勘繰りを避けるためだ。向かう先が王の私室なので、なおさらである。

ふわわわわと、ヴィサ君があくびをした。

その様子があまりにものんきなので、いつのまにか肩に入った力も抜けていく。

シャナンに会うのは、怖いような嬉しいような不思議な気持ちだ。

謁見(えっけん)の時は驚きすぎてそれどころではなかったが、無事に彼の成長した姿を見られたのは、心底嬉しかった。

金の髪と、まっすぐな青緑色の目。

今まで何があったにせよ、彼が私の命を助けてくれた王子様であることに変わりはない。

カノープスの足が止まったのは、両開きの大きな扉の前だった。

見張りに立っていた二人の近衛(このえ)騎士が、扉の脇に避(よ)ける。

カノープスは二人に小さく声をかけ、そして扉をノックした。

すぐに扉が内側から開く。顔を出したのはベサミだった。

彼は一瞬訝(いぶか)しげな顔をしたが、断る理由はないと思ったのだろう。大人しくカノープスを迎え入れた。

置いてきぼりにされないよう大きな背中のぴったり後ろについて、そっと部屋に滑りこむ。

扉を潜(くぐ)ると控(ひか)えの間(ま)がある。客人を待たせたり、侍従が待機したりする場所だ。

その奥にあるのが、国王の私室につながる扉なのだろう。

細部まで精緻(せいち)な細工の彫りこまれた扉には、ところどころにペンタクルがひそんでいる。

「一体なんですか、こんな時間に」

ベサミが腕組みをした。

厳しい口調の割に声が小さいのは、隣室にいる若い王を慮ってのことだろう。

夜ならベサミの妨害もないかと思ったのに、どうやらそううまくはいかないようだ。

私はおもむろに『隠身』を解いた。

ベサミの説得まで、カノープスに押しつけるわけにはいかない。

「お前は……」

ベサミの表情が、一層険しくなった。

なんだか悪役の気分だ。

まるで王の寝こみを襲いに来た、みたいな。

「欲が出たか？　元は従者の身で、まさか王妃になりたいと？」

ベサミの言葉には、私への敵意がたっぷり詰まっていた。

「いいえ」

私はカノープスの背から、一歩前に出た。

「そんな大それた望みはありません。私はただ陛下の真意をお聞きしたく」

「本当に私と結婚してくれるか――そう聞くつもりだったか?」

ベサミが皮肉げに笑った。

『こいつ! リルを愚弄しやがった!』

ヴィサ君のしっぽがぶわっと膨らむ。

なんだかそれを見ていたら、自分で怒る気にはなれなかった。

むしろかわりに怒ってくれる人がいてくれて、くすぐったくて嬉しい。

「冷静になれ、ベサミ。この者が陛下に何かしたわけでは……」

「は! このような遅い時間に忍んできたのが、何よりの証拠だろう。陛下を惑わし、既成事実を作るつもりなのさ」

ベサミは〝女〟そのものを嫌っている。

私は不義を行った彼の母親の話を思い出し、いっそ悲しくなった。

これ以上彼を刺激しないために、今日は一旦引くべきだろうか。

そう考えはじめた、その時だ。

「騒がしいな」

奥にある豪奢な扉が内側から開き、少年と青年の中間にある美しい国王が姿を現した。

元気でいる姿を間近で見ると、やはり胸が熱くなる。

私はベサミやカノープスに倣い、急いで膝を折った。

もちろん彼らとは形の違う、淑女の礼だ。

「ベサミ」

シャナンの声は平坦だった。不機嫌さを隠しもしない声音である。

「お前は下がれ」

「しかし！」

「私はリルと話がしたい。いいから下がるんだ」

十二歳とは思えない、威圧感のある声だった。

思わず体が固まる。

反論を封じられたベサミは、しばらくして不本意なのを隠しもせず部屋から出ていった。

「カノープス」

「かしこまりました」

名前を呼ばれただけで、近衛隊長もまた、身を翻す。

『わ！　ちょっ、離せ！』

『カノープス殿。これはどういう了見か』

突然、慌てた精霊達の声が聞こえてきた。

どうやらカノープスは私の精霊達を捕らえたらしい。

がやがやとした抗議の声が、足音と一緒に遠ざかっていく。

ドアが閉まる音がした。

これで完全に、私達は二人きりだ。

話をするには願ってもない状況のはずなのに、私は夜中に押しかけてきた自分の行動を、後悔しはじめていた。

昔のままの優しいシャナンだと、心のどこかで思っていたのかもしれない。

彼が私を忘れてもう五年近く。

その間、彼にもいろいろなことがあった。それなのに、どうして昔のように話し合えるなんて思っていられたのか。

さっきベサミを呼んだ、ひんやりと冷たい声。

思い出すだけで身震いがした。

絨毯(じゅうたん)の上を歩く、ほんのかすかな足音。

そして目に入ったのは、毛皮でできたスリッパのつま先だ。

「面(おもて)を上げよ」

思わず謁見（えっけん）の時のことを思い出した。

そしておそるおそる顔を上げると、思っていたよりもずっと近くに、シャナンの顔がある。

「久しぶりだね、リル。やっと二人だけで話せる」

メイユーズ王国の若き国王は、そう言うとにっこりと微笑（ほほえ）んだ。

＊　✣　＊

シャナン・ディゴール・メイユーズにとって、リシェールという娘は間違いなく特別な存在だ。

彼女は昔、シャナンにとって守るべき対象だった。

病弱な少女で、いつもベッドの上で苦しそうにしていた。

けれど体調がいい時にはよく笑う子どもだった。

自分の話で彼女が笑顔になると、シャナンは嬉しかった。

少しでもお兄さんぶりたくて、専属の教師から聞いた豆知識を、そっくりそのまま語って聞かせていたのは内緒だ。

そんな彼女にマナーや敬語を教えたのも自分だと、シャナンは自信を持って言える。

けれど、その思い出が美しい分だけ、今のシャナンは苦しかった。

彼女の記憶を失っていた——その事実がつらい。

かつて彼女に冷たくした。

その事実を思い出すたび、胸を掻（か）きむしりたくなる衝動に駆られる。

過去に戻れるならば、自分を殴りたい。

記憶が戻ってからのシャナンは、過ぎていく忙しさの中でそんなことばかり考えていた。

あの緑月（りょくげつ）の日、目覚めは心地いいものではなかった。

こらえきれない息苦しさで気を失い、目が覚めると体が急激に成長していたのだ。

そして同時に、失われていた記憶も戻ってきた。

まるで記憶の濁流（だくりゅう）に呑みこまれたような感覚だった。

黒髪の少女と笑い合った記憶。そして苦しそうにしていた彼女を助けようとしたこと。

次に会った時、彼女は髪を短く切り、二つ下の少年としてシャナンの前に現れた。

少女との記憶を失っていたシャナンは、その少年に対してなんの感慨も抱けなかったのだ。

それどころか、ひどく冷たく突き放した。

彼女はどれだけ傷ついただろうか。

少女の気持ちを思うと、胸が張り裂けそうになる。

けれど仮に言い訳をさせてもらうなら、当時のシャナンには余裕がなかった。

なぜか成長しない体。

そして体調を崩した父王のこと。

王妃である母は夢見がちな人で、なおかつ人付き合いを嫌い、表舞台に立つことすら稀。そんな母に政治的なバックアップを望めるはずもない。

シャナンは焦っていた。

もしこのまま父が崩御すれば、政治の実権は間違いなく高位貴族による意思決定組織、円卓会議に奪われてしまう。

シリウスの存在は、王家にとって大きな支えになっていた。しかし彼は、頑なにシャナンの後見人になることを拒んでいる。

成人も迎えていない上に、いつまでも幼い見た目のシャナンにできることは、多くなかった。

いっぱい勉強はした。父の名代として外交的な政務だって精力的にこなした。

でも、それだけだった。

幼い見た目のシャナンを、他国の王族達は侮(あなど)った。それは貴族も同じだ。

今の王が死ねば、たやすく操(あやつ)れる駒(こま)。

そう思われるのは、生まれながらに王になることが決まっていたシャナンにとって、ひどく屈辱的(くつじょくてき)なことだ。

だから学習室の貴族子息とは、できるだけ親しく付き合わないようにしていた。

決してこちらには踏みこませない。

誰かに会う時は、いつもそんな風に気を張っていたのだ。

外交官を務めるメリス侯爵は、シャナンにとって目の上のたんこぶとも言える存在だった。

公爵のいないメイユーズ王国で最上級の爵位で、円卓会議でも一番の発言権を持つ。

その勢力を削(そ)げるなら幸いと、侯爵の息子であるジーク・リア・メリスの申し出に乗った。

そして、メリス侯爵邸が恐怖に包まれたあの夜。

ことはおおよそ、シャナン達の思惑通りに進んだ。

予定外だったのは、身の安全を保証してほしいと頼まれたジークの娘がリシェールで、しかもどういうわけかパーティーに参加していたという点だ。

萎んだドレスで精霊にまたがり、悲鳴に満ちた大広間に飛びこんできたリシェール。

あの時、シャナンは何かを思い出しかけた。けれどすぐに侯爵家から連れ出されてしまい、その〝何か〟をつかむことはできなかった。

その〝何か〟をもっと強烈な形で感じたのは、メリスホテルの開業記念パーティーでのこと。

メリス侯爵家が、まさか屋敷を宿として開放するなんて、シャナンは想像もしなかった。

彼の知るアランは、貴族的で規律に厳しく、融通の利かないタイプだったはずだ。

だから豊かな商人や下級の貴族を相手の商売をはじめると聞いた時は、耳を疑った。

それがアラン自身の考えではないことはすぐにわかった。

そして姿を見せた黒髪の少女。

彼女がジークの娘だということも。

アランの婚約者を名乗る少女は、壇上で青灰の瞳をきらきらと輝かせていた。しかも大勢の前で臆することなく、優雅にお辞儀するのである。

胸が騒いで仕方なかった。

それは嫌な予感ではなくて、感じたことのない本能的な何かだ。

まるで本能により胸の奥から湧き上がる衝動。

彼女のことがもっと知りたい。見ていたい。そして、泣きたくなるほど懐(なつ)かしい。

おそらく、失った記憶は彼女に関するものなんだろう。

シャナンは、そう確信していた。

ほかにないくらい、シャナンを戸惑わせる人物だとわかるのに、思い出せないもどかしさ。

結局、紹介されたアランの婚約者は、シャナンを賓客(ひんきゃく)としてしか認識してくれなかった。

ほかの人間に向けるのと同じ笑顔を見せられる。

それがひどく悔しかった。

今、目の前にいる女性は、それらの記憶のどれとも違う姿をしている。見た目は、もう結婚していてもおかしくない大人の女性のものだ。

膝を折りシャナンの言葉を待つ姿は、こうべを垂れる花に似ていた。

結(ゆ)い上げた髪と、無防備にさらされるうなじ。

華奢な体は、まだ成長しきれていないシャナンにだって力では敵わないのだろう。

これがあの小さかったリシェールだと思うと、とても複雑な気持ちになった。

膨大な魔力に苦しむ彼女を救えたことは、純粋に嬉しい。

しかし彼女はシャナンの目の届かない場所で、いきなり大人の女性となって戻ってきた。

その知らない時間のことを想像すると、胸が焼ききれそうになるのだ。

幼い頃には正体のわからなかった感情の意味を知る。

そばにいたい。ずっとそばで守り続けたい。

謁見の際に結婚を口にしたのは、衝動ではなかった。

アラン・メリスからリシェールの戸籍についての打診があった時、決めたことだ。リシェールがメリス姓に戻れば、過去はどうあれ、高位貴族。正妃にできると思っていた。

幸い、近隣諸国に釣り合いの取れる姫君はいない。

頑固なベサミを説得することができるかもしれない。

リル・メリスの戸籍を認めたのは、そんな打算があったからだ。

リシェールはまだ恋愛に疎かろう。体は大人でも、年は二つ下だ。

それでも、何年かかってもいい。ともにあれば、いつか夫婦になれるだろう。そう思った。

「面(おもて)を上げよ」

声は少し、震えたかもしれない。

見上げてくる青灰の瞳に、知らなかった自分を見た気がした。

＊✣＊

──イケメンになったなあ。

シャナンと目が合った時、最初に抱いた感想はそれだ。

時の魔導が解けて、ようやく年相応に成長したシャナン。けれど彼は、十二歳という年齢のわりに大人びていて、つややかな金髪と青緑色の瞳は絵本やなんかに出てくる王子様のようだった。

いやまあ、今は王子ではなくれっきとした国王なのだが。

「さあこっちへ」

丁重にエスコートされて、ソファに腰かける。

驚いたのは、シャナンがなぜか向かい合わせでなく私の隣に座ったことだ。

「あ、夜分遅くに申し訳ありません。ですが、どうしてもお話ししたいことが……」

しどろもどろになってそう言うと、若い王は柔らかく笑ってみせた。

――すさまじく攻撃力の高い笑顔だ。

眩しすぎて、思わず目をつぶりたくなった。

「リシェール――リルならいくらでも大歓迎だ。もっとちゃんと話したいと思っていたから」

とりあえず、怒ってはいないようで、ほっとする。ほっとはしたが、落ちつきはしなかった。

落ちつくどころか、体がぶるぶるしてくる。

うかつに身動きもできない。

だって、なんというか、近い。シャナンとの距離が、異様に近いのだ。

しかも彼は楽しそうに、私の髪を梳いている。その目は潤みを帯びてこぼれ落ちそうだ。

なんというか、落ちつかないことこの上なかった。

「そうだ、リル。時の魔導の矛盾を解消して、私の体を成長させてくれただろう。礼を言うのが遅れたが、ありがとう」

「あっ、いえっ、こちらこそ、命を救っていただきありがとうございました！　それで、あ、あの！　えっと……」

ちゃんと話そうと思って来たのに、シャナンの親密すぎる態度のおかげで頭が真っ白になる。

マナー違反を承知でずりずりとソファの上で逃げてみるが、無駄だと言わんばかりにシャナンが距離を詰めてくる。

二歳年上だとはいえ、それはこの世界でのこと。

精神年齢は大人の私は、ずっと子どもだと思っていた相手が豹変した気分だ。

正直、学習室で再会して冷たくされた時よりも、今の方が戸惑っている気すらする。

「ん？」

こてんと首を傾げて、彼はとろけそうなほど甘い声を出す。

これが本当の王子様――正しくは国王――というものか。

私は戦慄した。

固まっていたら、シャナンがくすりと笑った。

「どうしたの？　マイスイート」

ス、スイート!!　スイートだって!?

よほど親密な恋人同士の呼びかけだ。

自分がそんな風に呼ばれる日が来るなんて、思ってもみなかった。

レヴィにファーストキスを奪われた時と同じレベルのダメージだ。

しかも、レヴィだったら容赦なく怒鳴りつけることもできるが、敬愛するシャナンにそんなことできるはずもない。

「あ、あひょ！」

『あの』と呼びかけるつもりで、噛んだ。

しかしシャナンは笑うでもなく、静かに私の言葉の続きを待っている。

涙目になって、私は相手を見上げた。

「私、陛下とは結婚できましぇん!!」

また噛んだ。

もう泣きたい。

いや、ほとんど泣いている。

目の前で青緑の目が見開かれるのがわかった。

できるだけ穏便に、遠回しに伝えるつもりだったのに、思わず直球を投げてしまった。

しまったと思い、膝のスカートをぎゅっと握りしめる。

しかしシャナンは、まったく怒ったりしなかった。

「どうしてそんな意地悪を言うの？　マイディア」

ディア！　ディアだって！

つらい！　なんかもうつらい！

ヴィサ君がいたら、私のかわりに頭上でつっこみを入れてくれたことだろう。しかし彼はカノープスに部屋から連れ出されたのだ。

このとんでもない緊急事態に対応できるのは、私しかいない。

「いっ、意地悪じゃなくて……わたくしは他国の王族ではないです。それどころかメリス家の庶子（しょし）ですし……」

しどろもどろになりつつ、結婚できない理由を並べてみる。

しかし目の前のシャナンは、ちっとも表情を変えなかった。

「命を救っていただいたことは、本当に感謝しています。陛下にはたくさんのご迷惑を……」

「陛下じゃなくて、シャナンと呼んで？」

甘く囁（ささや）かれて、憤死するかと思った。

この人、十二歳なんて絶対嘘だ。嘘に違いない。

「お、畏（おそ）れ多くもお名前をお呼びするなど――」

手のひらが汗でびっちょりになっている気がする。

同時に、そういえばゲームでのシャナンは、好感度を上げるとガンガン甘い言葉を囁(ささや)くようなキャラだったなと思い返す。

画面越しのスチルなら、一人でキャーキャー言えばいい。しかし実際に生身で聞かされると、逃げ出したいという気持ちが勝(まさ)った。

しかしここで逃げては、城に忍(しの)びこんだことやカノープスの協力が無駄になってしまう。

シャナンと二人きりになれるのは最後かもしれないし、チャンスは今しかない。

もし結婚が本決まりになったら、あれよあれよと準備が進んでしまうに違いないのだ。

「シャ、シャナン陛下！」

勢いをつけて立ち上がり、私はシャナンから距離を取った。

ソファに腰かけたままの彼が、ぱちくりと目を丸くしている。

「わ、わたくしは！　心に決めた方がおります！　だから陛下とは結婚できません!!」

言ってしまったら、泣きたくなった。

こんな風に言うつもりじゃなかったのに。

もっと落ちついて伝えたかった。

そして気づく。

強引に初恋を終わらせようとしていた自分に。
そう。私はかつて、シャナンが好きだった。
唯一の人だと思った。永遠を捧げたかった。
でもそれは変わってしまったのだ。
たった五年も、一途ではいられなかった。
シャナンにその事実を伝えるのは、とてもつらい。
彼のきれいな瞳が、己の不誠実さを浮き彫りにするようで。
でも言わなければ、今のシャナンには伝わらない。
求婚までしてくれた相手に、真実も話さないのでは、ただの卑怯者だ。
「ふぅん」
シャナンの声音が、これ以上なく低くなる。
背筋がぞくりとして、反射的に肩に力が入った。
「その相手というのは、誰？」
笑顔はそのままに、まるで地獄の使者のような迫力でシャナンが言う。
私は困惑した。
この場でミハイルの名前を出してもいいものか、と。

立ち上がったシャナンに、抵抗する間もなくソファに押し倒される。

一瞬、何が起きたのかわからなかった。

優美で小ぶりな顔が間近にあって、息をするのもためらわれる。

もうシャナンは、ちっとも子どもではなかった。笑顔の中には、獣がひそんでいる。

彼は立派に一人の男性だったのだ。

私達はじっと見つめ合う。

どうしようもなく息苦しい。

逃げられない、と思った。

「あ……」

音を上げたのは私だ。

「許してシャナン様……」

自分の卑小さに吐き気がした。

悲しくて、苦しかった。

「あなたが好きだった……でも、好きでい続けられなかった。すべて弱い私が悪いんです」

恋に酔った女みたいなセリフだと思った。

本気で思っているけれど、口にすればこんなに陳腐だ。

「私達が結婚しても、誰も幸せにはなれません。あなたも、私も……そしてこの国も」

その時、唐突に悟った。

ベサミが頑なに、私を排除しようとしたわけを。

円卓会議の前主導者の娘など、これから貴族の権利を制限しようとしているシャナンが、娶っていいはずがない。

私と結婚なんてすれば、シャナンの言葉は説得力を失う。だからベサミは私を拒んだのだ。

どうして気づかなかったのだろう。

あまりにも当然なことだったのに。

ミハイルと結婚することばかり考えていて、物事が真っ当に考えられなくなっていたのだ。

「あなたが望むなら、一生結婚しません。聖教会で死ぬまで祈りを捧げてもいい。でもどうしても、あなたと結婚なんてできないんです。あなたに救われたからこそ……今が大事なこの国を、みだりに乱したくない……」

泣いたら本当につまらない女になってしまう、と意地でも涙はこぼさない。

シャナンは黙って、そんな私を見ていた。

真剣な表情が、近づいてくる。

息が詰まって、何も考えられなくなった。

私がぎゅっと目をつぶった瞬間、シャナンはため息をつく。そして静かな声で言った。

「こんな夜中に出歩くのは、危ない。夜が明けてから帰るといい。控え(ひか)の間(ま)のソファを使いなさい。あとでベサミに毛布を持っていかせよう」

目を開けた時には、シャナンは私に背を向けていて、そのまま振り向かず部屋を出ていってしまった。

シャナンの言葉に甘えて、私は控え(ひか)の間(ま)で夜を過ごし、夜明けとともに城を出た。

どんなに絶望的な気持ちを抱いていても、太陽は昇る。

一睡もしなかった私の目に、朝日は眩(まぶ)しかった。

夜明け前に王子の部屋を出た私に、扉の前で待っていたヴィサ君は何も言わなかった。

ただ静かにゆっくりと、私を乗せて王都の上を飛ぶ。

一日のうち一番寒いこの時間は、上空の方が暖かいぐらいだ。

朝日に照らされた王都は美しかった。

それは言葉にならないほど。

ここに私の愛する人達が暮らしているのだと思うと、胸が詰まって仕方なかった。

たとえミハイルと結婚できなくても、私はこの国で生き続けるだろう。

日本に戻れたとしても、私は帰らない。

何があってもこの国で生きていくのだと、なぜか強くそう思った。

＊　❖　＊

私はメリス家にもステイシー家にも帰らず、下民街（げみんがい）に近い工房でしばらくマリアとともに過ごすことにした。

誰にも会いたくなかったからだ。ミハイルにも、シャナンにも。

工房の人達は、快く私を受け入れてくれた。

もとより、貧しく様々な事情を抱える人に安心して働いてもらうための場所だ。

よけいな過去に触れる者は誰もいない。

それが心地よかった。

今の工房は、増築した部分で働く人も含めて百人近く、大人と子どもが半々ぐらい。

ずいぶん規模が大きくなったものだと思う。

作っている製品も様々だ。オヤレースはもちろん、ホテルで売られているたくさんの土産物も作っている。

最近では働いている人達のアイディアを取り入れて、私が関わらずとも積極的な商品開発が進められているらしい。

こういうところを見ていると、レヴィの手腕はすごいなと改めて感心する。それを言うと調子に乗りそうなので、伝えないけれど。

毎日は穏やかに過ぎていった。

ゲイルとミーシャには、友達のところにいるから心配しないでほしいと伝えた。それに定期的にメッセンジャーを頼んで、近況を伝えている。

国の中心から離れていると、ほっと息をつくことができた。

元々、似合っていなかったのかもしれない。

目指した騎士も官吏も、貴族令嬢という地位も。根っからの庶民が、よくがんばったものだ。

やりたいことを、やりたいだけやった。

助けたい人を助けられた。

それだけで充分じゃないか。

一生結婚できなくたって、確かに私を愛してくれている人がいる。

これ以上を望むのは、欲張りなのかもしれない。

＊　❖　＊

冬が過ぎて春になり、夏が過ぎてまた冬が来た。

メリス家にもステイシー家にも帰らないまま、一年が過ぎようとしている。

工房で働く毎日は充実していた。

時にレヴィがやってきて、いつまでいるつもりなんだ、と冗談まじりに言うこともある。

しかし詳しい事情を聞くつもりはないようで、結局は私の好きにさせてくれた。

「好きなだけいればいい。ここはお前と一緒に作った場所なんだから」

いつも最終的にはそう言ってくれるレヴィは、実はいい男なのかもしれない。

私の停滞した日々とは反対に、世間は大きく動いていた。

メイユーズと東の国境を接する小国、テアニーチェの併合が決まったのだ。

何年も内乱で荒れた国で、国境では武器の密輸入がなされていた。ミハイルがかつて盗賊を装い調査していた国である。

色濁月（しょくだくげつ）――十二月も深まったある日、その手紙はミーシャに宛てた手紙の返信と一緒に、私のもとに届けられた。

「こんやく……きねん、パーティー？」

最近少しずつ文字が読めるようになってきたマリアが、たどたどしくその文字を読みあげる。

マリアのさらさらとした髪を編んでやりながら、私は言った。

「ダメでしょ、勝手に持ち出しちゃ」

私が開きもせず机の上に置いておいた手紙を、マリアは目敏（めざと）く見つけ出していたらしい。

手を離せば編んでいる髪が解けてしまうので、私はその手紙を取り上げようとはしなかった。

「きたる……の日に、……の、こんやく、きねん？　パーティーをとりおこないます……お姉ちゃん。これなんて読むの？」

私の注意なんてなんのそので、マリアは楽しげに聞いてくる。

私は一瞬戸惑ったが、ちょうど三つ編みが終わったところだったので髪を縛り、手紙を受け取った。

開けられた封蝋には、王家の紋章。

届けられた手紙は城への招待状だった。

パーティーをするというのなら、婚約したのはシャナンだろう。

やっと私との結婚をあきらめてくれたのだろうか、と安堵しながら手紙を読み進める。

するとそこには驚くべき内容が書かれていた。

手紙を手にしたまま固まった私のスカートを、マリアが引っ張る。

「ねえ、お姉ちゃん。なんて書いてあるの？」

答えられないまま、私は部屋を飛び出した。

「ヴィサ君！」

『ふがっ、リ、リル⁉　なんだっ、何事だ⁉』

私の契約精霊は、工房の庭でまどろんでいたらしい。

驚いたのだろう、がさがさと音がして、木の上から白い毛玉が落ちてきた。

自分以上に慌てるヴィサ君に、私は少しだけ落ちつきを取り戻した。

「ステイシーの家に飛んで！　た、確かめなきゃいけないことがあるの」

突然のお願いに、ヴィサ君は目を白黒させた。

ここ一年近くヴィサ君には乗っていないし、家に帰っていない。驚くのは当然だろう。

『わ、わかった！』

あっという間に、可愛いヴィサ君は凛々しい獣の姿に変わる。

その頭の上に、木から下りてきたらしい緑のまりもが着地した。

『なんなのだ、騒々しい』

「詳しい話はあと！」

説明する時間も惜しいので、慌ててヴィサ君にまたがった。

風の精霊王は瞬く間に上昇し、ステイシー邸へ向かう。

頭は焦燥と混乱でいっぱいだった。

『ミハイル・ノッドの新騎士団長就任及び婚約記念パーティー』

あの招待状には、そんな驚くべき文字が躍っていたのだ。

トゥルーエンド
乙女ゲームの悪役だって、幸せになってもいいですか？

「ゲイル！」

体当たりする勢いでステイシー邸に飛びこむと、フットマンや使用人達が信じられないという顔でこちらを見ていた。

しかし今は、そんなことにかまっている余裕はない。

「ゲイルはどこにいますか⁉」

見知った執事を捕まえると、彼は怯(おび)えたように返事をする。

「たっ、ただいまの時間、旦那様はお城に出仕なさっておいでです」

確かに、特別な休みでもない限り、ゲイルはいつも騎士団に行っている。私はがっくりとその場に崩れ落ちた。

「リル！」

吹き抜けになっている螺旋(らせん)階段の上から顔を出したのは、ミーシャだった。

彼女が階段を下りようとするのを、メイド達が慌てて止める。

彼女は階段の上り下りすら難しいほど病弱なのだ。

「彼女をここへ連れてきて！　丁重にね」

いつも穏やかなミーシャが慌てたように命令する声に、顔を見合わせつつも使用人達は粛々と従った。

「もう！　遅刻よリル！」

ミーシャは怒っていて、私は面食らう。

「パーティーは今夜って書いてあったでしょう？」

「遅刻……え？　え？」

ミーシャは侍女達に命じて、まず私をお風呂に入れた。

素っ裸に剥かれてバスタブに沈められた時、私はまだ事態を把握できていなかった。

「あ、そう、ミハイルが婚約するって！　それに騎士団長就任って、どういうこと!?」

髪を泡立てられながら、精一杯尋ねる。

バスタブの中で頭も押さえられているため、今は声を出すだけで精一杯だ。

「あら、招待状に書いてあったでしょ。あなたなかなか連絡をよこさないから、どうしようかと思ったわ」

ミーシャがなんでもないことのように言う。

「だっ、だって婚約って、一体誰と……」

尋ねながら、私の言葉尻は泡に溶けて消えた。

プロポーズされたまま、一年近く姿をくらましていたのだ。今さら私に何が言えるというのだろう。

冷静になってみれば、ミハイルは別の愛しい人を見つけたに違いない。

ミハイルはすでに二十歳を超えている。貴族の初婚としては遅いぐらいだ。

体中磨かれながら、私はミハイルを失った悲しみを噛みしめていた。

全部捨てて工房に逃げていた私に、私以外の人と婚約するミハイルを惜しむ資格なんてないのだ。

数人がかりで体中を洗ってもらってなめらかな布で拭ったら、くすみ気味だった肌が若返った気がした。

一応、清潔にするよう気をつけていたけれど、やはり工房と貴族の屋敷では体を洗う設備からして違っている。

特にここ数日は濡れた布で体を拭うだけになっていたので、心は落ちこんでいたが体はさっぱりといい心地だった。

「ミ、ミハイルのお相手は、どんな人なの……？」

招待状には、相手のことは書いていなかった。婚約披露（ひろう）はおまけなのだろう。

メインはミハイルの団長就任の方で、婚約披露（ひろう）を王城で行（おこな）えるということは、ミハイルに対する王の信任がよほど篤（あつ）いということだ。

私のせいでミハイルがシャナンの不興を買わなくてよかった、とひとまず安堵（あんど）する。

「ミハイル様のお相手はね、とっても素敵な方よ」

そう言うと、ミーシャはにっこりと微笑（ほほえ）んだ。

一年間も帰らずにいたことを怒っているのかもしれない、と思った。

彼女は私のミハイルへの気持ちを知っているはずで、以前は私達の結婚を認めてくれていたのに。そう思うと、身勝手にも泣きたくなった。

「そんな顔しないで。さあ準備しましょ？」

「準備……？」

「ええそうよ。久しぶりのパーティーなのだから、とびきり着飾らなくちゃ！」

話している間も、顔にパックをされたり化粧水を塗られたりと忙しかった。

しっかり顔を固定されていたから、話すことすらためらわれたぐらいだ。

真正面でパックを施（ほどこ）している侍女など、私が口を動かすたびにとても怖い顔をする。

なのでついうっかり、パーティーなんて行かないと言いそびれてしまった。

そして私は日が暮れるまでのすべての時間を使って、侍女達に寄ってたかって着飾られてしまったのだった。


なぜだ。どうしてこうなった。

私はまるでウェディングケーキのような白いドレスを着て、市場に売られる仔牛の気持ちで馬車に乗っていた。

白いドレスなんて着たらマズイんじゃないかと慌てたが、ミーシャは大丈夫と繰り返した。私はこの世界の婚約記念パーティーのドレスコードを知らないから、そうなのかと渋々従った。

同乗しているのはミーシャと、その主治医だ。

彼女が外出することなど滅多（めった）にないので、私は驚いた。

一応、ステイシー邸を出る直前まで抵抗はしたのだけれど、ミーシャがパーティーに出るには女性の付き添いが必要と言われて、逆らえなかった。

本当は、ミハイルが誰かと婚約するパーティーなんて出たくない。

けれど仕方ないから、あとは片隅からそっと祝うよりほかない。

結局私は、最後の最後になって全部投げ出した。ミハイルを傷つけた。

だから、つらくてもお祝いぐらいすべきだろう。

それが私の贖罪（しょくざい）なのかもしれないと思った。

到着を告げられて馬車から降りる。城は相変わらず立派だった。

こんなところに毎日のように通っていたなんて、なんだか信じられない。

王子が戴冠したから、学習室も解散になっただろう。

私とアランを除いた新たな四肢——学習室の成績上位者達は、新国王の側近として働いているはずである。

その地位を、目指したこともあった。懐（なつ）かしく思い出す。

恋の相手ではなくても、シャナンの役に立ちたいとずっと願っていた。

そのためになんでもがむしゃらにやってきた。

でもそれだけじゃダメだった。私には覚悟が足りなかったのだ。

これが最後の社交界だと思った。

だからせめて最後ぐらい、笑顔で一夜を過ごすべきかもしれない。

愛した人の、新たな門出に。

「リル、こっちよ！」

はしゃいだミーシャが、踊るように人ごみに紛れかける。

私は慌てて彼女の手を取った。

数年ぶりの夜会に、彼女はずいぶん浮かれているようだ。

けれど無理をしすぎては絶対体調を崩すから、できるだけそばで見張っていなくては。

主治医はあくまで使用人という括りなので、ほかの使用人達と一緒に控えの間で待つことになった。

老年の医者に気付け薬を託され、くれぐれも気をつけるように注意を受ける。

一方でミーシャは忙しくあちこちを見上げては、楽しそうだ。これでは明日の発熱は免れないだろうと思いつつ、私達は大広間に入った。

着飾った貴族の集うパーティーは、壮観だった。

女性達のドレスが大輪の花のように咲き乱れ、紳士達もそれに負けじとつややかな靴や鮮やかなジュストコールで装っている。

壮大な天井画や光の魔導石の力も相まって、広間は光にあふれていた。

ついでに貴族はみんな魔力属性を持っているものだから、私には各属性の粒子まで見えていて本当に大変な騒ぎだ。

城で執り行うとは聞いていても、まさかこんな盛大なお披露目式だとは思っていなかった。面食らってしまう。

ミハイルは、それほどシャナンに——そしてメイユーズ王国に期待されている、ということなのだろう。

やっぱりあの夜、シャナンとの話でミハイルの名前を出さなくてよかった。

私は心底そう思った。

「リル！」

呼ばれて振り向くと、そこにはルシアンとアルベルトがいた。

そして彼らがエスコートしているのは、見覚えのある二人の女性だ。赤毛の少女と美女は、六年前の面影を残している。

一瞬驚きで、言葉をなくした。

「——っ！　エル、リズ！」

ミーシャを置いて、思わず二人のもとへ駆けつけそうになった。

危ない危ない。

私はミーシャに、彼らを紹介した。

アルベルトとエル、リズには、かつて国境付近の村でとても世話になった。ルシアンは学習室で一緒だった、大切な友人である。

先ほどまで子どものようにはしゃいでいたミーシャはどこへやら、彼女はすっかり母親の顔になって微笑んだ。

「そうですか。リルがお世話になりました。これからもこの子をよろしくお願いしますね」

ミーシャの挨拶に少しじんとする。

彼女は変わらず、私のことを娘だと思ってくれているのだ。

「リル、本当に久しぶりね。アルから聞いてはいたんだけど、すごく大きくなっててびっくりしちゃった……」

エルの目には、涙がにじんでいた。

我慢しきれなくなり、私は彼女を抱きしめた。

抱きしめたぬくもりは、出会った時と何も変わらない。

そのあとリズとも抱擁を交わし、私はルシアンとアルベルトに向き合った。

「あ……カシルは？」

カシルとはリズの元婚約者で、国境の村で盗賊をしていた男だ。

盗賊を抜けたあとは心を入れかえ、使用人として働いていると聞いていた。

「控えの間で待っているよ。カシルは姉さんにべったりだから」

アルベルトがにこりと笑って言う。その表情に影はない。

アルにエスコートされていたリズは、顔を真っ赤に染めていた。

使用人のカシルを王の夜会に連れてこられないのは、仕方のないことだ。この様子ならリズとカシルの仲も順調なのだろう。

紆余曲折のあった二人だが、無事に元のさやに納まって本当によかったと思う。

一方、場に慣れていないのか、エルはもじもじしている。

活発な少女という印象があっただけに、少し驚いてしまう。

でもすぐに、そのもじもじの原因が緊張ではないことに気がついた。

「エル、寒くはないか？　何か飲み物をもらってこようか？」

かつてあれほど不愛想だったルシアンが、甲斐甲斐しくエルの世話を焼いている。

あまりにも見慣れない光景に、つい驚いて見入ってしまった。

そんな私の様子に気がついたのだろう、アルベルトがこっそり耳打ちしてくる。

「ずっとこの調子なんだよ。もうじれったいったら」

そう言うアルベルトの顔は幸せそうだ。事件に巻きこまれたせいでルシアンの双子の弟として伯爵家に入ることになったアルベルトも、それなりに幸せな人生を送っているらしい。

何度も約束しつつなかなか会いに行けずにいただけに、今夜の再会はとても嬉しい。

ほかの知り合いに挨拶（あいさつ）をするという彼らと別れ、私とミーシャは再び大広間を歩き出した。

しかし大きく広がったドレスでは、移動することすら一苦労だ。

私はパーティーに出席しているはずのゲイルを探して、無作法にならない程度にあたりを見回す。

すると、こちらに近寄ってくる人が目についた。

レヴィと、彼にエスコートされた小さなレディだ。

私はまたもや驚きに言葉をなくした。

レヴィが連れていたのは、きちんとおめかしをしたマリアだったからだ。

「マリア！　どうしてこんなところに⁉」

なぜかしたり顔のレヴィを見上げる。

「お姉ちゃん！」

マリアは嬉しげに、私のスカートに抱きついてきた。いつもと違うクリノリンで膨（ふく）らませたスカートなので、その小さな手が私の腰に回されることはなかった。

さすがに抱き上げるわけにはいかず、かがんで頭を撫(な)でてあげる。

灰色の髪がきれいに結(ゆ)い上げられていたので、それを崩さないようにそっとだ。

「お前に置いていかれて、泣いて泣いて大変だったんだぞ？　お前に会わせてやるからとなだめすかして、なんとかここまで連れてきたんだ」

私はマリアをあやしながら、レヴィの言葉に引っかかりを感じた。

どうして彼は、私が今日ここに来ることを知っていたのだろう？

私だって、ほんの直前まで来るつもりじゃなかったのに。

どうして――と尋ねる前にレヴィがミーシャに挨拶(あいさつ)したので、私は彼女に二人のことを紹介した。

特に妹のように可愛がっているマリアというくだりで、ミーシャはこれ以上ないほど目を輝かせた。

「あなた、リルが大好きなのね？」

「うん！　お姉ちゃんは私の恩人なの！」

元気よくお返事するマリアを、ミーシャは大層気に入ったようだった。

今度ステイシーの家に行く時には、マリアも一緒に連れていこう。

家にこもってばかりのミーシャには、客人はとても嬉しいものなのだ。特に彼女ぐらいの小さい子どもなら、なおさら。

　私と離れたくないと駄々をこねるマリアをなんとかなだめすかし、レヴィが人ごみに消える。

　なんならあずかると言ったのだが、いろいろ理由をつけて断られてしまった。

　そんなにレヴィはマリアの世話が好きだっただろうかと首を傾げつつ、私は再びゲイルを探しはじめる。

　もしかしたら騎士団の制服でいるかもしれないと思っていると、今度こそ予想もしなかった人物と目が合った。

　元は騎士団の小姓で、今は実家の石鹸工場と農園でそれぞれ働くリグダとディーノ。

　二年近く会っていなかったが、顔が変わってないからすぐわかった。

　それにメリスホテルの支配人になったスヴェンと、髭面料理長改めフリオ・シス・リーンズベルト男爵だ。

　男爵である料理長がいるのはまだわかるが、ほかの三人がいるのは一体どうしたことだろう？

　声をかけると、男爵以外はぎくりと顔を強張らせた。

　声をかけてはいけなかったのだろうかと戸惑う。

「よ、ようルイ、久しぶり。またやらかして、今度は大人の体になったんだってな」

リグダとディーノの顔には、それぞれ不自然な笑みが浮かんでいた。

この姿で会うのは初めてなので、戸惑っているのかもしれない。

しかしこの姿で会ったことのあるスヴェンまで、ひどく難しい顔をしている。

「え、何か問題？　どうかしたの？」

戸惑っていると、フリオがいつも通りの底抜けに明るい笑みを見せた。

「いやいや、なに。これからのホテル運営に生かせるものがないかと、みんなで相談していたんだ。ホテルを続けていくためには、どんどん新しいアイディアを生み出さなければならないからな」

少し世間知らずなところのある男爵が至極もっともなことを言うので、私は大いに驚いてしまった。

リグダとディーノが、その通りと言わんばかりに激しく頷(うなず)いている。

なんとなく、話を逸(そ)らされた気がしないでもないが……

「そんなことより、俺達にかまってていいのかよ？　お前、誰かを探してたんじゃないのか？」

「え？　あ、うんそうだけど……。ねえスヴェン、ゲイルを見なかった」

四人の中で唯一、ゲイルと面識があるスヴェンに尋ねる。

ほかの三人もゲイルの顔ぐらいは知っているだろうが、居場所を知っているほど親しくはないと思う。

「ゲイルなら、ミハイルの側近として近くにいるんじゃないか？　なんせミハイルが今日の主役だろう？」

私はなるほどなと頷く。

そして、そそくさと去っていく四人を見送り、私達は大広間の最奥部へ向かうことにした。

最も人が押し合いへし合いでこみ入っているところがある。ミハイルとゲイルがいるとしたら、その近くに違いない。

ミハイルとシャナンにはできるだけ会いたくないが、とにかくゲイルにミーシャを託さないことには帰ることもできない。

「ふふ、リルってば知り合いがいっぱいいるのね」

そんな私の葛藤を知ってか知らずか、ミーシャが楽しそうに笑う。

そういえばさっきの四人を紹介するタイミングを逃してしまったと、彼女に申し訳なく思った。

「ごめんね。早くゲイルを見つけなきゃいけないのに……」

「あら、どうして謝るの？　娘にいいお友達がたくさんいるのは、親として誇らしいわ」

私はぎこちなく笑った。

みんな一癖（ひとくせ）も二癖（ふたくせ）もある人達だし、仲良くなるまでもいろいろあった。

多分ミーシャが思うような〝いいお友達〟ではないかもしれないが、確かにかけがえのない友人達だ。

人ごみの中を進み、さらに大広間を歩いていく。

光の魔導石をふんだんに使った広間は、どこへ行っても明るかった。

魔導石が収められているのは豪奢（ごうしゃ）なシャンデリアで、ガラス細工に光が乱反射してそれ自体が大きな芸術品のようになっている。

そういえばメリス家の夜会も、こんな風にきらびやかだったな——

二年前のことなのに、まるで大昔のことのようだ。感慨にふけっていたら、向かいから来た紳士と肩がぶつかってしまった。

慌てて謝罪すると、彼はかまわないというように手を小さく振ってみせた。

顔を上げて目が合ったのは、見覚えのある青灰の目。

私は驚きで声をなくした。

髪の色が違う。人相も少し変えている。髭を生やし、実年齢よりずっと上に見せている。

でもその目の色は、いつも鏡で見るそれと同じ色。実父であるジークに違いない。

「ジー……」

名を呼ぼうとする私の唇に、紳士がそっと人差し指を置いた。

黙っていて、というジェスチャーだ。

私は思わず言葉を呑みこむ。

ここで彼の正体がバレれば、大きな騒ぎになってしまう。なにせ彼は事故で死んだことになっているのだから。

「もうしわけ、ございません……」

改めてぶつかった謝罪をしながら、私はその人の優しい目をじっと見上げた。

永遠のように思えたけど、おそらくは一瞬だ。

「幸せにおなり。愛しい娘」

すれ違いざまにそう囁いて、紳士は何事もなかったように人波に消えた。

胸がいっぱいで動けなくなる。

心配したミーシャに声をかけられるまで、私はずっとその背中を見送っていた。

私は疲れてきていた。

予想外の知り合いにたくさん会ったせいだ。嬉しいハプニングが続きすぎて、感情の処理が追いつかない。

『大丈夫か？　リル。少し休んだ方がいいんじゃないか？』

見かねて、ヴィサ君が声をかけてきた。

『少し……。でもなんとか発表の前にゲイルと合流できるように、がんばるよ。ミーシャさえ任せたら、一人で先に帰れるし……』

パーティーがはじまれば、ミハイルの新騎士団長就任及び、婚約に関する発表があるはずだ。

片隅で祝えればと思っていたが、会場にいるうちにだんだんそれもつらくなってきた。

だってここにいる人達は、みんな、ミハイルと誰か知らない女の人の結婚を祝いに来たのだ。

まるで元カレの結婚式にお呼ばれしたかのような疎外感である。

『そうか？　とりあえず気分が悪くなったらすぐ俺に……ゲッ』

ヴィサ君の声音(こわね)が急に変わった。

何事かと思って周囲を見渡すと、ヴィサ君が何に反応したのかすぐにわかった。

白い人。白いローブを着た背の高い人が、明らかにこちらを見ている。

そして彼が動き出すと、モーゼが海を割った光景のように人ごみが割れた。

「リル！」

「へっ⁉」

シリウスはどうやら、私に青星の生まれ変わりであると話したことで、エルフとしての体裁をすべて放り出すことに決めたらしい。

いきなりがばっと抱きつかれて、目の前が真っ白になった。

「むぐう」

胸板に押し潰され、変な声を出してしまう。

周囲の空気が明らかに変わった。

一瞬の沈黙のあと、ざわざわした戸惑いの気配。

おそらく私の背中には、たくさんの視線が突き刺さっているに違いない。

ヴィサ君が『ゲッ』と言った瞬間に逃げなかったことを、私は後悔した。

「あらあら、リルのお友達ですか？」

ミーシャがのほほんとした声で言う。

シリウスは城からほとんど出ないので、ミーシャが彼を知らないのは当然だった。

「ああ、ミーシャ・ステイシー殿ですね。私のリルがお世話になっているようで」

「あら、リルは娘ですもの。当然のことですわ。こちらこそウチのリルがお世話になっているようで――」

気のせいだろうか。頭の上でバチバチ火花が散りはじめている気がする。いうなれば保護者対決か。

周囲で小さなどよめきが起こる。

このままずっと顔を隠していたかったが、だからと言ってシリウスに抱きかかえられて移動するわけにもいかない。

どうにも踏ん切りがつかずにいたら、新たな人物の声がした。

「そのままではそれが窒息しますよ。いい加減離してあげてください」

この城でこんな風にシリウスに意見ができる人など、一人しかいない。

シリウスの拘束が緩(ゆる)んだので顔を上げると、思った通りの人がいた。

「カノープス様！」

エルフが二人並ぶと壮観だ。

どちらも人ならざる美貌(びぼう)を持っているのだから。

「リル。私の名前を呼ぶのが先だろう」

すごく高い位置まで顎クイされて、首が痛い。

「は、はい、シリウス叔父様……」

そう呼ぶと満足したのか、シリウスはようやく私を解放してくれた。

周囲の視線がすっかり集まっている。

このままではミハイルとシャナンに見つかってしまう。私はその場から逃げ出したくなった。

「息災なようだな。安心したぞ。ミーシャ殿も、ずいぶんと体調がよろしいようだ」

「お久しぶりです。カノープスさま」

ミーシャが優雅に礼をする。

カノープスは一度ステイシー邸に来たことがあるので、顔見知りだ。

「カノープス。お前、どうしてこちらのご婦人と面識がある」

さも重大事のようにシリウスが言う。

私はカノープスに待ってと言おうとしたが、遅かった。

「リルの家を一度訪れたことがあるのです。彼女は私の従者をしていましたから」

カノープスはそれがどうしたという顔だ。

しかしシリウスの表情は、まるで仁王像のように険しくなった。

「保護者にご挨拶だと!? 私ですらそんなことしたことがないのにっ」

なぜか悔しそうに言う。

病が治ったと思ったら、残念エルフ完全復活である。

ああ、そうだった。これがあるからちょっぴり彼を避けたりしていたのだと、私は現実逃避しながら思った。

『お前そんなんだから、リルに引かれるんだよ』

『これがエルフ最強の男とは、情けない』

ヴィサ君とラーフラが呆れたように言う。

しかしそんなもの、気にするシリウスではない。

シリウスはもう一度私をぎゅっと抱きしめると、感無量と言わんばかりの声で言った。

「ああ、リル。結婚しても、いつでも私のところに帰ってきていいのだからね。むしろどうして相手は私じゃないんだ。叔父として許可した覚えはないのに――モゴッ」

不自然に言葉が途切れたなと思っていたら、カノープスがシリウスの口を覆っていた。

何事かと思い驚く。

「おっと失礼。口に虫が止まっていたもので」

カノープスは何事もなかったかのように手を離すと、ハンカチで手のひらを拭った。

しゃべっている最中に口に虫など止まるだろうか？

まあ、冗談など言わないカノープスがそう言うのだから、そうなのだろう。

それにしても、シリウスは何か勘違いをしているらしい。

結婚を発表するのは、私ではなくミハイルなのに。

「それでは、私達はこれで」

ぼーっとしていたら、腕をミーシャにガッとつかまれた。

そしてか弱い彼女にぐいぐいと引っ張られる。

「あ……それでは、ごきげんよう」

ミーシャの体に負担をかけまいと、彼女の引っ張る方向へ歩き出す。

話の途中ではあったが、会おうと思えばいつでも会えるのだからまあいいか、と思った。

それに、ここでは周囲の目が気になる。早々に人波に紛れた方がいいに決まってる。

「あれがシリウス様？　聞いていた話とずいぶん違うわ」

ミーシャが呆れたように言う。彼女がそんな物言いをするのは珍しいことだ。

「あ、いつもあんな風じゃないんだよ？　今日はパーティーで浮かれてるんじゃないかな」

そんなことはなかったが、私は苦しい言い訳をした。

人々に語られるシリウスは、美しくどこまでも強い、半ば神のような存在だ。

そしてその噂通りの一面も確かにあって、今ミーシャが目にした部分は、彼の際立って特殊な部分だった。

どうフォローしようかと考えていたら、そばでくすくすと笑う声が聞こえた。

聞き覚えのある声だ。視線を向けると、立っていたのはアランだった。

目が合うと、アランはつややかな笑みを浮かべる。

この一年で、また成長したようだ。

身長は完全に追い抜かれていたし、仕草は貴公子然として周囲の視線を集めている。

「かなり目立っていたぞ。おかげで楽に見つけることができたが」

「い、言わないで……」

「我が姉上はずいぶんと人騒がせな星のもとに生まれたようだ」

笑いつつ、連れのミーシャに優雅に礼をする。

「お初にお目にかかります。アラン・メリスと申します」

貴族は普通、下位の貴族から上位の貴族に礼をするものだ。アランの態度は少々イレギュラーである。

私は驚いて目を見張ったが、ミーシャはおっとりと礼を返した。

「ご丁寧にどうもありがとうございます」

実の叔父と養母である。

改めて対面させるのは、なんとなくソワソワした。

さっきも感じたことだが、授業参観のような気持ちになる。

ミーシャに友人や知り合いを紹介するのは、少し誇らしいと同時に気恥ずかしい。

「リルを、ここまで連れてきていただいてありがとうございました。ここからは、私が――」

そう言って、アランが手を差し出してきた。

なんのことかわからずにいると、ミーシャにとんと背中を押される。

「え、でも私はミーシャと……」

「私は大丈夫よ。旦那様と一緒にちゃんと見てるから」

見てるって、何を？

そう聞く前に、アランに引っ張られて歩き出す。

ダンスの要領か、アランは優雅に、だが絶対逃がさないぞと言わんばかりに、私に腕を絡めていた。

ミーシャの方を見たら、まるでタイミングを見計らっていたかのように彼女の後ろからゲイルが現れる。

「うまくやれよ！」

とても優しい笑顔で、ゲイルはそう言いながら手を振った。

何がなんだか、私にはまったく理解できなかった。

すぐに人波に二人の姿を見失ってしまい、私はあきらめてアランのエスコートを受け入れる。

「一体、どういうことなの？　なんかみんな変だよ」

アランに尋ねても、曖昧(あいまい)に微笑(ほほえ)むばかりで何も教えてくれない。

その顔は、さっき見た紳士の顔と少しだけ似ている。

新人侯爵だったアランは、会わない間に余裕が出て、ぐっと大人びた。

アランを見慣れているはずの私が、ちょっとドキドキしてしまったほどだ。

「まったく。一年も姿を見せないで。心配したぞ」

「う、ごめん……」

姿をくらましていたことに言及した人は初めてだったので、私は亀のように首をすくめた。

戸籍上は彼の姉ということになっているのだから、不在が続いてアランにはさぞ迷惑をかけたことだろう。

工房に引きこもる前に直接事情を説明するべきだった、と私は反省した。

手紙でゆっくり休んでいいと言われたので、それにすっかり甘えていたのだ。

「まあ、今日その姿を見られたから、もう充分だけどな」

内緒話のように、アランがそっと顔を近づけてくる。

「今まで見た中で一番きれいだ。相手が私じゃないのは、本当に残念だけれど……」

声変わりした声で囁(ささや)かれ、思わず頬が熱くなった。

「え？」

その間も、アランは人ごみを縫(ぬ)ってどんどん進んでいく。

もう人だかりの中心は目の前。

つまり大広間の最奥にたどり着いたということだ。

侯爵の存在に気づき、人々は少しずつ道を空(あ)けはじめる。

ホテルなどをやっている落ち目の貴族と侮(あなど)っていても、貴族達は侯爵であるアランを無視することはできない。

人の壁が少しずつ減っていき、ようやくその中心にいる人達が見えた。

右から、ベサミ、シャナン、ミハイルだ。

三人の視線がこちらに向いているのがわかった。

ベサミはしかめっ面（つら）。

ほかの二人は穏やかに微笑（ほほえ）んでいる。

シャナンもアランと同じように、背が伸びていた。

もう誰も彼を少年とは呼べないだろう。

希少動物の毛皮で裏打（うらうち）された赤いマントは、彼の生まれながらの高貴さをよく引き立てている。

騎士団長の真新しい制服を纏（まと）ったミハイルは、ほれぼれするほどかっこよかった。

しかし二人に見とれている場合じゃない。

会いたくなかった三大巨頭に直面した私は、すぐに回れ右しようとした。アランに絡められた腕によって、阻止されてしまったのだが。

「無事に届けましたよ。陛下、そしてノッド卿」

アランによって前に押し出され、完全に逃げ場がなくなった。

泣きたくなりながら、私は条件反射で腰をかがめてお辞儀をする。

ここまでエスコートしてくれたアランに恥をかかせるわけにはいかない。

「リル。よく来たね」

目線が同じぐらいになったシャナンが、私の手を取った。

至近距離で見つめられ、何も言えなくなる。

一年前のあの晩のことを思い出し、泣きそうになった。顔がつい下を向く。

「陛下、私は……」

何かを言おうとして、でもやっぱり言葉が出なかった。

すぐ隣にはミハイルがいるのだ。

何を言っても彼の不利益になる気がした。

「いいんだよ。何も言わなくて」

優しく諭され、顔を上げる。

シャナンの青緑の瞳は、ただ嬉しそうに輝くばかりだ。

「君に悲しい思いをさせてごめんね。私はいつのまにか、君の意に添わないことを強要していたようだ」

「陛下……」

「ミハイルに聞いたよ。君が彼と結婚の約束をしていたと。彼は危険な任務を成し遂げる見返りに、君との結婚を許してほしい、と私に言ってきたんだ」

「えっ!?」

驚いて、私はミハイルを見た。

ミハイルの顔には、とろけるような喜びがある。

逃げることで彼を守ろうとした私なんかとは大違いだ。

ミハイルはシャナンの不興を買うことを承知で、自ら名乗り出てくれたのだ。

「悲しい思いをさせて、ごめんね」

シャナンの白い指がそっと伸びてきて、私の目じりを拭った。

どうやら涙がにじんでいたらしい。

「まったく。それならそうと、もっと早く婚姻してくれていればよかったのに。よけいな手間がかかりましたよ」

ベサミの憎まれ口すら、今はなんでもないことに思えた。

心がふわふわと舞い上がってしまって、言葉にならないのだ。

「そして彼はこの一年、危険な隣国に潜入してくれた。隣国では反乱が起こり、国王不在だったのだが、生き残った王族を見つけ出し、それを擁立して我が国に多大な利益をもたらしてくれた」

危険な隣国とは、テアニーチェのことだろう。

彼がその地に潜入していたことを、私は今初めて知った。

「王として約束を反故（ほご）にはできない。今日は、君達の婚約記念パーティーなんだよ」

シャナンの言葉に、崩れ落ちるかと思った。

夢じゃないかと思う。

けれど、さっきまでの出来事ともつじつまが合っている。シャナンの言葉は真実だと伝えていた。

シャナンが顔を近づけてくる。

思わず目をつぶると、額（ひたい）に柔らかな感触を感じた。

「だから僕は、この手を離すよ……」

切なげに囁（ささや）かれ、驚いて目を開く。

その時にはもう、握（にぎ）られていた手は離されていた。

そしてシャナンに促（うなが）され、ミハイルの前に立つ。

合わせる顔がないとはこのことで、一年ぶりに好きな人を前にして、もう何が何やらという状態だ。

パニックになってこの場を逃げ出さずにいることを、褒めてほしいぐらいである。

「リル……」

ミハイルの黄金の目に、とろりととろける蜜のような熱があった。

そのにおいに誘いこまれるように近づくと——急に頬の肉を引っ張られる。

「この馬鹿が！　いつも勝手に自分で決めて、勝手に姿を消しやがって‼」

ミハイルの怒声に面食らった。

それは周囲で見ていた招待客も、同じだったように思う。

けれど抓られたほっぺはちっとも痛くなかった。

ミハイルの手には、ほとんど力が入っていなかったからだ。

「自分で選んでほしいなんて言って、俺がどれだけ後悔したかわかるか？　お前がすぐに予想もつかない行動に出ることは、誰より知ってたはずなのに……」

ミハイルが切なげなため息をついた。

そして頬を抓っていた指が離される。

ミハイルの体温が離れていくのが、ちょっと寂しかった。

「なあ、リル。今ここで返事をくれ。一年前のプロポーズの返事を。お前に俺の一生を捧げるから、かわりにお前の一生を俺にくれ」

それは情熱的すぎる言葉で、頬が熱くなって仕方なかった。

多分今の私の顔は、茹蛸のような色になっているに違いない。

頭が今度こそ真っ白になって、もうそこにはミハイルが好きだという気持ちしか残ってなかった。

小賢(こざか)しい私が自己犠牲に浸っている間に、ミハイルは自分の力でこの結末を用意してくれたのだ。

「……勝手に暴走して、迷惑かけるかもしれないよ？」

「ああ」

「思いこみが激しいから、また呆(あき)れさせちゃうかも」

「慣れてる」

「年取ってお婆ちゃんになっても、一緒にいてくれる？」

「望むところだ」

「私を置いて――いなくなったりしない？」

「それはこっちのセリフだ！」

「じゃあ、どんな戦場にも、私を連れていってね」

「は⁉　いやそれはちょっと……」

ミハイルが、初めて返事に詰まった。

しかし私としても、これは引けない。

「家で待ってるだけなんてできないから、どこへでもついていくよ。大丈夫。私にはヴィサ君とラーフラがいるからね。絶対ミハイルの役に立つよ！」

その時にはもう、心は決まっていた。

「本当にお前は、いつも俺の想像を超えていくなあ」

ミハイルが苦笑する。

その声の柔らかさに、胸がいっぱいになった。

どうしようもなく許されていると感じた。

「わかったよ。だから、俺と結婚してください」

答えは一つしかなかった。

「はいっ」

愛(いと)しい人に、飛び上がって抱きつく。

周囲からは歓声が上がった。

割れんばかりの拍手が、大広間の天井にまで駆け上(のぼ)っていく。

まるで私達を祝福するように、魔法粒子(まほうりゅうし)が渦(うず)を巻いていた。

私達は離れていた時間を埋めるように、何度もキスを交わした。

あとになって衆人環視(しゅうじんかんし)だったことに気づきとても悔やむことになるのだが、その時はとにかく、幸せで幸せで仕方なかった。

＊ ✣ ＊

時はめぐって、十四年後――

「それでおかあさまが、じょせいではじめて、きしだんにはいることになったのね」

長い長い話に、もうすぐ五歳になる娘のリオンは眠そうに目をこすっている。

久しぶりに家に帰ると彼女に泣きつかれたのだ。任務で長く家を空けたことが申し訳なくて、彼女の大好きな話をすることにした。

不意打ちの婚約記念パーティーの話を、彼女はもう百回以上聞いているはずである。

夫に似た赤毛の髪を、ゆるゆると撫でてやる。

子どもの体温は高い。頭皮はしっとりと汗ばんでいた。

「おかあさま、つぎはね……おふたりではじめてせんじょうにでたはなしを、ききたい……」

「それは明日の夜にしましょう。今日はもう、このまま眠って」

「えー……」

甘えた声は、とても眠そうだ。手をぐーにしてぐずる姿は愛らしい。

眠たくてたまらないのにまだ粘る娘の額に、そっとキスを落とした。

「ラーフラ」

『うむ』

名を呼ぶと、緑のまりもがふわふわとベッドに着地した。

娘は嬉しそうにそれを抱き寄せる。

大変意外なことに、娘はラーフラにとても懐いていた。ラーフラも満更ではないらしい。

「あした、おなはし、きく……」

最後のがんばりは、寝息になって消えた。

起こさないように、そっと部屋を出る。

帰宅してそのまま娘の部屋に向かったので、早く着替えて旅塵を落としたいところだ。

自室に戻り埃っぽいマントを脱ぐと、そばにいた侍女が非難がましい視線を向けてきた。

よく服を汚すから、彼女達にはいつも迷惑をかけ通しだ。

それでも彼女達の手を借りて、騎士団の制服を脱ぐ。

私専用の軽い誂えになっているとはいえ、やはり脱ぐと解放感があった。

「旦那様がお帰りになりました」

執事の持ってきた知らせに思わず飛びつく。

「今行く！」

「奥様まだお召し替えが……っ」

侍女達に引き留められるのも聞かず、私は玄関ホールに急ぐ。

任地からは一緒に戻ったのだけれど、娘の起きているうちに家に着きたくて、私だけヴィサ君で一足先に戻ったのだ。

玄関には、愛しの旦那様が立っていた。

彼も先ほどまでの私と同じように、騎士団の制服の上に砂埃のついたマントを羽織っている。

「リオンはどうした？　もう寝ちゃったか？」

「ええ。ついさっき。だからただいまのキスは明日にしてね」

言いながら、飛びついた。

任務中もずっと一緒にいたのに、家に帰るとすぐにくっつきたくなる。不思議だ。

職場では公私混同を避けるために、ほとんど他人のように過ごしているせいもあるだろう。

私も騎士団の中では責任ある立場なので、あまり大っぴらにべたべたしたりはできない。

だから騎士団内では、私達の不仲説も囁かれていたりするらしい。

面白いので、あえてその誤解は解いていない。

ちなみに我が家の使用人達はまったく逆で、子どもができてもべたべたしている主人夫婦に辟易しているようだ。

メリスホテルから引き抜いてきた人達なので、みんな優秀で必要以上に遜らないところがいいところである。

それはさておき、私達の娘の名前は、リオン・ノッド。

『リオン』はゲームのヒロインの名前だった。

ミハイルに最初に提案された時は驚いたが、最後の登場人物はここにいたのか、となんだか嬉しくなった。

もうこの世界を乙女ゲームの中だとは思わない。けれど、ゲームの登場人物達と同姓同名の彼らは、私にとってかけがえのない人達である。

「明日はリオンを連れてゲイルの家にでも行くか。ミーシャも会いたがっているだろうし」

ミハイルと義理の両親は、今でも仲良くやっている。といっても、外見的には友人同士にしか見えないが。

ミハイルが若くして騎士団長になったので、ゲイルはそのお目付け役として副団長に出世した。

「そうだね。知らせなきゃいけないこともあるし」

「知らせなきゃいけないこと？　なんだ？」

ミハイルは首を捻(ひね)っている。

当然だ。彼にもまだ教えていない。

その変化に最初に気づいたのは、ヴィサ君だった。

リオンの時もそうだ。

彼は私と魔力でつながっているためか、私の体の変化に私よりも敏感らしい。

「うん。もう一人、孫ができたよって」

にっこり笑って、ミハイルの呆然とした顔にキスをした。

私を抱き上げたまま、ミハイルがわなわなと震える。

「ど……どうして飛びついたりするんだ！」

喜んでいるのかと思ったら、怒られた。

すぐさま横抱きにされ、ミハイルは足早に寝室に向かう。

「安静にしてろ！　しばらくは騎士団にも出勤禁止だ」

「えー、それって職権濫用じゃ……」

「ばか！　何かあったらどうするんだ！」

『そうだぞリル。無茶はだめだ』

可愛いのは相変わらずだけど少し慎重になったヴィサ君が、私をたしなめる。

リオンが大好きなのに、ラーフラの方が好かれているという事実に、彼は地味に傷ついているらしい。

そしてあっという間に着いた寝室で、着替えも終えてないのにベッドの上に横たえられた。

ミハイルの慌てぶりがおかしくて、ついくすくすと笑ってしまう。

戦略に関しては冷酷無比で知られるミハイル騎士団長も、家庭ではただの心配性の夫になるのが嬉しい。この人を選んでよかったと思うのは、こんな時だ。

笑う私を不服そうに見下ろすミハイルが、またおかしい。でも、がんばって笑うのをこらえた。

そしたら私の生真面目な顔に、今度はミハイルの方が噴き出す。

失礼な人である。

「わかった。明日は〝お義父さん〟達に知らせに行こう。あいつら驚くぞ」

ミハイルがいたずらっぽく笑う。

彼がゲイルを〝お義父さん〟と呼ぶ時は、決まって何かよからぬことを考えている時だ。

私達夫婦に振り回されて、ゲイルはいつも大変そうである。

胃薬か何か贈った方がいいのかもしれないと、時に心配になることもある。

でも、心配事といえばそれぐらい。

毎日はおおむね幸せで、自分にこんな日々が訪れるなんて夢じゃないのかと、時々疑ってしまう。

ミハイルと結婚する前の私は、いつも何かと戦っていたような気がする。

絶対的な力を持つ運命から逃れたくて、がむしゃらに足掻いていた。

楽に息ができるようになったのは、シャリプトラにここがゲームの中の世界ではないと教えられてからだ。

それからもいろいろなことがあったけれど、はっきりした分岐点はあの日だった気がする。

もし今、日本に戻れるとしても、私はきっとその道を選ばないだろう。

この世界には、私の愛する人達がいる。

日本の両親には申し訳ないけれど、娘の身勝手を許してほしいと思う。

私はこの世界で、誰のものでもない自分の人生を手に入れた。

そしてリオンや、お腹の中のまだ見ぬ我が子にも、同じように自分の生きる道を見つけてもらいたいと思っている。

世界は圧倒的で、時に無慈悲だ。どれだけ抗っても抜け出せないような困難にぶつかることもある。

けれど、決してそれだけではない。

そこに生きる人達は優しく、そしてとても強い。

同時に世界は美しく、どうしようもなく愛しいものであると、私は知っている。

幸せなだけの人生がないように、つらいだけの人生もきっとない。

だから子ども達には、困難にめげず何度でもチャレンジできる人になってほしい。

そしていつか心から愛する人を見つけて、幸せになってほしい。

そう望むのは、今が幸せだからだ。

この世界はゲームじゃないから、エンドロールのあとも人生は続いていく。

たとえそれがハッピーエンドじゃなくても、私は私なりのエンドマークを見つけたい。

決まりきったエンディングのないこの世界を、私はこれからも歩んでいく。
愛する人達とともに。

書き下ろし番外編

ヴィサークの思うこと

振り回されている、という自覚はある。

「にゃーちゃ、にゃーちゃ！」

『いてっ！　いてててて！』

ぬいぐるみサイズのヴィサークの髭を引っ張るのは、可愛らしい赤毛の女の子だ。

髪の色と目の色は父親から譲り受けたものの、その顔立ちは無鉄砲な母親そっくりである。

――だから俺は、この娘に強く出られないのかもしれない。

あえて猫に似た小さな姿でリオンと接しているヴィサークは、独り言ちる。

魔力の特性についても母親から受け継いだらしく、ヴィサークやラーフラのこともしっかり視認できている。

幼い頃のリルといえば魔力の暴走で半死半生の状態だったが、現在のところリオンにその兆候はない。

リルの叔父を自認するエルフのシリウスがリオンを母親のリルともども溺愛し、リオンが魔力の影響を受けないよう研究を重ねた成果である。

そのおかげもあってか、まだ三歳にも満たない子どもは元気いっぱい。精霊王の一角を担うヴィサークの髭を、あろうことか力任せに引っ張るという暴挙に出ているのだ。

眷属の者たちにはとても見せられない姿だと、ヴィサークは痛みをこらえながらため息をついた。

「リオン、乱暴をしちゃだめよ」

その時、ヴィサークの後ろから近づいてくる人間の気配があった。

よく知るその魔力の波動に、ヴィサークは己の契約相手がやってきたことを知る。

リルは娘と同じように絨毯に腰を下ろすと、膝の上に娘を乗せた。

ちなみに子ども部屋は、リルの方針で土足厳禁となっている。そして直に座っても寒さを感じることがないよう、床に敷かれたカーペットは特別厚手に織られていた。

出産後は乳母たちの協力で早々に騎士団に復帰したリルだったが、一方でほかの貴族の奥方のように子育てを人任せにすることはなく、できる限りの時間と愛情をリオンに注いでいる。

娘を膝に乗せたリルの顔は満ち足りていて、ヴィサークはなんとも言えない気持ちになった。

幼い頃からともにいたこの娘は、言動こそ大人びていたものの時折ひどく寂しげな顔をすることがあった。

彼女はお世辞にも家族の縁に恵まれたとは言いがたく、ヴィサークはその顔を見るたびに、なんとも言えない切なさを覚えたものだ。

けれどたくさんの人と出会い、世界を広げていく中でリルがそんな顔をすることは減っていった。

大人になり、そしてリオンという宝を得たリルは、もうあの頃のように一人で寂しげな顔をすることはない。

それがヴィサークには、どうしようもなく嬉しく感じられるのだ。

リルから注意を受けたリオンは、悲しげに眉毛を下げてヴィサークを見つめた。

「にゃーちゃ、いたいいたいなの？」

まるで、自分まで痛みを感じているかのような顔である。あっという間にその目が潤んだことに、ヴィサークは狼狽える。

そして髭を引っ張られた痛みなど忘れて、そのふさふさな体をリオンに寄せた。

それを見ていたリルが笑いながらヴィサークの頭を撫でると、それを真似するようにリオンもまた身を乗り出してくる。

ヴィサークはリオンが撫でやすいように、リルの足に前足をかけて背伸びをした。

もう笑われようがなんだろうが、この子どもの涙を見せられるよりはよほどましだと思ったのである。

伸ばされた小さな手のひらが、ヴィサークの白い毛皮を不器用に触れる。

「いたいいたい、とんでけー」

母親の真似をしているのだろう。その表情は真剣そのもので、リルとヴィサークは思わず笑ってしまった。

その時ノックの音が響いて、部屋に入ってきたのはリオンと同じ色彩を持つ男だった。

ミハイル・ノッド。

現騎士団長であり、同時に〝戦術の天才〟ともいわれる傑物である。

彼はリルの夫であり、リオンの父でもあった。騎士団では油断ならないと恐れられる彼も、家に帰れば幼い子どもを持つ父親の一人にすぎない。

「ああリオン。しばらく見ない間に、また大きくなったんじゃないか？」

そう言って、ミハイルはリオンを抱き上げ高い高いをする。

先ほどまで泣きそうになっていたリオンも、たちまち上機嫌になりキャッキャと歓声を響かせた。

ヴィサークはほっとしたのと同時に、なんだかリオンを奪われたようで面白くない。

リルは笑いながら、そんなヴィサークの背中を撫(な)でた。

「しばらくも何も、三日前に会ったばかりじゃない」

リルの呆(あき)れたような指摘にも、ミハイルとリオンは笑顔のままだ。

「俺は常にリオンに会いたいと思っているからな。三日といえども耐えがたい年月に感じられるのさ」

リオンとの再会に上機嫌なミハイルと、高い高いでご機嫌なリオン。

そんな二人の様子に苦笑しながらも、リルは幸せそうだ。リルと同じく呆(あき)れていたヴィサークも、その幸せそうな家族の様子に思わず相好を崩した。

結局のところ、ヴィサークにはリルが幸せであるかどうかが一番重要なのだ。

「リオン、とっておきのお菓子があるんだ。食べるだろう?」

ミハイルがいたずらっぽい笑顔でそう言えば、ただでさえはしゃいでいたリオンの機嫌は最高潮に達した。

「おかし！　たべゆ！」

手足をバタバタと振り回し、全身で喜びを表現している。

「もう、ミハイルはリオンに甘いんだから」

たしなめるように、リルが言う。

「あまり食べさせすぎないでね。夕食が食べられなくなっちゃうから」

その言葉に、許可が出たと思ったミハイルとリオンは子ども部屋を出ていく。

あの皮肉げな男がこんなにも子煩悩になるとはと、ヴィサークは感慨深く思う。

「ヴィサ君」

閉まる扉を眺めていると、一緒に行くのかと思われたリルに名を呼ばれた。見ると、彼女はまだ床に座ったままだ。

『なんだ？』

リルはヴィサークを優しく抱き上げると、膝に乗せ、優しくその毛皮を梳いた。

穏やかな時間が流れる。

もう長い付き合いだ。お互いに黙っていても、ちっとも気まずいところがない。

といっても、この一人と一匹は言葉にせずとも会話できてしまうので、人間同士の沈黙とは少し違うのかもしれないが。

契約により、つながっているという確かな感覚。

最近ではリルに頼まれて、彼女の任務中は屋敷に残ってリオンと過ごすことも増えた。リルには自分のかわりに眷属を何匹か帯同させているし、ラーフラもいるので心配ないと思っている。

むしろか弱い赤子の方が、何かあるのではと心配だ。

シリウスの研究のおかげで健康に過ごしているとはいえ、あの年ごろの子どもは魔力の影響を受けやすい。

そうわかっているのでリルは、ヴィサークに自分の留守を頼んでいるのだ。

「ありがとうね」

ぽろりと、ヴィサークの頭上から感謝の言葉が降ってきた。

改めて感謝されると、なんだか照れてしまう。ヴィサークのふさふさとしたしっぽが、ぱたぱたと揺らめく。

『ど、どうしたんだ急に』

「だって、感謝してるから」

ヴィサークの動揺などおかまいなしで、リルは嬉しそうに言う。

「ヴィサ君だから、リオンを任せられる。ヴィサ君がいなかったら、私は不安で一日中リオンに張りついてたと思う。ううん、それどころか、私自身ここにいないと思うもの」

リルからの感謝は常に感じていたが、改めて言葉にされるとどうしようもなく照れくさかった。

一体どんな顔をしているのだろうと顔を見上げれば、リルは優しく微笑んでいた。その顔には、幸せだとはっきり書いてある。

ヴィサークはなんだか不意に、泣きたくなった。

あんなに頼りなく、そして孤独だった少女が、今ではこんなにも満ち足りた笑みを見せている。

精霊であるヴィサークにとって、人間の寿命はあっという間に尽きる。ほんの瞬きほどの時間に、彼らは生まれ死んでいく。

リルとて、それは変わらない。

彼女はヴィサークより早くいなくなる。リオンだってそうだ。

けれどそんな短い一生を、彼らは信じられないほど鮮やかに生きる。ヴィサークが人間と契約する理由は、おそらくそれだろう。

大輪の花を咲かせるように、人間の一生は眩しく光るのだ。

そしてその光が、ヴィサークにはどうしようもなく愛おしい。

『俺だって……』

「え？」

思わず口からこぼれ落ちそうになった言葉を、ヴィサークは途中で呑みこんだ。

不思議そうに首を傾げるリルに、ヴィサークは照れくさそうに鼻を鳴らす。

『ほら、行くぞ！　お菓子が残ってなかったらリルのせいだからな』

ヴィサークの言葉に、リルは目を丸くして噴き出した。

そして彼女は立ち上がり、ヴィサークとともに子ども部屋を出る。

『俺だって感謝してるさ』

精霊王のそんな小さなつぶやきは、誰の耳にも届かないままふかふかの絨毯の上に落ちた。

本書は、2016 年 12 月当社より単行本として刊行されたものに書き下ろしを加えて文庫化したものです。


この作品に対する皆様のご意見・ご感想をお待ちしております。

おハガキ・お手紙は以下の宛先にお送りください。

【宛先】

〒 150-6008 東京都渋谷区恵比寿 4-20-3 恵比寿ｶﾞｰﾃﾞﾝﾌﾟﾚｲｽﾀﾜｰ 8F
（株）アルファポリス　書籍感想係

メールフォームでのご意見・ご感想は右のＱＲコードから、
あるいは以下のワードで検索をかけてください。

ご感想はこちらから

レジーナ文庫

乙女ゲームの悪役なんてどこかで聞いた話ですが 5

柏 てん

2021 年 5 月 20 日初版発行

文庫編集－斧木悠子・篠木歩
編集長－塙綾子
発行者－梶本雄介
発行所－株式会社アルファポリス
〒150-6008 東京都渋谷区恵比寿4-20-3 恵比寿ｶﾞｰﾃﾞﾝﾌﾟﾚｲｽﾀﾜｰ8階
TEL 03-6277-1601（営業）　03-6277-1602（編集）
URL https://www.alphapolis.co.jp/
発売元－株式会社星雲社（共同出版社・流通責任出版社）
〒112-0005 東京都文京区水道1-3-30
TEL 03-3868-3275
装丁・本文イラスト－まろ
装丁デザイン－ansyyqdesign
印刷－株式会社暁印刷

価格はカバーに表示されてあります。

落丁乱丁の場合はアルファポリスまでご連絡ください。

送料は小社負担でお取り替えします。


ISBN978-4-434-28864-7 C0193

平谷美樹

柳は萌ゆる

実業之日本社

柳は萌ゆる　目次

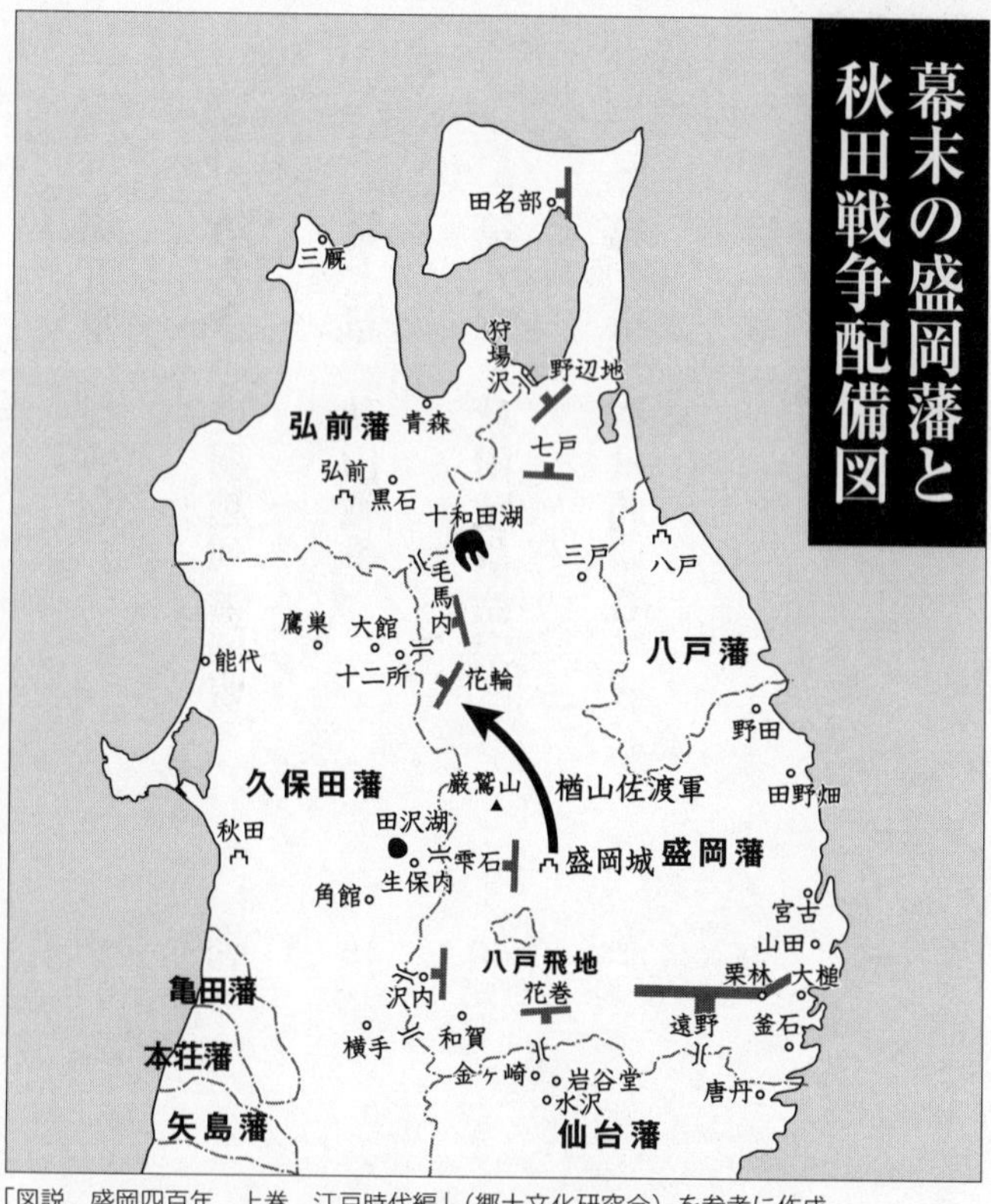

「図説　盛岡四百年　上巻　江戸時代編」（郷土文化研究会）を参考に作成。

盛岡軍大館方面行軍の図

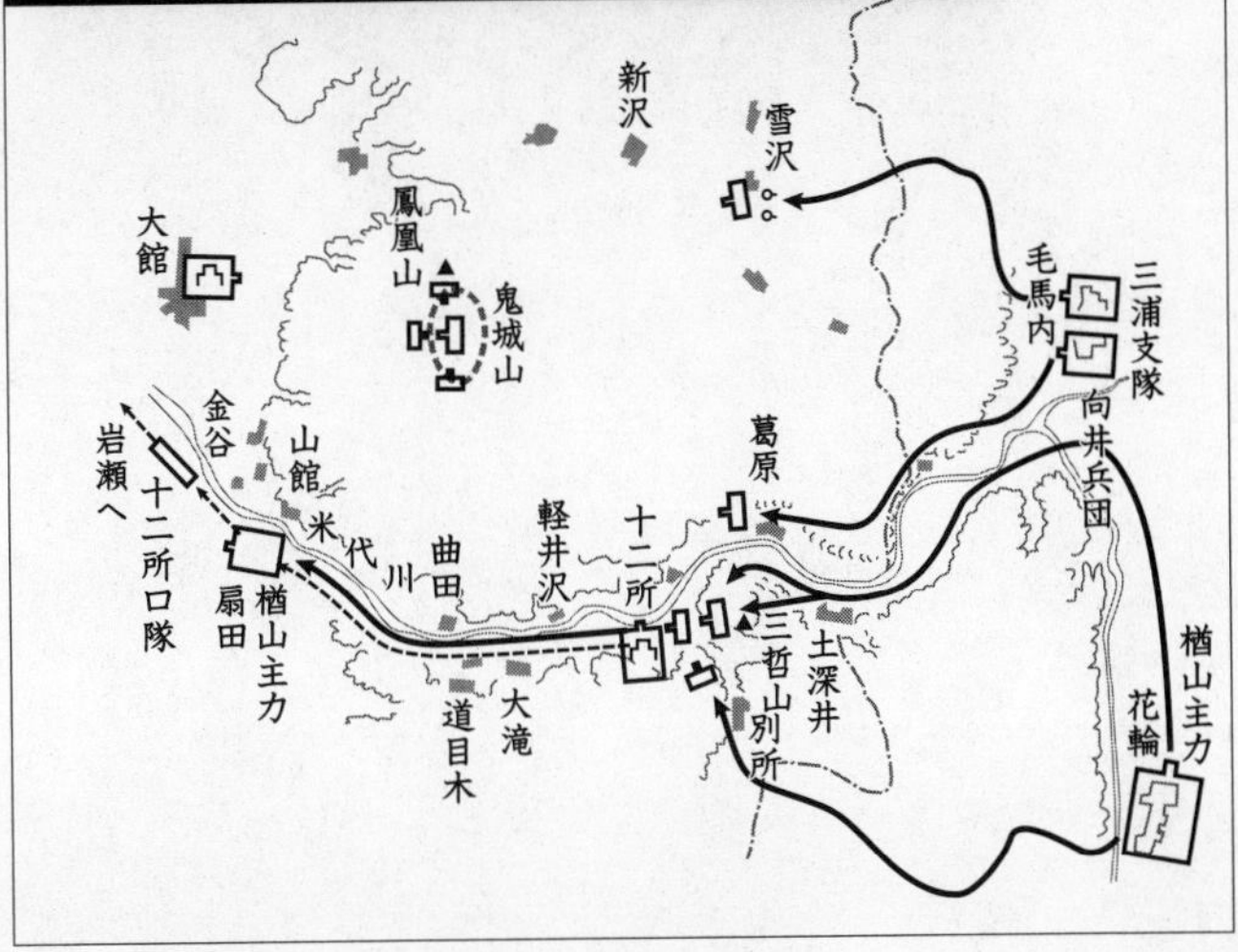

「補訂　戊辰役戦史　下巻」（時事通信社）を参考に作成。

地図／ジェオ

序章

盛岡藩遠野郷――。夏であった。

楢山茂太はこの年五歳。遊びに来ていた豪農早瀬の吉右衛門の家から遠駆けをして、早瀬川の畔まで来た。蝉の声があちこちの山から響いていた。田圃には青々とした稲が風になびいている。前方に六角牛山が聳えていた。

乱れた息を整えて、澄んだ水面に目をやると、上流から何か流れてくるのが見えた。

茂太は、それが裸の赤ん坊であることにすぐに気づき、川に飛び込んだ。

水深は腰の辺りまでであったが、流れは重い。必死に体を前傾させて体が浮きそうになるのを堪え、なんとか助けなければという思いで流れてくる赤ん坊の方へ進む。

水音の向こうで声が聞こえたような気がした。大人がいるのならば、助けてくれるかもしれないと思って岸を見た。対岸に十七、八の若い男が立っていた。この辺りならば百姓かと思ったが、野良着ではなくこざっぱりとした木綿の着物を着ていた。偉丈夫でまるで相撲取りのような体格で、顔は優しげである。

「助けて！」

茂太はすぐそこまで流れてきた赤ん坊を指差して叫んだ。

「無駄だ。よく見ろ。その赤ん坊はすでに事切れている」

男に言われ、茂太は波に揺られながら流れてくる赤ん坊をもう一度見た。俯せになったその背中の肌は灰色がかった白であった。

赤ん坊の死骸は、彼のすぐ目の前を流れ下って行く。嬰児のようであった。葦の際に寄り、白波で回転し、淵で速度を落とし、下流へと流れて行った。

「あれが百姓だ」

男が言う。茂太が男に目を向けると、男は淵を漂う赤ん坊の死骸をじっと見つめていた。

「己が作った米を食えず、生まれた子供を捨てなければならぬ。飢饉の年には餓え死にした両親の屍を肉として売った者もいるそうな。今年は稲もよく育っているというのに、収穫まで待てぬほど窮乏していたのだろうな」

男は茂太の方を向いた。目に悲しげな表情が浮かんでいた。男がなにを言っているのかはだいたい分かったが、それになんと答えたらいいのかは思いつかなかった。ただ、胸が締めつけられるように痛んだ。

「どうだ、子供。無惨であろう？」

「子供と呼ぶな。無礼だぞ！」

「無礼？」男は冷笑を浮かべる。

「それは、百姓が侍に対して無礼な言葉遣いをしているということか？」

言われて茂太は答えに窮する。

日頃から父の帯刀に『民百姓に対して偉ぶってはならぬ』と教えられていたからである。

「お前はたまたま武家に生まれ、おれはたまたま百姓に生まれたにしかすぎぬ。お前の父が失職すれば、お前の家は百姓になるやもしれず、おれが金を出して侍株を買えば武家となる。どのようなことになっても変わらぬのは、どちらも切れば赤い血が出るということだ。違うか、子供？」

「子供と呼ぶなと言うた。ちゃんとした名がある」

茂太の言葉に、男はふっと笑った。

「それはすまなかったな。なんという名だ？」

「人に名を問うならば、己から名乗れ」

「それもまた、すまなかったな。おれは命助。命を助けると書く。三浦命助がおれの名だ」

「わたしは楢山茂太」

「楢山――。ほう。加判役（家老）の血筋か」

命助は少し馬鹿にしたように言う。癪に障って、茂太は憎まれ口をきく。

「命を助ける男が、あの赤ん坊は助けられなかったな」

命助は再び薄い笑いを口元に浮かべた。

「あの赤子の命を助けなければならなかったのは——、いや、あの赤子の両親に酷い道を選ばせたのはお前の父親たちであろう。重税に次ぐ重税。厳しい年貢の取り立て。それが何に使われている？　侍たちの奢侈のためであろう。侍たちが心を改めれば、ああいう無惨なことはなくなる。違うか？」

命助に問われ、茂太は水の中に立ちつくしながら唇を噛んだ。命助が言った言葉は、日頃楢山家の所領の百姓らが嘆いていることと同じであった。茂太の父も『耳が痛い』と苦笑しながら、倹約に努めている。

「百姓と侍の間には、この流れよりも深く速い川が横たわっている。橋も渡し舟もない川だ。お前もいずれ加判役になるのだろうが、橋を渡すか？　渡し舟の溜まりを作るか？」

言うと、命助は茂太に背を向けて歩き出した。

蟬が、茂太を責めるように鳴き続けている。

百姓と侍の間にある川に橋を架けるか。渡し舟の溜まりを作るか——。

茂太も、侍と百姓の間を繋ぐなにかが必要であると思った。

しかし、それがなんであるのかは分からない。

しばらく水の中から動けなかった茂太は、命助の姿が松林の中に消えると岸に這(は)い上がった。

第一章　若き柳の葉

一

弘化四年（一八四七）十一月。半刻ほど前から続く評定に、楢山茂太は苛々していた。

茂太は後に、佐渡と名を改め、盛岡藩加判役――家老を勤めることになる。

この年、数えで十七歳。一昨年近習に取り立てられたばかりであった。身の丈五尺六寸（約一七〇センチ）。当時の日本人男子としては高い身長である。

盛岡城の二ノ丸大書院には加判役以下十数名の重臣ばかりが集まっている。重臣の会議であるから隅に控える茂太が口を出せるわけもなかった。

雪の日で、集まった人々の息は白く凍っている。

議題は、野田通の一揆への対応である。〝通〟とは、盛岡藩の行政区分であり、藩内を三十三の通に分けて、それぞれに代官所を置いていた。

藩は、十月におよそ六万両の御用金が命じた。その徴収に反発した野田通の百姓たち二、三百人が十一月二十日に蜂起（ほうき）。乙茂（おとも）村や畏野（ほろの）村、中里（なかさと）村などの者たちを引き込んでおよそ二千人にまで膨れあがり、昨夕宮古（みやこ）町へ至ったと早馬が知らせてきたのである。

一揆が起こった原因はなんなのか？　そこから話を始めなければ、根本的な問題の解決にはなり得ない。茂太の脳裏には、あの夏の日に、自分の脇を流れていった赤ん坊の死骸がありありと蘇（よみがえ）っていた。

あの日から後、茂太は楢山家の所領の百姓たちと好んで接し、百姓について学んでいった。父の帯刀は茂太が百姓らと親しく交わることを咎（とが）めることなく放っておいてくれたので、茂太は暇を見つけては所領に通った。学問所や道場の仲間たちの中には眉（まゆ）をひそめる者もいた。しかし、楢山家は高知（こうち）衆（南部（なんぶ）家と血縁関係にある譜代（ふだい）の重臣）。そして茂太は学問にも武道にも秀でていたので、表立って非難する者はいなかった。

百姓の子供たちの中に交じって遊ぶと、様々なことが分かった。

百姓の子であっても、賢い者、器用な者、力の強い者がいて、時にその能力は侍の子を凌駕（りょうが）することもある。自分よりもよく論語を解する子。自分よりも上手（うま）く小刀を扱って竹とんぼを作る子。相撲をとればいつも自分を投げ飛ばす子。木剣（ぼっけん）を持てば常に先の手をとり、見事な打ち込みで自分から一本をとる子——。

侍の子としては忸怩たる思いがあったが、負けを認めるとなにやらすっきりして、今までよりもいっそう親しくつきあえるようになった。

茂太がこの年になるまでに学んだ〝侍と百姓〟とはきわめて単純なものであった。侍が人ならば、百姓もまた人である。

命助の言葉を借りれば、『どちらも切れば赤い血が出る』ということであった。だから、侍の論理が優先される評定の場で茂太は苛立っていたのである。

人と人との約束は、守らなければならない。それが守られないのであれば、約束を破られた側は怒って当然――。

「また仙台領へ入ろうというのではあるまいな」

上座に座る藩主南部利済が顔をしかめた。

天保八年（一八三七）の一揆で、百姓たちは国境を越えて仙台藩に越訴した。盛岡藩は一揆勢を仙台から引き揚げさせるために首謀者の罪を免ずる約束をした。しかし、一揆勢が国許に戻ると直ぐに、盛岡藩は首謀者を捕らえ処刑した。盛岡藩が他藩に恥を晒すことになった苦い経験である。

「おそらくそのつもりでございましょう」

小姓頭兼御目付の石原汀が口を開いた。

汀は町人の出である。その汀が侍となり、城の評定に加わっているのは複雑な経緯があった。汀の父は、城下に住む塗師である。母は城下の油商人の寡婦であり、名を米といった。盛岡藩八代藩主利雄（としかつ）の子利謹（としのり）が米を見初め側室にしたのであるが、その時には亡き夫である油商人との間に何人かの子があった。その一人が汀である。利謹が九代藩主になれなかったのは幕閣に取り立ててもらおうと様々な工作を独断で行い、利雄の勘気に触れたからであったが——、なりゆきを経て、米（清鏡院）が利謹に嫁した後に生まれたのが現藩主、利済。つまり、汀は藩主の異父兄という関係であった。

汀はこの年二十二歳。整った顔立ちをしていたが、目に鋭い光があり人を寄せつけない雰囲気をもっていた。利済と血の繋がりが濃い上に商才があるので、財政の再建のために用いられ、利済のお気に入りの家臣となったのであった。

「しかしながら、すでに仙台へ向かう道は封じております。一揆勢は閉伊（へい）街道を盛岡へ来るか、途中から曲がって遠野に向かうかでございましょう。そこに鉄砲方を置いて、追い散らせばよいのでございます」

汀の言葉は淡々としていた。

遠野は遠野南部家の領地である。仙台藩に隣接しているので藩境警護の任も与えられていた。横田城下に大きな町を持ち、内陸と沿岸の交通の要所でもあった。領主の南部弥六郎（やろくろう）は、世襲の名である。当代の弥六郎は、数えで二十八歳。若いが民百姓にも慕われる名領主と噂（うわさ）されていた。南部弥六郎は遠野の城主であったが、盛岡藩の加判役＝家老でもあった。遠野の城は家老に任せ、盛岡城に常勤していたが、今は一揆勢が領地に入った時に備えて遠野に戻っている。茂太の異母姉、多代（たよ）が嫁いでいた。

「おそれながら――」

茂太は我慢できずに口を開いた。広間の視線が一斉に茂太に集まった。

その中に、父の帯刀もいた。加判役である帯刀はわずかにしかめた顔を茂太に向け、余計な口出しはするなと言いたげに、自分の膝をぽんぽんと叩いた。

「おそれながら、申し上げます。一揆が頻発するのは、それなりの理由があるはずでございます。まず百姓ばらの言い分をよく聞き、必要があれば、その訴えを正しく政に反映させることこそ、一揆を根絶する一番の方法であろうと存じます」

茂太が一気にまくしたてると、帯刀は目を閉じて顔を天井に向け息を吐いた。

広間の重臣たちがざわめく。

「近習の分際で生意気な口を――」

と囁く声が聞こえた。帯刀の手前、大っぴらな叱責ははばかったと見えた。

汀は茂太に冷たい目を向け、重臣たちのざわめきを抑え込むように大きな声で言った。

「一揆が頻発する理由は簡単だ」

茂太は汀の方に体を向ける。

「我が藩が百姓たちとの約束を反故にしつづけているからだ。一揆のたびに御用金の減免や頭人の処罰を免ずる約束をする。しかし、それを守らない。それが理由だ」

汀の言葉は、ごく単純に、そして正確に、盛岡藩で頻発する一揆の本質を突いていた。

色々と屁理屈をこねて言い訳をするものと思っていた茂太は、驚いて汀の顔を見つめた。

「それが分かって御座すのであれば――」

「分かっておるから、鉄砲で脅かし、郷へ返そうと言うておるのだ」

「それでは理屈が通りませぬ」

「青いな茂太。青い、青い。お前は民の実体を知るまい。わたしは領内あちこちで民が今なにを考えなにを求めているのか把握しておる」

汀が密偵を使っていることは有名であった。一揆に関する情報収集のためである。

「民は愚かだ」

話を引き継いだのは加判役の横澤兵庫であった。近習頭から一気に加判役に取り立てられた男で、藩札である七福神札の発行や、鉱山開発、塩の専売などで辣腕を振るったが、一方で新税、増税、御用金の徴発などを次々に決定している。領民たちが『利済の専横を煽り立てている』と、諸悪の根源と目している人物であった。

「民百姓は大所高所から世の中を見ることなどできぬ。常に己を中心に考え、それにそぐわなければ不満を申す。道が穴だらけだと言っては文句を言い、橋がないから不便だと文句を言う。道を直し、橋を架けるのにも金は必要だ。だから御用金を集める。しかし、自分はその道を橋を使わぬから関係ないと申す者も多い」

確かにそのとおりだと、茂太は思った。しかし、不満を抱える民を納得させるのも政の役割ではないか。そう言おうと茂太が口を開きかけた時、汀がそれを遮るように話し出す。

「飢饉に備え救い米を備蓄するにも、食い物を施す救小屋を掛けるのにも金はいる。天保九年の飢饉のおりには財政が厳しく救小屋を出せないこともあった。だから御用金が必要だというのに、それを出したくないという。御用金とは、いわば租税。必要があって税を集めると言うておるのに、それが嫌だと徒党を組み乱暴狼藉をはたらく。それでも民百姓ばらの一揆に大義名分があると思うか？」

汀は茂太の返事を誘うように言葉を切った。

帯刀が『もうやめておけ』と茂太に知らせるかのように咳払いをする。

茂太はちらりと父に目を向けた。

帯刀はしかめっ面をして小さく首を振る。しかし、茂太の中に沸き立つ血は収まらない。

藩が困窮しているのは、浪費のせいである。二代前の藩主の時代、文化七年（一八一〇）には清水御殿や、津志田に江戸の吉原を模した豪華な遊廓を建設した。文政十二年（一八二九）には、今は天守と呼ばれる三層楼、広小路御殿などが建設されている。嘉永三年（一八五〇）には津志田に再び遊廓が建てられた。

そのほかにも菜園の園地の造営、城の門の改築などなどのために、財政は火の車と化したのだということは、藩士ならずとも知っていることである。

以後も藩主の浪費は止まず、加えて幕府から命じられた北辺警備のための出費も嵩み、新税や増税、御用金の徴収が続いている。

しかし、藩士の誰もがそれを口にしない。気性の激しい利済の前でそれを口にすることは禁忌であった。利済の寵臣、横澤兵庫や御側用人の石原汀、田鎖茂左衛門、川島杢左衛門によって粛清されることは目に見えていたからだ。庶民たちは藩主の側用人である石原、田鎖、川島の三人を悪意を込めて〈三人衆〉とか〈三奸〉と呼んだ。

歯に衣着せぬ物言いで、四人に煙たがられている楢山帯刀でさえ、表立って触れることのできない話題である。

だが、若い茂太はすっかり頭に血が上り、胸の奥に押し込めていた不満を爆発させた。

「そもそも、藩が困窮しているのは――」

汀の目が獲物を仕留める狩人のそれのように光った。

それに気づかず、茂太は溢れ出す言葉を口にする。

「津志田の遊廓再建など――」

茂太の言葉を遮ったのは、帯刀の大きな声であった。

「石原どの。話が横道にそれておりますぞ」

一同の目が帯刀を向く。茂太は話の腰を折られて父を睨んだ。

帯刀は『黙っておれ』とでも言うように茂太を一瞥すると続けた。

「石原どのは、鉄砲で一揆勢を追い返すと仰せられるが、そんなことで終わる話ではございませぬぞ。うち続く一揆のために、盛岡領には御公儀の隠密が入り込んでいるとのこと。またまた一揆が起こってしまったこと自体が大問題でござる。勤皇だ佐幕だと世は騒がしくなっておりますゆえ、御公儀も盛岡藩に大鉈を振るうことはありますまいが、もはやお咎めなしでは済みませぬ。しかしながら起こってしまったことはいたしかたなし。できるかぎり穏便に収めてみせるのが、上策でございましょう」

「お咎めとは？」

と眉をひそめたのは加判役の横澤兵庫である。

「お上」と、帯刀は背筋を伸ばして利済に頭を下げる。

「ご隠居も、お覚悟召されたく」

帯刀の言葉に、利済の顔は赤く染まった。

「親子揃って無礼な奴らだ！　茂太は即刻謹慎せよ。帯刀は茂太をよく見張っておけ！」

帯刀は黙って頭を下げた。ほっとしたような表情であったが、茂太は憤然とした顔で利済を見つめている。

「楢山どの」横澤が言った。

「速やかに茂太を連れて退出なされよ」

「失礼申し上げました」

帯刀は素直に立ち上がり、茂太に歩み寄る。そしてその腕を引っ張り上げた。

「父上……」

茂太は、その手を振り払い、眉間に皺を寄せて帯刀を睨む。

「愚か者。ここではご加判役さまだ」

帯刀は小声で叱り、もう一度茂太の腕を取って廊下へ引っ張り出した。

帯刀は菊之間を出ると茂太の腕を放し、すたすたと廊下を歩いて行く。茂太はとぼとぼとそのあとを追うのだった。

二

城の外では静かに雪が降り続いていた。

帯刀と茂太は傘を差して車御門から二ノ丸の曲輪に出て、瓦御門へ歩いた。供の中間は帯刀が命じて先に帰したから、二人きりである。背後には、二ノ丸の石垣と雪を載せた御殿の屋根の向こうに、三層の本丸天守がのぞいている。

小高い二ノ丸からは、内丸の高知衆の屋敷の家並みから、大手門の外の遠曲輪の町人町まで見渡せた。その向こうの景色は降り続く雪の中に霞んでいる。家々の屋根には厚く雪が積もっている。庭の木々や美しく放射状に張った雪吊りの縄にも、雪が載っていた。

傘の上をさらさらと音を立てて雪が滑り落ちる。

父が自分を守ってくれたことは分かっている。しかし、腹の中に熱い怒りが煮えたぎって、ふつふつと泡を立てている。

盛岡藩は、天保年間に起きた一揆の大元となり、その後は賦課を行わないとしたはずの税、〈軒別役〉を復活させた。一軒ずつ領民全戸に税を課すものである。藩は、新たな税や増税、御用金を命じないという約束でそれを復活したのだが——。その舌の根の乾かぬうちに、新税・増税・御用金が以前と変わりなく課せられた。加判役の横澤兵庫と御用人の石原汀、田鎖茂左衛門、川島杢左衛門は一部の商人を重用して金の代わりに店預切手を流通させたが、発行しすぎて不渡りが頻発し、損害を被った商人、町人は数知れず——。幸いなことにここ数年豊作が続いてはいるが、新税や増税、御用金の徴収が相次いでいる。

一揆が起こるたびに藩は百姓たちと税の減免の約束をする。そして、臆面もなく反故にする。一揆の頭人を処罰しないという約束などは守られたこともない。『民百姓がなにを言おうと意味はないのだ』という事実を叩きつける。いくら形ばかりの藩政改革を行っても、いつの間にか侍の都合のいいようにねじ曲げられ、元の状態に、いや、それよりもさらに悪く変わっていく——。領民を、金を生み出す道具としかみていないようなそのやり口に、百姓たちは怒りを爆発させているのである。

江戸や京では勤皇だ佐幕だと喧しいと聞く。今では城内の若い侍までがそういう話にかぶれている。馬鹿ばかしいと茂太は思う。

大所高所からものを見て、日本という国を論ずるよりも、まずは足下をしっかりさせなければならないではないか。少なくとも今の盛岡藩にはそれが必要だ。

民百姓の安寧なくして、国の安寧はあり得ない。

そして、侍が、侍のための法をいくらいじくっても、民百姓の安寧は訪れない。

民百姓は、自らの手で法を変えていかなければならない。

一つの妄想が茂太の内にある。

侍と民百姓が手と手を取り合って政を進める世——。

しかし、幼い日に早瀬川で三浦命助から聞いた言葉、『百姓と侍の間には、この流れよりも深く速い川が横たわっている。橋も渡し舟もない川だ』の通り、両者の間には乖離、深い川がある。今のままではそれをどうすることもできない。

橋を架けるか、渡し舟の溜まりを作るしかないのだ。

それが、百姓一揆——。侍たちの力に負けないほどの力を結集する大一揆が必要なのだ。

領内の百姓たちが手を取り合って大一揆を起こし、藩政に否を唱える。

それも、一滴の血も流さずに終結する大一揆。その結末はつまり、藩が一揆勢の言い分を認め、頭人の処分をしないという決断を選んだということである。

そんな一揆を起こすことができれば、盛岡藩は変わる——。

侍にあるまじき考えであることは分かっている。しかし、今の盛岡領の様子を見れば、〝侍による侍のための政〟が、いかに歪んでいるかが分かる。

茂太が発する熱い気配に気がついたかのように、先を歩く帯刀が振り返った。

「茂太」

「はい」

茂太は帯刀の横に歩み寄った。

「石原どのの誘い水に気づかなかったか?」

帯刀は静かに訊いた。

「誘い水……」

「石原どのは、お前に無礼な言葉を吐かせるように誘った。そうすればわしが必ず口出しをするだろうと思ったからだ」

茂太ははっとして父を見た。

「そうだ。お前もろともわしを評定の場から追い出す策略だ。おそらく一揆が鎮圧されるまでお前の謹慎は解かれまい。その間、見張り役のわしも、登城できぬという寸法だ」

「申し訳ございませんでした」

茂太は深く頭を下げた。

「金に目が眩むように、正義に目が眩むということがある。どんなものにも目を眩ませてはならぬ」帯刀は歩きながら茂太の目をじっと見つめてそう言った。

「わしまでとばっちりを食った。ほんに不肖の息子だ。まぁ、親子共々家に籠もり、横澤どののお手並みを拝見つかまつろう」

帯刀はにやりと笑う。

「はい……」

と茂太は答えたが、父に対する申し訳なさを押しのけて、再び怒りが煮えたぎってきた。

横澤兵庫と三奸さえいなければ、一揆勢と膝をつき合わせて話し合い、うまい落としどころを見つけることができるのだ。本当の藩政改革もできる。

茂太と帯刀は綱御門の外、外曲輪（そとくるわ）の内丸の道に出た。

高知の屋敷が建ち並び白壁が続いている。代々加判役の職にある楢山家も内丸にあった。広小路御殿の東側である。徳川の世の初めの頃から高知の武士は内丸のみに屋敷を建てていたが、屋敷替えや敷地の割替えなどが頻繁にあった。また、盛岡の城下に田屋（たや）と称する屋敷を持ち、そこに居住する重臣もいた。

その時、前方から走ってくる人影があった。楢山家の家臣、澤田弓太（さわだゆみた）である。澤田家は楢山家代々の家老で、弓太は茂太より三歳年上。幼い頃からの遊び仲間でもあった。

「中間より一大事と聞き、馳（は）せ参じました」

弓太はよく陽（ひ）に焼けた顔を強張（こわば）らせて帯刀に一礼すると、茂太に痛ましげな目を向けた。

左手で刀の鞘（さや）をしっかり握る弓太を見て、帯刀がのんびりした口調で言う。

「謹慎などよくあることだ。わしもしょっちゅう謹慎を食ろうておろう」

「はい。しかし……」弓太の鼻穴から吹き出す白い息は荒い。

「菜華さまが大層ご心配でございます」

菜華とは、茂太の妻である。茂太は十三歳で妻を娶っていた。

帯刀は懐から財布を出して弓太に渡す。

「茂太に酒でも飲ませてくれ。ただし、くれぐれも早まった真似をせぬよう、用心してな」

「わたしは腹など斬りませぬ」

茂太は怒った声で返す。

「腹を斬ることを心配しているのではない。酔って石原汀どのを斬りに行くことを心配しているのだ」

「謹慎の理由は石原さまの讒言でございますか！」

弓太の鼻息はさらに荒くなった。帯刀は苦笑いして弓太の手から財布を取りあげる。

「これではお前に任すわけにはいかぬな」

帯刀は「ついて参れ」と言って歩き出した。

三人は大手門から遠曲輪に入った。盛岡城は北上川と中津川の合流の浸食段丘の上に築かれている。内曲輪には本丸、二ノ丸、三ノ丸。外曲輪には高知屋敷。遠曲輪は塁濠に囲まれてはいたが、武家地と町人町が混在していて、盛岡の商業の中心地でもあった。

帯刀は本町に歩を進める。大手門から出てすぐの、東西に続く通りであった。

この町はかつて京町と呼ばれ、京から下ってきた商人たちが多く店を構えていた。いつも賑(にぎ)わう町であったが、雪の日の夕方、人通りは少ない。皆、傘を傾けて下駄(げた)の足元を忙しく動かし、家路を急いでいる。

帯刀は脇道に入り、一軒の居酒屋の暖簾(のれん)を潜(くぐ)った。

半裃(はんがみしも)姿の帯刀が、平然と店に入っていくのを見て、茂太は一瞬躊躇(ちゅうちょ)した。しかし、帯刀が暖簾をたくし上げたまま手招きをするので、それに従った。

天井から吊るされた四方行灯(しほうあんどん)に灯が入り、店の中を赤茶けた色に照らしていた。土間に置かれた床几(しょうぎ)には、町人や下級武士たちが腰掛けて、干し鱈(だら)と大根の煮物や塩引きの鮭(さけ)を肴(さかな)に酒を飲んでいる。

梁(はり)からは数匹、干した鮭がぶら下がっていた。鼻先が鉤形(かぎがた)に曲がり魔物のような顔をした雄鮭である。飴色(あめいろ)に乾いているから去年からぶら下がっているのであろう。

一見して下役らしい一団が帯刀を見たが、小さく会釈しただけでまた仲間内の話に戻る。職人や商売人、棒手振(ぼてふり)などの町人たちも、知らぬふりをしていた。

帯刀は小上がりに上がって刀を鞘ごと抜き、脇に置いてあぐらをかいた。

「ここは瓢屋(ひさごや)という。裃で来ようが、尻端折(しりはしょ)りして褌(ふんどし)を露(あら)わにしていようが、気にしない店だ」

「父上はいつもここに?」

茂太は父の前に正座して訊いた。

「いつもというわけではない。家に帰っても面白くない顔をしていそうな時には、ここに来て少し飲んでから帰る――。まず、足を崩せ。弓太もだ」

言われて茂太と弓太はあぐらをかく。

「いつものを三つでよござんすか？」

亭主らしい五十絡みの男が声をかけてきた。

「そうしてくれ」

帯刀が答えると、すぐに小女が朱塗りの膳を三つ運んできた。膳の上には鉢が二つと猪口、片口が載っていた。鉢は豆腐と卯の花。酒は濁り酒である。

「赤い膳に白いものが三つでございますか」

茂太は、先ほどまで胸の中に渦巻いていた怒りがどこかへ消えていることに気づいた。

「縁起がよかろう。面倒だから、各自手酌で参ろう」

茂太は自分の片口を帯刀の膳の上に置く。

「なんだ。飲まぬのか？」

「飲めば、また腑が煮えくりかえりそうなので」

「茂太」帯刀は酒を啜る。

「正しいことを言うにも、時節というものがある。それに、石原どのの罠にまんまとはまって、話をそらされてしまったではないか。あの男の言うとおり、お前はまだ青い、青い」

帯刀の言葉に茂太は膨れっ面をした。それを見て弓太がぷっと笑う。

どうやら弓太の怒りも収まったようだと、帯刀は内心ほっとした。

「まぁ、鉄砲を持ち出すにしろ、本気で狙いを定めて撃つことはなかろう。お前の言葉が功を奏したと言えなくもない」

「一揆勢を動かしているのは切牛(きりうし)の弥五兵衛(やごべえ)とか申す男だそうで。仲間内では小本(おもと)の親爺(オドウ)と呼ばれているとか」弓太は卯の花を口に運ぶ。

「十数年も領内を歩いて一揆をそそのかしているという噂でございます」

「弓太。一揆勢の様子を探ってはくれまいか？」

茂太の言葉に、弓太はちらりと帯刀を見た。帯刀は黙って酒を啜っている。これは『好きにせい』と仰せられているのだと判断した弓太は、茂太に肯(うなず)く。

「お任せください。二、三人を使(つこ)うてもようございますか？」

「そのあたりは任せる。一揆勢は仙台への道を封じられている。盛岡へは来るまい。目指すのは遠野だ。遠野侯、南部弥六郎さまは、名君として知られている。一揆勢はおそらく遠野さまに訴え出る。宿は、早瀬の吉右衛門に世話になれ」

早瀬の吉右衛門は、遠野の郷に住む豪農である。榁山家とは古くから付き合いがあって、茂太は幼い頃からよく遊びに行っていた。

「承知いたしました。一日に一度は知らせに戻ります」

言って弓太は豆腐と卯の花を平らげ、片口の酒を喉に流し込むと、小上がりを下りる。

「善は急げでございます。今から出かけて参ります」

と店を飛びだした。

三

帯刀はほろ酔い気分で家路を辿る。その後ろを茂太が歩く。

大手門から真っ直ぐ綱御門へ続く道を進んで右に曲がる。界隈には、南部家譜代の重臣らの重厚な門構えの屋敷が建ち並んでいる。雪の白さで辺りはほの明るい。

茂太は自宅の門の潜り戸を叩き、小者に開けさせると、父と共に中に入った。

小者は二人の帰宅を奥に知らせに走る。

茂太と帯刀は綺麗に雪かきのされた前庭を進んだ。左手に明かりの灯る離れがあった。

離れとはいっても、大家族でも住めそうな家であった。

そこには、帯刀の後妻の慈乃、側室の里世とその子供たちが暮らしている。

楢山家の家族は現代の感覚で言えば、少々複雑である。

帯刀の最初の妻は、娘を一人もうけたが文化十三年（一八一六）に十九歳で病で没した。その娘、多代は遠野侯南部弥六郎の妻となっている。後妻に八戸美濃の娘、慈乃がはいったが、なかなか子が出来ず、栗谷川五郎左衛門の妹、恵喜を側室とした。恵喜は、茂太と、今は南部家家臣安宅正路に嫁いでいる妹の伊都の母である。男子が茂太ばかりであったので、その後、里世を側室に迎えた。里世は子沢山で、女子八人、男子三人をもうけた。

後妻と側室が同じ離れで暮らしているのは、慈乃が眼病を患って物を見ることに不自由していたので里世の家族が一緒に暮らして日々の世話をしているからであった。

武家が世継ぎを得るために側室を持つことは当たり前のことであったし、茂太の母恵喜と慈乃、里世の仲はとてもよいように茂太には見えていたから、同じ敷地の中に〝母〟が三人住むことになんの違和感も覚えていなかった。

玄関で恵喜と菜華が出迎えた。

恵喜はふくよかでいつも笑みを絶やさない母であったが、父にはずけずけと物を言い、時に叱ることもある。菜華は、奥瀬家から嫁いできたまだ十五歳にもならない若妻である。娶って四年が経つが、茂太はまだ妻という実感はもてない。離れに住んでいる里世の娘が一人増えた、あるいは、親戚の娘が家に長く逗留しているという気分であった。

帯刀は恵喜に、茂太は菜華に刀を預けてそれぞれ自室に向かった。

菜華は茂太の着替えを手伝うと、畳に座って「さて」と言った。

「夕刻、お城からお知らせがあり、殿はご謹慎とか」

殿とは茂太のことである。菜華の顔は微笑んでいる。

「そうだ。お上にタテをついた」

茂太はぶすっとした顔で菜華の前にあぐらをかいた。

「子供ではないのですから、理由もなくタテをつくことはございませんでしょう?」

「野田通で一揆が起こった——」

茂太は評定で起こったことから、居酒屋瓢屋での話まで包み隠さず語った。

「なるほど」菜華は鹿爪らしい顔をして肯いた。

「殿は不届き者ではなく、父上さまがよく仰せのように、愚か者でございます」

「お前までそれを言うか」

茂太は舌打ちした。

「舌打ちはおやめなさいませ。はしたのうございます。他人をたしなめるならば、よく状況をみてからなさいませ。己の言葉がよりよく相手に伝わる時節というものがございます」

「偉そうに言うな。小娘のくせに、父上と同じことを申す」

「あら。小娘でも女でございます。女の方が殿方よりもそういう時節には敏感なのでございますよ。絶妙な時節を読んでお話をしなければ、陰湿な戦が巻き起こります」

「そうなのか?」

茂太は恵喜と菜華にもそのような戦が起こっているのかと思い、ひやりとして身を乗り出した。菜華は茂太の思いを察したようで、

「楢山家ではそういう戦は起こりませぬ。楢山家の女たちは皆、賢しゅうございます。

それに較べて男たちは少々子供じみてございます。まぁ、それでいい具合に天秤がつり合うているのでございましょう」

菜華の言うとおりかもしれないと茂太は思った。

「殿は不器用でございます。これからは、時節をお考えなさいませ」

「分かった――」

茂太は素直に肯いた。

四

茂太は屋敷の中で悶々とした日々を過ごした。謹慎の身ということで自室に閉じ籠もり、月代も髭も剃らなかったのでずいぶんむさ苦しい面相になっている。風呂にも入っていなかったが、冬場であるのでまだ嫌なにおいは漂っていなかった。それでも食事を運んでくる妻の菜華は顔をしかめて「獣くさいから風呂にお入りなさいませ」と叱った。

雨戸も閉め切って燈台の灯りで書を紐解くが、目が文字を追うばかりでいっこうに頭には入らない。胸の中になにか大きく硬いものがつかえた感覚がずっと続いていた。

胸のつかえの正体はあえて覗こうとはしなかった。見てしまえば、硬い殻が一気に弾け飛んで中のものが飛びだしてしまうことは目に見えていた。

二人の子供が楢山家の裏庭に駆け込んだ。

同じ敷地の離れに住む、帯刀の側室里世の息子たちであった。

兄は常弥。弟は乙弥。数え九歳と六歳の兄弟である。手には竹刀を持っていた。

足跡のついていない雪を蹴散らし、乙弥は、昼間なのに閉まっている雨戸の前に立つ。

「茂太兄さん。茂太兄さん。暇なんだったら、稽古をつけてください」

どんどんっと雨戸を叩く。

常弥は乗り気ではないようで、面白くなさそうな顔をして、少し離れた所で弟の背中を見つめている。

常弥の心には鬱屈があった。

茂太も常弥も側室の子である。であるのに、茂太は母屋に、常弥は離れに暮らしている。

そして、楢山家の家督は茂太が継ぐから、自分に日の目が当たることはない。

それに、学問にしても、武芸にしても、人相、体格も、自分は茂太に劣っている——。

学問や武芸は別にして、それ以外は自分の努力ではどうしようもないことである。

世の中の仕組みや、生まれつきの運だと諦めるしかない。だが、それが癪に障る。

茂太が自分に対して教え諭すような口調で話をするのも癪に障る。

八歳年上で、しかも嫡男であるのだからなにも不思議はないのだが、常弥は対等に話がしたかった。

だが、そう言い出せない自分にも腹が立つ——。

乙弥と同じ歳の頃には考えもしなかったことが、昨年辺りから気になり始めている。今まで乙弥と同じように、「茂太兄さま。茂太兄さま」とうるさいくらいにまとわりついていたのだが、それが素直にできない。

雨戸ががらりと開いて茂太が顔を出した。無精髭が斑に浮いている。

常弥はどきりとした。

「茂太兄さま。稽古をつけてください」

乙弥は足踏みをしながら無邪気に言う。

「今日は奥山弥七さまの御講義がある日ではないのか？」

「もう終わりました。もう昼近うございますぞ」

常弥が言った。

「そうか――」

茂太は驚いたような顔をする。

雨戸を閉め切っているので時の移ろいが曖昧になり、今何刻であるのか見当がつかなくなっているのであろう――、と常弥は思った。

茂太は一度部屋に引っ込み、竹刀を持って縁側から雪の庭に裸足で飛び下りた。

「どちらからだ？　二人一緒でもよいぞ」

茂太は竹刀を青眼に構え、油断なく常弥と乙弥に目を向ける。

視線が合い、常弥はどきりとした。

茂太の謹慎を、口惜しく思う自分がいる。

茂太の謹慎を『ざまをみろ』と思う自分もいる。

自分の気持ちを持て余し、苛立ちが膨れあがる。

常弥はそれを竹刀に込めて、

「やぁっ！」

と気合いと共に茂太にぶつけた。

＊　＊

稽古は一刻ほど続き、二人の弟は満足して帰って行った。

いや。満足したのは乙弥ばかりだな——。

茂太は裏庭を駆け去る二人の背中を見送りながら思った。

この頃常弥は自分に対してよそよそしい態度を示す。なにか腹に溜めていることがあるならば話せと促すのだが、『ございません』と曖昧な笑みを浮かべるばかりである。

まぁ、難しくなる年頃だ。おれにも覚えがある——。茂太はそう考えて放っておくことにしたのであった。

部屋に戻ると、茂太は手拭いで体の汗を拭った。垢がぼろぼろと落ちた。

二人の弟相手に竹刀を振ったので、幾分気は紛れたが、一人になるとまたぞろ不満と怒りが膨れあがってくる。

心の拠り所は、毎日一揆勢の動向を知らせてくれる弓太の存在だけであった。

一揆勢は十一月二十四日の夕刻、宮古の本町にある酒屋、若狭屋徳兵衛宅を襲い、屋敷や蔵を打ち壊した。以後南進し、二十七日に大槌通の山田に到着。盛岡から派遣されていた目付らが阻止しようとしたが失敗。一揆勢は山田、織笠、船越でも人を集めその数一万を超えるという。一方、藩境の平田番所を守る藩士は百名に満たない。宮古から大槌までの間を警備していた藩士たちは数に押されて逃げたそうだから、それらが番所で合流したとしても、二百を超えることはあるまい。

番所の役人たちが鉄砲を撃って脅し、一揆勢が怯むどころか逆上したならば――。

番所を守る藩士たちはなぶり殺しに遭うかもしれない。

百姓が撃たれるのも困るが、役人たちが百姓に殺されるのも困る。

さりとて、自分になにができるというのか――。と、茂太は唇を噛む。今はただ、一日に一度、弓太やその仲間が見聞きしたことを座敷に座って聞くことしかできない。

謹慎の数日で茂太の中にあった怒りや屈辱は発酵して、混沌とした正体の分からないものに変貌していたから、にわかに涌き起こった不安と一緒くたになって、居ても立ってもいられない気持ちにさせた。茂太は立ち上がって荒々しく部屋の中を歩き回る。

もしここで、横澤兵庫、石原汀、田鎖茂左衛門、川島杢左衛門が討たれたという知らせが一揆勢に届いたらどうだろう？　あの四人が死んだと聞けば、一揆勢は新しい政が始まるという望みを抱き、越訴を思いとどまってくれるのではないか？

それを誰がやる？　おれしかいないではないか――。

おれは、免許皆伝はまだまだだが、戸田一心流の高弟。同じ部屋に四人いれば四人とも、もし別々の場所にいたとしても二人までならば斬り殺せる。

ただの人斬りではない。奸臣を成敗するのだ。むろん、その責任は腹を斬ってとる。

「それしかない……」

茂太は目をぎらつかせながら呟いた。

謹慎を言い渡された日、城からの帰り道に父から諭された、『正義に目が眩むということがある。どんなものにも目を眩ませてはならぬ』という言葉は、どこかに吹き飛んでいた。

その時である。帯刀が「入るぞ」と言って障子を開けた。茂太の決心を知ってか知らずか、木綿の綿入れに袖無しという平服の帯刀は、笑いながら茂太の前にあぐらをかいた。

「謹慎になったのだから、だらだらと過ごせばよいものを。それほどに一揆が気になるか」

帯刀は「まぁ座れ」と自分の前を指さす。茂太はぎらついた目のまま、畳に座った。

「盛岡藩士でございますから、国のことはいつでも気になります。加判役という要職にありながら、父上は気にならないのでございますか」

食ってかかるような口調であった。それに答える帯刀の言葉は柔らかい。

「気にならぬわけはない。だが、お前の監視役を命ぜられ城から離されたのだから、じたばたしても始まらない。お前も英気を養う好機とのんびり過ごせばよい」

「父上にまでご迷惑をかけたのは申し訳ございませんでした。しかし、だらだらと過ごしてなどおれませぬ。鉄砲方が百姓たちを撃ってしまうのではないかと考えますと――」

「それはない」

帯刀は言下に否定した。

「なぜでございます？」

「わしの話で、事態がどれほど深刻であるのか石原どのも分かったはずだ。このたびの一揆鎮圧は、できるだけ穏便に進められるであろうよ」

「一揆勢にとっては石原が掌返しをしようがしまいが、関係ございますまい。すでに一万を超える人数になっているとのこと。数を頼って平田番所を打ち壊し、仙台領になだれ込むやもしれませぬ。その前に、四人の奸臣を斬り捨て、一揆の動きを止めます」

茂太は唸るように言って立ち上がり、刀掛けに走った。

帯刀もすっと立ち、滑るように茂太の後ろに回った。

茂太の手が刀にかかる寸前、帯刀の手がその襟を摑んだ。足が茂太の脹ら脛を払う。

茂太の体は宙に浮いて、背中から畳に落ちる。

「なにをなさいます！　あやつらを斬って、わたしは腹を斬ります！」

起きあがろうとする茂太の胸に、帯刀は右の掌を置いた。それだけで茂太は身動きがとれなくなった。

「愚か者（ほんずなす）。正義に目が眩んではならぬと申したであろう」

言った帯刀の顔には優しい笑みが浮かんでいた。それを見上げた瞬間、茂太の中に渦巻いていたどす黒いものがすっと鎮（しず）まった。胸に掌の温かさを感じた。

「向こうは手練れ（てだ）を集めて手ぐすね引いて待ち構えておろうよ。城であれ石原どのの屋敷であれ、お前が刀を振りかざして踏み込めば向こうの思う壺（つぼ）だ」

帯刀はゆっくりと手を離し、元の場所にあぐらをかいた。

茂太はのろのろと起きあがり、父の前に正座した。

「しかし、一揆勢は宮古を出て大槌まで南下しております。そのまま進めば釜石を経て仙台領でございます」

帯刀は煙草盆（タバコぼん）を引き寄せて、帯から煙管（キセル）を抜いて火皿に刻みを詰める。

「おそらくそこが一揆勢の狙いだ。藩兵は国境を越えさせまじとそのほかの守りが疎（おろそ）かになる。仙台領に向かうと見せかけ、できるだけ敵勢を番所の守りに集まるよう仕向け、くるりと向きを変え山越えで遠野に向かう。仙台領には入らぬ」

「ですが――」茂太は唇を噛む。

「四人の奸臣、今倒さずにいつ倒しましょう」

「連中は遠からず自滅する」帯刀は灰を灰吹きに落として新しい煙草を詰める。

「このたびの一揆、御公儀の耳に届けばただではすまぬ。少なくとも、横澤どのは失脚する。我らは黙って見ていればよい」

「それでは三奸が残りましょう。奴らはなんの反省もないままに、横澤さまのやり口を踏襲するに決まっております――。懐が寂しくなれば増税、新税、御用金を課すという行き当たりばったりの政策は、さらに続きまする」

「のう茂太。困窮した財政を立て直すにはどうすればよいと思う？」

帯刀は目を細めて煙を吐き出す。

「まずは倹約でありましょう。御公儀も、財政難を何度も倹約で乗り切っております」

「財政難の時には倹約をすればよいというのは、古い考え方だと横澤どのや石原どのは言う。倹約、倹約で、財布の紐を締めて誰も彼も金を使い渋ればどうなると思う？　あの方々は、誰も金を使わなければ、財政は悪化の一途を辿るという考え方だ。金は、使うことによって回る。景気が悪ければ財布の紐は締まり金は回らない。倹約を奨励すれば、ますます紐は堅く締まるばかりだ。横澤どの、石原どのらの言うことにも一理ある」

「使うことで金を回すという政策は、享保の頃の尾張公も、安永、寛政の頃の田沼意次も行いましたが、いずれも失敗しております」

「失敗しているというのならば、享保の改革も寛政の改革も失敗しておるぞ。成功しているならば、何度も改革は行われない。侍も民百姓も、人は倹約に飽きるものだ」

「なるほど、父上の仰せられることはよく分かりました。財政難の解決方法は一つではないということでございますな」

「分かればよい。己の考えが一番と思いこむのは、横澤どのらと同じ轍を踏むことになる」

「はい……」

「お前は一揆勢の味方をするが、あやつらにも悪いところはあるぞ」

「なにが悪いのでございますか？ すべては圧政のせいではございませぬか」

茂太は眉根を寄せた。

「人は声の大きな者についていく。それらしいことを言われれば、深く考えもせずに信じ込む。一揆勢の中で、本気で世の中を正さなければならないと考えているのは一握りよ。あとはみな、周りの熱狂に流されているだけだ。一つの価値観だけを擦り込まれているから、ほかの考えはすべて自分たちを惑わす嘘としか思えない。なにを言っても聞かぬ。そういう者たちは、力でねじ伏せなければならぬというのは、これもまた一理ある」

「石原の言うとおり、百姓は愚民だと仰せられるのですか？」

「そうは言うてはおらん。人は皆、という話だ。それは城の中を見ても分かろう。声の大きな横澤どの石原どのの言うことを聞く者たちは数多い」帯刀は言葉を切ってにっと笑う。

「いずれお前も家を継ぎ、加判役になる男だから覚えておけ。評定で加判役らの意見が二つに分かれた場合、採択されなかった意見を述べた加判役は罷免される。時々わしが家でごろごろしていたのはそういうわけだ。向こうが行き詰まれば我らは城に戻れる」

「そういう仕組みでございますか……」

茂太は驚いて帯刀の顔を見た。

「加判役は辞めさせられたり戻されたりで忙しい」

帯刀は自分の言葉に笑った。茂太もつられて笑う。

「茂太。奸臣を斬る気は失せたか？」

「はい。落ち着きましてございます」

茂太は頭を下げた。

「よし。では、一揆の様子を見て参れ」

茂太は帯刀の言葉の意味が分からず、怪訝な顔をした。

「気になるのであろう？　ならば、見てくればよい。三、四日ならば、誤魔化してやる」

「はい……。しかし、すでに弓太を出しましたので……」

「弓太が一緒ならば心丈夫。お前も下手な動きはすまいて。謹慎中は家ではわし。外では弓太に監視してもらおう。その目で一揆とはいかなるものか、役人たちがどのような仕事をするのかをしかと見聞してくればよい。しかし、くれぐれも、早まった真似はするなよ」

さすがは父上――。口には出さなかったが、そういう思いを込めて茂太は帯刀を見つめ肯いた。

「はい。肝に銘じて、行って参ります」

茂太は力強く言って立ち上がる。刀を腰に差し帯刀に一礼して座敷を出た。

支度を整えて外に出ると、目映い雪景色に茂太は思わず目を細めた。

晴天である。青空に真っ白な巌鷲山（岩手山）が屹立していた。三角というよりも台形に近い、どっしりとした姿の火山である。盛岡城下のどこからでも見え、天気さえよければ遥か南の伊達領からも望めるその山は、人々の誇りであった。

白く輝くその山嶺に思わず一礼し、茂太は昨夜降った雪を蹴散らして走り出した。

五

十二月に入り、あと一月で新春を迎えるというのに、遠野の郷は一面の雪景色である。田も畑も厚い積雪に覆われている。周囲を囲む低い山は、積雪の中から伸びる木々の幹、枝が網目模様を作って、うっすらとした灰色に見えた。曙光が東の雲を桃色に染めているが、中天から西にかけては今にも雪が舞いだしそうな藍色がかった曇天である。

早瀬川の川原には冬枯れの葦が風に揺れ、かさこそと乾いた音を立てていた。

茂太と弓太がその中に身を潜めている。

帯刀の読みどおり、十一月二十九日、一揆勢は釜石の手前で向きを変え、険しい笛吹(ふえふき)峠を越えて遠野へ入ったのであった。

茂太が屋敷を出て数日。二人は早瀬の豪農、吉右衛門の家を拠点として、一揆勢の動きを追っていた。茂太が遠野へ赴いたので、弓太の仲間は盛岡へ帰していた。

早瀬川の畔に来ると、茂太はいつも一つの光景を思い出す。

早瀬川を流れてくる嬰児の死骸と、岸辺に立つ十七、八の若い男、三浦命助。

茂太は一揆勢を追いながら、命助の姿が一揆衆の中にないか探したが、見つけることはできずにいた。命助は見つけられなかったが、目を見開き、対岸の様子を見つめる茂太の顔は紅潮している。それは寒さのせいばかりではない。息が速い。鼻の穴からもうもうと湯気が噴き出す。せわしなく顔を包み込むそれは、茂太の昂揚(こうよう)の度合いを表していた。

対岸の川原に、尋常ならざる数の人が蝟集(いしゅう)している。ざっと見渡して一万人を超える百姓たちであった。川原を埋め尽くし、土手の上にまで人が立っている。百あまりの村印を描いた筵旗(むしろばた)が掲げられている。その近くからは焚(た)き火の煙が立ち上っていた。

対岸の川原にはぞくぞくと百姓たちが集まった。大軍の百姓たちは列を作って整然と行動していた。百姓たちはだいぶ昂揚しているらしく、その口元からは焚き火の煙に劣らぬ湯気が吐き出されている。まるで地面から四尺(約一・二メートル)ほどの辺りに霧が漂っているかのようで、百姓たちの顔は霞んで見えた。しかし、一万の百姓たちは、激昂した声をあげるでもなく、唇を真一文字に引き結んだまま、下流側を見つめていた。大勢の人間が集まっているというのに、話し声ひとつ聞こえないのは異様だった。茂太の耳に届くのは川の流れの音ばかりである。

百姓たちと二十間（約三六メートル）ほどの間を空けて、侍たちが立っている。陣笠を被った羽織袴の侍が十数名。盛岡藩加判役の南部土佐ら盛岡の役人たちである。その後ろに彼らの配下らしい侍が百人余り。

昨日は、土佐が願いの筋を問うも、「盛岡の侍たちの言うことは聞かねぇ！」という声が飛び交っていた。今日はよく見ると、百姓たちの群は時々揺れ動いている。誰かが群衆の中を駆け回っているのだ。盛岡の役人が各村の代表に話をつけようとしているのだろう。

やがて、百姓たちの中から一人の侍が駆け出した。目付の新渡戸次郎八である。その後ろに十数人の侍が疲れ果てた顔で続く。新渡戸は先頭に立つ土佐に何かを報告した。土佐は強く拳を握ると後ろを振り返り何か言った。南部の侍たちが川原を去っていく。新渡戸が一揆勢の中を駆け回って説得に当たったが、百姓たちはその言葉を聞かず、南部の役人たちは諦めて引き揚げた――。茂太にはそのように見えた。

百姓たちの先頭にいた男がくるりと振り向き、大きな叫び声をあげた。

それに呼応し、一万を超える百姓たちが一斉に鬨の声を上げ、拳を天に突き上げた。

「しかし、一揆勢にも願いの筋がありましょうに、あのようにお役人の話を突っぱねてばかりでは話になりませぬぞ」

弓太は、再び静寂を取り戻した対岸に目を向けた。

「約束を反故にする盛岡の役人など信用できない。訴状を渡しても盛岡の役人は破り捨て遠野侯の手には渡らない。だから遠野御家中の役人をよこせと言ったのだろう」

「ああ、なるほど。それにしても直接盛岡藩に訴え出るのではなく、この前は仙台、今度は遠野を仲介に立てるとは、面白いことを考えましたな」

「本当は今回も仙台へ行こうと考えたのであろうがな。一揆の頭人、小本の親爺（オドウ）は、なかなかの切れ者だと聞く。侍が手助けをしているという噂もある」

小本の親爺とは、田野畑（たのはた）の切牛に住む牛方の弥五兵衛という老人である。天保の頃から牛で荷駄を運びつつ、村々を回り、一揆の理念を広めてきた男である。十数年かけて盛岡領内ほとんどを遊説したという話であった。

寒さを堪えてしばらく見ていると、別の侍たちが土手を駆け下りて一揆勢の前に立った。

「遠野南部家の家老、新田（にいだ）小十郎（こじゅうろう）である」

先頭の侍が大きな声で名乗りを上げたのが、茂太にも聞こえた。すると、一揆勢の中から老人が歩み出た。白髪白髯（はくぜん）であるが、背筋が伸びて姿勢のしっかりした男であった。

小本の親爺――、弥五兵衛は新田に畳んだ紙を差し出した。新田はそれを受け取る。

「明朝、沙汰（さた）する」

新田は一揆勢全体に聞こえるよう大声で言うと、配下と共に踵を返した。

対岸の百姓たちは鍋や釜を焚き火に載せて、朝食の用意を始めた。

「それではおれたちも朝飯に戻ろうか」

茂太は遠野領の家老たちの後ろ姿を見送ると腰を屈めながら葦原から走り出る。弓太もその後に続いた。

六

周囲に屋根に雪を載せた農家がぽつりぽつりと見えたが人影はない。農閑期ということばかりが理由ではない。一揆勢が沿岸から押し寄せてきたという話を聞いて、逃げ出した者が多いのである。それでも何軒かの屋根の煙出しからは、白い煙が上っている。

茂太と弓太は、早瀬川にほど近い大きな農家へ走る。親戚同様の付き合いのある豪農、吉右衛門の家である。茂太と弓太は裏庭の濡れ縁から家の中に入る。幾つかの座敷を抜けて常居に入ると主の吉右衛門が長火鉢で手を焙っていた。

「いかがでございました?」

吉右衛門は上座を空けながら茂太に訊いた。茂太と弓太は吉右衛門のいた座にあぐらをかき、炭火に掌がくっつかんばかりにして暖をとった。

「うむ。遠野の家老が訴状を受け取った」

「それはようございました」

吉右衛門はほっと溜息をつく。

「あまり面白くない」

茂太は火箸で炭の位置を変える。

「なぜでございます？　これで一揆勢もそれぞれの郷に引き揚げましょう」

「これから遠野領と盛岡藩の役人で一揆勢からの訴状の協議が行われる。強引に仙台領に入られては困る。しかし、一万を超える百姓たちを相手に戦えば、これはもう大戦となろう。御公儀も黙ってはいない。ならば、一揆勢を懐柔するしかない。一揆勢からの訴えは、おそらく三分の二から半分ほどが認められて、手打ちとなる。もしかすると、遠野侯より幾ばくかの米、銭が一揆勢に配られるやもしれぬ」

「それのどこが面白くないので？　血が流れぬのであれば万々歳ではありませぬか」

「血が流れぬのはよい。父上はこのたびの一揆は御公儀の知るところとなり、お咎めがあると仰せられたが、おれにはそうは思えぬ。今年は聞かなかったが、去年あたりまでは阿蘭陀や英吉利、亜米利加などの船が頻繁に本朝を訪れておる。御公儀はその対応や、沿岸防備でおおわらわだと聞く。となれば、盛岡藩内の一揆などに目をくれている暇はない」

「御公儀のことはよく分かりませんが――。遠野の南部さまはよい殿さまでございますぞ。百姓の言い分は聞いてくださいましょう」

「それがまた面白くない。前回の越訴はうやむやになってしまったが、もう一度盛岡領の百姓たちが仙台になだれ込めば、伊達さまも御公儀に報告しないわけにはいくまい。しかし、同じ血筋の遠野の南部さまが御公儀に報告するはずもない。両藩の間でまたうやむやに処理されるであろう。そういう一揆は何度繰り返しても同じことだ。いつまでも侍に丸め込まれていては駄目なのだ」

「しかし――」言いながら吉右衛門は、顔を出した下女に朝餉(あさげ)を用意するよう命じた。「しかし、それならば、茂太さまはどのような決着をお望みなのでございますか？」

「一揆勢は、小本の親爺――弥五兵衛の命令に絶対服従」茂太は炭火を見つめる。「宮古などであこぎな商売をする商家を打ち壊したりはしたものの、不必要な暴力沙汰は起こさず整然と仙台領を目指していた。統率のとれた動きは、まるで行軍のようで見事なものだった。寛政や天保の頃の一揆と、近頃の一揆はまるで違う。あの頃は、同じ大一揆ではあっても動きはばらばら。兵略もなく行き当たりばったりの騒乱にすぎなかった。だが、このたびの一揆を見れば、しっかりとした兵略の下に動いているのが分かる」

「左様でございます」

と弓太は肯いたが、吉右衛門にはよく飲み込めていない様子であった。

「寛政元年（一七八九）、仏蘭西(フランス)では世の中を支配していた僧侶や公家に対して民百姓が世直しの戦を仕掛けて勝ったという――」

茂太は吉右衛門の理解不足はそのままに、己ばかり夢見るような表情になって言う。

「五十八年も前だ。我が国にもそのような時が迫っているのかもしれない。弥五兵衛は、『百姓は盛岡藩の者であるが、同時に〈天下之民〉であると申しておるのだそうだ。盛岡藩の百姓が天下之民であるならば、諸国の百姓も同様に天下之民。この一揆が藩全体に広がって民百姓も加わり、さらに陸奥、出羽の諸国の民百姓が呼応すれば、そして本朝の百姓たちすべてが立ち上がれば――」

茂太は火鉢の灰にぐさりと火箸を刺した。

吉右衛門は眉をひそめた。

「それは討幕の考えではございませぬか。加判役さまのご子息がそのようなことを仰せられては――」

茂太は吉右衛門に鋭い目を向ける。

「討幕ではない。百姓による世直しの話をしておるのだ」

吉右衛門は表情を引き締めて居住まいを正し「失礼つかまつりました」と言った。

「吉右衛門。百姓に足らぬものはなんだと思う？」

茂太は鋭い眼光のまま訊いた。

吉右衛門は答えに窮して「さて――」と言った。

「欲だ。欲が足りぬ」

「いやいや、百姓にも欲はございます。美味いものを食いたい。綺麗な着物を着たい

「――」

「違う、違う」茂太は顔をしかめて手を振った。

「己らで政を行おうという欲だ」

「政を、でございますか？　百姓の手で、政を行うのでございますか？」

吉右衛門は目を丸くする。

「天保七年の一揆では一揆勢は盛岡に押し寄せて御用金免除を強訴した。藩は要求を飲むふりをして一揆の頭目を捕縛した。そして約束は反故。天保八年の一揆も同様だ。侍は、侍に都合のいい政しかせぬ。百姓のための政は、百姓にしかできぬ」

「しかし、どのように政を行うのか、百姓はその方法を知りませぬ。百姓に都合のいい政ならば、商人たちから文句が出ましょう」

「政をどう行うかは学べばよい。文句が出ぬよう、商人、職人たちも加えればよい。そういうものたちの合議で政を進めればよいのだ。代々禄をはんでいる侍は、世の中のなんたるかを知らぬ。まぁ、おれもその一人だが――。なんにしろ、そのような者ばかりが広敷に集まってああでもない、こうでもないと言っておっても、埒があかぬ」

その言葉を聞き、吉右衛門の表情がふっと弛み、口元に笑みが浮かんだ。

「茂太さまは、萌えいずる柳の葉のようなお方でございますな」

「若輩だと申すか。いずれ奸臣ばらの風に流されてふわふわと踊ると？」

「人の言葉を悪くばかりおとらえになりますな」吉右衛門は笑う。

「茂太さまは、今のような瑞々(みずみず)しいお考えを、いつまでもお忘れなきように。さすれば百姓も、商人も茂太さまについて参りましょう。そう申し上げたかったのでございますよ」

茂太は唇をへの字に曲げて火箸を取り、灰をほじくる。吉右衛門と弓太は微笑みながらそんな茂太を見ていた。

＊　　＊

遠野に押し寄せた一揆勢が提出した要求は、『毎年の年貢や軒別役のほかに、近頃は年に三度も四度も御用金が課せられる。定役年貢のほか新規のお役立課金はやめてほしい』というものであった。やめてほしいお役立課金を具体的に申し述べよと言う藩側からの要求に、一揆勢は二十六箇条の要望を出した。

そのうち認められたのは十二箇条。残りは藩に持ち帰って吟味するという回答であった。

遠野侯は、一揆勢がそれぞれの村へ帰るまでの食糧として、大槌通、宮古通、野田通と故郷までの距離に応じた量の米を一人一人に与えた。中には米は持参しているから銭でもらいたいと申し出る百姓も多かったが、遠野側はそれにも応じた。

大槌、宮古の一揆勢はそれをありがたく受け取り、帰郷の用意を始めたが、野田の一揆勢は「二十六箇条、すべてを受け入れてもらわなければこの場を動かぬ」と言い張った。

早瀬川対岸の茂太は内心『いいぞ、いいぞ』と思っていたが、野田通の百姓たちは大槌、宮古の百姓たちに説得されて、腰を上げた。

そして、一揆は終了した。茂太は不満を抱えながらも弓太と共に盛岡へ戻った。

一揆は終了したが、遠野の混乱はその日一日続いた。

米の代わりに銭を与えられた百姓たちが城下へ繰り出し、買い物をしたり飲み食いをしたのであった。後にそのことを耳にした茂太は、父の言葉を思い出した。

『一揆勢の中で、本気で世の中を正さなければならないと考えているのは一握りよ。あとはみな、周りの熱狂に流されているだけだ』

確かにそうなのかもしれないと思わせる出来事であった。しかし、遠野強訴に続いて和賀郡の鬼柳、黒沢尻通や、紫波郡の徳田、伝法寺通、稗貫郡の寺林通などで一揆が起こった。それらに呼応して大一揆となるかと期待した茂太であったが、遠野強訴ほどの規模になることもなく鎮圧された。加判役の横澤兵庫は責任を問われて罷免となった。

＊　＊

年が明け、茂太の謹慎が解かれて登城が許された。

ある日、城から帰ると先に帰宅していた父が自室から顔を出して手招きをした。

茂太は座敷に入って帯刀と向かい合って座った。

「いやいや。困ったことになったぞ」

と言ったが、帯刀はなにやら嬉しそうな表情をしている。

「いかがなさいました?」

「御老中阿部伊勢守さまからお上に、内々にご沙汰があったそうだ」

阿部伊勢守とは、阿部正弘。幕府の老中首座である。

「ご病気によりご退隠という届けを出し、藩主の座は達次郎さまへ譲るようにと」

「左様でございますか」

茂太はほっとすると同時に、罪悪感めいたものが口の中を苦くした。

達次郎は利済の世嗣である。生母は利済の側室の烈子。烈子は帯刀の妹で、達次郎は茂太の従兄であった。つまりは、叔母の夫が幕府から内々に隠居を宣告されたのである。利済に対する憎しみはあったが、叔母の烈子には幼い頃から可愛がってもらっていた。その叔母の気持ちを考えると、喜んでばかりもいられないのである。

「お上のご退隠は困ったことではありますまい」

茂太は複雑な気持ちを抱えながら言った。達次郎は江戸で生まれ、長く江戸屋敷に住まい、様々な学問に通じ、西欧諸外国にも関心を持ち熱心に学んでいた。それに、勉学ばかりではなく、砲術にも長じている。親交のある水戸藩の徳川斉昭公からもその人柄は高く評価されていた。まさにこれからの藩主として最適な人物であると茂太には思えた。

「そのとおり。と、まぁ、そこまでは嬉しいことだ」帯刀の顔から笑顔が引っ込んだ。

「ここからが困ったことだ。お上と達次郎さまは仲がお悪い」

「まことでございますか？」

そう言われれば、利済が達次郎のことを話すのを聞いたことがない。利済の口から出るのはいつも達次郎の弟・鉄五郎の名ばかりである。

「父上は、なにがご心配なのでございますか？　達次郎さまの藩主ご就任は御公儀が決めたことでございましょう。いかにお上といえども、それを覆すことはできますまい」

「退隠がおん自らのご意思ではないというところが曲者よ。お上がこのたびのことでお心を入れ換えて御座せばいいのだが、そうでなければ達次郎さまは苦しいお立場になるだろうと思うてな。達次郎さまは文武両道に秀でたお方なれど、線の細いところが御座す」

「お上が色々と仕掛けて達次郎さまを廃位に追い込もうとなさると？　そして鉄五郎さまを藩主の座に就けて院政を布く――」

「うむ……。考え過ぎならばよいのだがな」

「このたびのことで、三奸ばらも懲りたはずでございます。なにかあればまた伊勢守さまのお叱りを受け、今度は自分たちの身も危ないと考えるはずでございます。お上がなんと言おうと、今度はお止めする側に回りましょう」

茂太は首を振って父の考えを否定した。

しかし、帯刀の予想は最悪の形で現実のものとなっていくのであった。

第二章　お家騒動

一

二月二十八日に改元され嘉永となったこの年。六月十三日にやっと幕府は盛岡藩主譲位を許可した。盛岡藩主となった南部信侯（のぶとも）（後の利義（としとも））は、八月四日に国入りをした。

八月は秋である。青く晴れ渡った空に、巌鷲山（岩手山）が無骨な台形の姿をくっきりと浮かび上がらせた日、茂太は城に入る信侯の行列を出迎えた。

国入りの当日はなにかと忙しかろうと、茂太は翌日の朝、信侯への挨拶に赴いた。

しかし――。三ノ丸で会った侍に「お上は、清水御殿に御座します」と教えられた。

清水御殿とは、城の北側、御新丸の東に建つ御殿である。財政が窮乏する中、天保十三年（一八四二）に利済が新築したものであった。

「なぜ本丸に御座しませぬ？」

茂太が訊ねると、「なんでもお部屋の用意がまだでございますのでひとまず清水御殿へと、土佐さまが仰せられたのだそうで」と侍は答えた。

隠居の出願は三月十八日。部屋の用意が出来ていないということはあり得ない。南部土佐や石原汀らが仕組んだのだ。だが、なぜお上は唯々諾々と土佐の言葉に従われたのだ――？　茂太は急いで引き返し、清水御殿を訪ねた。

すぐに御座之間に通された茂太は、平伏して国入りを言祝ぐ口上を述べた。

「茂太、よう参った。嬉しく思うぞ」

信侯の顔は物憂げであった。この年数えで二十五歳。いかにも英才という評判通りの整った目鼻立ちである。信侯は江戸生まれ、江戸育ちであったが、帰国のおりには広小路御殿に弟鉄五郎をよく訪れた。その時に茂太とも親しく言葉を交わしていたのであった。

「お上。すぐに本丸へおいでくださいませ」

茂太は語気強く言った。信侯はふっと笑った。

「先ほど参った帯刀もそのように申した。さすがに親子であるのう。羨ましいかぎりだ」

そこで信侯の表情が曇る。

「少将さまが清水御殿に住めと仰せられるのだ。しかたがあるまい」

少将さまとは、利済のことである。

「国入りの挨拶を申し上げようとしたが、それも無用のことと突っぱねられた」

「お上はご領主であらせられます。なにを遠慮なさることがありましょう。胸を張って本丸へお上りあそばしますよう」

茂太は石原らへの怒りを抑えて言った。

「城は、余を奉ろうとする者と、少将さまを奉る者とが目に見えぬ争いをしておろう」

確かにそのとおりであった。利済隠居の出願からおよそ五ヵ月。次の藩主を巡って二つの派閥が論争を繰り返していた。信侯派は、『すでに幕府には信侯さまに藩主譲位と届けを出している』と言い、利済派は、『それは少将さまのお考えではない』と、信侯の弟、鉄五郎こそ藩主に相応しいと主張する。中にはとっくみあいの喧嘩をする者たちさえいた。

「余が本丸へ入れば、ますます混乱しよう。ただでさえ難題が山積しているところに、厄介事を一つ増やすこともあるまい」

確かにそのとおりであり、信侯の判断は正しいように思えた。だが茂太は『御意』とは言えなかった。

「しかし、ご挨拶をお断りになるというのは……」

「会いたくないと仰せられる」信侯は小さく溜息をつく。

「ご意思に反してご隠居なさらなければならなかった少将さまのお気持ちを考えれば、

このぐらいの嫌がらせは甘んじて受けなければなるまい。いずれ、少将さまのお心も落ち着かれよう。そうすれば、ご面会も叶うに違いない」

「お上はお優しゅうございます」

茂太は深く頭を下げた。

しかし——。

隠居をした利済は大奥に引き籠もったまままいつまで経っても信侯と会おうとしなかった。それどころか、加判役の南部土佐や小姓頭兼御目付の石原汀ら三奸を使い藩政の指示を信侯に言いつけた。藩主は代わっても、依然として実権は利済の手にあった——。院政である。

三月の下旬に津軽沖に外国船五隻が現れ、盛岡藩は四月、北辺警備のために御用人の栃内与兵衛らを領内北部沿岸に派遣し、遠野強訴のおりに百姓たちの説得に当たった新渡戸次郎八を密偵として津軽に潜入させた。信侯国入りの前からそういう緊張下にあるから、新しい藩主では対応し切れまいという理由で、院政はなし崩しに行われたのである。

日に一度は諸役所の置かれた二ノ丸に姿を現していた信侯であったが、やがて公的な行事の日以外は登城せず、清水御殿で日々を過ごすようになっていった。

* *

九月の半ば——。

盛岡城本丸の、中奥から大奥に通じる廊下に、石原汀が座っていた。

半眼を畳の上に向け、身じろぎもせずに座る姿は、まるで彫像のようであった。

奥女中たちは薄気味悪げにちらりと汀を見て、会釈しながら横を通り抜ける。

汀は微(かす)かに頭を動かしてそれに応える。

信侯が藩主となったことで、藩士たちはこれでまともな藩政が布かれると、安堵(あんど)していたが、件(くだん)の如(ごと)き有り様に怒りをつのらせている。

なぜお二人のご面会は叶わぬのかと、土佐や汀に食ってかかる者たちもいた。

大奥に籠もる利済に面会を直諫(ちょっかん)する者が出ては面倒ということで、汀と田鎖茂左衛門、川島杢左衛門が交代で、見張りをすることに決めたのであった。

だから、利済に呼ばれた家臣にかぎり奥へ通した。それ以外の者からは用向きを聞き取り、後ほどまとめて利済へ報告し、必要があれば汀らが家臣たちの所へ赴いて回答を伝えていた。

足音が近づいてくる。

女中のものではない。さりとて、うるさく新旧藩主の面会を求める、信侯の近習頭の原直記ではない。

直記はこの年六十四歳。煩型(うるさがた)の加判役、楢山帯刀よりもしつこく面会の件で食い下がるので汀は辟易(へきえき)していた。

汀はすっと顔を上げた。

近づいてくるのは信侯の近習、東中務であった。

東家は南部家の血縁であり高知（禄高の高い上級藩士）の家柄であったが、中務の父が藩主への不満から腹を斬ったために家禄を没収され、長く不遇を託っていた。

中務は今年元服し、近習に取り立てられたのであった。

「石原さま」

中務は汀の前に座り、元服したとはいえまだまだ少年の顔を真っ直ぐ汀に向けた。

汀は中務を警戒していた。信侯派の原直記の下で働いていることはもちろん、楢山茂太に似たものをその中に感じていたのである。

「なぜ少将さまとお上のご面会は叶わぬのでございましょう？」

こ奴もか――。

汀は内心舌打ちしながらも、表情に表さぬままに答えた。

「剣術の稽古において、己の力量はもはやこれまでと諦める者と、明日になればさらに上達するやもしれぬと思う者と、どちらが上達すると思う？」

「言うまでもございませぬ。諦めなかった者でございます」

「世の中はおしなべてそういうものだ」

汀は再び半眼に戻り、畳に視線を落とした。

「元服したての小童が理解できずとも構わない。さっさと己の仕事へ戻れ」

「それは財政のことを仰せられて御座すのでしょうか。庶民が浪費と罵る諸々の出費は、すべて世に金を回す手段。今、方針を変えて倹約に走れば、せっかくの策が水泡に帰する——。であるから、今はまだお上に藩政をお任せになることはできぬということでございましょうか」

中務の言葉に、汀は目を上げた。

「なかなか賢しい」

「恐悦にございます。これはお上に教わりましてございます」

「信侯さまに？」

汀は怪訝な顔をする。

「はい。お上は、身をお引きになられた横澤兵庫さまや、上席の加判役の南部土佐さま、石原さまのお考えも充分にご承知でございます。優れた政策ながら、それは盛岡藩がいま少し豊かになってから施行したほうがよいと——。お上のお考えと、石原さま、少将さまのお考えは、大きく異なっておるのではなく、ほんの少し、それを施行する時期に違いがあるにすぎません。お互いに膝をつき合わせてお話をなされば、溝は埋まると思うのでございますが」

闇雲に汀らを非難する蒙昧の輩とは、明らかに異なる物言いであった。

ますます油断ならぬ小童だと汀は思った。

「お二人がご面会なさるということは、譲位の儀が滞り無く終了したということを意味する。信侯さまはすぐに倹約の令を布かれるであろう」

「しかし――。信侯さまは日々ご心痛のご様子。このままでは病にお伏せになりましょう」

「それもいたしかたなし」

「万が一の時には弟君の鉄五郎さまが御座すと？」

信侯は、利済の藩政に異議を申し立て、以来親子の仲が険悪になった。しかし、鉄五郎は諍(いさか)いを嫌う穏和な性格である。

「そのようなことを言うているのではない」

「なるほど、鉄五郎さまならば、少将さまのお話をよくお聞きになりましょう」

中務は皮肉っぽい口調で言った。

鉄五郎を藩主に据えたほうが、院政を行いやすい――。この小童は、そこまで読んでいるのか。それとも、清水御殿で誰かに吹き込まれたか？

「東。お前は近習になったばかりだ。政には、お前がまだ分からぬ駆け引きというものがある。今はまだ黙って我らのすることを見ておれ」

中務は口を閉じたまま、しばしの間、汀を見つめていた。

汀はその目に頑(かたく)なな光を見た気がした。

六年前の新年祝賀の宴の席で、高知衆であった中務の父親、政博(まさひろ)よりも上座に、家柄の劣る横澤兵庫が座った。

兵庫は、財政再建のために利済が迎えた男である。実際に数多くの功績をあげた。

そして、実務面だけで手腕をふるったのではない。彼が、財政を立て直すためには藩の産業を振興させることが大事と登用した佐藤真淵は、盛岡藩を硝石（火薬）の一大産地に押し上げ、本朝一とまで称されるようになった。
家柄よりも実績。そういう席順であった。他の重臣たち、藩士たちを奮起させるという意図もあった。

しかし、旧来のしきたりを重んじる者たちにとって兵庫は、利済の覚えよろしく加判役に成り上がった男である。

だから、南部家の血筋である政博には、兵庫が自分よりも上座にいるということは恥辱であった。

武家社会の秩序を大切にするならば、実績よりも家柄。揺るがしてはならない掟というものがある。

それを蔑ろにすれば、後々に禍根を残すことになる。

政博は、抗議の切腹をして果てた。

その政博の血を引く中務である。

言ってみれば、利済、兵庫は中務の仇。

なにをしでかすか分かったものではない。

汀はちらりと中務の前差の柄に目をやった。まさか、城内で刃を抜くこともあるまいが——。

汀は、中務が前差で打ちかかってきたならば、いつでもその攻撃をかわして取り押さえられるよう、体の要所に力を溜めた。

今、命を落とすわけにはいかない。

なにも知らぬ奴らは、自分と田鎖茂左衛門、川島杢左衛門を三奸と呼ぶが、自分の命は盛岡藩の財政を復活させることに捧げているのだ。

どれだけ汚名を着せられてもよい。今しばらく信じた政策を続ければ、必ずや藩の財政は息を吹き返す。

汀の気迫が伝わったのか、中務の目に漲っていた力がすっと弱まった。

「左様でございますな」中務は微笑みを浮かべて静かに言った。

「若輩者が余計なことを申し上げました」

深々と一礼すると中務は立ち上がり、中奥の方へ戻って行った。

汀は大きく息を吐きながら、その後ろ姿を見送った。

東中務——。後に藩政改革に大鉈を振るう男になるとは、本人も汀も知る由もない。

しかし汀は中務の中に、楢山茂太よりも危険な気配の萌芽を感じ取ったのであった。

＊　＊

翌日、中奥と大奥を繋ぐ廊下には田鎖茂左衛門が座っていた。剣術の腕は滅法強い。

石原汀と同様、行き交う奥女中には軽く会釈をし、家臣たちからは用向きを聞いた。

廊下を楢山茂太が歩いてくるのを見て、茂左衛門は眉間に皺を寄せた。

茂左衛門は十八歳の茂太とは親子ほども歳が離れているが、何かにつけて文句を言うこの若者を苦手としていた。

自分たちは難しい財政再建をしているのだという自負がある。石原汀からは、『理解できない者たちからは、浪費を助長する奸臣と罵られようが、辛抱するしかない』と言われている。

あともう少し――。十年、いや、あと五年後には事態は好転する。その時には、本当の奸臣は誰か、本当の忠臣は誰かがはっきりする。

その間、藩の実権は少将さまに握っていただかなければならぬ。

幕府が認めてしまったのだから、信侯さまが藩主の座につくのは仕方がない。だが、可及的速やかに、信侯さまを隠居させ、弟鉄五郎さまに藩主の座についてもらわなければならない。楢山親子や原直記らに邪魔させてはならぬ――。

茂左衛門はそんな諸々の思いを隠して穏やかに言った。

「なんの御用でござろうかな」

茂太は茂左衛門の前に座り、一礼する。

「昨日、東中務が石原さまに申し上げたと思いまするが」

「さて。石原どのと東は世間話をしたとしか聞いておらぬが」

「いい加減になさいませ。大人げないとはこのことでございますぞ。少将さまともあろうお方が、駄々をこねてお上とご面会あそばさないとは」

「不敬であるぞ、茂太」

茂左衛門はかっとして声を荒げた。

「少将さまに対して大人げないとは口が過ぎよう――、ということでございますか？　少将さまが大人げないお方では御座さぬと仰せられるのであれば、そのように見せているのは田鎖さまらのせい、ということでございますな」

「なにを申すか！」

「ご面会を拒むのは、少将さまのご意思でございましょうか？　それとも田鎖さまらがご面会なさらぬようにと仕向けているのでございますか？　田鎖さまも、御公儀は外患にばかり気を配っているのではなく内憂にも目を光らせていることが、阿部伊勢守さまの内々のご沙汰からもよくお分かりでございましょう。昨年の一揆以来、我が藩の動静は御公儀に注目されております。伊勢守さまも今の状態をご憂慮なされて御座しましょうぞ」

「貴公はわたしを脅しておるのか」

田鎖は茂太を睨む。

「滅相もない」茂太は大袈裟に手を振った。

「万が一、たとえ伊勢守さまからお呼び出しがあったとしても、やましい所がないのであれば、ご心配には及びませぬ。田鎖さまらには、やましい所などないご様子。であれば、それがしの言葉は脅しにはなりますまい」

「うむ……」

田鎖は唸って歯を食いしばった。

「下らぬ世間話で、お勤めの邪魔をいたしました」

茂太はにっこりと笑って一礼し、その場を去った。

＊　＊

踵を返した瞬間、茂太の笑みは消えた。

信侯は江戸で生まれずっと江戸屋敷住まいであったが、鉄五郎は母である楢山帯刀の妹烈子と共に広小路屋敷に住まいしていた。

茂太は幼い頃から鉄五郎のお相手としてよく広小路屋敷に出入りしていた。鉄五郎は四歳年上であったから、鉄五郎が茂太と遊んでやっていたというほうが正しかった。

だから茂太は、鉄五郎の人となりをよく知っている。だからこそ、鉄五郎は藩主には向かないと思っている。

鉄五郎は、兄信侯と同様たいへん賢かった。茂太は鉄五郎が大好きであった。しかし、鉄五郎は好人物すぎた。人あたりがよく、自分の意見を押し通すことが少なく、家臣たちの忠言もよく聞き入れた。

信侯は父と離れて暮らしたから、真っ直ぐに育ち、父の藩政を批判した。

だが、父の側で育った鉄五郎は、幼い頃から強権的な父利済とうまくやっていく方法を〈いい子〉であることに見出したのであろう。

鉄五郎が藩主となれば、利済は恣に院政を行うだろう。

そして、批判の矢面に立つのは鉄五郎になるのだ。

鉄五郎には申し訳ないが、利済が実権を握っている間は藩主になってもらっては困る。

複雑な思いを胸に、茂太は廊下を歩いた。

＊　＊

その後、廊下を守る石原汀、田鎖茂左衛門、川島杢左衛門の元には毎日、信侯派の近習が訪れ〝世間話〟をして帰った。

信侯付きの近習頭、原直記の策略であった。

二

十月末のある夜。楢山家を原直記が東中務を伴って訪ねてきた。

二人の来訪を聞いた茂太は、おそらく利済と信侯の面会の件に違いないと思い、居室を出て父の部屋に向かった。

茂太の中には鬱憤が溜まっている。いつまで待っても利済が信侯との面会に応じる様子がなかったからである。

江戸表からは、阿部正弘が内々に事を済ませてくれたのに『利済が信侯との面会を拒み続けているという噂は幕臣の耳にも届いているようだ』という知らせも入っている。

「失礼いたします」

茂太は障子を開けた。帯刀に向かい合って座っていた老人と若者——。原直記と東中務が振り返る。

「気になったか」

帯刀は、「まぁ、入れ」と手招きした。茂太は一礼して部屋の隅に座った。

「やれやれだ」直記は茂太に顔を向けた。

「やっとご面会を承諾いただいた。十一月四日だ」

「それはようございました」

茂太は肩から力が抜けるのを感じた。これで一つの難関を突破することができる。次は、面会の席で利済から『信侯に譲位した』という言質をとり、それを元に実権を信侯に移すという次の難関が待ち受けているのだが——。

「これも楢山さまのお力添えがあったればこそと、お礼を申し上げに参りました」

帯刀は南部土佐に圧力をかけていたのであった。

「いやいや。近習どものおかげでござろう。ひっきりなしに無駄話に来て迷惑千万という汀らの愚痴がこちらにも聞こえて参った」

帯刀はにこにこと笑いながら茂太と中務に目をやった。

「まだ油断は禁物でございます」中務がまっすぐ帯刀を見る。

「ご面会の席で何が起こるか分かりませぬ。少将さまが、確かにお上に譲位したと仰せられれば上々でございますが――。三奸ばらは、何か手を打つはずでございます」

「新旧のご領主が顔を合わせるのだ」茂太は言う。

「譲位の話題が出ぬはずはあるまい。お上は賢しいお方。もし少将さまのお口から譲位の話題が出ずとも、必ず水を向けて引き出すに相違ない」

茂太の言葉に中務は肯くが、

「そうであればよいのですが――。石原さまもまた賢しいお方でございます」

「うむ――」直記は腕組みした。

「幕府へ届けを出し、受理されたが藩内で譲位に関する儀式は行われていない。ご面会はそれに代わるものであり、家臣一同うち揃って新旧の藩主のお言葉を賜るべき場であるが――。少将さまは、供は三、四人にせよと仰せられる。石原どのの入れ知恵でござろう」

「ご面談の内容を多くの者に聞かれたくないのであろう」

帯刀は言った。

「ご面会の席に、わたしも同席できませぬか？」

茂太は帯刀と直記を交互に見た。帯刀と直記は顔を見合わせる。

「お前は信用ならぬからな」

と帯刀は茂太を見て苦笑する。一揆の評定の時のことを言っているのである。

「余計な口出しはいたしませせぬゆえ」

茂太は畳に手を突いた。少しばかり嘘があった。今は余計な口出しはしないと思っているが、その場になれば分からない。信侯の援護に思わず口を出してしまうかもしれない。

「できることならば、それがしも」

中務が言った。

帯刀と直記がかすかな緊張の表情を浮かべる。茂太は『さもありなん』と思った。なにをしでかすか分かったものではないと、親利済派から目を付けられている若者である。

さて、父や原どのはどう返答するか――。茂太は、いつもなにか思い詰めたような目をしている中務が苦手であったから、あまり話をしたことはなかったが、言葉の端々からなかなかの切れ者であることは分かっていた――。

「分かった。二人とも、お上のお供をせい」と直記は微笑む。

「ありがとうございます」

茂太は平伏し、中務は腰を折って頭を下げた。

＊　＊

そして、十一月四日。盛岡城二ノ丸大書院。公式行事が行われる広間である。

大書院は、御次之間（おつぎのま）、菊之間、柳之間と三つの広間と続き部屋になっている。家格、役職によって控える座敷が異なった。本来ならば藩主は本丸大奥にいて、そこから屋根と壁で風雨を遮る廊下橋を渡って二ノ丸に出御する。

しかし、前藩主の利済のために本丸に居住することのできない信侯は、清水御殿から二ノ丸の大書院へ向かった。衣装は直垂(ひたたれ)。武家の最上級の礼服である。供は楢山帯刀、原直記。そして茂太と中務だけである。それぞれ半裃であった。

信侯は江戸から戻ってずいぶんやつれたと、茂太はあらためて思った。

ふくよかだった頬(ほお)に影が落ちている。だが、いつもよりも目に力があった。やっと利済との面会が叶うことで、安堵しているのだろう。

この面会がまた信侯を気落ちさせることにならなければいいのだが——。

茂太の胸には不安が蟠(わだかま)っていた。

すでに大書院と御次之間には、利済と南部土佐、石原汀、田鎖茂左衛門、川島杢左衛門がそれぞれの座についていた。

利済は一段高い大書院の、上座であり藩主の席である〈国座〉についていた。

利済が御次を指さした。そこへ座れというのである。

信侯は素直に御次に座った。茂太らはその後ろに控え膝を折った。

「少将閣下のご尊顔を拝し奉り——」

礼をして口上を述べた信侯であったが、畳を軽く叩く音を聞き、顔を上げた。

利済がしかめっ面をして、手を振っていた。

「いかがなさいましたか?」

信侯が怪訝な顔をして訊くと、利済はそっぽを向いた。

「口上など……、聞きたくないと仰せられるか……」

父の態度に衝撃を受けた信侯はかすれた声を上げた。

「それがしがお気に召さぬのであれば、どこがどのようにと仰せられてくださいませ。以前、少将さまの政策に異議を申したことがお気に召さぬのでございましょうか？　あのおりは軽輩の分際で失礼をいたしました。今ここで伏して謝罪申し上げます」

信侯は畳に額をこすりつけた。利済はなにも言わない。

茂太は腿の上に置いた掌を強く握りしめた。

国入りをした日、挨拶に行った茂太に、信侯は『さすがに親子であるのう。羨ましいかぎりだ』と言った。利済の命に逆らってでも本丸へ行くべきだと進言した言葉への返事だった。信侯がそんなことを言った理由を今、目の当たりにしているのだった。

「お上……」

茂太は唸るように呟いた。中務の手がさっと動いて、茂太の膝に触れた。

「お堪えなさいませ」

中務は正面を見たまま小声で言った。

茂太は小さく肯いた。そして、中務への思いを少しだけ変えた。

父の無惨な死を、それに伴う誹謗中傷を、中務はずっと堪えてきた。

一方自分は、まだまだ堪え性がない。中務に学ばなければならんな――。

「それがし、再び伏してお願いいたします。藩主としての心構えをお教えくださいませ」

信侯は啜り泣きと共に絞り出すような声を上げた。

正面の国座に座り、そっぽを向いている利済の表情が、微かに動いたように思えたが、茂太の目にも悔し涙が浮かび、視界が歪んではっきりとは見えなくなった。

「もうよろしゅうございましょう」

南部土佐の声がした。

せっかくの面会の機会が、無惨な形で終わりを迎えようとしている――。

ついさっき自分の堪え性のなさを反省した茂太ではあったが、たまらなくなった。

「お待ちください！」

思わず言って腰を浮かせた。

御次の者たちの顔が、さっと茂太を向いた。帯刀だけは顎を上げて天井を見た。

隣の中務の口元から舌打ちが聞こえた。

「少将さま！　なにとぞお上にお言葉を！」

茂太は叫ぶ。利済がすっと立ち上がる。土佐と汀らもそれに倣う。

信侯は平伏したまま肩を震わせている。

茂太は跳び上がるように立って、利済の先回りをすべく廊下を大きく回り込み、本丸への廊下橋のたもとへ脱兎のごとく走った。

「お待ちください！」

大書院を出た利済の側へ平伏する。

橋への階段に足を載せた利済は、立ち止まって茂太を見下ろした。

「なにとぞ、お上にお言葉を！」

「なにも話すことなどない」

利済の声音は硬かった。

「政の上でご意見の違いが御座すのであれば、世間話でもよろしゅうございませぬか。江戸でどのようにお暮らしになられていたかとか、国許までの道中をお訊ねになることもできましょう」茂太は顔を上げた。

「親子ではございませぬか！」

利済の唇は震えていた。その目に涙が溜まっているようにも見えた。

「茂太」利済は感情を抑えた低い声で言った。

「神君家康公がご子息信康公にお腹を召すようご命じになったのは、なぜだと思う？」

「信康公が武田と内通していると織田信長公が疑ったからと聞いております。信康公のお命を取らなければ、信長公に攻め込まれるとご判断なされたためでございましょう」

「二本松城の畠山義継が降伏の調停に宮森城に滞在中の伊達政宗公のお父君、輝宗公の元を訪れた際、にわかに逆心起こって輝宗公を拉致。ただちに追跡した政宗公は義継もろとも輝宗公を鉄砲で撃ったという。これはなぜだと思う？」

「それもまた、お国のためでございましょう」

茂太は利済がなにを言わんとしているのかを悟った。

利済は続けた。

「政において、余と信侯が親子であることは関係がない。国を守る者は、子を斬ること も親を斬ることも覚悟しなければならぬのだ。信侯が藩主として実権を握ってしまえば、すぐに緊縮策をとるであろう。そのようなことになれば、今まで築いてきたことがすべて無駄になる。国を救うためにも、信侯に藩主の座を明け渡すわけには行かぬ。今のところ、命を奪おうとまでは思わぬがな」

「少将さまは、ご領主におなりになった後、広く家臣の意見を聞くと仰せられたと聞いております。なにとぞ、それがしの言葉もお聞きくださいませ」

「今とは時代が違う」利済の顔に苦しげな表情が浮かぶ。

「それに、家臣の言葉に耳は傾けたが、誤りのある諫言(かんげん)は切り捨てた。お前の申すことは、我が藩の財政をさらに苦しくさせる元となる」

利済は階段を上る。それに続いて階段に足を載せた南部土佐が茂太を見下ろす。

「このたびの不敬は、貴公の少将さまと信侯さまの仲を憂い慮(おもんぱか)る心に免じて不問としよう。だが、以後は慎め。貴公は未だ、意見を述べる立場にはない」

茂太は唇を噛んで土佐を見上げる。首を振ることも肯くこともしなかった。

待っても返答はないと判断したのか、土佐は黙って階段を上った。汀らはその後に続いた。茂太はその場に座って、廊下橋の向こうにその姿が消えるのを見送った。

「茂太――」

いつの間に来たのか、背後で帯刀の声がした。余計な口出しをしたことを咎めるふうでもなく、いつものような優しい声音であった。

「帰るぞ」

帯刀は促したが、茂太は座って廊下橋の方を向いたまま唸るように言った。

「父上。早くご隠居なさいませ。おれは、明日にでも加判役になり、政に加わりとうございます」

三

信侯の周辺に朝から酒のにおいが漂い始めたのは、利済との面会から間もなくであった。

居室に酒を持ち込み、酔いの中で辛さを忘れようとしているのだった。

茂太や中務は諫めたが、その時は「分かった」と答えるものの、すぐに小者に命じて酒を買ってこさせるのである。そして、茂太たちに見つからないようにと、清水御殿のあちこちに隠れながら酒を飲んでいた。茂太も中務も、見つけるたびに酒を取りあげ、二六時中近習の誰かが側についているようにした。酒を断たれた信侯はしばらくの間おとなしくしていたが――。しかし、時折近習に当たり散らすようになった。

＊　＊

師走に入ってすぐ。楢山帯刀と原直記は、大奥の利済の居室への廊下を歩いていた。

いつも人のいい笑みを浮かべている二人の年寄の顔は、今日ばかりは引き締まり、何(なん)人(ぴと)も寄せつけない雰囲気を漂わせていた。見かけた利済の近習たちが慌てて二人を止めて用件を聞こうとしたが、帯刀も直記も「お上の御用じゃ」と言うばかりであった。

利済の居室の襖(ふすま)の前に来ると、帯刀と直記は正座して中に声をかけた。

「少将さま。楢山帯刀でございます」

「原直記でございます」

返事も待たずに二人は襖を開けた。

「無礼であろう！」

利済と共に座敷にいた南部土佐が怒鳴った。

「失礼つかまつる。無礼は承知でござる」

帯刀と直記は膝で座敷に進むと素早く襖を閉めて、利済の方へにじり寄り、深く頭を下げた。

利済は脇息(きょうそく)に体を預けて黙ったまま二人を見つめている。

「申し上げます」

帯刀は背筋をぴんと伸ばし、利済の目を見つめた。

「一つ、広く国中の善悪や、時の人情を明らかに弁知するべし。一つ、下役の者より非議を申し立てられし時は、その理非をあい考え、正道を行われるべきこと。一つ、各当役を申しつくる時、親しく近づく者はまったく忠義の者にあらず。追従を申す者の言葉を真に受ければ、知らず知らずのうちに我が儘になり行き、よきことも取りあげぬさまにあい成り候。一つ、諸役はその任にふさわしき者に申しつけるべし――。このお言葉、覚えて御座しましょうか？　少将さまはご領主の座をお引き継ぎになられた後、文政十二年にそれがしと毛馬内美濃に、お手書きの七箇条の令を下されました。その内容の一部でござる」

七箇条の令が下されたのは二十年ほど前のことであった。

「其方の言うは、順番も、言葉も、内容も少しずつ違う」

利済は薄く笑いを浮かべた。

「覚えて御座しましたか――。それがしは、ご命令どおりに勤めて参りました。それがしにそのようにお命じになったお方もまた、そのようになされているものと考えております」

「道理に背く行いであると申し立てておるのだから、その理非を考えよと申すのか？」

「御意」

「考えた。考えた上で、非と判断した。其方らが命を賭けて直諫しに来たように、余もまた命を賭けて己の信じる政を行っておる」

「ならば、お上の御身を大切とお考えになり、お引きくださいさい」直記は泣き声であった。

「このままでは、お上のお命が危のうございます」

嗚咽で言葉が出ない直記に代わり、帯刀が続ける。

「先達は、後から来る者ばらが力不足と思うものでございますが、人の命には限りがあり申す。いつまでも少将さまが政を司ることはできませぬ。もの足りぬと思いながらも、道を譲りその後ろ姿を黙って見守るのも、先達の務めではございますまいか」

「今はその時期ではない」利済はきっぱりと言う。

「盛岡領が危機を乗り越えた時に、道を譲ろう」

「それがさらなる危機を招いているのでございます。何者かが信侯さまの食事に毒を盛ったらしいという噂さえ、まことしやかに語られております。お上か少将さまか、盛岡の侍は二つに裂かれ、このままでは修復もできぬくらいにその関係が悪化しましょう」

「ならば、信侯が引けばよい」利済が言った。

「信侯が隠居し、鉄五郎に譲位すれば、身も心も楽になろうぞ――。楢山。原。其方らが真の忠臣であるならば、信侯に隠居を勧めることこそ、その本道ではないか？」

「少将さま――」

帯刀が深い溜息と共にそう言った時、「御免」という声と共に襖が引き開けられ、石原汀、田鎖茂左衛門、川島杢左衛門らが座敷になだれ込んだ。素早く利済に一礼すると、帯刀と直記を取り囲む。

汀が帯刀の前に膝を進めた。その手が帯刀の前差を鞘ごと引き抜いた。

田鎖茂左衛門が直記の前差を取る。

川島杢左衛門は二人の背後に回り、不意の動きを制するために片膝を立てて構える。

「身命を惜しまず、君恩の重きを感謝するは、真忠の大臣（たいしん）と申すものに候——。楢山さまならば覚えて御座しましょう」

汀が訊いた。

「少将さまから頂戴（ちょうだい）した七箇条の最後。そこもとがそれを知っているとは思わなんだ」

帯刀は静かに答えた。

「日々、精進いたしておりますゆえ、国のためになることは頭に入れてござる。楢山さま。君恩を忘れてはなりませぬぞ」

「今の主君は信侯公にてござる」

帯刀は頭（こうべ）を垂れる。

「謹慎せよ」利済がぼそりと言った。

「楢山、原、両者ともだ」

「お聞きになりましたな」

汀は言いながら帯刀に前差を返す。茂左衛門もそれに倣って直記に前差を差し出した。

帯刀と直記は前差を受け取ると腰に差し、利済に一礼して座敷を出た。

汀らが二人の背後を囲んで廊下を進む。南部土佐がゆっくりと襖を閉めた。

四

「随分遅いお帰りでございましたな」

帯刀の帰宅の知らせを聞いて、手燭を持って玄関まで出た茂太は言った。恵喜は袖で隠した手で帯刀の差し料を受け取る。

「うむ」帯刀はばつの悪い顔をする。

「謹慎を命じられた」

「謹慎！」茂太が頓狂な声を出す。

「父上。なにをやらかしたのでございますか？」

「やらかしたなどと」

恵喜がたしなめる。

茂太は驚いたが、恵喜は動じた様子はない。帯刀は後ろを振り返って微笑んだ。

「原どのと少将さまを諫めに参ったが、返り討ちに遭うた」

「石原汀らにでございますか？」

茂太の表情が殺気立つ。

「仇討ちなど考えるでないぞ。少将さまの決意は固い。お上にただの嫌がらせをしているわけではない。まぁ、次の機会は来年のご参勤だ。少将さまから離れ、江戸で暮らせばお上のお心も鎮まろう。江戸には南部弥六郎さまも御座すゆえ、ゆっくりと過ごせよう」

遠野侯南部弥六郎は、今は江戸勤番であった。江戸勤番とは江戸家老のことであり、盛岡藩では〈在江戸〉〈在府〉などとも言った。

茂太は帯刀の居室の障子を開け、燈台の蠟燭に手燭の灯を移した。

「お疲れでございましょう」

恵喜は刀掛けに帯刀の大小を置く。

「さぁ、お腰を押しましょうほどに、そこに横におなりあそばせ」

＊　＊

師走の晦日。帯刀に、御年頭御礼には登城するようにとの命が下った。

正月は、家臣ばかりではなく、地方の御給人、寺社の長、御用商人や町役人までが祝いのために城へ参上する決まりであった。

原直記にもまた同様の命が下り、家族、家臣たちはほっと胸を撫で下ろしたのである。

南部信侯は、何度も挨拶をしたいと本丸を訪れたが、利済との面会は果たせず、六月十二日、参勤に出発することとなった。

＊　＊

春先から里世の腹が目立ち始めていた。懐妊である。楢山家の子供らは弟か妹ができると喜び、大人たちもまた里世に祝いを述べたが、茂太は内心ひやひやしていた。

なぜ子ができるかを知らない頃は、里世に子ができると純粋に喜んでいたが、その〝仕組み〟を知ってから、なにやら複雑な思いを抱くようになっていた。

母の恵喜は、内心どう思っているのだろうか？

嫡母の慈乃はどう思っているのだろうか？

達観しているのだろうか。それとも、武家の嫁の運命として諦観しているのだろうか――。

五月二十五日。里世は女子を産んで元と名付けられた。

＊　＊

もう夏も終わりの頃であったが、蟬の声が喧しい日であった。清水御殿前には家臣たちが列をなして見送りをした。藩主の参勤の見送りだというのに、その数はけっして多くはない。姿を見せないのは利済派の侍たちであった。

茂太は、苦々しい思いで列の中にいた。ぎらぎらと照りつける陽光に白く輝く石垣の前を進む行列から、一文字笠の男が一人駆けだしてきた。まず楢山帯刀の所に駆け寄り何か話しかけている。次いで、原直記の前へ、そして、茂太の所へ走ってきた。

奥医師の江幡春庵(えばたしゅんあん)であった。

「お上のことは、ご心配なく。次にお帰りになる時までにきっと、心身ともお健やかになるよう努めますゆえ」

春庵の父道俊(みちとし)も藩医であった。その当時から盛岡藩は、度重なる御殿の造営や豪華な遊廓の建設などが財政を逼迫させていた。それを補うために、俸禄米の借り上げや御用金の徴収、実質の増税が繰り返され、藩士から百姓にいたるまで貧困に喘いでいた。道俊は、藩政の改革を諫言したところ蟄居を命じられ、家禄を没収された。そして、盛岡藩が正しいことも口にできない国に成り下がってしまったことを嘆きながら死んだのであった。

不満を抑え込むためであろうか、父の死後間をおかず、春庵は奥医師として、弟の五郎は近習として召し抱えられることになった。五郎は、利済の近習を勤めていた。しかし、弘化二年（一八四五）に、藩政に絶望して出奔。江戸の東条一堂が主宰する瑶池塾に入門したが、今は京都、安芸辺りの私塾を転々としている。畢竟、信利済のせいで父が死に、弟が脱藩した。だから、春庵は利済に恨みがある。侯を味方する立場となったのである。

「よろしくお頼み申し上げます」

茂太は頭を下げた。春庵はきらきらと目を輝かせて力強く肯くと、行列に戻っていった。

参勤の行列が遠ざかっていく。目映い光に満ちた景色の中を小さくなる行列を見送りながら、茂太は勃然として浮かび上がった不吉な胸騒ぎに小さく首を傾げるのだった。

五

信俣が江戸に発ってしばらくすると、盛岡城に不穏な知らせが届くようになった。

信俣が家臣に乱暴をはたらくというのである。

ごく些細なことが気に入らないと家臣を殴る。意味の分からないことを呟く。それらに尾鰭がついて、城内には「お上ご乱心」という噂が広まった。主に利済派の者たちが言いふらしている噂で、真偽をめぐって信俣派の居残りの者たちと喧嘩になることもあった。

そして八月――。ススキの穂がちらほらと見え始めた月の半ばの夕刻。

茂太は廊下の足音を聞いて、書物を捲る手を止めた。

「鉄五郎さまのお越しでございます」

弓太の声だった。鉄五郎とは南部鉄五郎。藩主信俣の弟である。

茂太は慌てて書見台や燭台を動かす。

弓太が障子を開けると、鉄五郎が座敷に入ってきた。茂太は平伏してそれを迎えた。

「勉学中、すまんな」

鉄五郎は弓太に「わたしが来たことは内密にせよ」と言うと、刀を抜いて脇に置き、茂太の前にあぐらをかいた。

「一大事でもございましたか」

茂太は、いくぶん強張った鉄五郎の顔を見た。

「お上が遠野侯を殴った」

「えっ……」

と言ったきり、次の言葉が出てこなかった。

夏の日に陽炎の中を遠ざかる行列を見送りながら感じた不安はこれであったのかと茂太は思った。遠野侯とは南部弥六郎。遠野の領主であり、今は江戸勤番であった。温厚で人当たりのいい遠野侯を殴るとは――。ただの家臣に暴力を振るったのとはわけが違う。

「お上は殴りかかったが、諸賞流柔術の達人であらせられる遠野侯はそれをうまくかわしたというのが本当のようだ。誰かがお上に『遠野侯がお上のお食事に毒を盛ろうとしている』と讒言したことが打擲のきっかけらしい」

「卑劣なことを……」

「お上のご様子はお前も知ってのとおりだ。江幡春庵が懸命に治療に当たっていたが、あちこちから余計なことを囁く者たちがいて、お心が安まることはなかったようだ――。もうじき、使者がお父上を呼びに参るだろう。これから評定が行われる」

「ご隠居の勧告でございますか」

茂太は溜息を漏らした。

「そうなろうな」鉄五郎は肯いた。

「そこで相談だ。わたしと共に、江戸へ行ってはもらえぬか？　お内儀のことは気にかかるだろうが、なんとか共に来て欲しい」

結婚七年目にして、茂太の妻菜華はやっと懐妊した。そろそろ産み月であった。鉄五郎はそれを言っているのである。

「いえ——それは構いませぬ」

江戸に向かえば、茂太が留守の間に菜華は子を産むことになる。できれば側にいてやりたかったが、鉄五郎の頼みとあれば江戸行きを引き受けなければならない。

「江帾春庵が、お上の退隠を防ぐためにいち早く動き出している。その加勢に向かう。名目は、お上の病気見舞いだ」

「なるほど。承知いたしました。しかし、土佐さまや汀らが、わたしの上府を認めましょうか？　鉄五郎さまのお供の中にわたしの名があれば、ただの見舞いとは思いますまい」

「お前の名は出さぬさ。届けには、当たり障りのない者を十名挙げておく。そのうち一人が急病になったので、お前に代わったという筋書きだ」

「分かりました。して、出立は？」

「八月二十九日。用意をしておけ」鉄五郎は言葉を切り、深く息を吐く。

「お前は、わたしを情けない男と思っておるだろうな」

「なにを仰せられます！」

　茂太はぶるぶると首を振った。

「せっかく藩主になる好機をわたしは自ら潰そうとしている。なんとなれば、わたしは己が藩主の器でないことを知っているからだ。幼い頃から周りの進言を『はい。はい』と聞いてきた。物分かりのいい子は好かれると知っていたからな。それが大人になっても抜けぬ。当代の公方さまは、老中ばらの言葉をなんでも『そうせい』と認めるので〈そうせいさま〉と呼ばれていると聞いた。まるでわたしの将来を聞くようだ」

　当代の公方さまとは、十二代将軍徳川家慶のことである。

「公方さまが〈そうせいさま〉で御座したのは、先代の家斉さまが大御所であらせられたからだということでございます」

「そこがまた、お上やわたしと同じだと思うてな」

　鉄五郎は苦笑いする。

「しかし、公方さまは、家斉さまの長きにわたる悪政を正すために、鳥居耀蔵や後藤三右衛門、渋川敬直の三奸を処分いたしました。それなどは、まるで盛岡領の明るい当来（未来）を見るようではございませぬか。我が藩にも三奸がございますれば」

「そうは申すが、水野忠邦さまの天保の改革はたった二年で頓挫しておる。当来を見るようだと申すのであれば、これは不吉であろう」

「水野さまを罷免なされたのが、阿部伊勢守さまでございます。盛岡の内政をよくお考えになって少将さまに退隠を促してくださったのも伊勢守さまでございます。公方さまには阿部伊勢守さまが御座します。お上や鉄五郎さまには、父帯刀、原直記さま、僭越ながらそれがしもついております」

茂太は胸を張ってみせる。

「茂太は仕掛者（詐欺師）になれるのう。情けないわたしでも、なにかこう、もしかしたらうまく行くかもしれぬと思わせてくれる」

「鉄五郎さまは、お上を救うために江戸へ赴こうとなされているではございませぬか。それは少将さまの意に反すること。鉄五郎さまは、それを決断なさったのでございます」

「兄の苦労を知りながらなにもできなかったせめてもの詫びだ。これを機会に、わたしは少しでも変わらなければならぬな」

鉄五郎がそう言った時、玄関の辺りで複数の人の声がした。

「どうやら、帯刀に城からの使者が来たようだな」鉄五郎は立ち上がる。

「実は、わたしも評定に呼ばれているのだ。わたしが来たことは内緒にしておけよ。密談が知れれば、お前を江戸に連れて行けぬ」

「承知いたしました。裏口にご案内いたしましょう」

茂太は先に立って廊下へ出た。

＊　＊

評定の結果、信侯の病を理由に退隠を勧告することと決まった。使者は南部土佐である。

同じ席上で、鉄五郎が病気見舞いに赴きたい旨を利済に言上した。

利済は幼い頃からよく言うことを聞く鉄五郎を溺愛していたからすぐにそれを認めた。

なにより信侯は隠居して次の藩主は鉄五郎となる。ならば、譲位のお許しがあるまで江戸にいて、決まりしだい各所にご挨拶に向かうのがよかろうという判断であった。

しかし、石原汀は即座に誰を供にするのかと問うた。鉄五郎は、あらかじめ考えていた十人の家臣の名を挙げた。汀はしばらく鉄五郎の顔を見つめていたが、利済が再度「見舞いを許す」と言ったので、それ以上なにかを問うことなく肯いたのであった。

六

出立の前夜。茂太は、旅の荷物の用意をする菜華を見つめていた。菜華の腹は大きく迫り出している。今夜のうちに産気づいてくれれば、明日の朝、子供の顔を見てから旅に出られるかもしれない——。などと勝手なことを思ったりしたが口には出さなかった。

お互い、まだ子供の頃に祝言を挙げ、当初はまるで親戚の子と一緒に暮らしている気分だったが、いつの間にか本当の夫婦のように暮らしている。

親戚の子のようという菜華への感情が、いつしか仲のよい友だちに変わり、それが胸のときめきを伴うようになっていった。

子供が出来たらしいということを菜華から知らされ、前よりもさらに絆が深まったことを茂太と菜華は感じたのである。

初めて逢った時、緊張に体を硬くして座敷にちょこなんと座っていた小さい娘が、母となる――。それが茂太には不思議であり、また、たまらなく嬉しく感じられるのであった。

「子供の顔をご覧にならずにお出かけになられるのは残念でございましょう?」

菜華は襦袢を畳みながら、茂太の方も見ずに言った。

茂太はどきりとした。菜華は時々、こちらの心を見透かしたようなことを言う。

菜華は顔を上げてにっこりとする。

「ご心配なさいますな。母上さま、慈乃さま、里世さまもいらっしゃいます。子をなすのに殿はなんの力にもなりませぬ。産屋の周りをおろおろと歩き回るだけでございましょう」

「うむ……。おれは、なんの役にも立たぬか……」

「立ちませせぬ。立ちませぬ。ですから、役に立つところで、しっかりとお力を使いなさいませ」

菜華は襦袢を行李に仕舞って蓋を閉めた。

＊　＊

翌八月二十九日。早暁。鉄五郎と十人の侍たちは人目を忍ぶように大手門を出た。

速足で進む一行に後ろから声をかける者があった。

「お待ちくだされ」

一行は立ち止まって大手門を振り返る。そこに石原汀が立っていた。

「お供の一人、木村哉三郎は急な病とのこと。しかるに、お供が十人御座すのは、どのような理由でございましょう？」

茂太が舌打ちして前に出ようとするのを、鉄五郎が止めた。

鉄五郎は緊張した表情で茂太を隠すように立つと、

「九人では験が悪いでな。一人加えた」

と言った。微かに声が震えていた。

「なぜ楢山茂太をお選びになられたのでございましょう？」

「茂太はお上の近習。お見舞いに行くのになんの不都合がある？　もしならぬと申すのであれば、貴公の責任において重臣を集めて評定を開け。そこで供に茂太がいることの可否を問えばよい。わたしは、貴公がわたしの兄を思う気持ちを踏みにじり、足止めをしたことを訴えよう。いかがだ？」

鉄五郎は、茂太が今まで見たことのないような険しい表情をしていた。

一方、汀はいつも通りの冷徹な顔のまま、その視線を受けとめている。

「失礼つかまつりました。道中、お気をつけてお上りくださいませ」

汀は腰を折って礼をした。

鉄五郎は大きく息を吐き、「行くぞ！」と言って先頭を歩いた。

茂太はそれに追いつき、「お見事でございました」と頭を下げた。

「まだ震えが止まらぬ」

鉄五郎は笑みを浮かべたが、その唇は言葉どおりに震えていた。

＊　＊

盛岡と江戸を徒歩で旅すればおよそ十二日前後の道程である。

北は三厩から南の白河まで延びる仙台・松前道。白河からは千住、日本橋に続く奥州街道がその道筋である。鉄五郎の一行は、急ぎに急ぎ、十日かからずに千住宿に到着した。

千住宿は、奥州街道や日光街道を旅してきた者たちにとって、江戸へ入るまでの最後の宿場である。日の高いうちに千住に着いた者たちはそのまま江戸入りをした。本陣、脇本陣を備え、五十軒を超す旅籠があり、江戸四宿の一つに数えられていた。

すでに陽が暮れていたので脇本陣に宿を求め、明日、江戸入りをすることとした。

湯を浴びて土埃と汗を流した後、一同が広間でくつろいでいるところに客が訪れた。

信侯の供で上府していた東中務であった。

茂太ら十人の供は鉄五郎の居室に集まり、中務の話を聞いた。

「江戸屋敷に着いてみれば、かなりの数、少将さまの手の者がおりました。陰に陽に、嫌がらせをされてございます」

中務は珍しく悔しそうな表情を見せた。

「それではお上の病もよくなりはすまい」

鉄五郎は吐息を漏らす。

「南部土佐さまらはすでにご到着なされ、お上の退隠の手続きの準備を始めております。江幡春庵どのは、瑶池塾の東条一堂さまとご面会の約束を取りつけました」

瑶池塾とは、神田お玉が池近く、千葉周作（ちばしゅうさく）が開いた北辰（ほくしん）一刀流の道場玄武館（げんぶかん）の西隣にある儒学と詩文の私塾であった。その主宰者が東条一堂である。

儒学とは孔子の教えを基本とする思想や信仰の学問である。朱子学、陽明学、古学、折衷学など多くの学派があった。

学び習うことや身分秩序を重視する朱子学は、封建社会の基礎を成す学問であった。

陽明学は、心身は生まれながらに一体であって、心が私欲に汚されていなければ、その行いは善であるという思想である。大塩平八郎の例など、幕府への批判精神を生む側面があった。

東条一堂はそれら先行する学派の長所を取り入れた折衷学派である。折衷学派とは、独自の学説を唱える学者たちの総称であった。

盛岡藩江戸屋敷に勤める侍たちの中には、この瑶池塾の塾生が多かった。春庵の弟、江幡五郎も塾生であった一時期があった。

東条一堂は老中阿部正弘とも繋がりがあり、たびたび政への助言をしているという話も聞こえていた。

「春庵どのも塾生だったのか?」

茂太が訊く。

「いや。塾生は弟の五郎の方でございます」中務が答える。

「五郎は瑶池塾にいた頃、一堂さまに一目置かれていたそうでございます。ですから、一堂さまを通じて阿部伊勢守さまに繋がりをとろうという手でございます」

「公に伊勢守さまに近づこうとすれば、少将さまの手の者が邪魔をする――」鉄五郎は言った。

「また、瑶池塾の塾生である藩士に一堂さまとの面会の席を調えてもらおうにも、その中に少将さまの手の者がいるやもしれぬということか――」

「御意。一堂さまは尊皇攘夷(じょうい)のお方でございますから、藩士の塾生ばらは改革派でございます。よもや少将さまの手の者が紛れ込んでいるとは思いませぬが、人は色々と弱点を持っているものでございますれば」

「それで、春庵を動かしたか。用心深いな」

鉄五郎は中務を見た。

中務は唇の端にあるかなしかの笑みを浮かべて小さく頭を下げた。

「もし、春庵どのがうまく阿部伊勢守さまにお会いできなければ、鉄五郎さまにお願いできましょうか？」

　中務は訊く。

「むろんだ。そのつもりで来たのだ。わたしが伊勢守さまにお会いして、お上から退隠の届けが出ても受理なさいませぬようにとお願い申し上げる」

「そのお言葉、信じてもよろしゅうございましょうか？」

「どういう意味だ？」

　茂太が眉根を寄せる。

「言葉どおりでございます。わたしがお願い申し上げているのは、せっかく藩主になる好機を御自ら潰してしまうことでございますれば」

「心配するな。藩主の器ではないことはわたしが一番よく理解している」

　鉄五郎は苦笑した。

「失礼いたしました。それがし、用心深うございますれば」

　中務は深く一礼した。

　茂太は複雑な思いでちらりと鉄五郎の横顔を見た。

　信俟の退隠を阻止することに鉄五郎の力を借りる——。それは、とりもなおさず自分たちが『鉄五郎は藩主になるべき者ではない』と考えていることを、鉄五郎自身に突きつける行為である。

　鉄五郎の思いはいかばかりであろう。

藩士から『藩主の器ではない』と突きつけられるのと、父から『お前は藩主になるべきではなかった』と示されるのと、どちらが辛かろう。

いや――。それは較べられるものではない。

本人がどう受けとめているかが問題なのだ。

以前、慶長十六年（一六一一）の海嘯（津波）に遭った者たちの口伝えを書き留めた書物を読んだことがあった。

その中に、

『お前は家を流されなかったから、住む所を失った者の気持ちは分からぬ』

『お前は親を流されなかったから、親を亡くした者の気持ちは分からぬ』

と、被害を受けた者同士が口争いをしたという記述があった。

人の苦しみはそれぞれの内側にあり、けっして他と共有できるものではない。

鉄五郎がすでに達観しているのであれば、誰に『藩主の器ではない』と言われても心を乱すことはなかろう。

では信倰は――？

自分が廃位するか、父親を放逐するか、どちらかに心を決めてしまえば心を病むこともない。

何事も、己がどう考えるかが大事なのか――。

もしかすると、真に信倰のことを考えるならば、我らは余計なことをしているのかもしれない。

おれは、なにを第一に考えなければならないのだろう。

国を第一に考えるならば、人の命も思いも斟酌してはならないのかもしれない。しかし、人あってこその国だ。

だが、人を第一に考えれば、国が滅ぶことにもなりかねない――。

茂太は「それでは明日」と言って座敷を出て行く中務の後ろ姿を見送りながら、物思いに沈んだ。

七

翌朝早く千住宿を出た一行は、昼前に麻布の江戸下屋敷に着いた。

遠野侯打擲事件以来、信侯は外桜田の上屋敷からここへ移ってきていたのだった。

勤番侍の一人が、茂太に歩み寄って書状を差し出した。

「昨日、国許から早飛脚が参ったのですが、楢山さま宛の文が入っておりました」

受け取ると、父帯刀からの薄い書状である。

　無事、女子誕生
命名　貞

母子共に健やかにて、心配ご無用

茂太の体から一気に力が抜けた。

旅に出る前に、男ならば逸之進。女ならば貞と、夫婦で名を決めていたのであった。

「無事に父となったな。目出度いではないか」

鉄五郎が後ろから覗き込み、茂太の肩を叩いた。

「はい。ありがとうございます」

茂太は急いで手紙を畳み、懐に仕舞った。

鉄五郎と茂太のみが奥に通され、九人の供は控えの間に残った。

廊下を歩く間も、座敷に通されてからも、にやけた表情がなかなか抜けてくれなかった。茂太は何度も頬を擦り、鉄五郎はそれを見て忍び笑いを漏らした。

「お上のお出でございます」

襖の向こうから声がして、鉄五郎と茂太は平伏した。

「おもてを上げよ」

信侯の静かな声がした。鉄五郎と茂太は頭を上げた。

脇息に寄りかかるようにして信侯が座っていた。そのやつれようは尋常ではなく、頬の肉が落ちて頬骨が目立っている。

「お上……」

　茂太は思わず言った。

「見た目よりは息災だ」

　信侯は笑みを浮かべた。やつれてはいるが目に力があったので、茂太はほっとした。

「あちこちから様々な噂が聞こえてきて、うるさくてかなわぬ。初めのうちはいちいち腹を立てて弥六郎にも迷惑をかけたが、聞き流すことを学んだ。今は、春庵が田鎖茂左衛門に命じられてわたしに毒を盛ろうとしているという噂と、春庵は瑶池塾の者たちと連(つる)んで、少将さまへの謀叛(むほん)を企てているという噂が同時に聞こえている。ほんに、下の者どもは些細なことに尾鰭をつけて話すのが好きだのう」

　信侯の言葉を聞き、茂太はかつて石原汀が『民は愚かだ』と言っていたことを思い出した。愚民は百姓ばかりではない。侍もまた愚かさにおいて変わりはないではないか──。

「鉄五郎。東の話によれば、お前は余の藩主の存続を阿部伊勢守どのにお願いするために来たというが、本当か?」

「そのとおりでございます」

「それはやめておけ。余はもう疲れた。近々、退隠の届けを出す」

　思わぬ言葉を聞き、鉄五郎は即座に言った。

「なりませぬ」

「これ以上、余を苦しめるな」

言った目が虚ろになった。

ご自分で仰せられたほどには、お健やかではないようだと茂太は感じた。

「茂太——」信侯は虚ろなままの目を茂太に向けた。

「遠路はるばる来てくれたのに気の毒と思うが、そなたは、すぐに国へ帰れ」

「なぜでございますか？」

自分は退くのだから、お前の役目はない——。そう仰せられたいのだと思いながら、茂太は訊いた。しかし、信侯の口から語られたのはその予想とはまったく違うことであった。

「お前が来ると知って、罠を仕掛けて腹を斬らせようとしている者がいるとの噂もある。今、お前を失っては国の当来が危うい。鉄五郎は親の言うことを聞くよい子であった。その癖はなまなかなことでは抜けまい。鉄五郎が藩主になったあかつきには、よく補佐してくれる者がいなければならぬ」

「そういう噂があるのであれば——」鉄五郎が言った。

「茂太、お上が仰せられるようにせよ。お上の味方をしてくれる者が減るのは困る」

「しかし……」

茂太は逡巡（しゅんじゅん）した。味方が減るということであれば、自分が国へ戻ってしまえば江戸表の鉄五郎の味方が一人減るということになる。だが、今、奸計によって捕らえられてしまえば、事態はさらに悪い方へ転がっていくような気がした。

また、信侯の力になれればと思って国を出てきたが、その信侯の藩主を退くという思いは揺るぎない様子。ならば、自分が江戸にいたところでなにができるのかという思いもあった。

「御意に従いまする」

無力感が茂太を包み込んだ。近習の身分では、なにもできない。さりとて、加判役の父帯刀も有効な手段を見出すことができずにいる。世の中には、自分の力ではどうしようもないことがある。歯を食いしばって耐え、与えられた条件、環境の中で最大限のことをするしかない。もしかすると父もそう思っているのかもしれない。と、茂太は思った。

八

檜山茂太が盛岡に戻ったのは九月中旬であった。

夕刻、茜（あかね）の空に聳える茶褐色の影となった巌鷲山を見ながら、北上川にかかる新山舟橋を渡り、番所を通って川原（かわら）町に入った辺りで、茂太は我慢できずに走り出した。

供の中間たちを振り返り、「お前たちはゆっくりでよい！」と叫ぶ。中間たちは、茂太は一刻も早く娘の顔が見たいのだと知っていたから「転びなさいますな」と手を振った。

惣門の手形改めはさすがに厳しかったが、顔見知りの役人がいたので早めに手続きを済ませてもらい、茂太はまた走る。暮れ六ツ（午後六時）の鐘はまだである。六ツには城下の木戸が閉じる。木戸番に用を言えば通してもらえるが、それは面倒であるから茂太は駆けに駆けた。

旧暦の九月は晩秋であったが、茂太は汗だくになって内丸の屋敷の門に飛び込んだ。

「茂太さま、ご帰着にございます！」

門番が告げながら玄関に走る。茂太は上がり框に腰掛けて、もどかしく草鞋の紐を解く。

奥から衣擦れの音をさせて、菜華が現れた。

「お帰りなさいませ」

腕には産着を着た赤子を抱いている。

「おお！　おお！」

茂太は草鞋を放り出して家の中に駆け上がった。

菜華は、土埃だらけ、汗まみれの茂太を見て眉をひそめ、差し出された手から赤子を守るように身をかわした。

「駄目でございます。まずは、汗と埃を落としなされませ」

茂太は自らの汚れた手を見て、慌てて後ろに回す。

「触らぬから。顔だけでも見せてくれ」

そう言って産着の中を覗き込もうと首を伸ばした。

菜華は微笑んで赤子の顔が見えるように茂太に向けた。

「さぁ、汗臭く埃だらけのお父上さまですよ」

茂太はその顔をじっと見つめた。

「お前が、貞か――」

すやすやと眠る赤子は、のっぺりとした顔をしていて、申し訳程度に生えた産毛が禿げた老人か猿の子供を想像させた。

我が子ならばこの上なく可愛い顔をしているはずという思いこみは、みごとにはずれた。

今まで生まれてほどない赤子を見たことがないわけではない。だが、それは他人の子であって、茂太の子ではなかった。見つめる眼差しにも差はある。

あまり可愛くない――。茂太はそう思ったが、口に出すわけにはいかない。

「うむ……」

と曖昧に笑った。菜華は茂太の表情からその思いを察したらしく、頬を膨らませて、

「嫌な父上さまですねぇ」

と貞に語りかけた。

「いや……、その……」

茂太は慌てた。

「さっさとお湯をお使いなさいませ。湯から上がっても、殿には抱かせてあげませぬが」

菜華はぷいっとそっぽを向くと廊下を歩み去って行った。

茂太は独り玄関に取り残された。

体から立ち上るむっとした汗臭さに顔をしかめて、茂太はとぼとぼと湯殿に向かった。

＊　＊

信侯は幕府に病を理由にした隠居の届けを提出した。同時に、鉄五郎の藩主就任が内定した。

しかし、どうしても納得のいかなかった鉄五郎は、直接辰ノ口の阿部正弘の屋敷へ押しかけ、面会を求めた。

正弘は多忙な老中であったから、二刻（約四時間）ほども待たされて、やっと座敷の襖が開いたのは亥の刻（午後十時頃）を過ぎた頃だった。

「大変お待たせをいたしまして、申し訳ございませぬ」

正弘は深々と一礼して鉄五郎の前に座った。雛人形のような整った顔をした青年である。正弘は数え二十六歳で老中となり、今年二十九歳であった。歳は若いが、寺社奉行の時代には奥女中らと僧侶の問題を内密に解決するなど、巧みな寝業師であると囁かれる男であり、老中首座の水野忠邦を罷免するなど、大鉈を振るうこともできる豪胆な男でもある――。

そういう噂を思い出し、鉄五郎は緊張した。

「こちらこそ、急に押しかけましてご迷惑をおかけいたしました。夕餉(ゆうげ)まで馳走(ちそう)になりまして、痛み入ります」

「ご領主ご就任のお祝いは、正式のご通達があってから申し上げるとして——。信侯公のお話でございますな?」

「左様でございます」

「盛岡領のことは、様々耳に入っております。鉄五郎さまがお出でになられたのは、おそらく信侯公をそのままご領主にというお話であろうと拝察いたします」

「さすが伊勢守さまでございます」

「ならば、ご希望には沿いかねますと申し上げるしかございませぬ」

「なぜでございますか?」

鉄五郎が問うと、正弘は覗き込むように彼の顔を見た。

「お分かりになりませぬか?」

「そのようなことも分からぬ愚か者でございます。わたしが藩主に相応しくないことはお分かりでございましょう」

「江帾春庵なる奥医師からも、信侯さま復位の、十二箇条の訴状が届いております」

「春庵が……」

「さりとて、今の信侯公が藩主に相応しいとも思えませぬし、利済公の院政が正しいかと言えば、それにも首を振らざるを得ませぬ。南部家は改易か転封が相応しい」

正弘に言われて鉄五郎は冷水を浴びせられたような心地がした。

「それは……」

「とは申せ、今の公儀に二十万石のお家に改易、転封を命じられるほどの力はございませぬ。ならば、南部家が内々に解決してもらうより他に手はない——。そう考えております」

「しかし……」

「色々と考えまして、鉄五郎さまがお家を継がれるのが一番という判断をいたしました。ここで決着をつけておかなければ、人死にが出ましょう」

「兄かわたしが、ということでございましょうか？」

「これ以上もめれば、盛岡藩江戸屋敷で囁かれている噂が真になるということでございます。お二人のうちどちらかというだけでなく、お二人に関わるご家臣らも、いがみ合いの末に刃を交えることになりましょうな」

「左様でございますな……」

鉄五郎は俯いた。

「今、我が国がどのような危難に直面しているかご存じでございましょうか？」

「外国船のことでございましょうか？」

「左様。海の向こうに脅威がござる。公儀はそれをなんとかしなければなり申さぬ。それぞれのお国のことは、それぞれのお国でなんとかしていただかなければ、こちらは正直、手一杯なのでございますよ」

「申し訳ございませぬ」

鉄五郎は両手をついた。

「ひとまず鉄五郎さまに藩主となっていただきます。しかし、おそらく、利済さまの院政は続きましょう。ですが、次に利済さまが失敗なされば、ご家来衆がうまく事を運んでくださるものと思います」

「家臣どもが？」

「信侯さまの近習、東中務という男はなかなかの切れ者という話ではありませぬか。それに先日、とんぼ返りをした楢山茂太。南部弥六郎さま、楢山帯刀さま、原直記さまと、なかなかいいご家臣をお持ちだ」

伊勢守はなぜそこまで盛岡藩の家臣たちに詳しいのだ——。鉄五郎は思った。

そして、あることに思い当たり、背中に寒気を感じた。

利済が藩主時代、海防のために大筒を鋳造したことがあった。その時、幕府は盛岡藩に謀叛の気配ありとして隠密を放ったという噂が流れたことがあり、実際、盛岡城下に不審な侍の姿が散見された一時期があった。また、遠野強訴の前後にも、隠密が潜入しているらしいという情報がもたらされている。

幕府の隠密は、家臣団の事情も事細かに調べ、報告しているのだ——。

「お分かりいただけましたかな？　もうしばらく辛抱なされよ。遠からず、院政は終わりましょう」

　正弘は己の言葉に小さく肯いた。

「よく分かり申した」

　伊勢守は遠くない将来の父の失敗を予見している――。

　鉄五郎は思った。父の失敗とはなんだろう。やはり、一揆であろうか。それは、今の盛岡の情勢を考えれば、当然導き出される答えである。

　父は、これからも頻繁に御用金を課すだろう。遠からず、一揆が起こる。その責任を父が負わされる。

　父は、もうしばらく時が欲しいと言っている。父の政策を続ければ、必ず豊かな世が訪れるのだと。

　だが、それは叶わない。時がかかりすぎたのだ。〝世〟が、もう待てぬと言っている。

　いたしかたございませぬな、父上――。

　鉄五郎は重い気持ちを抱えながら阿部正弘の屋敷を辞した。

　そして、江幡春庵が捕らえられた。罪状は、鉄五郎に対する暗殺未遂である。身柄は盛岡へ送られ、長町（ながまち）の牢（ろう）へ入れられた。大罪人であるから、身分は雑人（ぞうにん）とされ、家屋敷を没収された。信侯復位の、十二箇条の訴状を提出したために目をつけられ、濡れ衣（ぎぬ）を着せられたのだという噂が江戸屋敷の中に流れた。

信侯の復権を画策しての暴挙で、それに協力したとされる藩士二百名あまりも捕らえられ、投獄された。いずれも東条一堂の門下であった。利済に与する者たちが、信侯派を粛清したのである。閉門、逼塞、差控え、永牢、家禄没収などの処罰が下された。国許の東条一門もまた、捕縛の対象となったが、脱藩して姿をくらました者も多くいた。

九月二十日。盛岡の牢で春庵が死んだ。毒をあおって死んだとも、田鎖茂左衛門によって毒殺されたとの噂も流れた。長町の天福院に仮に埋葬されたが、その墓所は牢に見立てた板で囲まれるという仕打ちを受けた。死んでも永牢の罰は続いたのである。

この大獄に対し、楢山茂太は何もできず、ただ見ていることしかできない自分を嘆いた。

十月五日、届けが受理され、鉄五郎は利剛と名を改め、盛岡藩主となった。数え二十四歳であった。

十一月に入って、茂太の腹違いの弟常弥は、父帯刀に「改名したい」と申し出た。

「改名か――」

帯刀は困った。

茂太もまだ幼名のままである。元服のおりに『もう幼名を名乗る歳でもあるまい』と改名を勧めたのだが、茂太は『いずれお上より名を賜るでしょうから、それまでこのままに』と首を振ったのである。

「なにとぞ」常弥は畳に額を擦りつけるようにして言う。

「すでに名前も考えております」

「うむ……」

「常弥は、早く大人になり国のために働きとうございます」

帯刀はその言葉の裏に、常弥の思いを読みとった。

そうか――。兄に追いつきたいか。

今まで感じていた常弥の茂太に対する少しよそよそしい態度と、今回の改名の申し立てが結びついたのである。

同じ妾腹でありながら、生まれた年の差で自分は不遇を託っている。常弥はそう感じているのだ――。

「分かった――。で、なんという名を考えたのだ？」

帯刀が問うと、常弥は顔を上げた。

その表情は輝いていた。

こんな素直な喜びを常弥の顔に見たのはいつであったろうか。五つ、六つの頃か。とすれば、もう五、六年もこの子は自分の出自に悩んでいたのか――。

帯刀は不憫に思った。

「久五郎――。久五郎という名を考えております」

「そうか。久五郎か。いい名だ」

帯刀が言うと、常弥はにっこりと笑った。

子供らしい素直な笑顔であった。

「よい日を選んで改名することとしよう」

「ありがとうございます！」

常弥は深々と頭を下げた。

その日から、帯刀は家族の者たちに根回しを始めた。茂太より先に常弥に改名させることを納得させるためである。

後妻の慈乃、側室の恵喜や里世には、常弥が心に秘めてきたであろう思いを語った。

慈乃や恵喜は、何度も肯いて理解を示した。

実の母の里世は、常弥に腹を立て、改名は許さないと首を振ったが、帯刀はなんとか説得した。

そして十一月十五日。

常弥は久五郎と改名した。

ささやかな宴の後、久五郎は離れの居室に戻り、新しい自分の名前を呟いてみた。

「久五郎――」

元服はまだであったが、なにやら大人になった気分だった。

滅多に笑わない久五郎の口元がほころんだ。

兄を妬んでばかりいた自分を変える好機かもしれないと思った。

第三章　仙台越訴（おっそ）

一

利済の院政は続いたが、しばらくは比較的穏やかに過ぎた。

嘉永三年（一八五〇）。茂太が戸田（とだ）一心流の免許皆伝となった年である。

一月一日。藩主利剛は水戸斉昭の娘を娶り、三月十一日に江戸から戻った。

城内が祝賀の雰囲気に満ちていた三月十六日。茂太の腹違いの弟久五郎が小姓に取り立てられた。学問にも武術にも秀でている兄に引け目を感じ、いつも陰に隠れているような子供であったが――。

帯刀は幼名の常弥から久五郎に改名したから運が開けたのだとたいそう喜んだ。母の里世もほっとした様子であった。祝いの席では、日頃あまり感情を表に出すことのない久五郎が頬を染め口元に笑みを浮かべ、「誠心誠意、お勤めにはげみまする」と挨拶をした。

茂太は嬉しかった。改名後、なにやら少しずつ久五郎との距離が縮んできたような気がしていた。これからは久五郎とお勤めの話もできる。今よりもっとうち解けることができるだろうと茂太は思った。

しかし、久五郎の中には『同じ妾腹であるのに、生まれた年が先というだけで嫡男になった兄が妬ましい』という思いがずっと燻っていた。

六月。里世の娘に藩士向井長豊との縁談が進んでいた。

娘の名は類である。色白で可愛い娘であった。

茂太は類を誘って城の東の中津川を渡り、呉服町、肴町、十三日町を通って鉈屋町に向かった。婚礼の祝いに、簪の一つも買ってやろうと思ったのであった。

呉服町には井筒屋などの大店が並び、肴町は盛岡で一、二を争う商店街であったが、着物を新調してやったり、下り物の高価な小間物などを買ってやる余裕は茂太にはない。

それでも、美しい柄の呉服や凝った細工の櫛簪などを眺めるだけでも目の保養になるだろうに、類はすたすたと速足で町を抜ける。

「もっとゆっくり見て歩けばいいのに」

茂太は後ろから類に声をかける。

類が歩みを緩めたので、茂太は並んだ。

「品物を眺めていれば、お店の方が声をかけて参りましょう」

類は真っ直ぐ前を向いたまま言う。

「かけてくるだろうな」

「大店の方々は、兄上さまの顔をご存じでございます。また、わたくしの婚礼のこともご存じでございましょう。ただの冷やかしに品物を見ていては、楢山の御曹子は懐が寂しいと、兄上さまが恥をかきます」

「そのようなこと、気にすることはない」

茂太は笑った。

「いえ。外聞は大切でございます」

類はきっぱりと言った。

鉈屋町には近江屋忠兵衛の大きな小間物屋もあったが、類は顔も向けずにその前を通り過ぎる。

鉈屋町は、昔、京都の豪商鉈屋長清(ながきよ)が鉈屋山菩提院(しゃおくさんぼだいいん)という寺を建立したことから名づけられたという。北上川が近く、新山舟橋――川舟を並べて板を渡した橋の管理をする人足たちが住む水主(かこ)町が西側にあった。

類は間口二間ほどの小間物屋の前に立つと、茂太を振り返った。

「このお店には、安くて造りのいい物がございます。細工物はみな盛岡の職人の手になるものでございますから、お金は領内で回ります」

「そうか――」

類は、父上とおれの話を聞いていたのか――。

茂太は感心した。『倹約をして安い物を選ぶが、買うならば盛岡領内の物を』と、帯刀や茂太の考える倹約と、石原汀らの進める領内で金を回すという手法を類なりに解釈しているのだ。

「これがよろしゅうございます」

類は店先の棚から一具の櫛を取りあげた。

柘植の、塗りも施されていない木地そのままの櫛であった。

棚には漆で仕上げた品物もあり、茂太の財布からも出せる金額である。

「もっとよく選べ。塗りのほうが華やかであろう」

「塗りは剝げます。しかし、柘植の櫛は使うほどに色艶が増します。これから婚家のしきたりに染まっていかなければならぬ身でございますから、無垢の柘植が相応しゅうございます」

類はにっこりと笑った。

兄としてはもう少し高価なものを買ってやりたかったが、類の覚悟も含めた選択を尊重し、茂太は柘植の櫛を買った。

金を払う段になって、茂太ははっと気づいた。

しばらく菜華になにも買ってやっていないことに気づいたのである。

倹約、倹約とおれが言うから、菜華は自分から着物が欲しい、簪が欲しいとは滅多に言わない。生地が摺り切れてどうにも繕うことができなくなってから、おずおずと『着物を買うてもよろしゅうございましょうか』と口に出す——。

必要であれば断らずともよいと言うのだが、菜華は必ず茂太に相談した。

菜華が楢山家に入って八年。こちらから買ってやったことは一度か二度——。側にいて当たり前の存在になってたから、その服装や髪型に注意を向けることもなくなっていた。

しまったな——。

茂太は心の中で、迂闊な自分自身に舌打ちした。

「類——。菜華にはどのような櫛が似合うであろうか」

「やっと気がつきましたか」

類は言って、棚から季節の早い萩の柄の櫛を手に取った。

「やっととは？」

「しばらく前から、妹たちと菜華さまに申し上げていたのです。兄さまに櫛を買うてもらいなさいませと」

「菜華はなんと答えた？」

「兄さまが買うてくれると仰せられるまで待ちますと。わたしたちは、『あの朴念仁が言い出すのを待っていれば、腰が曲がり、歯が抜けてしまいます』と申したのですが、菜華さまは微笑むばかり」

「朴念仁とは酷い……」

しかし、配慮が足りなかったのは確かであった。

「それではわたしが兄さまに申し上げましょうと言うと、『妹から叱られれば、殿さまは心を痛められましょう』と首をお振りになりました。兄さま、心が痛んで御座しますか？」

類は上目遣いに茂太を見た。少し戯けた、しかし叱るような顔つきである。

「痛んだ」

茂太は答えた。

「櫛、簪、小袖などは、贅沢ではございませぬ。身嗜みなのだとお考えなさりませ」

類は諭すように言った。

「しかし、ウチの女たちはそういうことを話していたのか……」

「ウチばかりではございませぬ。どこの女たちも、裏で殿方の心遣いの無さに文句を言うております」

「これからは気をつけよう……」

茂太は萩の櫛も包むよう店の者に言って代金を支払った。

帰路、中之橋のたもとまで来た時に、前から歩いてきた町人が二人を見て頭を下げた。

近くの紺屋町に店を開く呉服屋の鍵屋の息子、村井京助であった。村井家は苗字帯刀を許され、京助は町人ながら勘定吟味役を任されていた。数え三十歳。尊皇攘夷の者たちとの交流があるとの噂もあった。

茂太は少し用心しながら会釈を返す。

幕府の在り方に不満を持ち、天皇の権威を絶対化することと、開国に反対するその主張には共感できるところもあった。

父帯刀は、

『若い者たちは尊皇だの攘夷だのと議論することを好んでいるようだが――。若者は、いつの世も新奇なものに飛びつく。よく考えもせず物事の上っ面や側面の一つばかりを見て、それが真理と思い込む。雰囲気に流され熱狂し、そしてすぐに冷めてしまうのだ』

と言う。

その言葉にもまた共感できた。

開国派の主張についても一理あると茂太は思う。学問については西欧諸国のほうが日本よりもずっと進んでいることは明らかなのだ。

かつて日本は清国や朝鮮から多くのことを学んだ。それが今の日本の礎となっていることは確かだ。

また、江戸開府の頃は、まだまだ上方の文物が上質であった。だから江戸はそれらを上方から取り入れ、「下り物」として尊んだ。それらを手本に江戸でも優れたものが作られるようになっていく。

開国とは、それと同じことを諸外国と日本の間で行うことだと茂太は思っている。

だから、茂太は尊皇攘夷や開国を語る藩士たちから距離を置いていた。

心から支持するには、まだまだ学ばなければならないことが多すぎた。

「おめでたいお話が聞こえて参りました。近いうちにご挨拶にうかがいます」

京助は笑みを浮かべて類に顔を向けた。

鍵屋は南部家に対しても色々と便宜を図ってくれている。しかし、このまま世の中の尊皇の気運が高まっていけば――。この男はどのような態度をとるだろう。

茂太はそんなことを考えながら京助の横顔を見ていた。

「お祝いはご辞退いたします。送り返す手間がございますので」

類はつんけんした口調で言った。

京助は驚いた顔をする。

類はその横を通り過ぎる。

茂太は苦笑して京助に会釈し、類の後を追った。

＊　　＊

菜華は茂太から萩の櫛を渡されると、ぱっと顔を輝かせた。

「類から言われたのではないからな」

と茂太が言うと、ころころと笑った。そして、大事そうに袱紗（ふくさ）に包むと簞笥（たんす）の抽斗（ひきだし）にそっと納めた。

＊　　　＊

十二月十二日。

檜山家にまた嬉しいことがあった。

小姓となっていた久五郎が、藩主利剛から行蔵という名前を賜ったのである。

久五郎改め行蔵は、喜ぶ家族を見ながら気分が沈んでいくのを感じていた。

兄の茂太は、『お上から名を賜るまで改名はしない』と言っていた。

しかし、自分が先に名を賜ってしまった。

兄は自分を妬みはしないだろうか？

満面の笑みを浮かべ、小躍りする茂太の心の中に、自分に対する黒い思いはないだろうか？

そう思うと、素直に喜べない久五郎であった。

＊　　　＊

嘉永四年（一八五一）。

五月、利剛は参勤のために発駕（はつが）した。前回の参勤は利道（としみち）（当時は信侯、隠居後に改名）が藩主であった。

参勤交代は三年一期が決まりであったが、盛岡藩の財政は逼迫（ひっぱく）しており、延期や免除を求めるなど、実施の時期は不定期となっていた。行列の人数も、江戸時代初期は八百から千六百人という規模であったが、江戸中期は六百人ほど。それからしだいに数を減らし、この頃は二百人から三百人程度であった。

前年の盛岡は不作で、藩の借金は三十万両近くにも及んでいるのである。また、参勤交代の供侍たちの費用は全額藩から出るわけではなく、己の懐からもかなりの出費をしなくてはならなかった。少ない俸禄の中から積み立てして参勤に加わっている下級武士たちもいるのである。複雑な思いを抱いたまま、茂太は翌年の三月末まで江戸に滞在した。

この年は、参勤で大金を使ったというのに、利済の命令で、盛岡城大奥の普請が行われ、贅を尽くした調度が発注された。

そして——。田鎖茂左衛門が加判役に取り立てられた。

嘉永五年（一八五二）。

江帾春庵の弟、五郎は、一月二十五日に白河の宿で、吉田寅次郎（よしだとらじろう）、宮部鼎蔵（みやべていぞう）と別れ、一人仙台領石巻に向かった。この年、数え二十七歳である。

吉田寅次郎は後の吉田松陰（しょういん）である。

寅次郎と鼎蔵は白河を出て会津若松から新潟へ向かう。五郎はそのまま奥州街道を進み、途中で東に折れ、石巻から船で盛岡藩の閉伊へ向かう——。

今でも鼎蔵が自分を呼ぶ声が耳の中に残っている。白石宿を往来する者たちの驚く顔など気にもせず、

「五蔵！　五蔵！」

と、喉も裂けよと叫んでいた。

五蔵――安芸五蔵は、この旅の間江帾五郎が名乗っていた偽名である。

寅次郎は涙に濡れた目で五郎を見つめ唇を震わせていた。

五郎の父江帾道俊は藩医であった。弘化二年（一八四五）、その父が藩政を批判し蟄居を命ぜられ、そのまま死んだ。

父の死後間もなく兄は奥医師、自身は利済の近習に召し抱えられた。

五郎は、父を死に追いやった利済に仕えることに我慢がならず脱藩。諸国を放浪した。

安芸国の坂井虎山に師事した時、吉田寅次郎と知遇を得たのであった。

兄の春庵が獄死したと知らされたのは、五郎が京都に身を潜めていた時であった。

その知らせをもたらした者は大獄を逃れ脱藩した東条一門の盛岡藩士であった。彼は、田鎖茂左衛門が毒殺したのだという確かな証言があると言った。

その茂左衛門は今、のうのうとして盛岡藩の加判役の職にある。

奸賊、田鎖茂左衛門を血祭りにあげる。

父と兄の仇を討つ。

三年の間、暗く熱い思いを抱いて、五郎は機会をうかがっていた。

昨年の秋、寅次郎が宮部鼎蔵と共に東北への遊学の旅に出ると言いだした。五郎が父や兄のことを語ると、寅次郎は盛岡の藩政を激しく批判し、仇討ちの助太刀をしたいと申し出た。

そしてこの旅が始まったのである。

寅次郎はこの旅のために発行を願った過書(かしょ)手形＝通行手形がなかなか出なかったのに業を煮やし、脱藩した。

前年の十二月二十四日に水戸で寅次郎と合流し、今年一月二十一日に奥州街道に足を踏み出して昨日まで仇討ちの方法を考えに考えた。

いや。それについては兄の悲報を耳にしてから三年の間、考え続け練り上げてきた。

登城の途中、あるいは屋敷を襲うにしても、加判役を襲撃してその首級をとろうとするならば、自らの命を捨てて事に当たらなければならない。

しかし昨夜、勃然としてそれが意味のないことであると気づいたのであった。

田鎖茂左衛門一人を斬ってなんになる？

ただの仇討ちに命を捨てることに、なんの意味があるのだ？

命を捨てるならば、世のためになることをすべきではないか？

それを行うことによって仇討ちも完遂できる、そういう方法を、五郎は思いついたのである。

五郎は興奮した。

行灯(あんどん)を点(つ)け、同じ部屋に寝ていた寅次郎と鼎蔵を揺り起こした。

追っ手の襲来かと思った寅次郎は枕元の刀を引き抜き、五郎と鼎蔵は慌ててその腕を押さえた。

「寅次郎どの。驚かせてすまぬ」

「ああ……。追っ手ではなかったか……」

寅次郎は大きく溜息をついて刃を鞘に収めた。

「今、よい仇討ちの方法を思いついたのだ。それで、意見を聞きたく、起こしてしまった。寅次郎どのの言われる飛耳長目——どのような時にも耳と目を使い情報を集めよという教えに従い、おれは放浪するうちにもあちこちで盛岡藩の噂を集めていた。そんな中に、切牛の弥五兵衛の話があった」

「切牛の弥五兵衛？」

寅次郎は夜具の上にあぐらをかきながら訊いた。鼎蔵は眠そうな顔をしている。

「弘化四年、遠野に強訴し、みごと要求を通した百姓の老人だ。民百姓は藩のものにあらず、〈天下之民〉だと主張した」

「君の、『天下は一人の天下なり』——、天子さまの下、万民は平等であるという考えに近いものがあるのではないか」

鼎蔵は大あくびをしながら言った。

「うむ。本質を考えれば、そう近いものとも思えぬが——」

と言いながら、寅次郎は五郎に先を促した。

「弥五兵衛は十七年をかけて領内隅々まで遊説し、『このままではいつまで経っても藩政は改革されない。小一揆を何度繰り返しても、そのたびに侍の口車に乗せられて潰される。我らがやらなければならないのは大一揆だ。領内すべての百姓が立ち上がらなければならぬ。それでも駄目なときには幕府に強訴するまで』と説いた。弥五兵衛は、三年前に捕らえられ獄死した」

「ならば、素地はできているな」

寅次郎は肯いた。

「なんの素地だ？」

鼎蔵が訊く。

「大一揆だ」五郎は言った。

「盛岡藩の沿岸、閉伊の辺りは、頻繁に一揆が起こっている。その小一揆を集めて大一揆とし、盛岡藩全体を覆い尽くす。それは燎原(りょうげん)の火となって陸奥国(むつのくに)をなめ、出羽(でわ)にも飛び火する。その頃には諸国の百姓も呼応し、関西、中国、四国、九州でも大一揆が起こる――。百姓による、改革だ」

奇(く)しくも、楢山茂太と江幡五郎は同じ結論に到達していた。

二者の違いは、茂太のそれがあくまでも彼の望みであって、藩主の近習として藩政に触れるうちに、事はそう単純なものではないと感じ始めているのに対し、五郎は父と兄の仇討ちのための現実的な手法と考えていることであった。

「うむ――」と寅次郎は腕組みをする。

「諸国に広がった大一揆の火元が盛岡藩ということになれば、君の親と兄の仇である田鎖何某(なにがし)は家老としての責任をとらねばならなくなろうな」

「藩主の南部家もただではすまぬということにもなろう。それは大一揆に巻き込まれた諸藩も同様。公儀の屋台骨が揺らぐ」

「草莽崛起(そうもうくっき)か――」

寅次郎は言った。

「どういう意味だ？」

鼎蔵が訊いた。

「草木の間に隠遁(いんとん)する者が一斉に立ち上がる――。民百姓が立ち上がり、力を尽くすという意味だ」

草莽崛起という言葉は、これより七年の後、安政の大獄によって寅次郎が江戸へ送致される直前に北山安世(きたやまやすよ)に宛てた手紙の中に現れる。

「だが――」寅次郎は言った。

「それでは思想的な後ろ盾が弱いな。生活苦や支配されることの苦しみが原動力となる一揆では、真の改革などはできない」

「ならば、自分が試してみる。思想的な後ろ盾が足りなければ、学ばせればよい。幸い、盛岡藩には弾圧を逃れて隠れ住んでいる東条一門の藩士たちが大勢いる。それらを集めて百姓を指導し、一揆を起こさせる」

「うむ。試す価値はありそうだ」

寅次郎は肯いた。

そして、五郎は寅次郎たちと別れて盛岡藩を目指すことに決めたのだった――。

石巻へ向かう五郎の足取りは軽い。

盛岡藩全体を覆い尽くす大一揆が起これば、田鎖茂左衛門ばかりではなく、未だに藩政を操り続ける利済、その側近の三奸までも葬り去ることができるのだ。

二

嘉永五年の三月十二日。吉田寅次郎は盛岡藩を訪れて、江帾春庵の仮墓所に赴き、その死を弔った。

江帾五郎はすでに盛岡藩入りしているはずであったが、寅次郎と連絡を取ることはなかった。

領内いずこかに隠れて、大一揆の準備を進めているのだろう――。

寅次郎はそう思いながら旅を続けた。

吉田寅次郎はこの旅の後、五十九年前に自刃して果てた高山彦九郎（たかやまひこくろう）という尊皇の志士の思想に感銘を受け、その戒名〈松陰以白居士〉から二字をもらい、世に知られる〈松陰〉を名乗ることになる。

江戸より帰国した茂太は近習頭に昇格した。そして利剛から〈五左衛門〉の名を拝領した。

さらに初冬には加判列に昇進する。加判列とは、加判役の身分ではないが、仮にその職務を司る役職である。家では祝いの宴が開かれた。

家臣の澤田弓太は、楢山家での祝賀の宴の翌日に、五左衛門を本町の居酒屋に誘った。店は、帯刀の行きつけの瓢屋である。あの雪の日に帯刀に連れてきてもらって以来、五左衛門も弓太も、ちょくちょく利用するようになり、時には二人で酒を酌み交わすこともあった。

兄弟のように暮らしてきた弓太にとって、五左衛門の出世は本当の弟の出世と同様に嬉しかったのである。また、五左衛門の結婚以来、遠慮して飲みに誘っていなかったこともあり、久々に二人で酒を酌み交わしたいと思っていたのだった。

旧暦の九月は晩秋である。陽が奥羽の山並みの向こうに沈むと、一気に空気が冷え込んだ。

亭主が、大きな岩魚が入っているというので、弓太はそれの刺身と雉鍋を注文した。若い二人にとって、帯刀の好みの豆腐と卯の花の肴はあっさりしすぎであった。

「加判列さまにご無礼とは存じますが、今宵の飲み代はそれがしにお任せくださいませ」

弓太は小上がりで五左衛門の杯に酒を注ぎながら、目を潤ませて言った。

「ありがたく馳走になる」

五左衛門は微笑みながら酌を受けた。

小さな火鉢にかけた雑鍋の味噌が、ぐつぐつといい匂いを立てている。

「二十二歳にして加判列さまとは、たいしたものでございます」

弓太は、堪えていたのについに流れてしまった涙を指ですくった。

五左衛門は徳利を持って弓太に差し出す。

弓太は「もったいないことで」と杯を押し戴くようにして、五左衛門の酌を受けた。

「弓太。このたびの出世にはおそらく裏がある」

「裏と仰せられますと？」

「原さまやおれを出世させておいて、少将さまの院政に対する不満を減じる手だ」

「ああ……」

と弓太は言ったが、『なるほど』という言葉は失礼だと思い、呑み込んだ。

「しかし五左衛門さま。原さまや五左衛門さまのお働きから考えれば、このたびのご出世は妥当なものでございますよ」

「石原汀らを出世させるために、まずこちらの地位を上げておいて文句を言わせないという手かもしれぬ」

「五左衛門さま。そう悪くばかりおとりにならずに」弓太は酌をする。

「まずは、素直に喜びましょうぞ」

「そうだな。弓太の言うとおりだ。せっかくお前が奢(おご)ってくれる酒を不味(まず)くしては申し訳ない」

五左衛門は苦笑いした。

「あっ……」

弓太は、しまったというふうに顔を歪める。

「どうした？」

「酒が不味くなりそうなことを思い出しました」

「言ってみろ」

「はい」

弓太は声をひそめて五左衛門に顔を寄せる。五左衛門は膝で弓太に近寄る。

「一つ目は、大獄から逃れた東条一門の侍たちが潜伏しているという噂が聞こえて参ります」

「盛岡領内から出ておらぬと？」

五左衛門の目が光った。

「はい。奉行所や石原さまの密偵が噂を聞きつけて捕らえに行くと、行方をくらますのだそうでございますが、また別の村に隠れているという噂が聞こえて参ります」

「脱藩して江戸の東条一門の世話になっているのかと思っていたが……」

「もう一つは、江帾五郎でございます」

「東条一門の残党と合流したか？」

江帾五郎も以前は東条一門であった。

「どうやらそのようで」

「だから東条一門は盛岡領に留まっているのか……」

「安芸五蔵と名乗っておりますが、あの男を知るわたしの仲間が、野田通田野畑村の辺りでチラリと見かけたそうでございます。また、あちこちの百姓たちの会合に覆面をした浪人風の男が現れているという話もございまして、体格好から江帾五郎であろうと」

「百姓たちの会合とは、一揆の相談か？」

「あちこち探ってくれている仲間は百姓ではございませんので、詳しい話は聞けなかったんでございますが、おそらくは近々、一揆を起こそうと企てているのではないかと申しておりました」

「そうか。江帾五郎の父、道俊どのは、かつて少将さまにご意見申し上げたために蟄居を命じられ、そのまま失意のうちに亡くなられた。兄の春庵どのは、田鎖茂左衛門に毒殺されたともっぱらの噂だ。そして、かつての同志である盛岡領内の東条一門の大獄――。五郎と東条一門の残党の利害は一致している。力を合わせて百姓たちを煽動し、一揆によって盛岡領を転覆させようという魂胆かもしれぬな」

「そしてもう一つは――」

「これで最後で。三浦命助も動き始めております」

「まだあるのか？」

「これは、一揆で決まりだな」

五左衛門は深く息を吐いて腕組みをした。

「五左衛門さまが望んでいたことでございましょう？」

弓太は手酌で酒を注ぐ。

「うむ……。動機が違えば一揆の本質も違ってくる」

「と仰せられますと？」

「世直しと、私怨（しえん）の仇討ちは違うということだ。それに……、政に関わるようになって、昔とは少し考えが変わってきた」

五左衛門は照れたような表情を浮かべて、後ろ首に手をやった。

「加判列におなりになって、地位が惜しゅうなられましたか？」

弓太が意地悪く笑う。

「そのようなことはないが——。汀らのやり方にも一面の真理があると分かってきた。そして、一揆もやり方を考えなければ世直しになどならないということも分かってきた。若い頃に考えていたような単純なことでは世の中は変わらぬ」

五左衛門は杯を干す。

「今でもお若うございますよ」

弓太は空になった五左衛門の杯に酒を注ぐ。

「遠野強訴では、それぞれの村の要望だけを訴え、それが叶えられるとおとなしく引き下がった。藩政の改革にまで突っ込み、それを実現させなければ、同じことの繰り返しになる」

「それは遠野強訴を見物に行った時にも仰せられていました」

「頭人となるべき切牛の弥五兵衛は捕らえられ、獄死した。指揮する者が捕らえられてしまえば、後に続く者の腰が引ける。頭人が捕らえられぬような工夫が必要だ」

「そんなことまで考えて御座すのなら、五左衛門さまが一揆を指揮なさればよろしいのに」

弓太は笑った。

「うむ……。それも考えないではない」

五左衛門は真剣な目で杯の酒を見つめる。

「冗談でございますよ」

弓太は慌てて言った。

「考えないでもないが」五左衛門は弓太に目を向けて微笑む。

「弓太。我らの力では大したことはできず、少将さまの思うままに藩政が牛耳られているように見えるであろう？」

「いえ……。そのようなことは……」

「嘘をつかんでもよい。『左様でございます』とその顔に書いてある。だがな、弓太。父上や原さま、おれがいるから、今の程度で済んでいるのだ。今おれが抜ければ、少将さまの一派の勢いがますます強まる――。少将さまは増税、新税、御用金を課す。それでもうまく財政が再建されない。そこでさらに税、御用金を課す。それでもうまく行かない――。弓太、お前は博打をするか？」

「いいえ。知り合いが身上を潰したのを見て、手を出すものではないと戒めにいたしました」

「博打と同じことだ。負ければ次こそはと考え、また博打場へ行く。また負ける。負けがこんで、莫大な借金を抱える。その借金を返そうと、また博打をする。そしてお前の知人のように身上を潰す。少将さまのやり方にはそういう危険がある。こちら側の力が弱くなれば、遠からず盛岡藩は潰れる。人が一人も死なず、藩政も改革できるような一揆を指揮してみたいとは思うが、おれはまず、少将さまの歯止めとならなければならぬ」

「五左衛門さまはどうなさるおつもりで？」

「どうなさるとは？」

「侍側に立つのか、一揆の味方をするのか――。このことを南部土佐さまらにお知らせするのか、黙っているのかってことです」

弓太の目が真剣に五左衛門を見つめる。

「うむ――。難しいことを訊く」五左衛門は苦笑いした。

「石原汀は、あちこちに密偵を放っているから、弓太が調べたこともいずれ耳に入るであろう。ならば、わざわざ知らせることもあるまい。もっとも、切牛の弥五兵衛を十七年間も捕らえられずにいるような密偵だから、一揆勢の動きを見落としてしまうということも充分あり得る。一方、一揆勢も、密偵に動きを知られるような杜撰な守りをしていたなら、それは自業自得」

「それは狡うございますよ」

「少し歳を取って、小狡く立ち回ることも覚えた」

「先に五左衛門さまが知っていたことが三奸にバレたら、どうなさいます？」

「バレることはない。わたしが調べていたことは弓太とその仲間しか知らぬことだ」

「ますます狡い」

弓太は五左衛門の片口が空になったのを見て、お代わりを頼んだ。

＊　＊

十一月になって、未だ一揆は起こらなかったが、五左衛門の読みどおり、石原汀の家格が引き上げられ高知衆の仲間入りをし、側用人となった。また、汀と田鎖茂左衛門、川島杢左衛門は参政兼会計総轄となった。そして、東中務が小姓となった。

十二月――。

里世の娘、邦が南部恭次郎に嫁ぐことになり、婚礼前に楢山家の女たちが集まって茶会を開いた。

その席に、邦から「兄さまもぜひに」と五左衛門も招かれた。

茶会の席は内丸の屋敷の敷地内に建つ別宅である。帯刀の目の不自由な後妻の慈乃と、側室の里世家族が暮らす屋敷であった。

座敷には慈乃と五左衛門の母恵喜、里世と、その娘の照、千賀。そして妻の菜華が仲良く並んでいる。四歳になった貞と元は末席に行儀よく座っていた。

邦は炉の前で茶を点（た）てていた。

側室を持つことが当たり前の世であったが、五左衛門は母たちが同じ敷地内に暮らしていることに感心していた。

慈乃は子をなせなかったことで、側室に入った恵喜が五左衛門を産んだ年に、当然のことのように自ら母屋を出た。

恵喜は男子を五左衛門一人しかもうけなかったので、里世が側室になった。里世は、慈乃が目を患っていることを知ると望んで別宅に入った。

父帯刀を囲んで三人の妻がいる。

その三人が、いがみ合うこともなく、同じ敷地内に暮らしているのである。

男女の機微には疎い五左衛門であったが、見た目の仲の良さをそのまま受け取るほど子供ではない。

澤田弓太など家臣らからは、民百姓たちの話が聞こえてくる。

巷(ちまた)では妾(めかけ)というのは日陰の存在で、本妻の嫉妬(しっと)の対象であるという。民百姓でも武家でも、自分以外の女に手を出す夫に、妻は嫉妬するはずである。

しかし――。三人並んだ帯刀の妻たちの周囲には穏やかな空気が流れ、そんな確執があるようには感じられない。まるで姉妹のようにさえ見えるのである。

おそらく彼女らの心には様々な葛藤(かっとう)があったはずである。互いを憎しみ合った一時期もあったに違いない。それを押し殺し乗り越えた姿がここにあるのだと五左衛門は思った。

それは諦観だろうか。

それとも達観だろうか。

里世が元を産んだ時にも考えたことである。

訊ねてみたい気もしたが、その問いを口にした瞬間、妻や妹たちに一斉に叱られるのがオチだと分かっている。

邦が点てた茶を、五左衛門の前に置いた。髪には彼が婚礼の祝いに贈った雪の華をかたどった簪が挿されていた。向井家に嫁いだ類に贈った櫛よりは、幾らか高価なものを祝いとすることができた。

全員が茶を喫し終え、五左衛門は席を立とうとした。身内とはいえ、女ばかりの座はどうにも気詰まりだったからだ。

「五左衛門さん」

立ち上がりかけた五左衛門を、恵喜が制した。

「せっかくの機会でございますから、加判列さまからお話をうかがいとうございます」

「はい――」

五左衛門は座り直す。

「政は女性に関わりのないこととは申せ、なにやら世の中が慌ただしくなっている昨今、多少のことは知っておかなければならぬと、照や千賀が申します」

恵喜は下座に並ぶ二人に目をやって肯いた。

そんなことなら、菜華に訊けばいいのにと思って、五左衛門はちらりと妻の方を見る。日頃、城内で起きる面白いことや政のことなどを聞かせているから、菜華はそういう話には詳しい。

菜華も五左衛門を見ている。その目には、なにか促すような表情があった。

なるほど。

日頃、忙しくてなかなか接することができない妹たちと、少しの間でもお話なさいませ――。そういうことか。

五左衛門は「左様でございますか」と言って座り直した。

菜華は満足げに小さく肯いた。

「兄さま」先に口を開いたのは照であった。

「盛岡藩は貧乏であると聞きましたが本当でしょうか?」

幼い問いに、五左衛門は苦笑しながら答える。

「父上が加判を勤めておるというのに、そなたたちが木綿の着物を着て質素な食事で我慢していることからも分かろう」

「我が家の食事は質素なのでございますか？」

照と千賀は顔を見合わせた。

楢山家の食事しか知らぬ少女二人である。

「父上やおれが、たまに折り詰めを持って帰ってくることがあろう。ああいうものを、豊かな藩の加判たちは食うておる」

「毎日でございますか？」

千賀が目を丸くする。

「毎日、毎食だ。それに着物も木綿ではなく、絹ずくめだ」

「そんなことをすれば罰が当たります」

照が首を振る。

「盛岡藩では、民百姓に重い税や御用金を課している。それを不満に思って一揆が起こる。しかし、苦しいのは民百姓ばかりではない。武家の者たちにも大きな負担がある」

「武家も年貢を払うのでございますか？」

千賀が訊いた。

「いや。俸禄の借り上げだ。支払う俸禄の一部を藩が長期にわたって借り上げる——。

名目はそうであっても、これは実質は減俸だ」

「ああ――。だから我が家の食事は質素で、着物は木綿なのでございますね」

照が得心したように肯いた。

「我が家は加判だからまだいい。下の者たちは庶民同様、困窮生活を強いられている。それに耐えきれず侍株を売る者もいる」

「町人なのに刀を差している人たちを町で見かけることがございます」

照が言う。

「にわかの金上侍――、金を持っている豪農や商人たちだ」

五左衛門は言葉を切って小さく溜息をついた。妹たちに藩の実状を語っているうちに、情けなさがこみ上げてきたのである。

税と御用金、そして俸禄の借り上げでぎりぎり藩の体裁を保っていた盛岡藩であったが、〝大御所〟の利済は、依然として重商主義による財政改革の夢を捨てていなかった。

明日こそは――。来月こそは、来年こそはと、財政が復活する未来を先延ばしに夢見ているのである。

ふと目を上げると、二人の妹は不安げな顔で五左衛門の次の言葉を待っている。

慈乃や恵喜、里世、邦もまた、じっと五左衛門に顔を向けていた。

菜華がそれを察したように口を開いた。

「まぁ、今しばしお待ちなさいませ。五左衛門さまがなんとか藩の財政を立て直し、民百姓も武家も、気楽に暮らせる世にいたしましょう」

「今、返そうとしていた言葉をそのまま言われた」

五左衛門は苦笑した。

「あら。失礼いたしました」

菜華はにっこりと笑う。

「わたくしは木綿の着物と質素な食事でも構いませぬ」

照がにっこりと笑った。

「わたくしも」

千賀も負けじと力強く言った。

意味が分かっているのかいないのか、貞も千賀に続いて「わたくしも」と言い、女たちの優しい笑いを誘った。

＊　＊

嘉永六年（一八五三）二月四日。二十三歳になった五左衛門はまた出世をした。加判役となったのである。城下の豪商から、祝いの品が次々に楢山家に運ばれた。使用人たちが嬉しそうな顔をしながら、それを奥の座敷に運ぶ。

五左衛門と弓太は、座敷に並べられる品々を眺めていた。多くは大きな桐箱(きりばこ)に収められ、白い紙と水引で飾られたものである。清酒の角樽(つのだる)も十数荷あった。

澤田弓太は、腕組みをして首を振った。

「大したものでございますなぁ。昨年の九月に加判列になったばかりだというのに、もう加判役さまでございますか――。少将さまも五左衛門さまの力量を認めたのでございましょう。今度の祝いは、瓢屋というわけにも行きませぬな」

家臣、使用人たちが浮き立つ中、五左衛門だけは浮かない顔であった。

「弓太。〈位打ち〉というものを知っているか？」

「クライウチでございますか？」

弓太は怪訝な顔を五左衛門に向けた。

「一位、二位の〈位〉に、打ち据えるの〈打〉と書く」

「さて……。知り申さぬ」

「かつて朝廷の得意技だった兵略（ひょうりゃく）だ。潰したい相手に分不相応な官位を次々に与えて、いい気にさせる。やがてその相手は驕（おご）り高ぶって自滅していく。源義経公もこの兵略にやられた」

「五左衛門さまの加判役昇進も〈位打ち〉だと？」

「矢継ぎ早の昇進はそうとしか思えぬ」

そう言った時、廊下を帯刀が歩いてきた。

「大したものだなぁ」

弓太と同じ一言に、五左衛門は苦笑した。

「これで、わしと並ばれてしもうたな」帯刀は五左衛門の背中を叩いた。

「台所の方には味噌樽、醬油樽も届いておるぞ」

「〈位打ち〉でございますよ」

「うむ。聞こえていた。だが、それでもいいではないか。調子に乗って躍り出さなければ、自滅はせぬ」

「自滅せぬために、これらは送り返そうと思います」

五左衛門は祝いの品々に目をやった。

「もったいない」

帯刀と弓太は同時に言って、同じように顔をしかめた。

「類は、婚礼の祝いの品をきっぱりと断りました。わたしがこれらを受け取ると、類に叱られます」

五左衛門の言葉に、弓太はくすくすと笑う。

「しかし、大店の連中はこっそりと婚家の向井さまのお宅にお祝いを贈りました。向井さまの御家中では、そのことは絶対の秘密でございますそうで」

「もらっておけばいいのだ」帯刀は言う。

「清濁あわせのむ。水清ければ魚住まずという言葉を知らぬか」

「知ってはおりますが、それを今実践しようとは思いませぬ。少将さまらと同じことをしていれば、批判もできませぬ。お歴々の皆さま方が、ご批判なさらぬのは、同じ穴の狢であるからでございましょう」

「少し、耳が痛いな」帯刀は肩をすくめて下唇を突き出した。

「しかし、倹約による改革をした者たちが失敗するのは、行きすぎた清貧を求めるためだ。その辺りは心得ておけよ――。弓太。そこの角樽、一つ、二つ、わしの座敷へ運んでおけ」

「いけませぬ」

という声が聞こえて、菜華が姿を現した。怖い目で帯刀を見ている。

「こちらの贈り物は返されたが、あちらの物は受け取ったという噂が広まっては迷惑でございます」

菜華はぴしゃりと言った。

「夫婦揃って頑固者だ」帯刀は唇をへの字に曲げる。

「楢山家は堅物の集まりと言われるぞ。その調子では、わしもまだまだ隠居できぬな」

「隠居なさるおつもりだったのでございますか?」

五左衛門は驚いて訊いた。

「わしも加判役、お前も加判役。家督を譲るにはちょうどいいではないか――。だが、加判役になったところで、すぐには頭の固さは変わらぬであろう。今しばらくわしがついておらねば、またすぐにも罷免されるであろうな」

帯刀は笑いながら廊下を去っていった。

五左衛門は即座に贈り主の元へ返すよう弓太に命じた。

それはもったいないという言葉を弓太は飲み込んだ。今まで袖の下をはねつけてきた五左衛門ならば、当然の判断だと思ったからである。

「加判役におなりになったのですから、これからは何かと物いりでございますね」

菜華は座敷に並ぶ品々を見て悩ましげな顔をする。

五左衛門は贈り物の山の前に座り込む。菜華と弓太も五左衛門の側に膝を折った。

そこで急の財政会議となった。

「家の中には日頃使わない物が幾つもあります」菜華が言う。

「それをお売りになればいかがでしょう？　あちこちに飾ってある書画骨董、住む人の数より多い夜具。わたしの着物なども売れましょう」

「十三日町の三州屋ならば高く買ってくれます」

弓太が口を挟んだ。

「それだけでは一時しのぎ。藩政もだが、家政も改革が必要だ」五左衛門は腕組みした。

「まずは、知行地について洗い出してみようか――」

五左衛門と菜華、弓太は、知行地を任せている代官の無駄遣いや、取り立ての飛脚代、畑や荒れ地を水田にして米の収穫高を上げる新田開発である〈畑返し〉などを挙げていった。また、屋敷詰の役人、用人の数を減らすなど、人員削減の方法なども話し合った。

後日、五左衛門が豪商からの祝いの品を送り返したという話が城下に広まり、頼もしい加判役が現れたと評判になった。また、所領についての取り組みは、所領の百姓らに喝采され、その評判もまた藩内に広まった。

『楢山五左衛門は、民百姓のことをよく考えるよい加判役だ』

長年、増税や新税、御用金に悩まされてきた者たちには、もしかしたら五左衛門が救いの神になってくれるやもしれぬという思いがあったのだろうが——。

五左衛門は弓太から聞いたその話に、ただ自分の家の出費を減らそうとしただけなのにと赤面した。

＊　＊

同月。盛岡城大書院において、御用金に関する評定が開かれた。五左衛門が加判役になって初の評定である。幕府が藩主利剛に参府を求めたのである。その費用はおよそ四千五百両。それに、江戸屋敷が老朽化し、そこここが壊れていて住むに堪えず修理をするまで参府できない。江戸屋敷の普請費用がおよそ四千両。合わせて九千両近い金が必要だった。

幕府からの要請を断るわけにはいかない。蔵には蓄えがあったが、それを出してしまっては飢饉の時にお救い米も出せなくなってしまう。

五左衛門は有効な提案もできぬまま、御用金を課すということで話は決まってしまった。

和賀、稗貫、紫波にはたびたび重税を課しているので、増税の噂が出るたびに一揆の構えを見せる。だから、三閉伊通に御用金を命じることに決したのであった。

三

三月。御用金の徴収が始まった野田(のだ)通で、代官所が襲撃された。一揆勢は代官所を荒らし、食糧や武器を略奪し、役人を松の木に逆さ吊りにした。狼藉の最中、仲間の一人が卒中で倒れたので一揆勢はすぐに引き揚げ、それ以上の騒ぎにはならなかった。

真っ先に逃げて事なきを得た徴税役人が戻ってきて、翌日から御用金の徴収が再開された。野田代官所は一揆勢の再びの来襲に備えて、そのほかの通の代官所は、野田の一揆に触発されての蜂起(ほうき)を恐れて、しばらくの間は夜間の警備を厳重にした。篝火(かがりび)を煌々(こうこう)と焚き、数十名の歩哨(ほしょう)で代官所の警備に当たったが、何事もなく日々は過ぎていった。

百姓らの蜂起はなかったが、盛岡領内には深刻な事態が持ち上がっていた。旱魃(かんばつ)である。雨が少なく、あちこちで農業用水を確保するための水争いが起き、多くの負傷者を出していた。その上、物価も高騰し、民百姓の生活を圧迫したのである。

＊　＊

野田通に不穏な空気が漂い続けている四月二十六日。五左衛門に待望の男子が生まれた。逸之進(いつのしん)である。すでに娘はいたが、檜山家を継ぐことになる男子の誕生は、格別な思いがあった。五左衛門は役目を終えると、すぐに家に飛んで帰り、菜華の腕の中を覗き込んだ。

「逸之進。父だぞ」

と柔らかな赤子の頬にそっと触れた。

＊　＊

五月二十日。野田通の田野畑村、羅賀村、黒崎村、普代村の四ヵ村の百姓、漁師たちが田野畑の池奈の原に集まった。その数、数百人。野田通代官所を襲った時と同様、白半纏に赤襷と浅黄半纏に白襷の制服を着ている。〈小〇〉や茜、白の幟旗を持つ者たちもいた。

沼袋村、浜岩泉村の二ヵ村の百姓、漁師たちも普代村の芦生に集まり、二十一日、六ヵ村の一揆勢は合流して移動を開始した。

二十四日、数百名の百姓は峠越えをして野田村に入り、家々を巡って一揆に参加する者を強引に集め始めた。戦えそうな者が病に臥していれば代人を求め、女所帯の家からも人を出させた。一揆勢は千数百人に膨れあがり、一気に南下して田野畑村へ向かった。

遠野領は一揆鎮圧のために数十名の兵を出したが、自軍の十倍以上の数を目にして撤退した。

野田村では、鉄山師の佐藤儀助が経営する大披鉄山が襲撃された。製鉄事業は藩命であるとして周辺の村々から百姓たちを強制的に徴用し、近頃は給金の支払いも滞るようになっていた。また、儀助は鉄山の労働者相手に高利の金貸しもしていた。給金を搾取した上に、その乏しい懐からさらに銭を搾り取っていたのである。

二十五日、一揆勃発(ぼっぱつ)の知らせが各代官所に通報されたが、二日後、宮古通小本村に到達した一揆勢は三、四千人に膨れあがっていた。

＊　＊

盛岡では、五月二十八日、一揆の知らせを受けた。

遠野領に遅れること五日。各代官所が一揆を把握した三日後である。盛岡藩の動きは鈍かった。評定のために大書院に集まった重臣たちのほとんどは緊張感の薄い顔をしている。

「遠野強訴の時は一万二千人であったが、このたびはたかだか四千人――」

元藩主の利済が言った。利済は藩主利剛の国座の横に陣取っている。

「仙台領へ向かわせねばそれでよい。そうなれば、一揆勢が向かうは遠野領。また遠野侯の家臣がなんとかしてくれよう」

利済の言葉に、遠野侯南部弥六郎は渋い顔をしたが、小さく肯いた。

近くでその表情を見ていた五左衛門は、たまらず口を出した。

「一揆勢は今宮古通小本村におります。村々で手勢を集め、遠野に辿り着くまでには、もっと数が増えておりましょう。遠野強訴では、小本から先の一日二日で二千人を増やしております。特に、今年は旱魃。各地で水争いが起こり物価も高騰しております。百姓ばかりではなく、町人らも多く一揆に加担いたしましょう」

「遠野でなんとかすると申しておろう」利済が苛々(いらいら)した声を上げる。

「取締りの指揮は石原汀。鎮圧の総大将は南部土佐。兵は二、三百も連れて行けばよい。それでよいな?」

利済は、国座に座る利剛に訊いた。利剛は何も言わず小さく肯いただけだった。

＊　＊

一揆勢は、二十九日に鍬ヶ崎に到着した。宮古の警備は、代官の島田雄記と鳥谷部嘉助、御徒目付の鈴木隼人と同心二百人に任されていた。街道を固めていた島田たちであったが、北から押し寄せてきた一揆勢は四千人。戦わずに撤退した。

一揆勢は六月一日から二日間、宮古を暴れ回った。税取立所は打ち壊され、豪商、豪農の家に押しかけて、軍資金を出すよう脅した。各地の一揆の代表者たちは村の肝入の家に向かい、村人の台帳から一揆勢に加わる者たちを選び、ここでも軍資金を脅し取った。

一揆勢は進む先でその数を増やしていった。一揆に加わった者たちは老若男女、様々であった。笠を被り、各自の食糧を入れた蒲簀や風呂敷包みを背負っている。子供を抱いた母親の姿もあった。服装もまちまちな者たちは、出身の村を一つの組として、百人の白半纏に赤襷の者、二百人の浅黄の半纏に白襷の者たちに率いられていた。

一揆勢は扇子や団扇、あるいは手拭いを振り回し、口々に「遠野へ行くぞ!」と叫んだ。

皆が皆、自ら進んで一揆に加わったわけではない。強制的に一揆に引きずり込まれた者たちには不満があった。うむを言わせず徴用するのは、鉄山師の佐藤儀助のやり口と一緒ではないか――。そう思ったが口には出せなかった。そして、打ち壊しや略奪に加わるうちに、その不満は霧散して、世直しに参加することの熱狂がその心を支配していくのだった。

一揆の勃発は三閉伊の町や村に伝わっていたので、資産を持つ家では略奪を恐れて金目の物を隠した。一揆への勧誘を恐れて逃げ出す者たちもいた。

その様子は一揆勃発と同時に盛岡領に忍び込んでいた密偵たちによって、逐一仙台藩へ知らされていた。仙台藩はいち早く、盛岡領との藩境近く、唐丹（とうに）村の街道と山越えの道に見張番所を置いた。さらに上有住（かみありす）村、下有住（しもありす）村にも番所を置き、兵を配置した。

六月四日。一揆勢八千人余りは大槌に入った。町に押し入る百姓、漁師たちの列は、未（ひつじ）ノ刻（午後二時頃）から申（さる）ノ刻（午後四時頃）まで、途切れることはなかったという。

江戸に目を向けてみれば、一日前の六月三日。幕府を揺るがす出来事が起こっていた。浦賀（うらが）に、軍艦四隻を率いたアメリカ東インド艦隊司令官ペリーが来航したのである。

このことが、後に盛岡藩を助けることになる。

＊　＊

一揆勢は大槌から釜石に向かう。その数は一万六千人を数え、前の遠野強訴の人数を遥かに超えていた。隊列は道を埋めて二つ三つの村にまたがった。一揆勢は一ヵ村ごとに組を作り、総組数は百三十六番まであった。

釜石に着いた一揆勢は夕刻、遠野に向かうと信じ込んで防備を変更した侍らの裏をかいた。遠野には向かわず南の平田番所に向かって行進し始めたのである。

平田番所は無人である。このままでは、一揆勢はすんなり仙台領へ越えてしまうと案じた平田村の肝入、猪又市兵衛は機転を利かせた。勢いを削ぐために、「平田の番所には大勢の鉄砲隊が待ち構えている」と一揆勢に嘘を言った。そして、仙台への間道である篠倉峠の道を行くよう勧めたのであった。

一揆勢は市兵衛の言葉を信用し篠倉峠に向かったがその道は険しく、登り始めは一万六千人であった一揆勢は、仙台領の片岸川の畔に下った時には半分ほどに減っていた。

一揆勢の頭人らは、唐丹村の番所に向かった。

唐丹は仙台領最北の村であった。集落は七つ。本郷には盛岡藩境の本郷番所があった。唐丹村に着いたならば、まずは本郷番所に赴いて一揆勢の越境を伝え、盛岡藩に揺さぶりをかける――。それが第一の作戦であった。

四

唐丹の本郷番所から早馬が来て、盛岡城は大騒ぎとなった。

一揆勢が仙台領に越境した――。三閉伊の代官所からは、一揆勢は遠野領へ向かっているという知らせが届いたばかりであったから、まさに寝耳に水の報告であった。

評定が行われるというので、楢山五左衛門は大書院へ急いだ。

後から父の帯刀が追いついて、共に大書院の次之間に入った。そこにはすでに、南部弥六郎を始めとした加判役が集まっていた。東中務や、石原汀、田鎖茂左衛門、川島杢左衛門の姿もあった。

五左衛門は一揆勢の襲来に備えて遠野にいたはずの弥六郎に歩み寄り、膝を折る。

「お早いお着きでございましたな」

「一揆勢が篠倉峠へ向かったという知らせは昨夜のうちに遠野に入っておった。みどもは知らせを聞き、すぐに城を出た。盛岡領の密偵は遠野の密偵より足が遅い」

弥六郎は渋面を作った。五左衛門は「まことに」と言って、加判役の末席に座った。

憔悴（しょうすい）した顔の藩主利剛と、不機嫌そうな利済も着座して、評定は始まった。唐丹の本郷番所からの知らせが読み上げられると、まず口を開いたのは加判役の桜庭陽之輔（さくらばようのすけ）であった。

「一揆勢は弘化四年の一揆と同様、年貢、御用金の支払いをするための金を稼ぎに仙台領へ入ったと申し述べるに相違ない。そうなれば、我が藩の内情がすべて明らかになろう」

「我が藩に、知られてはまずい内情などない」

利済が眉間に皺を寄せた。

「は……。左様でございますな」

桜庭は頭を下げた。

「それがしには、皆さま方がなにを心配なさっているのか分かりませぬな」

石原汀が涼しい顔で言った。

「心配いらぬという根拠をお聞きしたいものですな」

楢山帯刀が顎を掻(か)きながら言った。

「八千もの一揆勢が押し寄せたのでございます。我が藩に他国からそれだけの数の一揆勢が越境したとお考えなさいませ。膝をつき合わせて話を聞くという状況ではありますまい」

「八千に暴れ回られれば一大事。すぐに追い払いましょうな」

田鎖茂左衛門が言うと、汀は肯いて帯刀に顔を向けた。

「仙台藩も同じでございますよ。放っておけば仙台藩がこちらに追い返してくれましょう」

「大勢の百姓が迷惑をかけているのに、知らんぷりをするというのは、いかがなものでございましょうかな。我が子が隣の家の畑を踏み荒らせば、親は謝りに行きましょう」

帯刀は言った。

五左衛門は弘化四年（一八四七）の一揆を思い出した。

あの時は、大一揆となって藩を揺るがす大騒動になればいいと思っていたが、藩政に関わる身となった今、それは困ると考えている。

我が藩が鎮圧できないほどの一揆となれば、幕府は隣藩に助力をさせるだろう。一揆勢は徹底的に潰された後、南部家はよくて転封。へたをすればお取り潰しだ。そうなれば、どこの馬の骨とも分からぬ大名がこの地を支配することになりかねない。南部家家臣は路頭に迷い、百姓たちは土地に慣れぬ統治者に振り回される――。

それだけは回避したい。では、どうするか――。

一揆勢は仙台藩の取り調べにおいて、己らの要求を申し立てるだろう。まずはその内容を吟味しなければなるまい。百姓たちが出してきた条件を我が藩が飲めるか。あるいは、百姓たちがこちらが求める修正をどれだけ受け入れるかだ。

「五左衛門どのはいかが？」

石原汀が訊く。

「それがしも、子が畑を踏み荒らしたならば、親は謝るべきであろうと存ずる」

「回りくどい言い方はやめて、具体的な策を述べられよ」

南部吉兵衛は顔をしかめた。

「まずは、伊達家に詫びを入れなければなりますまい。これは、御公儀に正式な報告を入れられては困るからでございます。次に、一揆勢を引き渡すよう申し入れる。これについては、少し策を用いましょう」

「策とは？」

と訊いたのは利済であった。

「はい」五左衛門は利済の方へ体を向ける。

「一気に八千人を戻すということになれば、百姓らが警戒いたしましょう。八千人を幾つかに分けて、まず第一陣を盛岡領へ連れ帰る。その者たちが牢に入れられることなく郷に戻ったことを知れば、警戒も薄れます。第二陣、第三陣と、何事もなければ百姓たち全員が盛岡領に戻ります。しかし、こちらにも百姓たちの出す要求をどれだけ飲めるかという壁がございます。もし、ここでいつものように嘘をついてしまえば、遠からずさらに大きな一揆が起こることは必定——」

五左衛門がそこまで言った時、帯刀が後を引き継いだ。

「百姓たちをけなげと思し召せ。今まで百姓たちは何度こちらに裏切られても、その都度約束を信じ、矛を収めて参りました。言ってみれば、情けない親でも親は親と、その言葉を信じ続けておるのでございます」

その時、汀が口を開きかけた。

「待たれよ」五左衛門がそれを制す。

「またここで財政を持ち出して話の行方を曖昧になさるのは、御免こうむる。事は一刻を争う一揆の沈静化の話でございますれば」

汀は深く息を吐いて唇を一文字に閉じた。帯刀は肯いて続けた。

「親が嘘をつきいつまでも約束を守らなければ、いくら親思いの孝行息子でも、いつかは見限ります。為政者と民百姓も同じこと。そういう事態が目前に迫っているのでございます。もうじき一揆勢からの要求が届きましょう。それを心して吟味し、百姓たちが満足できる線と、我らが妥協できる線を見極めなければなりませぬ」

「よし……。すぐに謝罪の文を送れ。そして、百姓ばらの引き渡しを頼むのだ」

利済が口を閉じると、すぐに利剛が言葉を継いだ。

「文はまず、南部主計、桜庭陽之輔、南部吉兵衛、楢山帯刀、楢山五左衛門の連署とせよ。仙台より知らせが届く都度、評定いたす。しばらくは屋敷に帰れぬつもりでおれ」

利剛の厳しい言葉に、一同は頭を下げた。いつも利剛が口を出すと『出過ぎたことを』と言いたげな顔をする利済も、今は何も言わずに小さく肯いた。

五

仙台藩から派遣された役人たちが唐丹に到着すると、すでに一揆勢は村はずれの野に集まっていて、彼らのために筵(むしろ)を敷いて迎えた。

役人たちは、一揆勢の整然と並び蹲踞(そんきょ)した姿に驚き、威嚇(いかく)する機会を逃した。

頭人を確かめようとしたが、一揆勢は「みな等しく責任を負うております」と答え、仮の代表と名乗る者が〈乍恐奉願上候事〉なる書状を差し出した。

書状には、三箇条の要望が記されていた。

一つ　江戸下屋敷に隠居している前の藩主利道を国許に戻し、復位させる事。

一つ　三閉伊通の百姓を、お慈悲を持って仙台領民として受け入れていただきたい事。

一つ　三閉伊通を御公儀の御領か、仙台さまの御領にしていただきたい事。

宛名は〈仙台御国守様〉差出人は〈三閉伊御百姓〉となっていた。

役人は一読して唸った。自らの住む土地を他国の領地にして欲しいという願いはただごとではない。また、隠居した前の藩主の復位など、百姓が口を出すべきことではない。

「これは持ち帰る。おそらく、三つの願いについて詳しい説明を求められるであろうから、しばらく唐丹に留め置く。それぞれ逗留（とうりゅう）する宿を決めるによって、しばしこの野で待て」

役人たちは城へ戻る者、一揆勢の宿舎を決める者に分かれ、ただちに行動を開始した。

百姓たちは野に座ったまま、安堵の表情を浮かべた。これでまた一つ、困難を越えた。

あとは、こちらの要求をどれだけ認めてもらえるかだ――。

頭人たちは役人たちが去ると、要望の細目を書き記した紙を持ち寄って、確認を始めた。

＊　　＊

盛岡藩から一揆勢の引き渡しを求める書状を出して数日。仙台藩からの返書が届いた。

結論としては、盛岡藩への引き渡しのために一揆勢と交渉するというものであったが、その前段には手厳しい内容が記されていた。

天保八年（一八三七）に和賀郡で蜂起した一揆勢が、仙台領に越境して藩境近くの相（あい）

去町、六原村に一時留め置かれた。盛岡藩は仙台藩の郡奉行と交渉し、頭人を処罰しないこと、事を内密に処理することなどを約束して、一揆勢を引き取った。しかし、一揆勢帰国後盛岡藩は、掌を返し頭人を捕らえて、打首獄門。一揆の計画に加担した者は追放とした。

仙台藩はそのことをあげつらい、盛岡藩へ一揆勢の要求が叶えられるまで、その保障として四十五名の一揆勢代表を唐丹に留め置くと言ってきたのである。

盛岡藩は信用できないから、一揆勢の代表を残し、もしまた裏切るようなことがあればその代表と共に公儀へ訴え出る――。それが仙台藩の考えのようであった。

ともかく、八千の一揆勢が四十五に減るのならば、まずは仙台藩に従わなければなるまい。後に四十五人の人質という問題は残るが、盛岡藩としては『そのようにお願い申す』としか言えなかった。

唐丹村に留め置かれた一揆勢は、六日の夜から八日の朝にかけて四千四百五十人が宿舎を抜け出して郷へ戻った。強引に一揆に引き入れられた者や、故郷に残してきた家族が心配になった者たち。仙台領に移住する気持ちの薄い者たちから離脱したのである。さらに離脱者は増えて、一揆勢は最終的に三千人を少し割る人数となった。

一揆勢は、最初に示した三箇条の願文をより詳しく記した四十九箇条の要求を提出した。農漁民に対する重税の反対と、盛岡藩の藩政改革にまで事細かに言及した内容であった。

この要求が叶えられれば盛岡藩に戻るが、叶わなければ仙台藩の領民になる。それが叶わなければ幕府に直訴するという。

「一揆勢は百姓ばかりでなく、職人、工人、船大工、船乗りなどもござ候。願い成就候までは御国においてお使いくださいますよう願い奉り候」

願いが聞き届けられるまでは、手間取りで稼がせてくれというのである。

そうこうするうちに、仙台領には相次いで二つの知らせが届いた。

一つは、再三騒がせて申し訳ないという盛岡藩加判役連名の詫状（わびじょう）と、一揆勢を引き渡して欲しい旨の書状である。もう一つは、六月三日のペリー来航についてであった。亜米利加（メリケン）が強力な大筒を有する軍艦を四隻も送り込んできた。ペリーは、空砲を撃ちつつ羽田の沖まで侵入してきたという。江戸は大混乱。荷車に家財を載せて逃げ出す者も多いという。

武力による脅しに屈して国交を認めるか、それとも、断固拒否して亜米利加との戦を起こすか――。いずれにしろ、隣藩の一揆などにかまけている暇はない。唐丹の一揆勢は速やかに帰還させなければならない。仙台藩は、盛岡藩の謝罪を受け入れ、幕府への正式な報告はせずに、一揆勢を返すことにした。

要求がどうなるかの見極めに四十五人を残し、あとは三つの組に分けて盛岡領へ帰還させるということで一揆勢との話し合いもついた。六月十五日のことである。

＊　＊

三浦命助ら九人の頭人は、帰還二番組の前に立った。唐丹村の外れの野である。

「昨日、一番組が国許へ帰ったが、そのおりに平田村の猪又市兵衛宅を襲ったという知らせが入った。市兵衛の家は、屋根と柱ばかりしか残っていなかったそうだ」

命助が言うと千二百人近い二番組の者たちは歓声を上げた。

猪又市兵衛は平田村の肝入である。平田番所は警備が厳重なので、篠倉峠を行けと言った男であった。その時番所は蛻の殻であり、市兵衛は一揆の邪魔をするためにわざと険しい山越えを勧めたのだということは、すでに分かっていた。一番組はその恨みを晴らしたのである。二番組の歓声を聞きつけて集まった者たちも手を叩いて喜んだ。

「だが、狼藉はそこまでで終わりだ」

命助は厳しい声で怒鳴った。一揆勢は静まりかえった。

「こちらの要求は出した。今はその返答を待っている。その最中に、あちこちで暴れ、屋敷を打ち壊し、物を略奪すれば、通る話も通らなくなる。よいな？」

「応っ！」

威勢のいい声が返った。

「よし、行け。帰って家の者たちを安心させよ！」

二番組は、仙台藩の陣屋の同心たちや、盛岡藩の本郷番所の役人たちが見守る中、浜街道を北へ歩く。仙台の同心には深々と腰を曲げ、盛岡の役人たちに対しては尻を出して叩いてみせたり、足を激しく踏み鳴らして威嚇したりしながら二番組は唐丹村を後にした。

寺社奉行葛巻善左衛門と釜石代官堀江定之丞もまた、一揆勢のからかいや威嚇に耐えてじっと立ち尽くしていた。

六月十八日。三番組千七百五十人余りが家路につき、唐丹村には一揆勢の代表、四十五名だけが残った。

＊　＊

一揆衆が家路を辿る一日前、六月十七日の盛岡城は、一揆の終息間近ということで、安堵する空気が流れていた。その日には仙台藩が盛岡藩からの一揆勢御引渡の書状を受け取っている。しばらく城に泊まり込んでいた重臣たちは、一度屋敷に戻ることを許された。

五左衛門と帯刀が自宅の門前に近づくと、門番の一人がなにやら慌てた様子で「お帰りでございます！」と母屋の方へ叫んだ。

五左衛門と帯刀は顔を見合わせて急ぎ足になった。門に駆け込むと弓太が走ってきた。

「どうした弓太」

五左衛門と帯刀は同時に訊いた。

「逸之進さまが……。たった今、身罷られました」

弓太の顔が歪んだ。

「嘘を言うな！」

五左衛門は怒鳴ると、弓太を押しのけて家の中に飛び込み、廊下を走った。

奥座敷前の廊下には、家臣や使用人が座って啜り泣いている。

「逸之進！」

五左衛門は叫んで座敷に飛び込んだ。楢山家の女たちが目を真っ赤にして座っていた。

小さな布団が人の形に盛り上がっている。

「申し訳ございません！」

菜華が額を畳に擦りつけた。

「なにがあった？」

「数日前から熱が出て、お医者さまに診ていただきましたが――」

菜華が声を詰まらせる。勤めの妨げになってはと知らせなかったか――。

五左衛門は歯を食いしばり、逸之進の布団の横に座って白い布を取った。血の気を失った逸之進の顔がそこにあった。愛らしく赤かった唇はくすんだ紫に乾いている。

「逸之進……」

五左衛門は逸之進の口元に頰を寄せる。本当に息をしていない――。

そのまま逸之進に頰ずりした。

まだ生え揃わない柔らかな髪の毛が五左衛門の頰を慰めるように撫でた。

親よりも先に逝く奴があるか――。

五左衛門は強く目を閉じ嗚咽（おえつ）を堪（こら）えて、白い布を息子の顔に戻した。

「看病、大儀であったな」

五左衛門は平伏したままの菜華の背に、優しく手を置いた。

菜華の背は震えていた。妻もまた、嗚咽を堪えているのだった。

「七歳までは神の子。神の元へ帰ったのだ」

五左衛門が言うと、家臣や使用人たちは声を上げて泣いた。

その声に紛れて、五左衛門と菜華も啜り泣きを漏らした。楢山家の女たちも袖で顔を隠し肩を震わせている。

五左衛門はふと思い出した。遠いあの日、早瀬川を流れてきた赤子は裸だった——。

あの赤子はおそらく、生まれてすぐ親の手で鼻や口を塞(ふさ)がれ、命を奪われて川に捨てられたのだ。それを思えば、逸之進は幸せだ。家族皆に愛され、病に罹(かか)れば医者にも診てもらい、暖かい布団に寝かされ——。そこまで考えて五左衛門は首を振る。

他の赤子の死と較べて慰めを得ようとしている自分に気づいたからである。

一つの命が消えたことに、なんの違いがあろう。百姓の子であろうと侍の子であろうと、親の手にかかろうと、病で死のうと、すべての子供の死は痛ましい。

涙を堪えられなくなったのか、帯刀が唇を噛んで座敷を出た。

五左衛門も後に続きたかったが、堪えた。最期を看取ってやれなかったのだから、せめて墓に入るまでの間、できるだけ側にいてやりたいと思ったのである。

六

六月二十四日。藩主利剛は病を理由に参勤を遅らせる旨の届けを幕府に提出した。

もちろん理由は病ではなく、一揆の代表者四十五名が唐丹に残っているうちは、予断を許さない状況であるからだった。御用金の調達が滞っている状態でもあり、参勤の費用や江戸屋敷の修繕費を捻出できないというのも理由の一つであった。一揆勢の三番組が帰国すると、利済はすぐさま租税取立役人を各地に派遣し、税の取り立てを再開させた。

七月朔日。遠野に役銭取立所が再建された。遠野御用所と呼ばれるそこは、一揆勢が押し寄せてくるという噂のために取立手代が逃げ出したままになっていたのだった。

弥六郎の家臣たちは、まだ一揆は継続中であり、今税の取り立てを始めては、せっかく郷に戻った一揆勢がまた動き出すと反対したが、にべもなく却下されたのである。

その話は、いったん落ち着いて熾火のようになっていた五左衛門の中の怒りに、息を吹きかけた。性懲りがないのにも程がある。追えばいったん逃げるが、また戻ってくる鶏のようではないか。再び燃え上がりつつあった怒りが収まらぬままの七月二日――。

数日前より空が高く感じられ、刷毛ではいたような雲が所々に浮いていた。

朝、五左衛門と帯刀の両名が、登城のために玄関を出た。

楢山家は、逸之進の死の衝撃が未だ癒えず、屋敷には重い空気が流れていた。見送りの恵喜や菜華の表情も暗かった。

その時、家臣の澤田弓太が挟み箱持ちの中間を押しのけるようにして現れた。

「騒々しくいたし、申し訳ございません」

弓太は二人に頭を下げると、五左衛門と帯刀の前に蹲踞した。

「三閉伊の友人らからの知らせが参りました。あちこちに嘘がばらまかれているようで」

「嘘だと？」

五左衛門は眉をひそめる。

「はい。大披鉄山の打ち壊しは、どこの誰とも分からぬ無頼の悪漢が、百姓たちを脅して徒党を組みやったことであると。それから、一揆は無かったこととして、特に見知らぬ者に訊ねられたならば、知らぬ存ぜぬで通すようにと。そうしなければ、捕らえられ牢に繋がれると言いふらす者がおるようでございます。現に、かなりの数の百姓、漁師が代官所に引いていかれたという話でございました」

「余計なことを……」

五左衛門は舌打ちした。

「お知らせはもう一つ。一揆を隠蔽しようというやり口に怒った者たちが、あちこちで一揆を画策しているようなのでございます」

弓太が言う。

「蜂起はいつ頃だ？」

五左衛門は訊いた。

「今月中にもということのようで」

「隠蔽をして口を拭っていたのではまた同じことの繰り返しになります。見過ごすわけにはいきませぬな」

五左衛門は言うと、門の外に駆けだした。中間らが慌ててそれを追った。

「やっと思うように動き出したか」

帯刀は五左衛門の背中を見送りながら言った。

「と仰せられますと？」

弓太が怪訝な顔をする。

「五左衛門が動きやすくなるようにと、評定で色々ちょっかいを出していたのだが、思うように行かなかった。それがうまく転がりだしたのだ」

帯刀はにやりと笑う。

「そう言えば、五左衛門さまが、帯刀さまはこの頃、考えなしの発言が多くて困ると仰せられておりました」

「自分のことは棚に上げおって――」帯刀はしかめっ面をする。

「まぁ、あれも昔よりはずいぶん考えて物を言うようになったがな」

「なにを企んで御座すのです？」

「謹慎よ」

「謹慎――」弓太ははっとした顔になる。

「遠野強訴の時と同じことをお考えでございますか」

「五左衛門はまた謹慎でございますか？」

　恵喜は眉根を寄せる。

「いいから、お前たちはもう中に入っておれ」

　帯刀はうるさそうに恵喜と菜華に手を振った。

「あの子は本当に世話の焼ける――」

　ぶつぶつと文句を言う恵喜の背を押すようにして、菜華は帯刀に一礼し、奥へ入る。

「さて、わしも気張って登城せねばならぬな」

　帯刀は拳を握り「ふんっ」と全身に力を入れる。

「気張ってと仰せられますと……。あっ。また五左衛門さまのお目付役としてお屋敷に籠もられるのでございますか？」

「違う、違う。今度はわしと五左衛門ばかりではないぞ」

　帯刀は豪快な笑い声を上げて門を出て行った。

七

五左衛門は元藩主利済がいる大奥へと足を進めた。利済は利済なりの信念を持って藩主利剛や汀らを動かしている。自分が説得したところで耳を貸すとは思えない。

ではどうするか？　自分が無策のまま、利済の元へ行こうとしていることに今さらながら気づき、二ノ丸から本丸に続く廊下橋の前で立ち止まった。

現在の領内の混乱は、利済が布いてきた重商主義的な政が原因である。しかし、利済はそれは自分の政が成果を挙げる前段階だからで、時が足りぬだけだと思っている。こちらが言葉を尽くしても議論は平行線を辿る。一揆の隠蔽についてもおそらくそうなるだろう。

廊下橋の側に立ち尽くす五左衛門に、背後から声をかける者があった。

振り返ると、南部弥六郎と、南部主計が急ぎ足で廊下橋の方へ歩いてくるのが見えた。

「五左衛門。貴公も少将さまの元へ行くのか？」

弥六郎が訊いた。

「はい。一揆の揉(も)み消しに怒った百姓どもが一揆を画策しているとのことでしたので」

「左様か」弥六郎と主計は切迫した表情で肯(うなず)き合った。

「みどもと主計どのは、仙台公からの書状の件でお目通り願おうと参った。『たびたびそちらの百姓衆に藩境を越えられては、我が国の百姓も安心して農耕にはげめない。こちらの領民の安心のいくようにご配慮願いたい――』という抗議文が届いた。文面からすれば、かなりのお腹立ちのご様子。そして、貴公の話からすれば、次の大一揆勃発がすでに芽生え始めておる。今回のことがまだ決着していないというのに、またこちらの百姓どもが越境すれば、もうどうしようもない」

「そういうことになる前に、目に見える改革を行っておかなければならぬ」

と主計が言う。

「書状には、唐丹の一揆勢からの願書が添えられていた」弥六郎は渋い顔をする。

「仙台の役人が聞き書きしたものだが――。三箇条の要求と、それに関する四十九箇条の細目が添えられている」

それほど多くの要求をしてきたのかと、五左衛門は目を剝いた。

「百姓、漁師、牛飼いらに関する、増税や専売、藩の買い上げへの反対。村々に出張る諸役人の旅費や雑費などの負担の軽減。侍株を買って武士になった商人ばらの身分の引き下げ。役人が多すぎるので減らせ――などなど。利道さまの復位に関する願いや、我が藩の政の不備が連綿と綴られておった。それを仙台の役人が聞き書きしたということは、由々しき事態だ。我が藩の政の失態が、すべて仙台側に知られてしまった。唐丹に残る四十五名を引き取り、それなりの後始末をするためには、思い切った改革をせねばならぬ」

主計の表情は深刻であった。なるほど、内側にだけ目を向けるのではなく、外との関わりも考えなければならなかったのだと、五左衛門は思った。

「少将さまに、真の退隠を迫るおつもりですか？」

「本当に退隠していただかなければ、一揆勢と要求の落としどころを話し合うこともできぬ」

弥六郎は言った。

「それがしもお仲間に加えてくださいませ」

五左衛門が言った時、慌ただしい足音が二ノ丸の方から聞こえた。見ると、帯刀と桜庭陽之輔、南部吉兵衛、花輪徳之助が急ぎ足で歩いてくる。

「少将さまに直訴と聞いて、加勢に参った」

桜庭が鼻息荒く言った。

「事態は切迫しておる。疾く疾く、参ろうぞ」

帯刀が煽るように手を振り、加判役六人は肯き合って廊下橋へ足を踏み出した。

帯刀は五左衛門に並んで、「枯れ木も山の賑わいだ」と小声で言って笑った。

一行は大奥の御座之間へ向かって歩く。御座之間の手前、御次之間の襖がさっと開き、石原汀、田鎖茂左衛門、川島杢左衛門が姿を現した。

「お上に御用でございますか？」

汀は落ち着いた口調で訊いた。

「少将さまにお目通りいたしたく参った」

弥六郎は言った。

「どのようなご用件で？」

「仙台領唐丹村におる一揆勢についてだ」

「それならば、お上に言上なさいませ。少将さまはご退隠あそばしてございます」

汀の言葉に、弥六郎の顔が赤黒く染まる。

「黙れ、石原！ 貴殿らがいい加減な政をするから、このような事態になっておるのだ！」

弥六郎の剣幕に、汀、茂左衛門、杢左衛門はたじろぎ、一歩下がった。

「このままでは、貴殿ら三人をこの場で斬り倒し、仙台公の御前にその素首を並べて詫びを入れねばならなくなるぞ！」

弥六郎は腰の前差に手を掛けた。

「どきませい！」

主計が言う。

「どきませぬ！」

汀は上擦った声で返す。三人は両腕を広げて行く手を遮った。

騒ぎを聞きつけて女中たちが姿を現し、悲鳴を上げた。

「ええい、埒があかぬ！」

桜庭陽之輔が前に出て、汀の襟を摑んだ。そのままくるりと後ろを向き、襟を摑む手をぐいと引いた。汀の体は一回転して畳に叩きつけられた。

駆け寄ろうとする茂左衛門の後ろ襟を、花輪徳之助がぐいと引き、仰向けに倒した。

桜庭は汀の背に馬乗りになり、花輪は茂左衛門の腹にどっかと腰を下ろした。

慌てて御次之間に逃げようとする杢左衛門を、帯刀が背負って投げ、畳の上に押さえつけた。桜庭、花輪、帯刀は、組み敷いた三人の肘の関節を捻り上げた。

利済の近習たちが駆けつける。南部主計が両手を広げてそれを遮る。

「なにをなされるのですか！」

近習たちは声を荒らげる。

「それ以上近づくと、三奸ばらの腕が折れるぞ！」主計は近習らを睨みつけながら叫んだ。

「弥六郎さま！　五左衛門どの！　早く中へ！」

弥六郎と五左衛門は肯いて御次之間へ飛び込んだ。広間を駆け抜け、御座之間の前にひざまずき、「失礼つかまつります」と、襖を開けた。

利済は座敷の奥に背筋を伸ばして座り、弥六郎と五左衛門を見つめている。

小姓が、すぐにも前差を抜けるよう身構えて利済の側に片膝をついている。

五左衛門が襖を閉めると、弥六郎は、「お願いの儀がございまして、まかり越しました」と頭を下げた。

「これ以上、政に口出しするなと申したいのだろうが——」利済は静かな口調で言った。

「何度も言うたとおりだ。今、余が身を引けば盛岡領には莫大な借財が残るのみ」

「事がこれほど大きくなった以上、もはやそのお言葉は通りませぬ。速やかに、真のご退隠をなさりませ」

「余をここから追い出して、利剛も藩主の座から引きずり降ろし、利道を復権させる——。そのような噂も聞こえておるな。そちが余の後がまに座り、盛岡領を牛耳るか？」

利済は嘲笑を浮かべた。

「滅相もない。そのようなことは考えてもおりませぬ」

弥六郎は首を振る。廊下で激しい声と物音が響く。どうやら二ノ丸から親利済派、反利済派の侍たちが駆けつけて揉み合いをしている様子であった。

親利済派のほうが数が多い。いずれ、御座之間に押しかけてくるだろう。その前に——。

五左衛門は口を開いた。

「おそれながら。少将さまのお考えは重々承知いたしております。あと五年、十年あれば、お考えのとおりに盛岡領は豊かになるやもしれませぬ」

「分かっておるならば、去れ」と利済は言った。

「しかしながら、すでに御領内のことだけ考えていてはすまぬ事態となっております。

御公儀がこのたびのことをどう判断するかまで考えなければなりませぬ。仙台公が御公儀への報告を配慮してくださったとしても、隠密よりの知らせが届きます。御公儀に届けを出し、ご退隠なさったはずの少将さまが未だ政に関わって御座すという状況は、御公儀にとって面白くないことでございましょう」

五左衛門の言葉に、利済の目が鋭く光った。そして、何か言おうと口を開けた時に、

「失礼つかまつる」

という声と共に、汀、茂左衛門、杢左衛門と、利済の近習らが御座之間に入ってきた。

汀らは髷も乱れ、右肘を押さえて顔を歪めている。

「南部主計さま、桜庭陽之輔さま、花輪徳之助さま、楢山帯刀さまの四名、やむを得ず取り押さえましてございます。いかがいたしましょう」

汀は利済に頭を下げながら言った。

利済はしばらく五左衛門を見つめていたが、ふっと視線を逸らした。

「南部弥六郎、楢山五左衛門らと共に、謹慎を命ずる」

「謹慎でございますか――」

という汀の言葉に、さぞかし不満げな顔をしているだろうと、五左衛門は振り向いた。

しかし、汀は顔に穏やかな笑みを浮かべていた。

五左衛門は利済に顔を向ける。

「仙台藩も百姓ばらも納得する答えを、盛岡藩は用意しなければなりませぬ！」

「それは、謹慎を仰せつけられた方の心配することではござらぬ」

汀が言う。

「また百姓ばらを騙すのか！」

五左衛門は汀を振り返り、睨んだ。

「それもまた、五左衛門どのの心配することではござらぬ。領民などは無知蒙昧の徒。騙されたと気づかれても、飴をなめさせればよい。さすればたちどころに忘れまする。政とは、いかに愚民を騙すかでございます。ああでもない、こうでもないという愚民どもの無責任な、浅はかな考えを聞いておれば、我らもまた道に迷いましょう。愚民はいつまでも騙され続け、温い湯に首まで浸かっていたいのでございます」

「どこが温い湯だ！　貴殿は周りが見えておらぬ！」

「またいつぞやの繰り返しになりますな」汀は溜息をつく。「まぁ、すぐにお屋敷に戻り、静かに書物など紐解きあそばせ」

汀の言葉に五左衛門は歯がみした。

弥六郎の手が伸びて、強引に五左衛門に前を向かせ、後頭部を押した。

五左衛門は押されるまま、頭を深々と下げる。弥六郎も同様に礼をして、

「謹慎の処分、謹んでお受けいたします」

と答えた。

＊　＊

五左衛門ら六人は、揃って三ノ丸を出た。

五左衛門の腹の虫は収まらない。しかし、どう考えても、ああいう結末にしかならなかったということも分かっている。謹慎で済んだというのは僥倖(ぎょうこう)であろうことも。

なにをどうやったところで、利済や汀に売った喧嘩は負けになる。

負けっ放しでは、藩の存続が危うくなる。それが分かっていても、打つ手がない。

怒りが空回りして、五左衛門は泣きたくなった。だが、ほかの五人はいたってのんびりとしている。まるで、これから遊山に出かけるような風情なのだ。

「やれやれ。汚い手を使(つこ)うてしまったな」

帯刀は微(かす)かな苦笑を浮かべる。

「ほんに」と苦笑しながら後ろ首を撫でたのは南部主計である。

「今まで使った中で一番汚い手であったな」

きょとんとした顔の五左衛門に、弥六郎が言った。

「五左衛門。御座之間に押しかけたことも、謹慎の処分を受けたことも、すべて計略だ」

「仙台越訴については、必ず御公儀より厳しいお達しがある。その時に、罷免される加判役の中に、我らが入っているわけには行かぬ」

「あっ」五左衛門は五人の顔を見渡した。

「つまりは、わざと謹慎の処分を受け、その難を避けようということでございますか！

南部土佐さまや石原汀らにすべての責任を負わせようと?」

「そのとおり」と帯刀が言った。

「確かに汚のうございます……」五左衛門は唸る。

「皆さまのお考えは分かりまするが……。少将さまを諫めらいさ(いさ)れずここまで来てしまった責任は我らにもございます」

「だがな、五左衛門」帯刀は腕組みした。

「少将さまばかりではない。あの三奸もな。汀の顔を見たであろう」

言ったのは主計だった。五左衛門は御座之間での汀の笑みを思い出した。

「どういうことでございます?」

「この騒ぎで我らまで処分されれば、その後の盛岡領を誰が支える? だから我らを残した。少将さまも汀らも、引き時と考えたのだろうと思う。あと何年かあれば、財政を立て直せるという思いは捨てておらぬだろうが、もうこれ以上は続けられぬと判断したのだ」

弥六郎が言った。

「ならば、素直に我らの言い分に耳を傾ければよいではございませぬか」

「そこは、正しいことを行っていると信じる者の矜持(きょうじ)よ」と帯刀。

「自分の考えは間違っていない。だから、そこを曲げて引き下がることはしない。自ら職を辞することも、腹を斬ることもしない。外から強制的に処分されるのであれば、それは仕方がない。しかし、自分たちが去った後に、盛岡領が混迷の中に放り込まれるのは本意ではない。だから、そうと知りながら我らの策略に乗った。なかなか見事な決心だ」

「我らもそのようにありたいものです。のう五左衛門どの」

桜庭が微笑んで五左衛門を見た。五左衛門は唸る。

「五左衛門は、そうであっても汚い手を使うのはよろしくないと思っておるようで」

帯刀は五左衛門の背中を叩いた。

「まぁ、ぼちぼちと学べ」弥六郎が笑う。

「次に復職した後は、目の回るような忙しさになろう。いつまでも盛岡領内のことばかりも考えてはおられぬ。仙台越訴の件が片づけば、次は攘夷か開国かという御公儀の政のお手伝いもせねばならぬであろうからな」

弥六郎の言葉に、五左衛門は軽い目眩（めまい）を感じた。

亜米利加（メリケン）が軍艦を率いて国交を求めたことは知っている。しかし越訴をどう収めたらいいのかさえはっきりとした答えを見出していないのに、国の行く先にまで考えは及ばない。

「悩め、悩め」帯刀が五左衛門の肩を抱き、乱暴に揺すった。

「これからは、お前たちが世を拓（ひら）いていかなければならん。わしらは少将さまほどの気概は持たぬから、隠居所でのんびりと見物させてもらう」

「はい……」五左衛門は曖昧に笑った。

八

東の空は藍色に染まっていた。それでも地平近くから天頂にかけてはまだ昼の明かりが仄かに残っており、巌鷲山が黒々とした影となっている。空気が急に冷え込んできた。

謹慎から数日後、五左衛門は自室で寝転がり、天井を見つめている。

妻の菜華は燭台の側で繕い物をしている。

謹慎処分を受けて、五左衛門が自棄になってなにかをしでかさないようにと、母の恵喜が菜華に、側にいるように命じたのであった。

謹慎を言い渡された日の朝のやりとり以後、逸之進を失った菜華の心は急速に癒えていっているようだった。恵喜は、謹慎をいいことに、五左衛門をいつも菜華の側にいさせて、さらに心の傷の回復を促そうと考えたのだったが、それは功を奏していた。

五左衛門は家に戻ってから考え続けていた。

確かに、一揆勢のほとんどは郷に帰った。だが、一揆はまだ終息していない。

仙台領に残っている四十五名は、国内の数万の一揆に匹敵するほどに危険なのだ。

家に戻るまでの道すがら、南部弥六郎から聞いた百姓たちの願書によれば、彼らが考える一揆の結末は三つ。

盛岡藩が要求を飲めば、四十五人も郷へ戻る。その結末が一番望ましい。

一揆勢は仙台藩に移住したいという――。つまり、郷に戻った一揆勢はもう一度越境して、仙台藩に住むことを求めるだろう。

そして、仙台藩が移住を拒否すれば、一揆勢は公儀に直訴するという。

どの結末になるのかは、

利済は一揆勢の要求を唯々諾々と飲むことはない。とすれば、もう一度大一揆が起き、三閉伊の百姓、漁師たちが大挙して仙台領へ向かうことになろう。

今回、一揆勢に恥をかかされた侍たちは、なんとしても越境を防ごうとし、その結果、多くの血が流れる戦となる。もし百姓が勝てば、前代未聞の一大事だ。

侍が勝ったとしても、公儀が黙ってはいない。自分たちが謹慎処分を受けずに、評定に出席できたとしても、それを防げるかどうかは分からない。

「どうすればよいかのう……」

思わず知らず言葉が口をついて出た。

菜華が針を動かしながら言った。

「前に謹慎を命じられた時には、なにをなさっていたのでございます?」

咎める口調ではない。夕食には何が食べたいかと問うような言い方であった。

菜華に問われて、五左衛門は跳び上がるように上体を起こした。

「どうなさいました？」

菜華は驚いて針を持つ手を止め、五左衛門を見た。

「いいことを言ってくれた。なにをするのか思いついた」

五左衛門はにんまりと笑って、部屋を飛び出して帯刀の部屋に向かう。

燭台の明かりを透かす障子の前に膝を折った時、五左衛門は父が一人ではない気配を感じ取った。誰かもう一人、部屋の中にいるようである。来客はなかったから、母だろうか――。声をかけるのを躊躇っていると、中から父が言った。

「五左衛門か。入れ」

言われて障子を開けると、帯刀と弓太が座っていた。

「ほれ弓太」

帯刀はにやにやと笑いながら弓太に掌を差し出した。弓太は渋面を作って銭袋を懐から出すと、銭を一摑み取りだして、数えながら帯刀の掌に載せた。

「なんでございます？」

五左衛門は怪訝な顔で二人を見た。

「賭をしたのだ」

帯刀は自分の財布に銭を収める。そして、『すべて分かっている』という顔をして肯き、「行ってこい」と言った。

「あっ――。おれが謹慎中という身の上を利用して、一揆勢の所へ行くと言い出すかどうかの賭でございますか？」

五左衛門は呆れた顔をする。

「そういうことだ」

「わたしは、あと一日、二日はかかろうと申したのでございます」と弓太が言う。

「しかし大殿は今夜中にお出でになると仰せられました」

「一揆の頭人の中には三浦命助がいる。それに、もし切れ者と噂の江帾五郎もおるのならば、一揆勢の代表と話し合うのは五左衛門が一番相応しい。お前ならばそれに気づき、今夜には話しに来るとふんだ」

帯刀は言った。

「確かに五左衛門さまが相応しかろうとは思いましたが――。しかし、五左衛門さまは頭が固うございますから、あと二、三日はかかりましょうと申し上げると、『では賭けるか』と大殿が仰せられて」

「息子を賭のネタにいたしますな」五左衛門は渋い顔をした。

「それに弓太も、おれの頭が固いなどと」

「申し訳ございません」

弓太は肩をすくめる。

「それでは、父上。弓太を借ります」

「うむ。気をつけて行ってこい。あの時と同じように、三日四日は誤魔化してやる」

弓太と共に立ち上がり、一礼して部屋を出ようとした五左衛門に帯刀が声をかける。

「そうそう。一番大事なことを忘れるところであった」

五左衛門と弓太は立ち止まって振り返る。

「なんでございましょう？」

「三浦命助への伝言だ。汚い手の仕上げよ」

九

山の木々は、紅葉の予兆をはらんで、微かに黄色みを帯びているように感じられた。漆の葉は早くも鮮やかな紅である。

街道を外れた裏道を駆けに駆けて明け方遠野に着いた五左衛門と弓太は、遠野早瀬の豪農、吉右衛門の家で仮眠をとらせてもらい、継ぎ接ぎだらけの野良着を借りて着替えた。

そして、二人は百姓姿で仙人峠を越えて甲子村から南の山に分け入ったのである。一揆勢たちが越えた篠倉山の西側を回り込む山道――。片岸川の上流部、落合の集落に出る道であった。山々の景色を見ていると、昨夜父に頼まれた三浦命助への伝言、〈汚い手の仕上げ〉を聞いたときの腹立たしさも和らいだ。

しばらく進むと、木の間隠れに二人の百姓が歩いているのが前方に見えた。それらしい道具を持たず、籠も背負っていないから、樵、猟師、茸取りではない。おそらく、唐丹と盛岡領を往き来する一揆勢の連絡係であろうと五左衛門は判断した。

「あの二人を追えば、三浦命助の家が分かるな」

五左衛門と弓太は肯き合い、二人の百姓の後をつかず離れず追った。

百姓たちは落合の集落に着くと、どこにも立ち寄らずに片岸川沿いの道を下っていく。

そして、本郷集落の西の外れの百姓家に入っていった。

四十五人の代表者らは唐丹村の百姓家に間借りする形で居残っていたのだが、命助ばかりは金を握らせて村はずれの百姓家一つを借り切っていた。代表者らの集会に使うためである。仙台の役人たちが黙認しているので、盛岡の役人たちは口出しができなかった。

五左衛門と弓太は入り口の腰高障子に駆け寄る。

「楢山村から参った五左衛門と申す百姓だが。三浦命助どのはご在宅でござろうか」

五左衛門が言った。家の中から大きな笑い声が響いた。

「百姓ならば、『ご在宅でござろうか』などと言うものか。入れ。早瀬川の子供」

早瀬川の子供――。その言葉に、五左衛門は幼い日に見た若者の姿を思い出しながら腰高障子を引き開けた。広い土間の向こう側に、囲炉裏を切った板敷きがあった。そこに六人の男たちが座っていた。そのうち二人は五左衛門たちがつけてきた百姓である。

上座に腰を下ろす三十絡みの男に、あの日の若者の面影があった。それ以外の男たちは、腰を浮かせて身構えている。

「久しぶりだ」

五左衛門は頭を下げた。

「おれを捕らえに来たか？　早瀬川の子供よ」

「まさか。丸腰で四十五人を相手にするのは、ちときつい」

五左衛門は土間を横切って板敷きの前に立つ。弓太は障子を閉めてその後に続いた。

「ならば、なにをしに来た？」

「落としどころの話し合いと、頼み事のために。お前たちの要求をすべて受け入れるのは無理だ。たとえば利道公の復位だが、なによりご本人がお望みになられぬ。要求というものは十のうち、六つ、七つ通ればよしとするものだ」

「分かった。まず、上がれ」

命助は言った。五左衛門と弓太は手拭いで足の汚れを落として、板敷きに上がった。

男たちが移動し、命助の左右に座り、五左衛門と弓太は下座から囲炉裏を挟んで対峙(たいじ)する形になった。弓太は侍が下座に座らせられるのに不満そうであったが、五左衛門が文句を言わないので黙っていた。

「こちらの暮らしはどうだ？」

五左衛門は訊いた。

「飯は一日二食。気仙(けせん)郡今泉(いまいずみ)から送られてくる。稼いでもいないのに、なかなかいい物を食わせてもらっている。飯代は気仙郡の負担だそうな。大肝入が盛岡が負担するよう何度も嘆願しているようだが、そのたびに断られている」

「気の毒なことだな……。時に、四十五人の中に、江帾五郎はいるか？」

「さて、誰のことであろうな」

命助は笑って惚けた。

「もし、この一揆勢がすべて捕らえられたとしても、次の一揆の頭人は残しておきたいということか。五郎はこの一揆にも知恵を出したのであろう？」

五左衛門は言った。

「なんのことやら」

「まぁよい。我らも似たようなことをしておるからな」五左衛門は苦笑した。

「細目の写しはあるか？」

「あるぞ」と言って、命助は棚の上から巻紙を取りあげて五左衛門の横に座り、それを広げた。四十九箇条の要求が丁寧な字で書かれていた。五左衛門はざっと目を通し、

「これと、これと、これ」と要求の項目を指差す。

「そしてこれ。合わせて四つは、そちらの誤解で、新税ではなかったり、御公儀御用のものであったりと、受け入れることはできない」

命助は顎を撫でて「なるほど」と言った。

「それから――」五左衛門は五項目を指差した。

「これらについては、代官、徴税役人などが不正を行っているものだ。それらの者を更迭することで、解決できる」

「なるほど。では、それ以外は要求を飲むのだな?」

「飲む」五左衛門は肯いた。

「少し時はかかろうが、かならず要求を飲ませる。だから、業を煮やして江戸へ走るということはしないでほしい」

命助は五左衛門の顔を見てくすくすと笑う。それはやがて大笑いとなった。

「早瀬川の子供よ。お前は今、ほかの心ある加判役らと共に謹慎を命じられているのであろう? そのお前が安易に約束をしてよいのか?」

「謹慎を命じられたこと、どうやって知った?」

五左衛門は驚いた顔を命助に向けた。

「盛岡にはこちらの密偵が入り込んでいる。城内のことも筒抜けだ。その知らせは、お前たちが追ってきた者らが毎日伝えてくれる」命助は二人の百姓を顎で差した。

「謹慎中のお前の約束など空手形も同然だ。お前たちがいなくなれば、今まで以上に利済は好き勝手をするだろう。また約束をしたと見せかけて、裏切るに決まっている。遠野御用所の再建がいい例だ。あれには仙台公も腹を立てておるぞ。せっかくここまで来たのに気の毒だが、謹慎中のお前とはいかなる約束もできぬな」

「なるほど……」

五左衛門は深刻な顔をして腕組みしたが、すぐに顔を上げてにっと笑った。

「ならば、取引はどうだ？　謹慎中の我らが役に戻れば、お前たちの要求は通る。少将さまも、もはやこれまでという思いが強い。今一押しで藩政改革の一歩が踏み出せる」

「ほぉ。で、どんな取引だ？」

「我らを加判役に戻せ」

「頼む相手を間違っておるぞ。そんなことは利済に頼め」

命助は呆れたように首を振った。板敷きの百姓たちは嘲るように笑う。

「ところが、そうでもない。子細はこうだ」

五左衛門は命助に耳打ちした。

「――なるほど。汚い手だ」命助は肯いた。

「こちらも小細工で手助けすれば、うまく行くかもしれぬな。お前の考えか？」

「おれがこんなことを考えつくものか。一緒に謹慎中の年寄連中の考えよ」

五左衛門は苦笑した。

「分かった。お前たちを加判役に戻してやろう」

命助は言ったが、話が聞こえなかった百姓たちは怪訝な顔をしている。

「では、よろしく頼むぞ」言って五左衛門は後ろに控えている弓太を振り返る。

「この男、澤田弓太という。次からはこの男が継ぎに来るから、顔を覚えておいてくれ」

弓太が頭を下げると、命助は、もう帰れと言うように顎をしゃくった。

五左衛門と弓太は百姓家を出た。

策略を巡らせてこちらの有利に事を進めるのは好きではない——。

片岸川上流に向かう道を歩きながら、五左衛門は思った。

確かに父から言われたとおり事が進めば、盛岡藩は最悪の状態を回避できるかもしれない。

だが、敵と戦うならば正々堂々とやりたい。

しかし、少将さまも、三奸ばらも、正々堂々と戦って、敵わない相手だったではないか。

敵わぬならば、討ち死にすればよい——。

それでは済まない場合もある。汚い手を使っても、勝たなければならぬこともある。

そういうことなのか？　だとすれば——。

五左衛門の中に、父に対する黒い疑惑の雲が生まれた。

＊　＊

次の日の早朝。五左衛門が家に戻ると、帯刀は庭で木刀を振っていた。

「うまくいったか？」

帯刀は素振りを続けながら訊く。

「はい。父上らの奸計、承知してもらいました」

五左衛門は縁側に座る。

「奸計とは人聞きの悪い」

帯刀は力強く木刀を振る。

「父上——」五左衛門は、唐丹からの帰り道、ずっと気にかかっていたことを口にした。「このたびの奸計を手伝いながら、ふと思いついたことがございます」

「なんだ？」

帯刀は素振りの手を休めず、五左衛門の方も見ずに訊く。

「四月に仙台領人首町に齢六十ほどの老人が訪れて、一揆の計画を語って合流を呼びかけたという話がございます——。まさか、父上ではありますまいな？」

帯刀の木刀がぴたりと止まる。

「一触即発の状態であった百姓ばらをつついて一揆を起こさせ、石原汀ら三奸を失脚させ、少将さまに今度こそ本当の退隠を迫る——。南部弥六郎さまらと、そのように謀ったのでありますまいな？」

帯刀はくるりと五左衛門の方を向いた。怒ったような表情である。

五左衛門は、触れてはならぬことを訊いてしまったのかと背筋を寒くした。

帯刀は、不機嫌そうな声で言う。

「わしはまだ五十を過ぎたばかりだ。齢六十の老人と同一人物と疑うのは無礼であろう」

それを怒ったか――。五左衛門の体から力が抜けた。

「左様でございますな。失礼つかまつりました」

父は答えをはぐらかした――。そうは思ったが、もう一度訊く度胸は、今の五左衛門にはなかった。訊いて、もし父が『一揆を起こすよう仕掛けたのは自分だ』と告白したなら、どうするつもりだ？　捕らえて牢に放り込むか？　南部弥六郎さまらも、捕らえるのか？

捕らえられ、牢に入れられるべき者はほかにいるではないか。

十

七月六日。遠野の役銭取立所、遠野御用所から火の手が上がった。取立手代たちが消し止めて、小火（ぼや）ですんだ。外壁と屋根を焦がした建物は、なんとか使えそうであった。

しかし、二日後。手拭いで頬被（ほおかぶ）りをし、人相を隠した数百人の百姓が遠野御用所を囲んだ。掛矢（かけや）を振るって壁を柱を打ち壊し、建物が崩れ落ちると疾風のごとく立ち去った。

＊　＊

遠野御用所が焼き打ちにあった数日後の深夜。楢山帯刀の居室である。

五左衛門は、帯刀と共に弓太からの報告を聞いた。

「命助の元に、密（ひそ）かに仙台藩の役人が訪れ、こう申したそうでございます。『このたびの仙台越訴は由々しきことである。盛岡領からは内密に処理するよう願われておるが、再び一揆が起こり、仙台領に越訴するようなことがあれば、もう捨て置くわけにはいかぬ。幸い、三閉伊の四十五名が唐丹におる。それを証人として江戸表へ赴き、『三閉伊の民百姓のことを思えば、仙台領とすることが良策』と言上せねばなるまい』と――。仙台藩は三閉伊の土地を本気で狙っているようでございます。役人は、徴税役人ばらが各地に派遣され、遠野では徴税役所が焼かれたということも知っておったそうでございます」

「それで、命助はなんと答えたのだ？」

五左衛門は訊いた。

「承知しましたと――。本人は両天秤(てんびん)にかけたと申しておりました」

「なるほど。それは由々しき事態だ。こちらの動きを早めなければならぬな」

五左衛門は腕を組んだ。命助に提示した〈盛岡藩が飲める要求〉は、御座所での騒ぎに加担せず謹慎を免れていた東中務を使って、加判役らに伝えていた。城での評定が、おおむねその方向で話をまとめようということに傾きかけていた矢先である。

「五左衛門。お前らしくもないな」帯刀が意地悪な笑みを五左衛門に向ける。

「加判役らは大慌てで唐丹の四十五人と手打ちをしようと急ぐだろう。しかし、本当に一揆が起こり越境されれば、仙台藩の思う壺――。だが、三閉伊の民百姓が仙台領になることを望んでいるのならば、それでもよいではないか。政を司る側の思いより、その土地に住む民百姓の願いが優先されなければならぬと、お前ならば言うと思っていたのだがな」

そう言われると、五左衛門はぐうの音も出なかった。

＊

盛岡城に早馬が駆け込み、宮古での一揆の再発を伝えた。

評定では、唐丹に留まる一揆勢を援護するための一揆であろうと判断した。そして、唐丹の一揆勢には「請願のうち三十一箇条を認めるから、宮古の一揆勢を引き揚げさせよ」と交渉する。同時に、宮古の一揆勢にもそのことを知らせ、「唐丹からの指令を待つように」と説得するということになった。

沿岸には一揆勢に威しをかけるために鉄砲隊と大筒を向かわせることが付け加えられ、用人戸来官右衛門率いる三百余名の兵は大筒や小銃で武装し、宮古へ急行した。

また、三十一箇条の要求を免許する旨の書状を携えた使者も、宮古と唐丹へ走った。

＊

二日後。唐丹村に二人の僧侶が現れ、命助の元を訪れた。盛岡の本誓寺住職是観と、気仙郡日頃市村の長安寺の住職である。帰国の説得に来たので代表者を集めて欲しいというので、命助は四十四人を呼び集めた。

寺の坊主は敬わなければならぬということで、二人の僧を上座に座らせ、命助たちは板敷きの下座にぎゅうぎゅう詰めになって座った。土間には盛岡と仙台の役人たちも数人来て立ち会っている。

是観が口を開こうとすると、それを制するように命助が先に静かな声で言った。

「御坊――。よく聞いて、藩に伝えよ。盛岡藩は、一揆勢の多くが戻ったとみるやいなや、徴税役人を領内に派遣して税を取り立てようとしているではないか。一揆鎮圧のために大筒まで出してきたとも聞いた。そんな所に帰れると思うか？　お役人たちも同様に、上に伝えるのだ。盛岡藩にも、民百姓のことをよく考えてくれる侍たちがいる。その者たちが罷免されるような国を、信じることができると思うか？」命助の言葉に力が籠もる。

「多くの侍たちが、己の生活は守り、民百姓に重税を課している。侍たちは俸禄を減らされていると言うが、それで飢えているか？　自分たちが飢えずに暮らす分だけはしっかりと確保した上で、お為（ため）ごかしを言う。侍株を買って侍になる商人たちもいる。侍は増えるばかりで、その者たちのせいでまた税が増え、御用金が増える」

命助は立ち上がって土間を振り向く。役人たちは目を逸らした。

「侍ばらは為政者というふかふかの布団の上にあぐらをかいている。城の広間に集まって、ああでもない、こうでもないと益体（やくたい）もない話し合いをして、気軽に増税、新税を決める。そんな中、民百姓の気持ちを知ろうと東奔西走する侍もいる。身銭を切って、百姓たちを救おうとする者がいる。そういう者を罷免するような国を信じるか？」

「否（いな）っ！」

と四十四人の声が揃う。

「南部弥六郎、南部主計、桜庭陽之輔、花輪徳之助、楢山帯刀、楢山五左衛門。以上六名の謹慎を速やかに解け。その者たちが復職したならば、盛岡藩の話も聞いてやろう。もし、復職しなければ、三閉伊ばかりではなく、領内のあちこちで大一揆が起ころう。仙野を越え、山を越え、海を渡って、数万の百姓、漁師、町人ばらが仙台領を目指す。仙台公にもこのこと、よくよくお伝え申せ――。我らの身を案じてのご足労、ありがたく思う。しかしながら、我らは御坊らとは異なる〈人を救う道〉を歩んでおる。話はこれまでだ」

これで五左衛門が言った汚い手の約束は果たした。五左衛門らの復職という条件は、一揆勢だけの要求ではなくなる、と命助は思った。仙台藩からも圧力がかかろう。そして、あちこちにうろついている公儀の隠密の耳にも入るだろうから、大老の阿部伊勢守あたりが彼らの復職を促す。盛岡藩は飲まざるを得まい。問題は、間に合うかどうかだ。盛岡の役人だけに五左衛門らの復職を要求しても埒があかない。また、盛岡藩が危機を感じていなければ、復職の要求は通らない。好機を待って今日まで来たが、すでに一揆は起きてしまった。その一揆が、仙台越訴の者たちの大半が国許に戻ったと安堵していた盛岡藩に一撃を与え、危機感を煽ったのだが――。

盛岡藩が復職を躊躇えば、三閉伊に大きな戦が起こることになる。

そうなる前に、五左衛門らが加判役に戻ってくれればよいのだが。

十一

田野畑から南下した一揆勢は、鍬ヶ崎村の手前、女遊部（おなっぺ）の川原で盛岡藩の兵と数日睨み合っていた。山に囲まれた谷間（たにあい）であるが、風の加減で潮のにおいが漂ってくる。川幅は狭く浅い。一気に渡ることはできる。しかし、対岸には鉄砲や槍（やり）で武装した兵が百名ほど陣取っている。鉄砲は四十挺（ちょう）。そのうち三十七挺は、一揆勢の目の前で弾込（たまご）めをしている。残り三挺は空砲で、兵は一揆勢が川を渡ろうとすると、それを撃って威嚇した。

できるだけ死傷者を出さないようにという作戦であったから、一揆勢は川の北側に陣を敷き、睨み合いに入ったのであった。

緊張が最高潮に達していた兵らは、一揆勢の小さな動きに反応して発砲した。

山に銃声がこだまし、田老（たろう）で合流した鳶（とび）が胸を撃たれた。

激昂（げっこう）した一揆勢は一気に川を駆け渡って兵らに襲いかかった。散っては集合し、兵の側面、後方に回り込んで攻撃をしかけるが、致命傷を与えられる武器を持っているわけではないので、じりじりと川原に追いつめられた。

一揆勢は水飛沫（みずしぶき）を上げて川を渡り、散開して山の中に逃げ込んだ。街道を西に外れれば、すぐに広大な北上高地の山塊の懐である。地理に暗い侍たちが追跡できるものではない。一揆勢は数ヵ所に分かれて身を潜め、連絡を取り合った。

藩は密偵の数を増やし、女遊部で散り散りに逃げた一揆勢の行方を追うと共に、次の一揆の情報を探った。幕府の隠密も、小一揆勃発の噂を聞きつけて三閉伊に集結し、仙台藩の密偵もまた、三閉伊で情報収集を行った。

一揆勢からも間者が出て村々を回り、隠れている一揆勢を売ろうとする者や、幕府、藩、仙台の密偵たちを見つけてその動きを探らせた。

一大情報戦が展開される三閉伊の村々では、迂闊に話をすると命を狙われるという噂が広がり、隣人さえも疑うような状態に陥っていった。

しかし、七月二十九日——。街道筋の盛岡藩兵たちの守りは固く、山中に隠れていた一揆勢はやむなく解散することとなった。

＊　　＊

八月に入っても謹慎は解けない。

五左衛門は今日も自室の中をうろうろと歩き回っていた。着たままの着物の襟は黒く汚れ、月代も髭も伸び放題であった。妻の菜華は食事を運んでくるたびに、

「もう少し身綺麗になさいませ。急な呼び出しがあったなら、いかがなさいます」

と叱る。一緒に部屋を訪れる貞も尻馬に乗って「身綺麗になさいませ」と言う。日一日と楢山家の女になっていく貞を、頼もしくも感じ、恐ろしくも感じる五左衛門であった。

一方、弓太とその仲間が知らせてくれる唐丹の様子や、城内の様子を伝えてくれる家臣らの話を聞くほどに五左衛門の焦りは募っていった。

鉄砲で犠牲が出たらしいが、田野畑の一揆勢は越訴を成功させた。

仙台藩はここぞとばかりに公儀に報告をするかと思えば、沈黙を守っている。

どうやら、南部土佐があの手この手で報告を先延ばしさせているようだという話も聞こえていた。一揆勢の何人かが大老阿部伊勢守正弘へ直訴し、伊勢守が仙台藩を押さえているのだという噂もある。四十九箇条のうち、三十一箇条の要求は飲むという話は伝わっているのに、唐丹の四十五人は動かない。それはおそらく、仙台藩が彼らの証言を根拠にして、公儀に三閉伊を自領にすることを認めさせる思惑を捨てていないからだ。

遠野侯南部弥六郎は、公儀から亜米利加からの国書に対する諮問が来たために、城へ呼び出されたという。謹慎中であっても公務であれば外出が許されている。

評定では、相手が我が国の法を犯すならば、武力をもって撃攘すべきであると決し、そのように答申したとのことであった。

諸外国のことについてはよく分からない五左衛門であったが、今、幕府は盛岡藩のことなど構っている場合ではないのだということは、ひしひしと感じていた。

盛岡藩を、領民を守ろうとしている時に、本朝が存続の危機を迎えている。

そのことが、五左衛門の焦りをいっそうかきたてるのであった。

八月には福岡通、田名部通、万丁目通と一揆が頻発したが、いずれも代官によって鎮撫された。

＊　＊

同じ頃。石原汀は盛岡城大奥の御座所で、藩主利剛に仙台からの書状を手渡した。

父利済が後ろからそれに目を通す。

「仙台公はついに事を公にするか……」

利済は唸った。書状には、盛岡藩が一揆引き渡しの条件であった諸税の免除を無視して役銭取立所を再開させたことや、田野畑村に一揆が起き、その者たちが越境してきたことなどを理由として、老中久世大和守に報告することに決した旨が記されていた。

「南部土佐さまの説得も届かなかったとなれば――」汀は静かに言った。

「もはやこれまででございましょう。潔く遠野侯以下を復職させ、南部土佐さまや田鎖茂左衛門どの、川島杢左衛門どの、そしてそれがしらを罷免なさいませ」

「諦めると申すか？」

利済は汀に鋭い目を向けた。

「事ここに至れば、いたしかたありますまい。我らは間違ったことはしておらぬと確信しております。このまま金を回し続けておれば、かならず財政は復活いたしましょうが、民百姓らの我慢が利かぬとあれば続けようはございませぬ。徳川宗春公にしろ、田沼意次公にしろ、商業に重きを置いて政を行う方々は、出る杭でございます。倹約は蒙昧な輩にも分かりやすうございますれば、それを旗印に掲げれば、杭を打ちたがる者が集まります。自分が儲からぬのを他人のせいにして、儲ける者を誹謗する。与えてやれば、もっともっとと欲をかく。民百姓というものは、いつの世もそういうものでございます」

汀は溜息をついた。

「それでは、民百姓に政を預けてみるか」利済は自分の席に戻って脇息に腕を置いた。「政を司ったことのない者らは、おそらく二年も持つまい。まず奴ばらは余が作り上げてきたものを悪の象徴として打ち壊すであろう。独断を非としてきた者たちが、自分の浅知恵に酔って独断の政を行い、結局、必要な物まで要らぬと言い出す。そして、にっちもさっちも行かなくなり、放り出すのだ。それではと侍が政を司れば、民百姓たちは自分たちがなにをしてきたかを棚に上げ、侍たちを糾弾する。おそらくいつの世でも同じであろう。だから、余はぎりぎりまで諦めぬ」

「少将さまがそういうお考えであれば、わたくしもお供いたしましょう」

汀は頭を下げた。利済と汀が話している間、利剛は一言も発しなかった。ただ丁寧に、丁寧に、仙台藩からの書状を畳んでいた。

十二

盛岡藩はただちに石亀千春を仙台に送り、再度、公儀への報告を待つよう説得に当たった。また、万が一、仙台を説得できずに公儀に報告が上がる場合を考え、水戸の徳川斉昭、大老阿部正弘などにも使者を出し、然るべく措置をとっている最中なので、内密に事を進めさせてもらえるよう嘆願した。徳川斉昭は藩主利剛の岳父である。また、仙台藩主伊達慶邦は斉昭の娘を後室に迎えているから、利剛の嘆願も聞き入れてくれるだろうし、仙台への口添えもしてもらえるだろうという考えであった。

九月。石原汀と田鎖茂左衛門、川島杢左衛門は若年寄を命ぜられた。しかし、楢山五左衛門らの謹慎は解かれない。利済の決意を示す人事であった。

仙台藩は唐丹村の四十五人を気仙郡盛町へ移し町屋三軒に分宿させていた。しかし、公儀からの知らせを待ちかねて、公式に沙汰をするため仙台城下へ移動させることに決した。盛岡藩の引き延ばしも、もう限界であったが、依然として五左衛門らの謹慎は解かれない。五左衛門の我慢も限界であった。

十月に入って数日。五左衛門は、下男に命じて朝から風呂を焚かせ、汚れを落とした後、菜華を呼んで月代と髭を剃らせた。

「どうした風の吹き回しでございます？」

菜華は五左衛門の頭と顔を拭うと、無邪気に訊いた。

「白装束を用意しろ」

五左衛門は真剣な表情で返した。菜華の顔が強張った。

「殿さま。なにをお考えでございますか？」

「心配するな。今すぐ腹を斬るというのではない。これから城へ参る。死も覚悟のはったりを利かせねば、石頭どもの心は動くまい。今すぐ腹を斬ることはなかろうが、無念な姿で帰ってくるかもしれぬと覚悟しておけ」

「分かりました。覚悟いたします」

菜華は五左衛門の目を真っ直ぐ見て肯いた。

すぐに白装束の用意がなされ、五左衛門は着替えて玄関へ向かった。

心はしんと静まりかえっていた。もはや利済や石原汀ら三奸への怒りはどこかに消えていた。ただただ藩のため、領民のために利済の真の退隠を求め、遠野侯南部弥六郎、南部主計、桜庭陽之輔、花輪徳之助、そして父と自分の復職を願う。

もし叶えられなければ、自分の命と引き替えに、他の方々の復職をと、腹をかっさばく。

死は怖くなかった。ためらいもなく、腹に刃を突き立てることができる。

覚悟を決めるというのはこういうことかと五左衛門は思った。

玄関に駆けつけた中間は、驚いた顔で五左衛門を見たが、すぐに痛ましげな表情になって小さく頭を下げた。五左衛門が履物に足を入れた時、後ろから父の声がした。

「伊達政宗公の真似か？」

帯刀の声はのんびりしていた。

「なんと仰せられました？」

五左衛門は振り返った。帯刀は腕組みをして笑みを浮かべ、五左衛門を見ている。菜華は夫をからかわれたと思ったのか、怒ったような顔で帯刀を睨んでいた。

「政宗公は、小田原攻めに遅参して、白装束で豊臣秀吉公に謁見した。その故事を真似たかと訊いておる」

「……知りませんでした」

五左衛門は小さい声で言った。

「なんと。この有名な話を知らんで白装束を着たか」

「はい……」

「ならば、誰かに訊かれたら仙台相手のお話でもございますので、政宗公に倣いましたと答えておけ。正直に知らなかったなどと申せば、赤恥をかいて斬った腹の価値が下がるぞ」

「ご教授、ありがたく存じます。それでは行って参ります」

五左衛門は一礼した。

「うむ。行って参れ」

帯刀は腕組みをしたまま肯いた。

家の門を出た五左衛門は、なにやら体が軽くなっている気がした。

道を行く侍や御用商人たちは、五左衛門の姿を見てぎょっとしたが、誰も声をかけない。城に入り三ノ丸を抜けて二ノ丸へ向かおうとした時、南部弥六郎と帯刀が追いついた。

「やれやれ、間に合った」

帯刀は裃姿だったが、弥六郎は白装束であった。

「帯刀どのから話を聞いて、急いで支度して参った」

「しかし……」

五左衛門は弥六郎の爪先から頭の天辺までをまじまじと見つめる。

「お前だけにいい格好はさせておれぬからな――。さて、参ろう」

弥六郎は五左衛門の背を押した。

「それがしが露払いを」

帯刀が前に出て歩き出す。三人は廊下橋を渡って本丸へ進んだ。

紅葉の間を回り込み、御次へ向かおうとした時、利済と利剛の近習が行く手を遮った。

「お上と少将さまに大切なお話があるゆえ、そこをのいてもらおうか」

帯刀が凛とした声で言った。近習の人垣がさっと割れて、石原汀が姿を現した。

「そちらが意地でも通さぬと申すなら、こちらは意地でも通るぞ」

五左衛門は肩衣の裾を引き抜いて身構えた。

「通さぬとは申しておりませぬ。それがしはお迎えに出向いたのでございます」

「出迎え？」

五左衛門、帯刀、弥六郎は怪訝な顔を見合わせる。

「この者たちは、騒がしくならぬようにするための備え。白装束二人が御座之間に向かったと、城内は大騒ぎでございますゆえ」

汀はそう言うと先に立って御次に進む。

その後に、弥六郎、肩衣を直しながら五左衛門、帯刀の順に続いた。御座之間の襖の前まで来ると、帯刀はそれを背にして座り「それがしはここでお守り申す」と言った。

弥六郎と五左衛門は汀に導かれて御座之間に入った。

上座には利剛と利済が並んで座り、南部土佐、田鎖茂左衛門と川島杢左衛門が同席していた。弥六郎と五左衛門は、座って一礼した。

「腹を斬る覚悟で直諫に参ったか」

利済が弥六郎と五左衛門を見つめる。口調は穏やかであった。

「御意にございます」

「聞いてやる。申してみよ」

「しからば――」弥六郎は隣の五左衛門に顔を向けた。

「楢山五左衛門が申し上げまする」

急に役を振られた五左衛門は少し狼狽え、居住まいを正して口を開いた。

「仙台藩や一揆勢との約束、すぐにもご履行していただきたく存じます。そして、大一揆の件に関わるあらゆる沙汰を、南部弥六郎さまに一任くださるようお願い申し上げます」

五左衛門は深々と頭を下げた。

「それがしと、楢山五左衛門に」

弥六郎は付け足した。五左衛門は驚いて顔を上げる。

「五左衛門は身軽にあちこち飛び回れまするゆえ、ぜひとも」

五左衛門と弥六郎の訴えを聞いた利済らは、しばらくの間無言であった。

あえて表情を隠しているのであろうが、その沈黙は不気味で、五左衛門は不安になったが、丹田に力を込めて訊く。

「いかが？」

その問いに、利済は五左衛門を見つめながら隣の利剛の腕を軽く叩いた。

利剛は父に肯き、弥六郎と五左衛門を交互に見て口を開いた。

「昨日、大老阿部伊勢守さまより書状が届いた」

その言葉を聞いた瞬間、五左衛門の背筋に冷たいものが走った。仙台藩は老中久世(くぜ)大和守に仙台越訴の件を報告したと聞いた。なにも動きが無かったから、安心していたのだが——。久世大和守から、阿部正弘へ話が伝わり、ついに盛岡藩への沙汰が下ったということか。なにもかも、間に合わなかったか。南部家は転封か、廃絶か。

「役人を村々に派遣し、一揆勢の申し立てどおりであるかどうかの実態を把握し、さらに要求も聞き取って細民を救うこと。一揆に責任のある重臣を罷免すると共に、南部弥六郎、南部主計、桜庭陽之輔、花輪徳之助、楢山帯刀、楢山五左衛門を復職させること」

汚い手は上手く行った――。利剛の言葉に、五左衛門は小さく息を吐いた。

「お家は――。盛岡藩はどうなりましょう?」

五左衛門は訊いた。

「お咎めはない」

利剛は微笑む。

「よかった……」

五左衛門は思わず呟いた。

「余は退隠する。あとは好きにするがいい。だが鼬(いたち)の最後っ屁(ぺ)とやらいうものをしようと思う」利済は立ち上がってにこやかな顔で続けた。

「京や江戸から大工を集め、三層楼、広小路御殿を建てたのは、その技を盛岡の大工ばらに学ばせるため。南部の杜氏(とうじ)は諸国に出かけて酒を醸し、金を盛岡に持ち帰る。同様に盛岡の大工の腕があがれば、杜氏たちと同じように諸国で仕事ができる。また、地元の大工も使っておるから、その者たちは給金をもらい、それを使う。それで金が回るのだ」

五左衛門は言いたいことはあったが黙って聞いていた。弥六郎も同じであった。

「遊廓については、街道に造ったことを考えてみよ。旅人は城下へ入る前に津志田で金を落とす。そして城下でも金を落とす。遊廓や宿、城下の店で金を使えば、領外の金が盛岡に落ち、それが回るという寸法だ。年貢だけに頼る時代は終わったのだ」

利済の言葉は、気負ったところのない淡々とした口調であった。

「それがうまく回るまでに何年かかると思うかとお前たちは言うだろう。領内の者たちが飢え死にしてしまえば、百年の計も立たぬ。大切なのは、今日、明日を生き延びるための食い物である。逼迫した財政の特効薬は倹約だとな。しかし、よく考えてみよ。不況になれば、民百姓は財布の紐を固くする。するとさらに不景気となり、小さい店から潰れていく。不況はますます酷くなり、物を作る職人、作物を作る百姓にまで波及する。そして、己で己の首を絞めているとも気づかず、頑なに金を使わず、不況を政のせいにばかりする愚か者たちのために、いつ果てるとも知れぬ地獄が始まるのだ。目先のことに気を取られておれば百年の計を読み違える――。もうしばらくの辛抱だったのだが、いたしかたない」

利済は溜息をついて歩き出した。そして、五左衛門の横を通るとき、

「いずれお主も、百年の計、二百年の計に思いを馳せなければならぬ時が来よう。くれぐれも読み違えるなよ」

と言った。五左衛門は頭を下げて利済を見送った。

南部土佐は無念そうに唇を噛んでいたが、汀ら三人の若年寄は平然とした表情であった。

「さて」汀が言う。

「これより各所で事情を説明なさることになりましょうが、財政の困窮や一揆頻発の責任をすべてそれがしらの責任とされるのは迷惑千万。申し開きの機会を設けていただきたい」

「つまり、どなたかが交渉に同行するということでございますな」

五左衛門は訊いた。

「それがしが随行いたします」田鎖茂左衛門が言った。

「南部土佐さま、石原汀どの、川島杢左衛門どのは、一時的に登城に及ばずということで」

「正式なお沙汰は、すべての交渉が終わってからということですかな」

弥六郎が訊いた。

「そのとおりでございます」

「そなたらには奸臣の悪足掻きとも思えようが――」利剛が言う。

「公正な沙汰をと考えれば、余は田鎖の申し出は妥当であろうと思う」

「それでは御意のままに」

弥六郎が言うと、南部土佐と三人の若年寄は立ち上がり、退出した。

「弥六郎」利剛は襖が閉じるのを待って言った。

「これからどのように進めるつもりだ？」

「まず、御公儀への対応は五左衛門に任せましょう」弥六郎は、驚いた顔をしている五左衛門に目を向ける。

「そなたのことは、利道さま、利剛さま、みどもも何度か書状に書いたことがある。阿部伊勢守さまはそれをお読みになり、一度会うてみたいと仰せられておる。そなたは、自身が思うより他人から信頼されておるのだ」

「恐悦にございます――」

五左衛門は頰を赤らめた。

「仙台藩にはみどもが赴きましょう。向こうさまに都合の悪い噂についても話し合わねばなりませぬ。あらぬ誤解という形でおさめれば、向こうさまもほっとなさりましょう」

弥六郎は利剛に顔を向けた。

「仙台藩が三閉伊を自領にと画策している話か――遺漏なきように頼む」

「かしこまりましてございます」

弥六郎と五左衛門は一礼して襖を開け、御座之間を辞した。

＊　　＊

五左衛門は、元座奥兼帯御勝手向となった。

遠野侯南部弥六郎は仙台藩との交渉に向かった。

五左衛門は、弥六郎の交渉を助けるために大老阿部正弘や老中久世大和守らに書状を出し、『仙台藩から越訴の沙汰を求められても、盛岡藩にしばらく猶予を与えていただきたい』旨を嘆願した。書状は江戸勤番の向井大和に託した。

十三

遠野侯南部弥六郎は、仙台の脇本陣に腰を据えて、城に日参していた。

弥六郎に随行していたのは、目付設楽藤蔵、和井内作右衛門、鳥谷部嘉助、遠野家老新田小十郎。近習頭の田鎖茂左衛門。御徒目付三人、吟味方一人など十数名。

その弥六郎から『御公儀より猶予をいただいたので、すぐに仙台に向かい一揆衆との交渉をすべし』との連絡があり、五左衛門と家臣の澤田弓太は、時雨に降られながら街道を急いでいた。笠と桐油合羽を叩く雨は冷たかったが、五左衛門の内側は熱く燃えていた。

一揆の件が落着すれば、いよいよ藩政の改革に臨める。

このたびの改革は、民百姓の要求によって行われるととらえることができる。それは、一揆勢にとっても、大きな一歩となる。その延長には今までなかった世の中が待っているのだ。民百姓が、侍たちと共に藩政を論じる世である。

以前は、一揆が拡大し、本朝全体を巻き込むものに拡大していけば、民百姓の意思を尊重する世の中ができると思っていた。だが、そこに至るためには、侍と民百姓の戦は避けられない。仙台越訴の始まりは、確かに暴力を伴う一揆であったが、これから行われる談合がうまく行けば、民百姓と侍たちの話し合いによって藩政の舵(かじ)を取っていくという方法の先例となる。

雲が流れ、雨は後方へ去った。街道を囲む山々は、紅や黄色の彩(あや)なす錦(にしき)に覆われている。重なる山の奥の方は、薄い褐色をさっとはいたように落ち着いた色合いになっていた。西の山嶺(さんれい)にはうっすらと白いものが見えた。

東の山に虹(にじ)がかかった。五左衛門には、それが盛岡藩を祝福しているような気がした。

＊　＊

一揆勢の代表は藩境の唐丹村から少し南に下った盛町、次いで仙台城下へと移されていた。数軒に分けて住まわされていた四十五人は、五左衛門が到着した時、芝多民部(しばたみんぶ)の屋敷の広間に集められていた。南部弥六郎や随行の者たちも同席していた。

五左衛門が一同に黙礼すると、弥六郎が『頼むぞ』と言いたげに肯いた。

「早瀬川の子供」命助は五左衛門を見て微笑んだ。

「このたびは約束を守るようだな」

「そうだ。だからすぐに国許へ帰ろう」

「まずは、盛岡藩がどこまで要求を飲むことにしたのか聞かせてもらおう」

「それについては、仙台の方々から聞いておろう」

「こちらの細かい問いにまで答えてもらいたい。いい加減な返答ができぬ問いを用意しておる。それに答えられれば、盛岡藩が本気で約束を守るつもりかどうかが分かる」

「分かった。なんでも訊いてくれ」

五左衛門は背筋を伸ばして言った。

命助は、盛岡藩が免許した要求と、認められぬ要求について、微に入り細をうがつ質問をした。五左衛門はそれによどみなく答えていった。問答は二刻（約四時間）にも及んだ。

「――なるほど。盛岡藩が本気で約束を守るつもりであることは分かった。退けられた要求については、飲めぬ理由を承知した。しかし、もう一つ問いたいことがある。こちらの要求を飲めば、藩を支えていた新税や御用金、産物の専売による収入などなど、今まで入っていた金をあてにできなくなる。それをどう補塡するつもりなのだ？」

「それはこちらも聞きとうござる」それまで無言で立ち会っていた芝多が口を開いた。

「試算では二万両ほどが足りなくなるはず」

「俸禄から借り上げます。今でも俸禄を借りておりますから、侍らも苦しゅうございますが、まだまだ百姓らの困窮には及びませぬゆえ」

「だが、それでも二万両には足りますまい」

「侍株を買って、侍になった者ばらに出させまする」

富裕な商人たちは侍株を買って士分に取り立てられている者も多かった。

「だが、要求の中にはそういう者たちの身分を取り消すようにというものもあったはず」

「要求は順を追って叶えて参りますゆえ」

「大金を借り上げてから、身分を取り消すのでござるか？」

「汚い手ではございますが、時にはそういうことも必要だと年寄らに教えられました」

「しかし諸士は、俸禄の借り上げにつぐ借り上げで、暮らしが立ちゆかなくなり、債務が増えましょう」

「民百姓ばかりを困らせて政に携わる侍がのうのうとしているわけには参りませぬゆえ。侍もまた、領民と共に苦しんでいるという姿を見せなければ納得されませんでしょう。東中務という男は、思い切って役人の数を減らそうという案も出しております。諸士の借金については、いよいよとなれば支払い延期の令を出す方法もございます」

「それも商人の負担となりますな」

「田鎖茂左衛門どのらも常々、金は使わなければ回らぬと仰せられていますが、そのとおりでございます。まずは、持っているのに出し渋る者から取るのが筋でございます。商人ばらには、『国が困窮しているこのような時のために、我らは蓄財をしていたのだ』と申して金蔵を開ける太っ腹さが欲しゅうございます」

「なるほど。盛岡藩の考えは分かりもうした」芝多は四十五人の代表の方へ体を向けた。

「もし、約束の反故（ほご）があれば我が藩まで注進せよ。すぐに願いが叶うようにはからおう」

「ご趣意をもって御諭しおかれ、ありがたきことに存じ奉ります」

命助は芝多に対して深く頭を下げかしこまって言った。そして、五左衛門に向き直る。

「それでは、互いに一札を入れよう」

「おれは助っ人だ。一札は南部弥六郎さまがお入れになる」

五左衛門と命助は肯き合った。文机が代表者たちと盛岡藩の侍たちの前に置かれた。

命助は〈南部御重役様〉宛の一札。和井内作右衛門と鳥谷部嘉助が一揆勢宛の一札をしたためた。和井内と鳥谷部が記した一札は弥六郎が確かめ、署名捺印をした。

命助はもう一通、仙台藩宛に礼状を書いた。

広間の一同は、それぞれの思いを胸に抱き、一様に吐息をついたのであった。

南部弥六郎が三方、田鎖茂左衛門が御徒目付と二人で重そうな木箱を持って代表の前に進み出た。三方には一分金が積まれ、木箱には銭が収められていた。

一揆勢の代表たちは小さく声を上げた。弥六郎は三方を代表たちの前に置く。

「満足の行く額ではなかろうが、受け取ってくれ」

こうして十月二十日。一揆勢の要求四十九箇条中、三十一箇条が免許。首謀者は一切不処分とする安堵状が下賜されて、それぞれの書状が取り交わされ、百四十七日に及んだ仙台越訴は決着した。

第四章　新たな反目

一

嘉永六年（一八五三）。楢山五左衛門の腹違いの弟行蔵は数え十五歳になり、初夏の吉日を選んで元服式が行われた。

烏帽子（えぼし）親に烏帽子を被（かぶ）せられながら、行蔵は不安を感じていた。

今日、おれは大人の仲間入りをする。

しかし——。おれはこれからどうなるのだろう？

列席の親族の中に座る五左衛門にちらりと目を向ける。

五左衛門は優しい笑みを浮かべて、行蔵に肯（うなず）く。

行蔵は硬い顔のまま肯く。

きっと、緊張のあまり顔が強張っているのだと、兄さまは思っているだろう――。

同じ妾腹であるのに、楢山家を継ぐ兄さま。

いずれどこかの家に養子に出される自分。

どうせ、縁組みをされる家は、楢山家よりも家格が下だ。けっして兄さまを追い越すことはできない。

弟は、生まれた時から敗者だ。

そんな仕組みが憎い。

加判役になって以来、今までより五左衛門がずっとずっと遠くの人になったような気がした。

行蔵は、腿に置いた拳を強く握りしめるのだった――。

そういう負の思いが招いた不幸ではなかったろうが、十月三十日、行蔵は小姓の役を解かれた。

藩政改革のための人員削減が理由だった。

行蔵はその知らせに愕然とした。

なぜおれが？

兄さまは、留任を口添えしてくれなかったのか？

五左衛門には、役人への登用の口添えをしてほしいという頼み事がよくあった。しかし、たとえ親族であっても、それを引き受けることはなかった。

役人は能力によって登用されるべきであって、縁故を頼ってなるべきではないというのが五左衛門の考え方だったのだ。

藩政改革に熱心である兄さまは、罷免される者の中におれの名前があったとしても、自分の弟であるということを理由に、留任の口添えをすることはない——。

兄さまを快く思っていない者が、わざとおれの名をあげたのかもしれない。おれの名があっても、兄さまは留任を口に出すことはない。そうやって、誰かが兄さまに嫌がらせをしたに違いない。

ならば、とばっちりではないか——。

行蔵の中で五左衛門を憎む思いが明確な形をとったのであった。

行蔵はこれから九年、無役のまま不遇の日々を過ごすことになる。

人の気持ちを荒ませるには、充分な歳月であった。

十一月七日。盛岡藩はすでに雪の中である。家々の屋根は厚く雪を積もらせ、町の人々は蒲簀を脚に履いて道を平らにする雪踏みに余念がなかった。白く染まった巌鷲山も、雪の紗幕に隠される日が多かった。

遠野侯南部弥六郎は、藩政の大改革に着手した。南部土佐には隠居蟄居。石原汀、田鎖茂左衛門、川島杢左衛門には、身帯家屋敷など家財共に御取立の上、蟄居が命ぜられた。さらに勘定奉行や大目付以下、二百数十名が罷免、更迭された。一揆終結に関して南部弥六郎が表彰されるなど論功行賞も行われ、野田通田野畑村と普代村にも百五十石を増俸しようとしたが、「それが原因で大乱になりそうである」という理由で固辞された。

仙台越訴の成功に、盛岡藩の民百姓は沸き立った。侍から勝利を勝ち取ったのである。五左衛門は、深い感慨を覚えた。十七歳、近習に取り立てられたばかりの頃に思い描いていたことが、現実のものとなったからである。

これで盛岡藩は変わる――。しかし、そう思ったのも束の間であった。

『侍など恐るるに足りず』

そういう気運が民百姓の間に蔓延した。盛岡の武家地を、声高に武家への悪口をまくし立てながら歩く者たちが横行し、腹を立てた侍に斬られるという事件も発生した。武家屋敷に石を投げ入れる者たちもいた。

また、仙台越訴に参加した者たちの中には、酒屋に入って散々に酒を飲み、代金を踏み倒し、『このようなめでたい世の中になったのはおれたちが命を賭けて越訴したおかげだ。銭を払って欲しければ家まで三拝九拝せよ』と言う者もいた。一揆に参加しなかった者に対して、『これからは神仏を拝むよりも、我らを拝め』と肩をそびやかす者もいるという。

石原汀の言うように民百姓は愚民であるのかもしれない。虎の威を借る者、他人の褌で相撲をとる者のなんと多いことか。出来事の意味を深く考えることもなく、時流に流される者のなんと多いことか。百姓が侍に勝ったということで、自分たちにも力があると勘違いする者たちのなんと多いことか。そのように愚かな者たちを引っ張っていくには、眼前に刃をかざすこともいたしかたないのかもしれない。汀は堀内若狭の屋敷に御預けとなっているが、きっと押し込められた座敷の中でほくそ笑んでおるに違いない――。

五左衛門は、暗澹たる気持ちになるのだった。

＊　＊

五左衛門は城から戻ると、菜華を相手に愚痴を言うようになっていた。

菜華はいつも肯きながらそれを傾聴してくれた。

しかし、今日は五左衛門の着替えを手伝った後、さっさと引き揚げてしまった。

行き場を失った憤懣が、五左衛門の中で煮えたっていく。

命を賭けて一揆を起こした三浦命助らのように自ら行動することもなく、必死になって藩政を立て直そうと寝る間も惜しんで働く弥六郎さまのことを知ろうともせず、好き勝手な言動をする者たち。

五左衛門は部屋の中を歩き回りながら胸にこみ上げる思いを持て余した。

廊下に菜華の足音がして、すっと障子が開いた。

菜華が膳を持って部屋に入る。膳の上には香の物と濁り酒が満たされた片口と、酒を飲む時に五左衛門が使っている茶碗が載っていた。

「今宵はこれが必要かと思いました」

とにっこりと笑う。城から帰った五左衛門の様子から察したのであろう。いつもながら気が利く菜華であった。

「うむ」

五左衛門は菜華の前にどっかと座り、酌を受けた。

そして、胸の中に渦巻くものを言葉にして一気に吐き出した。

止めどなく流れ出す民百姓らへの不満を、菜華は微笑を浮かべたまま聞いていた。

「――お前はどう思う？」

二杯目の酒を啜りながら五左衛門は訊いた。

「わたくしの考えをお話ししてもよいのでございますか？」

菜華は微かに首を傾げる。

「聞きたい」

「愚か者は殿さまも同じでございましょう」

五左衛門は驚いて眉根を寄せた。

「おれが愚か者だと？」

「はい。愚か者でございます」

「なぜ？」

「なぜと問いたいのはわたくしの方でございます。なぜ殿さまはお怒りでございますか？」

「他人の苦労も知らずに好き勝手をする者たちが多いからだ」

「それならば、怒りよりもまず、嘆きが涌いてまいりましょう」

「嘆きを通り越して怒りが涌きあがっておるのだ」

「左様でございましょうか？　ここしばらくのお話を聞いておりますと、最初からお怒りのようでございましたが――。殿さまには、せっかく自分たちが一揆を収めてやったのにという思いはございませんか？」

「うむ……」

ないとは言えなかった。

「一揆を収めたのは加判役としての殿さまの当然のお仕事でございましょう」

「それはそうだが……」

「人の考えは様々であると、殿さまは学ばれたはずでございましょう。ならば、一揆終結に対する人々の捉え方も様々。もし、盛岡領内の者たちに同じ方向を向かせたいのであれば、それなりの手段が必要だったのではございませんか？」

「それなりの手段とは？」

「人の考えは様々でございますし、物事を理解する力も様々でございます。仙台越訴が起こった理由を子細に伝え、それによって盛岡藩がどのように考え、どのように藩政を改革していくかが明確に指し示されなければ、庶民はお祭り騒ぎを繰り返すばかりでございましょう」

「お怒りは、ご自分にお向けなさいませ。まだまだ足りないところがあると」

「うむ……」

正論ではあるが、これほど精一杯やっているのに足りないと言われるのは心外でもあった。

「お前は、おれがどれだけ大変な思いをしているのか見ておらぬ。家を出ていくおれと、城から帰ってきたおれしか知らぬではないか。おれが城でどれだけ大変な役目を預けられているのかも知らずに、足りぬところがあるなどと言うは、僭越(せんえつ)ではないか」

五左衛門の言葉に、菜華の顔からすっと笑みが消えた。

菜華は反論もせずに静かに平伏した。

「出過ぎたことを申し上げました」

菜華のうなじと背中を見ているうちに、五左衛門の心に強烈な後悔の念が噴き上がった。

「いや……。その……、お前の考えが聞きたいと言ったのはおれであった。なるほど……。いかにも、そなたの言うとおりだ。いつもながらの慧眼(けいがん)、恐れ入る」

菜華は顔を上げてにっこりと笑った。

「岡目(おかめ)八目。外側から見ているほうが、よく見えるのでございます」

「うむ……」

十一月十三日。急な命令が下った。一揆の始末について急ぎ打ち合わせたいと公儀からの呼び出しがあったのである。『公儀への対応は五左衛門に任せる』と南部弥六郎に言われている。五左衛門はただちに盛岡藩士石亀千春を供にして江戸へ向かった。

　この月、利道は利義と改名した。

　十一月後半。楢山五左衛門は江戸城辰ノ口の阿部伊勢守正弘の屋敷で、これから盛岡藩の力になってもらう日向飫肥藩主伊東祐相を紹介された。飫肥藩の上屋敷は、盛岡藩と同じ外桜田で、道を挟んだ西側にある。頻繁に相談するには好都合であった。

　祐相と話し合い、隠居する南部利済を麻布の下屋敷に住まわせることを決めた。麻布屋敷には利済のせいで心を患った利義が住んでいるが、だからこそ一つ屋根の下に暮らして欲しいと五左衛門は考えたのである。親子がいつまでもいがみ合っていてはならない。

　初め、祐相は「そなたの考えは甘い。親子の仲違いは、なまなかなことでは直らぬぞ。刃傷沙汰にでもなったらなんとする？」と、五左衛門の案を渋った。しかし、

「余人が甘いと仰せられるのはすなわち、それがしが理想を語るからであろうと存じます。それがし、昔よりは世間も政も覚えましたゆえ、叶う理想と叶わぬ理想があることは存じております。しかしながら、叶うかもしれぬ理想は、叶えてみとうございます」

　という五左衛門の言葉に、祐相は微笑みながら肯いたのであった。

　残るは利済と利義の説得だったが、「理想」と語ったものの気の重い仕事で、五左衛門は仙台越訴の沙汰を軽くするための諸藩への根回しを優先し、それを先延ばしにした。

そして、帰国の前日、意を決して麻布の下屋敷へ向かった。

曇天からちらちらと雪の舞う寒い日であった。空の重い灰色が、道を行く五左衛門の心も足も重くした。外桜田の上屋敷から麻布の下屋敷までおよそ半里（約二キロ）ほどであったが、五左衛門には何倍もの距離に感じられた。

下屋敷に着くと五左衛門は、一つ大きく息を吸い、吐き出して門を潜った。

通された書院で待っていると、質素な木綿の着物を着た利義が現れた。ずいぶん痩せたように見えた。五左衛門は深く頭を下げる。

「なんの用で来たか、当ててみようか」

利義の笑いを含んだ声は、やつれた外見と相違して張りがあった。

「父上をここに住まわせたいと申すのであろう？　余と一緒に住まわせて、仲直りをさせたいというお節介を考えたのではないか？　考えたはいいが、さてどう切り出したものだろう――。襖を開けてすぐに見えたそなたの顔にはそう書いてあった」

「ご明察でございます」

五左衛門は、ほっとした。

「余は構わぬ」

利義は言った。あっさりと承諾されたので、五左衛門はかえって心配になった。

「本当に、大丈夫でございますか？」

「そなたが考えたことであろう」利義は苦笑する。

「共に藩政を離れた身だ。肩肘張らずに話ができよう。父上は短気で頑固だが、道理の分からぬお方ではない。藩主の座にあった時には不安と焦燥と怒りで、気も狂わんばかりであったが、国許を離れて暮らすうちに色々と見えて参った」

「左様でございますか。利義さまもご成長あそばしたのでございますな」

五左衛門は利義の言葉に感動を覚えて、思わずそう言った。

「若輩の加判役に言われとうない」

利義は楽しそうに笑った。五左衛門はこの年二十三歳である。

「これは、失礼いたしました……」

五左衛門は慌てて頭を下げた。

「父上と余のことは心配いたすな。心掛かりは、国許のことよ」利義の眉間に皺が寄った。

「余を再び藩主に担ぎ出そうという動きもあるようだ。そういう者どもから、遠回しな書状が何通か届いておる。密かに面会を求めようとする江戸詰の者もおったが、病を理由に会うてはおらぬ」

「左様でございますか……」

利義派の者たちはもうすでに、利義に対して直接働きかけをし始めているのか。

「そちはどう思う？」

「盛岡藩主には、利義さまが相応しかろうと思います。しかしながら——」

五左衛門は言いよどんだ。

「忌憚なく申せ。ここだけの話だ」

「しからば――。もし、利義さまが再び藩主の座につけば、また藩内は混乱いたしましょう。利剛さま派の侍たちが、利義さまを追い落とし、利剛さまを再び藩主の座へと画策し――。その繰り返しになりましょう。盛岡藩はやっと今、新しい藩政の端緒についたばかりで、なによりも領民のことを一番に考えなければならない時期でございます。様々なことがございましたから、公儀の目も光っております。波風は立ててはならぬというのが、五左衛門の考えでございます」

「なるほど。では、余を御輿に載せようとする者たちの思いを挫かなければならぬな」

利義は何度も小さく肯いた。

「利義さま――。なにをお考えでございますか？」

「いや、なにも――」利義の表情が少し動いた。

「一つ言えるのはそなたの言うとおり、わたしは藩主の座には戻ってはならぬということだ」

利義は、なにか策を考えているようだと五左衛門は思ったが、重ねて問うことはしなかった。利義が垣間見せた表情に強い決意を感じ取ったからである。

二

師走も押し迫った二十八日。五左衛門は、石亀千春と共に盛岡へ戻った。

五左衛門は家にも戻らずにすぐに登城し、南部弥六郎と東中務を伴って利済に謁見した。

利済は御座所から離れた、大奥の奥まった座敷を居室としていて、今日は藩主利剛は同席しなかった。いつもならば側(そば)にいる石原汀らの姿もなく、利済はただ一人座って五左衛門ら三人に向かい合っている。失脚した身ではあったが、その態度は泰然としていた。

「阿部伊勢守さまより、仙台越訴に関するお沙汰のため参府なさりませとのこと」

五左衛門は言った。

「亜米利加(メリケン)の船が来たとしておたおたしておる中、正しい裁きができるとも思わぬ。今行ってもおざなりな調べと沙汰があるだけだ。ならば、もう少し落ち着いてから参る」

「少将さま」五左衛門は穏やかな声音で言う。

「江戸では利義さまがお待ちでございます」

「遺恨を晴らそうと、手ぐすね引いてか」

利済は唇を歪(ゆが)めた。

「いえ。利義さまは、『少将さまも自身も藩政を離れた身。肩肘張らずに話ができましょう』と仰せられました」

「利義がか？」利済は意外そうに目を見開いた。

「そうか……。利義がそう申したか――。息災であったか？」

「はい。少々お痩せになられましたが、お元気そうであらせられました」

「利義がのう……」

利済は目を閉じて天を仰ぐ。

五左衛門は利済の老いを感じた。仰け反らせた首には皺が目立った。頬が弛み、所々に老人特有のシミも散っている。利済は今まで、必死に藩の財政を立て直そうと突き進んできた。利済の藩政に反対する家臣たちを退けるために、無い力までも振り絞らなければならない日々であったろう。その気迫が、利済を若く見せていたのかもしれない。数え五十七歳。年相応の男の姿がそこにはあった。その胸には、どんな思いが去来しているのであろうか。自分の藩政の正しさを証明できぬまま失脚した無念か。精一杯やってきた満足か。

利済の頬に一筋涙が流れるのを見て、五左衛門は狼狽え、慌てて目を逸らした。

「参府の件、あい分かった。もう下がれ」

利済は横を向いている。指先に拭った涙が光っていた。

弥六郎が早口で「ご出立は年明けの十五、六日と考えております。用意が整いましたならば、あらためてお知らせに参ります」と言って腰を浮かせた。

五左衛門、中務も弥六郎に倣い、急いで退出した。

＊　＊

盛岡城大書院では、連日評定が開かれた。人事と財政に関わる評定である。

まず、東中務を加判役に取り立てる旨の案が南部弥六郎から出され、異議もなく可決された。今まで五左衛門が最年少であったが、さらに若い加判役が誕生した。

そのほか、人事については、主に利済派の者たちの罷免、処罰と、空いた席に誰を入れるかが議題となった。東中務が極端な発言をするのではないかと危ぶまれたが、五左衛門が心配したほどではなく、おおむね妥当な意見だけを述べていた。

問題は財政であった。

藩政の改革に関して、幕府から五千両の貸し下げがあることになっていた。それを藩の負債に充てるために、勘定奉行がいろいろと試算したのだったが、とても足りぬという。

では、足りない分をどこから出すか？　今までならばすぐに、増税、新税、御用金という言葉が出たが、さすがに一揆の直後である。誰も言い出す者はいなかった。

税や御用金を禁じ手とされてしまうと、もはや打つ手は見出せない。仙台藩も試算していたように一揆勢の要求を認めれば二万両の不足が生じ、当然立ち現れる問題であった。

幕府からの五千両は、焼け石に水なのである。

五左衛門は、〝十分にある商人ら〟からの借り上げを主張した。借り上げの試算は二万両を超える。しかし、商人たちの反発は避けたいという消極的な意見が相次いだ。

反対はするが、代替えの案は出てこない。重臣たちもその卑怯を知っているから、しだいに発言が減っていき、ついには大書院と御次に沈黙が広がった。

「楢山さまの案以外になにも出ぬのであれば、それで行くしかございますまい」

沈黙を破ったのは東中務であった。

消極的反対派の重臣たちは顔を見合わせてひそひそとなにか話し始める。金上侍――、金で侍株を買った商人たちになにかと便宜をはかっている者たちである。

中務は不愉快そうにその連中にちらりと視線を送ると、付け加えた。

「しかしながら、楢山さまの案も今年限りしか使えませぬ。毎年、同じ額をその者たちに出させるわけにはいきませぬからな」

「いかにも――」

五左衛門は中務に体を向けた。己の利ばかりを考えてのらりくらりと議論を引き延ばすだけの者たちの思惑を、中務はばっさりと断ち切ってくれた。相手が何者であっても、自らの主張をする中務を五左衛門は頼もしく思った。

「それがしの案はその場しのぎ。恒常的に歳入を増やす算段をしなければならぬ」

「それには殖産興業でございましょうが、すぐには収入に結びつきませぬ。その間は我らが身銭を切らなければなりますまい。増税、新税、御用金を課すことはできない。御公儀からの貸し下げは五千両どまり。我が藩は、すでにかなりの割合で俸禄借り上げをしておりますが、絞り出せるのは諸士の懐ばかりでございましょう」

中務の言葉に、議場はざわめいた。それはまさに、五左衛門がこれから提案しようと思っていたことであった。日頃は意見を異にすることも多いが、この件については同じことを考えていたのだと、五左衛門は嬉しくなった。

「それがしの案に異を唱えるのであれば、なにとぞ代替え案をお示し下さい。今年中に道筋をつけておかなければなりませぬ。異を唱えるだけならば、誰でもでき申す。仙台越訴の要求を見れば分かるとおり、百姓でさえ政に対する代替え案を持っております」

中務に言われ、重臣たちは一斉に渋い顔になった。

そこで五左衛門は、以前中務が言っていた案を口に出す。

「城内の人員を思い切って整理するという手はある」

五左衛門の発言に、再び重臣たちがざわめく。中務は驚いた顔をして五左衛門を見た。

「なるほど――」中務は言う。

「それならば人数分の俸禄が、まるまる浮きまするな。しかし、俸禄が減るならばまだしも、まったく断たれてしまうわけでございますから、不満は大きゅうございますぞ」

中務が口にしたのは、それを議論した時に、五左衛門が語った懸念であった。

「吉宗公は大奥の見目麗しい女中ばらを選んで、役を免じたという。大奥を出ても身の振り方は幾通りもあるということでな」

五左衛門はその時に中務が言った答えをそのまま返した。

二人は顔を見合い、小さく肯き合った。

奥女中を減らし、ここ数年で新しく設けた番所の同心の役を免じる案が出され、承認された。しかし、南部弥六郎が利済に近い者ばかりを免じることはならぬと釘を刺し、中務はあっさりと「承知つかまつりました」と答えた。

その言質をとったことで、利済の供をして江戸に向かう五左衛門が盛岡に帰着するまでの間、人事や財政のことについては中務に任せることに決した。

三

明けて嘉永七年（一八五四）。この年は、十一月二十七日改元により安政元年となる。

一月の十六日。利済が江戸へ出立する日であった。

参勤交代の行列ほどではないが、警護の侍や駕籠、長持を担ぐ者などかなりの数の供揃えである。見送りの侍たちも整列している。しかし、出立の刻限を過ぎても利済は現れない。供も見送りも、白い息を吐いて震えている。

五左衛門は腹を立てていた。利済も参府については納得したはず。この期に及んで、なにを考えて御座す。道中の宿の手配はすでに済ませている。遅れれば各本陣に迷惑がかかる。

五左衛門は馬を下り、城内に駆け込み、利済の居室に向かった。

座敷に入ると、利済は脇息に肘を置いて、のんびりと煙管を吹かしていた。

「少将さま。ご出立の刻限を過ぎております」

五左衛門は怒りを押し殺して、利済の前に正座し、頭を下げた。

「愚かな元藩主だからごねておる」

利済は煙草盆を引き寄せて、灰吹きに煙管の灰を落とした。

「なんと仰せられました——？」

「愚かな元藩主だと言った。愚かな元藩主ならば、江戸に行けば腹を斬らされるかもしれぬと怯えて、ごねにごねて出立を遅れさせるであろう。その方らが追い落とした元藩主がいかに愚かであるのかを天下に知らしめるのだ」

「それでは、少将さまはわざと——？」

「当たり前だ。余が本気でごねていると思うたか。見くびるな」

「失礼つかまつりました……」

「増税、新税、御用金で民百姓を困らせ、さらに切腹が怖くて参府するのをごねる愚かな元藩主。それに代わって政を行う者たちを領民たちは好意的な目で見る。石原汀がよく言うていたように、領民どもはしょせん愚民だ。我らの行ったことを末代まで愚行と言い、我らを愚かな藩主と奸臣と呼ぶだろう。裏にどのような思いが秘められているかなど考えもしない。『悪者だ』と言う声が多ければ、そちらに流される。そういう愚民の心も利用せねば政は行えぬ。五左衛門、使えるものはどこまでも使うものだぞ。愚民ばかりではなく、追い落とされた元藩主もだ。我らを徹底的に悪者とし、政を有利に進めよ」

時の流れが自分たちを必要としていないのであれば、潔く身を引き、悪者になって次に藩政を司る者たちへの支えとなる――。五左衛門は、利済の決意に感銘を受けた。しかし、ならばこそ、悪者にはしたくなかった。

「お考えはよく分かり申しました。しかしながら、御自らのお命まで危うくしてしまうことはおやめください」

「公儀が腹を立てて切腹を申し渡すというのか?」利済は笑った。

「望むところだ。余はみっともなく泣き叫び、命乞いをしながら切腹の場に引きずられて行こうぞ。だから五左衛門。余はしばらくの間、江戸へは行かぬとごねる。そなたは、日参して疾く出立するよう説得せよ。後世に悪名を残すことこそ余の望みであり、利剛の助けとなる――。これは、利義と書簡のやりとりをして申し合わせたことだ。何人も余を、利義を担ぎ出せぬよう、身の始末をしなければならぬとな」

「左様でございましたか……」五左衛門は深く肯いた。

「今日の出立は延期と伝えましょう」

五左衛門は言って、利済の居室を辞した。

＊　＊

利済の発駕は一月二十六日夕刻となった。すぐに日が暮れて、行列は市中仙北町の本陣に一泊した。五左衛門は利済が宿へ入るのを確認した後、内丸の屋敷に戻った。

利済の発駕は、五左衛門が説得して急に決まったという体にするために、ここ数日準備に追われて、自身の江戸行きの準備がまるで整っていなかったからである。

玄関で迎えた菜華に刀を預けると、五左衛門は父帯刀の居室に向かった。

「少将さまを仙北の本陣へお送りして参りました」

五左衛門は帯刀の前に座った。

「ご苦労だった――。と言うのはまだ先か」帯刀が言う。

「はい。これから少将さまは二十五、六日をかけて江戸入りなさいます」

盛岡から江戸までは、およそ百三十里（約五二〇キロ）。通常の参勤ならば十一泊十二日の旅程であった。五左衛門は帯刀にだけは、利済と交わした話を伝えてあった。

　利済は、なにかと理由をつけては本陣からの出立を遅らせるという計画であった。五左衛門が行列にいれば出立を遅れさせるわけにはいかなくなるので、先に江戸入りし、諸藩の江戸屋敷に赴いて利済擁護の発言を依頼するという筋書きであった。

「――阿部伊勢守さまからの下問もございますので行列には戻れませぬから上手くいきましょう。これから出立の整えをして、二十八日頃に家を出ます」

言って五左衛門は帯刀の部屋を辞した。

五左衛門は手燭を持って暗い廊下を歩く。自室の障子は行灯の灯りを透かしていた。障子を開けると、菜華が旅装を入れたみだれ箱の前に座っていた。帯を締めた腹部がわずかに膨れている。懐妊しているのであった。

「用意は整っております」と菜華はにっこりと笑う。

「帰りは六月になるか、七月になるか――。まず、半年ほどと思ってくれ」

「殿さま、一言申し上げてよろしゅうございましょうか。もう二度と口にしませぬゆえ」

菜華は微笑んだまま五左衛門を見ている。しかし、その表情に五左衛門はなにか不自然なものを感じた。

「どうした？　言うてみろ」

五左衛門が促すと、微笑んだままの菜華の頬に涙が流れた。

「二月三月ならば耐えます。でも、半年も離れて暮らすなど、菜華は寂しゅうございます」

言った途端、菜華の顔がくしゃくしゃに歪む。泣き声を堪えて、激しくしゃくり上げた。

「菜華……」

五左衛門は今まで、菜華の泣き顔を見たことはなかったので狼狽えた。長男の逸之進が死んだ時でさえ、その泣き顔を隠していたのである。

逸之進は生まれて二月足らずで死んだ。五左衛門が留守の内に出産し、戻らぬ前に死なれてしまったら――。その思いが、菜華を苦しめているのだろう。

「もう二度と泣きませぬゆえ、泣かせてくださいませ」

菜華は肩を震わせ、袖口を口元に当てて噛み、泣き声を堪えた。

五左衛門は菜華の側に寄り、その肩を抱いた。菜華は五左衛門の胸に顔を埋めて、くぐもった泣き声を上げた。五左衛門は菜華の肩に置いた手にぎゅっと力を込めた。

「すまんな。苦労をかける」

「もう二度と、寂しいなどとは申し上げませぬ。もう二度と泣きはしませぬ」

菜華は小半時（三〇分）ほど泣くと、そっと五左衛門から離れ、はにかんだ笑みを浮かべると、手拭いでごしごし顔を拭いた。

「すっきりいたしました」

真っ赤な目で菜華は笑うと、五左衛門の胸元の涙の染みを見て「あら大変」と言った。

四

五左衛門は二十八日早朝、家を出て花巻で利済の行列に追いついた。そして利済に挨拶をすると、弓太ら十人の供を連れて、先に江戸へ向かった。仙台・松前街道を南下するにつれて、景色は春に向かう。白河からの奥州街道では梅の香さえ漂ってきた。

十日足らずで江戸に到着し、桜田の上屋敷で着替えを済ませると、すぐに向かいの日向飫肥藩主伊東祐相の屋敷に赴き挨拶をした。数日をかけて加賀藩、広島藩、宇和島藩の藩邸を訪問し「利済公が参府しますので、なにとぞよしなに」と根回しをした。

＊　＊

そして、江戸城辰ノ口の阿部正弘の屋敷へ出頭する日が来た。

五左衛門は緊張しながら門を潜り、阿部家の家老に案内されて奥の座敷に入った。白梅の咲く小さな庭に面した部屋であった。

廊下に足音が聞こえ、五左衛門は平伏して正弘を待った。

正面に正弘が座ったのを視野の隅にとらえて、

「盛岡藩加判役、楢山五左衛門でございます」

と言った。

「お役目ご苦労に存ずる。お顔をお上げくだされ」

正弘の言葉に、五左衛門は背を伸ばした。

以前目通りをした時よりも、正弘はやつれて見えた。

「様々ご心労の重なる中、申し訳ございませぬ」

「いや。そのような中であるから、利済公には有利に事を運べましょう」

「と仰せられますと？」

「老中らは、盛岡藩のことなどにかかずらっている場合ではないと思うております。みどもが謹慎と申せば、それで決まり」

「左様でございますか」

五左衛門はほっとした。

「しかしながら、そのためにはこれからの問いにしかと答えてもらわねばなりませぬ。盛岡藩の加判役から詳しい事情を聞いておるからと、老中ばらにあらかじめ伝えておかねばなりませせぬからな」

「はい。なんなりとお訊きください」

「まずは、十六日の出立が遅れたのはなぜでございましょうな」

五左衛門は、一瞬答えに迷ったが、正直に話すことにした。

「少将さまの心遣いでございます」

「心遣い？」

正弘は怪訝（けげん）な顔をした。

「はい。愚かな藩主を演じて、後を引き継ぐ者たちを助けようとなされているのでございます」

それだけの言葉で正弘はすべて理解した様子だった。

「なるほど。それでは次の問いでござる――」

正弘は次々に問いを発した。

「城に新丸を建てたのはなぜか」

「田畑を潰して寺院、家屋、遊廓を建てたのはなぜか」

「多くの町人を士分として召し抱えたのはなぜか」

「領民に多額の御用金を課したのはなぜか」

「贅沢を好み、政を乱したのはけしからぬ。それが天保の頃より百姓どもが騒擾する理由ではないのか」

五左衛門は、利済が重商主義を推し進めることによって藩の財政を復活させることを目指していたと説いた。贅沢を好むように見えるのは誤解である。

新丸や寺院、家屋、遊廓の建設は、腕のいい職人を招いてその技を学ぶためで、殖産興業の一環である。

金を持つ町人を士分に取り立てることによって、俸給の借り上げや御用金を命ずることが容易になる。

一揆が頻発することについては、過渡的な現象であって、重商主義によって財政が復活すれば収まるものと利済は考えていた。

「――少将さまは必死でございました。そのことはお汲み取りいただきとうございます」

「なるほど。利済公の政が誤りであったかどうかは、あと何年か続けなければ分からなかったということでございますか」

「そうお考えいただければ幸甚にございます」

「それでは、利済公が病を理由に再三、参勤をなさらなかったことについては？」

「本当に病で御座したことも、仮病を用いて参勤をなさらなかったこともございます」

「仮病とは聞き捨てなりませぬな」

「記録をご覧になればお分かりになることでございますが、利済さまの参勤の行列は、歴代の藩主の行列よりも慎ましいものでございました。しかし、凶作の年に参勤が重なれば、その行列をするにも領民に多額の御用金を課さなければならぬほどでございましたので――」

「昨年の利剛公の参勤の延期は病のためとのことでございましたが、一揆が原因でございますな」

「病が癒えましたので、来年は参勤をと」

五左衛門は答えをはぐらかす。それでも正弘に真意は伝わると思った。

「参勤には及びませぬ」

正弘は言う。

五左衛門の背に冷たいものが走った。

利剛にもなにかお咎めがあるのか？

仙台越訴の時にはすでに利剛が藩主であった。その責任を問われる立場にあるのは確かだが――。

「どういうことでございましょう？」

「このところ、海の方が騒がしゅうござる。亜米利加ばかりではなく、俄羅斯(オロシャ)も頻繁に国交を求めて来朝しております」

ロシア極東艦隊の提督プチャーチンが長崎を訪れて国交を求めたのがこの年の七月。そして十二月五日にも再び長崎を訪れている。

「松前表警備でございますか」

オロシャ船の警戒のために沿岸防備をせよ。参勤の金はそちらに回せ――。そういうことだと五左衛門は理解した。

「左様でございます。近々、利剛公にも書面にてお伝えするつもりでございます」

ひとまず利剛への処断は避けられるようなので、五左衛門はほっとした。『一揆の責任は問わぬが、北方警備を命がけで行え』という意図も含まれているのであろう。

「参勤なされば、諸大名、老中どもの冷たい目に晒(さら)されましょうから」

正弘はもう一つの意図を語った。

「ご配慮、ありがとう存じます」

五左衛門は頭を下げた。

「さて。これで明日の準備は整いましたな」

正弘は言った。

「明日の準備と仰せられますと?」

「改めてここへ来ていただきます。若年寄一同、寺社奉行、大目付など列席の中、同じ問いをいたします。答えは今日のものをなぞるだけで充分でございます。形式とお考えになられよ」

これは試しであったか――。

五左衛門が下手な返答をすれば、この場で修正され、明日の下問でそれを答えるという手順であったようだ。

阿部正弘は席を立った。

五左衛門は平伏して正弘が部屋を出るのを見送った。

足音が遠ざかると、五左衛門は身を起こして大きく息を吐いた。

明日の下問はあるが、ともかくこれで準備は整った。あとは利済を江戸に迎えるだけだ。

全身から力が抜けていて、五左衛門は立ち上がるために思わず「よっこらしょ」と呟(つぶや)き、苦笑した。

翌日、若年寄一同、寺社奉行、大目付など列席の中、阿部正弘の聞き取りが行われた。

五左衛門は、利済を擁護しつつ、新しい盛岡藩の政策について淀(よど)みなく語った。五左衛門は、

「おって訊(たず)ねたいこともあるかと思うので、江戸屋敷にて待機願おう」

と告げられた。

二月二十二日。利済は盛岡を出てから二十五日をかけて江戸に着いた。翌日、利済は

江戸城黒書院溜(だまり)において、老中久世大和守より即日の謹慎を申し渡された。利剛は罪に問われなかったが、利済の言うことを唯々諾々(いいだくだく)と聞いていたとして、藩主としての力量が足りぬと判断され、日向飫肥藩主伊東祐相と、陸奥七戸(むつしちのへ)藩主南部但馬守が後見人につくことになった。七戸藩は元禄七年(一六九四)に盛岡藩から分知——分割相続された藩である。

利済は自分のすべきことがすべて終わったことを実感し、恭(うやうや)しく頭を下げたのだった。

下屋敷に戻った利済はすぐに利義の部屋へ向かった。

「入るぞ」利済は返事も待たずに障子を開けた。

「これは父上。お帰りなさいませ」

読書をしていた利義は慌てて書見台を脇に寄せた。

その言葉を聞き、利済は利義を見てふっと微笑んだ。

「いかがなさいました?」

「父上と呼ばれるのはいいものだ」

「同じ屋根の下に住まいするのに少将さまでは堅苦しゅうございましょう」

「左様だな——。国許の動きはどうだ?」

「そのことでございます。次はわたしが役者になる番でございます」

「それが終わらなければ、気楽な隠居生活はできぬな。いましばらく、気を張って参ろう」

親子は何十年ぶりかでお互いの笑顔を見交わした。

＊　＊

東中務は着々と改革を進めていた。

三月六日。仙台越訴に関連して罷免、更迭されて欠員になっていた役職に新たな者を任じた。用人や大目付、側目付や勘定奉行、町奉行などである。登用された者の中には親利義派の者が多く、中務は利義の復権を狙っているのではないかという噂がすぐに広まった。

しかし――。中務は近年新設した番所を廃すと共に、新しく召し抱えた同心ら九十六人、目付、徒目付ら数百人、代官の数も減らし、三百人いた奥女中も五十人に減らした。その厳しい態度に、中務に関する悪い噂は消えていった。

四月には、侍らの借金の支払いに猶予を与えるため、十両以上は三十ヵ年、十両以下は二十ヵ年、五両以下は十ヵ年賦とした。生活のために金貸しから借金をしている者が多かったので、侍たちはこの沙汰に喝采した。また、利済の時代に普請された建物等の取り壊しが決まり、順次実施された。大奥の新御殿、三層の長生楼の破壊。志和の承慶橋の取り払い。河東の新道廃止などである。利済が建設させた建物は、彼の意図が伝わることなく、民百姓にとっては贅沢による無駄遣いの象徴であった。それが取り壊されることは、悪政の終焉を意味した。侍も民百姓も、新しい時代の到来を喜んだ。

四月二十三日。休役中の横澤兵庫に蟄居が言い渡された。東中務は自らの手で父の恨みを晴らした形になったが、沸き立つ歓喜の陰に隠れて、それを指摘する者は少なかった。

翌日には、五年間という期限を切って諸士の俸禄の借り上げが決まった。実質、十分の一が減俸されることになったのだが、借金の年賦が決まった後だったので、あからさまに不満を述べる声は多くなかった。驕奢に耽る藩主ではないことを示すために、利剛は自ら範となった。高価な蠟燭を行灯に替え、質素な木綿の着物をまとうなど、衣食住の費用を減らし、倹約令は自ら手書きした。

五月のある夕刻、楢山帯刀は麻の着物の着流しを尻端折りし、上之橋の上流に立っていた。右手の竿を振り、毛鉤を川に振り込む。

空は茜に染まり、下流側に聳える盛岡城は褐色の影となっている。蟬が、まだ眠りにはつかぬぞとばかりに鳴いている。間断無い流れの音がそれに重なっていた。

帯刀が振る毛鉤は、盛岡毛鉤である。糸に数本の色違いの毛鉤を配し、尖端にタラの木で作った浮子がついている。流れに放られた毛鉤は、浮子があるので沈まず水面近くを漂いながら流れ下る。それを羽化する水生昆虫と勘違いし、魚が食いつくのである。

くくっと竿先が動き、手元に魚の振動が伝わる。

帯刀は竿を立てる。水中から五寸ばかりの山女魚が跳び上がった。帯刀はそれを引き寄せ、ちょっと眉をひそめると、鉤を外して魚を流れに戻す。夕餉のおかずにするには少々小さかったのである。

もう一度毛鉤を振り込もうとした時、名を呼ばれた。声の方を向くと、裃姿の原直記が土手を駆けてくるのが見えた。

「雑っ魚釣りだと聞きましたもので」

直記は夏草を掻き分けて土手を下りてきた。

「お勤めお疲れさまでございました。ヘソを曲げて、午後よりずる休みをいたしました」

帯刀の言葉に、

「ヘソを曲げたと仰せられますと？」

「何度も願い上げておりますのに、またしても隠居を認めていただけませんでした」

「ああ。そういうことでございますか」

と言いながら川の中に浸けてある魚籠を覗く。体長八寸ほどの山女魚が五、六匹、体をくねらせていた。

「大漁でございますな」

直記は立ち上がる。

「家の者全員分をと思ったのでござるが、なかなか」

「ほぉ」直記は帯刀の手元を見る。

「新しい竿でございますな」

「古い物を折ってしまい、直しに出しているもので」

「なかなかいい竿ではございませんか。お高うございましたでしょう？」

「倹約令が出されておりますゆえ、高い竿は買えませぬ。竿屋の親爺も売れるのは安い物ばかりとぼやいておりました」

「倹約をしたらしたで、石原どのらの言葉が身に染みますなぁ。使わなければ金は回らぬ。侍の借金を年賦にしたもので、金貸したちは町人らからの取立を厳しくしているという話も聞こえております」

「何事にも一長一短がございますれば――。時に、それがしになにか御用では？」

「用というほどのことではござらぬのだが――。東どのの動きが胡乱なのでござる」

「ああ。利義さまを再び藩主にしようと動いて捕らえられた者らを牢から出して再び召し抱えたとか」

「十八人でござる。だが、それればかりではなく、今度は御近習頭を廃し、御側用人の兼務としました。また、御側目付と奥御勘定奉行を廃し、御納戸頭役の兼務――。お上の側から人を減らしているのでござる」

「うーむ。それはまずいな」

帯刀は竿先から毛鉤の糸を外す。

「城内を親利義さま派で固めて、お上を藩主の座から引きずり下ろそうと考えているとしか思えませせぬ。最終的な目的は、利義さまの藩主への復活」

「重臣の皆さまはどのように？」

「当を得た政策も多ございますゆえ、厳しい反意は申しませぬ。人事について以外は、うまくやっておりますからな――。しかし、これ以上の暴走はさせまいと、評定ではなんとか頑張っております」

「倅（せがれ）が戻ってくれれば、お力になれましょうが――」

「そうそう。それでござる」直記はぽんと手を打った。

「五左衛門さまは、六月末頃に江戸を発つことになりました。それをお伝えしに参ったのでござった」

「左様でござるか」帯刀の顔がぱっと明るくなった。

「帰着まであと一月と少しでございますな」

「嬉（うれ）しゅうございましょう？」

「わしよりも、菜華が喜びましょう」

「菜華さまと言えば、そろそろ産み月なのではございませぬか？」

「五左衛門は出産には間に合わぬでしょうな」

帯刀は竿の継ぎを外して魚籠を取りあげた。

辺りは赤紫色に暮れ、蟬の声もやんでいる。ただ水音が聞こえるばかりであった。上之橋を渡る人の影が川面に映じている。

帯刀と直記は土手を上がり、並んで上之橋の方へ歩いた。

＊　＊

東中務は、城の西側の二重櫓（やぐら）の窓から暮れゆく町を見下ろしていた。空は濃藍色。星が幾つか鋭い光を放っている。家々は墨色の影となって、橙（だいだい）の暖かそうな灯が瞬いていた。

重い疲労が体の中にわだかまっている。

ここしばらく、満足に睡眠もとらずに改革の仕事を推し進めている。

楢山五左衛門が帰ってくる。それと入れ替わりに自分は江戸勤番として上ることになる。その前に城内の人事を固めておきたかった。

あちこちから、中務に対する不満が聞こえてくる。

己の息のかかった者ばかりを登用している――。

中務は、三奸に代わって、藩を牛耳ろうとしている――。

下らない嫉（そね）みや妬（ねた）み。

馬鹿ばかしいと中務は思う。

改革を任された時に、そういうものが噴出することは分かり切っていた。

先頭に立って改革を行える優れた人材はすなわち、今まで利済や石原汀らに邪魔者として退けられていた侍たちである。当然、その者たちは中務と同じ思いを抱き続けていたのだ。単純に、集まった人材を見れば中務が閥を作っているように見える。

改革を行う頭も度胸も、能力もないくせに、文句ばかり言う輩（やから）が多すぎる。聞こえてくるのは噂ばかりで、面と向かって意見する者は皆無だ。

そういう態度こそ、利済や三奸ばらを増長させたのだと気づきもしない。

「お前たちは、なにも言わぬことで悪政に加担していたのだ」

中務は呟いた。

「同じ轍（てつ）をいつまで踏むつもりだ。文句があるならわたしを追い落とせ。わたしより優れた者が現れたならば、いつでも座を明け渡してやる」

今度は、己に言い聞かせるように少し強い語調で言った。

疲れが幾分和らいだような気がした。

「よしっ」

中務は全身に力を込めて気合いを入れると、踵（きびす）を返し二ノ丸へ戻った。

五

嘉永七年六月十二日。菜華は女子を産んだ。名は五左衛門が江戸に出る前に、女子ならば都喜（とき）。男子ならば禮之輔（れいのすけ）と決めていた。

六月の後半。楢山五左衛門が江戸を発ち、代わりに東中務が江戸勤番として赴任してほどなく、事件は起きた。

盛岡に火急の知らせを届けるために盛岡藩邸を出た使者は、すでに白河を越えていた五左衛門の元に立ち寄った。

利義乱心――。

利義は、五左衛門が藩邸を発ってすぐ、勝手に藩邸から出歩き遊廓や料理屋で豪遊をしたり、家臣に暴力を振るうなど粗暴な振る舞いを見せた。東中務が江戸に上って以後、彼を相手に酒を飲んでは声高に藩政の批判をするようになった。

そして、中務に数日遅れて江戸に入り、利義に挨拶に訪れた遠野侯南部弥六郎に暴言を吐き、殴りかかった。

その騒ぎは幕府の知るところとなり、利義は藩邸の座敷に押し込めの罰、中務は三日の差控えとなった。

利義が藩主の座を利剛に明け渡さなければならなくなった事件の再現であると、使者は暗い顔で五左衛門に告げた。

「少将さまが江戸へ参府なさる前に仰せられていたのはこのことであったか」

五左衛門は溜息(ためいき)をついた。

「と仰せられますと?」

使者が訊く。

「いや。少将さまも案じられていたのだ」

五左衛門は嘘(うそ)をついた。

使者は「左様でございますか」と納得し、すぐに盛岡へ向かった。

五左衛門は宿の座敷で独り、利済と利義のことを思った。

利済は、出立を延期させたあの日、

『何人も余を、利義を担ぎ出せぬよう、身の始末をしなければならぬ』

と、利義と申し合わせたと言った。

乱心者として押し込めの罰を受ければ、もはや藩主の座には戻れない。そう考えての行動であろう。

自らの名を汚して藩を救う。

利済と利義の決意とその行動に、五左衛門は深く感じ入った。そして、江戸の方へ体を向けて、深々と礼をするのだった。

＊　＊

七月六日夜。五左衛門は盛岡に帰着した。

真っ黒に日に焼けて、埃(ほこり)まみれの五左衛門を、妻の菜華は満面の笑みで迎えた。

「お役目、お疲れさまでございました」

五左衛門もまた笑みを浮かべて玄関に立ったまま、菜華を見つめている。

半年間、妻の顔を見なかった。五左衛門はそれを取り返しているのであった。菜華もそれを読みとったようで、二人は玄関でしばらくの間見つめ合った。

奥から弓太が出てきて、二人の姿に呆(あき)れたような顔を向けた。

「そのようなことは後からじっくりとなされればよろしいのでございます。さぁ、お入りになってお湯をお使いなさいませ」

弓太は花巻の宿から一足先に盛岡へ走って、五左衛門の到着を先触れしていたのだった。

五左衛門は風呂で汗と埃を流し、小綺麗な着物に着替えて居室で菜華が抱いた都喜に対面した後、弓太に急き立てられて、帰着の宴の用意がなされている広間に向かった。

広間には、ずらりと膳が並べられ、父帯刀や楢山家の重臣たちが座っていた。一段低い板敷きにも、家臣たちが並んでいる。膳は十三日町の茂助が調えたものであった。茂助は、楢山家に祝い事や賓客があると呼ばれて料理を作る料理人である。旬のものやあり合わせのものを使って、質素ながら美味い料理を作る男であった。酒は自家製の濁り酒。華やかな宴の席ではあったが、倹約のために金はかかっていない。

その席で、五左衛門は帯刀から大槌通栗林村で一揆が起こったことを知らされた。肝入と老名を替えて欲しいという要求だったという。現代で言えば肝入は村長。老名は助役である。栗林村の老名は三浦命助。仲間割れが起こったようであった。

仙台越訴は、百姓たちが藩政改革を要求し、それが実行されたという希有な一揆である。だが、それで終わりにしてはならない。百姓たちはこれから一枚岩となって、自分たちが生きやすい世を作ることを目指さなければならないというのに――。五左衛門は弓太にしばらく栗林村の様子を探るよう命じた。

* *

七月七日。五左衛門は朝早く登城した。噂に聞いていたとおり、城内には東中務が登用した者たちの姿が目立った。その多くが、前藩主の利義派である。しかし、中務の地位が危ういと感じているのだろう、ごく控えめに城内を往き来している。逆に肩で風を切っているのは反東派の侍たちだった。

これでは、利済が藩主をしていた時代、院政を布いていた時代と変わりないではないか。首がすげ替わっただけで、侍たちの根性はまるで変わっていない——。五左衛門は落胆した。顔見知りの侍たちが近づいてきて中務の人事への不満を耳打ちするので、五左衛門は辟易(へきえき)した。利剛派であったはずなのに中務に尻尾(しっぽ)を振った侍たちを誹謗(ひぼう)する者もいた。

「まずは、中務の決めたとおりにやってみよう」

五左衛門は一人ひとりにそう答えて菊之間へ向かった。

「楢山五左衛門、役目大儀であった」

藩主利剛は五左衛門を労(ねぎら)った。居並ぶ重臣らが頭を下げる。

五左衛門は帰着の口上を述べると、利済や利剛に対する幕府の裁定を伝えた。

利剛への後見については不満の声が上がったが、誰もがその程度のことで済んでよかったと思った。また、約束されていた幕府からの五千両の貸し下げは来年になるとの知らせに一同は、やはり今年は俸禄の借り上げなどで間に合わせなければならないと落胆した。

評定を終え、五左衛門は加判役の控えの間に戻ると、利済への書状をしたためた。

『御国許は別条もなく、まことに静寂にござ候――』

その言葉が虚しかった。

＊　＊

七月二十日。栗林村で再び一揆が起こった。代官所に押し寄せた一揆勢の要求は、またしても肝入と老名の交代であった。命助ら老名たちは代官所に退役を申し出たが代官が留守ということで受けいれられなかった。翌日。「留守の間に直訴するなど不届きである」と、一揆勢はお咎め無しで命助ら老名だけを宿預とした。宿預とは、犯罪の疑いのある者を公事宿に預けることを言う。

二日後。命助は公金二十二両余りを盗んで宿を脱走した――。

一揆のせいで恥をかいた侍らの罠にはまり、己の利を求める裏切り者とされたのであった。

＊　＊

閏七月二十二日。五左衛門の娘都喜が病没した。

江戸時代は乳児死亡率が高い。逸之進が死んだ時、五左衛門が菜華を慰めたとおり『七歳までは神の子』と言われた時代である。子供が七歳になる前に死亡するのは珍しいことではなかった。その言葉は、父母たちが我が子の死を受け入れるための方便であったのだ。

五左衛門が江戸に向かうときに、『――もう二度と泣きはしませぬ』と約束したとおり、菜華は五左衛門の前ではけっして涙を見せなかった。

逝った都喜と入れ替わりのように、里世が女子を産んだ。名は浅と名付けられた。

里世と帯刀はすまなそうな顔をしていたが、菜華は大いに喜び、浅を可愛がった。

八月六日。再三願い出ていた楢山帯刀の隠居が認められた。

その日の夕刻から、拝領した白鞘の刀を床の間に飾り、別宅に暮らしている帯刀の正妻や側室の子らも集まって宴が催された。

心地よく酔った帯刀は厠へ立った。

用を足して座敷に戻ろうと濡れ縁を歩いていると、庭の叢から秋の虫の声が聞こえているのに気づいた。帯刀は縁に腰掛けてぼんやりと虫の音に耳を傾ける。

「お前たちは死ぬ間際まで頑張るか」帯刀は叢の虫に語りかける。

「わしは隠居するぞ。羨ましいであろう」

父の戻りが遅いので廊下に出た五左衛門は、虫と話をする帯刀を見てどきりとした。なにやら寂しげで、少し萎んでしまったように見えたからであった。

六

十二月十四日。大老阿部正弘によって、利義の奇行に関する件の処罰は盛岡藩に委ねられた。ただちに江戸勤番東中務や、用人、納戸役、そのほか利義つきの家臣八名がお役御免となった。盛岡では、二十三人にお役御免が言い渡された。

この月、津志田の遊廓が廃止となった。

江戸の吉原を模した高級遊廓は多くの庶民にとって高嶺（たかね）の花で、利済時代の悪の象徴でもあった。

利済は冬の初めに風邪を引き、それが治りきらずに長引いていた。

津志田の遊廓が取り壊された知らせは、足繁く父の部屋に通って看病していた利義と共に、病の床で聞いた。

自分が造った御殿が次々に壊され、ついに津志田遊廓までもが取り払われた。

利済の胸にはしかし、悲しみや後悔の念はなかった。

目的は、建物ではなかったからである。それを建てる過程を、しっかりと盛岡の大工たちが学んだことですでに目的は達成されていたのだ。

役目を終えたものがこの世から消えても、なにほどのことはない。

それは我が身も同じだ――。

利済は報告を聞き終えると、ただ一言、

「そうか」

と言って弱々しい咳（せき）をしたのであった。

＊　＊

年が明けて安政二年（一八五五）二月九日。東中務が盛岡に下着し、菊之間で正式にお役御免が言い渡された。

重臣たちが去り、楢山五左衛門と中務だけが寒々とした広間に残った。

「寛大なご処置、痛み入ります」

中務は深々と頭を下げた。

「少将さまと利義さまのご意思に御座す」

「やはり――」中務は口の端を少し歪めて苦笑した。

「利義さまの芝居でございましたか。利義さまが、それほどまでにお上の座に戻りたくないと仰せられるのであれば、いたしかたありませぬな――。それにしても、城内に気心の知れた者の姿が少なくなったのを見て、それがしがやったことはこれであったかと身に染みて感じ申した」

「国許での処罰は、もっと少数に留めようと思ったのだが、力が及ばず申し訳ない」

「己の考えが通らぬというのであれば、潔く引くべきでございましょう。それは、楢山さまもそれがしも、同じことでございます。政がやりやすいよう、人を揃えるのは仕方のないこと」

「なにを申しても『然り、然り。御説ごもっとも』では居心地が悪い。正しい政を行うには、意見を異にする者も必要。しばしお待ちあれ。貴殿も含め、いずれの者たちも復職が叶おう」

「然り、然り。御説ごもっともは、お上の得意技ではございませぬか」

「いや。少将さまの重しが消えて、お上はご自身のお考えを仰せられるようになられた」

「左様でございますか。それがしがいない間に、色々と変わったのでございますな」

「それは、それがしが帰国した時にも感じたことだ。お互いさまということだな」

「栄枯盛衰は世の常ということでございますな——。時に楢山さま。江帾五郎という男をご存じでございましょうか？」

その名を聞いて、五左衛門は唐丹村の百姓家で向き合った三浦命助を思い出した。あの男と会った日、江帾五郎のことを訊き、すでに旅立った後だと告げられて対面は叶わなかったのだった。

「名前は知っているが、会ったことはない」

「優れた学者でございます。盛岡に呼び戻して藩校の教授をさせてはいかがか？」

江帾五郎は百姓に交じって一揆を指導したかもしれぬ男。切牛の弥五兵衛の思想もよく知っていよう。そういう男が藩校で武家の子弟を教えれば、新しい世を作る一助となるやもしれぬ。そう思いながら、五左衛門は呟いた。

「尊皇攘夷（そんのうじょうい）の人であったな——」

その言葉を別の意味にとらえたようで、中務は、

「正しい政を行うには、意見を異にする者も必要と仰せられたばかりではございませぬか。敵を知り己を知らば百戦危うからず。いかが？」

と言った。

五左衛門は、天皇の権威を高めて幕藩体制を強化する本来の思想であれば尊皇攘夷を別段悪いとは思っていなかった。

問題は、食い詰めた侍たちがそれを幕府批判の思想的な根拠にしているところにあると五左衛門は考えている。

昨年は、日米和親条約、日英和親条約、日露和親条約が、天皇の勅許のないまま締結された。そして下田と長崎、箱館が開港された。

内裏を軽んじてきたことは、なにも今始まったことではない。尊皇攘夷を唱える者たちもその仲間であったのだ。にもかかわらず、己を反省することなく、幕府に対する鬱屈を尊皇攘夷の言葉にすり替えている。

五左衛門は、それが気に食わない。

「楢山さまは幼い頃、大一揆が世直しをするという思いを抱いていたと誰かから聞いたような気がいたします」

中務の言葉に、五左衛門は虚を突かれた。

「左様なこともございましたな――」

「江帾五郎は、三閉伊一揆を密かに煽動した者という噂もございますればなおさら心強うございましょう」

本気で五郎を教育のために召し抱えたいと思っているのか、なにかの策略に利用するつもりなのかは分からなかったが、中務はしっかりとこちらの心を読んでいる——。

確かに五郎はこれからの盛岡藩に必要な人材であろう。

「教授に登用するのはいいが、五郎の居所が分からぬ」

「五郎は東条一門とも関わりのある男。楢山どのが留守の間に、捕らえられている一門の残党ばらを解放いたしました。このたびのお咎めを免れた者もおりますゆえ、藩校の教授の件、承知くだされればその者たちに探させましょう」

「なるほど。それではそのようにお願いいたそう」

五左衛門は肯いた。

＊　　＊

利済逝去の知らせが盛岡に届いたのは、四月の後半であった。利済は昨年の冬に引いた風邪がもとで体調が悪化し、四月十四日、利義に看取られて静かに息を引き取った。

五左衛門は複雑な思いだった。利済が城を出た後、倹約を推し進めてきたが財政は未だ火の車。果たして、自分たちの行っている政は正しいのか？

利済の重商主義を推し進めていれば、今、盛岡藩はどうなっていたろう。利済ならば、箱館の開港を受けて、江戸から箱館までの船の寄港地を領内沿岸に設け、商人たちを利用して大きな繁栄を勝ち取っていたかもしれない。しかし、そのようなことは、思っても詮無(せんな)いこと。これで一つの時代が本当に幕を閉じたのだ。

すぐにも利済の亡骸(なきがら)を引き取りに江戸へ向かいたいところであったが、四月に幕府から盛岡藩に東蝦夷（北海道東部）の分割警備が命じられた。警備隊派遣の手続きを終えた後、やっと五月二十一日になって五左衛門は利剛の供をし江戸へ向かうこととなった。

曇天の下、五左衛門は馬に乗り、行列出発の時を待っていた。

「五左衛門。五左衛門」

と、背後から声がした。振り向くと利剛が駕籠から顔を出して手招きしている。

五左衛門は馬から下りて、駕籠に駆け寄った。

「いかがなされましたか。お加減でも？」

五左衛門は駕籠の中の利剛に目を向けた。顔色が悪いわけではなかったが、さすがに父親の遺体を引き取りに出向く旅であるから、表情はすぐれない。

「いや。加減が悪いわけではない。旅立ちの前にそなたに頼みたいことがある」

「なんでございましょう？」

「一国の主として、模範とすべきは神君家康公であろうと余は思う。神君には本多佐渡守があった。それでは余には誰がおろうと昨夜考えてみた。すぐに名前を思いついた。余には楢山五左衛門がおる」

「恐悦至極にございます」

五左衛門は深々と頭を下げた。

「そこでだ、五左衛門。佐渡と名を改めぬか？」

「楢山――佐渡でございますか」

口に出して言ってみるがしっくりとしない。それは幼名の茂太から五左衛門と名が変わった時と同じ、面はゆいような感覚であった。

「嫌か？」

「いえ。光栄でございます」

「それではお前は楢山佐渡だ」

利剛はにっこりと笑った。

「楢山佐渡でございます」

楢山五左衛門改め楢山佐渡は笑みを返して馬に戻った。

出立の合図が響き渡った。見送りの侍たちが左右に居並んで、頭を下げる。

「楢山佐渡——」

佐渡は賜った名を小さく呟いてみた。

何度か口にするうちに五左衛門よりも落ち着いて聞こえる名だと感じるようになった。

雲が割れて日が差し、巌鷲山の麓の樹林帯の、鮮やかな緑を照らし出した。

＊　＊

盛岡藩主南部利剛の行列は、六月二日に着府した。

麻布の下屋敷に入ると、弔いの間には、南部弥六郎を筆頭に、江戸詰の重臣たちが居並んでいた。利義は棺の前にうずくまって泣いていた。

「兄上——」

利剛が利義の後ろに座って声をかけるが、利義は項垂れたまま返事もしない。

楢山佐渡は利義の側に寄り、

「少将さまのご逝去、お悔やみ申し上げます」

と言った。

「五左衛門――」

利義は顔を俯けたまま掠れた声を出す。

五左衛門から佐渡に改名したことを利義は知らないのか、知らされても耳に入っていなかったのか――。佐渡は呼ばれるままに返事をした。

「はい」

「やっと、親子らしい暮らしができるようになったというのに、なぜ父上は死んだ？」

「わたくしも悔しゅうございます」

佐渡は、それ以外に言葉を見つけられなかった。

「伊東祐相さまと、南部但馬守さまは、もっと無惨な親の死を迎える者もいるから、お前はまだまだ幸せだと仰せられる。東中務の父は腹を斬って果てた。余の父は病で死んだ。だからといって、父の死の悲しみに優劣があろうか？　どんな死に方であろうと、親を失ったことには変わりないではないか」

利義は唸るような声で畳を拳で叩く。

「御意にございます」

佐渡は言った。利剛は顔を背けて啜り泣きを漏らしている。

「多くの者たちに恨まれていようと、この棺の中に納められているのは、余の父――。父上さま！　余を置いてなぜお隠れになった！」

利義は叫ぶと畳に突っ伏し、号泣した。

佐渡は利済と利義が一緒に下屋敷に暮らし始めて以後、二人からの手紙を何度か受け取っていた。文面には、普通の親子関係に戻ったことの喜びがしたためられていた。それが一年と三月足らずで突然終わりを告げたのである。もっともっと、親子の繋がりを確かめ合いたかったと思うのは当然であろうと、佐渡は涙をそっと拭った。

狂おしいばかりの利義の嘆きを見て、佐渡は自分の父親のことを思った。

帯刀は隠居したとはいえ矍鑠としているから、佐渡は父の死をついぞ考えたことがなかった。

父が死ねば、自分もまた恥も外聞もなく大泣きするであろう。それとも、喪主としての務めを果たすため、必死で涙を堪えるだろうか――。

「利義さま。泣きたいだけお泣きあそばせ。少将さまの御霊も、ごいっしょに泣いて御座しましょう」

佐渡は優しく利義の背を撫でさすった。

見ると、利剛もまた突っ伏して声を殺し泣いている。

佐渡は利剛の横に移って背中をさする。

「お上も存分にお泣きなさいませ」

佐渡の目からも涙が溢(あふ)れてきた。

「佐渡――」弥六郎が言った。

「顔を洗って気を引き締めて参れ」

「はい――」

佐渡は洟(はな)をすすって頬を拭うと座敷を辞した。

利済の亡骸は六月十日に江戸を発った。利済の死により、その謹慎は御免となった。北方警備のために参勤に及ばずと命ぜられていたのだが、利剛は江戸に残ることとなった。楢山佐渡、花輪徳之助もそれに従った。

＊　　＊

利済の亡骸は、二十四日に盛岡に着き、二十七日に聖寿禅寺(しょうじゅぜんじ)において本葬が執り行われた。

その間、江戸屋敷では騒動が持ち上がっていた。

利義の奇行が繰り返されるようになったのである。今度は、芝居ではなかった。

利済の死の衝撃から抜けきれず、訳の分からないことを叫びながら屋敷の外へ飛び出したり、それを止めようとした家臣を殴りつけたりした。

利義が藩主だった頃、一時精神の平衡を失ったことがあったが、今回はそれを上回る乱暴な振る舞いを頻発させた。佐渡や弥六郎はなんとか屋敷内で押さえておこうとしたのだが、すぐに幕府の知るところとなり、大老阿部正弘は伊東祐相と南部但馬守を呼び出し、利義の乱心を厳しく取り締まるよう命じた。

利義は下屋敷の一つである並木御殿へ移され、和蘭の医学に通じた奥医師を上屋敷から通わせて治療に当たらせた。また、面会は謝絶としたが、利義の側室である鶴子だけは看護のために下屋敷に置いた。

八月十三日。幕府から、盛岡藩に「勝手向不如意諸事御事多につき」ということで、五千両が貸し下げられた。やっと手に入った資金であったが、各所への支払いであっという間に無くなった。

十月二日の亥ノ刻（午後一〇時頃）。

檜山佐渡は麻布の下屋敷で、国許の新渡戸伝が提出した三本木開墾の計画書に目を通していた。雨だれの音が間断なく聞こえている。朝から小雨が続いているのだった。

体の芯に響く震動を感じた次の瞬間、低い地鳴りが響いた。

「地震だ」

立ち上がった途端、下から突き上げるような揺れが来た。

佐渡はすぐに行灯の灯を吹き消した。国許ばかりでなく、江戸屋敷でも倹約のため蠟燭を行灯に替えていた。燈明皿の油がこぼれれば火元となる。

梁を、柱を軋ませて揺れは続く。

屋内に「地震だ！　地震だ！」の声が響く。

「お上を外へ！」

近習の声が聞こえる。激しい揺れのために足元がおぼつかない。

「佐渡！」

弥六郎の声に振り向く。弥六郎は着流し姿で手に龕灯を持っていた。

「わたしはお上の元へ行く。お前は御召馬を外へ！」

「承知つかまつりました！」

佐渡は雨戸を蹴り開け、外に飛び出し、厩へ走った。

「御召馬を外へ！」

佐渡の声と、材木がへし折れる音が重なった。

振り返ると、濃い灰色の空を背に、建物の屋根が傾くのが見えた。瓦が雪崩落ちる。

悲鳴と怒号。建物が倒壊する音が続く。

佐渡は厩の戸を開けて、地震に怯えて暴れる馬たちを庭へ逃がした。

揺れはしだいに収まってくる。

「お上！　お上！」

近習の切羽詰まった声がする。

佐渡は、はっとして母屋へ走った。

不寝番の侍たちが龕灯で潰れた建物を照らし、下敷きになった者たちを助けていた。

近習たちが折れた柱を梃子にして、崩れた屋根を持ち上げている。数人の近習が瓦礫の中から寝間着姿の利剛を引き出す。弥六郎の龕灯の灯りの中で、利剛の寝間着のあちこちに血が染み出しているのが見えた。近習が素早く利剛に桐油合羽を着せた。

「お上！」

佐渡は利剛に駆け寄った。

「大事ない。それより並木御殿の兄上が心配だ」

「並木御殿のみならず、江戸屋敷すべてに使いを出しております」

弥六郎が言った。

「そうか」

利剛は苦痛に顔を歪める。脛から激しく出血していた。

「もう少しご辛抱くださいませ」

近習数人が倒壊した屋敷の中から屏風や襖、畳を運び出して急造の雨よけを造り、利剛を中に運び込んだ。

家臣や使用人たちが瓦礫の中から使えそうな材木を見つけて小屋を建て始めていた。ちょうど下屋敷に来ていた奥医師の八角宗律が駆けつけて、素早く利剛の治療を始めた。

「骨は大丈夫でございます。小屋掛けが出来ましたならば、中で傷を縫いましょう」

八角は利剛の足の傷に当て布をして、晒で巻いた。

小雨を降らせる曇り空の底が、各所で上がった火の手によってまだらな橙色に染まっていた。半鐘の音が遠く近く聞こえた。

数人の家臣が利剛の雨よけ小屋の側に駆け寄り、

「怪我人多数。手当をしております。残念ながら、納戸役の島川融機さま、戸田権太夫さまと、作事奉行の三田村弥左衛門さま親子が崩れた建物の下で亡くなりました」

と告げた。

「そうか……」利剛は八角に顔を向ける。

「余のことはもういい。大怪我（おおけが）をした者を先に診てやってくれ」

「承知いたしました」

八角は家臣たちに導かれ、雨の中を走った。

「それがしは、市中の様子を見て参ります」

佐渡は言った。

居ても立ってもいられない気持ちであった。

嘉永七年（一八五四）六月には伊賀上野で地震。十一月には四日に東海道で大地震。翌五日には南海道で大地震。七日には豊予海峡でも地震があった。特に東海道、南海道の大地震の被害は海嘯（かいしょう）（津波）もあり、甚大であったと聞いていた。

この地震もそれらに匹敵するほどの大きさではないか。

地震が西から東に移ってきた――。

佐渡にはそのように感じられた。だとすれば、次は常陸、下野、磐城と北上し、遠からず陸奥国にも大地震が起こるのではないか。

その備えのために、今江戸がどのような状態になっているのか確かめておきたかった。しっかりした造りの下屋敷がこの状態であるならば、安普請の町屋はどうなっているだろう——。

「気をつけて行って参れ」

利剛の許可を得て、佐渡は下屋敷を飛び出した。

後に安政江戸地震と呼ばれる南関東直下の大地震であった。

震源地は現在の足立区辺り。マグニチュード七クラスの規模であったと推定されている。地盤のしっかりした山手では震度五強。埋め立て地の多い下町は震度六ほどの揺れであった。

町屋はもとより、頑丈な大名屋敷の多くも半壊、全壊した。その数一万四千戸余り。三十ヵ所余りから出火した火事によって焼失した家々も多かった。死者は一万人——。

不幸中の幸いであったのが、その日の雨である。湿った家屋は延焼を防ぎ、大火とはならず翌朝には鎮火した。それでも大名や御家人の屋敷は八割ほどが焼けた。

水戸藩では、尊皇攘夷の思想によって内憂外患の国難を克服しようとする水戸学の中心的人物であった戸田忠太夫と藤田東湖がこの地震で死亡しており、そのことが後の悲劇を生むことになる——。

盛岡藩邸では、桜田の上屋敷や麻布の下屋敷は倒壊し焼失したが、並木屋敷の被害はさほど大きくなく、利義も無事であった。

その年の内に阿部正弘は大老の座を堀田正睦（ほったまさよし）に譲った。幕府内では攘夷派と開国派の勢力争いが軋みを上げていることに加えて、親藩、譜代の大名たちの正弘の政策に対する不満が積もりに積もっていた。正弘はそれらを宥（なだ）めるために身を引いたのであった。事実上の失脚である。

倒壊した江戸屋敷復興の最中、盛岡から利剛の長男誕生という知らせが届いた。

死に行く者もいれば、生まれいずる者もいる――。

江戸屋敷の修繕には五千両以上が必要であることや、盛岡藩に好意的であった阿部正弘の事実上の失脚も含め、内心素直に藩主の世継ぎ誕生を喜べない佐渡であった。

＊　＊

佐渡が江戸屋敷の修繕のために駆け回っていた頃、国許では帯刀の側室里世の娘、照と桜庭祐橘の婚礼が行われた。十月十七日のことである。

江戸屋敷の修繕のために慌ただしく年が暮れ、明けて安政三年（一八五六）。

二月九日。原直記に孫が誕生し、健次郎と名付けられた。後に原敬（たかし）となる男子である。

そして七月二十三日――。八戸沖を震源とする大地震が盛岡藩、八戸藩、弘前藩を襲った。海嘯（津波）が沿岸を洗い、多くの家々が流され甚大な被害を受けた。

安政四年（一八五七）の六月に、利義は白銀（しろがね）の下屋敷に移された。その頃には錯乱の症状も収まり、平穏な暮らしを送っていた。

同じく六月。阿部正弘が急死した。

幕府の中で盛岡藩を擁護してくれた人物の死に、佐渡は暗澹たる思いに沈んだ。

七

七月十四日。

三浦命助は侍の格好をして大小を差し小者二人を連れて、盛岡藩、仙台藩の国境の山道を歩いていた。この下り坂を下りれば平田の番所である。

命助の懐には、仙台越訴の子細をつまびらかにした〈人間善悪書取帳〉がある。自分に着せられた汚名をそそぐための書状である。

三年前の安政元年（一八五四）、故郷の栗林村を出奔した三浦命助はしばらくの間、仙台藩の気仙郡に身を隠していた。その間に盛岡藩では命助が公金を盗んで出奔したという話が広まり、仙台越訴についてもあることないこと尾鰭がついて悪い噂となって流布していった。

人を使ってその噂の元を探ると、仙台越訴の首謀者たち数名の名前が出てきた。どうやら、『盛岡藩が約束を破り、仙台越訴の首謀者たちを捕らえて処罰するつもりらしい』という話が聞こえてきて、すべての罪を命助に押しつけてしまおうと謀ったものらしい。

安政元年の栗林村の一揆は、その罠であったのだ。そして、命助が出奔したのを幸いに、仙台越訴のおりの略奪や暴行は命助の指示であったなどの嘘を広めたのである。

命助は仙台越訴の子細について書き記した〈露顕状〉を公にして噂を否定したが、一度着せられた汚名は消えることはなかった。

そして、安政二年。命助は故郷へ戻ることを諦めて、兄が住職を勤める仙台藩加美郡の寺に身を寄せた。

その後、遠田郡涌谷村の寺に移り、さらに小牛田村の亘理氏の家中寺の住職に推され、翌年一月には涌谷城内の一乗院に移ったが、十月に出奔した。

そして命助はその年の暮れには京都にいた。どのような手づるを使ったものか、命助は京都で公卿の二条家の家臣となっている。

二条家の家臣としての道中手形を手に入れて、今年の一月に仙台領に戻ったのであった。

仙台越訴は自分が指導したという誇りはある。しかし、ほかの首謀者たちがすべての罪を自分に押しつけてしまおうとするのは許せなかった。情けなかった。

越訴を計画していた頃は、高邁な理想を熱く語り合ったではないか。

越訴を成功させるためならば、命を捨てようと誓い合ったではないか。

我らの要求が容れられ、銭をもらって故郷に戻り、「剛者よ、勇夫よ」とおだてられ、すっかり変わってしまったのか。

さらなる地位や名誉が欲しくなり、命が惜しくなって、同志を陥れることまでするに至った――。

なんということだ。

三閉伊の外の者たちからは、百姓が侍を破ったと、驚きと賞賛をもって語られるのに、今でもあの時の志を保っているのは一握りだ。一揆に参加したことをひけらかし、強請たかりまがいのことを続ける者もいるという。

多くを望まず、一揆の要求が通って以前よりも楽な暮らしができることで満足する――。それは、それでよい。

だが、一揆が成功したことで、人として堕ちる所まで堕ちた者たちもいる。

それは許せない――。

前方に平田の番所が見えてきた。

命助は緊張のために掌を濡らす汗を、袴に擦りつけた。

通行手形は持っている。身分はもう百姓ではなく二条家の家臣だ。なにも恐れることはない。

そう言い聞かせて番所の木戸を潜った。

役人が近づいてきて名を問われた。

「二条家家中、三浦命助と申す。二条家の御用にて、盛岡へ参る」

命助は道中手形を差し出した。

役人は無言でそれに目を通す。

番小屋の中には数人の侍と町人がいて、命助と二人の小者を見ていた。

その中に、どこかで見たような人相の男がいたが、どこの誰であるのかは分からなかった。一揆勢の一人か、一揆で家を壊された者であったか――。

いずれにしろ、こちらに見覚えがあるということは、向こうもこちらを見覚えているかもしれない。

冷や汗が背中を伝った。

「今日はどこにご逗留でござろう？」

役人は手形を命助に返しながら訊いた。

「甲子村に宿泊するつもりでござる」

「仙人峠を越えて遠野、そこから盛岡へ向かわれるか」

「左様」

「仙人峠は難所なれば、朝早く出かけられたほうがよろしゅうござる。気をつけて参られよ」

役人はあっさりと言って道を開けた。

命助は膝から力が抜けてしまうほど安堵したが、そうとは悟られぬように、鷹揚に肯くと、歩き出した。

命助は夕刻、甲子村の宿に入った。

甲子は山間の村であるが、昔から遠野から穀物類、沿岸から海産物が運ばれ、交易場として繁栄していた。また、大橋には嘉永二年（一八四九）から旧式溶鉱炉での鉄山が経営されていて、その積み出しでも賑わっていた。

宿の一階の広間には明日の朝に峠越えで遠野に向かう商人たちが大勢泊まっていた。

命助は二人の小者と一緒に二階の六畳間に入った。小者という身分であれば、商人たちと一緒に雑魚寝が普通であった。しかし命助は出自が百姓であるから、小者を邪慳に扱えなかった。

夕食を終えて、膳を下げる下女と入れ替わりに、数人の侍が座敷に入ってきた。

荒々しい足音を立てることもなく、宿改めの声も聞こえなかったので、命助はすっかり虚を衝かれた形になった。

「栗林村の三浦命助だな？」

昼間に平田番所で会った役人であった。

命助は呆然と役人を見上げ、

「二条さま家中の三浦命助でござる」

と答えた。口の中がからからに乾いていた。

二人の小者は、なにが起こっているのか分からず、自分たちを取り囲んでいる役人たちに目を泳がせた。

「昼間、番所にいた数人の町人の中に、お前を見知った者がいた。じゃによって、お前が栗林村の三浦命助であることは明白である。お前に対して、数々の罪を犯しているとの訴えがあり、姿を現したならば捕縛せよとのお達しだ」

明らかになっているのであれば仕方がない。命助は観念した。

「数々の罪とやらに関しては、これに子細をしたためておりますゆえ、代官どのにお渡しを」

言いながら懐に手を入れ、〈人間善悪書取帳〉を取りながら、着物の襟に隠していた毒薬の紙包みを引き出した。

書状を役人に投げつけざま、薬包を開いて毒を口に入れ、飲み込んだ。

「毒だ！」役人は命助の体を摑んで叫んだ。

「馬糞（まぐそ）を持ってこい！」

役人は手下に命助を押さえさせ、その頰を鷲摑（わしづか）みにして口を開けさせた。そして別の手下が持ってきた馬糞を命助の口に押し込む。

命助はたまらず嘔吐（おうと）した。

「縄をかけろ！」

役人は配下に命令した。

捕らえられた命助は翌日盛岡へ送られた。

＊　＊

盛岡藩では、罪人を二つに分けて収監していた。既決囚の収容は大清水（おおしみず）の牢屋敷。未決囚は長町揚屋に入れられた。命助は未決囚であるので、長町揚屋に連行された。

長町は、北上川東岸の材木町から上田に向かって延びる町である。城下で一番長い街並みであるところからその名がつけられたという。

楢山佐渡は、三浦命助が収監されたという知らせを聞くと、すぐに長町揚屋に向かった。

城から揚屋までは十一町（約一・二キロ）ほどであった。

番人に話をつけ、揚屋の奥まった座敷に命助を連れてこさせた。

命助は侍の旅装束のままであったが、着物は汚れ、髪は乱れていた。

「代官に仙台越訴の子細をつまびらかにした〈人間善悪書取帳〉なるものを提出したと聞いた。それに書かれていることが明らかにされれば、冤罪は晴れよう」

佐渡は励ますように言った。

「いずれ握り潰されるであろうよ」

命助は力無く首を振った。

「いや。おれがなんとかする。しばし辛抱いたせ」

佐渡がそう言うと、命助はふっと優しい笑みを見せた。

「おれのほうはいい。早瀬川の子供よ」

その言葉で、佐渡は遠い日の早瀬川の川原に立つ若者を思い出した。

「お前こそ、盛岡藩を引っ張って行かねばならぬ男であろう。藩の外では勤皇だ佐幕だと騒いでいる。いずれ盛岡藩も大きな渦に飲まれる」

「まずは藩内のことをしっかりしなければならぬというのに、城の中でも流行りに乗って中身のない議論をしたがる者が多くて困る」

「辛辣だな――。京の都も江戸市中も、その中身のない議論に踊らされた者らが跋扈して、空気がピリピリと緊張している。いずれ均衡が崩れて戦が起こるだろう」

ここ二、三年で江戸や京都を見てきた男の言葉には真実味があった。

「それほどに危ういか」

佐渡は眉根を寄せた。

「危うい。危ういぞ。その戦に巻き込まれそうになった時、お前は盛岡藩がどちらにつくのか決めなければならぬ立場になろう。見誤らずに選ぶのだぞ。今は、おれのことや、藩の中の勢力争いなどにかまけている暇はない。もっと外のことを学べ」

「外のことも学ぶ。だが、お前を見捨てるわけにはいかぬ」

「そうか――。その言葉、ありがたく承って、解放される日を待つとしよう」

命助は立ち上がると障子を開けた。

見張りのために縁側に座っていた侍二人が命助を振り返った。

「話は終わった。牢へ連れて行け」

命助は廊下に出る。侍二人は慌てて立ち上がり、その後を追った。

佐渡はしばらく独りで座敷に座っていた。勢力争いにかまけてはいられないのは、盛岡藩士も一揆勢も同じことだ。命助の言うとおり、遠からず戦が起こるだろう。尊皇攘夷派が徳川に反旗を翻すのだ。その戦いでどちらが勝とうとも、世の中は侍が支配する。戦いには民百姓も加わらなければならない。加わって、己らの力を示し、侍と同等に物が言える世の中を造らなければならない。そうしなければ、民百姓たちはまた支配される数百年を過ごすことになる。民百姓が自ら立ち上がらなければ、この世は変わらない。

そのためにも、命助。お前が必要なのだ。佐渡は深い溜息をついて立ち上がった。

命助の〈人間善悪書取帳〉による申し立ての取り調べは遅々として進まなかった。また、命助に関する嫌疑の数々についても確かな証拠があるわけでもなく、裁定のないままに七年の月日を揚屋で過ごすことになる。

＊　　＊

九月六日。帯刀と里世の息子、乙弥が数え十五歳で病没した。元服をしたばかりでどこかしかるべき家に養子にと考えていた矢先のことであった。

嘉永六年より四年間で、佐渡は二人の子供を失った。帯刀にとっては孫である。そして今度は我が子の乙弥――。

老いた帯刀にとって、年若い者たちの死は心にこたえた。

＊　　＊

その年の十一月。利剛は、水戸斉昭の娘明子を正妻に迎えた。

水戸は尊皇攘夷の国である。少数派であった盛岡藩の尊皇攘夷派は喜び、佐幕派は、藩論が尊皇攘夷に傾くのではないかと懸念した。

そして翌月、大島惣左衛門（高任）が、釜石の大橋に洋式の溶鉱炉三基を築いて、ついに鉄の精錬に成功した。これは藩にとっても大きな希望であった。沿岸地方は以前から鉄山開発が盛んで、砂鉄を用いた踏鞴製鉄が行われてきたが、これで釜石の山地に無尽蔵に存在する質のよい鉄鉱石を使った製鉄が効率よく行える。それは、藩の財政を潤すはずであったが、産業として確立するまでにはまだまだ時を要した。

佐渡は、藩士からの俸禄の借り上げの額をそれまでの三分の一から十分の七にまで上げ、四年間延長するという策を出した。

ここに至り、城内では「楢山佐渡には任せておけぬ」という声が高まった。

「盛岡藩士は、もう逆さにしても鼻血も出ぬぞ」

「しかし、それ以外にどこから金を捻出するというのです」

隠居所に相談に来た佐渡に、父帯刀は笑って言った。

佐渡は拳で膝を叩く。

「お前は幾つになったのであったかな？」

「今年二十七でございます」

「うむ。たいして若くはないが、まだまだ青いな」

「もう青くはございませぬ」

佐渡は膨れっ面をした。

「ほれほれ。そういうところだ。若いうちはなんにでもムキになる。そしてどこまでも突き進もうとする。その点、年寄は余裕を持ってあちこちを見回すことができる。わしは隠居を早まったかもしれぬな」

「ならば、なにかお知恵をくださいませ」

「うむ。お前は働き過ぎで頭が熱くなっておる。そうなってくると、もう一つの方向しか見えなくなる。そういう時は、いったん身を引けばよい」

「加判役から退けと？」

「お前が働いている間、ゆっくりと休んでいた者がおろう。そ奴は外にいるからこそ、お前には見えなかったことが見えているはずだ」

「それは、東中務のことでございますか？　あの男は俸禄の借り上げを主張した張本人でございますぞ」

「だがお前は、藩費の節約によって藩政を立て直すと意気込んでおったのに、中務の策に乗ったではないか」

「それは……」

「今頃、中務はお前の揚げ足を取る方法を色々と画策しておろう。今度は藩費の無駄遣いを減らすことで財政を立て直す方法を考え、算盤（そろばん）を弾（はじ）いているのではないかな――。のう佐渡。お前は常々、自分の失敗は反省し、やったことの責任は取らなければならぬと言うているではないか。自分の失敗を認めぬ者は、どんどん深みにはまっていくのだ。少将さまがいい例ではないか。それを忘れたか？」

「あっ……」

佐渡は思わず声を上げた。

確かにそうである。利済は金を回すことによって国内の経済を活性化させようとし、その失敗に気づかず突き進んで、さらに財政を悪化させた。

自分は、民百姓に負担をかけまいとするあまり、諸士に苦労を負わせ続けている。

それが最良の策だと自分に言い聞かせ、失敗を認めようとしていない――。

利済と同じだ。

「不明でございました――」

佐渡は頭を下げた。

「まぁ、外に出て休みながら中務の揚げ足を取る方法を考えればよい。あ奴の策が行き詰まった頃に、お前の出番が来る」

「左様でございますな」

佐渡は加判役のお役御免の覚悟を決めて肯いた。

翌年――、安政五年の四月。東中務が加判役に返り咲いた。しばらくの間、佐渡と議論を戦わせつつ藩政を行った。

五月二十日。菜華は男子を産んだ。禮之輔と名付けられた。

産屋で重ねた布団に背を持たせかけた菜華を囲んで、榁山家の人々が座っている。

帯刀が菜華の腕の中の禮之輔を見つめながら、絞り出すような声を出す。

「神が迎えに来たら、わしの命を差し出しても守ってやるぞ」

「父上さま」

菜華が叱るような顔で帯刀を見た。

「こんな年寄が生き延びて、若い命が失われていくのは理不尽だ」

帯刀は唇を震わせながら洟を啜り上げた。

「目出度い誕生の日に縁起でもない」

恵喜が怖い顔をする。

「逸之進や都喜が守ってくれます」

佐渡は言った。

「そうだな……」

帯刀はなにか言いたげだったが、ちらりと恵喜の顔を見てやめた。また「縁起でもない」と言われそうなことを口にしかけたようであった。

六月十九日。井伊直弼は勅許を得ずに日米修好通商条約を結んだ。その行為に朝廷は激しい怒りを露わにした。朝廷と水戸藩とに胡乱な気配を感じた直弼は先手を打って、七月五日、水戸の徳川斉昭らに謹慎を命じた。直弼は、斉昭に続き、政に異を唱える大名や公卿、侍たちへの弾圧を始めた。後に安政の大獄と呼ばれる事件である。

弾圧されたのは亜米利加(メリケン)との条約調印や徳川家茂(いえもち)を将軍の世継ぎに決定したことなどに反対する尊皇攘夷の思想を持つ者たちだった。盛岡藩の尊皇攘夷派も色めき立った。井伊直弼の暴挙に、あからさまに憤りを表す者たちもいたが、その数は多くなかった。

しかし、盛岡藩にとっての第一の心配は、経済面においてであった。徳川斉昭は盛岡藩から鉄を購入し、反射炉を用いて大砲を鋳造していた。その彼が謹慎となれば反射炉の操業は危うい。もし蟄居など命じられれば操業中止もあり得る。そうなれば、盛岡藩は鉄の大きな取引先を失うのである。今後さらに財政が逼迫するのは明らかだった。

十月二十九日。藩内の大勢が中務の緊縮策に傾き、佐渡はお役御免となった。

八

安政六年(一八五九)五月末。

江戸は雨に濡れていた。

江帾五郎は小石川の傳通院(でんつういん)に隠棲(いんせい)していた。

五郎は宿坊の奥まった一室で窓のナナカマドの葉に降り続ける雨をぼんやりと見つめていた。

温かく湿った空気の中に、真新しい材木のにおいや、焦げ臭いにおいが漂ってくる。

一月に傳通院の東北、小石川を挟んだ戸崎町から出火して、御掃除町、柳町と三町ほどを焼いた火事があった。おおかたの家は建て直しが終わったが、金の算段がつかなかったのか、焦げた柱が立ったままの土地や、やっと建て始めたというのに、梅雨の長雨で中断している家もあった。

水戸藩の江戸屋敷が近く、江戸詰の勤皇の仲間たちもいたが、五郎の元を訪ねる者はいない。

江帾五郎は、吉田松陰や宮部鼎蔵らが助太刀をしてやるというのを断って、独りで盛岡藩へ戻ったが、いざとなったら後込(しりご)みして尻尾を巻いて逃げ出した——。そういう噂が立っているからであった。

しばらく籍を置いていた瑶池塾も、主宰する東条一堂は安政四年に没していて、塾の仲間たちは水戸藩の同志と同様に五郎を見限っている。

江戸に居場所はない。さりとて、盛岡へは戻れない。仙台越訴以降、一揆の気運はすっかり息をひそめ、小さいものは起こるが大一揆へは発展しない。

民百姓とはしょせん、そんなものだ。

大所高所から物事を見ることをせず、目先の困難が回避されればそれでいいと満足してしまう。

もう一度煽り立ててやろうにも、三浦命助は捕らわれてしまった。

五郎は傳通院の宿坊で無為の日々を送っていたのである。

そこに思わぬ知らせが届いたのが昨日であった。

盛岡藩の加判役、東中務の使いと名乗る者が現れて、脱藩の罪は許すから、藩校明義堂の経学教授になってほしいと打診したのだった。

東中務の名は知っていた。当時藩主であった利済が新年慶賀の席で、東家よりも家格の低い横澤兵庫を、中務の父の上席に置いた。そのことを恥辱に感じた父は腹を斬って果てた。

盛岡では有名な話であった。

その子、中務が今は加判役となり、横澤兵庫を罷免して、父の仇を討った——。

盛岡藩邸の仲間が教えてくれたことである。それを聞いた時、五郎は仇も討てずに寺に隠れ住んでいる自分の惨めさを痛感したのであった。

五郎は罠だと思った。

のこのこと出ていけば、旅の途上か、盛岡に着いてから捕らえられるに決まっている。

隠れ家を探り当てられたのだから、もう傳通院にもいられない。

吉田松陰を頼って萩へ行こうかという思いが頭をかすめたが、彼は今、老中間部詮勝の暗殺を計画したということで野山獄に投獄されていることを思い出した。

松陰は江戸召喚の命を受けて五月二十五日に萩を出ていたが、五郎は知る由もない。

松陰ならば匿ってくれるかもしれないが、門人たちが同様の扱いをしてくれるかははなはだ疑問だった。江戸の同志たちに知れ渡っている噂を、萩の者たちが知らないわけはない。

「いや――、まてよ」

五郎はふと気づいて独りごちた。

もし盛岡藩が自分を捕らえるつもりならば、わざわざここを訪れたりはしないだろう。藩校教授への就任の打診など、罠とすれば見え透いているではないか。かえってこっちに隠れ家を知られたことを教えてしまうだけだ。

捕らえるつもりならば、こちらに知られないように傳通院を取り囲み、外に出たところをお縄にするという手が一番いい。

「ならば、藩は本気でおれを教授に迎えようとしているのか――」

そう考えてみると、己の大望を実現する未来が開けて見えた。

「百姓が駄目ならば、侍に来るべき世はいかにあらねばならぬかを教えるか――」

頭の柔らかい若い侍たちに、藩政の旧弊を教え、藩政改革の志の苗を育てる。

「わざわざおれを探し出させたのならば、東中務は尊皇攘夷の同志であるに違いない」

五郎は「よしっ！」と力強く言って立ち上がった。

盛岡へ帰ろう。もし罠であるとしたら、その時は仕方がない。ここで無為な時をすごすよりも、斬首(ざんしゅ)され晒されたほうがずっとましだ。

「盛岡の同志たちがそれを見て奮起するならば、それでよし」

明日は答えを聞きに、もう一度東中務の使いが来る。

「謹んでお受けいたしますと申そう」

五郎は肯いた。

ついさっきまで陰鬱に感じていた雨が、ナナカマドの葉を輝かせているような気がした。

＊　＊

六月二十日。盛岡に戻った江帾五郎は、六十石で召し抱えられ、明義堂の教授に就任した。

明義堂は下小路にあった。南部家の御薬園があり、その敷地に立つ屋敷を教場としたのである。

かつて明義堂は盛岡城の日影門外小路角に建つ御稽古場＝武術の稽古場を使っていたが、手狭となり、教場の新築が計画されていた。しかし、藩の財政は火の車で、新しい教場を建てる資金はない。そこで、御薬園の屋敷を仮教場としたのであった。以前の明義堂は本来の武術稽古場として使われるようになった。

下小路御屋敷の講堂の正面には、以前の教場から移した〈明義堂〉と記した扁額が掲げられていた。それを揮毫したのは松陰が奸臣として命を狙った間部詮勝であったことは、五郎にとって皮肉だった。

八月二十七日。水戸の徳川斉昭に、ついに永蟄居の命が下った。反射炉の操業が中止となり、大橋、橋野の高炉で精錬した鉄の、大手売却先がなくなった。

十月になって、盛岡藩は幕府より東蝦夷のエトモ領、ホロベツ領、ヲシャマンベからユウラップ境を賜った。

エトモは、現在の室蘭市の古い地名であった。ホロベツはかつて幌別郡と呼ばれた登別市周辺である。ヲシャマンベは山越郡長万部町。ユウラップは内浦湾の東側、二海郡八雲町の遊楽部である。盛岡領となったのは、内浦湾を囲む土地であった。

藩主利剛は、南部弥六郎、南部吉兵衛、東中務、戸来官左衛門、平山郡司に蝦夷地開発守衛之義を申しつけた。

同月。大島惣左衛門（高任）は、大橋、橋野鉄山の吟味役に任じられた。また、十和田鉛山の吟味役次座も兼ねた。

十月二十七日。

吉田松陰が江戸伝馬町の牢屋敷で処刑された。

その知らせが盛岡に届いたのは十一月になってからであった。

藩から与えられた下小路北の屋敷でそれを聞いた江幡五郎はただ一言、「そうか」と言っただけであった。

松陰の薫陶を受けた者たちはおそらく慟哭しているであろう――。

庭に降り積もる雪を見ながら五郎は思った。

だが、おれは泣かぬ――。

松陰は、抗いもせずに捕縛され、江戸に護送され、処刑された。おそらく、権力によって処刑されることによって己を偶像化、神格化して、弟子たちの胸に教えを強く焼き付けようとしたのだろう。

だが、死んではおしまいだ。

死んでしまえば、その言葉は独り歩きし、曲解され、歪んだ形で伝わっていく。

生きて後進を教え導かなければならない。

明義堂の教授となってから、五郎は強くそう思うようになっていた。

師が側にいることによって、若者たちは正しく育つ。

おれは死なぬ。

生きて、盛岡の侍たちを導く。

五郎は固くそう誓うのだった。

＊　＊

佐渡は、弓太を連れて久しぶりに本町の瓢屋の暖簾を潜った。

朝飯時を過ぎて、店は閑散としていた。

「これは、楢山さま。弓太さま。いらっしゃいませ」

奥から若い亭主が出てきた。馴染み（なじ）の親爺はすでに亡く、息子に代替わりしていた。

「ほんに久しいのう。何ヵ月ぶりであろう」

佐渡は笑みを浮かべて床几（しょうぎ）に腰を下ろした。

「楢山さまは一年になります」

「そうか——。そんなに来ていなかったか」

「その代わり、わたしが足繁く通っておりますれば」

弓太は佐渡に向かい合って座った。

「景気はどうだ？」

佐渡が訊くと、亭主は答えに迷うようにちょっと首を傾げて苦笑を浮かべた。

「ぼちぼちでございます」

景気の話はすなわち政の話である。景気が悪いと答えるのは、佐渡に申し訳ないと思ったようである。

「そうか――。景気は悪いか」

佐渡は腕組みをした。

「ここは遠曲輪でございますからね」弓太が言う。

「武家地と町人地が混じっておりますから、侍らの足が遠のいているのでございましょう」

「左様で――」

亭主は申し訳なさそうに肯いた。

「町人たちはどうなのだ？」

佐渡は訊く。

「三閉伊の一揆が収まったあたりは、一時的に景気はよくなりましたが――。すぐに、お武家さまの様子を見て財布の紐を固くしてございます。外からも悪い話しか聞こえてきませんので」

「悪い話か」

「はい。加賀や富山、鹿島、和歌山、宮津での打ち壊し。特に金沢領がひどいようでございますな。お江戸では大獄で大騒ぎ。それに乗じてペルリが黒船で攻めてくるのではないかと言う者もございます」

「なにが起こるか分からぬから、銭を溜め込んでおこうということか」

「はい」

「うむ――」

佐渡は考え込む。

重商主義も駄目。倹約も駄目。一揆勢の要求を飲んで税を減らし、御用金を申しつけることも止め、藩士の俸禄の借り上げまでしているのに、いっこうに景気はよくなる気配を見せない――。ならばどうすればよいのだ。

「人生、なにをしても駄目な時というのはございますよ」弓太が言う。

「政もそれと同じではございませぬか」

「なにをしても駄目ならば、どうすればいいというのだ？」

「ジタバタしても始まらぬのでございますから、なにもせずじっと耐えて、いつもどおりの暮らしをするのみでございます」

「なにもしないわけにはいかぬ」

「しないわけにいかなくとも、無い袖は振れませぬ」そこで弓太ははっとした顔になる。「袖が無いならば、袖を作って縫いつければよい——。というのはいかがでございますか？」

「袖を作るとはどういうことだ？」

佐渡は身を乗り出した。

「注文もせずに話ばかりしていてもなんでございますから」

弓太は亭主に酒と適当な肴を持ってくるように言った。亭主はほっとした顔で奥に引っ込んだ。

弓太は佐渡に顔を近づけて、

「金を作るのでございますよ」

と小声で言った。

「金を作る——。密銭を作るというのか？」

佐渡も小声で言った。

密銭とは偽金のことである。

盛岡藩、八戸藩では天明、文化、文政の時代から、貧困に喘ぐ者たちが偽金を鋳造する事件が頻繁に起こっていた。山中に小さな炉を設けて密かに密銭を作る者たちは、特に二戸、九戸地方に多かった。

しかし——。

「銭の私鋳は磔、獄門の厳罰に処される大罪だ。藩がそんなことをするわけにはいかぬ」佐渡は首を振った。

「それに、藩内に密銭が増えれば銭の価値が落ちて、今よりも大変なことになる」

「藩の外で使えばよいのです」

「盛岡の者たちは密銭を使うと悪評が立てば、商売も成り立たぬ」

「密銭と分からぬような質の物を作ればいいではございませんか。盛岡藩は鉄器の産地でございます。腕のいい鋳物師が多くおります。また、山内銭を作る者もおりますから、文字やら模様やらの細工もお手のものでございます」

山内銭とは、鉱山内でのみ通用する銭のことである。鉱山では人足らへの日当の支払いに山内銭を使うことが多かった。鉱山は一つの町を形成して、商店や遊廓などもあったから、給金を山内銭でもらうことに不便は無かったし、鉱山の外で買い物をする場合は日払い所で等価の正貨と兌換してもらえた。

「うむ――」

佐渡は真剣に考え始める。

まず思いついたのが大橋、橋野の高炉の利用だった。水戸藩への鉄の供給がなくなってしまい、精錬した鉄の売却先に困っている。

鉄銭を作ればいい――。

江戸の銭といえば、寛永通宝や天保通宝など銅銭が有名であるが、元文、明和、安永、天保の時代には鉄の銭も鋳造されていた記録がある。現存するものが少ないのは、鉄銭は明治政府が禁止して後、鋳つぶされたからであるとも言われている。

しかし、鉄銭は質が悪く不評であった。

これも安政六年のことであるが、中国との交易での銀と銅の交換比率がアメリカよりもよいということで、貿易商たちはこぞって銅を中国に売り銀を買った。幕府はそれを防ぐために銅銭の回収を行ったのだが、その時の交換比率が鉄銭一貫五百文余りで銅銭一貫文であった。鉄銭の方が価値も低かったのである。

だが今、鉄銭を新たに鋳造し、しかも盛岡藩から持ち出しやすい場所がある。

箱館である。

嘉永七年の箱館開港により、翌年天領となった箱館は、安政四年から交易をより円滑に進めるために〈箱館通宝〉という鉄銭の鋳造を始めている。

盛岡藩は北方警備のために蝦夷地へ侍を送り込んでいる。その者たちを使えば、密銭の持ち込みは容易だ。

いやいや——。

佐渡は首を振る。

御法度は御法度。やってはならぬ。

「背に腹は代えられぬと申すではありませぬか」

弓太がさらに顔を近づけた。

「うむ——。それは、進退窮まった時の策としよう」

佐渡は溜息と共に言った。

「左様でございますか」

弓太はがっかりしたように言って、床几に座り直した。

頃合いよしと見たのか、亭主が里芋を甘辛く煮たものの小鉢と徳利を運んできた。

＊　＊

高炉が産出する鉄で銭を鋳る。

密銭を鋳造するのではなく、幕府の許可を得て行えば立派な銭座として成り立つ。

だが、お役御免となった佐渡は、そのような策を挙げる立場にはなかった。

しかし、なかなかの名案であることは確かだった。

佐渡は、加判役に復帰した時に提案できるよう、銭座を置ける場所の下調べを始めた。

弓太を連れて初冬の領内を馬で駆けめぐる。盛岡近郊の鉄砲筒鋳造所のある梁川(やながわ)。高炉のある大橋、橋野。その近くの栗林。北は浄法寺、西は鹿角(かづの)、小坂——。

弓太の手づるを使って密銭の鋳造経験者を探り当て、直接話を聞いたりもした。

鉄銭ばかりでなく、尾去沢(おさりざわ)、白根、立石から産する銅を使えば銅銭を作れる。また、藩直営の小坂銀山から出る銀を使えば銀判も鋳造できる。

幕府の許可さえ得られれば、合法的に金を生み出すことができるのである。

雪の混じる寒風の中、馬を走らせながら、佐渡は新たな希望の光を見つけたのだった。

この年、原直記が隠居し、嫡男の直治が家督を継いだ。原敬の父である。

＊　＊

年が明け、安政七年となった。一月十二日に佐渡の三女幸(こう)が生まれた。すでに逸之進、都喜と二人の子供を亡くしている佐渡と菜華は、幸せを祈って幸と名付けたのであった。三歳の禮之輔は妹の誕生を喜び、十二歳になった貞は二人の弟妹の面倒をよくみた。

＊　＊

そして三月三日が訪れた――。その日、江戸は季節外れの雪であった。

明け方から降りだした牡丹雪(ぼたんゆき)は、やがて雨交じりの雪となった。

雛(ひな)祭り祝賀の総登城の日で、藩主利剛はすでに駕籠の人となっていたが、東中務は供を別の者に任せ、外桜田の上屋敷で帳簿の整理をしていた。

辰(たつ)ノ刻（午前八時頃）。登城の太鼓が聞こえた。積雪が反響を吸収し、今日の太鼓は鈍い音がする。そう思ってから半刻ほど――。小さい破裂音のような音が外から聞こえた。

中務は、はっとして筆を止めた。鉄砲の音である。続いてもう一発。

刀を取って雨交じりの雪が降り続ける外に飛び出すと、連続する銃声が聞こえた。

遠く戦いの叫び声。中務の鼓動は激しく高鳴る。雪を蹴散らして中務は走る。

北条(ほうじょう)家と石川(いしかわ)家の辻に立ち、音で騒乱の方向を探る。

剣戟(けんげき)の響きは北から聞こえた。桜田御門の方角だ。盛岡藩上屋敷から桜田御門までおよそ十町（約一・一キロ）である。

中務は駆けに駆けて、上杉家と松平家の間の小路から堀端へ飛びだした。

広場には二十人近い侍が倒れていた。ほとんどが桐油合羽を着ていた。踏み荒らされた雪が泥と血に染まっている。未だ体から流れる血が湯気をあげている。

雪の上に置かれた駕籠の周りで三十人ほどが叫び声を上げながら刀を振り回している。

突然、雄叫(おたけ)びが上がって、一人の侍が走ってきた。掲げた刀の切っ先に、首が突き刺さっていた。血に汚れたその顔に、中務は見覚えがあった。

大老井伊直弼――。

直弼の首級(しゅきゅう)を掲げる侍は中務の方へ走ってくる。

中務は思わず小路に後ずさる。無意識のうちに震える手が刀の柄(つか)を握る。

倒れていた桐油合羽の侍の一人がよろよろと立ち上がり、首級を掲げた侍の背後から斬りつけた。首級の男は「うっ」と呻(うめ)いて膝をつく。

桐油合羽の侍は二太刀目を浴びせようとしたが、後ろから駆けつけた凶賊の仲間らが刃を振り下ろした。桐油合羽の侍は倒れ、数人の凶賊が叫び声を上げながらその体に何度も何度も刃を叩きつけた。

首級の男はよろめきながら立ち上がり、また走り出す。深手を負ったらしく、先ほどまで高く掲げていた右腕をだらりと下に垂らして、刀に刺さった首級を引きずっている。

中務は逃げようと思ったが足が動かなかった。

首級の男は上杉屋敷の前を通り過ぎ、中務の立つ小路に差しかかる。

中務は見開いたままの目を、その侍から逸らすことができなかった。

返り血にまみれた侍の顔が中務の方を向いた。

目が合った。血走った狂気に満ちた目であった。

中務は、殺されると思った。

しかし、直弼の首級を引きずる凶賊は、つっと目を逸らし、そのまま駆け抜けて真っ直ぐ右手の日比谷御門へ向かった。

その後ろから惨劇の場を離れる仲間たちが走ってきたが、中務には目もくれない。

凶賊らが日比谷御門を潜り抜けた時、左手の方から大勢の足音が聞こえた。

小路から顔を出して見ると、彦根藩の侍たちが駆けつけたのだと分かった。おそらく襲撃の時に逃げ出したのであろう、桐油合羽の侍たちも交じっている。

彦根藩士たちは倒れた侍たちの息を確かめ、怪我人を助け起こす。

何人かの藩士が、首のない裃姿の遺骸を駕籠に乗せ、担いで藩邸の方へ運んでいく。

血にまみれた雪や、切り落とされた腕、指などを掻き集めている者もいた。

水戸藩士への罵りが聞こえてきて、襲撃したのは水戸の侍であったことが分かった。

周囲には大名屋敷が建ち並んでいるが、難を恐れてか、外に出てくる者はいなかった。

中務ははっと我に返った。急に体が震えだした。寒さのせいだと自分を誤魔化した。

屋敷から一緒に走ってきた侍たちが、側に立ち尽くして、まばたきも忘れて惨状を見つめている。口から吐き出される白い湯気が速く短い。

「戻るぞ！」

中務は言った。侍たちは虚ろな目で中務を見ると、ぎくしゃくと肯いた。

「しっかりと戸締まりをするのだ。誰も入れるな」

藩主利剛は水戸斉昭の娘を娶っている。それを頼って賊らが逃げ込んでくるかもしれないと思ったのである。侍たちの何人かが怪訝（けげん）な顔をした。尊皇攘夷の者たちである。

尊皇攘夷派の中務が、開国派の直弼を討った水戸の侍を匿（かくま）わないと言う――。

「己の主義主張は脇に置け。まずはお家のことを考えよ。賊を匿えば、お上に難が及ぶ」

言いながら、中務は混乱しはじめた。

この血にまみれた残忍な行いが尊皇攘夷か？

「行くぞ！」

中務は走り出した。

一人の敵を大勢で滅多斬りにするのが正義か？

いや――。このような凶行をさせてしまった政に誤りがあるのだ。井伊直弼の強権が、この惨事を招いたのだ。

だが――。だが、血で血を洗うような改革は間違っている。

中務は混乱したまま藩邸に飛び込み、固く門を閉じた。

東中務は、桜田門外の変を目撃した六日後、江戸を後にして盛岡へ向かった。

中務の脳裏から血にまみれた雪景色は消えない。

斬り裂かれた桐油合羽の黄色に、どす黒い血。そして白い雪――。

首のない遺体――。

刀の切っ先に突き刺された首級――。

あのようにして、世は変わっていくのだ。あのようにしてしか世は変わらないのだ――。

旅の途上、三月十八日に、元号は安政から万延へと変わった。

九

閏三月八日。楢山佐渡は東中務の訪問を聞き、驚いて客間へ向かった。

中務が盛岡へ向かって発ったということは城内の知人から知らされていた。どうやら暇乞い（いとま）らしいということだったから、まずは城へ向かうものと思っていたのだった。

座敷に入ると、中務は旅装のまま座っていた。

「お疲れさまでござった」

佐渡は中務に向き合って座った。

「このたびは、暇乞いを決意いたしまして、帰藩いたしました」

中務は落ち着いた声音で言った。

「桜田御門の件になにか関係が？」

「ございます」中務は苦いものでも口にしたかのような表情になる。

「あれは酷かった……」

「あれは開国派の井伊掃部頭さまへの天誅。東どのは尊皇攘夷の人であったと思うが」

「主義主張は同じでも、やり方が気に入りませぬ」中務はあの日の無惨な光景を語った。

「――お世継ぎについては血縁の重視や、なによりも前の公方さまのご意思を尊重したもの。それに、条約の調印は勅許を得なければならぬという慣例はございませぬ。井伊掃部頭さまの決定に瑕疵はございませんでした」

「今の公方さまの擁立は、徳川慶喜さまを推した帝や水戸さまらの思惑とは外れるもの。条約の調印もしかり。異議を申し立てた方々が処分されたことも、腹に据えかねたのでござろうな」

佐渡は言った。

「その処分にしても、定められた日ではないのに登城をしたということについてのものでございます。筋は通っています」

「それら諸々のことにお怒りになられた帝が、水戸さまに幕政の改革に関わる密勅を送ったという話も聞こえています」

「それも逆手に取られて、密勅は水戸さまの偽りであるとして、関わった公卿の方々までも捕らえられることになったのでございます。また、諸国の尊皇攘夷の志士が捕縛された大獄のきっかけともなりました」中務は溜息をついた。

「水戸藩は密勅を帝に返納するかしないかで藩論が割れ、刀を抜く争いまで起きました——。最初の段階で、掃部頭さまがぐうの音も出ぬような法制上の誤りを見つけだし、そこを突いていくべきだったのです。理詰めで掃部頭さまを追い落としていれば、あのような酷たらしい惨劇は起こりませんでした。意見が通らぬから殺すというのでは、ならず者の喧嘩と変わりませぬ」

「左様でござるな」

佐渡は静かに肯いた。

「なにやら、もう、訳が分からなくなりました。ただ言えるのは、水戸のやり方は間違っているということです」

「水戸にも色々な考えの侍があり、だから争いが起こった。勤皇に佐幕。そして公武合体——」

公武合体とは、長く続いた江戸幕府の独裁を是正するために、朝廷と幕府を一体化させようという政治構想である。目的は幕藩体制の強化であったので、尊皇攘夷派と対立した。幕府は孝明天皇の妹の和宮と将軍家茂を結婚させ、公武合体により朝廷の長きにわたる権威を利用し幕藩体制の強化を狙っていたのである。

「井伊掃部頭さま亡き後、御老中首座には安藤信正さまがお就きになり、以前からの懸案であった公武合体の策が強く推し進められているとか。それぞれの考え方の大きな括りの中に、一人一人の思惑があり、これからの日本をどうするのかという考え方は百花繚乱だ」

「左様でございますな――。ますます訳が分かりませぬ。まぁ、そういうことで、暇をいただき、よく考えをまとめたいと思ったしだいでございます」

「なるほど。よく分かり申した。しかし、なぜそれがしの所へ？　そのご様子から、まだお屋敷にも戻られていないようだが」

「それがしがお暇をいただければ、楢山さまが復職なさりましょう。そこで、楢山さまにお伺いしたい。尊皇攘夷をどうお考えか？」

中務は真っ直ぐ佐渡を見つめた。

「逆に問いましょう。東どのはそれがしを佐幕派とお考えか？」

「いえ――。一揆に対するお考えなどから、尊皇攘夷派とも思えますが、はっきりとは分かりませぬ。だからお伺いしているのです」

「それがしにもよく分からぬ」

佐渡は豪快に笑った。中務はからかわれていると思ったのか少し不快な顔をした。

「のう東どの。十把一絡げにして勤皇だ佐幕だと分けてしまうのはいかがなものでしょうな。先ほどそれがしは、水戸にも色々な考えの侍がございましょうと申し上げた。しかし、それは水戸ばかりではない。東どのに問われて、初めて見えてきた。尊皇攘夷の者でも、帝よりの密勅を返納するかしないかで揉める。同志の中でも意見が異なる者たちを一つにまとめようとするならば、充分な話し合いをし、妥協できるところはそれぞれ妥協しなければならぬのではなかろうか」

「ムキになって自説ばかりを押し通すな——。ということでございますな」

「我らはそれで苦労した。一事が万事ということでござろうか」

「なるほど。これからのことを考える一助とさせていただきます」

中務は深く頭を下げた。

＊　＊　＊

東中務は七月二十八日、加判役を退き、知行地の三戸郡沖田面村に居を移した。

ほどなく武術の道場を敷地に建てたのは、有事の際に、逃げたり激情のあまり敵の遺骸を切り刻んだりするような見苦しい戦いぶりを見せぬ若者たちを育てなければならないと思ったからである。中務が道場を建てたという話を聞きつけて、尊皇攘夷の者や志を同じくする者たちが遠隔の地からも集まった。

万延元年は一年足らずで終わり、二月十九日、元号は文久となった。

五月十六日、楢山佐渡は加判役に復職した。しばらくの間、東中務や佐渡の力なしで取り組んだ財政再建が、どうにも上手く行かなかったというのがその理由であった。

＊　＊　＊

六月十二日。里世の娘千賀が十五歳で漆戸源次郎に嫁ぐこととなった。

遠野強訴の年に生まれた娘である。

綿帽子を被り、屋敷の門を出て、しずしずと婚家に向かう千賀の後ろ姿を見送りながら、佐渡は感慨にふける。

寒い早瀬川の畔で枯れた葦の陰に隠れながら、熱い血をたぎらせていた日から、もう十五年も経つのか――。

里世の娘が次々に嫁に出て、離れに棲む女たちの数も減って、慈乃と里世、十三歳の元と、八歳の浅を残すばかりである。

彼女らも数年後には嫁に出るだろう。そうすれば離れには慈乃と里世ばかりになる。なにやら人の世とは、年を取る毎に身内の者が減っていくもののように感じられるな、と佐渡は思った。

いやいや。我が家には貞も禮之輔も幸もいる。まだ子は増えるだろう。それに、禮之輔が大きくなって嫁を迎えれば、また賑やかになる。元か浅のどちらかが婿をとるとすれば、さらに――。

そう思い直したが、幾ばくかの寂寥が佐渡の胸に残った。

十月に入って藩主利剛が参勤となり、佐渡はお供して十六日に着府した。

十一月には盛岡領内に大洪水が起こり、民百姓ばかりでなく侍たちの困窮に追い打ちをかけた。市中には物乞いやこそ泥が横行した。盛岡藩は救い米を出して対策に当たった。

負債が少し減ったかと思うと、また予想外の出費を強いられる。その繰り返しであった。

同じ十一月。孝明天皇の妹和宮が、江戸城へ入った。公武合体派は、これで朝廷の権威と手を結ぶことができたと胸を撫で下ろしたが、朝廷は和宮を人質にして孝明天皇に譲位を迫るのではないかという不安を感じていたし、尊皇攘夷派は和宮を利用して幕藩体制の強化を図ろうとする幕府に怒りをつのらせた。

文久二年（一八六二）三月四日。藩主利剛は参勤を終えて江戸を発駕した。途中日光東照宮に参り、三月二十日に盛岡に着いた。

佐渡は、二十一日に江戸を発ち、大坂へ向かった。大坂や京には、盛岡に出店（でだな）を持っている大店（おおだな）の本店が幾つもあった。佐渡は、藩の借金返済についての話し合いをしに出向いたのである。また、領内追放となっていた大店井筒屋を御用商人に戻し、財政再建のための協力を求めるという役目もあった。

四月二十日には藩主利剛が少将の位を賜り、盛岡の地が沸いた。その慶事によって大赦が行われた。綱渡りのような藩政ながら、なんとか平穏な日々を繋いでいた盛岡藩であったが、その外側では尊皇攘夷の嵐が激しさを増そうとしていた。そして、それを弾圧しようとする動きもまた苛烈（かれつ）になっていたのである。

薩摩藩主島津茂久（もちひさ）の父久光（ひさみつ）は、藩兵千人を引き連れて京都に入った。四月十六日のことである。後に長州と共に討幕思想の両雄となる薩摩藩であったが、久光は公武合体論者であった。久光は朝廷より尊皇攘夷派の志士を鎮撫するよう命じられ、同月二十三日、伏見の寺田屋という旅籠に集まっていた倒幕派の薩摩藩士を粛清した。

＊　＊

七月。佐渡の腹違いの弟行蔵に養子の話があがった。家禄三百五十石の瀧家との縁組みである。

盛岡藩の家臣団は、千石を超える高知衆と、それ以外の平士に分けられる。平士は、家格五十石を下回る扶持取りから、五十石並、百石格、二百石格、三百石以上に分けられ、瀧家の三百五十石は、中ぐらいの家格である。

行蔵は数え二十四歳であった。

小姓の役を解かれて九年。

行蔵は楢山家の離れで、だらだらと日々を過ごしてきた。博打や女遊びも覚え、時に母屋に忍び込んで金を盗むこともあった。

帯刀や佐渡は気づくたびに厳しく叱ったが、行蔵はその時は深く反省した様子を見せるものの、ほとぼりが冷めると同じことを繰り返した。

なにか責任を持たせなければならないと佐渡は思ったが、城に職の空きはない。

そんなところに舞い込んだ養子縁組であった。

一家の主となれば、行蔵も落ち着くだろう。帯刀も佐渡もそう考えて話を進めたのである。

しかし——。行蔵の心は乱れた。

千二百石を超える楢山家からたった三百五十石の瀧家へ——。

これで生涯、兄さまを追い越すことはできなくなる——。

兄は追い越せないほどの高みにあればいいと願ったこともあった。しかし、元服以後、そして小姓の役を解かれた後、行蔵の心は荒んでいった。生活も乱れた。

それが、これからは一家を背負うことになる。

たった三百五十石の家を。

家計を支える苦労はただごとではないことは、帯刀や佐渡を見て知っていた。だが、積極的にそれを助けようとしたことは一度もない。小姓の役を解かれた後、もっとよく学べばよかったと思ったがもう遅い。

自分は甘えていたのだと、今さらながら気づいた。下らない嫉妬に思い煩っている暇に、武芸でも学問でも、真剣に打ち込めばよかったのだ。

何もかも、生まれのせいにして、努力を怠った。

そのために、たった三百五十石の家を継ぎ、家族を養うためにあくせく働きながら一生を終えることになったのだ。

同じ楢山家に生まれながら、この差はなんだ？

世の中の仕組みが悪い。

ならば、尊皇派に与して幕府と戦うか？

そう考えて、行蔵はふっと笑った。

おれにそんな度胸はない。

おれはまた、人のせいにしようとしている。

こんなおれには、三百五十石でももったいないのかもしれない――。

七月六日。行蔵が瀧家を相続する届けが出された。

＊　＊

八月二十一日、生麦事件が起こった。武蔵国橘樹郡生麦村を通りかかった島津久光の行列を、馬に乗ったイギリス人四人が侵し、無礼討ちとなったのである。死亡一名、負傷二名。これが後の薩英戦争のきっかけとなる。

また、この年には、過去の出来事に対して悲惨な裁可が下された。彦根藩が桜田門外の変のおりに井伊直弼の供をしていた者たちを処分したのである。死亡した者に対してはすでに家名の存続が許されていたが、生き延びた者たちに対する処罰が決定したのであった。

重傷を負った者は下野へ流刑。軽傷だった者は切腹。傷を負わなかった者たちは斬首の上、家名断絶――。

「主君の命を守れなかったのは不届きである」侍にとってはそれが当然の時代であった。

この年、幕府は参勤交代を三年に一回と定め、江戸屋敷に住まわせていた諸藩藩主の妻子を国許に帰した。

閏八月三日。

瀧行蔵は、御中丸御番子組頭を命じられた。以前勤めた小姓よりずっと格上の役である。

瀧家があちこち手を回して就任した役であったが、九月二十三日に当分の間お役御免となった。

怠惰に過ごした九年間のツケである。

行蔵は仕事の失敗を繰り返し、配下の者たちからも上に苦情が回ったのである。

行蔵は酒に溺（おぼ）れていった――。

この年には佐渡の四女、真沙（まさ）が誕生している。前年、千賀の婚礼のおりに、楢山家からは次々に人がいなくなり寂しいと感じていた佐渡は、自分自身を『それみろ。また賑やかになってきたではないか』と叱ったのだった。

第五章　風雲急

一

文久三年（一八六三）。一月に、前年誕生したばかりの佐渡の四女、真沙が病没した。

夏には長女の貞と毛馬内左門との婚礼が決まっていたが、貞は日延べしようと申し出た。楢山家菩提寺の、聖寿禅寺の葬儀から帰ってきてすぐのことである。二人の体にまとわりついた香の薫りが佐渡の居室の中に漂っていた。

「いや。四十九日は過ぎての婚礼だ。気にすることはない」

佐渡は首を振った。

「でも父上さま……」

貞は泣きはらした目を佐渡に向ける。

「自分のせいで姉さまの婚礼が日延べになると知れば、真沙は申し訳なくて冥府から戻って参るぞ」佐渡は微笑んで貞の肩を叩いた。

「真沙は側に大勢の人がいることを好んだ。婚礼の時には祝いに来るやもしれぬな」

「それでは、日延べしてもしなくても、真沙は戻ってくるではございませぬか」

貞は泣き笑いの顔をする。

「違いない」佐渡はことさらに大声で笑う。

「だが、心配して戻って参るのと、祝いに戻って参るのとでは、大きな違いだ。せいぜい幸せな顔を見せて、早世した親不孝を思い知らせてやれ」

最後の言葉には微かな嗚咽が混じった。

「はい……」

貞の目から涙が溢れた。

幕府より、盛岡藩に京都守護の命令が届き、藩主の名代として利剛の弟、信民が京へ向かった。

三月。幕府から攘夷の対策について諮問があり、藩主利剛はただちに重臣たちを大書院に集めた。

「攘夷を決行すれば、清の轍を踏むことになりましょう」

最初に口を開いたのは遠野侯南部弥六郎であった。

清は一八四〇年から四二年にかけてのアヘン戦争敗北により、不平等条約を締結させられ、列強諸国の半植民地と化していた。

「条約を締結させられたのは業腹（ごうはら）でございますが、戦に負けてからのことではないことがまだしもでございました。ここで戦を仕掛け、諸外国に敗北を喫すれば、ここぞとばかりに日本の不利になる条件をつけ加えて参りましょう」

「だからこそ、今のうちに外国船を完膚（かんぷ）無きまでに叩き、こちらの強さを誇示しておくべきではございませぬか」

そう発言したのは加判役の向井大和であった。

それをきっかけに、攘夷の反対派、賛成派が一斉に持論を語り始め、大書院は騒然となった。楢山佐渡は黙ってそれに耳を傾けていた。

佐渡の胸にあるのは静かな怒りであった。

攘夷の対策――。そんなことは、幕府が考えることであろう。正しい道筋を見定めて、力強く方向を指し示す。幕府にそのような姿勢がなければ、諸藩は安心して政に励むことはできない。広く意見を求めるというのは聞こえはいいが、なんのことはない、幕府が弱体化したから、諸般の様子をうかがっているだけではないか。

やれやれ。今ならば幕府を倒せると思い上がる藩が出てきても仕方がない状況になってきたな――。我が藩に攘夷の話などで時を潰す余裕はない。本来なら現在の財政を議論し、新たな財源の確保の妙案を募りたいところだが、まぁ、こういう時には四の五の言わず、知恵を絞らねばなるまい――。

戦の定石を考えれば、向井の言うように先制攻撃を仕掛け、大きな打撃を与えることは効果的である。しかし、それは敵国の武力をすべて把握してからのこと。日本を訪れている諸国の艦船を叩けば、必ず本国から援軍が来る。それがどれだけの数になるのか。それを確かめずに攘夷を決行するのは危険である。

だから、基本的な考え方は、弥六郎と同じであった。

だが――。

「弥六郎は攘夷をすべきではないと申す。向井は今すぐに攘夷すべきと申す」

利剛が溜息をつく。

「佐渡はどう考える？」

利剛が言うと、重臣たちの目が一斉に佐渡の方を向いた。

「もしかすると日本は今、清国よりも侮られているやもしれませぬ。それは面白くないと、どなたさまのお考えも同じでございましょう。しかしながら、城の中にどれだけの兵力を持っているのかも知らずに、出丸を叩くことの危険をどうお考えになりましょう？　出丸を殲滅し勝利を喜んでいたら、大手門からこちらを上回る敵軍が押し寄せてくる――。今、攘夷を行うことは、そのような危険をはらんでいると、それがしは考えます」

「しかし、異国の者どもに侮られたままでよいと言うのか」

向井が憤然と言う。

「それは我ら武家の悪い癖でございます」佐渡は言った。

「侮られれば、すぐに頭に血が上る。それでいながら、すぐに相手を侮る。三閉伊の一揆でそれを痛いほど思い知らされたではございませぬか。あの一揆で、我らは相手を百姓と侮らず、話をよく聞くことが大切だということを学んだはずでございます。武士、百姓、町人。そして異国の者も同じでございます。まずはじっくりと膝をつき合わせ、お互いに言うべきことを言う。戦にならぬ方向を模索し、それでいかんともし難ければ、戦でございましょうな」

佐渡の言葉に利剛は肯いた。

「我、信義をもって論じ、彼の聴かざるに当たりそれを責めてこれを討たん――。そのように答申いたそう」

重臣たちは頭を下げた。向井は不満そうであったが、異議は申し立てなかった。

いずれこの場で藩論を固める評定が行われるだろう、と佐渡は思った。

尊皇攘夷か、佐幕か――。

その時、この座におれが座っているか、それとも東中務が座っているか。それによって決まることになるだろう。現在の幕藩体制が正しいとは思わない。さりとて、水戸浪士らが起こした幕府の重臣襲撃事件は尊皇攘夷の在り方として相応しいとは思えない。蝦夷から薩摩、琉球まで、諸国にはその国なりの事情がある。

今回の諮問は諸国の意見を吸い上げる方法の一つではある。しかし、幕府からの問いに答えてそれで終わり。それでは意味がない。議論を戦わせてこそ、総意を汲んだ政ができる。まずは、諸藩から代表者を出して大評定をし、それによって政を進める方法をとってみるのはどうだろうと佐渡は考えていた。

いわゆる諸侯会議論である。ただ、その大評定は侍だけで行っては意味がない。諸藩にそれぞれの事情があるように、各階層にもそれぞれの事情がある。佐渡は諸侯会議論を一歩進めて、西洋の議会制度のように、諸国の士農工商の代表者が一堂に会し、話し合いをして政の方向を定めるのがよいと考え始めていた。

盛岡藩では三閉伊一揆以後、改革を続けてはいるが小さな一揆は各地で起こっている。藩は役人を派遣して一揆勢と交渉をしている。中には実現不可能な訴えや、民百姓の理解が足りないための不満も含まれてはいる。だが、侍側が気づかなかった政の歪みを突いてくる意見も多い。盛岡藩はそれを藩政改革に活かしている。

理想的な政を進めるために民百姓の意見を聞かぬ手はない。

後に公議政体論と呼ばれる政治構想論であるが、佐渡の中では未だ芽生えの段階であり、確固たる理論として構築されているわけではなかった。

盛岡藩の侍ばかりを集めても、話がまとまらぬのに、果たしてそのような評定が成り立つのだろうか――。

夢物語のような構想だと佐渡自身も思っている。しかし、それを理想として目指したい。

できれば、盛岡藩でそれを行ってみたい。

佐渡はそう思いながら立ち上がり、最後に大書院を出た。

＊　＊

五月。盛岡では大島惣左衛門（高任）や八角高遠らの尽力により、医学、洋学の教育、研究施設である日新堂がもうじき完成するところまで漕ぎ着けていた。場所は東中野村新山館。藩主利剛はそこに一万坪の敷地を貸与したのであった。

諸藩ではすでに文・武・医の独立した学問所を設置しており、盛岡藩は他藩から五十年遅れていると言われてきたが、やっとその三位一体の学問の体制が整ったのであった。日新堂の建設は、八角高遠が明義堂で蘭方医学の講義をしたところ、漢方医学の教授らが挙って反対したために辞任に追い込まれたという出来事がきっかけであった。盛岡藩では学問の世界でも旧弊な考え方が主流であったのだった。

六月の中旬。内丸の毛馬内家の屋敷で、佐渡の娘貞と毛馬内左門の婚礼が行われた。

菜華は、佐渡の様子がおかしいことに気づいた。佐渡は落ち着きなく座敷のあちこちに目をやっている。我が子の婚礼は初めてだから緊張でもしているのかとも思ったが、そうでもない。遅れている客の到着を待っているかのようにも見えるのだが――。その目は天井の辺りにも向けられる。虫でも飛んでいるのかと佐渡の視線を追うが、羽虫の姿はどこにもない。謡の間も上の空で、口を合わせているだけのように見えた。

落ち着きがないのは佐渡ばかりではなかった。花嫁の貞も綿帽子の下から座敷のあちこちをきょろきょろと見ているのである。

儀式が終わって宴に入ったところで、佐渡は厠にでも行くのか席を立った。

菜華はそれを追って廊下に出た。

「殿さま」と声をかけて歩み寄る。

「いかがなさったのでございますか。落ち着きなくあちこちをご覧になって」

佐渡は一瞬、その言葉の意味を理解できない様子だったが、すぐに「ああ」と肯いた。

「真沙が来ているやもしれぬと思うてな」

菜華は怪訝な顔をする。四女の真沙は一月に病没している。

佐渡は、真沙の葬儀の後、婚礼を延期したいと申し出た貞を説得したことを語った。

「左様でございましたか。延期せずにようございました。真沙も喜んでおりましょう」

菜華の目が赤らんだ。しかし、涙はこぼれなかった。佐渡は厠へ向かい、菜華は宴席に戻った。

「真沙。来ていますか?」

菜華は小声で語りかける。

返事はない。姿も見えない。だが、菜華は真沙がこの座敷のどこかに来ている気がした。

＊　＊

厠から戻った佐渡は、あちこちに視線を向けている菜華を見て、優しく微笑んだ。

幕府が強い危機感を抱いて事後処理に当たっていた頃、佐渡の弟瀧行蔵は駕籠で山道を進んでいた。

旧暦の七月は初秋であるが、陽光に照らされる緑の濃淡の中にはまだ蝉の声が聞こえていた。

眼下に瀬川を望む道である。

行蔵は春先から脚気を患い、湯治のために台温泉に向かう途中であった。

台温泉は南部家の湯治場でもあり、藩主のための御仮屋もあった。開湯千年とも五百年とも言われ、数多い盛岡藩の出湯の中で最も古いと言われていた。

山峡の渓流沿いに、ぽつりぽつりと湯宿が点在している。

ちなみに名の由来は、古い言葉の「体癒ゆ」からとか、森林を意味するアイヌ語の「タイ」からであるという説がある。

行蔵は、宿に着くとすぐに露天の岩風呂に浸かった。

現在の台温泉の効能に、脚気に効くというものはないが、行蔵が生きていた当時、温泉成分を分析して適応症を調べるなどという方法は存在しない。脚気は下半身の倦怠感や脚の浮腫、痺れなどを伴う病であるから、行蔵は筋肉のこわばりや運動麻痺などに効能のあるこの湯を選んだのである。

熱めの湯に顎まで沈み込み、湯船の縁の石に頭を載せて目を閉じ、行蔵は快感の呻き声を上げた。

ひたひたと敷石を踏む音が聞こえ、誰かがかけ湯をした後、湯船に入った。

「江戸患いだそうだな」

突然、佐渡の声がして行蔵は驚き、目を開いた。

佐渡が湯船に浸かり、行蔵に微笑んでいた。

「兄さま……。なぜここに？」

「たまたまだ。少し骨休めをしようと思ってな」

嘘だ――。行蔵は思った。御仮屋のある温泉場で、なにか悪さをしないかと様子を見に来たのに決まっている。

行蔵は顔を背ける。

「しかし、田舎にいても江戸患いとはな」

当時、脚気は江戸患いとも言った。

脚気はビタミンB1不足によって起こる病である。ビタミンB1を多く含む胚芽などを落とした白米を食する江戸に多く、玄米を食う田舎では少なかった。江戸に出て脚気にかかり、田舎へ帰ると快癒するので江戸患いと呼ばれたのである。主に武士に多い病であったが、白米を食うようになった町人たちにも流行した。

「医者の話では、酒飲みにも多い病だそうで」

行蔵は自虐的に言った。

家でぶらぶらしていて酒をくらい、博打をする。この病はそういう自堕落な暮らしが原因であることは分かっていた。

「蕎麦が効くそうだ」

「医者からも言われました」

「宿の者に頼んできた。蕎麦を食わせ、酒は出すなとな」

「余計なお世話でございます」

思わず行蔵はそう返した。

しまったと思いながら、行蔵は恐る恐る佐渡の顔を見た。

佐渡は悲しそうな目で行蔵を見つめている。

「恨んでおるのか？」

佐渡は静かな口調で訊いた。

行蔵は答えに迷った。

蟬の声がやけにうるさく聞こえた。

ここで嘘をついてしまえば、一生嘘をつきつづけなければならないと思った。それは行蔵にとって重荷であった。

楽な方へ流れていきたかった。下手な期待をかけられるよりも、ぐうたらな行蔵、嘘つきの行蔵と思ってもらったほうがずっと楽だと思った。

「はい……」

行蔵は答えた。

「そうか」

佐渡は溜息をつくと、湯船を出た。

「ここへ来い、行蔵。背中を流してやる」

佐渡は糠(ぬか)袋を取った。

行蔵は湯船に浸かったまま、佐渡を見た。

先ほどと同じ笑顔である。

「遠慮するな。子供の頃はよく流しっこをしたではないか」

佐渡は蹲踞(そんきょ)の姿勢で手招きする。

行蔵は湯船を出て佐渡に背中を向けて座った。

柔らかな糠袋が背中を上下する。

その感触で幼い頃の記憶が蘇(よみがえ)った。

兄さま……。

行蔵の鼻の奥がつんと痛んだ。涙が浮かぶ。

兄さま……。おれは、兄さまに優しくしてもらえる人間ではない。

佐渡は行蔵の背中を擦(こす)り終えると手桶(ておけ)で湯をかけた。そして糠袋を行蔵に手渡す。

「次はおれの番だ」

佐渡は行蔵に背中を向けた。

行蔵は啜(すす)り泣きながら佐渡の背中を流した。

その声を隠すように、蝉の声が一際大きく谷間に響いた。

＊　＊

七月。薩摩藩がイギリス艦隊と海戦を繰り広げた――。薩英戦争である。

薩摩は海戦でこそ敵艦数隻を破壊し、多くの死傷者を出させたが、イギリス艦からの砲撃で砲台や鹿児島城、そして城下の建物に甚大な被害を受けた。日本は、亜米利加（メリケン）艦の下関砲撃に続き、欧米の軍事力の強大さを知ることとなった。攘夷、攘夷と息巻いていた者たちも顔色（がんしょく）を失った。諸外国との交戦から、尊皇攘夷派の一部は、諸外国を武力をもって打ち払うという思想の方向を転換しなければならないと気づいたのであった。

同月。利剛は江戸に着いた。六月に幕府より藩主参府の命令があったのである。到着早々至急上洛（じょうらく）せよとの命が下り、十二月末まで京の盛岡藩邸に逗留（とうりゅう）した。

京には多数の尊皇攘夷派の浪士が集まり、佐幕派や公武合体派に対して天誅を加え、読売は連日人斬りの事件を報じていた。

尊皇攘夷派優位は朝廷も同様で、三条実美（さんじょうさねとみ）を始めとする急進派が実権を握っていた。五月十日の攘夷決行を将軍家茂に強硬に認めさせたのも実美ら急進派であった。急進派は長州の攘夷に非協力的であった藩を処罰する方針を打ち出した。

このままでは混乱を助長するだけであると判断した天皇は、公武合体派の会津（あいづ）藩、薩摩藩の力を借りて急進派の排除を画策する。

八月十八日朝。会津藩千五百人、薩摩藩百五十人。それに加えて京都守護の諸藩の兵が御所九門を固めた状態で朝議が行われ、急進派の三条実美ら七卿が朝廷を追われた。長州藩は堺町(さかいまち)御門守備の任を解かれた。七卿は長州藩兵と共に、長州へ下っていった。この事件は後に〈堺町御門の変〉、〈八月十八日の政変〉と呼ばれることになる。十月に公武合体派の島津久光が大軍を率いて京に入り、以後、公武合体派の大名たちがぞくぞくと上洛した。

京の尊皇攘夷派は急激にその勢いを失っていったのであった。

二

文久四年（一八六四）。一月八日、佐渡の息子禮之輔が病で没した。七歳であった。長男の逸之進が死んだ時、佐渡は菜華を『七歳までは神の子だから』と慰めた。だが、いくら神の子とはいえ、七歳になったばかりに連れて行くことはなかろう――。佐渡は唇を嚙(か)みしめて我が子の亡骸(なきがら)を見下ろした。

幸は、婚家から駆けつけた貞にしがみついて身も世もなく大声で泣いている。貞は幸の背中を優しく叩きながら、声もなく涙ばかりを流している。

菜華は唇を真一文字に引き結び、目をかっと見開いて禮之輔を見下ろしていた。二度と泣かないという約束を守り通しているのだ。

七歳までは神の子などと口にしたのがよくなかったのか――。

千賀の婚礼のおりに、楢山家からは次々に人がいなくなり寂しいと思ったことがいけなかったのか――。

自分の不用意な言葉や思いが、禮之輔の死に繋がったのではないかという思いが浮かぶ。

幸のように泣けたなら、少しはこの悲しさ苦しさが紛れるかもしれない。

激しい泣き声を聞きながら佐渡は思った。

大人とは不自由なものだ――。

佐渡はそっと手を伸ばし、まだ温かさの残る我が子の頬を撫(な)でた。

＊　＊

二月二日。利剛は盛岡に戻った。その月の二十日、元号は元治となった。

三月十一日。やっと春らしく空気が温(ぬく)んできた夕刻。

楢山佐渡は、盛岡下小路北側の江幡五郎の拝領屋敷を訪ねた。城からの帰宅途中であったから、裃(かみしも)姿で中間(ちゅうげん)が供についていた。

佐渡は五郎に案内され、庭に面した客間に通された。日は沈んでいたが、さほど暗くはなかったので、五郎は行灯(あんどん)に灯を入れなかった。倹約家の佐渡に遠慮したのである。

「作人斎(さくじんさい)の方はどうだ？」

佐渡は訊いた。

文久三年に明義堂の敷地を広げ、新しい学堂を設けて、これを〈作人斎〉と名付け文学教場とした。その時に、それまでの明義堂の建物を止戈場と名を変え、武術教場としたのであった。明義堂は文武の教場を備えたのである。

「まだまだでございますな。文武それぞれの教場は出来ましたし、医学の日新堂もございますが、兵学や洋学、国学など、充実させなければならぬものが多ございます。諸藩の藩校よりもずっと遅れております」

「出来のいい者はおるか？」

「みな優秀でございますが、入堂してくるのを楽しみにしておる者がございます」

「まだ子供ということか？」

「はい。当年九歳かと」

「九歳だとすれば、入堂は六年後か――。誰だ？」

「原健次郎。原直治どののご子息でございます」

「ああ――。原直記どのの孫か」

原直記は安政七年に没していた。

直記が存命の頃、本宮の原屋敷に遊びに行った時、何度か赤子の健次郎を抱き上げたことがあった。

「今は太田代直蔵どのに学問を習っておりますが、時々作人斎を覗きに参ります。こっそり窓から見ている子供がいたので声をかけてみると、健次郎でございました。最初ははにかんでなかなか話が弾まなかったのでございますが、三度、四度と話すうちに、うち解けました」

「見所があるか」

「佐渡どのを敬愛しております」

五郎はくすくすと笑った。

「おれをか？」

佐渡は驚いて己を指差した。

「はい。一度会うてごらんなさりませ。色白な顔を真っ赤にして、いかにあなたさまが素晴らしいかを語りますぞ」

「そうか」

佐渡は恥ずかしくなって苦笑いをし、首の後ろに手を当てた。

「お引き合わせいたしますゆえ、そのうち暇を作ってください」

「うむ――。では、近いうちに」

「ところで――」五郎は居住まいを正す。

「今宵のご来訪は、明義堂のことではございますまい？」

「うむ。三浦命助が死んだ」

佐渡は静かに言った。

三月十日。三浦命助が汚名をそそぐことも叶わぬまま、長町揚屋で病没した。

薄闇の中で、五郎の表情が凍りついた。

佐渡は五郎が仙台越訴に協力していたことを知っている。しかし、五郎とその話をしたことはない。あくまでも知らぬこととして、五郎を明義堂の教授に招いたのである。

「左様でございましたか――。で、いつ？」

「昨日だ。刑死ではない。病だ」

「優れた男だと聞いておりました。惜しい男を亡くしましたな」

五郎も、あくまでも命助とは無関係を装っている。

「四十五歳――。牢を出そうと色々と手を回したが、間に合わなかった」

「仙台越訴の頭人(とうにん)たちは罪に問われない約束だったはず」

「命助が捕らえられたのは、公金を奪って出奔した罪だ――。表向きはな」

「仙台越訴で一揆勢の要求を飲んだ。その屈辱をそのままにしておくわけにはいかない。せめて誰か一人を処罰しなければ面子が立たぬ――。そういうことでございますか？」

五郎の表情が険しくなった。

「処罰だけは防ぎたかった。できるだけ早く牢を出してやりたかった」

「楢山さまでも命助を牢から出すことは叶(かな)いませんでしたか」

五郎は長く息を吐いた。

「仙台越訴の一揆勢を恨む侍が多すぎた」

「牢を出せば、誰かに殺されると？　しかし、仲間が守ってくれましょう」

「命助は仲間に売られたのだ。故郷へ戻れば仲間にも命を狙われよう」

「左様でございましたか——」

「命助は、牢にあった間に仙台越訴の子細などを記録した獄中記を記していた」

佐渡の言葉に、再び五郎の顔が凍りついたように見えた。

仙台越訴の子細を記したというのであれば、その中に必ず江帾五郎の名が出てくるはず。自分の関与が知られてしまった——。

おそらく五郎はそう考えているのだろうと佐渡は察した。

「獄中記は安政六年の九月に完成し、栗林の実家に送られた。もちろんその際に、内容は改めた」

五郎の顔にほっとした表情が浮かんだ。

安政六年といえば五年前である。そして九月ならば、五郎が明義堂へ招かれて三ヵ月後——。もし獄中記に五郎の名があれば、五年前になんらかの沙汰(さた)があったはずである。

「獄中記は五年前に家族へ送られた。そして昨日、命助は死んだ。ほかの頭人たちは、お咎(とが)めなしで三閉伊に暮らしている——。そういうことだ」

もう一揆に関与していたことを知られることはない——。佐渡は言外にそのことを知らせたのである。

＊　＊

三月の中頃。一人の童子が江帾五郎に連れられて佐渡の屋敷を訪れた。

童子は色白で瘦(や)せ形であったが、同じ年頃の子供たちより背は高いようであった。背筋を伸ばし、大きく目を見開いて真っ直ぐに佐渡を見つめている。頰が紅潮し、息づかいが荒いので、佐渡は童子が今にも卒倒してしまうのではないかと心配した。

開け放たれた障子の向こうは庭。桜の下に水仙の葉が鮮やかな緑を伸ばし始めていた。

「原健次郎でございます。太田代直蔵先生の塾で学んでおります」

健次郎は、後の原敬（はらたかし）である。

「六年後になりまするが、作人斎に入堂するのを楽しみにしております」

「おれのことをずいぶん褒めてくれているそうだな」

佐渡は微笑みながら言った。

「楢山さまは、侍のみならず、百姓らにも慕われて御座しますれば」

健次郎は硬い口調である。

「ほぉ。なぜ百姓に慕われておると思うのだ？」

「仙台越訴のおり、盛岡領へ戻るよう言われた百姓らは、楢山さまを罷免するような国には戻りたくないと申したと聞いております」

「誰から聞いた？」

「江帾さまや、弓太さまから」

「澤田弓太か。知り合いであったか」

佐渡は驚いて言った。

「はい。江帾さまにご紹介いただきました。楢山さまとはお話しすることが叶わぬだろうから、せめてお側の方にと」

「弓太から色々聞いたか」

佐渡はばつの悪い顔をする。弓太の奴(やつ)、あることないこと喋(しゃべ)ったのではあるまいな――。

「はい。恥ずかしゅうございましたから、わたしが色々と聞いたことは楢山さまにはご内密にと申しました――。お話の中で特に感銘を受けたのが、侍も百姓も、切れば同じ赤い血が出ると仰せられたということでございます」

健次郎の言葉に、佐渡ははっとし、次いで唇を嚙んだ。

「それはわたしの言葉ではない。ずっと昔、三浦命助という男に教えられたのだ。仙台越訴の頭人の一人だったが、先頃亡くなった。必ず牢から出してやると約束したのに、おれの力が足りず、気の毒なことをした」

「左様でございましたか――。その言葉の意味、百姓にも優れた者がおり、駄目な者もいる。侍もしかり。ということでございますな」

「どちらも人であるということだ。百姓だからということで蔑(さげす)まれるいわれはないし、侍だということで尊ばれなければならぬということもない。おれは命助を尊敬していた」

「素晴らしい」

健次郎は大きくゆっくりと肯いた。感極まったように目が潤んでいる。

「お前の父上も実直で優れた人物だが、お祖父さまは、傑物であった」

佐渡は、前の藩主利済との攻防で助力してもらったことや、父帯刀から聞いた武勇伝など、直記について語った。その言葉の継ぎ目を狙ったように健次郎は早口で訊いた。

「ときに楢山さま。京は先頃まで尊皇攘夷の者たちが幅を利かせていたようでございますが、今は公武合体を唱える者たちが勢いづいていると聞いております。楢山さまはいかがお考えでございましょうか？」

「ずいぶん難しいことを訊く」

佐渡は笑った。

「京が騒がしくなっているということは、やがてそれは江戸まで下って参りましょう。いずれは盛岡にまで及ぶはずでございます。その前に藩論を固めねばならぬと存じます」

九歳の子供が藩論について語るのを、佐渡は驚きの目で見た。健次郎は控えめな子供であると聞いていたが、まるでいっぱしの藩士のような口振りである。

佐渡はちらりと江帾五郎を見た。五郎はにやにや笑いを浮かべている。

健次郎は藩政、幕政についてもよく学んでいるようだが、頭でっかちでは役に立たぬということを知らせてやらなければならない。

佐渡は少し意地悪をしたくなった。

「なるほど。ではこちらから訊こう。お前はどのようにすればよいと考えるのだ？」

「まずは、公武合体。公儀と朝廷は手を結ばねばなりませぬ」

「なぜそう思う？」

「源頼朝公が鎌倉に公儀を立ててより、武士が世の中を統べて参りました。以後、朝廷は有名無実の存在となりましたが、それでも歴代の帝は天地の開闢よりこの地に御座します。どちらも疎かにはできませぬ」

「なぜ朝廷は武士の世になって以後も連綿と続いていたのだと思う？」

「それは――。まだ学びが足りておりませぬ」

健次郎は素直に頭を下げる。

「うむ。分からぬことを分からぬと言えるのはよいことだ」佐渡は肯いた。

「公儀が徳川家を頂点としていることについてはどうだ？」

「釈迦牟尼は、み姿を写したものを作ってはならぬと仰せられたと聞きます。しかしながら、今広くみ仏の教えが広まっているのは、仏尊の像があるからであると考えます。つまり人は、なにかはっきりとした姿を持ったものでなければ信じることができぬのです」

健次郎の答えに佐渡は膝を叩いて笑う。

「徳川家は飾りでよいか」

「徳川家を滅ぼし、誰か別の大名がご公儀の頂点になれば、庶民はそこに血腥いものを感じましょう。今のご公儀を倒すのは、賢いやり方ではございません」

「なるほど。それから？」

「わたしは諸侯会議論をとりとうございます」

「ほぉ。諸侯会議論を知っているか」

佐渡はまた驚いた。

「はい。それぞれのお国によって事情は異なりますゆえ、諸大名から代表者を選び、評定して政を行うことが、正しい道であろうかと」

「朝廷と公儀が手を結び、諸侯の評定によって政を進めるか――」

「はい」

「民百姓はどうする？」

「どうするとは？」健次郎は怪訝な顔をする。

「もちろん、広く話を聞こうと思います」

「話を聞くか。聞いて政に反映すると？」

「はい」

「健次郎。お前は米の作り方は知っておるか？」

「はい。家の周りは田圃（たんぼ）でございます。知行の百姓らとも話はいたしますゆえ」

「ならば、魚を漁る（すなど）方法はどうだ？」

「鮎（あゆ）や石斑魚（ハヤ）の投網（とあみ）漁や鮭（さけ）の漁などは見たことがございます」

「海の漁は？」

「いえ――」

「それぞれのお国によって事情が異なるのと同じように、それぞれの生業によって、事情が異なる。ならば、そういうところも考えなければ、政は行えぬとは思えないか？」

「だから、話を聞くのでございます」

「お前は釈迦牟尼を例えに用いたが、その教えのことを考えてみよ。釈迦牟尼の教えは唯一であるはずだ。しかし、周りを見回してみよ。様々な宗派の寺がある。話というのは、間に人が入るたびに少しずつ歪められる」

「なるほど――」

健次郎は佐渡の言葉の意味を理解したようで大きく目を開いた。

「政には民百姓の生きた意見が必要であるとおれは思う。幕政に持ち込むのが難しいのならば、まずは盛岡藩から。いずれそのようにしたいとおれは思うのだが、どうであろう？」

佐渡の言葉に、健次郎はさっと平伏した。

「早く大人になりとうございます！　早く楢山さまのお手伝いをしとうございます！」

「やれやれ。楢山さまにたぶらかされてしまったな」

今まで黙っていた江幡五郎が言った。

「人聞きの悪い」

佐渡は笑った。

「左様でございます」健次郎は顔を上げて五郎を睨んだ。

「わたしはたぶらかされてなどおりませぬ」

「すまん、すまん」五郎は言いながら佐渡に顔を向ける。

「この調子で、東どのもたぶらかしてしまわれればよろしゅうございましょうに」

「東中務か――。あの男が自分の仲間で城内を固めてしまった時は困ったが、今はなにやら連んでいるような気持ちになっている」

「連んでいる？」

五郎は片眉を上げた。

「父は、中務はお役御免の間に、おれの揚げ足を取る方法を考えているのだと仰せられた」

「それはご明察でございましょう」

「だがそれは、藩政にしろ財政にしろおれとは違う手法を懸命に考えているということだ。おれのやり方が行き詰まれば、中務の方法を試し、おれは脇に引っ込む。その間に中務の揚げ足を取る方法を懸命に考える――。お互いにやり始めたことを失敗だったと途中で放り出せば、ほかの者たちから無責任だと誹られよう。しかし、相手が割り込んで仕事を奪っていくのだから、次に復帰する時にこちらもするりと割り込める」

「それを意図的になさっているのであれば、見事でございますが」

五郎はくすくすと笑った。

「父の話を信じれば、藩は前から似たようなことをしているようだ」

「それにしても、掌返しが多ございますな。楢山さまも東さまも、倹約を主張なさったかと思えば、次には俸禄借り上げを提案なさる」

「掌返しとは心外だ」佐渡は膨れっ面をした。

「ただの掌返しではないぞ。職を辞した方の案によいものがあれば、それを採用するのにやぶさかではない」

「東さまの案を取り上げたのでございますか？」

健次郎が訊いた。

「今、以前中務が提案した薩摩との交易が進められている」

「薩摩と――。島津久光さまは公武合体派でございましたな」

健次郎が言った。

「我が藩からは硝石や鉄や銅、農産物、海産物を薩摩に送る。薩摩からは絹や木綿、砂糖、薬草などを送ってもらう。そのほかにも中務が手がけた鉱山開発も進んでいる。殖産興業については、中務の方が優れた案を出す」

「楢山さまが思うほどに、東さまも楢山さまのことを思ってくれていればいいのですが」

健次郎は小さく溜息をつく。

生意気な――。佐渡はふっと笑みを浮かべた。庭に目をやると、桜の木が目に入った。

蕾（つぼみ）は膨らんでいるが、開花はまだ遠い。

ほんのりと赤みを帯びているところは、まるで健次郎のようだと佐渡は思った。

佐渡は、昔自分が萌（も）えいずる柳の葉に例えられたことを思い出した。

遠野強訴を見に行った時だ。早瀬川にほど近い所に住む、豪農の吉右衛門が言って、おれは腹を立てた——。

柳に例えても、健次郎はまだまだ芽か。

そう口に出せばきっと、健次郎もおれと同じように腹を立てるだろう——。

佐渡は微笑を健次郎に向ける。

健次郎はその笑みの意味を理解できずにすっと目を逸（そ）らして頬を赤らめた。

＊　＊

六月一日。明義堂の武術教場である止戈場から火が出た。類火はなかったが、止戈場は全焼。

六月二十日。止戈場関係者の謹慎を受けて、楢山佐渡が明義堂御用懸を仰せつかり、止戈場の再建計画に当たった。再建のためには金が要る。苦しい財政の中からどう資金をひねり出すか苦慮した。

同月の五日、京で池田屋事件が起こっている。尊皇攘夷の志士が、放火と中川宮（なかがわのみや）と京都守護職松平容保（まつだいらかたもり）の暗殺を企てていると知った新撰組が、池田屋に集まっていた志士を襲撃したのである。この日、池田屋には宮部鼎蔵がいた。江幡五郎と一緒に吉田松陰の供をして東北を旅した男である。

盛岡に宮部鼎蔵死すの知らせが届いた時、江幡五郎は明義堂止戈場の再建を急がなければならず、悲しみに浸っている暇はなかった。

五郎は、同志の惨死を悲しむよりも、藩の若者たちを育成する仕事を優先している自分に皮肉な笑みを浮かべるのだった。

この月、水戸斉昭死去の後に混乱を極めていた水戸藩で天狗党が挙兵し、それを諫めようとした武田耕雲斎が逆に首領に祭り上げられた。その耕雲斎が新しい水戸藩主に京に駐留していた徳川慶喜を擁立しようと八百の兵を中山道に進めた。

盛岡藩は、武田耕雲斎騒乱の鎮撫を命じられ、七月一日、番頭の毛馬内伊織が軍を率いて江戸へ向かった。

七月十一日には開国論者の佐久間象山が攘夷派によって暗殺された。

七月十九日。文久三年の〈八月十八日の政変〉で京を追われていた長州藩が、京都守護の会津藩と藩主松平容保を排除すべく挙兵した。禁門の変、蛤御門の変と呼ばれる局地戦である。京の市中で鉄砲、大砲の弾が飛び交い、およそ三万戸の家屋が焼失。戦いは京都守護の幕府軍が勝利し、長州軍は敗走した。この戦いが第一次長州征伐の発端となった。

盛岡藩は九月十五日、大沢川原において本御備調練＝軍事訓練を行った。長州が朝敵となったことによって、いつ討伐軍の派兵を命じられるか分からない――。そういう判断であった。

三

元治二年（一八六五）。この年は四月七日に改元され慶応となる。

二月七日。盛岡は大火にみまわれた。城から離れた場所での大火であったが、千二百戸が灰燼（かいじん）に帰した。佐渡は藩主利剛の許しを得て、直ちに藩米や救恤（きゅうじゅつ）金一万両を出した。

三月十一日。楢山家に嬉しいことがあった。女子が誕生したのである。佐渡の五女は太禰（たね）と名づけられた。親族からは「男子ではなかったのか」と嘆く声も聞かれたが、佐渡は気にしなかった。誕生から数日して、城からの帰宅後に産屋を訪ねると、菜華が深刻そうな顔をして佐渡に語りかけた。

「殿さま。お話がございます」

佐渡は太禰を抱いてあやしながら「なんだ？」と訊いた。

「ご側室をおもらいくださいませ」

思い詰めたような口調であった。佐渡は思いもかけぬ言葉に眉をひそめて菜華を見た。

真剣な目が佐渡を見つめていた。

「わたくしの産む子は女子が多ございます。そして、男子は二人とも早世いたしました」

「側室をもらったからといって、男子が生まれるとは限らん。これから男子が生まれなければ、幸か太禰が婿を取ればいいだけの話だ」

佐渡は太禰を見て「のう」と語りかけ、その鼻の頭をくすぐる。太禰はきゃっきゃっと喜び、小さな手を動かした。

「菜華。おれは、お前だけでいい」

佐渡は菜華を見つめて言った。

菜華は、喜んでいるような困っているような笑みを浮かべて「はい」と答えた。

「側室はいらぬ。養うほどの金もない」

佐渡は照れ隠しに素っ気なく言う。

「禮之輔は七歳まで生きた。次の男子はもっと長く生きる」

佐渡は生涯、側室を持つことはなかった。

* *

四月一日。藩校明義堂の名が、江幡五郎の発案で改められた。

明義堂は作人館へ。文学教場の作人斎は修文所へ。火災によって焼失し再建中であった武術教場の止戈場は昭武所へと名を変えた。さらに医学所を設け、作人館は三部に分けられた。和漢一致、文武不岐が教育の基本方針となった。ちなみにこの作人館は後に、政治の世界に原敬、新渡戸稲造（にとべいなぞう）、物理学者の田中舘愛橘（たなかだてあいきつ）などを輩出している。

* * *

五月の末。楢山佐渡は二十三日に新築完成した武術教場、昭武所を訪ねた。

真新しい木のにおいが満ちる道場では、大勢の藩士たちが木刀、竹刀を振っている。激しい気合いの声、竹刀を打ち合う音が空気を震わせていた。

佐渡が道場に入ると、二人の若侍がそれに気づき、駆け寄ってきた。

一人は原健次郎であった。昨年の春に初めて出会ってから、町道場や原家の屋敷で何度か顔を合わせ親しく言葉を交わしていた。

もう一人は六尺豊かな（約一八〇センチ）偉丈夫の江釣子源吉。この年数え十九歳で、昨年戸田一心流の免許皆伝となったばかりである。佐渡は、止戈場で何度も竹刀を交えたことがあった。剣術ばかりではなく、居合術は田宮流、泳法術は水府流の免許皆伝。柔術は諸賞流。棒術も他の追随を許さぬほどの腕前であった。佐渡が『盛岡一』と密かに思っている武芸十八般に通じる武の若者で、稽古は厳しいが、弟弟子たちを褒めることも忘れない優しい心の持ち主であった。

源吉は同門の西野という兄弟子から『武芸の稽古だ』と勧められ、城下小鷹の刑場で、何度か斬罪に処せられる罪人の首を斬ったことがあった。

それを佐渡に知られ、『首の座に押さえつけられた罪人の首を斬って、武芸が上達するものか。盛岡一の腕を無駄に使うな』と叱られた。それ以来、源吉は佐渡に心服している。

「新しい道場はどうだ？」

佐渡は微笑みながら二人を見た。

「すこぶるようございます」

源吉は紅潮させた顔に目を輝かせる。

「ようございますが、わたしは学問の方がようございます」

健次郎は苦笑を浮かべた。

「筋は悪くないのに」源吉は健次郎を見下ろす。

「もっと真剣に取り組めば、どんどん腕が上がるのだぞ」

「それがよう分かりませぬ」健次郎は頬を膨らませる。

「わたしはこれ以上もなく、真剣に取り組んでおるのです。どのあたりの真剣さが足りぬのですか？」

「うむ……」源吉は困った顔をした。

「竹刀を持って打ち合うと、そう感じるのだが……。さて、どう言葉にしたらよいものか」

「それは、人を斬る覚悟があるかないかの違いであろうよ」

佐渡が言った。

「覚悟はあります」

健次郎は憤然と言う。

「それはどうであろうか」佐渡は首を傾げる。

「人には年相応というものがある。十歳のお前にとって、精一杯の覚悟であっても、十九歳の源吉からはもの足りぬと感じる。おれと源吉が竹刀を交えれば、たぶん十本に七本はおれが負ける。だが、年の功で覚悟だけは負けることはない」

「そういうものでございますか」

健次郎は不満げである。

「そういうものさ」

佐渡と源吉は同時に言って、顔を見合わせて笑った。

＊　＊

閏五月四日。楢山佐渡は藩主利剛に呼ばれて大奥御座之間に向かった。

御座之間には、正面に利剛、そして一人の侍が座っていた。後ろ姿であったが、佐渡にはそれが謹慎中の東中務であることがすぐに分かった。

お役目の交代か——。佐渡はそう思いながら、中務の隣に座り平伏した。

ちらりと中務を見る。その横顔は頬がこけて、ずいぶんやつれているように感じられた。

「余は困っておる」

利剛は面を上げた佐渡に溜息交じりに言った。

「一万両の救恤金、大量の藩米の供出のことでございましょう。そのために藩の財政はさらに悪化した——。そのような愚痴はそれがしの耳にも入っております」

「どのようにしてその穴を埋める?」

「今のままで」

「俸禄の借り上げを続けよと?」

「御意。諸士の我慢のおかげをもちまして、今のままでも毎年少しずつの蓄えはできております――。それがしの考えよりも、東どののお考えをお聞きしとうございます」

父帯刀の推測が当たっていれば、中務は謹慎の間に妙案を思いついているはずだと佐渡は考えたのである。もしそれが妥当な案ならば、今日にでも身を引く覚悟であった。

「それがしは――」中務はぼそぼそと語りだした。

「桜田門外の惨状を目にいたしました。盛岡の外では勤皇と佐幕の者たちが、血で血を洗う抗争を行っております。世の中はそうなっておるのでございます。いずれ、大きな戦になっていくは必定。ならば、今のうちに戦費も蓄えておかなければなりませぬ。また、諸士の志気も高めておかなければ、戦に敗れ申す」

「俸禄借り上げを止めて、志気を高めようというのか? それをいかにして補う?」

利剛は訊いた。

「鉱山開発と薩摩との交易で補います。その資金は支出を切り詰め捻出します。今七万両使っているところを、一万両まで抑えます。そうすれば来年までに余剰は六万両。一万両の救恤金の穴はすぐに埋まりまする。大綱はここに。勘定方に渡すための、さらに細かい指示書きも用意してございます」

中務は懐から綴じた紙の束を出して佐渡の前に置いた。

佐渡はそれを取りあげ、細かい文字で記載された財政切り詰め策に目を通した。

そこには細務にかかる支出から参勤の費用まで、事細かな見直し計画が記されていた。

「しかし――、これではあちこちの役所で仕事が滞るぞ」

佐渡は紙をめくりながら小さく首を振る。

「それはあくまでも大綱でございますれば、細かいところは各所と折衝して決めればよろしいのです。それでも一番少なく見積もっても二万両は浮きまする」

「うむ――」

佐渡は紙の束を利剛の前に置いた。

中務の大綱には、佐渡の見落としていた浪費が幾つか記されていた。確かにそこを切り詰めれば二万両とまでは行かなくとも救恤金の一万両は一年で埋められるだろう――。

「また、京の騒乱で畿内の米の価格が高騰しております。今年の収穫からそちらに米を回せば、かなりの利鞘が稼げましょう――。外に売るほどの米はないと仰せられるかもしれませんが、そこは酒造を見直すのでございますよ。しばらくの間、領民たちには我慢してもらいます。そうすることによって、十二万石の余剰米を得られまする。新税、増税、御用金が減った分、そのくらいの我慢はしてもらわなければなりますまい」

中務は言い終えると深く頭を下げた。

中務は変わった――。佐渡は思った。佐渡が江戸詰であった間に城内を自分の息のかかった者たちで埋め尽くしてしまった頃の、強引さや冷酷さが影を潜めているのは好ましいが、なにやらひどく疲れているように見える。謹慎の間に色々と己を省みたのか、それとも先ほどちらりと口にした桜田門外の惨劇が心を深く傷つけてしまったのか――。

「よく分かり申した」佐渡は頭を下げた。

「あとは東どのにお任せいたしましょう」

「そうか」利剛はほっとしたように言った。

「佐渡がそのように申すのならば、東に後を引き継いでもらうことにいたそう」

自らの意思で佐渡を罷免したくはない。さりとてこのままでは、家臣たちの不満はつのるばかり。だから自分と中務を呼んで話をさせ、こちらから辞意を口にするよう仕向けたか――。佐渡は利剛の気の弱さを少しばかり情けなく感じたが、それを思いやりだと考えれば家臣思いのよい主であるとも思えた。

この日、東中務は求めて利剛から〃次郎〃の名を賜り、以後、東次郎と名乗る。

四

加判役の罷免は、実のところ楢山家にとっては好都合であった。

佐渡は屋敷に戻ると、加判役から家長へと気持ちを切り替えた。

玄関に迎えに出た菜華と弓太に、

「お役目を御免となった。すぐに準備をいたすぞ」

と言いながら、廊下を急ぎ足で父帯刀の居室に向かった。

罷免の知らせを聞いた菜華と弓太は肯き合って屋敷のあちこちに触れ回る。

帯刀の居室前の廊下に膝をついて、佐渡は中に声をかける。

返事があって障子を開けると、帯刀は恵喜の膝枕で、耳掃除の最中であった。

「お引っ越しの用意をお始めくださいませ」

「ついにお役御免となったか」

帯刀は気持ちよさそうな顔をにやりと微笑ませる。

「はい。ようやく暮らし向きが少し楽になります」

檜山家は財政が逼迫し、ついに内丸の屋敷の維持が困難になっていた。佐渡は次に罷免となったならば、知行地に住居を移すことを決めていたのであった。加判役を仰せつかっていれば盛岡から離れることはできないが、職を解かれればその必要もない。

「盛岡は便利でよいのでございますがねぇ」

恵喜は残念そうに言って、耳掻きについた垢を紙に落とす。

「川井の古館の屋敷は、静かでようございますぞ」

引っ越し先は川井村の家臣、古館直之進宅であった。川井村は、盛岡の隣、梁川村を過ぎて、区界峠を越えた先である。

「あなたもゆっくりできるのでしょう?」

恵喜が訊く。

「いえ。昨年、高木通と安俵通の村で畑返しと用水堰の工事を上申いたしまして、認められました。加判役は外されましたが、その仕事は続けなければなりませぬので、そっちと川井村を行ったり来たりとなりましょう」

高木通、安俵通は、盛岡藩の南、仙台領との境近く。楢山家の所領があった。

「石高はどれだけ増える？」

「二千石ほどと試算しております」

「大きいな。誰に奉行させておる？」

「頭取に小原易次郎。監督に藤田源吾ほか五名。家の者どもをつけております。苦役でございますが、今辛抱して工事を進めれば、二年後、三年後には暮らしが豊かになります」

「引っ越しの届けは出したか？」

帯刀は起きあがった。

「はい。城を出る前に。向こう五年間、住居を移すと。父上も疾くご準備を——」

佐渡は言って居室を辞した。

同月の二十七日未明。楢山家の引っ越しが始まった。荷車で区界峠を越えなければならないので早朝の出発となったのである。帯刀と恵喜、里世とその娘たち。菜華と佐渡の子供たち。女中など、総勢十七人の引っ越しであった。

帯刀の後妻慈乃は目が悪いために離れに残った。里世は世話をするために自分も残ると申し出たのだが、慈乃は小女一人を残してくれればいいと、里世も引っ越しさせた。

一家が川井村に引っ越して二ヵ月ほど経って、急に慈乃が病の床に伏した。

里世と娘二人はすぐに盛岡に戻り、慈乃の看病をしたが、八月二十八日、慈乃は帰らぬ人となった。九月に入って、和賀、稗貫の畑返しと用水堰の工事が始まった。

＊　　＊

利剛は五月に江戸留守居役を命じられて参府したが、安政の大地震のおりの傷が未だ癒えず九月十五日に幕府に願いを出して役を免じられ、盛岡に帰国した。

盛岡では佐渡が言ったように、あちこちの役所で仕事が滞っていて、加判役から「やはり東次郎では駄目だ」という声が上がってきた。利剛はそんな重臣たちに苛立った。

では、そなたらが代替えの案を出し、進めてみよ――。

批判だけならば誰でもできる。代案のない批判は混乱を招くだけだと気づかぬか？

なにが駄目で、どこをどう直せばいいのかの案を出せないのならば、言われたことを黙々とやり続けるしかなかろう――。

そう怒鳴りたかったが、その一言で誰かが腹を斬ることになっては気の毒であると考え、苛立ちを胸の底に押し込めた。

十月に盛岡藩は京都守護勤番を命じられて、加判役の南部監物がその任にあたることとなった。監物は上洛前に利剛に謁見し、東次郎の罷免を訴えた。次郎が行う冗費切り詰めのために各所に事業の停滞が起きているというのがその理由であった。その訴えは叶えられ、藩の執政は花輪図書、南部監物らが担うこととなった。

＊　＊

冬枯れの始まった街道を進みながら次郎の心は重く沈んでいた。紅葉の艶やかさの盛りはとうに過ぎて、森は薄い柿渋色をひと刷毛はいたような渋い色味になっている。

誰がなにをやっても無駄なのだ。次郎の胸にはそういう思いがあった。

財政しかり、藩政しかり。自分でも楢山佐渡でも、ほかの誰かでも、かならず不平不満が出て足を引っ張られる。足を引っ張ったところでよい結果は出ないというのに、己ができるかできないかは棚に上げておいて、人の批判ばかりする。盛岡藩ばかりではない。この日本という国が存続できるかどうかという瀬戸際であるということを、田舎者ばらは理解しようともせずに、藩という小さい集団の中で足の引っ張り合いをしている。

安政七年、雪の三月三日以来、次郎の脳裏から血みどろの惨状が消えない。

人が斬り合うのを見たのはあれが初めてであった。

人を斬る者がどんな目をしているのか。人を斬る者がいかに残忍に変貌するのか。傷を負った者がどんな呻き声をあげるのか。斬られた死骸がどんなにおいを発するのか――。

すべてをつまびらかに、語ることができる。

あれと同様の――、いや、もっと規模の大きな殺し合いが京で繰り広げられた。

いずれここにも来る。この盛岡の地も、血にまみれてしまうのだ。

なにもできぬくせに足を引っ張ろうとする者。強い者の後ろにくっついてなにかおこぼれにあずかろうとする者。そういう奴らが、無責任にこの地を流血で染めるのだ。

そうならぬために、世の趨勢を見極めて、攘夷へと藩論を導こうとしているのに。

旧弊な盛岡の者どもはそれを分かろうとしない。もうどうにでもなればいい。おれは招かれても、二度と三戸の地から動かぬ。盛岡が滅びるのを、高みから見物してやる。

東次郎は巌鷲山の方角に顔を向けた。しかし、近くに迫った森に隠されて、壮麗なその姿を望むことはできなかった。

次郎は巌鷲山にも見捨てられたような気がして俯きながら馬を進めた。

五

慶応二年（一八六六）になっても、楢山佐渡は加判役に戻されなかった。東次郎が半年経たずに執政を辞したので、その直前まで役を務めていた佐渡をすぐに戻すのは具合が悪いという判断のようであった。

一月二十一日。木戸孝允と西郷隆盛は、坂本龍馬の斡旋によって討幕のために長州藩、薩摩藩が提携するという密約を交わした。蛤御門の変において、薩長は刃を交え、互いに強い遺恨があった。しかし、それを乗り越えての密約であった。

六月七日。幕府の軍艦が長州藩領の周防海岸を砲撃し、第二次長州征討が始まった。

その最中の七月二十日。将軍家茂、大坂城中で卒去。勅命により長州征討は一時中止。

八月二十日。徳川慶喜の宗家相続が布告された。

八月以降、悪天候による飢饉のために、諸国で強訴や打ち壊しが頻発した。

歴史はいよいよ大きなうねりを見せ始めた。

この年の盛岡藩もまた春から天候不順であった。五月の田植えの最中に高い山に雪が降った。七月二十七日、八月五日に暴風雨で家屋や農作物に大きな被害があって米価が上がり、それに伴って諸物価も高騰した。

楢山家所領の高木通で進められていた畑返し、用水堰掘削の普請場にも、重苦しく不安な空気が流れた。人足たちは近在、稗貫郡東十二丁村、高木村、和賀郡更木村の百姓である。自分の田畑の心配があって、作業も手につかない様子がまま見られた。

帰郷させてくれるよう求める声も多かったが、用水堰のうち安俵通の区間は完成間近であり、今工事を止めるわけにもいかない。頭取の楢山家家臣、小原易次郎は、せめてもの慰めにと、澤田弓太に頼んで、人足たちの食糧を買い調え、鋤や鍬などの工事道具も新調して、十分に食わせ作業をしやすくさせるなどしてなんとか引き留めた。

しかし——。十二月九日深夜。鬼柳、黒沢尻通に一揆が勃発した。一揆勢は滑田、藤根、新平、笹間と北上した。

北上川の西側の出来事であったが、翌昼、東側の高木通の臥牛村にあった用水堰の普請小屋にもその知らせは届いた。

普請小屋は六軒あり、その一つが駐在の楢山家の家臣たちが打ち合わせに使う建物であった。

頭取の小原易次郎。監督の藤田源吾、山口祐之進、松尾良八、熊谷徳兵衛、野崎杢兵衛、刈屋其馬はそこに集まり、一揆への対策を話し合った。

「いかがいたしましょう」

藤田源吾が訊いた。

上げた蔀の向こうでは、雪をどけて土を掘る人足たちの姿が見えている。なんとか春の田植えに間に合わせようと、酷寒の冬にも工事を続けているのである。

「川向こうのことでございます。放って置いても構いますまい」

松尾良八が言った。

「いや」と首を振ったのは山口祐之進である。

「川を越えてこちらに進んでくるやもしれぬぞ」

「たとえこちら側に渡ってきたとしても、臥牛村は昔から用水に沢水を頼っております。日照りの時にはいつも水不足に悩まされる村でございますから、用水堰は村の者たちの悲願でもございました。普請小屋には狼藉は働きますまい」

その言葉に野崎杢兵衛が肯く。

「天保五年に猿ケ石川から堰が引かれましたが、それは隣の高木村の新田開発のためで、臥牛の百姓共は嘆いたと聞いております」

「しかし、百姓どもは目先のことしか考えておらぬ。用水堰の掘削よりも割りのいい出稼ぎに行きたいと訴える者も多数おる」藤田が言った。

「それに、この普請に力を貸してくれている矢沢の酢屋が、藩と結託して暴利を貪っているのだという根も葉もない噂も立っている」

「ものを知らぬ百姓どもが……」一番年の若い刈屋其馬が苦り切った顔をする。

「万が一のことを考えて、盛岡から手勢を呼び寄せましょうか？」

内丸の上屋敷からはほとんどの佐渡の家臣たちは引き払っていたが、加賀野の下屋敷にはまだ残っている。

「うむ――」小原易次郎は腕組みをした。

「まずは、殿に報告だ。そして、澤田どのに来てもらおう」

澤田弓太は、普請場への物資調達を終えて川井村へ戻ったばかりであった。

「ならば、それがしが参りましょう」

言ったのは熊谷徳兵衛である。伝令の役目を仰せつかっていた。

「すぐに向かってくれ」

小原の言葉に、熊谷は普請小屋を駆けだした。

「人足どもはどういたしましょう？」藤田が訊く。

「幸い、まだ人足らには一揆のことは伝わっておりませぬ。通いの者も家に戻らせずに、留め置いたほうがよいのでは？」

「それでは、一揆の仲間をあらかじめ中に入れているようなものでございましょう」刈屋が言った。

「臥牛村の者ばかりではございませぬから、一揆勢が押し寄せてくれば一緒になって狼藉を働くやもしれませぬぞ」

「留め置けば、なにかあったと感づく。それが一揆が起きたためだと知れば、我らに対する不満がさらに増そう。ここは正直に話して帰し、一揆が収まるまで家にいるよう申し伝えるのが良策であろう」

小原は言った。

「分かりました。すぐに伝えて参ります」

野崎が外に出た。

すぐに人足たちを集める声が聞こえた。

遅れて小原たちは小屋を出る。

一揆が起こったことを野崎が伝えると、集まった人足たちは不安そうな顔を見合わせる。中には笑みを押し隠すような表情で何か話し合う者たちもいた。

「やはり、普請を快く思っていない者たちも多ございますな」

小原に歩み寄った藤田が小声で言った。

「人足たちに分かるように用水堰普請の話ができなかったわたしの責任だ」

小原は溜息をついた。

「小原さまは嚙み砕いてお話しなさいました」刈屋が言う。

「百姓どもが愚かなのでございます」

野崎は人足の組頭を集めて、家に待機している間の米と少しばかりの銭を渡した。組頭はそれを人足たちに配る。通いの者たちはそれを持って帰路につき、泊まりの人足たちは小屋に荷物を取りに行った。

藤田、山口、松尾、刈屋の四人は、人足たちがすべて出ていくと、五つの小屋の戸締まりをした。三軒が宿舎で、一軒が道具小屋。もう一軒が食料庫であった。それぞれの小屋の外には、囲炉裏用の薪が積み上げてある。

見渡す限りの雪原に、ぽつりぽつりと農家が建っている。人足たちは列をなして去って行く。

小屋の右手には、土の土手が築かれている。人足がいなくなって、普請の現場は静まりかえっていた。

「宿に行って、しばらくの間小屋に泊まるから、食事はこっちに運ぶようにと伝えて参れ」

小原は戸締まりを終えて集まった侍たちに言った。小原を含めて、駐在の者たちは近くの豪農の家を宿としていた。

「わたしが」

刈屋が走った。

「さて――」

小原は北西の方角に顔を向けた。

灰色の曇天ではあるが空気は乾いていて、遠く白い巖鷲山が見えている。

一揆勢は今どの辺りであろうか。

北上川を渡らずに、真っ直ぐ盛岡へ向かってくれればいいが――。

西に目を転じれば奥羽の山々も白く染まり、南彼方(かなた)へ延びている。雲の様子から、今日、明日の雪はなさそうだった。

＊　＊

一揆勢は、稗貫郡の円満寺村で各村々の一揆衆が合流し、東へ進路を変えた。

猿ヶ石川と北上川の合流付近で川を渡り、矢沢村に入って一揆に加わるよう勧誘し、南下を始めた。

矢沢には用水堰普請に協力する酢屋があったが、一揆勢はその側を通り過ぎ、店の者たちはほっと胸を撫で下ろした。

十一日になって、一揆勢が矢沢村を出た辺りで、藩から派遣された加判役の佐羽内右膳一行が追いつき、交渉を始めた。

一揆勢は、年貢の上納の御免や、鬼柳通の差配役の御免など、十四箇条の要求を記した書状を佐羽内右膳に手渡した。

佐羽内右膳は要求は城に持ち帰り吟味して、追って沙汰をすると言い、用意していた米や銭を給した。

一揆勢はひとまず引き揚げることを約束し、佐羽内右膳は盛岡へ戻った。

しかし――。

暴徒と化した一揆勢の興奮は、わずかな米や銭では収まらなかった。

二派に分かれて、一方は矢沢の酢屋の襲撃に、一方はさらに南へ向かったのである。

＊　＊

藍色に暮れ始めた空に法螺貝(ほらがい)の音が聞こえた。大勢の鬨(とき)の声もする。

小屋に詰めていた小原たちは、はっとして外に飛びだした。

無数の松明(たいまつ)が揺らめきながらこちらに向かってくるのが見えた。

「来たか……」

小原は唇を噛んだ。

「二、三人を血祭りに上げれば、怯(おび)えて逃げ散りましょう」

刈屋が刀の柄を握った。

「いや」小原は首を振る。

「かえって逆上させるだけだ。お前たちは先に北上川へ出て、舟で盛岡に帰れ。わたしは残って一揆勢の動静を確かめた後、後を追う」

「それならば、わたしも残ります」

刈屋が言う。

「お前が残れば騒動の元になる」野崎が言った。

「わたしがお供いたします」

「うむ。それでは野崎だけ残れ。ほかの者は盛岡で一揆勢の要求がなんであったかを確かめ、殿にお知らせせよ」

「分かりました」

藤田が言い、山口、松尾、刈屋を促して西の方角、北上川の川湊へ走った。

小原と野崎は近くの森まで退いて、一揆勢の動きを監視した。

松明が波打つように押し寄せる。

「小屋には米や味噌があるぞ！」

誰かが叫んだ。おそらく、人足の一人であろうと思われた。

「鋤や鍬の新しいのもたくさんあるぞ！」

「盗れ！　盗れ！」

一揆勢は小屋を取り囲んで戸を打ち壊し始める。

奇声、罵声が飛び交い、板の割れる音が響く。

松明に照らされた一揆勢は、興奮に顔を歪ませ、見開いた目をぎらぎらと輝かせて、破壊と略奪に陶酔している。

「浅ましい……」

小原は呟いた。話に聞いていた遠野強訴や仙台越訴の、整然とした行動とはまるで違う。これはただの暴徒であった。

「行くぞ」

小原は野崎に行って森を走り出す。

「あっ！　役人が逃げるぞ！」

夜目の利く者がいたらしく、大声で叫ぶのが聞こえた。

小原と野崎は必死で走った。遠駆けの調練を積んでいるので、足の速さには自信があった。

一揆勢の数十人が二人を追う。得物を持たない者たちは、小屋の脇に積まれた薪を手に取った。

百姓たちは、前方を走る侍二人になかなか追いつけないので、手に持った薪を投げた。

薪は小原と野崎の後ろに落ちる。

「雪が積もっている季節でよかったのう」

走りながら小原が言う。

「御意。雪がなければ石飛礫が飛んで来るところでした」

野崎が答えた。

振り向くと、普請小屋の辺りに火が見えた。一揆勢が小屋に火を放ったのだ。

追ってきた百姓たちは、およそ半里（約二キロ）ほど、菅原神社の社辺りまで追って諦めた。

小原と野崎は川湊の舟に飛び乗り、北上川を漕ぎ上った。

＊　＊

小原と野崎は、一里（約四キロ）ほど漕ぎ上り、豊沢川との合流の上流側で舟を岸に寄せて陸に上がった。そこから花巻の宿場まで走り、馬を借りて盛岡へ走った。小舟で大河を遡るより、馬の方が速いからである。

二人は明け方近くに盛岡城の遠曲輪追手口の穀町惣門に辿り着いた。木戸の開く明け六ツ（午前六時）には遠かったが、番人二人が木戸の前に立っていた。

「小原さま、野崎さまでございましょうか？」

「いかにも」

小原は答えた。

番人は肯いて木戸を開けた。

「昨日、楢山さまのご家来がいらっしゃいまして、お二人が帰着なされたら、加賀野のお屋敷へ行くようにと言伝よと命じられております」

「かたじけない」

小原と野崎は木戸を潜って加賀野へ向かった。

加賀野は城の北東およそ十町（約一・一キロ）、中津川の左岸の集落である。上田通の村であるが、武家の屋敷が多かった。

楢山家の下屋敷は遠くからでもよく見えた。築地塀の中に篝火が焚かれていて、建物が照らし出されていたのである。

門に駆け込んだ小原と野崎を、裁付袴に襷掛けした楢山家の数十名の家臣たちが迎えた。伝令に走った熊谷徳兵衛や、臥牛の普請場から逃れた者たちもいて、

「一揆の様子はいかがでござる？」

と口々に訊く。

「普請小屋が焼かれた」

小原が答えると、家臣たちに緊張が広がる。

「なに……。百姓ばらめ！」

「引っ捕らえて、きつく仕置きせねばならぬ！」

「待て待て。まず、殿にお知らせしなければならぬ」

小原は家臣たちを宥めて野崎と共に屋敷の中に入った。すぐに澤田弓太が現れて、二人を奥座敷に誘った。

六

行灯の灯る薄暗い座敷に、佐渡は座っていた。腕組みをして険しい顔をしている。

百姓たちのための畑返し、用水堰普請なのだ――。

水田の面積が増えれば、たとえ飢饉で損耗率九割となったとしても、収穫できる一割の米の量は今までよりも増える。年貢上納を御免とすれば、百姓たちが食う米も、翌年の種籾(たねもみ)の確保もできる。

用水堰が出来て、水を引ける田が増えれば水争いで命を落としたり、怪我をしたりする者の数が減る。

それが、なぜ分からない？

矢沢の酢屋は私財を出して普請に協力しているというのに、藩と結託してうまい汁を吸っているという噂を真に受けた一揆勢に打ち壊された。

新田開発にも用水堰普請にも金がかかる。それを藩と酢屋が出しているのだ。

なぜ、賤(いや)しい噂を撒(ま)き散らす？

なぜ、噂を真に受けて暴挙に出る？

佐渡の奥歯がぎりっと鳴った。

優れた頭人がいないからか？

障子を開けて、弓太が小原と野崎を座敷に通すと、佐渡は開口一番、

「怪我はなかったか？」

と訊いた。

「はい」

小原と野崎は佐渡の前に座り、頭を下げた。「臥牛はどんな様子だ？」

「小屋の品物は略奪されましてございます。その後、火を放たれた模様で」

小原が答えた。

佐渡は長く息を吐きだした。

なんということだ――。

愚かだ。愚かすぎる――。

「一揆勢は佐羽内右膳どのに要求書を渡し、米や銭を給されて帰る途中だったそうだ。矢沢の酢屋もやられた」

佐渡は言った。

「なんと……。酢屋もでございますか」

野崎は絶句した。

「非道でございますな」小原は首を振る。

「遠野強訴や仙台越訴の頃の気概はどこへ行ったのでございましょう」

「仙台越訴のおりも、帰郷する途中に平田村の肝入、猪又市兵衛宅を打ち壊した」佐渡は嘆息する。

「結局、百姓は優れた頭人がいなければ、ただの烏合の衆ということか。百姓に賢しさを求めてはならぬのか。痛い思いをさせて、従わせるしかないのか――」

口に出して言った途端、佐渡の中のもやもやしたものが怒りに変じた。

「旱魃に備えた堰はもうすぐ完成する。今年一年のことだけではなく、子々孫々にわたって豊かに暮らすためには、今の我慢が必要なのがなぜ分からぬ！　一揆勢を捕らえよ！　捕らえて、目先のことしか考えぬ者たちがどのような末路を辿るか知らしめてくれる！」

佐渡は畳を踏み鳴らし、立ち上がった。

「少将さまと同じでございますな」

澤田弓太は、佐渡を見上げる。

「なんだと？」

佐渡は弓太を睨み下ろす。

弓太は佐渡の強い眼光をしっかりと受けとめる。

「遠野強訴、仙台越訴は、民百姓らが少将さまの政に異を唱えて起こしたものでございます。このたびの一揆は、殿の畑返し、用水堰普請に異を唱えて起こったもの。御自らなさっていることに異を唱えられると激昂なさるのは、少将さまと同じだとお思いになりませぬか？　少将さまをお諫めになった殿が、少将さまと同じことをなさろうとしていることをどうお思いになられる？」

弓太の言葉で、佐渡の中に渦巻いていた怒りがすっと退いた。

「本当だ……」佐渡はどさっと座り込む。

「少将さまと同じだ」

「これで、真に少将さまのお気持ちをご理解できましたな」

弓太はにっこりと笑った。

「うむ――。理解した。少将さまはあの時、こういう心持ちであったのだな」

「己に『お前たちのためにやっているのだ』という気持ちが強ければ、逆らわれると腹が立ちまする」

「そうか。おれは百姓たちのためにやっているのだという思いが強かったのだな――」

あらためて思い返してみると、確かにそうだった。自分の考えこそ正しいのだという思いもあった。

自分は正しいことをやっているのに、なぜそれがわからないのだ――。

まさに、今は亡き利済の苛立ちそのままであった。

「しかしながら」弓太は言う。

「民百姓が愚かであることは確かでございます。深く考えもせず流れに左右される。己が不安に思っていることに対する噂が聞こえてくれば、すぐに信じ込む。いったん信じれば疑うことなく信じ続けるが、誰かがもっともらしい反論をすればすぐに掌を返し、自分が今まで信じていたことをあっさりと捨てる。庶民、いや侍も含め人とはそういうものでございます。一揆における優れた頭人は、政の加判役、執政に当たりましょう」

「うむ……」

弓太の言うとおりだと佐渡は思った。

「賢しい執政は、庶民のために政を行うこともできましょうし、私利私欲のために庶民を先導することもできましょう。殿はどうなさいます？」

「言うまでもあるまい」佐渡は苦笑した。

「さすが弓太。よく言ってくれた。危うく百姓どもを撫で斬りにするところであった」

「目の前で誰かが熱くなれば、聞いているほうは落ち着いてまいります」

「いや……」小原は首を振る。

「それがしは、かえって熱くなりもうした。普請小屋に火を点けた百姓どもを引っ捕らえて、嫌と言うほど打ち据えてやろうと、腑が煮えておりました。さすが澤田どのでござる」

「そうおだてられると、調子に乗ってしまいますぞ」弓太は恥ずかしそうに後ろ首を撫でた。

「ともかく、家臣らを通常の役目に復帰させてくださいませ。このたびの一揆については、お城の沙汰を待つしかありますまい」

「そのとおりだな。おれは川井へ引き揚げるとしよう」

言って佐渡は立ち上がった。

＊　＊

佐渡が川井へ戻り、家臣らが通常勤務に戻った後、弓太は城へ走った。勘定奉行大光寺悦右衛門、照井賢蔵と談判するためである。

一揆勢の要求には畑返しと用水堰普請の中止も含まれている。しかし、それが認められてしまえば、臥牛村の者たちは水不足に苦しみ続けることになるのである。

佐渡には『このたびの一揆については城の沙汰を待つしかない』と言ったものの、弓太自身も諦めきれなかったのである。

弓太は大光寺と照井を前に、

「工事については百姓から請書を得て承諾済みであるのに、このような乱暴な行為は許されない。また、一揆勢は工事の中止を要求しているようだが、そのような要求を飲めば、大きな損失となる」

と主張したが、二人はのらりくらりと返事をはぐらかした。埒があかないので大目付にも相談したが、

「要求を飲むしか一揆を鎮める方法はないことは、そこもともご存じであろう」

と突っぱねられた。

結局、この一揆では年貢米の延期や、買上米を免じることなどが認められたが、一揆の頭人らは捕縛され取り調べを受けた。

藩では一揆の責任を問われ、鬼柳と黒沢尻の代官や勘定奉行、元締役、そして加判役の南部監物らがお役御免となった。

同月十五日には安俵・高木通で一揆が起こった。この一揆でも畑返しや用水堰普請への不満が訴えられた。要求の多くが認められ、以後一揆を起こさないという証文の提出

があったので頭人は捕らえられなかった。
猿ヶ石川から引水する用水堰の普請は、この騒動が原因で中止となった。

＊　＊

十二月二十五日。孝明天皇が崩御した。その直後から、公卿岩倉具視による毒殺説がまことしやかに囁かれた。慶応三年（一八六七）一月九日、睦仁親王が践祚した。五月には乾退助、中岡慎太郎、西郷隆盛らが討幕のために挙兵する密約を結んだ。そして、九月、広島藩、長州藩、薩摩藩の討幕連盟が成立した。

世情の不安が民百姓の世直しの気運を高めたのか、八月に尾張で起こった大衆的狂乱――、「ええじゃないか」と囃し立てる集団乱舞が、九月には東海道から江戸、やがて京にまで広がりを見せた。

そして十月十四日。将軍徳川慶喜が、大政奉還を上奏した。

＊　＊

徳川幕府が政権を朝廷に返上した――。

それは早馬で盛岡にも知らされた。間もなく十一月になろうとする頃であった。

では、盛岡藩の存続はどうなるのか？　即刻お取り潰しになるのだという説から、このまま存続されるだろうという楽観的な説まで乱れ飛んだが、いずれも憶測の域を出ない。事態が飲み込めない苛立ちと、先行きに対する不安が城内に重く澱んだ。

「取り乱すな。なるようにしかならぬ。朝廷より然るべきお話があるはずだから、それまでは心を落ち着けて待つのだ」

佐渡は藩士らに説いて回った。さほど時を空けずに、藩主利剛に上洛の命が下った。

朝廷は大政奉還を受けて、これからの政について諸藩による衆議＝列藩会議を行いたいと、藩主か筆頭家老等の重臣の上洛を命じたのだった。大政が奉還されたとなれば、江戸も京も大混乱であろう。道中なにがあるかわかったものではない。

「お上はご病気ということで、まずはそれがしが名代で上洛いたしましょう」

と名乗り出たのは加判役の三戸式部（さんのへしきぶ）であった。三戸は兵を率いてすぐさま京へ向かった。

＊　＊

七月。瀧行蔵は盛岡の家を引き払い、知行地の黒沢尻通長沼村へ移った。

行蔵の浪費のために生活が立ちゆかなくなったからである。

盛岡から遠く離れることで、悪い博打仲間、飲み友だちとも疎遠になり、行蔵は知行の百姓たちに交じって鍬を振る真似事もするようになった。

行蔵は生活の充実感というものを初めて知った。

少しずつ、まともな人間になろう――。

そう思って日々を過ごしていた十二月十二日。

行蔵は盛岡へ呼び戻された。

御取次役を仰せつかったのである。

以前勤めた御中丸御番子組頭、小姓より下の役であったが、仕事ができずに罷免された前歴を考えれば、上々の復帰であった。

しかし――。

盛岡に戻ったことで、よくない友だち連中が再び行蔵を誘うようになった。

初めの頃こそ断っていた行蔵だったが、「一度だけ」という言葉にほだされて、ずるずると賭場に通うようになった。

＊　＊

東次郎は三戸から盛岡に向かって馬を走らせていた。早暁である。

天の東が白みを帯びているが、未だ凍てついた星々は鋭い光を放っている。

周囲の田畑を覆い尽くした雪は白く、家々は黒い影となっている。次郎も馬も、口から吐く息がもうもうとした湯気になっている。まばたきをするたびに、睫毛が張りつく。

佐々木平左衛門が三戸の東次郎の家を訪れたのは、昨日の夜。平左衛門は尊皇攘夷派で、頻繁に盛岡と三戸を往き来し、次郎に城内の様子を知らせているのだった。

二十五日の評定で、藩論をどうすべきか、貴賤の別なく広く意見を問うことになったという。平左衛門は、次郎の思いを語る好機であると伝えてきたのである。

次郎の元には藩内の尊皇攘夷派の侍ばかりではなく、長州や常陸からも志士が訪れている。その者たちから江戸や京の情勢が伝えられ、盛岡城の者たちよりも事情に通じていた。

十一月十五日、坂本龍馬が討たれた。

朝廷は十二月九日に王政復古の大号令を発した。武家政治が廃され、朝廷による政体に復したことが宣言されたのである。十月二十四日に将軍職を辞していた徳川慶喜は、恭順の意を表すために京の二条城から大坂城へ移った。もう藩論をどうのこうのという場合ではない。世の趨勢は決している。

佐(たすけ)ようにも、幕府はもうないのに、未だ城内は佐幕派が幅を利かせている。なんとか時流に乗り尊皇攘夷を藩論としなければ、朝敵の汚名を着せられかねない。もはや、薩長に同調して突き進むしかない。それが新しい日本のためであり、新しい盛岡藩のためなのだ。

桜田門外で見た、あのような惨劇が盛岡で起こってはならない。蛤御門で起きたような戦で、盛岡領が蹂躙(じゅうりん)されてはならない。

次郎は興奮のために眠ることができず、まだ暗いうちに家を出たのであった。

盛岡までおよそ二〇里（約八十キロ）。途中の駅で馬を替えて、次郎は昼前に城下に着いた。

内丸の屋敷で裃に着替えると、綱御門から城内に入った。三ノ丸への車御門の辺りで、何人かの藩士が次郎を見てぎょっとした顔になった。ひそひそと小声で言葉を交わし合い、一人が三ノ丸へ駆け込んだ。三ノ丸から二ノ丸へ進むと、十人ほどの藩士が集まってきた。

謹慎中に登城してはならぬと次郎を制す者たちや、「邪魔をするな」と、身を挺して次郎の進む道を作る者たちもいた。あっという間に二ノ丸の廊下は人で埋まった。

「そこをどけ。道を空けよ！」

先頭で道を作ろうとしているのは今日の評定を次郎に伝えた佐々木平左衛門であった。

「どくわけにはいかぬ。お通しするわけにはいかぬ！」

二ノ丸は騒然となる。東が本丸へ続く廊下橋への階段まで来たところで、大きな声が響いた。

「鎮まれ！」加判役の花輪図書であった。階段の上に立って東を見下ろしている。

東を囲んでいた藩士たちがさっと退いた。

「東どの。なにをしに参られた？」

「お上が藩論を固めるとお聞きして、一言申し上げようと参上仕りました」

「広く話をお聞きになりたいと仰せられるのは、藩論をお定めになるためではない。騒がしくなった時局に対し、ひとまずどのように処するか上申させると仰せられたのだ」

「それこそが、藩論を固めることになりましょう。お上にお目通りしとうございます」

「謹慎中の者がお目通りできるものか」

「皆さまはそれがしが謹慎したと思われて御座すようだが、自ら職を辞し三戸へ退いたのでございます。それを謹慎とは申しますまい」

「どうしても申し上げたいことがあるのならば、上申書をしたためられよ」

図書は両腕を広げて次郎の行く手を塞(ふさ)ぐ。

三戸に道場を開くくらいであるから、次郎も腕に覚えがある。しかし、図書を打ち倒して通り抜けるわけにはいかない。

次郎が、すっと頭を下げて図書の腋(わき)の下をすり抜けようとしたその瞬間。

「わっ！」図書は大きな声を上げ、後ろざまにひっくり返った。次郎はその体に触れてもいないのにである。廊下橋の畳の上に、大きな音を立てて受け身をとる。

「狼藉者！」

図書は起きあがって怒鳴る。十数人の捕吏(ほり)が廊下橋の向こうから駆け寄せる。

「謀ったな……」

次郎は図書を睨みつける。

「すまんな。貴公を評定に加えては、藩論を尊皇に持っていかれる」

言った図書の脇を捕吏が駆け抜け、次郎の両腕を取ってひざまずかせた。

「そう仰せられているのはお上だ。貴公がなんと言おうと、お上はお会いにならぬ——。屋敷に戻り、沙汰を待て」

図書は立ち上がってくるりと踵(きびす)を返し、本丸へ歩み去った。

お上がおれに会いたくないと仰せられている——。次郎は愕然(がくぜん)とした。

利剛に疎まれていることが衝撃だったのではない。藩主が、自分の聞きたくないことを言う者を奸計(かんけい)をもって排除する選択をしたという、その行為に強い危機感を覚えたのである。

利剛は自分の弱さを知っている。評定で万が一次郎の意見が優勢になってしまえば「そうせい」と言ってしまう自分を恐れたのだとは思う。利剛は優しく従順な人物であるから、徳川家への報恩という思いが胸にあるのだろう。どうあっても藩論を佐幕としたいと考えたからこそ、おれを排除する方法を選ばれた——。

理詰めで話し合い、相手を論破できなければ、その主張を認めるべきなのだ。どうしても認めたくないと力でねじ伏せるのは、それはすなわち戦である。

廊下橋から離れると、捕吏たちは次郎の腕から手を離した。しかし、次郎のどのような動きにも対応できるようにその周囲を囲んで二ノ丸を出た。

次郎は唇を噛み、内丸の屋敷に入った。その出入り口は捕吏たちによって固められた。

七

次郎が屋敷に軟禁された日、楢山佐渡は城内の評定所に用があって詰めていたので、次郎が捕らえられた騒ぎに気づかなかった。午後に花輪図書が現れて、子細を告げられて初めてその出来事を知ったのである。

佐渡は「それは卑怯(ひきょう)でございましょう」と言ったが、図書が「お上のご意向だ」と答えたので、それ以上責めることはできなかった。

「東どのへの許しはいつ出ます？」

評定所の奥まった一室で小さな手焙を前に向き合った図書に、佐渡は訊いた。

「許しは出ない。藩論は佐幕に決するからだ」

図書は首を振った。

「え？　しかし、お上は貴賤の別なく藩士の意見をお聞きになると仰せられた。お上はずっと今は亡き少将さまの言いなりに政を行って御座した。藩主におなりになられてからは、加判役らの意見に『そうせい』と仰せられ続けた。しかし、おん自らのご決断がおできにならなかったお上が、初めて『そうせい』ではなく『こうしたい』と仰せられたのだ」

図書の目は赤くなっている。言葉を句切りながら、時折唇を強くへの字に結んで、涙を堪えているようだった。

「幸い、重臣らに尊皇派は少ない。論客は東次郎のみ。あ奴が話し始めれば、せっかくのお上の決意が揺らいでしまうやもしれぬ。しかし、次郎がいなければ、万が一にも評定で佐幕派が論破されることはない」

「それで東どのを除いたと――」

「それだけではない。東は蟄居の上、家格を高知から中士に降格する」

つまり、藩主へのお目見えができなくなるということである。

「なにもそこまでなさらずとも――」

「尊皇派の口と動きを封じるためだ。藩論が佐幕となったならば、それで突き進まねばならぬからな」

花輪図書の言うことも分からぬではない。しかし、それでは利済の政と同じではないか。

しかし、それを今ここで図書に言っても始まらない。

「左様でございますか――。それで藩論を決する評定はいつ行われるのですか？」

「お上は早いほうがよいと仰せられるので、明後日には行おうと思っておる。今夕までにはお目見えの藩士らに通達する。下の者たちには上申書を出させる」

「承知いたしました」

佐渡はある決意を持って肯いた。

＊　＊

藩論決定の評定の日。大書院と御次之間、菊之間、柳之間と続く広間には家格に応じて家臣たちがびっしりと居並んでいる。楢山佐渡は加判役をはずされていたが、高知衆の席についていた。尊皇派、佐幕派からそれぞれの意見が出された。

尊皇派は、大政が奉還され幕府が存在しなくなった今、新しい世を模索する勤皇派に与するべきと唱えた。佐幕派は、大政が奉還されても、永きにわたって世を治めていた徳川家への報恩を忘れてはならぬと主張した。新しい世でも、将軍家と同等の地位を守ることこそが、盛岡藩の安泰に繋がると言うのである。

議論は平行線を辿ったが、東次郎がいないため、尊皇派の意見は生彩を欠いた。

佐幕派は尊皇派の主張する新しい世について追及した。

尊皇派は、具体的にどのような世を目指しているのか？

新しい世ならば、新しい法が必要である。その用意はあるのか？

諸侯会議論や公議政体論など様々な案があるが、政の体制はどうなるのか？

その問いに明確に答えられる者はいなかった。

京や江戸で活動する尊皇派の中心となる者たちでさえ、来るべき世の統一された明確な姿を描けていなかった時代である。盛岡藩の尊皇派が抽象的な理念や、曖昧な政治方針の答弁に終始するのはいたしかたないことであった。

貴殿らの主張は、すべて他藩の尊皇派の受け売りではないのか？

佐幕派は押しまくった。尊皇派の形勢は完全に不利であった。

尊皇派から感情的な発言が出始めると、花輪図書が狼藉をはたらいて本丸に押し入ろうとしたため蟄居させられた東次郎の例を挙げて牽制した。

佐渡は黙って双方の意見に耳を傾けていた。すぐにでも口を開き、自分なりの結論を述べたいのをじっと我慢した。我ながら大人になったと思った。隠居した帯刀がこの場にいれば、きっと褒めてくれるだろう。そう思うと、喧々囂々の議論の最中、佐渡の口元には笑みが浮かんでくるのであった。

一刻（約二時間）ほどで議論は出尽くした観があった。ふと気がつくと、利剛が国座から怪訝な顔を自分に向けている。佐渡は口元を引き締めた。

「盛岡藩は――」佐渡はおもむろに口を開いた。一同の視線が佐渡に集まった。

「盛岡藩は田舎にございます。江戸からも遠く京はさらに西にございます。尊皇派、佐幕派の議論の中心はそちらにございますゆえ、盛岡におったのでは、しっかりとした判断はできませぬ。尊皇派の意見は受け売りというご意見もございましたから、受け売りではない話をしかと聞いてから判断するのがよろしいかと存じます」

尊皇派も佐幕派も呆気にとられたように佐渡を見ていた。佐渡ならば一も二もなく佐幕に賛意を表明すると思っていたからだった。

「それは――、どういうことか？」

利剛が訊いた。

「薩摩、長州の方々と膝を交えてお話をしとうございます」

「貴公が京へ赴き、薩長の者たちと話をすると？」

「御意。藩論の決定はひとまず保留としていただきとうございます」

大書院にざわめきが広がった。

「楢山どののご意見、ごもっとも」

御家門方の席から声が上がった。遠野侯南部弥六郎だった。

「江帾五郎からも、尊皇攘夷論は始まった当時から様変わりしているので、今中心となっている者たちから直接話を聞くべきという上申書が出されております」

弥六郎は佐渡を見た。佐渡は小さく頭を下げた。

「しかしながら、楢山どのの上洛は必要なしと存ずる」

「なぜでございます？」

味方してくれると思った弥六郎の、思いがけない一言に佐渡は驚いた。

「京へは三戸式部どのが赴いております。三戸どのにお任せするのがよろしかろうと存ずる。なにかのお役目のついでであるのならばともかく、ただ尊皇派の話を聞くためだけに楢山どのを京へやる余裕はござらぬ」

弥六郎の言葉は筋が通っていた。佐渡は退かざるを得なかった。

「そのことは分かり申した。今一つお願いがございます」

「申してみよ」

利剛が言った。微かに不機嫌そうな表情なのは、初めて押し通そうとした自分の意見を邪魔されたからであろうと佐渡は思った。

「東次郎どのの件でございます。蟄居の上降格とは、あまりに厳しいお沙汰。お考え直しいただきたく」

「それは駄目だ」

弥六郎が即座に言った。

「なぜでございます？　東どのが花輪図書どのに狼藉をはたらいたというのは、図書どのの狂言であったと聞いております」

「楢山どのはその狼藉の場をご覧になられたか？」弥六郎は言った。

「受け売りではない話をしかと聞きたいと仰せられる楢山どのが、人伝に聞いたことを真実であるかのように申すのはいかがなものでござろう」

「はい……」

「のう。楢山どの。政は、万が一を考えねばならない」弥六郎は諭すように言った。

「おそらく藩論は佐幕と決することになろう。このまま進めば尊皇派、佐幕派の戦となる。その戦に万が一、尊皇派が勝利した場合のことを考えれば、後の盛岡藩を託せる者を無傷のまま残しておかなければなるまい？　藩論が尊皇となれば、蟄居するのは貴殿であった」

おれはまだまだ甘い――。佐渡は、父に褒めてもらえぬと思い直した。

「それでは――」利剛が一同を見回して言った。

「藩論については、三戸が戻ってからもう一度評定いたす。それまでにおのおの考えをもっと練って参れ」

広間の家臣たちは「はっ」と答えると、一斉に頭を下げた。

＊　＊

東次郎に対する蟄居と降格はそのまま沙汰された。次郎が刑に服している間、その母が失意のうちに没することになる。

八

十二月二十三日。江戸城二ノ丸が焼失した。江戸には、薩摩藩士による火付けではないかとの噂が一気に広まった。火付けの噂は、武力による討幕を狙う薩摩がわざと広めて、戦いのきっかけをつくったのだという見方もあったが――。その噂を信じた庄内藩士らを中心とした幕軍が、十二月二十五日、薩摩江戸藩邸を焼き打ちした。

明けて慶応四年一月三日。幕軍は鳥羽伏見の戦いで薩長軍に惨敗した。戊辰戦争の始まりである。七日。朝廷から徳川慶喜追捕が発令される。翌日、徳川慶喜は大坂城を出て、幕軍の兵たちをそのままに軍艦開陽丸で江戸へ逃げ帰った。

その知らせはしばらくの間、盛岡藩には届かない。楢山佐渡が藩論決定の評定で言ったように、京ははるか西の彼方なのであった。

一月九日。朝廷から再度の上洛の命令が届いた。三戸式部はまだ到着しておらず、業を煮やした朝廷が「領主病あらば重臣をして上らしむべし」と催促してきたのである。

翌日、加判役らによる評定が開かれ、こちらからの返書が届くよりも先に三戸は京に到着するはずであるから、そのままにしておこうという結論に決しかけた。

その時、楢山佐渡が足早に広間に現れて、「ちょうどよい〝ついで〟でございます」と頭を下げた。ほとんどの加判役らは怪訝な顔をした。

南部弥六郎ばかりは口元に小さく笑みを浮かべている。

「藩論を決める評定において弥六郎さまは、『なにかのお役目のついでであるのならばともかく、ただ尊皇派の話を聞くためだけに佐渡を京へやる余裕はない』と仰せられました。もし、このたびの命令を無視すれば、京に着くのは三戸どのばかり。催促分の重臣が足りぬと朝廷よりお叱りを受けるやもしれませぬぞ。ここは律儀にもう一人、重臣を上洛させるのが最良の策と存じます」

佐渡は平伏する──。昨日、楢山邸に弥六郎の使いの者が訪れ、佐渡に一通の書状が届けられた。その中には、今日の加判役らの評定のことが記されていたのであった。

「ちょうどよいついでと言うのはなんのことやらよく分からぬが──」弥六郎が言った。

「つまり、楢山どのは、自分を加判役に戻し、催促分の重臣として京へ送れと言うのだな?」

「あっ。余計なことを申しました。つい気が逸りまして」

佐渡はもう一度平伏した。加判役らと利剛は苦笑を浮かべる。

「誰の入れ知恵かは分からぬが」利剛はちらりと弥六郎を見た。

「言いがかりをつけられぬためにも、律儀にしておくほうがよかろうな」

利剛の言葉に、加判役らは肯いた。その評定で佐渡の加判役復位が内定し、十三日に利剛の名代として上洛することとなった。

十一日、佐渡の復帰が決まったことで一家は川井村から盛岡へと慌ただしく引っ越した。

二日後、佐渡は上洛のために盛岡を出た。正使は楢山佐渡。副使に目時隆之進。

目時は、楢山佐渡が江戸勤番を命ぜられ、東次郎が藩の執政を任されていた頃、町奉行兼郡奉行に抜擢され、現在は用人を勤めている。慶応二年から最近まで、京の藩邸に勤めていたので、かの地の地理に詳しく副使に選ばれたのであった。

目時はいわば次郎派で、尊皇攘夷の男である。彼を副使としたのは、佐幕派の佐渡だけが話を聞いたのでは、報告に偏りが出るであろうという利剛の配慮もあった。

随行するのはそのほか、目付の中島源蔵、勘定奉行の佐々木直作、書物頭戸来官助など。鉄砲二十挺、士分三十人、駕籠脇二十人、総人数七十八人の行列であった。

盛岡を出て、日詰郡山、石鳥谷、花巻、鬼柳の宿を過ぎ、仙台領に入った。

しかし――。仙台領の九つ目の三本木宿に逗留していた日。仙台藩の使者が佐渡の宿を訪ねてきた。佐渡は座敷に通して副使の目時と共に面会した。

「ただ今、盛岡公に使者を差し向けましたゆえ、御行軍はしばしお待ちくださいませ。朝廷は、盛岡、仙台、米沢、秋田に会津討伐の朝詔を発せられました」

「会津討伐！」

佐渡は目を見開いた。

「会津の松平容保は、徳川慶喜に与して錦の御旗に鉄砲を撃ちかけた大罪人である。盛岡藩はただちに兵を挙げて会津を討つべしとのことで。我が殿は、盛岡公に、『宇内の形勢を見て、しかる後に干戈を交えむ』――、仙台より出兵の猶予を求める建白書を出しておりますゆえ、その返答を待って共に兵を挙げたいとの書状を差し上げたのでございます。我らはてっきり楢山さまは会津討伐軍として派兵されたのかと」

「なるほど。そういうことでございましたか。盛岡で評定が行われましょうから、それがしは兵をここに残し、すぐに引き返しましょう」

「いや」と目時は首を振った。

「会津討伐が勅命ならば、このまま会津に向かうべきでございましょう」

「たった八十の兵で何ができる。だいいち戦の備えもしておらぬのだ――。会津を討つにしても、仙台公のお言葉に従うにしても、まずは評定をしてからだ」

「ならば、それがしも盛岡へ戻りまする」

あなたの思うようにはさせない――。そういう目つきであった。

「その前に」使者が懐から書状を出した。

「我が藩の奉行、但木土佐より、楢山さまへの文を預かっております」

佐渡は受け取って書状に目を通す。仙台藩における奉行とは、盛岡藩の加判役にあたる。

但木土佐の書状には、彼の熱い思いがしたためられていた。

今、奥羽――陸奥国、出羽国は手を結ばなくてはならない。薩長の力による維新には疑問がある。そのやり方には、長く外様として虐げられてきた藩の怨念のようなものを感じる。意見の異なる者を武力でねじ伏せるのでは、戦国の世となんら変わるものではない。それは逆行である。薩長は会津を滅ぼし、庄内を滅ぼし、やがては陸奥出羽の全土を従わせようとするだろう。我らはそれに抗しなければならない。

——だから足並みを揃えようというのである。佐渡は何度も肯きながら書状を畳んだ。

「それがしも拝読しとうございます」

目時が言う。

「いや。旅程を遅らせてしまうことへのわたしへの詫状だ」

佐渡は但木からの書状を懐に仕舞った。

目時は不満そうな顔をしたが、ぜひにも見せろとは言わなかった。

佐渡は、使者を帰すと供の者たちに事情を話し、しばらく三本木で待つよう命じて、目時を連れて馬上の人となった。

九

楢山佐渡と目時隆之進は宿場毎に馬を乗り換え、三本木宿を発った日の夕刻には盛岡に着いた。そしてすぐに菊之間、柳之間で評定が行われた。

目時隆之進は末席に座った。重臣ばかりの評定であったが、上洛の副使である自分は、話し合いの過程を知っておく必要があると、強引に主張したのである。目時は、勤皇派の重臣たちの口添えもあり、列席を許された。

「朝廷からはすぐに兵を挙げよ。仙台藩からは、しばし待て――。あちこちに振り回されるのは業腹でございますな」

花輪図書が唇を歪める。重臣たちは肯きながら、それぞれに意見を述べる。

「すでに幕府はなく、朝廷が政を進めて御座します。すぐに兵を挙げなければなりませぬ」

目時が発言した。

「いや。仙台藩には嘉永六年（一八五三）の借りがある」

言ったのは南部弥六郎であった。嘉永六年の借りとは、仙台越訴のことである。

重臣たちは尊皇だ佐幕だと議論を始めた。あくまでも旧幕府の味方をするべきだと主張するのは利剛派の者たちで多数派であった。しかし、朝廷側につくべしと論ずる目時を始めとする東次郎と関わりのある者たちは、少数ながら、

「朝廷側につかなければ次は盛岡藩が朝敵として討伐の対象となる」

と現実的な危機を述べてそれを圧倒していく。

「鳥羽伏見の戦いでは、幕軍は戦闘の意思はなかったが、薩軍の誘いに乗る形で戦を始めてしまったと聞く。そのような奸計を仕掛けて、無理やり戦を引き起こそうとする者らに与することはできぬ」

と佐幕派は反論する。

議論は三日続いた。そして、三日目の評定が始まると直ぐに、佐渡が発言した。

「蛤御門の変で——」佐渡が言う。

「会津と長州は戦い、長州が敗れました。このたびの会津征討は多分に長州の遺恨が含まれておろうと思われます」

長州の遺恨という言葉に、一同は肯いた。

「会津攻めが長州の遺恨だとすれば、次は薩摩の遺恨による庄内攻めが行われましょう。やられたらやり返す。まるでならず者の喧嘩ではございませぬか。国を造り直すという大事が、そういう形で行われるのは、いかがなものでございましょうな」

かつて東次郎は、『意見が通らぬから殺すというのでは、ならず者の喧嘩と変わらない』と言った。そして、おれはそれに同意した——。

人というものは、一度学んだと思っても、すぐに忘れてしまうもののようだ。同じことを繰り返しながら少しずつ成長していく。政もまた同じなのだろうか——。

一同が静まりかえって次の言葉を待っているのに気づき、佐渡は口を開く。

「会津、庄内と、一つの藩の討伐ならば、朝廷も討伐の命令を出しやすうございましょうが、陸奥、出羽の諸藩が手を結べば、おいそれと討伐せよとは仰せられますまい」

「陸奥、出羽で同盟を結べと申すか？」

利剛は眉根を寄せた。

「これは、それがしの案ではございませぬ。仙台の但木さまのお考えでございます」

佐渡の言葉に目時ははっとした顔をする。但木土佐からの書状にはそういうことが書いてあったのか——。

「つまり、仙台公のお考えということか」

利剛は腕組みをする。

「大槻磐渓の入れ知恵でございましょうな」

花輪図書は首を振る。大槻磐渓とは、仙台藩の藩校である養賢堂の学頭であった。開国論者であったが、アヘン戦争で清国を植民地化したアメリカやイギリスと手を結ぶのは危険と考え、ロシアとの繋がりを強化すべきという親露開国論を唱えていた。

「それは、伊達政宗公の頃よりの悲願、奥羽統一を成し遂げたいだけの話ではないか」

図書の言葉に、佐渡は答える。

「その思いがないとは申せませぬが、力によって遮二無二、御公儀を押しのける尊皇派のやり方に待ったをかけたいというお考えではないかと」

「交易を行う友好国とはいえ、確かに薩摩のやり方は乱暴に思う」利剛は肯いた。

「戦を避けるため公方さまが大政を奉還なされたのに、何かと口実を作って戦を仕掛ける」

「朝廷軍は」佐渡は言う。

「まず、仙台、盛岡、米沢、秋田に会津を討たせることによって、奥羽に世の趨勢は尊皇であることを示し、佐幕の思想を挫こうとしているのでございましょう——。蛤御門の変で賊軍となった長州は、今は許されております。ひとたび賊軍となっても許されるのでございますから、会津もまた許されてしかるべきでございましょう」

佐渡は言葉を切って一同を見回した。

「まずは筋を通して会津に対するお許しを請うこと。しかし、帝に対する叛意はないことを示すために、会津出兵の用意はいたしましょう」

「つまりは、仙台公の仰せられるとおりにしようということか。どうせならば、今から会津に赴き、攻め寄せる薩長軍を追い散らしてやりたいが――」

図書はぼそりと本音を言った。

「しかし、出兵用意といっても、先立つものがない」

と呟きが聞こえた。

「それについては考えがございます」

佐渡が言うと、議場の視線が一斉に集まった。財政難のおりに、軍用金を用意できるというのである。

「どうやって金を集める？　また商人らに御用金を命じるのか？」

利剛は眉をひそめる。

「御用金もいたしかたありますまいが、それを幾らかでも軽くする方法でございます」

「申してみよ」

「謹慎中に、家臣の者と家を抜け出し、領内のあちこちを回って万が一の時の根回しをしていたのでございますが――。まず、藩営の小坂銀山の産銀を用い、八匁銀判を作ります。これは、出陣の兵に路銀としてそれぞれ八両ずつ持たせます。それから藩営尾去沢銅山から銅を盛岡へ運び、梁川で天保銭を鋳造し路銀の補助といたします。他国で使う銭でございますから、偽金と言われないよう、ちゃんとした物を作らせます。大迫銭座と分座の栗林銭座は幕府の許可をもらっておりますので、そのまま鋳銭の数を増やします」

佐渡は一同の顔を見回す。いずれも佐渡の案に賛同しているらしく、黙ったまま先を促すような表情をしている。誰も謹慎中の無断外出を咎めるつもりはないらしい。

「つぎに、領内の鉄山に銭座を設け、経営を商人らに任せます。その冥加金を軍用金に充てます。鉄山経営を引き受ける者には御用金免除。新たに銭座を作るのは、砂子渡、大橋、橋野、佐比内。それぞれの鉱山より産する鉄を用いて鉄銭を作ります」

「鐚銭が多く出回るのか……。物価が高騰し、領民は困るであろうな」

図書が言う。鐚銭＝鉄銭は、貨幣経済の発展によって銭の材料となる青銅が不足したために、幕府が許可して鋳造させたものである。盛岡藩や仙台藩などでは鉄銭の銭座を設け、藩内に流通させていた。

「長い間ではございませぬ。事が落ち着けばすぐに鋳造を中止いたしましょう」

「大島惣左衛門（高任）が嘆きましょうな」言ったのは目時である。

「せっかくの高炉が鐚銭作りに使われるとは」

「使われぬままにほったらかしにされるよりはましであろうと慰めるしかあるまいな」

佐渡は言った。

「ともかく、佐渡。その方は兵を調えて後、上洛せよ」

利剛の言葉に、佐渡は頭を下げた。

二月十二日。朝廷の命に従った軍を調えた後、楢山佐渡は武者奉行として盛岡を発った。随行員は前と同じであったが、兵は二百人を率いた。

＊　＊

佐渡は仙台に着くと、本陣に随行の者たちを休ませ、但木土佐の屋敷に出向いた。

但木はこの年数え五十二歳。大槻磐渓の薫陶を受けて、ロシアと結んで開国すべしという親露開国論者である但木は、攘夷論者の藩士に何度も命を狙われているという。また、鳥羽伏見の戦のおりに、朝廷より討幕の命令が下ったが、財政難の仙台藩は戦などできる状態ではないとそれを無視したために日和見と悪口を囁かれている。だが、倹約と殖産興業で仙台藩の財政を立て直しつつあり、佐渡は一目置くべき人物であると考えていた。

広間で向かい合うと、挨拶もそこそこに但木が言った。

「京の者より、東征軍が三月十五日に江戸を総攻撃するという話が聞こえて参りました。それを防ごうと、徳川方も色々画策しているようでございます。東征軍を江戸に引き込み、自ら火を放って退路を塞ぎ、殲滅しようという計画もあるとか」

「いずれにしても、江戸は火の海ということですか……」

佐渡は眉間に皺を寄せる。

「お互いに作戦を漏らし、相手を牽制しているのでございましょう。話し合いを有利に進めるためのはったり――。それがしはそう見ております。まぁ、はったりを利かせるためには、実際に準備を進めている様子を見せなければなりませぬから、朝廷は軍を動かし、幕府は町火消らに手を回しておるようですが」

「では、戦はないと――。それでは、上洛するのは三月十五日の様子を見てからがよさそうでございますな。万が一、戦が起きたならば、幕軍を助けて東征軍と戦うか、火に巻かれた東征軍を助け出すか――。まぁ、どちらが先に仕掛けるかによって異なりましょう」

「そんなことを考えていると、それがしのように日和見と呼ばれまするぞ」

但木はくすくすと笑った。

「日和見で結構でございます。日和見もまた、立派な兵略にございますれば――。あまり早く着いては日和見もできませぬから、十五日に近い頃に江戸に着くよう、旅をいたしましょう。しばらく、仙台見物でもいたしますか」

佐渡は一礼して但木の屋敷を辞した。

第六章　奥羽越（おううえつ）列藩同盟

一

楢山佐渡の一行が江戸に着いたのは慶応四年（一八六八）三月十二日であった。麻布の下屋敷に三日逗留（とうりゅう）し十五日に藩邸を出発した。町中には先鋒（せんぽう）隊がうろうろしているのでいらぬ衝突を避けるために深川から船に乗った。神奈川宿まで船で行き、そこから陸路の旅となるはずだった。

神奈川の湊（みなと）には、朝廷の先鋒軍が大勢いて、佐渡の一行は船を下りるなり取り囲まれた。

先鋒軍は異様な風体をしていた。陣笠（じんがさ）に打裂（ぶっさき）羽織、裁付袴（たっつけばかま）の侍もいれば、戎装（じゅうそう）――、西洋式兵学に則（のっと）った洋服の軍装の者もいた。

戎装はいわば軍隊の制服であるが、統一されたものではない。兵たちが開港場などで外国人や古着屋から手に入れたもので、様々な国の軍服が混じっている。アメリカの南北戦争で使われたサックコートを着る者が多かった。日本で仕立てられた和洋折衷のマンテル羽織やシャモ袴姿の者もいた。いずれも尖笠を被っている。手にした銃はエンフィールド銃。日本ではエンピールとか鳥羽ミニエーと呼ばれるイギリス製の前装式ライフルであった。

外国船を打ち払うべしと叫んだ薩摩の兵たちが、今は外国の服を着て外国の銃を手にして威張り散らしている。確かに軍装は西洋風が理に適っている。エンピール銃も従来の鉄砲に較べれば格段に性能がいい。しかし、外国を目の敵にしていた者たちが、まるでそんなことなど無かったかのように、開港場で買った外国の服を自慢げに着ているのは佐渡には納得がいかなかった。尊皇攘夷を主導してきた藩は、なにがしかの反省の弁を述べてから方針を変えるべきであろう。今までのことは棚に上げ掌返しをし、知らぬ顔を通して別の主張をさも前々からしていたかのように振る舞うのは、人を導く者のすべき態度ではない。佐渡は不愉快だった。

エンピール銃を携えた兵が横柄になにか言い、井筒屋から借りてきた薩摩言葉、長州言葉を解する二人の手代徳三、茂松が、

「通りたくば上京御差許の証を出せ。江戸に戻り、大総督府本営から許可をもらってこい」

と訳した時、盛岡藩士らの怒りは爆発寸前となった。見れば、薩摩兵は半マンテル羽織に段袋と呼ばれる股引袴。雷管盒と胴乱を革帯で袈裟懸けにかけ、腰に巻いた兵児帯に大小の刀を差している。士官ではなく、銃士であった。身分の低い銃士が、二十万石の筆頭家老に向かって威張りちらし、江戸へ引き返せと言っているのである。

佐渡は「それが新しい決まり事であれば、従わざるを得まい」と藩士らを宥めてついさっき降りたばかりの船に向かって歩いた。随行の者たちは不承不承、その後ろを追った。

＊　＊

佐渡一行が大総督府からの返事を待っていた三月十八日。仙台領松島湾の東名浜に、左大臣九条道孝と、薩長、筑前などの兵三百五十名余りを乗せた船が到着した。奥羽鎮撫――東北地方を平定するための軍である。九条はこの年数え三十歳。奥羽鎮撫総督府の総督であった。奥羽の諸藩を鎮撫するための兵がたった三百五十。それは大総督府が、「夷をもって夷を制す」つまり、奥羽の賊軍は奥羽諸藩の兵によって鎮撫させるという方針を持ち込んだからである。多くの藩が新政府に恭順を示していたが、まだ予断は許さなかった。隙を見せれば寝首を掻かれる。そういう不安が新政府にはあった。奥羽の鎮撫に多くの兵は割けないというのが、新政府の本音であった。三月二十三日。九条総督らは仙台に到着し、仙台藩の藩校である養賢堂の学舎を接収し、奥羽鎮撫総督府の本営を置いた。

二

佐渡一行は、大総督府本営から上京御差許の証を受けて、あらためて京へ向かった。

一行は粟田口から三条大橋へ向かい、橋のたもとを鴨川沿いに北上した。炎天が羽織や法被に染み込んだ汗を乾かし、一同の背中や胸の辺りには白く粉を吹いたように塩が浮いていた。

盛岡藩の藩邸は鴨川に架かる丸太町橋の東詰にあった。鴨川の向かい側には、九条、鷹司、近衛、有栖川宮などの屋敷があり、五町（約五五〇メートル）も歩けば御所であったが、京の外れである。藩邸では、先に到着していた三戸式部が一行を迎えた。

三戸の「まずはお着替えを」という言葉に首を振った。

「塩まみれで失礼だが、まずは京の様子をお聞きしたい」

兵たちの宿舎の手配を副使の目時隆之進に任せ、佐渡と三戸は藩邸の奥座敷に向かった。

「遠路、お疲れさまでございました。子細は、国表よりの書状で存じております。仙台に奥羽鎮撫総督の九条さまが入られたというお話はお聞き及びか？」

「はい。途中の宿で――。会津征伐の尻叩きの下向でございましょうが、仙台の但木さまがなんとか引き延ばしをいたしましょう」

「ほんに、太政官代の奴ばらは上も下も腹の立つ。会津の松平容保さまは、謹慎なさって恭順の意を示して御座すのに認めない。京の雑兵ばらも傍若無人でございます。朝廷軍は錦の御旗を振りかざせば何をしてもよいと考えておるようで」

三戸は渋面を作った。

「大津からここまでの道でも何度か止められて、雑兵に威張られました」

堪えてきた不愉快さが、表に出そうになった。佐渡は、京への旅の間中泰然自若を装って、自分よりも明らかに身分も低く歳も若い兵どもに笑みさえ浮かべて見せていたが、その実、度重なる無礼に腑は煮えくりかえっていたのである。

「京の民は、鳥羽伏見の戦の後、しばらくは薩長の兵をもてはやし、徳川さまの遁走を嘲笑っておったようですが、近頃は西国藩士らの横暴が鼻についてきたらしく、すれ違いざまあからさまに嫌な顔をする者たちも見受けられます。気位の高い京の者たちは、『熊襲の末裔よ』と陰で薩摩の者たちの悪口を申しておるとか」

「ならば我らは蝦夷の末裔でござろうか」

佐渡は笑った。今は笑っていられるが、面と向かってそのようなことを言われれば、堪忍袋の緒が切れてしまうかもしれないと佐渡は思った。

「我らは蝦夷ではござらぬ」三戸は憤然と言う。

「蝦夷を討伐した側でございます」

「ならば、薩摩の者たちも熊襲を討伐した側と怒っておりましょうな――」

「京の者たちにとっては洛中以外すべて、東夷、西戎、南蛮、北狄の土地なのです」

「三戸どのは京の者らがお嫌いか？」

「大嫌いでございます」

「しかし、盛岡でも城下に住む者はその外に住む者たちを田舎者と嘲りましょう。それを考えれば、攘夷にしても根底は同じことなのでございましょうな。目糞が鼻糞を嘲り、笑う。日本中、目糞と鼻糞ばかりでございます。そう考えれば腹も立ちますまい？」

それは自分に言い聞かせる言葉でもあった。

「それがしは鼻糞でございますか」

三戸は笑いだした。

「目糞の親玉らは、小さい目糞の行いを咎め立てはしないのですか？」

「大事にばかり目がいっているようでございます。天下を取ったはいいが、その後をどうするのか、今はそのことで大慌てでございますよ。戦もなしに江戸のお城が開かれてしまって、戦う気満々であった侍どもの勢いのやり場にまで構っている余裕はないようで」

「ほったらかしですか」

「いや。太政官代は、朝廷軍に加わっていない藩の兵たちを使って、京中取締をさせております。盛岡藩も藩邸を中心に警護するようにと命じられました。楢山さま随行の二百人は本日よりその任に当たらせます」

「しかし、我こそは正義と考える無頼漢どもを取り締まるのは、容易ではなさそうですな」

「下級の侍どもは増長しておりますが、藩邸の上の者どもは、まだ面子を重んじることを忘れてはおりませぬゆえ、なにかあれば上をチクリとつきまする。列藩会議や、もろもろの雑事はそれがしにお任せになり、楢山さまはじっくりと京を眺め、要人と会談なされませ」

「そうさせていただきます」

「この辺りはまだよいが、京の町中はひどい有り様でござる」

「ひどい有り様？」

「まぁ、行ってご覧なさいませ。これが京の都かと愕然となさいます」

＊　＊

佐渡は着替えをした後、すぐに小原易次郎と目時隆之進を連れて鴨川を渡った。

京は焼け野原であった。丸太町から四条の辺りの中京は所々に新築の家があり、大勢の人々が行き交って賑わいを見せていたが、下京が近づくにつれて焼け跡ばかりになった。

蛤御門の変の際に、町の六割強が灰燼に帰したのである。再建はまだ途上で、建ったばかりの家も少しずつ増えてはいたが、あちこちに真新しい材木が積み上げられていた。深緑の葉を茂らせた木々の中には、火に炙られた片側だけ赤茶色に枯れているものもあった。

被害の大きかった下京の辺りはほとんど建物の姿は見えず、見渡す限り焼けて倒壊した家々の残骸が広がっている。立っているのは黒く焦げた土塀の壁や築地塀ばかりである。ぽつりぽつりと粗末な小屋が建っていて、仮の住居のほかに、店舗もあるようで、人だかりができている所もあった。そんな中を、奇天烈な洋装の軍服を着て胸をそびやかして闊歩しているのは、朝廷軍に属する西国諸藩の藩士たちであった。

京には多数の大名屋敷がある。藩論を尊皇と決めた藩ばかりではなく、まだ立場を明確にしていない藩が多かった。そんな藩の侍たちは朝廷軍の兵と顔を合わせないようにと、こそこそ裏道を歩いている。市中の守護取締を命じられている侍たちが、昼間から酔って騒ぐ朝廷軍の兵に声をかけてたしなめる姿も見かけた。

佐渡は、横を歩く目時に言った。

「速やかに薩長の者と継ぎをつけてくれ」

言葉をかけられた目時はぎょっとした顔をした。

目時は、京の尊皇派とも繋がりがあり、『旅の間に、宿で中島源蔵ら尊皇の者たちとヒソヒソ話をしておりました。京の尊皇派から薩長のお偉方に話を通し、楢山さまと面談させる手筈を整えておるようで』と小原易次郎から報告を受けていた。

目時は顔色を青ざめさせながらも、下手な誤魔化しは口にせず、

「なんとかいたしましょう」

と答えた。佐渡はどこまで知っているのだろうか――、と探るような目つきをしている。

佐渡は素っ気なく、「早いほうがいい」と言う。

知っていても咎めることはしない――。佐渡はそう思っていると判断したのだろうか、目時は少しほっとしたような表情になった。

佐渡たちは踵を返し、鴨川の方へ引き返した。

＊　＊

藩邸に戻ると、佐渡は三戸式部の居室に向かった。

三戸は文机に向かって算盤を弾きながら難しい顔をしていた。

「入ってもよろしゅうございますか」

佐渡は声をかけた。

三戸は佐渡に体を向けて「どうぞ」と答えた。

「切り詰めているものの、京は物価が高く、苦しゅうございます」

三戸は机を離れて佐渡の前に座った。佐渡は肯いて、

「それがし、知行で潤益講というものを始めまして、井筒屋に金を積み立てております。証文があれば三都の井筒屋で引き出せますゆえ、苦しい時にはお立て替えいたしましょう」

と言った。潤益講は、菜華や弓太と共に考えた家政改革の案の一つであった。

講とは、会員を募り金を出し合って、それを元に相互扶助をする組織のことである。楢山家の潤益講は、次のようなものであった。知行地の侍、民百姓を問わず、同意する者を集め、一口一両二分として二口を集める。一口分はくじ引きをして、金利一分を渡す。もう一口は積み立てて、月に一分二厘五毛の利子で貸し付ける。積立金は講の者たちに緊急に金が必要になった時、評定して用立てる。楢山家の家計を助けるばかりでなく、盛岡藩に火急の入用があった時にも利用する考えであった。

運営は年三回の諸役銭上納――、知行地からの年貢取り立ての役目のついでに弓太が行っていた。集めた金は井筒屋に預けた。楢山家では、紫波・稗貫・岩手郡の知行地の物成(年貢)は呉服町井筒屋に納めさせ、金米通帳で繰り替えを頼んでいた。

井筒屋は三都に支店を持っていたので、弓太と井筒屋善八郎連名の証文を持参すれば、京、江戸、大坂のいずれでも金を受け取れるようにしていた。佐渡が参府、上洛のおりにも急な金が入用の時には潤益講を利用していた。

「それは便利なものを始めましたな」

「これを使って鉄砲や馬具などを買い揃えようかと思っておりまする」

「なるほど、なるほど」

「時に、太政官代の公卿とお話しできればと思っておるのですが、なんとかなりませぬか」

「うむ。それならば、楢山どのとお会いしたいと仰せられている御仁が御座す」

「どなたです？」

「岩倉具視さまで」

岩倉具視は前年の十一月まで洛北で蟄居していた。公家の中でも位の低い家柄であったが、皇妹和宮が十四代将軍家茂に嫁ぐための下向の手配をするなど、重要な役割を与えられていた。しかし、和宮降嫁に賛成したことから佐幕派とみなされて、尊皇攘夷派の圧力に朝廷が屈し、その処分となったのであった。岩倉は、洛中の自邸で蟄居していたが、天誅派から命を狙われて西賀茂や洛西の寺に移り住んだ。さらにそこを退去させられて洛北の岩倉村に侘び住まいをすることになったのであった。

洛中へ戻ることを許されて前年の十二月、岩倉は参内。太政官代の参与となった。

参与とは、新政府の組織の一つである。それまでの摂政、関白、征夷大将軍などを廃して、天皇の下に総裁、議定、参与という職を置いたのである。総裁は有栖川宮熾仁親王、議定は皇族や公家、藩主から選ばれ、参与は公家や藩士などから選ばれた。

岩倉具視は暮れに参与から議定に昇進していた。しかし――。

岩倉には悪い話がつきまとっていた。孝明天皇の病死は、実は岩倉が毒殺したのだという噂。徳川慶喜に辞官納地返上を命じるべしと強硬に主張したという話。太政官代が徳川征討を決したのは、岩倉の賛成によるものだという話。鳥羽伏見の戦の勝利以後、発言権を増した岩倉は、諸大名に対しても高圧的な態度をとっているという話――。

未だ藩論を決していない盛岡藩の加判役に対して、岩倉がどのような態度で接してくるか見当はついた。脅しをかけて『藩論を尊皇にすべし』と強硬に迫ってくるだろう。うまく答えをはぐらかし国許に持ち帰って協議すると逃げることはできるか？いざとなれば、『承知いたしました。国許に戻り、藩論を尊皇に決します』と空手形をうって引き揚げるか――。

「分かりました。よろしくお願いいたします」

佐渡は頭を下げた。

三

佐渡一行が京に到着し半月ほどが経った。その間に、仙台藩が奥羽鎮撫総督の九条道孝に押し切られ、会津に出兵したという知らせが入った。それでも、攻撃はせずに、米沢藩の代表らと共に会津に謝罪嘆願をさせるべく工作中だという。

佐渡は焦った。尊皇派の真意を探るなど悠長なことをしている場合ではない――。

しかし、自分はすでに国許から遠く離れた京へ来てしまっている。ならばおれが、こちらの尊皇派に働きかけて、会津への攻撃を中止してもらえるように嘆願するか――。

だが、それを主眼とすればどうしても下手に出ざるを得ず、その隙につけ込まれて尊皇派に藩論を定めよと迫られるだろう。

それから日を空けず、目時が西郷吉之助（隆盛）との面談の用意を調えたと告げた。

江戸城の無血開城を成し遂げた西郷は、京に戻ってきていて、すぐにでも会いたいと言ってきたのであった。

「貴殿は薩摩言葉を解するか?」

居室で向き合った目時に、佐渡は聞いた。

「はい……。以前、京におりました時に」

目時は慶応二年から先頃まで、京の藩邸に勤めていた。その間、薩長の尊皇派と親しく交友していたので、薩摩言葉、長州言葉には堪能であった。

「薩摩言葉を話せるのならば、おれに同道せよ。どうせ、会談が終わった後、どんな話をしたのか薩摩藩邸に確かめに行くのであろう? そしてそれを東次郎に伝える。それが貴殿の重要な役目ではないのか?」

目時はなんと答えていいのか分からない様子で、目を泳がせている。

「おれと西郷どのがなにを話したのか、その耳で聞き、目で見て東に伝えよ。長州の相手は誰になるのか分からぬが、その会談にも同道し、ちゃんと確かめるのだ。今、三戸どのが岩倉具視さまとの会談をお膳立てしている。それにもついてこい。薩長と太政官代がなにを考えているのかしっかりと見届けよ——。それで、西郷どのはどの藩邸に御座す?」

京の薩摩藩邸は三ヵ所にあった。洛中は御所の北の二本松（にほんまつ）と、四条近くの錦小路（にしきこうじ）。洛外は伏見である。また、薩摩藩士が定宿としている鍵屋（かぎや）という旅館が錦小路にあった。

「錦小路屋敷は蛤御門の変で、伏見屋敷は鳥羽伏見の戦で焼亡しております。また、鍵屋直助方では盛岡藩筆頭家老さまを迎えるには相応しくないということで、二本松の方にと」

「よし。では参ろう」

＊　＊

二人は丸太町橋を渡り、仙洞御所の横を北に歩いた。戎装の朝廷軍の兵と、襷に鉢巻き姿の京都守護の侍が御所の周囲を警備していた。双方、すれ違っても知らぬ顔である。

左に曲がって今出川通に入り、今出川御門の前で右に曲がる。細い堀に沿って少し進むと左手が薩摩屋敷であった。築地塀に囲まれた広大な敷地に、大きな瓦屋根の建物が九棟。幾つもの土蔵も建ち並んでいる。背後は相国寺の寺領であった。

戎装の兵が駆け寄ってきて身分と用件を訊ねた。目時が答えると、兵は佐渡には分からぬ言葉で何かひとこと言って、建物の方へ歩いて行った。

「ついてくるようにとのことでございます」

目時は言って、兵の後を追った。佐渡もそれに続く。

屋敷の中は人影もまばらであった。広い廊下がさらに広く感じられた。兵は奥まった座敷の襖の前にひざまずくと中に声をかけた。返事があり、兵は襖を開ける。佐渡と目時は廊下に座って、座敷の中の人物に頭を下げた。西洋式の軍服を着た偉丈夫であった。

「盛岡藩筆頭家老、楢山佐渡でございます。目時隆之進はご存じでございましょう」

そう言うと、佐渡は頭を上げて座敷に入り、西郷と向かい合った。

初めて会う西郷吉之助はこの年数え四十二歳。噂以上に大柄に見えた。

佐渡の挨拶に西郷が言葉を返した。佐渡には「西郷吉之助」という言葉だけ聞き取れた。

目時は佐渡の少し後ろに座った。

「通詞を頼むぞ」

佐渡は目時を振り返る。目時は肯いた。表情が強張って見えた。

「それがしは田舎者ゆえ、色々と伺いたいことがございます」

佐渡は慇懃に言う。

「なんなりと」

西郷は鷹揚に肯いた。

「それでは遠慮なく――。まずは朝廷軍の兵たちについてでございます。洛中を闊歩する戎装の兵たちは随分評判が悪いようでございますな。あちこちから噂が聞こえて参りますし、それがしも少々、嫌な思いをいたしました」

「失礼がありましたか。ならば、それがしが謝りましょう」西郷は頭を下げる。

「色々な決まり事がまだ定まっておりませぬゆえ。いずれ、落ち着いた後、規律を正そうと考えておりまする」

「それでは遅いと思いませぬか？　高い志をもっての討幕であるならば、なぜ末端の雑兵までそれを伝えぬのですか？　上意下達がうまくいっていないのか、それとも、雑兵らは上の者らを映す鏡であるのか。それがしには、食い詰めた侍らが、徳川に代わってうまい汁を吸おうと躍起になっているようにしか見えませぬ」

きつい言葉を吐いて、佐渡は西郷の出方を見た。

「盛岡藩の侍ばらはいかが？　一揆の多い国と聞き及んでおりますが。一揆とはすなわち、政への不満の爆発。一揆が多い国というだけで、武家と民百姓の関係が類推でき申す」

西郷は穏やかに答える。

「嘉永六年の大一揆以後、民百姓の思いを汲（く）むよう、教えております」

「一揆勢が仙台領へ押し寄せて、盛岡藩が赤恥をかいた一揆でございますな」

西郷もこちらの器を測っているのか――。佐渡は内心苦笑しながら答える。

「そのとおりでございます。その赤恥が骨身に染み、大改革を行いました。以後、一揆の数は減り申したが、それでも時々ございます。そんな時には、よく一揆勢の訴えを聞き、できる限りの要求に答えるようにしております――。四、五年前でございましょうか。薩摩は攘夷を叫ぶ裏で異国と抜荷（ぬけに）をしているという悪い評判が立っておりましたな」

抜荷とは密貿易のことである。

「抜荷をしていたのは確かでございます。それは、琉球を通して清国と行ったもの。欧米諸国との関係はございませぬ。よって、あの評判は的はずれでございます」

「抜荷は財政難の解決方法でございましたか。薩摩は米が三十万石しかとれぬのに、幕府は七十七万石の賦役を課したと聞き及んでおります」

「薩摩は砂糖と抜荷でなんとか生きながらえてきたのでござる」

「言ってみれば、このたびの討幕は民百姓の一揆と同じでございますな。一揆勢もなんとか金を工面して武器を揃えます。薩摩の武器は抜荷で工面したということでございますか」

「民百姓と同列に語られるのは心外なれど、分かりやすい喩えではござるな。しかし、百姓は明日食う米、遠くを見据えたとしても来年播く種籾を求めて一揆を起こしますが、我らは日本の当来を見ております」

「あちこちの官軍の兵を見れば、刹那的で百姓よりも始末におえぬと思えまするが——。まぁ、それでも、砲火を交えず江戸城を開城なされたのはお見事でございました」

　佐渡は話題を変えた。

「なにもかも、勝海舟どののお力です」

　西郷は第一次長州征伐のおりに勝海舟と会い説得されたことで、長州に対する強硬策を改め緩和策に切り替えたと、佐渡は聞いていた。西郷は、勝の見識と思慮の深さ、人としての器の大きさに感銘を受けたという。

「左様でございますか。そのお答えはいささか意外でございますな。わたしは貴殿を、力ずくで徳川をねじ伏せ滅ぼそうとしている男と思っておりましたから、『江戸を火の海にできずに残念』とでも仰せになるのではないかと考えておりました」

目時は訳すのを躊躇（ためら）った。しかし、二人から促され、渋々薩摩言葉に換えた。

　西郷は笑った。

「それがしも損得勘定はできまする。徳川家、佐幕派の諸藩は徹底的に叩きつぶさなければならぬと思っておりますが、降参している者を攻めるのは、国際法では違法であると英吉利（エゲレス）から横槍（よこやり）が入りまして」

「なるほど。諸外国にはそういう取り決めがありますか」

「それがしは、江戸が燃えては商売にならぬというのが本音ではないかと思いますがな。英吉利（エゲレス）にヘソを曲げられては、太政官代も困りますのでいたしかたなく」

「なるほど——。わたしが一番分からぬのはそこでございます。薩摩は英吉利（エゲレス）に海戦を挑みました。それが掌を返して英吉利（エゲレス）と手を結んでいるというのは、これはどうしたことでございましょう？　外国船を打ち払えという攘夷の思想はどこへ行ったのでございます？　なぜ攘夷が討幕にすり替わったのでございますか？」

「話せば長くなり申すゆえ、手短にお答えいたそう。薩英戦争とその後の講和の話し合いにおいて、文化についても軍事力についても、欧米は我が国の上を行くということを知りました。今のまま戦っても勝ち目はない。まずは欧米に追いつくことが必要。英吉利（エゲレス）と手を結んでおるのはそういうことでござる。また討幕は、旧態依然とした徳川の政では、いずれ我が国は欧米諸国に食い物にされることになるからでござる。それは不平等な条約を結んだことからも明らか」

「しかし、不平等ながら条約を結び開国したことで、薩摩は英吉利(エゲレス)と結べたのでございましょう。その開国を決めたのは井伊掃部頭さまで、西郷どのはその掃部頭さま排斥(はいせき)の企みをして御座しましたな。それなのに今はそのように英吉利(エゲレス)の恩恵に浴して御座す――」

佐渡は西郷の軍服を見る。

「――開国をして殺された井伊掃部頭さまは、死に損であったわけですな」

「あれは水戸どののなされたこと」

「だから薩摩には関係ないと? あの頃、尊皇攘夷を叫んでいた藩はすべて掌を返してしまわれた。そして今、攘夷の藩は掃部頭さまが開国したことで恩恵を得ております。洋式の軍服をまとい、外国から銃を買い、徳川を攻め立てておりますな」

口調は柔らかであったが、言葉は辛辣(しんらつ)であった。西郷はそれを黙って聞いている。

「掃部頭さまの開国は正しかったとお言いなさいませ」

佐渡は西郷を見つめながらゆっくりと言った。

「不平等な条約を結んだは、過ちでござろう。わが藩は、清国、朝鮮に対する開国は考えており申した。それよりなにより、井伊掃部頭さまの後を継いで彦根藩主になられた井伊直憲さまは、官軍におつきになられましたぞ。開国は正しくとも、徳川家は間違っているとお考えたのでございましょうな」

「そうやって論点をはぐらかしますか」佐渡は首を振った。「徳川は開国を決めた時点で政の舵切りをいたしました。そのまま任せておいても、維新は成った。そして、これほど国を混乱させることもなかったことでございましょう。今の薩長は、歪な形でそれを引き継いでいるだけではございませぬか？　――ともかく、掃部頭さまの開国は正しかったとお言いなさいませ。政治を司る者は、非を認め、反省の弁を述べなければならぬとわたしは思います」

「それでは従ってきた者たちに離反されます。政を司る者は強くなければなりませぬ」

西郷は答える。

「だから、大政を奉還してしまった徳川家は滅ぼしてしまわなければならぬというわけでございますか。薩摩、長州よりも強大な者は存在してはならぬと」

「徳川家は、まだ政を支配することを諦めてはおりませぬ。徳川では新しい世を作ることはできませぬ。残念ながら、我が国は弱い。うかうかしていれば欧米の列強に食い尽くされてしまいましょう。その前に、疾く、疾く列強に対抗できる新しい世を作らなければならぬのです。そのためには荒っぽいことも辞さぬ――。そういうことでございます」

「貴殿のお考えになる新しい世とはどういうものでございますか？　日本の当来を見て御座すというお話でございましたが、その明確なる姿をお話しくださいませ」

「地面を均さなければ家は建ちませぬ」

「地均しの段階では、その上にできる新しい世を見せることはできぬと仰せられる。ならば絵図面をお見せいただきたい。家を建てるならば、なによりも先に図面を引きましょう」

「それがしの考えならばお話し申そう」

「それはつまり、太政官代としての絵図面は引けておらぬということですな?」

「様々な意見があり申す」

「議論百出なので、土地を均してから絵図面を引くのだということでございますか。泥棒を捕らえてから縄を綯うようなものでございますな。太政官代の意見がまとまっておらぬのに、諸藩には勤皇か佐幕か明確にせよと仰せられる」

「土地を均すためでござる」西郷はきっぱりと言った。

「それで、盛岡藩の藩論は佐幕でござろうか? 尊皇でござろうか?」

「その前にもう一つ」佐渡は言って身を乗り出す。

「会津のことでございます」

「三月二十七日に仙台藩はおよそ千人の兵を会津に向かわせました」

その知らせは受けていたので、佐渡は驚かなかったが──。

「盛岡藩へは四月七日、総督府からの命令が届いています」

という言葉に衝撃を受けた。

「国許からの知らせはまだありませんかな?」

西郷は静かに訊いた。

「まだでございます……」

盛岡を出る前に、佐渡は三軍を調えていた。もし、すぐにその命令に応じていれば、その軍が派遣されたに違いない。

「今朝の奥羽鎮撫府からの知らせによれば、貴殿が調えた三軍のうち一軍を率いて、大目付の澤田斉どのが米沢街道から会津の国境に出陣なさって御座す。澤田どのには四月十一日に錦旗が貸し渡されたとのこと」

西郷は一度言葉を切り、佐渡をじっと見つめながら訊いた。

「庄内はよろしいのでござろうか?」

西郷の問いに、佐渡の背筋は寒くなった。

「庄内討伐の命令も下されたのでございますか?」

「四月十日に。久保田藩と弘前藩に討伐を命じました」

「どのような理由で庄内を——」

「貴殿はおそらく、蛤御門の変や薩摩屋敷の焼き打ちの恨みで、薩長は会津、庄内を滅ぼそうとしていると考えて御座そうが——。会津の松平容保侯は、旧幕派の首魁。謹慎とは名ばかりでございます。庄内藩は江戸市中の守護を任されておりましたが、お役御免となりました。守護に当たっていた軍への褒賞として、徳川は最上の天領を与えたとのこと」

「天領であれば、徳川家の領地でありましょう」

「徳川家の領地であろうと、総督府の許し無く与えるのは許されませぬ」

西郷の言葉に佐渡は歯がみする。

「そのように自分たちに都合のよい解釈をして他者を陥れるのは――」

「それは徳川も同じでございましょう。また、盛岡藩も民百姓に対して同じことを行ってきたのではございませぬか？」

「しかし、長州藩は御所に弓を射かけ、二度にわたる征伐の命令を発せられながらも――」

「長州が許されたのだから、会津も庄内も許せと？　徳川は恭順の意を示したから総攻撃を免れもうした。会津と庄内もそうなさればよい。武器もそのままに、城からも出ず恭順していると言われても、信用できませぬな」

確かに会津は武装したまま。庄内も豪商本間（ほんま）家の協力で、大量のスナイドル銃を用意しているという話が聞こえていた。

「また、会津と庄内は孛漏生（プロイセン）と結び、蝦夷地の譲渡を条件に味方するよう交渉しているらしゅうございます。売国奴と誹（そし）られようと仕方なしとそれがしは思うが、いかが？」

プロイセンとは現在のドイツ北東部の国である。佐渡は言葉を失った。会津と庄内がプロイセンとそのような密約を交わそうとしていることは知らなかった。

「──それで、盛岡はどうなさいます？」

西郷の問いに、佐渡は二、三度大きく呼吸して気を落ち着かせた。

「尊皇の思いも佐幕の思いもございます。その折衷を模索したいと思っております」

「なるほど」西郷は溜息（ためいき）をついた。

「目時どのからは、長州の者とも話をしたいと伺っております。桂小五郎（かつらこごろう）に面談の約束を取り付けてありますゆえ、存分にお話しめされ」

「そのようにいたしましょう」

「世の趨勢（すうせい）は新政府に傾いております。そのことをよくお考えになられるように。新しい世に生き延びることが第一でございましょう」

「どのように生き延びるかが大切でございます」

佐渡は一礼して座敷を辞した。

目時は西郷となにか話していたが、玄関で佐渡に追いついた。

「西郷どのは怒って御座したか？」

佐渡は外に出ながら訊いた。

「怒っては御座しませんでしたが、楢山さま、あのようにずけずけと仰せられるのは無礼でございましょう」

「あの程度で怒るのならば大した器ではない。で、桂小五郎どのとはいつ面談ができる？」

「――確かめて参ります。ご面談の際には、くれぐれもお言葉にお気をつけくださいませ」

目時は怒ったような顔をして一礼すると、走り出した。

佐渡は目時を見送りながら、腕組みをしてゆっくりと歩き出した。

＊　＊

その日遅く、盛岡から飛脚が訪れ、書状を佐渡に届けた。内容は、昼間に西郷から聞いた話と同様であったが、幾つか新しい話も記されていた。

仙台藩による会津の説得は失敗した。四月十日に会津と庄内は会合し、会庄同盟を結成。会庄同盟は、米沢藩、仙台藩にも同盟に加わるよう求めている――。

いよいよ、仙台藩の但木土佐の構想している、陸奥、出羽諸国の同盟を実現させるべき時であろう。新政府と対等に交渉ができる力をもつ組織の誕生が、陸奥、出羽に戦火が広がることを防ぐのだ。佐渡は、自分が京にいることがもどかしかった。

＊　＊

京で佐渡と西郷吉之助が会談した日より数日前の四月十四日。奥羽総督府副総督の澤(さわ)為量(ためかず)は参謀の大山格之助(おおやまかくのすけ)と共に庄内藩討伐のために出羽へ出陣した。澤はこの年数え五十七歳。大山は四十四歳である。

国境に駐屯していた盛岡藩先軍銃兵一大隊に、米沢街道から会津に入るよう命令が下った。大将の澤田斉は同月二十四日に隊を岩沼(いわぬま)まで進めた。

そしてこの日から、奥羽総督府からの混乱した命令によって、盛岡藩軍は振り回されることになる。

同日。関東街道に賊軍が侵攻してきたので、軍を白河へ進めよとの命令が届き、直ちに番頭の桜庭愛橘を大将にした二番隊四百人が出陣した。

同日、薩長、天童藩などの官軍が庄内藩清川村を攻撃した。庄内軍は果敢に応戦し、勝利した。

二十八日、番頭の奥瀬伊左衛門を大将に三番隊四百人が盛岡を発した。これで佐渡が調えた三軍はすべて盛岡を出たのだった。

二十九日、仙台領刈田郡関宿において、会津藩と仙台藩、米沢藩の家老らが集まって会津藩の嘆願についての話し合いが持たれた。

「開城し、藩主は城を出て謹慎。鳥羽伏見の戦いの首謀者の首級を差し出すことにいたしましょう」

仙台藩の奉行（家老）但木土佐はそのように提案したが、会津藩の家老梶原平馬は首を振った。

「忠義の者たちの首を斬るわけにはいきもうさん。そのようなことをするくらいであれば、官軍と戦い城を枕に討ち死にいたします」

「本気でそのようにお思いか？」但木は眉間に皺を寄せて梶原を睨んだ。

「今は、武士の面子を云々している場合ではございませぬぞ。国が亡べば、多くの侍が路頭に迷い、民百姓も戦によって耕地は荒らされ、そのうえ新しい領主の下で苦しみましょう」

「いたしかたなし」

梶原は食いしばった歯の間から声を絞り出した。

「会津が戦うは、奥羽の兵なのですぞ」

但木の言葉に梶原ははっとした顔になる。

「会津が謝罪、降伏を拒めば、奥羽諸藩がその討伐を命ぜられることになりましょう。我らの手は同朋の血に染まるのでございます――。ここは、一時の恥辱を堪えなされませ。事態が落ち着いたところで、公明正大に、正式な裁きをしていただきましょう。鳥羽伏見の戦は、薩長が奸計を用いて引き起こしたものでございますれば」

「一時の恥辱か……」

「会津の侍であれば、国難を回避するために喜んで己の首を差し出す者もおりましょう」

「うむ……」

「理不尽は承知。しかし、奢る薩長に言葉は通じませぬ」

「分かり申した……」

梶原は項垂れて、主君松平容保にその旨報告するために会津に戻ったのだった。

＊　　＊

閏四月三日。奥羽鎮撫総督府の武家の参謀、世良修蔵は、会津国境の戦線にいて、歯がみをしていた。

世良はこの年数え三十四歳。長州藩士である。春に仙台藩主伊達慶邦が榴ヶ岡で催した花見に招かれ、「陸奥に　桜狩りして　思ふかな　花散らぬ間に　軍せばやと」と歌を詠み、仙台藩士らの顰蹙を買った。

世良は若い頃に江戸の〈三計塾〉の塾頭を務めたほどの英才であったが、仙台藩では藩の重臣らにも官軍の参謀であることを笠に着て暴言を吐き、すこぶる評判が悪く、「世良討つべし」の声も多かった。

世良の態度には理由があった。

公家の参謀である醍醐忠敬と共に仙台、米沢藩兵を指揮していたのだが、まるで戦果があがらなかったからである。醍醐はこの年数え二十歳の若者であった。

両藩兵の志気がまったくあがらない。いや、戦う気がないのである。形ばかり鉄砲を撃ち敵を逃がし、また、敵が撃ってくればすぐに退却する。

仙台と米沢は会津と連んでいる——。

世良は両藩兵たちを叱りとばし、見せしめのために厳しい罰を与えたが、ますます兵たちの動きは鈍くなっていく。

世良と藩兵たち双方の心に憎しみの澱が積もっていった。

奥羽の藩兵を使っても埒があかない。信用できるのは、たった三百五十人という弱小な鎮撫府軍のみ。

世良は、そう判断して大総督府に宇都宮に駐屯する東山軍を白河まで進めて奥羽の戦いに加勢するよう求めた。白河は南から会津を攻めるための重要な拠点である。

しかし、宇都宮からの撤退を決めていた大総督府は世良の要求を蹴ったのであった。

世良は自らが白河へ行かなければならないと決心した。

四

閏四月四日。仙台藩、米沢藩より奥羽諸藩に書状が届いた。

会津藩主松平容保の家臣が両藩を訪れ、奥羽鎮撫総督府への謝罪嘆願を仲立ちして欲しいと依頼した。その件について衆議を尽くそうと思うので、白石城に参集願いたいというのである。後に白石列藩会議と呼ばれる衆議の招集である。

またこの日、清川口を攻められた報復として、出羽国天童で庄内、米沢の連合軍と官軍が戦った。連合軍によって天童城と城下町の半分が焼かれた。

盛岡藩軍は、二番隊が仙台領富谷町に進み、三番隊は仙台領水沢町まで進んだが――。

同月八日。総督府からの命令が変更になり、一番隊は二本松、郡山を越えて南下し、須賀川と滑川の駅に駐屯することとなった。

同月五日。世良は仙台藩兵の三小隊を率い、小峰城（白河城）へ移った。白河には二本松藩の兵二百人がおり、それにさらに三春藩の兵を増員した。そして本営を白河に移すべく、総督の九条に伝令を向かわせた。

奥羽の藩はすべて会津、庄内の味方であり、今は総督府に従っているように見せていても、いつ牙を剝くか分かったものではない。

その場合、本営が仙台にあれば周りを敵に取り囲まれる。しかし、奥羽の南端の白河であれば、退路も確保しやすい――。

世良はそう考えたのであった。

＊　＊

同月六日。江幡五郎は、白石列藩会議に出席するために盛岡を出て仙台領白石に入った。五郎はこの年の二月に御目付格となっていた。

五郎は白石城の一室で奥羽諸藩への書状をしたためた。

「朝廷は、薩長に騙されている――」

五郎は元もと尊皇攘夷の人であったが、薩長による討幕には強い疑問を持ち始めていた。薩長の本音は、徳川を倒して自分たちが後がまに座ろうというものではないのか？

薩摩の、徳川を滅亡させようとする意志の苛烈さは、まさにそうとしか考えられない。

長州は師である吉田松陰の故郷ではあるが、度重なる掌返しを見ればもはや信用ができぬ。五郎は書状に薩長を〈餓虎〉に例えて記した。

「朝廷は軍を持たぬゆえ、新しい世を作るためには先に手を上げた薩長に頼るしかない」

五郎は歯がみしながら筆を走らせる。

会津の重臣らには、『飢えた虎のごとき薩長なれど、今しばらくは二藩の為すに任せるしかない。遠からず朝命をもって二藩を打ち破るのでそれまで耐えてほしい』という内容の書状を書き、奥羽諸藩には、『会津に着せられた逆賊の汚名を雪ぎ、本当の奸賊は薩長であることを朝廷に知らしめ、奥羽の兵をもって薩長を討つ』という趣旨をしたためた。

「しかし、武力の行使は世の大事の解決法に非ず――」

呟きながら、五郎はふと昔のことを思い出した。

五郎は苦笑しながら筆を止めた。

「変われば変わるものだなぁ……」

薩長の維新は、真の維新たりえない。

なぜなら、そこに侍の私怨、私利私欲が関わっているからである。そして、薩長が作るのは侍のための世である。民百姓はその余禄にあずかるだけなのだ――。

新しい世では侍、武士という呼び名は消えているかもしれない。しかし、侍は名を変えて世の中の上に居座るに違いない。

五郎は急に、楢山佐渡と酒を酌み交わしたくなった。佐渡ならばきっとおれの話に大いに肯いてくれるに違いない。

五郎は、書きかけの書状を脇に置いて、自分の思いを熱く語った手紙を綴った。

＊　＊

同月八日。京ではその日から三日間、新撰組局長近藤勇の首が三条河原に晒された。

同月十日。奥羽鎮撫総督の九条は、庄内で戦闘を繰り広げていた副総督の澤為量から至急の増援を求められた。九条は白河行きを中止。ただちに仙台藩兵を庄内に向かわせ、盛岡一番隊にも庄内への出陣を命じた。

五

同月十一日、白石城の御仮屋で白石列藩会議が開かれた。

参加した藩は、仙台、米沢をはじめ盛岡藩も含めて十四藩にのぼった。

盛岡藩からは用人野々村真澄も駆けつけて、江帾五郎と共に参加した。野々村は先頃までの江戸勤番で、一月十八日に老中から鳥羽伏見の戦いで幕府軍が惨敗したことを知らされた男である。

評定では会津の謝罪、嘆願についての話し合いが行われ、関宿で会津藩家老の梶原平馬に提案したとおりの案で進めることに決した。奥羽鎮撫総督の九条は岩沼に出陣していたので、翌十二日、仙台藩主、米沢藩主は揃って陣に赴き嘆願書を提出した。

九条は公卿で、身分は高いものの戦には疎い。飾り物の総督であった。それは、副総督の澤為量、参謀の醍醐忠敬も同様であった。

戦いをせずに済むなら、それに越したことはない。それが三人の思いである。

内容を見れば謝罪と降伏であり、その条件も、妥当といえた。

九条は嘆願書を受理し、その旨を澤副総督と醍醐参謀、そして白河の世良修蔵に伝えた。

世良は早馬で届けられた九条の書状を見るなり激怒し、「松平容保の処分はすでに死謝と決している。嘆願書は却下すべし」と、強硬な案を岩沼の九条に書き送った。

＊　＊

その日、総督府より羽檄使（うげきし）の鮫島忠左衛門（さめじまちゅうざえもん）が盛岡一番隊を訪れ、錦旗を渡し「庄内藩が会津と共に叛乱（はんらん）を謀っているので、軍を還（かえ）して庄内に攻入せよ」と命令した。

整然と並ぶ盛岡兵の周りには、だらしなく地面に座り込む薩長の兵たちがいた。見知らぬ土地をあちこち引きずり回されて、すっかり志気が落ちていたのである。京や江戸で奢侈（しゃし）を覚えてしまった兵たちはなおさらであった。

「我が盛岡藩は、鎌倉に幕府があった世より、同じ領地を統治している――」

「それは薩摩も同じだ」

盛岡言葉を解する薩摩兵が野次を飛ばした。

澤田はそれを無視して続けた。

「我らはその誇りに恥じぬ動きをせねばならぬ」

江戸薩摩藩邸に放火した庄内藩への私怨を晴らすための戦――。盛岡藩士たちはこの行軍をそうとらえていた。

もし噂どおり、江戸城二ノ丸の火災が薩摩の手の者による放火であったとしても、庄内藩士たちの薩摩藩邸焼き打ちは軽挙であったと思う。

しかし、その恨みをすり替えて庄内を逆賊とするやり口は許せない。だが、薩長の軍は錦旗を掲げる官軍である。その命令に逆らうことはすなわち、帝に叛逆することである。

そういう葛藤があって、実のところ志気は盛岡藩士の方がずっと低かったのである。

澤田は、藩士たちの誇りに訴えることで弛みがちになる気持ちを鼓舞した。

「百姓どもに脅されてへっぴり腰になっている田舎侍らの誇りなどたかが知れておるぞ」

盛岡藩の一揆勢への対応を知っているらしい長州兵がからかう。

盛岡兵たちの表情がさっと変わったのを見て、澤田は続けた。

「なにがあっても心を乱すな。油断をするな。お前たちの一挙手一投足を見て、人は盛岡藩をこういうものかと判断する。さすが盛岡武者よと呼ばれる行動をせよ。どのような苦難も耐えて切り抜けよ！」

「応っ！」

四百の声が轟いた。

早く嘆願書を出してくれ。このままでは庄内を討つことになる――。

澤田は強く願いながら進軍の合図を出した。

盛岡一番隊は、一糸乱れぬ隊列で動き始めた。その時の盛岡藩の機敏な動きに対して、長州藩軍が総督府へ提出した書簡の中に、『盛岡藩の行軍は、長州軍の及ぶところではない』と賞賛の一文がしたためられている。

＊　＊

九条は世良からの書状を受け取って困り果てた。奥羽鎮撫総督という立場ではあったが、実質の指揮権は世良と、同じく武家の参謀の大山が握っている。九条は嘆願書を受理はしたが、結論は先送りという状況が数日続いた。

しかし十五日。会津藩主松平容保から、「徳川家のご家名の成り行きを見届けるまで謝罪仕らぬ覚悟」という内容の書状が総督府に届いた。その知らせに世良は激昂し、公卿三人、そして澤も、「これではいたしかたなし」として嘆願書却下に賛同した。

十九日。会戦を防ぐ最後の望みであった嘆願書は却下された。

＊　＊

仙台、米沢藩主は急いで白石にその結果を持ち帰り、夕刻から評定が行われた。

御仮屋の広敷（ひろしき）には、新たに幾つかの藩の代表の顔があった。

その中に、久保田藩主佐竹義堯（さたけよしたか）がいた。この年、数え四十四歳。複雑な思いを抱いての出席であった。久保田藩では平田篤胤（ひらたあつたね）の思想を信奉する尊皇派の藩士が奥羽鎮撫総督府への協力を強く主張している。しかし、重臣たちにはまだ佐幕派の者たちも多い。義堯自身は、徳川家への報恩の思いはあるものの、当代の慶喜には恨みもある。

久保田藩は幕府から何度か京の警護を命じられていた。そのたびに財源確保のために藩札の発行や御用米の調達を行い、財政を圧迫させた。それだけならば、二十万石の大名として当然の義務として納得できた。ところが、一昨年、江戸で病床に伏していたところに京警護の命令が下された。その年の久保田藩は凶作で、その対策のために領地に戻る願いを出したが、却下された。領民は飢饉に苦しみ、藩士たちはその対策のために駆け回っているというのに、自分は江戸から出ることもできない――。その思いは義堯の病を悪化させた。

幕府は自らの立場を守るために諸藩を将棋の駒のように使っている。そのうえ、京での戦が劣勢になると、慶喜は諸藩の軍をほったらかしにしてさっさと江戸に逃げ帰った。

そして、江戸が焼かれるかもしれないと知ると、即座に城を明け渡した。

それが、天下の上に立つ者のすることか？

だが、薩長が私怨を大義にすり替えて、錦旗を翻しながら奥羽の国を蹂躙するのは許し難い――。仙台藩は、奥羽の諸藩が手を結び、薩長の偽りの尊皇による蹂躙を防がなければならないと言う。確かにそのとおりだとも思う。

会津と庄内は同盟を結び、あくまでも鎮撫総督府に抗しようとしている。そして会津は、謝罪嘆願を拒否した。それは武家としての一つの考え方であろう。

それでも、藩主ならば、まずは領民のことを考えなければならない。
「庄内藩士による薩摩の江戸藩邸焼き打ちは――」義堯は口を開いた。「庄内と薩摩の私闘でございます。薩摩が官軍だからといって、庄内が朝廷に弓を引いたことにはなりませぬ。これについては、はっきりと太政官に申し上げ、正式な御沙汰を待つのがよろしかろうと存ずる。会津は自らの道を選び、庄内は太政官の沙汰待ち。ならば、農業の時節でございますので、総督府に申し上げ、解兵してはいかがかと存ずる」

義堯の提案に、賛意の声があちこちから上がった。

＊　　＊

世良修蔵は、ある決心をもって配下の長州藩士勝見善太郎を供として白河を出て、奥羽鎮撫総督の九条のいる岩沼に向かった。

北上する途中、福島で日が暮れてきたので、以前三日ほど逗留したことのある金沢屋という旅籠(はたご)に入った。宿の者たちは世良を覚えていて、すぐに以前世良が使った、母屋の北側に建つ土蔵造りの二階屋に案内した。

世良は二階奥の座敷に入ると、番頭に福島藩士鈴木六太郎を呼ぶよう頼んだ。

鈴木六太郎は、福島藩より世良の使い番の役を与えられていた。福島藩は白石列藩会議に参加しており、間もなく発足する奥羽越列藩同盟にも加盟するのだが、奥羽鎮撫総督府の命令に面と向かって逆らうわけにもいかず、参謀の世良に便宜をはかっているのであった。

世良は部屋に引き籠もって書状をしたためた。

ほどなく鈴木が杉沢と遠藤という二人の侍を引き連れて世良の部屋を訪れた。

世良は文机の書状を隠すようにまとめると、三人の福島藩士に向かって座り直した。

「新庄藩まで、書状を届けてもらいたい」

「新庄藩と仰せられますと――。澤副総督さま宛でございますか?」

鈴木が訊く。

「いや。参謀の大山宛だ。仙台、米沢藩の者らに悟られぬよう、行けるか?」

「つまり密書ということで?」

杉沢が強張った表情で声をひそめた。

「そうだ。誰か相応しい者をここへよこしてくれ。子の下刻頃がよい」

子の下刻とは、午前一時頃である。

三人は困ったような顔を見合わせる。

この者たちもまた、奥羽諸藩につくか、鎮撫総督府につくか迷っているのか――。

世良は人選を誤ったかもしれないと後悔したが、官軍の兵はこの辺りの地理に暗い。

戸惑いながらもこちら側についた福島の者に頼るしかないのだった。

「承知いたしました。足の速い、裏道に通じた者を連れてまいりましょう」

鈴木は言って一礼し、杉沢、遠藤と共に部屋を辞した。

世良は書状の続きを書き始めた。

『――会津攻めは遅々として進まない。それは、仙台と米沢が会津と連んでいるからである。今、白石には十四の藩の家老らが集まっている。和平交渉のためと称しているが、これは謀叛を起こすための準備に違いない。奥羽はすべて敵と考えるべきだ。自分はこれから九条総督の許しを得て江戸へ向かい、大総督府と協議して、援軍を率いて戻ってくるつもりである――』

世良は自分が戻ってくるまでの戦略を記すと、墨が乾くのを待って奉書紙に包んだ。

それを手文庫の中に納めると、金沢屋の番頭を呼んで、

「明日は明け六ツに出立するので、人足の手配をしてくれ」

と頼んだ。明け六ツとは、午前六時頃である。

「それから――」と世良は夕食の時に遊女を一人呼ぶように注文した。以前泊まった時にも呼んだ遊女である。

そして子の下刻――。

遊女と同衾していた世良は、廊下からの番頭の声で目を覚ました。

「世良さま。世良さま。鈴木さまがいらして御座します」

寝ている遊女を起こさないように布団を抜け出した世良は手文庫から書状を取りだして、寝間着のまま廊下に出た。

番頭に案内された一階の小部屋には、鈴木と一人の若い侍が座っていた。若い侍は裁

付袴に襷掛け。鉢巻きを締めている。脇に柄袋をかけた脇差一本を置いている。遠駆けの装束であった。

「誰にも気づかれなかったであろうな?」

世良は訊いた。

「裏道、裏道と進みましたゆえ」鈴木は答える。

「この男、領内でも一、二をあらそう健脚でございます」

世良は肯いて若い侍に書状を手渡した。

「仙台、米沢の者には絶対に知られるな。もし追われることがあれば、書状はすぐに燃やせ」

世良が差し出した書状を押し戴き、若い侍は緊張の面もちで「かしこまってございます」と言った。

鈴木と若い侍が宿を出ると、世良は階段を上って部屋に戻り、遊女の横に潜り込んだ。

＊　＊

丑の刻(午前二時頃)。

荒々しい足音に、世良は目覚めた。

枕元に置いた拳銃に手を伸ばす。

ばっと襖が引き開けられ、龕灯の灯りが目を射た。

隣で寝ていた遊女が悲鳴を上げて跳び起きた。

世良は銃口を龕灯を持つ男に向けた。

「短筒だ!」

男は叫ぶ。声が裏返っている。

背後に立つ五、六人の人影が数歩後ずさる。手に脇差が光っていた。

世良は撃鉄を引く。

撃針が落ちて弾の尻を叩く音が響く。

不発である。

世良は慌てて続けざまに引き金を引くが、胴輪が回って撃鉄が空撃ちするばかりで弾は出ない。

賊は、拳銃が使い物にならないことを知ると、雄叫(おたけ)びを上げて部屋に踏み込んだ。

世良は布団を賊に向けて投げつけ、窓へ走った。障子に体当たりをする。

障子と雨戸を弾(はじ)き飛ばして、世良の体は宙を舞った。同時に隣室の窓から配下の勝見善太郎が飛び出た。

世良は庭石にしたたかに頭を打ち付け、地面に転がった。

勝見は着地と同時に足首を捻(ひね)り、叫び声を上げたが、足を引きずりながら世良に駆け寄った。

大の字になった世良は頭部から激しく出血していた。

「世良さま!」

勝見は世良の体を揺すった。

世良は薄く目を開けたが、返事はない。

表の方から賊たちが駆け寄せてくる足音がした。

勝見は立ち上がって逃げ道を探す。裏木戸を見つけてそちらに走る。足首が激しく痛んだ。

裏庭に駆け込んだ賊たちが二手に分かれ、五人が勝見を囲み、あっさりと両腕をとらえて縛り上げた。

世良を囲んだのは六人であった。

世良はぼんやりとその者たちを見回す。

自分の身になにが起こったのか思い出せなかった。頭が激しく痛んだ。

「これが世良か？」

一人が訊いた。

「確かに」

と答えた声に聞き覚えがあった。

鈴木六太郎――。

鈴木。医者を呼んでくれ――。

世良は唇を動かしたが、出るのは呻き声ばかりだった。

自分を見下ろす五人の中に、鈴木が連れてきた遠藤と杉沢と名乗った侍の姿も見えた。

杉沢がしゃがみ込んで、

「これは仙台までは保ちませんな」

と言った。

「では福島で素っ首を落としてやりましょう」

遠藤の声である。

鈴木がしゃがみ込んで世良の頭に手拭いを巻き、止血をする。

「瀬上どの。いかがいたします？」

瀬上――。世良はその名に覚えがあった。仙台藩の軍監である。

仙台と福島も連んでいたか――。

「阿武隈川の畔まで運べ。そこで首を斬ろう」

「承知」

鈴木は世良の体を担ぎ上げた。

頭の傷が痛み、世良は呻いた。抗おうとしたが、体は動かない。

鈴木が歩き始め、その体が揺れるたびに頭に激痛が走った。

そして世良の意識は途切れた。

＊　＊

翌二十日。白石城の御仮屋で評定が行われた。

諸藩の代表が集まっているというのに、仙台藩の但木土佐の姿だけが見あたらなかった。

広敷がざわつき始めた時、但木は白い布包みを抱えて現れた。

その形状を見て、諸藩の代表たちの表情が強張った。

但木は自分の席に着くと、布包みを前に置いた。

「世良参謀の首級にござる」

代表たちがどっとどよめいた。歓喜の声が多い中、佐竹義堯と江幡五郎ばかりは顔から血の気が引くのを感じていた。

「誰がそのようなことを?」

先に口を開いたのは義堯であった。

「福島藩と我が藩の侍でございます」

但木の言葉に、福島藩の家老は満足げに肯いている。仙台藩同様、世良の傍若無人な振る舞いに辟易(へきえき)していたのである。

「奥羽鎮撫総督府の参謀を討ったとなれば――」江幡五郎が言った。

「これは、謀叛にございますぞ」

「これもまた私闘にござる」但木は静かな口調で言った。

「今朝の評定は、九条総督の岩沼より白河へのご転陣についての件。昨夜、新庄表より急な出兵の要請があり、澤副総督を米沢にお送り申し上げることになった件など様々ございますが、世良参謀殺害の件を踏まえ、今後の奥羽諸藩の身の振り方なども話し合わなければなりませぬな。本日、会津藩が小峰城（白河城）を攻撃するとの話も聞こえておりますれば」

広敷は再びざわめいた。五郎は唇を噛んだ。もしかしたら、傍若無人の世良修蔵を参謀として奥羽に送り込んだのは、こうなることを見越しての罠であったかもしれないと五郎は思った。あるいは世良が命を賭して芝居を打ったのかもしれない。

いずれにしろ、奥羽は引き返すことのできぬ急坂を転がり始めた。楢山佐渡の帰藩を待たずに、盛岡藩は尊皇か佐幕かの態度を決めなければならないだろう――。

翌二十一日。野々村真澄は白石列藩会議の報告をするため白石城を出て盛岡へ向かった。

同日。官軍の鮫島忠左衛門が斬殺された。盛岡一番隊に庄内への侵攻を命じた男である。

同日。白石列藩会議は鎮撫総督府に解兵届けを提出した。

六

閏四月の下旬、楢山佐渡は桂小五郎に招かれて東山のとある料理屋を訪ねた。

桂からの書状には『一之船入町の長州藩邸は蛤御門の変のおりに長州藩士自らが火を放ち焼亡。伏見藩邸は鳥羽伏見の戦で彦根藩の砲撃を受け焼失した。そのために、小体な料理屋ですまないが――』と詫びが記されていた。

供は目時隆之進である。小五郎は江戸に剣術の留学をしたことがあって江戸言葉を話すというので通詞の必要はなかったが、尊皇派の目時も同行させなければ、帰藩後に行われる藩論決定の評定が公正にならないという判断である。

通された座敷で佐渡を待っていたのは、総髪を綺麗に結った大柄な男であった。

この年、桂小五郎は数え三十六歳。佐渡よりも二歳下で、新政府の総裁局顧問を務めている。政に関する最終的な決定をする立場であった。

「君はかなりやるな」

桂は佐渡を見るなり刀を素振りする真似をしながらくだけた口調で言った。

「稽古には励みましたが、なかなか上達いたしません」

佐渡は小五郎に向かい合って座る。目時は少し後ろに控えた。

「桂小五郎さまでよろしゅうございますか？」

佐渡は確かめた。桂は佐幕派に命を狙われて潜伏していた時代、何度も改名していたと聞いていたからである。

「いや」桂は首を振った。

「先日、帰藩したおりに、名前を賜った。今は木戸貫治と名乗っている。ちょっと用事ができて京へ戻ってきたんだが、すぐに戻らなければならない。今日しか暇がなくてな」

桂小五郎改め木戸貫治は佐渡の体をじろじろと見る。

「なに流だ？」

「戸田一心流でございます。名ばかりの免許皆伝でございます」

「そうか。すごいな。僕は柳生新陰流と神道無念流だ」

佐渡は〝僕〟という言葉で木戸の師が誰であるか知った。

「吉田松陰どのの門下でございましたか」

松陰門下の者たちは自分を〝僕〟と呼ぶ。

「ああ。学問の方はね。剣術は内藤作兵衛先生と斎藤新太郎先生だ」

「確か神道無念流は免許皆伝でございましたな」

女中が膳を運んできて、話が中断した。

木戸は「手酌でいこう」と、自分の杯に酒を注いだ。佐渡と目時もそれに倣う。

「入門して一年で塾頭になった」

木戸は無邪気に言う。

「それほどの腕前であるのに、敵に襲われると刀も抜かずに遁走すると聞いております」

佐渡は辛辣に言った。

木戸はばつの悪そうな顔をして頭を掻く。

「木剣や竹刀ならば人を叩けるが、刀で斬るのは好かない。戦わずにすむなら、それにこしたことはない」

「ならば、会津、庄内をお許しくださいませ」

「単刀直入だな」木戸は苦笑する。

「だが、それはできぬ相談だ」

「なぜです？　長州は一度朝敵になったものの、今は許されているではありませんか」

「会津が小峰城（白河城）を攻めた話は聞いたか？」

「いえ……」

佐渡は顔から血の気が引いていくのを感じた。会津藩主松平容保が謝罪を拒否したことと、奥羽鎮撫総督府が奥羽の列藩が提出した嘆願書を却下した話は届いていたが、なんとか説得が続いているものと思っていた。

「今月の二十日だ。官軍が詰めていたんだが、そこを急襲して占領してしまった。庄内は清川口や天童で官軍と戦っている。それに対する謝罪も降伏もするつもりはないようだ。そんな状況では許そうにも許せないさ――。長州は久坂玄瑞（くさかげんずい）ら一部の過激な若い者たちが戦を起こしてしまったから言い訳はつく。だが会津は駄目だ。藩主があういうことを言ってはまずい。それに、世良参謀を殺してしまったからな。長州とか薩摩の兵士ならともかく、参謀だからな。まずい、まずい」

「では――」佐渡は気を取り直し、話題を変える。

「長州の尊皇攘夷についてお伺いしとうございます」

「藩論を決定するための参考にするのか？　長州藩にも色々言う奴がいるからな。総裁局顧問としての考えでいいか？」

「はい。それで構いませぬ」

「先日、版図と戸籍を帝にお返し申す版籍奉還の建白書を出したんだが、却下された」

版図とは領地。戸籍とは領民を意味した。

「領地を帝に奉還するとなると、領主はどうなるのでございますか？」

「藩主から知藩事と呼び名が変わる——。もっとも、いずれ世襲制はなくなるがな」

「それでは、藩士らはどうなります？」

「少しは残るが、多くは暇を出されるだろう。残った者も、知藩事の家臣ではなく、帝の臣下となる。将軍と大名、旗本。藩主と藩士の主従関係は消えて無くなる」

「民百姓はどうなります？」

「うーん」と木戸は腕組みし、苦い顔になる。

「そこまで手は回らない。新しい国の骨組みを作るだけで精一杯だ。民百姓のことはとりあえず今までどおり。新しい国が落ち着いたら少しずつ考える」

明治政府の初期の地方自治は、江戸時代のそれを引き継いだ形で進められた。それは、木戸の言うとおり明治政府は政治体制を整えることで手一杯であったということもあるが、勝海舟、福沢諭吉らも、当時の共同体の仕組みを評価し、従来のままで十分という考えであったのだった。

「広く会議を興し、万機公論に決すべし。上下心を一にして、さかんに経綸を行うべし。政に民百姓を加えることは考えませぬか？」

「五箇条の御誓文の第一条、二条か。それはまだまだ先になるだろう。まずは、民百姓にしっかりと学問を教えるところから始めなければ。無学の者が政に加わっても混乱するばかりだ」

「幕府に不満を抱え続けていた大名。食い詰めた侍。数百年の不遇の時代を送っていた公卿らばかりが集まって政を司れば、利権の貪り合いになりましょう」

「手厳しいな――。徳川方の大名、侍も政に加えるさ」

「侍は民百姓から搾取するばかりで、自らなにかを作り出すということをして参りませんでした。そういう者たちが頭だけで考える政には限界がございます」

「盛岡藩は一揆が起こるとその要求を聞いて評定すると聞いているが――。そういうことを一揆が起きる前にしようというのか？」

「そのとおりでございます。民百姓らの中には侍よりも学のある者もございます。そういう者たちの力を政に加えるのでございます。官武一途庶民に至るまで、その志を遂げ、人心をして倦まざらしめんことを要す――。太政官も武士も民百姓も一体となって、すべての者たちが志を遂げるような政を行うということでございましょう」

「今度は第三条か。だが、解釈が違うな。『官武一途で、庶民に至るまで、その志を遂げ』だ。朝廷と諸侯が一体となって、民百姓に至るまで満足の行く暮らしができるような政をしなければならないという意味だ。楢山さんが言うのは『官武庶民一途』だろう。それができるようになるのは、ずっと後だろう。公家も侍も民百姓をずっと下に見ている」

「そういう思いを打ち消すためにも、民百姓を政に登用すべきです。旧来の陋習（ろうしゅう）を破り、天地の公道に基づくべし」

陋習とは、狭い考えに基づいた悪い習慣のことである。天地の公道とは、万物の摂理に則った人の道という意味であった。

「第四条は、僕の案だ――。だがな、現実を考えてみれば、自分の案を民百姓に否定されれば、侍は怒る。侍同士でさえ思想が違えば斬り合う。相手が民百姓ならば、遠慮はしないだろう」

「それでよしとするのですか？」佐渡は険しい顔で言う。

「京の町を歩けば、我が物顔の薩長の侍に行き合います。昼間から酒をくらい、飲み食いの代金を踏み倒し、遊廓で馬鹿騒ぎをする。そのような侍たちより一揆衆の方が――、いや、一揆の頭人らの方がよほどましでございます」

佐渡は、一揆に参加した者たちが後に堕落していったことを思い出し、『頭人』と言い換えたのであった。

「楢山さん。衣食足りて礼節を知るという言葉があるだろう。今、京で好き勝手をしている奴らは、長く貧困に耐えてきた者たちだ。衣食が足りれば、落ち着くさ」

「それまで放っておくと？」

「まぁな。厳しくすれば志気が高まるというものでもないからな」

「果たして、衣食が足りることはあるのでしょうか。人の欲には際限がございません。これから新しい政を司る者たちは、薩長の方々で占められるのではございませんか？」

「それは仕方がなかろうな。新しいことを始めるには同じ志の仲間で周りを固めなければならん。君は西郷吉之助に、徳川に任せておいても維新は成ったと言ったそうだが、もしそうなっていれば、新しい政を司る者たちに親藩、譜代、外様の別ができただろう。同じことだ」

「では、世襲がなくなると仰せられましたが、となればいずれ西欧諸国のような議会が作られ議員は入れ札で決めることになりましょう」

入れ札とは投票、選挙のことである。

「そうなるだろうな」

「議員である親は、自分の子にその利権を譲りたいと考えましょう。生きているうちに色々な方面に働きかけて、自分の跡を継がせることになりましょう。今でも一代限りのはずの同心が、何代も跡を継いでおります。それと同じようなことが起こります。世襲はなくなりません——。そう考えれば薩長が政を牛耳る世が何代も続くのではないかと、それがしは憂うのでございます」

「それはしばらくの間は仕方がないのではないかな」

「しばらくの間とはいつまででございましょう？　徳川は大名を親藩と譜代、外様に分けました。それが二百六十年余り続いたのでございます」

その時、今まで黙っていた目時が口を開いた。

「一気になにもかもを変えることはできませぬ」

「薩長の衣食が足りるまで待てというのか？」佐渡は目時を振り返る。

「それまで、奥羽鎮撫総督府に蹂躙されるがままに耐えよと？」

「世の中の流れは尊皇でございます。太政官代に恭順すればいいのです」

「長いものには巻かれよと？」

「そうではございません……」

「尊皇結構。新しい国を創るという意気込みも結構。しかし、衣食足りるまでならず者のような行状を見て見ぬふりをするという考え方は気に食わない。大義名分をでっち上げてまで私怨を晴らそうとする者らに与することはできない」

佐渡は怒気を含んだ口調で言った後、大きく息をして木戸に顔を戻し、静かに微笑んだ。

「──とまぁ、それが今のそれがしの気持ちでございます。藩論は、帰藩したのち評定をして決したいと思います」

「会津、庄内への攻撃だが、佐幕派の者たちは、私怨を晴らすために大義名分をでっち上げているという。だが、それも仕方がないとは思わないか？」

「つまり、会津、庄内攻めは、大義名分をでっち上げ、敵を分かりやすくしたということでございますか？」

「憎んでもいない相手を殺すことができる奴も一握り。戦続きで慣れっこになっているならいざ知らず、二百六十年もの静寂（平和）の後の戦だ。こっちに鉄砲を撃ってきた憎っくき相手。我が藩邸を焼き討ちした怨敵。そう思わなければ、引き金は引けない――。また、手を結ぶためには、手を結びたくない者を切り捨てることから始めなければならない。志を同じゅうする者同士でなければ、堅固な結びつきを作ることはできない。異国と戦っている最中に、内紛が起こっては隙を突かれることになるだろう。それに、腫れ物は、切開して膿を出しきったほうが治りが早いからな。しかし、戦わずにすむなら、戦わないほうがいい。目時君の弁舌に期待しよう」

薩長が幕府を倒したとしても、結局、民百姓は後回し。連中が礼節を知るまで、搾取は続く。その礼節を知る時はいつ来るのか――？　佐渡は小さく溜息をついた。

七

閏四月二十一日、新政府は政治組織を定めた〈政体書〉を発令した。

徳川家から大政が奉還され、討幕側は崩壊した今までの統治機構の代わりに臨時的な政府組織を立てていた。〈政体書〉の布告によって、新しい官制と統治機構が定められたのであった。その前文には、五箇条の御誓文が明記された。新政府は、奥羽諸藩が代表を白石に送った時点で、いずれ叛意を表すに違いないと予期していた。そして、『世良修蔵暗殺さる』の報告を受け、奥羽諸藩は後戻りのできない隘路に足を踏み入れたと判断した。

奥羽鎮撫総督府は仙台で孤立する。九条総督が率いていた三百五十余名の兵は、澤副総督と共に庄内に出兵している。九条総督、醍醐参謀は必ず捕らえられて人質となる。あるいは、血気に逸った若い仙台藩士らに斬殺されてもいい。それは奥羽に攻め込み、完膚無きまでに叩き潰すためのいい口実となる。

しかし――。

＊　　＊

同月二十九日。佐賀藩士前山精一郎参謀率いる佐賀、小倉藩兵の千三百人を乗せた船が、仙台領松島湾の東名浜に到着した。九条総督らが上陸した浜である。

仙台藩が設置した関所の木戸は閉じられたままで、その向こう側に兵たちが集まり、不安そうな顔をして前山らの軍を見つめていた。

前山は木戸の前まで進み、

「庄内討伐援兵参謀の前山である。木戸を開けよ」

と言った。

「いずれの御家中でござろうか？」

柵の向こうから問いかけがあった。関所の役人らしい中年の男である。

「佐賀藩、小倉藩の藩兵である」

「薩長の兵ではないのでござるな?」

「違う」

柵の向こうで数人の役人が集まり、何か小声で話し合った後、木戸が開いた。

前山は木戸を潜り、軍を進めるよう配下に命令した。

「なぜ薩長の兵ではないかと確かめた?」

前山は役人の前に立って訊いた。

「二十一日に、白石で白石列藩同盟というものが結成されました。奥羽二十五藩が足並みを揃えて、今の難局に当たろうというものでございます。その同盟から、薩長の軍は一兵たりとも奥羽の地を踏ませるなという命令が来ておりまして」

「薩長の軍だけをか?」

「はい……。その辺りが我らもなかなか合点のいかぬところなのでございますが」役人は苦笑いをする。

「このたびの混乱は、薩長が私利私欲のために朝廷をたぶらかしたために起こったことであると」

薩長とは敵対するが、朝廷に逆らう意思はない――。確かに苦しい言い訳であるが、朝敵とならないためのぎりぎりの抵抗であろうと前山は思った。

だが――。前山は眉間に皺を寄せる。

鎮撫総督府の正規軍は澤副総督と共に庄内征伐に向かっている。戦況は厳しく、その援軍として自分たちの軍が派遣された。九条総督を守る兵も少ない中で、白石列藩同盟なるものが出来た。

九条総督はご無事だろうか？

もしかすると、すでに人質として捕らえられているやもしれぬ。

今は薩長だけに対抗するとしていても、戦況によっては新政府そのものに抗する戦いに変じるかもしれぬ。

たった千三百の兵しかおらず、しかも奥羽諸国が本格的に反旗を翻せば、ここは兵站のない敵地となる。取り囲まれれば、一気に殲滅されてしまうだろう。

どうやら、とんでもない所に飛び込んでしまったようだ――。

前山は、次々に木戸を潜る兵たちを見ながら考えた。

「九条総督にご挨拶申し上げてから庄内に向かおうと思うが、いずこに御座されよう」

前山は役人に訊いた。

「藩校の養賢堂に御座しましたが、今はご重臣のお宅にお移りとか。どなたのお屋敷かは存じませぬ」

やはり人質になったか――。

「左様か。それではまず、城下に向かうとしよう」

前山は役人に一礼して佐賀、小倉軍の先頭へ走った。

庄内へ援軍に向かうのは無理だ。

なんとか九条総督と醍醐参謀を救出して、奥羽の地を脱しなければならない。

前山は空き地に整列させた軍に向かって、まず仙台の鎮撫総督府を訪れて九条総督に挨拶をすると宣言し、行軍を開始したのだった。

しかし——。前山軍は関所ごとに止められ、どの藩の軍かを問われた。問い合わせをするという理由で、数日にわたって関所の外で野営を強いられることもあった。

その間にも、五月三日には同盟を結んだ藩の家老らが仙台に集まり、奥羽列藩同盟を結成した。そして、五月四日に長岡藩、六日に新発田藩ら北越の五藩が新たに加入し三十一藩で奥羽越列藩同盟に発展したのであった。同盟は白石の片倉城に〈奥羽越公議府〉を置いた。着々と列藩同盟の足固めが整っていく一方で、同盟軍は白河城奪還の戦いを繰り広げていたが、新政府軍の守りは固く、攻めあぐねていた——。

前山軍がやっと仙台城下の関所まで辿り着いたのは五月九日のことであった。

街道を封鎖した関所の柵の向こうには、ずらりと仙台藩の鉄砲隊が並んでいた。

裃姿の男が櫓の上に立ち、前山らを睥睨している。

前山は馬を下りて木戸に近づいた。

「庄内討伐援兵参謀の前山どのでござるか？」

櫓に立つ男が訊いた。

「いかにも」

前山は男を見上げて言った。

「それがしは、仙台藩奉行（家老）の但木土佐でござる。庄内討伐がお役目ならば、城下へ入らず、そのままお向かいなされ」

「但木さまでございましたか。それならば話が早い。東名浜に到着してからここまで行軍する間、状況が変わり申した。庄内へは向かいませぬ。ここまで辿り着く間に関所で止められ、街道でも行き合った奥羽の兵に止められ、十日もかかっております。それは、庄内への援軍を遅らせる手でございましょう？　このような有り様では、庄内に着く頃には澤副総督の軍は全滅しておるやもしれませぬ。そこで副総督には、戦況がさらに悪化した場合、北上して久保田藩に逃れるよう伝令を出しております」

「援軍のお役目がなくなったのならば、東名浜へ戻り、船でお帰りになるのがよろしかろう」

「奥羽越列藩同盟なるものが結成されたと聞き申した。その同盟が掲げるのは、尊皇でござろうか佐幕でござろうか？」

前山の問いに、但木は即座に答えた。

「むろん、尊皇でござる。我らが敵と見なすは、薩長のみ」

「結構。それならば、我らは同盟の敵ではない。穏やかにお話ができると存ずるが、いかが？」

「なにか、交渉をお望みか？」

「いかにも」

「ならば、前山どのお一人で城下へお入りなされ」

「いや。敵ではない佐賀、小倉の軍の城下入りを拒む理由がなにかおありか？　奥羽鎮撫総督軍は今、庄内に出ております。我らは九条総督、醍醐参謀の護衛として城下に入りたいと申しておるのです」

「貴殿は庄内討伐援兵参謀でござろう」

「だから状況が変わったと申し上げた。但木さまは、九条総督、醍醐参謀の護衛を拒むと仰せられるか？　それはもしかして、お二人を人質にとったからでござろうか？」

「そのようなことはござらぬ」

「ご両名は公卿に御座します。人質にとったとなれば、朝廷に対する謀叛ととられかねませぬからな」

但木は口を真一文字に結んだまま、言葉を発しない。

「さぁ、木戸をお開けくださいませ」

「しばし待たれよ」

但木は櫓を下りると馬に飛び乗って城の方へ駆け去った。

前山は佐賀、小倉の軍に小休止を命じた。

＊　　＊

仙台城には奥羽越列藩同盟の諸藩、半数ほどの重臣が集っていた。その中に江帾五郎もいた。

五郎は但木の話を聞き、

「奥羽諸藩が、今のところ薩長ばかりを敵視しているならば、それをうまく利用し、九条総督と醍醐参謀を救出し、なんとか奥羽の地を脱する——。前山どのはそう考えて御座すのではなかろうかと」

「九条と醍醐を渡すわけにはいかぬ」

重臣の一人が言った。

「あやつらは人質だ」

そう言った重臣を但木がたしなめる。

「人質ではござらぬ。住まいを移していただいただけでござる」

「左様であった……」

五郎は少し前に出て、重臣らを見回す。

「薩長は、人質があっても攻めてきましょう。奥羽鎮撫総督府の総督、副総督、参謀らの顔ぶれを見れば、大総督府は彼らを捨て石として使ったとしか思えませぬ。使えそうな者は武家の参謀の世良と大山ばかりでございましたが、その世良も脇が甘く、暗殺されもうした」

「捨て石とはどういうことか？」

但木が訊いた。

「こちらが鎮撫総督府を打ち破る前提で派遣されたのだということでございます。鎮撫総督府が奥羽をうまくまとめられればそれもよし。もしまとめられずに奥羽諸藩によって滅ぼされれば、我らを朝敵とする好材料となります。もし我らが総督らを人質にしても、官軍は構わず攻めてまいりましょう。総督と副総督、参謀の一人は公卿でございます。我らが彼らを殺せば、朝敵となりましょうし、流れ弾で死んだとしても我らが殺したことにされましょう」

「うむ……」

但木は唸って腕組みをした。

「まずは、前山どの軍を城下に入れることです。それから奥羽鎮撫総督府を黙って京へ帰しましょう。奥羽を出るまでは、その道筋をしっかりと護衛し、万が一のことがないようにしなければなりませぬ」

「分かった」但木は肯いた。「そのようにいたそう」

＊　＊

前山軍は城下に入り、兵たちは割り当てられた屋敷に散った。

前山は城の広間で列藩同盟の重臣たちと向かい合った。

「大総督府は、官軍と東北諸藩の戦をなんとか止めたいと考えております」

諸藩の家老を前に、前山は堂々とした口調で言った。

「ならば、兵を引け」

同盟の重臣たちの中から声が上がった。

「そういうわけにはいきませぬな。澤副総督と大山参謀はそろそろ久保田にお着きの頃でございましょう。まずは、九条総督と醍醐参謀を久保田にお連れし、澤副総督らと共に海路、京へ向かい、朝廷に奥羽諸藩それぞれの事情をお伝えし沙汰を受ける。兵を引くか引かぬかはそれからでござる」

「仙台に総督と参謀がいれば――」言ったのは江幡五郎だった。

「人質にされるという読みでございますか」

前山は冷たい視線を五郎に向けた。

「いや。人質にしていると思われれば、貴公らの不利になろう。それを防ぐために、ご両名を久保田にお連れするのだ」

「詭弁（きべん）だ！」

重臣の一人が言う。

「二人を連れて行かれたほうが不利になろう！」

と声が飛ぶ。

「なにもやましいことがないのであれば、人質は不要でございましょう」

「九条総督と醍醐参謀は人質ではござらぬし、これからも人質にしようとは思っておらぬ」

但木が言った。

「結構。ならば、我らは久保田藩へ向かいまする」

「それでは、奥羽越列藩同盟より護衛を出しましょう」

五郎が言う。

「千三百の佐賀、小倉両藩兵を率いております。護衛は無用」

前山は首を振った。

「その中に刺客がおらぬとは言い切れませぬ。総督らを殺めて、列藩同盟の仕業とされてはかないませぬからな」

五郎が言う。

二人は静かに睨み合う。

五郎は、自分が言ったことが図星であることを悟った。

「よし」但木が肯いた。

「江幡五郎の申すとおりにしようと思うがいかが？」

但木の問いに、重臣たちは肯いた。

五郎は、前山が小さく溜息をついたのを見逃さなかった。

＊　＊

九条と醍醐の出立は五月十八日と決まった。

江帾五郎は、供として仙台に連れてきていた盛岡藩の密偵を使って、副総督の澤為量と参謀の大山格之助の足取りを探らせた。

澤副総督と大山参謀の二人は五月九日、陣を布いていた新庄を発ち、久保田藩に至った。しかし久保田は、薩長の兵が城下へ入ることを拒んだ。

澤副総督と大山参謀は、薩長の兵を強引に城下へ入れ、玉林寺に投宿した。

その後、久保田藩主佐竹義堯の、「北秋田郡大館へお向かいください」という願いを受けて、澤の軍は城下を出て大館へ向かった。

澤と大山は久保田に見切りをつけて京へ戻ることにしたが、澤の一行は土崎の湊で船を調達できず、弘前を経由して箱館を目指すことにした。弘前への道は久保田から大館を経由して北に向かう羽州街道である。羽州街道は大館で弘前に向かう道と盛岡へ向かう道に分かれる。弘前藩は五月十六日に久保田藩との国境の矢立峠を倒木で封鎖していた。薩長の軍の侵入を防ぐためであったが、箱館に向かおうとしている澤の行く手は塞がれていた。

五月二十日。久保田藩、弘前藩境の矢立峠の倒木が、弘前藩士らの手で撤去され、大館逗留中の澤副総督一行に領内通行の許可が知らされた。

すでに九条総督と合流し、京へ向かうことが決定していたので、澤はそれを無視することにした。

しかし大山参謀は、

「この知らせは、弘前がこちら側につくという兆しでございます。礼状を送り結びつきを強めておくべきでございます」

と進言した。

五月二十三日。五郎は、大館に逗留中の澤副総督の宿を訪ね、面会を求めた。

盛岡藩からの使者ということで、五郎は座敷に通されて、澤と大山に対峙（たいじ）した。

「九条総督と醍醐参謀は仙台を発し、久保田へ向かわれて御座します。今月の末頃には盛岡入りなさるものと」

「なに……」澤の表情が険しくなる。

「なぜ久保田に？」

「奥羽と北越の三十一藩が同盟したからでございます。九条総督と醍醐参謀は、皆さまと合流して久保田から船で京に戻るとのこと」

「奥羽と北越は謀叛を起こすつもりか？」

大山は五郎を睨む。

「謀叛ではございませぬ。朝廷に、薩長のやり口についてご判断いただくための同盟でございます」

「それで……、貴公の用件は？」

澤が訊いた。

「皆さまには久保田ではなく、盛岡で九条総督らと合流いただきたくお知らせに参りま

「盛岡へなど行くものか」即座に大山が言う。

「すでに九条総督、醍醐参謀を捕らえていて、我らをおびき寄せ、九条総督共々、奥羽鎮撫総督府を人質にするつもりであろう」

「そのようなことはございませぬ。鎮撫総督府を人質にすれば、それこそ謀叛でございましょう」

「貴公の話が本当かどうか、確かめさせてもらう」澤は唸るように言う。

「こちらの手の者を出し、九条総督一行が本当に盛岡入りするかどうか見届ける。しかる後、大館で合流することにする」

「承知いたしました」

五郎は肯いた。

「薩長の侍を二人、この者につけて盛岡へ返しましょう」大山が言う。

「もし、この者の言うことが嘘であった場合、斬って捨てるよう命じておきます」

「ご随意に」五郎は言った。

「それでは、すぐに参りましょう」

五郎は立ち上がった。

八

九条総督一行が久保田藩大館へ向かうには仙台・松前街道を北上し、盛岡から鹿角(かづの)街道へ入る道筋を通る。仙台藩と盛岡藩を通過する道程である。

仙台領内は仙台兵が護衛するが、盛岡領は盛岡兵が護衛しなければならない。万が一の事故も起こしてはならないことを考えれば、領内に残る兵の数では心許(こころもと)なかった。盛岡藩は仙台に、銃兵二小隊、砲兵一小隊を派遣していた。その兵を引き揚げれば、万全の警護ができる。

しかし――。

九条らの出発準備を調えている間、列藩同盟の重臣たちから疑念の囁きがあがった。

盛岡藩はまだ藩論を決定していない。もし九条らに説得され、新政府側につけば――。

奥羽は、南からは新政府軍、北からは盛岡藩軍に攻められることになる。そういう囁きである。

江帾と共に仙台に逗留していた野々村真澄は、各所に頭を下げ、なんとか兵二小隊を盛岡に戻す算段をつけた。

五月十八日、鎮撫総督府は前山の軍千三百と、仙台藩兵二小隊に警護されて出発した。

二十一日。北越では、奥羽越列藩同盟の本営が加茂(かも)に置かれることになり、会津では七曲（ななまがり）の戦いにおいて、仙台藩の細谷十太夫率いる鴉組（からすぐみ）が官軍を破った。

　奥羽越列藩同盟は戦いを続けながらも停戦への努力も行っていた。五月二十三日、会津、庄内への寛大な処置を願った太政官への建白書を携えた仙台、米沢の使者が、寒風沢（さぶさわ）の湊を出た。

　二十七日。九条総督の一行は伊達と盛岡の藩境、相去（あいさり）に到着した。ここで伊達藩の護衛は仙台に引き返し、盛岡藩の戸来楽眠、堀越源左衛門らが率いる兵が護衛についた。

　同じ日。澤副総督一行は逗留していた大館を出て西に向かい、西海（日本海）沿岸の能代（のしろ）を目指した。

　この移動は、大山参謀の、

「列藩同盟は、我らが大館で九条総督らと合流したところを一網打尽にして、人質にする計略を立てているのかもしれません」

という進言によって行われたものだった。

　九条総督の一行は五月二十八日に盛岡領紫波郡の郡山宿に着いた。北上川の中流、右岸にあり、街道の宿場町としてだけでなく、北上川の川湊として発展した町である。連日の大雨で北上川は増水していて、濁流が橋を洗い、とても渡れる状態ではなかった。

　この日。京では仙台藩と米沢藩の藩邸が新政府軍によって接収され、同藩の藩士らの入京も禁止された。両藩は朝敵とされたのであった。

　九条総督一行は四日間、河川増水のため郡山の宿に足止めされたが、雨が小やみになったところで小雨の中、盛岡に入った。

藩主南部利剛らに惣門で迎えられ、九条は本誓寺、醍醐は東顕寺を本陣とした。兵千三百余名は、北山の各寺院に分宿となった。

九条は、澤副総督に、『盛岡藩をこちら側に引き込む工作をするのでしばらく逗留する。そちらは、弘前藩との話を進め、機会を見て久保田藩の説得をせよ』と書状を出した。

＊　＊

岩倉具視との謁見が叶った。

楢山佐渡と目時隆之進は裃をつけて、太政官代へ向かった。

太政官代は一月に接収した二条城に置かれていたが、閏四月に宮中の九条邸に移されていた。九条邸は、奥羽鎮撫総督の九条道孝の屋敷である。

宮中は、戎装の兵たちが警護に当たっていた。

兵たちは裃姿の佐渡をじろじろと眺め、何人かは「何者か？　誰に用がある」と問うてきた。薩摩言葉や長州言葉であったから、そのたびに目時が通詞し、岩倉具視に招かれたのだと答えた。すると、兵たちは掌を返し、九条邸へ案内を申し出る者もいた。

数人の兵に先導されて九条邸に入ると、仕立てのいい軍服姿の侍たちが忙しげに往き来していた。笠を脱いでいるので頭の髷が露わになって、なんともちぐはぐな格好である。その中を狩衣や束帯姿の公卿、水干姿の小者が歩いている。そして佐渡と目時は裃姿。佐渡は頭がくらくらする思いであった。これが、時代が移り変わる過渡期の姿なのか——。

一人の侍が近づいてきて、佐渡と目時であることを確かめ、屋敷の奥へ誘った。通されたのは肘掛け椅子と脚の長い卓が置かれた座敷であった。床には段通が敷かれている。椅子に座ったことがなかったわけではないが、細かい装飾が施された猫脚の椅子はいかにも華奢だったので、佐渡はおっかなびっくり腰を下ろした。

ほどなく廊下に足音が聞こえ、狩衣姿の男が現れた。小柄で人相の悪い男である。洋式の椅子に腰掛けている時の礼儀が分からず少し戸惑ったが、佐渡と目時はとりあえず立って一礼し、名を名乗った。

「待たせたかな。わたしは岩倉具視だ」

気さくな口調で言うと岩倉は椅子に腰掛け、佐渡と目時にも座るように手で促した。

「庄内の件はどのようなお沙汰になりましょうか」

佐渡は、早速訊いた。国表からの知らせで、庄内に対する太政官からの沙汰があるまで、奥羽鎮撫総督府に協力していた奥羽諸藩の兵はそれぞれの国に戻っている。

「うむ。思わしくない。薩摩藩邸への焼き打ちは私闘として片づけられようが、会津、庄内は会庄同盟を結び、鎮撫軍と戦っている」

「しかし、朝敵とされた長州は許されております」

「許す許さぬは会津、庄内が謝罪降伏した後の話だ。奥羽越列藩同盟は、朝廷に楯突くつもりはないと申しておる。朝敵は薩長の方であるとな。薩長は、幕府の開港を糾弾していたのにも拘わらず、朝廷と結んだとたん掌を返して諸外国と手を結び、内裏にまでその使節を招き入れている。また朝廷を操り、私怨を晴らすための戦を起こしている――」

岩倉は言葉を切り、じっと佐渡を見つめている。心の内を探っているようであった。

「それについては岩倉さまはどのようにお考えでございますか？」

岩倉はにやりと笑う。そしてすぐに両頬を撫でた。

「朝廷は軍をもっておらぬ。ゆえに、武家が台頭して以来、その付き合い方には苦慮してきた。刃を喉元に突きつけられていれば唯々諾々と言うことを聞く以外あるまい。群雄割拠する時にはその荒波の中を上手く泳ぎ、最強の勢力と手を結ぶ。そうすることによって生き延びてきた。朝廷が長くこの世にあるのは、ひとえに武力を捨てたからなのだ」

「それでは、朝廷は、仕方なく薩長を官軍として御座すと？」

「徳川が逃げたのだから仕方があるまい」

「仕方がないと仰せられる――。つまりは朝廷は薩長のやり方に不満を持っていると？」

「あちこちに薩長の耳目がある所でそれを訊くか」岩倉は笑ってはぐらかす。

「鎖国を続けるべしとした藩の兵が、開国を進めた幕府を、開国の恩恵で手に入れた武器をもって追い払った。異国船を打ち払い、諸外国と戦う攘夷が誤りであったのなら、まずはそれを省みて後に、新たなる道に歩み出るのが正しいのではないか？　いつの間にか攘夷が立ち消え、尊皇ばかりを旗印にしているのはどういうことか？　その節操の無さが気に入らない。楢山どのはそう思っているのではないか？」

「御意」と、佐渡は用心しながら短く答えた。たった今会ったばかりであるのに、こちらの思いを読みとっている。あるいは、岩倉が放った密偵が、佐渡について詳しく調べ上げたのか――。

岩倉は侮りがたい相手だと佐渡は思った。

「西洋式の袴は、裁付袴よりも動きやすうございます」目時が口を挟んだ。

「また、小袖の袂を襷で留めるよりも、西洋式の筒袖の方が鉄砲の射撃に向いております。源義経公は、壇ノ浦の戦のおりに、旧来の戦の作法をことごとく破り、平家に勝利いたしました。戦に有利となるものは、どんどん取り入れる。それが異国のものであろうと――。その考え方は間違ってはいないと存じます」

「確かにな」岩倉は肯いた。

「だが、本当に考えなければならないことは内憂ではなく外患だ。大きな声では言えぬが、亜米利加も英吉利も強い。強すぎる――。ならば、日本は弱いと認めた上で、事を進めればよい。脆弱な武力では諸外国に太刀打ちができぬから、まずは富国強兵。日本を強くしなければならぬ――。そのために必要なものはなにか？　諸外国から武器を買い、日本人どうしで互いに戦うことではあるまい。私怨を晴らすために官軍を動かすなど言語道断。過去の遺恨は忘れて諸藩が手を結び、外国に対峙しなければならぬのではないか？　と、そのように考える者もおる」

「薩長が政をほしいままにする現状を憂える方々も御座すということでございますか」

「かなりの数な。しかし、その方々が異を唱えれば、薩長にどのような手を打たれるか分からない。そして、生き延びるために掌を返す者は身分の上下なくどこにでもいる。戦々恐々としているのは、列藩同盟ばかりではない」

「朝廷にも薩長の傍若無人な振る舞いを止めて欲しいと願う方々が御座すと仰せられる——。止める者へは御書付など出ましょうか？」

帝から詔勅、あるいは宣旨は出るのかと佐渡は訊いているのである。

「そのように計らってくれる者はおろう」

岩倉は佐渡の目をじっと見ながら答えた。

ここで岩倉が、藩論を尊皇に定め、薩長と共に奥羽を平定して欲しいと言ったならば、佐渡もその言葉を信用した。しかし、岩倉は遠回しに『奥羽の諸藩で薩長軍の傍若無人なふるまいを止めてほしい』と言うのである。そのためになら宣旨も出すと——。

平氏に、源氏が強くなれば源氏に、討伐の宣旨を出した。それは今でも変わらないよう源平の昔から、朝廷は武士を利用して巧みに生きながらえてきた。平氏が強くなればだと佐渡は思った。飾り物と見せかけて、自分たちが必ず生き残るよう、武士を操っている。

家名はありながら、貧困に喘ぐ生活を強いられ、中には裕福な町人相手に習い事を教えながら糊口を凌いでいる公家もいると聞く。岩倉の家も、堂上衆――昇殿を許される位でありながら、貧困に喘いでいたという。

朝廷はそうやって、雌伏し、虎視眈々と捲土重来の機会を何百年も待っていたのだ。岩倉もあらゆる手段を使い、今の地位を得たという話である。帝を奉り、徳川に代わって甘い汁を吸おうというのは、公家ばらも薩長も、薩長に同調する諸藩も変わりない。

考えてみれば、世はそういうことの連続ではないか。信長公が台頭すれば信長公に、秀吉公が台頭すれば秀吉公に擦り寄って、甘い汁を吸おうとする者、そして謀叛を起こして甘い蜜の壺を奪おうとする者が出る。一つの国を蜜壺一つと考えれば、国を一つ手に入れれば蜜壺の主だ。しかし、人は一つの蜜壺だけで満足はしない。二つ三つと欲しくなる。やがて、すべての蜜壺を手に入れなければ気が済まなくなる。

日本を統一すれば、つぎは諸外国――。人の欲望に限りはない。

百姓は一つの望みが叶えば、潮が引くように一揆を解く。分をわきまえているのだ。

それはしかし、自分たちが統治される側であるという〝身分〟が厳然としてあるからかもしれない。人は、何かに抑えつけられていないと、謙虚になれぬものなのだろうか。

その重しの役目が、太古より君臨し続けて御座す帝であるならば、尊皇は必要な思想であろうが――。帝は今、なにを考えて御座すのだろう。

岩倉らと同じお考えなのか。それとも、取り巻きの公卿ばらの奸計を憂えて御座すのか。

古来より、日本の頂点に御座すお方だ。きっと下々のことまでお考えになっているに違いない。直々にお考えをうかがってみたい――。

そう思ったが、盛岡藩家老という身分で謁見が叶うはずもない。

わたしはどこへ進めばよいのか。盛岡藩はどこへ向かえばよいのか――。

ずいぶん長い間考え込んでいた気がして、佐渡は顔を上げた。

岩倉はまだ佐渡を見つめていた。

「それがしの私見を申し上げてもよろしゅうございましょうか」

佐渡は言った。

「何おう」

岩倉は鷹揚(おうよう)に肯く。

「昔、仏蘭西(フランス)で民百姓が立ち上がった大一揆があったと聞いております」

「レヴォリューシオン」

岩倉は言った。

「それは、何語でしょうか？」

聞き慣れない言葉に、佐渡は眉をひそめる。

「仏蘭西(フランス)語だ。清国の言葉では、革命――。仏蘭西の革命は民百姓ばかりが蜂起(ほうき)したのではない。軍の一部も交じっておった」

「今の官軍には民百姓が欠けております」

「民百姓も交じっておる。官軍は、農民、商人、職人ばらからも、広く兵を募っておる。奥羽越列藩同盟の諸藩とて、それは同じであろう」

「しかし、兵として戦に加わることを蜂起とは申しませぬ。自らの意思で立たなければ、意味がないのでございます。このままでは、関ヶ原となんら変わらぬ戦でございましょう。真に世直しをするならば、その革命なるものを起こさなければならぬと考えるのでございます。民百姓もまた世直しの一翼を担わなければ、新しい世は作れませぬ」

「楢山どの」岩倉は椅子に座り直す。

「貴殿の認識は間違っておる」

「どのように間違っておるのでしょう?」

佐渡は挑むように身を乗り出す。

「第一に、仏蘭西のレヴォリユーシオンでは、民百姓が政権を握ったが、結局うまくいかず、十年ほどでナポレオン・ボナパルトという男を国王に迎えざるを得なかった。第二に、レヴォリユーシオンは、支配される者が支配する者を倒して政を己らの手に奪うことを言う。貴殿の考えるものは、亜米利加（メリケン）が英吉利（エゲレス）から独立した戦に近いであろう。今のところ、かの国に国王はいない。しかしそれとても、我が国の仕組みには似合わぬ」

「どういうことでございましょう？」

「レヴォリューシオンというものは、支配される者が支配する者を倒して政を己らの手に奪うことだと言ったはずだ――。さて、この国の支配者はどなたであろうな？」

岩倉はじっと佐渡を見た。佐渡は、岩倉の問いに青ざめた。

「帝に御座します……」

「左様――。徳川も、今、奥羽で官軍に抗っている諸藩も、結局は尊皇であると申す。盛岡藩も同様であろう。とすれば、この国にレヴォリューシオンは起こらぬ。貴殿がレヴォリューシオンだと思っているものも、結局はレヴォリューシオンたり得ぬものなのだ。古より、皇位継承の争いはあっても、帝に弓を引こうとする者はまずいない。それをしようとしたのは、平将門くらいのものかのう。官軍に鉄砲を撃つ者たちもみな、帝に逆らうつもりはないと言い続けている。この国は面白いのう」

岩倉は笑みを見せて言葉を切り、佐渡の反応を見る。

関ヶ原の戦において、東軍も西軍も『豊臣秀頼公の御ため』と主張して戦ったのと同じ。旧幕府に与する藩も、薩長も、互いに互いを逆賊であると主張し、戦い続けている――。

岩倉は、それを利用し諸藩を操っている。そして、盛岡藩に薩長を討てと言う。

本気で組む相手を換えようと思っているのか、それとも罠を仕掛けて盛岡藩にも賊軍の汚名を着せようとしているのか――。

「楢山どの。わたしをただの食い詰め公卿だと思われては困る。内外の情勢を踏まえ、今一番だと思える改革を行っているのだ。物事には順序があるからな。今は理不尽と思われることも、後々考えればなるほどと納得してもらえよう」

「薩長が、会津、庄内を攻めるのは、ただの私怨としか思えませぬ」

「大きな改革には犠牲がつきもの」

「見せしめでございますか」

「いち早く人を従わせるには、恐怖を与えることが最も有効。そして、求めるものが与えられること、あるいは事が成就した後に望むものが与えられるという希望が、人を動かす」

「つまり、人はそれらがあればいとも簡単に操れると仰せられる」

「口が悪いな」岩倉は笑う。

「貴殿は百年、二百年先を見よと申しているらしいが――」

岩倉がそう言うと、目時が「左様でございます」と口を挟んだ。

岩倉は話の腰を折られ一瞬迷惑そうな顔になったが、すぐに表情を戻して続けた。

「わたしは十年、二十年――、五十年先を見ている。先々を見過ぎれば足元が疎かになるからな。まずは、土台をしっかり固めなければ大きな建物は建てられぬ。それを考えれば、このまま薩長の好きなようにふるまわれては困る。特に薩摩は剛直すぎる。なんとかしなければならぬと思っておるのだ」

「北狄を使って南蛮を滅ぼそうというお考えでございますな」

「物事をそのように悪く例えるものではない」岩倉は顔をしかめた。

「たまたま、盛岡藩が北、薩摩藩が南にあるだけだ」

「お考え、拝聴つかまつりました。仰せられた案件、国許と相談いたします」

「よい返事を心待ちにしておるぞ」

岩倉は満足げに微笑んだが、その目は笑っていなかった。

佐渡が帰った居室で、岩倉は考えを巡らせた。

東北の平定にはいつの時代も手を焼く。阿弖流為の鎮圧しかり。安倍氏、藤原氏の撲滅もしかり。

野蛮な蝦夷が住んでいた時代ならばいざ知らず、鎌倉幕府の時代より、東北とは無関係の大名らを入れ替わりで転封してきた。だが、ここに至って東北が叛逆するというのは、いかなることであろうか。

かの地には、呪のようなものでもかかっているのであろうか。

従順に従っているように見えるその内側には、東北に住む者にしか分からぬ〝芯〟のようなものがあるのだろうか。

現実的な考え方を信条とする岩倉であったが、なにか人知の及ばないものが存在しているような気がして薄気味悪く感じた。

東北＝丑寅よりの災いは、なんとしても防がなければならぬ。

奥羽と薩長が戦えば、お互いに疲弊する。

そこに、まだ活きのいい藩を投入し、薩長と奥羽を滅ぼす。

その後、武家の力を抑え込み、今までとは違う政の体制を整えるのだ。

「さて、佐渡はどう動くか——」

岩倉は呟き、深く肘掛け椅子に身を沈めて新たな思考の中に埋没していった。

九

奥羽鎮撫総督府が盛岡へ移って数日。城内の空気は今までにないほど緊張していた。

佐幕派の藩士らは、総督らを誅すべしと暗殺の計画を練った。そんな動きを察した尊皇派は佐幕派の藩士らこそ誅すべきであるとして、殺気立った。

南部弥六郎はそれぞれの派の主立った者と会い、佐幕派には、

「奥羽越列藩同盟が九条総督、醍醐参謀を秋田の澤と合流させ、上京させることを決めたのだから、なにがあっても手を出してはならぬ」

尊皇派には、「佐幕派に天誅を加えると鼻息を荒くしているが、藩論も定まらぬうちにそんなことをすれば奥羽越列藩同盟を敵に回すことになる。今、仙台におる者たちの命を危うくしてもよいのか？」と、くれぐれも暴挙は行わぬようにと説得に追われた。

弥六郎自身は、血気に逸る両派の侍たちを見ながら、これも重臣たちが藩論を決めか

ねているからだと忸怩たる思いを抱いていた。

謹慎中であった東次郎から九条宛の上書が何通も届いた。内容は、藩主利剛は尊皇であるが、取り巻きの者たちが佐幕を推し、藩内は混乱している。自分を加判役に戻してもらえれば、必ず藩論を尊皇とし、奥羽鎮撫総督府に従わせるというものであった。しかし、それは本誓寺に届けられることはなく、すべて加判役の南部監物が握りつぶした。

六月七日。盛岡藩主南部利剛は、奥羽鎮撫総督の九条道孝より、重要な話があるのですぐに会いたいという知らせをもらった。

奥羽鎮撫総督府に味方するか否か。おそらくその答えを求められるのだ。

南部弥六郎は、「それがしがお供つかまつる」と言ったが、利剛は首を振った。

「楢山佐渡が戻るまで、余がなんとかする」

「九条さま、醍醐さまは、言ってみれば四面楚歌の状態。なんとしても盛岡藩を味方にしようと強引な手段に訴えるやもしれませぬ。お上がなんとかなさるのであれば、それがしは口出し申しませぬゆえ、なにとぞ護衛ということでお供をさせてくださいませ」

弥六郎は伏して願った。利剛だけでは、きっと九条と醍醐に言いくるめられる——。

弥六郎はそう思ったのである。利剛の言うように、佐渡が戻るまで藩論を決定することはできないということもあるが、今、盛岡が列藩同盟を抜ければ、追従する藩が次々と出るだろうということが、本当の理由である。

もし盛岡が鎮撫総督府に寝返り、複数の藩もそれを追えば、新政府は勢いづいて会津、庄内に向けられている攻撃の矛先を他の同盟藩へ向けるだろう。奥羽はばらばらになって戦を繰り広げることになる。そのような事態は絶対に防がなければならない。

「分かった。供を許す。ただし、口出しはするなよ」

利剛は言った。

「承知いたしました」

とは答えたものの、弥六郎はいざとなれば間に割って入る考えであった。

利剛と弥六郎は本誓寺に出向いた。

＊　＊

九条の居室には醍醐参謀と、佐賀、小倉軍参謀の前山精一郎も座して利剛を待っていた。

言うべきことは言わねばならぬ――。そう決意して城を出た利剛であった。

心の臓が高鳴り、微かに吐き気がした。からからに乾いた口の中に唾（つば）を湧（わ）き出させながら、軍服姿の二人の前に利剛は裃姿で座り、深く礼をした。

「盛岡藩の藩論を伺おう」

醍醐が早々に切り出す。

「未だ定まりませぬ」

利剛は答えた。

「奥羽越列藩同盟に加盟しながら、藩論が定まっておらぬとはどういうことか？」

醍醐の口調が厳しくなる。利剛は体が震えそうになるのを必死で堪えた。

「列藩同盟の諸藩はいずれも尊皇の心をもっております。同盟するは、薩長の横暴に抗するため。薩長こそが奸臣。朝敵でございます。それは、世良修蔵のような男を参謀として派遣したことでもお分かりでございましょう。初めから会津、庄内を殲滅することありきで、和議のことなど寸毫も考えぬのは、官軍たる鎮撫総督府としていかがなものかと」

利剛の言葉を聞きながら、弥六郎はぴくりと眉を動かした。

利剛は、世良修蔵のことを言いながら、鎮撫総督府への非難に切り替えた。少しぎこちなくはあったが、利剛がそこまで言うとは思っていなかったのだった。

「――総督も副総督もわたしも、嘆願を入れようと申したのだ」

醍醐の歯切れが悪くなった。

「それを世良が、あるいは大山参謀も強硬に否定したのでございましょう？　それこそが、薩長の傲慢さでございます。朝廷が戦を避けようとなさるのを押しとどめて、あえて他国との戦を望むそれを奸臣と呼ばずして、いずれを奸臣と呼びましょう」

利剛は頬を紅潮させて一気にまくしたてた。九条と醍醐は顔を見合わせた。二人もまた、〈そうせいさま〉と噂される利剛がここまで言うとは思っていなかったのだった。

「奥羽の者たちから見れば、このたびの官軍の東征は、薩長が朝廷を誑かして徳川家に謀叛を起こしたとしか見えませぬ」

「我らが誑かされたと申すか！」

醍醐が怒鳴る。

「誑かされたのではないという証を、我らは見せていただいておりませぬ。政の形が変わり、新しい世になることに異を唱えるつもりはございませぬ。盛岡藩も旧来の政ではどうにもできぬくらいに、財政が逼迫しております。それが解消されるのであれば、新しい世も結構。しかし、それが薩長の好き勝手になされているところが解せませぬ。皆さまは、薩長の〈そうせいさま〉になっているのではございませぬか？」

「なにを言うか！」

醍醐は顔を真っ赤にして怒鳴るが、利剛の心は落ち着いてきた。相手は痛いところを突かれて怒り出した。自分の言い分は間違っていないと感じたのだった。

「盛岡藩は、うち続く一揆のために、多くのことを学びました。まだ形は整いませぬゆえ、一揆のたびに要求を聞くという後手後手に回っておりますが、いずれ広く民百姓の声を聞く場を設け、政に反映させていく所存。奥羽鎮撫総督府も、そのような手段で奥羽諸藩と話し合いをもたれてはいかがでございましょう」

「そのようなことをすれば議論百出して、いつまで経っても維新を行えぬ。世直しには荒療治が必要なこともある」

九条が言った。

「なるほど、それも一つの考え方でございますな」利剛は肯いた。

「奥羽越列藩同盟も、奥羽越公議府も、出来たばかりでございます。今、太政官よりの庄内に対するご沙汰を待っているところでもございます。藩論の決定はそれ以後のこととなりましょう」

「ならば――」前山が言う。

「朝廷に対する叛意はないという証に、御用金を命ずる。一万両ばかり用立てて欲しい」

「御用金でございますか――」

思わぬ展開に、利剛は驚いた。弥六郎は唇を嚙んで考え込む。

野々村真澄があちこちに頭を下げて二小隊を戻してもらった経緯もある。ここで一万両もの大金を鎮撫総督府に渡したとなれば、列藩同盟は盛岡の裏切りを疑うだろう。

しかし、一万両を用意しなければ、次に朝敵の汚名を着せられるのは盛岡藩になる。

弥六郎が思案をしていると、利剛が口を開いた。

「承知つかまつりました。しかしながら、九条さまにお預けする一万両、薩長の者どもが横取りせぬとも限りませぬ。そうなれば、それは奥羽諸藩の侍どもを殺すための武器へと変じましょう。ならば、盛岡藩だけの問題にあらず。奥羽越公議府に伺いを立てなければなりませぬ。少々、お時間をいただきます」

「分かった。できるだけ早く用意するように」

「一万両、ご用立てすれば、これ以上の戦いはなく、ご帰京あそばされると、お約束いただけましょうか？」

利剛は頭を下げた。

「約束する」

九条は即座に言った。『言質をとった――』と利剛は思った。

「ありがたき幸せにございます」

利剛は平伏した。弥六郎もそれに倣いながら、感動の震えを抑えきれなかった。気の弱い利剛が、奥羽鎮撫総督府に対して一歩も引かずに藩の主張を述べたのである。父の利済の言うなりになっていた利剛の姿からは想像もできない変化であった。

＊　＊

九条らは利剛と弥六郎を見送らなかった。

本誓寺の玄関には利剛の駕籠が置かれ、弥六郎の馬が曳かれていた。

「いかがであった？」

利剛は雪駄に足を入れながら訊いた。

「ご立派でございました」弥六郎は板敷きに膝を折って深々と頭を下げた。

「ご立派なご領主におなりでございます」

弥六郎の肩が震え、磨き上げられた床板の上に涙がこぼれた。

「ありがたい言葉だ――。しかし、御用金の件は困ったな。一万両となれば、鋳銭です む話ではないな」

「はい」弥六郎は顔を上げて涙を拭った。

「商人らの力を借りねばなりますまい」

「八戸藩にも少し手伝うてもらわなければならぬか」

八戸藩は盛岡藩の支藩である。

「左様でございますな。お上が時を稼いでくださいましたゆえ、その間になんとかあちこち手配いたします」

「よろしく頼む」

利剛は駕籠に乗り、弥六郎は馬に跨って本誓寺を去った。

雨が静かに降り始めて、寺を囲む木々の葉を鳴らした。

＊　＊

「お前の頭と口は役に立たなかったな」

醍醐は開けた障子から、利剛と弥六郎が去っていく姿を見ながら言った。

「いえ」前山は首を振る。

「少なくとも、盛岡藩から一万両の金が無くなるようにいたしました。窮乏に喘ぐ藩にございますれば、それだけの金を失えば、戦う余力はございますまい。あと一押しすれば、こちら側に寝返りましょう」

「大切なのは――」九条は腕組みをして天井を仰ぐ。

「一刻も早く維新を成し遂げて、新しい国の土台作りを始めることだ。旧弊なこの国を立て直さなければ、欧米の列強に好きなように蹂躙されてしまう。今は、多少の無理には目をつむり、一気に体制を変えてしまうべき時期なのだ。手直しは新しい日本が出来上がってからでもよい」

「御意」

醍醐と前山は同時に言って頭を下げた。

＊　＊

五月二十四日。徳川家は駿府七十万石へ移封された。

南部恭次郎はそれに同行することになり、妻である帯刀の側室里世の娘、邦もまた駿府へ移った。

五月二十九日。仙台藩に久保田藩主佐竹義堯からの書状が届く。それには奥羽越列藩同盟への抗議が記されていた。三十日。その佐竹義堯の元に、尊皇派の藩士二十八名の血誓書が届いた。『澤副総督は能代から蝦夷に渡ろうとしている。久保田藩は藩論を尊皇に定め、澤副総督には久保田に滞陣していただくべきである』という進言であった。

久保田藩は、藩主も藩士も、大きく尊皇に舵を切ろうとしていた。

そして、六月二日。義堯は仙台藩主伊達慶邦へ、奥羽越列藩同盟に反対する書状を送った——。だが、同盟脱退までは決意しかねていたのであった。

十

盛岡藩主利剛が九条らと会談した日より少し前の六月四日。

京の盛岡藩邸の楢山佐渡を、藩からの急使野田廉平が訪れた。

野田は、奥羽鎮撫総督府が仙台を出て久保田に向かうことや、澤副総督らが庄内攻めを諦めて久保田へ逃げたことなどを知らせた。

「今頃、鎮撫総督府は盛岡に到着している頃でございます」

「それでは、東次郎が勢いづいておろうな」

佐渡は苦笑する。

「南部監物さまが警戒なされて、屋敷の見張りを増やし、総督宛の書状を出そうものならすべて焼き捨てると仰せられて御座しました」

「それにしても、鎮撫総督府が兵千三百を引き連れて盛岡に入るというのは面白くありませぬな」

三戸が顔をしかめた。

「南部弥六郎さまより、直ちにお戻りをとのことでございます」

「鎮撫総督府が盛岡入りをしたのであれば、すでに藩論は尊皇となっておりましょう」

目時が微笑を浮かべる。その推測は藩主利剛の人柄を考えてのことであろうと佐渡は思った。

「尊皇は構わぬが、官軍に従うわけにはいかぬ」佐渡は目時に顔を向ける。

「己らと異なる考えの者を遮二無二攻撃し、滅ぼそうとする姿勢は、いずれ数々の暴挙を生む。極論すれば、帝を奉るあまり、神社を尊び寺院を卑しんで、諸国の仏閣を破壊することも起ころう」

「まさか」と笑ったのは三戸であった。

「いくらなんでもそのような罰当たりなことをするわけはございませぬ」

「攘夷を謳っていたことなど忘れたような西洋かぶれ。欧米に引けを取らぬような国造りと称して、男も女も西洋の服を着て、葡萄の酒を飲み、江戸の町を焼き払い、西洋に似せた町を作ろうとするやもしれぬ」

「官軍がそのようなことをするはずはございませぬ！」

中島は真っ赤になって反論した。

「極論と言うたではないか。しかし、底辺にあった者たちがいったん上に上ってしまった時の奢りは恐ろしく浅ましい。仙台越訴に加わった百姓どもの変わり様を伝え聞いておろう」

「侍と百姓は違います」

目時が激しく首を振る。

「侍も百姓も人だ。旨い汁を吸えると思えば、吸わずにはおられない。そして、それを子供にも孫にも与えようとする。利権は己のものとしたいから、他の者は排除する。おそらく、そのうち薩摩と長州が覇権を争う戦いをするだろう。そして、薩摩か長州か、勝った方の勢力が、徳川家がそうしたように、長く政の中枢に居座ることになる。徳川家のように二百六十年続くかどうかは分からぬがな——。いずれにしろ、薩長のやり方は間違っている。それを知らしめるためにも、奥羽越列藩同盟は重要なのだ」

「それは、楢山さまの妄想でございます」

中島は唸るように言った。

「お前は薩長に対する妄想を抱いていないと言い切れるか？」

「楢山さまは分からず屋でございます」

反論することができなくなった中島は悔しそうに言った。

「薩長のやり方に——」目時が言う。

「間違いがあるとするならば、同盟を捨てて官軍に加わり、内側から正していくというやり方もございましょう」

「内側から改革していくのがいかに困難か、お前も分かっておろう。盛岡藩は城の外側から藩政の歪みを知らされ、やっと改革を進めることができたのだ」

「左様でございますか」

目時は深い溜息をついて口を閉じた。

中島は膝の上で拳を握りしめ、目に涙を溜めながら佐渡を睨んでいる。

「岩倉卿の目論見にはまるようで業腹だが、重しを間違えては、漬物はうまく漬からぬ」

「漬物とは？」

佐々木直作が片眉を上げる。

「薩長の尊皇とは、己らの利益を第一とするかりそめのもの。己らに反対する大名をことごとく滅ぼす――。徳川の世以前の乱世となんら変わらぬやり方で、己らが天下人にならんとしている。乱世と異なるのは、一人で天下を担えるだけの者がいないこと。薩長は重しとなって、野菜に自らの味を染み込ませようとしている。これは維新ではない。なにも新しくならず、なにも改まらぬ。奥羽越列藩同盟は、それに抗しなければならぬ」

佐渡の言葉が終わると、目時は黙ったまま一礼して座敷を出た。

その夜。目時隆之進は同行していた息子貞次郎を連れて密かに藩邸を出て長州藩邸に身を寄せた。北田貞治、島忠之の二人も、目時の後を追って脱藩した。脱藩した尊皇派の者たちとなにか打ち合わせがあったのであろうか、中島源蔵は追従することなく佐渡に随行した。

佐渡は京の藩邸を出て、大坂藩邸＝蔵屋敷に移った。大坂蔵屋敷は北浜過書町（かしょ）にあった。中之島との間に架かった土佐堀（とさぼり）を渡る栴檀木橋（せんだんのき）の南詰、彦根藩邸の西隣である。

佐渡一行はそこで船の支度が出来るまで数日を過ごすこととなった。佐渡は井筒屋をいた。

訪ね、鉄砲などの武器の調達を依頼した。支払いは潤益講の積立金であった。この頃は知行ばかりでなく近郷近在、城下の侍らの入会もあり、積立金はけっこうな額になっていた。

六月八日、深夜。

佐渡に随行し、蔵屋敷に逗留していた藩士四戸次郎は、畳を這うような音と呻き声に目を覚ました。夜具の上に上体を起こすと、隣室との襖の隙間から細く灯りが漏れている。中島源蔵の部屋である。這う音、呻き声に合わせて漏れる灯りがちらちらと見え隠れした。

これはただごとではないと、四戸は襖に近寄って、

「中島どの。中島どの」

と声をかけた。急に襖を開けるのは失礼と考えたからであったが、返ってくるのは呻き声ばかりである。急病にでもなったかと、四戸は「御免つかまつる」と言って襖を開けた。

室内は血の海である。畳の上で血にまみれた中島が呻き声を上げて身もだえしている。

「中島どの！」

四戸は駆け込んで中島を抱き起こす。着物をはだけた腹がざっくりと割れていた。近くに短刀が落ちている。

「誰か！　医者を！」

四戸は叫ぶ。

中島は血まみれの手で四戸の首をぐいと摑むと、鬼気迫る表情で、

「楢山佐渡を呼べ」

と、佐渡を呼び捨てした。微かな、息が漏れるような声だった。

廊下に足音が響き、佐渡や佐々木直作らが駆けつけた。

佐渡は部屋に入るなり、血まみれの中島に目が釘付(くぎづ)けになった。

刃で傷ついた者を初めて見た。もちろん、切腹をした者を見るのも初めてだった。

頭の中が真っ白になった。

一瞬、なにをどうすればいいのか分からなくなった。

ともかく血を止めなければ。傷口を塞がなければ——。

佐渡は部屋の隅に置かれた行李(こうり)に走って、中から晒を取りだした。藩士の一人が「それがしが」と言ってそれを受け取り、中島の応急処置に当たった。

その動きを見ながら、佐渡は壁や襖に映じる奇妙な影に目がいった。

その源を辿ると、行灯であった。

行灯の紙に、おそらく指に血をつけて書いたのであろう文字があった。

〈奸臣殺忠臣〉

奸臣が忠臣を殺す。自分の死は、自刃ではなく奸臣によって殺されたのだと言うのか。

奸臣とは、おれのことか——。

佐渡はあらためて中島を見た。

中島は血の気を失った唇を震わせ、弱々しく佐渡を手招きしている。

佐渡は血の海の中に足を踏み入れて、中島の横にひざまずいた。

「楢山佐渡。おれは、お前より年上だ。今から年上の者として語る」

「分かった。聞こう」

「お前の偏屈がおれを殺すのだ」

中島は掠れた声で言った。死に行く者の言葉が胸に刺さった。

命をかけて自分を諫めようとしている藩士の思いが重くのしかかった。

「分かった。おれがお前の命を奪うのだ」

佐渡は中島の目を見つめ返す。

「咎めぬのか？」

中島の光を失いかけた目が問いかける。

「己の考えに殉ずる者を咎められるものか」

佐渡の言葉に、中島はふっと笑う。

「どうやら死に損のようだな。加判役さまは、どうあってもお心を動かさぬようだ」

「中島源蔵が己の考えに殉じるように、楢山佐渡もまた、己の考えに殉ずる覚悟だ」

中島の手が伸びて、佐渡の袖を摑む。

「ならば、一つだけ約束しろ。盛岡を戦火に巻き込まぬと」

「巻き込まぬ。絶対に」

中島は大きく息を吐き出すと、静かに目を閉じた。

「よし……」

「中島！」

四戸が叫ぶ。佐渡は立ち上がった。

「直作。弔いの用意をしてくれ」

「楢山さま。今際(いまわ)の際(きわ)でございました。嘘の一つもついて安心させて逝かせてやればよろしゅうございましたのに」

直作は責めるような目で佐渡を見た。

「体から抜けた亡魂は、すぐにおれの嘘を見抜こう。口先ばかりの嘘で人は成仏できぬ」

「左様でございますな――。それでは、弔いの手配をいたします」

佐渡と直作は中島の亡骸に合掌すると、部屋を出た。集まった藩士らが中島の亡骸を清めにかかった。

中島は大坂北野(きたの)村兎我野(とがの)の寒山寺(かんざんじ)に丁重に葬られた。

十一

中島源蔵切腹の少し前の六月五日。

盛岡に逗留中の奥羽鎮撫総督府の九条総督は、前山参謀を弘前藩へ派遣した。九条は鎮撫総督府を久保田藩へ移す計画であったが、肝心の久保田がよい返事をよこさない。藩主佐竹義堯は受け入れたい意向を示しているらしいが、重臣たちが肯かないのである。

仕方なく、鎮撫総督府を弘前へ移す打診をしたのであった。

十五日に前山は戻り、弘前は鎮撫総督府の受け入れを決めたと報告した。

そのことを知って慌てたのか、すぐに久保田藩より使者が訪れ、鎮撫総督府を受け入れるという。

「大館で澤副総督のご一行と合流とのことでございますが、罠を仕掛けられていては奥羽鎮撫総督府が全滅でございます。澤副総督もそれを警戒したご様子で、能代に移動なされました。この際、大館での合流という案は捨て、峻険(しゅんけん)ではございますが、国見(くにみ)峠を越えて久保田入りすることをお勧めいたします。このことは、出立の日まで内密になさいますよう」

使者はそう付け加えた。

「貴公がせっかく決めてきた弘前入りが無駄になるが、どう思う？」

九条は前山を見る。

本誓寺の一室である。座敷の周囲は小倉の兵で固めてあり、盛岡の藩士は近づけないようにしてあった。

「久保田の方がようございましょう。良港が多ございますれば」

――官軍の海軍の船を進めやすい。前山はそう思ったが口には出さなかった。藩主の佐竹義堯は尊皇だが、まだ藩論を決定していない。また、盛岡からはこれ以上の戦禍なく戦を終結させるという約束で御用金を受け取る約束をしている。

「ただ、弘前には丁寧な断り状を送って、繋がりを保っておくべきかと存じます」

「うむ」

九条は肯く。澤からの知らせでは弘前もこちら側につきそうだとのことだった。いざとなれば、弘前から圧力をかけて久保田を引き込むということもできる。

「それでは、そのようにいたそう。佐竹どのによろしく伝えてくれ。能代の澤副総督にも知らせを頼む」

「承知いたしました。配下を二人ばかり道案内として置いていきましょう」

使者は一礼して部屋を去った。

「わたしが先発して道中を確かめましょう」醍醐が言った。

「久保田藩の罠も警戒しておかなければなりませぬ。なにしろ久保田も列藩同盟に加盟しておりますゆえ」

「やれやれ、四面楚歌というのは気苦労が多い――」

九条はしかめっ面をして肩を揉んだ。

戎装の兵らが盛岡城下に溢れて二十日以上が経った。

薩長兵らの傍若無人さの噂は広く知られていたから、町の人々は奥羽鎮撫総督府の兵たちに怯えていた。しかし、佐賀、小倉の兵は噂ほどの狼藉をはたらくことはなかった。官軍とはいえ、薩長の下にいるという遠慮があるのか、盛岡藩を鎮撫総督府側につけるために兵たちにおとなしくするよう命令があったのか――。

それでも官軍という奢りはあり、花街や繁華街の商店で無理難題をふっかける兵はいた。

六月二十二日未明。醍醐参謀は家臣と道案内の久保田藩士二人を連れて先発した。途中まで大館へ向かう鹿角（かづの）街道を進んだが、途中で国見峠への道に転じた。

六月二十四日。鎮撫総督府は秋田へと出発した。盛岡藩、八戸藩から出させた一万両を荷車に積んで、意気揚々とした旅立ちであった。

「気分は鬼ヶ島から凱旋（がいせん）する桃太郎でございましょうか」

南部弥六郎は官軍の行列を見送りながら皮肉っぽく言った。

「考えてみれば、桃太郎というお伽噺（とぎばなし）は、理不尽だ」隣に立つ利剛は苦笑する。

「鬼の側からすれば、突然桃太郎と名乗る者が現れて、虐殺のかぎりをつくし、財産を略奪していくのだからな――。九条総督には、御用金を奥羽に戦火を広げるためには使わぬように念を押した。その約束を破るようならば、官軍の志も知れたものだ」

「久保田藩はどう出ましょうな」

「東次郎からの知らせによれば、佐竹どのは会津、庄内のことよりも、己の藩の農業のことを気になされていたとのこと」

「それは、諸藩も同じことでございましょう。だから解兵の申し出をすることに賛意を示したのでございます」

「一番にその提案をしたということが佐竹殿の心を表しているように思える」

「まずは藩の安全ということでございますか。藩主としては、正しい選択でございますが――」

「奥羽越列藩同盟のことを考えれば、厄介な選択となるやもしれぬな。列藩同盟は出来て一月余り。まだそれぞれの藩主らの思いが統一されてはおらぬ。ここで列藩同盟が瓦解すれば、日本は薩長の思うがままだ」

「佐竹さまが、鎮撫総督府に与することなく京へ帰してくださることを祈るしかありませぬな」

弥六郎は溜息と共に言った。

一刻ばかり後、慌てふためいた伝令が盛岡城へ飛び込んできた。九条一行の護衛兵の一人であった。

九条は鹿角街道を進まず、秋田街道へ折れたというのである。

報告を聞いた南部弥六郎は、

「我らの罠を警戒したか。取り越し苦労もいいところだな。まぁ、国見峠で苦労するがいい」

と苦笑した。

＊　＊

六月二十四日に角館(かくのだて)に着いた九条総督一行は、翌日久保田城へ向かい、七月一日に城下に到着。用意されていた藩校明徳館(めいとくかん)に入り、能代から駆けつけた澤副総督と合流した。

七月に入って九条は明徳館を奥羽鎮撫総督府の本営とし、さらに庄内討伐軍務総督府を設け、藩主佐竹義堯を呼びつけて列藩同盟の脱退と庄内へ討伐軍を送ることを迫った。

久保田藩の重臣らは慌てた。盛岡で九条はこれ以上戦禍を広げない約束をしたという知らせを受けていたからである。義堯は、翌日大評定を開くのでと即答を避けて鎮撫総督府を辞した。大評定は紛糾した。尊皇か佐幕か、両者の落としどころが見つからず、翌日に持ち越したが、それでも話は堂々巡りを繰り返すばかりであった。

その夜、藩士二百人が決起して家老小野岡義礼(おのおかよしひろ)の家へ押しかけ、小野岡に同盟脱退と鎮撫総督府への恭順を迫った。小野岡は決起した侍の代表十数名と共に急いで登城した――。

＊　＊

佐竹義堯は床にも入らず独り御座之間に座り、黙考していた。

同盟か。鎮撫総督府か。藩の安泰を第一と考えるならば、どちらを選択すべきか——？

奥羽諸藩が力を合わせて、はたして官軍を止めることができようか？

戦って滅ぼされるよりも、従って生き延びるほうが賢い選択ではないか。

裏切り者と誹られようと、雌伏していればいずれ捲土重来の機会は必ずある。今、久保田が同盟を脱退すれば、後に続く藩も多いはずである。そうなれば同盟は崩壊する。官軍に抗する術を失えば、残りの藩も諦めて恭順するだろう。奥羽は最小の被害で救われる。

それに——。薩長は、徳川の時代とは明らかに違う世を作り上げるだろう。強権を用いて他を抑えつけ、二百六十年の惰眠を貪ってきた徳川の悪しき因習と弊害を、薩長は痛いほど感じているに違いない。だから蜂起したのだ。徳川と同じ轍は踏むまい。

今聞こえてくる悪い噂が真実だとしても、いずれ世が落ち着けば解消されよう。

久保田藩は、薩長に賭けてみよう——。

遠くから騒がしい物音と怒声が聞こえた。荒々しい足音が近づいてくる。

義堯はゆっくりと目を開いた。

足音は御座之間の前まで来て、急に静かになった。がらりと襖が引き開けられる。

向こう側に家老の小野岡と若侍たち十数人が険しい表情で座っていた。

「お上。お願いがございます」

一人の若侍が言うと、一同はざっと衣擦れの音をさせて平伏する。

「騒がずともよい。余の心は定まった」

＊　＊

七月三日。盛岡城菊之間において、奥羽越列藩同盟に留まるか、奥羽鎮撫総督府側に与するかの大評定が開かれた。なかなか藩論は定まらず、数日が過ぎた。

そこへ、仙台からの知らせが届いた。

先に書状を読んだ南部弥六郎が、険しい顔をして一同に報告する。

「久保田藩が奥羽越列藩同盟を脱退し、庄内討伐の建白書を上奏したとのこと」

重臣らから呻き声が漏れた。

「奥羽鎮撫総督府からの説得に、久保田藩が屈することを恐れた仙台藩が使者十一名を送っていたが、その六人が斬殺され、五人が捕縛された。総督府を案内して久保田に入った我が藩の侍一名も襲撃の巻き添えで斬り殺された。参謀大山格之助の命令で捕らえられた五人も斬首。首は橋の上に晒されたとのこと。どうもすべては久保田藩を後戻りできぬようにするための大山参謀の策略であるようだ」

「大山め。世良の恨みを晴らしたか……。薩長の奴らは汚い手を使う！」

石亀左司馬が拳で床を叩く。

「世良の恨みを晴らすならともかく、盛岡藩士を斬るとは許せぬ」

「斬った侍を引き渡してもらいましょうぞ！」

と重臣らは騒いだ。

「仙台藩は――」弥六郎はそれらの声を制して言う。

「それは、藩士を斬られた恨みからでござろうか？」

「久保田藩を討伐するようにと言ってきている」

訊いたのは野田丹後である。

「いや、同盟脱退を責めてでござろう」米田武兵衛が言う。

「そのままにしておけば、離反する藩が増えましょう。久保田を討つべきでござる」

その時、新たな書状を携えた近習が駆け込んで、弥六郎にそれを渡した。

弥六郎の表情はさらに険しくなった。

「今度は奥羽鎮撫総督府より、久保田藩の庄内攻めに援軍を出すようにと言って参った」

「仙台藩士が世良参謀を斬るという暴挙が発端でござる」野田が言う。

「仙台には従わず、鎮撫総督府からのご命令どおり、久保田を助けるべきでございましょう」

「いや。久保田領との国境には険しい山がある。しかし、仙台領との境には和賀川があるばかり。仙台に逆らえば、容易に攻め込まれましょう。ここは、熟慮せねばなりませぬぞ」

野々村真澄が言った。

「このまま話し合うても、まとまらぬ」南部監物が言った。「それぞれの考えを建白書にしたため、明朝差し出すこととする。藩論は、かねての決定のとおり、楢山どのの報告を受けて、建白書と併せ考えて決定いたそう」

「しかし、同盟も鎮撫総督府もそれまで待ってくれようか」

という声が上がった。

「藩論が決まる前に、どちらかに従うわけにも参るまい。それにお上が九条総督より、これ以上の戦いは起こさず帰京なさるというお言葉を引きだしたのだ」

「そのお言葉は、久保田と共に庄内を攻めよという命令で反故にされたのだ」

忌々しそうに重臣の一人が言った。

「二枚舌に乗ってしまったことは口惜しい」利剛が口を開いた。

「しかし、同盟と鎮撫総督府、どちらの命令も無下にするわけにもいかぬ。双方の命令に従ったように見える方法がある。同盟、鎮撫総督府、いずれの命令に従っても、盛岡の軍は久保田へ向かわなければならぬ。兵を調えて雫石まで向かわせよ。そこで待機すれば、同盟も鎮撫総督府も、盛岡は命令に従ったと考える」

「なるほど。楢山どのが戻るまでの時を稼ぐわけですな」監物は肯いた。

「ご一同、いかがか？」

監物の問いに重臣らは肯いた。その場で、先手役三浦忠左衛門と目付の高野恵吉に出張駐屯を命ずることとなり、兵は銃兵二小隊と決まった。

夜半。平山郡司が謹慎中の東次郎の、内丸の屋敷を訪れ、大評定の内容を伝えた。

「そうか。楢山どの待ちか」

行灯の薄暗い灯りの中で、次郎は肯いた。

「楢山さまがお戻りになれば、藩論は久保田攻めになるに決まっておりますぞ。いかがなさいます？」

「そうだな――」次郎は溜息をついた。

「久保田との戦は、久保田だけとの戦いにはあらず」

「佐賀、小倉の兵がおりますからな」

「いや。官軍の増員が必ずある。官軍は、我らの持つものよりも新しく強力な武器を大量に手に入れている」

「外国の武器商人が荒稼ぎしていると聞いております」

「内乱の起こっている国は、いい市場だからな。庄内についたスネル兄弟。官軍についたグラバー。そのほかにも横浜の外国人居留地の商人たちが我が国を食い物にしておる。盛岡藩が久保田藩と戦えば、いずれ物量に任せて押し寄せる官軍と戦うことになる。そうなれば――」

次郎は言葉を切る。その顔に微かな苦悩の色が浮かぶ。

「どうなります？」

「盛岡藩は滅ぶ。南部家はお取り潰し。藩士は路頭に迷うことになろうな」

「それは困ります……」

「盛岡と久保田が戦っても、盛岡藩を滅ぼさぬ方法が一つある」

「なんでございます？」

「お上の嫡子、彦太郎さまを連れて、久保田に入る」

「えっ？　彦太郎さまを拐かすのでございますか？」

「たとえ盛岡藩が敗れても、彦太郎さまが久保田にいて、鎮撫総督府に恭順を示して御座せば――、彦太郎さまを領主に、南部家を再興することができる」

「なるほど――」

平山は何度も肯いた。

「平山どの。貴殿はこれから、彦太郎さまを無事に久保田へお連れするための護衛を密かに集めておいてほしい」

「承知いたしました」

平山は一礼すると次郎の屋敷を辞した。

＊　＊

七月十日。楢山佐渡は船で仙台に着いた。

途中、大暴風雨に見舞われたが、大坂を出港した藩士らも誰一人欠けることなく仙台の地を踏んだのであった。

湊には仙台藩奉行（家老）の但木土佐の使者が待っていて、すぐに城へおいでくださいと告げた。

なにか大事があったか――。

佐渡はただちに城へ向かい、但木と面会した。

そこで久保田藩の離反を聞いた佐渡は愕然とした。

「左様でございますか……。久保田が同盟を離脱いたしましたか」

佐渡は唇を嚙んだ。憂慮していた事態が早くも始まった。

「考え直すようにと使者を出したが、全員斬り殺され、首を晒された。盛岡藩の案内人も一人、斬られた」但木は厳しい表情で佐渡を見る。

「このままでは同盟は瓦解する。日和見で加盟した藩も多いからな。そういう藩は恐怖を与えてでも引き留めなければならぬ」

「久保田を討つと？」

佐渡は眉をひそめる。

「左様」

但木はじっと佐渡の目を見る。

その役を盛岡に担って欲しい――。

但木の目はそう言っていた。

「盛岡にその話は？」

「すでに書状を出しているが、楢山どのが戻ってから評定をするとの返事」

なるほど。それで湊で使者が待ち構えていたのだ。盛岡へ戻る前に、おれの気持ちを久保田討伐に固めさせようという腹か。

「もう少し時が欲しかった。そうすれば奥羽の気持ちを一にできたものを」

但木は溜息と共に言った。

「もう一度、翻意させるよう働きかけることはお考えになりませぬか？」

「また首を晒されるだけだ」

「同盟離脱を決心した直後で血気に逸った者がやったことでございましょう。今すぐに攻め込めば、藩士を殺された恨みを晴らすためだと誹られます。薩長を『私怨を大義名分にすり替えて戦を起こした』と責めることはできませぬぞ」

「久保田は同盟を出たのだ。大義名分はある」

「同盟は、理不尽な理由での会津、庄内攻めを止めるよう太政官に申し立てております。そんな中で同盟離脱を理由の戦は、できるだけ避けとうございます」

「ならば、久保田の離反をそのままにしておけと？」

「そこがなんとも悩ましゅうございます」佐渡は腕組みをする。

「戦はしたくないが、久保田には同盟に戻って欲しい——。盛岡への帰路、色々と考えて参ることにいたしましょう」

佐渡は明確な答えを避けた。

「そうか――」但木は落胆したように肩から力を抜いた。

「気をつけて帰藩なされよ。そして、盛岡藩は仙台藩に借りがあることをお忘れなく」

駄目押しか――。

佐渡は思った。仙台藩に対する借りとは、もちろん仙台越訴のことである。

そのことまで持ち出さなければならぬほど、但木は危機感を抱いているのだ――。

これより二日後、奥羽越列藩同盟は、輪王寺宮公現法親王を盟主、軍事総督として迎えた。同盟には幕府の筆頭家老であった板倉勝静や唐津藩主の世嗣である小笠原長行が参謀として迎えられた。

輪王寺宮は、上野戦争敗北の時に寛永寺から脱出、東北へ逃亡中であった。

板倉は、官軍によって宇都宮城に監禁されていたが、宇都宮戦争の旧幕府軍の勝利で救い出されたのであった。

＊　＊

七月十六日。佐渡は盛岡に着いた。

新山舟橋を渡って番所の前を通り過ぎようとした時、数人の侍が立ってこちらを見ているのに気づいた。

中央に塗りの網代笠を目深に被った侍がいる。それを隠すように六人の侍が囲んでいるのである。

佐渡はすぐに網代笠の侍が誰であるのか気づいた。馬を下り、帰国の喜びに浮かれている供回りに先に城へ戻るよう言った。そして手綱を引き、侍たちの側に歩み寄った。

「次郎。謹慎中ではなかったのか?」

佐渡は微笑みながら言った。

「謹慎中でも御用のおりには外出を許されておりますゆえ。それに九条さまが久保田へ向かわれて後、見張りが緩くなり申した」

次郎は指で笠を押し上げて顔を見せた。謹慎前よりだいぶ痩せたようであった。

次郎を囲む六人の侍はみな次郎の家臣であった。

「昨日、弘前藩が同盟の脱退を決めたそうでございます」

「なに。弘前もか……」

「盛岡は、久保田、弘前と戦いまするか?」

「戦いたくはない」

「仙台から戦えと言われてきたのでございましょう?」

「言われた。だが答えは濁した」

「戦えば、必ず盛岡も戦火に飲まれまする」

「そうはさせない。中島と約束した」

「左様でございますか。中島と――」

次郎の顔にちらりと悲しげな表情が過ぎった。尊皇攘夷の藩士たちはみな、次郎と気脈を通じている。中島源蔵もまた、次郎の同志であった。

「ここでおれが罷免され、お前が加判役に返り咲いたならば、なにか策はあるか？」

「楢山さまが罷免されることはありますまい。したがって、盛岡が火の海となるのは決まったようなもの。その後のことを考えて、行動を起こそうと思っております」

次郎はなにを考えている——？

「盛岡藩と南部家存続のためになにか考えていると？」

「まぁ、そのようなもので」

こちら側にどんなに正当な理由があろうと、官軍との戦いは謀叛である。藩と南部家の存続を期するならば、その継承者を謀叛から切り離しておかなければならない。

「彦太郎さまをどこかへ移すと？」

佐渡の問いに、次郎は驚いた顔をした。

「ご明察。その手筈を調えますゆえ、ご助力をお願いしたく、ここで待っておりました」

「次郎。お前は、お上と彦太郎さまを引き裂くつもりか？」

「方便でございます。南部家と盛岡藩を守るためには仕方のないことでございましょう」

「財政を立て直し盛岡藩を守るための方便が、利済公と利義公をどれほど苦しめたか、忘れたわけではあるまい」

「事態はあの頃よりずっと悪うございます。少しの我慢をしていただきませぬと」

「それはならぬ」

佐渡は強く首を振る。

「楢山さまがしくじった時のためにわたしがおります」

「それならば、しくじってからおれの尻拭い（しりぬぐい）をせよ。先回りをして余計なことはするな」

「藩のため、南部家のためでございます」

「ならば、彦太郎さまのご意向を確かめよ。もし、彦太郎さまが盛岡を離れると仰せになれば、おれも反対はしない」

「分かりました。確かめましょう」

次郎は一礼し、六人の侍と共に去った。

「しくじることは許されぬ」

佐渡は呟いて馬に乗った。

しくじることは許されぬが、これは一揆の解決よりもずっと難しい。

果たしておれにできるか――？

佐渡は馬を走らせ城へ向かった。

第七章　秋田戦争

一

七月十六日夕刻。懐かしい我が家を横目に、楢山佐渡は盛岡城に入った。

佐渡の帰着が大声で触れられた。花巻宿からの先触れによって佐渡の本日の登城を知らされていた御家門、御三家、高知衆の重臣らは菊之間、柳之間に集合していた。

佐渡は、上座に腰を下ろした藩主利剛に長い留守を詫びた後、京の様子や西郷吉之助、木戸貫治（桂小五郎）、岩倉具視らとの会談の様子を語った。

広間がざわついた。

次に、南部弥六郎が佐渡に、仙台から久保田藩討伐の指令が来ていることと、弘前藩が同盟に離反したことを告げた。

「久保田、弘前もでございますか……」

佐渡は唇を噛んだ。

「楢山どのはどう考える？」

南部弥六郎が訊いた。

「弘前も同盟離脱を決めた以上、最悪の場合、いずれかの藩を攻めなければなりますまい」

「攻めるのは弘前でよい。楢山どのとてそう思われましょう？」

御家門の中から声が上がった。

盛岡藩と弘前藩とは長い確執がある。天正十八年（一五九〇）、南部家の家臣であった津軽為信が謀叛を起こし、津軽、外浜の土地を奪取。その際に、浪岡城の城代であった佐渡の祖先が敗走するという事態があった。豊臣秀吉の小田原攻めに参戦し、その褒賞としてさらに南部家の領地の一部を得て、大名として独立を果たすが、関ヶ原の戦では徳川方に味方した。そして、文化五年（一八〇八）。弘前藩は十万石、従四位下に昇進して江戸城の大広間詰となった。家格が南部家よりも上位となったのである。

裏切って我が領地をかすめ取った一族が、今度は家格まで上になったと、盛岡藩の者たちは大きな恥辱を覚え、藩士下斗米秀之進が弘前藩主寧親の暗殺未遂事件を起こす。いわゆる相馬大作事件であるが——。

佐渡は苛立ちを覚えた。今は、昔の遺恨を引きずっている場合ではない。弘前からしてみれば、こちらは藩主を暗殺しようとした極悪の藩であろう。大義名分をでっちあげて遺恨を晴らそうというのなら、薩長のやり口と変わりない。しかし、今それを口にすれば話が逸れたまま、いたずらに無益な議論が続くばかりだ――。

「まずは、久保田藩に翻意を促すことを第一と考えとうございます。今は奥羽越列藩同盟の基盤を固め、薩長に対さなければなりませぬ。薩長に新しい世を任せれば、百年、二百年の計を過ちます」

「どう過つというのでございましょう？」

野田丹後が訊いた。

「薩長の尊皇攘夷には民百姓が抜けております。五箇条の御誓文は素晴らしい考えが記されているとは思いますが、残念ながら衆議の中に民百姓は含まれていない様子。我ら盛岡藩は、度重なる一揆によって、民百姓の声を政に反映させなければ国は成り立たぬということを学びました。これからの世は、民百姓も含めて、広く衆議を諮らねばなりませぬ」

「民百姓の声を聞くのであれば、目安箱があります。かつて我が藩でも用いておりました」

「それでは意見を述べるだけで、衆議に参加したことにはなりませぬ。己の意見に対する反論を述べる場も、他の意見の賛否を論ずる場も与えられておりませぬ」

「しかし――」口を挟んだのは南部弥六郎である。

「侍がすべてを決すことが長きにわたって続き、民百姓は政にどう関わったらよいのか分かっておらぬ。衆議に参加せよと申しても、戸惑うばかりであろう」

「学ばせるのでございます。このままでは、政にまったく関心を示さず、政は侍が勝手にやっていればよいという気運がいつまでも続きましょう。幕府が倒れた今、侍という身分はなくなるやもしれませぬが、それでも衆議は元侍ばかり。それを牛耳るのは薩長の出の者ばかりになりましょう。それでは百年、二百年の計を過つと申しておるのです」

「民百姓も共に立たねばならぬということか――」

利剛がぽつりと言った。

「御意。久保田、弘前が奥羽越列藩同盟に戻り、同盟の基盤を確固たるものにし、会津、庄内の件が落ち着きしだい、衆議には民百姓も加えるべきと上申する所存にございます」

「それで、久保田が翻意せぬ場合、どう攻める？」

野田が訊いた。

「まずは、鹿角街道を進み、十二所口から」

久保田領の十二所は、盛岡藩との国境近くの町である。

十二所には城があり、茂木筑後が守っていた。この年数え二十歳。若い城代である。

「北から？」野田は眉をひそめた。

「久保田を攻めるならば、秋田街道を進み、生保内（おぼない）口から角館、境村、和田宿と落として久保田城下に迫るのが定石でござろう？　なぜわざわざ北の遠回りを？」

「まず一つに、国見峠の峻険さでございます。第二に、十二所口から進めば弘前との国境近くを進軍することになります。それで弘前を牽制（けんせい）できます」

「しかし、弘前に横から攻撃されることも、退路を塞（ふさ）がれることもあろう」

　弥六郎が言った。

「今の奥羽諸国は、同盟国も離脱した藩も、尊皇か佐幕かで揺れております。弘前にしても街道に大木を倒すとか、それをどけるとかの行動しか選んでおりません。盛岡藩が劣勢にならぬうちは、攻撃を仕掛けてはこないと考えます」

「久保田を翻意させることを第一に考えると申したが――」利剛が言う。

「どのようにする？」

「久保田との国境、鹿角まで兵を進めれば、すぐに斥候（せっこう）が我らを見つけましょう。そこで、まず評定が開かれます。そして、盛岡藩と戦うか否かを決する前に、まずこちらが本気か脅しかを探りに参りましょう。使者が参ったならば、佐竹公へご改心、ご解兵を促します。それが叶（かな）えられなければ、こちらは本気で戦をする覚悟であると伝えます」

「そこで翻意してくれればいいのだがな」

　利剛は溜息（ためいき）をつく。

「それで駄目でも、まだまだ望みはあります。佐竹公に書面で訴え、ただちに兵を久保田領へ進めます。相手が戦を仕掛けてくるまで、こちらは進軍するのみ。こちらから鉄砲を撃つことはいたしません。言葉を尽くし、それでも駄目ならば軍で威嚇する手。電光石火、十二所城を落とします。佐竹公が翻意してくださるまで、戦は続きましょう」

「戦か……」

利剛は苦しげな表情であった。

「いたしかたありません」佐渡はきっぱりと言う。

「維新は必要でございます。しかしそれは、一部の藩がより多くのものを得たり、侍ばかりが政を司（つかさど）るものであってはならぬのです。なんとしても、薩長の専横を防がなければなりませぬ。ここで決断しなければ、ずるずると薩長の思惑どおりに世の中は作り替えられていきます。なにより、我らが民百姓と共に行ってきた藩政改革が無駄になります」

「官軍は――」石亀左司馬が口を開いた。

「新式の鉄砲など、多数揃（そろ）えているとのこと。我が藩にも楢山どのが調達してきたものがございますが、その数は不十分。久保田に薩長の援軍が加われば、我が藩の敗北は必定」

「いつぞやの攘夷に関する評定で、それがしは『勝てぬ戦をわざわざ仕掛けるべきではございませぬ』と申しました。しかし、勝てぬと分かっていても戦をせねばならない時もございます」

「負けを承知で挑むと仰せられるか」

石亀は身を乗り出して訊く。

「異を唱えなければならぬ時があると申しておるのです。しかしながら、引き際、引き方は承知しているつもりでございます。盛岡藩に戦火が及ぶようなことはいたしませぬ」

「御一同、いかがだ？」

利剛が御家門、御三家、高知衆を見回す。

「久保田とは戦いとうございませぬが——」石亀が言う。

「藩論がそのように決するのならば、それがしが先鋒を務めまする」

石亀の言葉に、尊皇派の者たちは顔を見合わせた。

「石亀さまのお言葉、ありがたく存じます」佐渡は頭を下げる。

「ここは速やかに藩論を決し、行動を起こさねばなりませぬ。奥羽越列藩同盟の存続は、これからの世を決めるための大きな要となります。絶対に崩壊させてはならぬのです」

利剛は肯いて広間を見渡す。

「佐渡の考えどおりでよいか？」

問いに対して、広間に衣擦れの音が響いた。

一同は利剛に頭を垂れていた。利剛は佐渡を見て肯いた。

「できるだけ戦は避けよ」

「努めまする」

佐渡は平伏した。

＊　＊　＊

夜遅く、佐渡は久しぶりに家の門を潜った。先触れの中間が帰宅を知らせていたので、玄関の前には篝火が焚かれ、家族と家臣、使用人たちが大勢出迎えに出ていた。

佐渡はまず父帯刀と母恵喜、そして父の側室里世に帰宅の挨拶をした。

次に妻の前に立つと、菜華は「おかえりなさいませ」と頰を上気させて微笑んだ。

九歳の幸と四歳の太禰は、子供ながら父に飛びつく不調法はすまいと、必死に感情を抑えているようであった。

口々に旅の苦労を労う家臣たちの後ろに、江釣子源吉と原健次郎の姿もあった。

「健次郎さんがどうしても京のお話が聞きたいと仰せられるもので。お疲れで御座しましょうから明日、明後日にと申したのですが」

源吉は申し訳なさそうに言う。

「そうか。ならば、一献傾けるか。うちの濁り酒は美味いぞ」

「はい」

嬉しそうに肯く源吉と健次郎を見ながら、幸と太禰はヤキモチを焼いて頰を膨らませた。

＊　＊　＊

座敷に帯刀と澤田弓太、源吉、健次郎が集まり、佐渡が語る京の様子に耳を傾けた。

佐渡は、先ほどの大評定(ひょうじょう)で、鹿角口まで兵を進め久保田藩を説得することになったことまでをかいつまんで語った。

「それならば、ご家族に川井村のご知行に移っていただくほうがようございますな」

弓太は言った。

「愚か者(ほんずなす)」と帯刀は笑う。

「それではまるで、説得が失敗し戦となって、息子が負けて久保田軍が攻め寄せてくると言うているようなものではないか。近隣の方々、城下の者どもも余計な心配をする。楢山家は、どっしりと落ち着いておらねばならぬ」

「ああ……。左様でございますな。失礼を申し上げました」

弓太は首をすくめた。

「楢山さま――」

今まで黙って話を聞いていた健次郎が、真剣な眼差しで佐渡に言った。

「わたくしもお連れくださいませ」

「そう言い出すと思った」源吉が顔をしかめた。

「駄目だ、駄目だ。お前は若すぎる。楢山さまの御身はおれが守る。お前は盛岡にいて、勉学にはげめ」

健次郎は源吉の方を見もせず、佐渡を見つめたまま畳に両手をついた。

「健次郎。お前には別の役割がある」

佐渡は優しく微笑んだ。

「と仰せられますと？」

「おれに万が一のことがあったとき、盛岡藩は東次郎が引っ張っていく。しかし、その跡を継ぐ者がいない。お前は、十年先、二十年先の盛岡を引っ張っていかなければならぬ。いや、民百姓のため日本を引っ張っていかなければならぬ重要な逸材だ」

「おそれ多いお言葉でございますが、しかし、わたくしにはそのような力はございませぬ」

「お前はおれを信じておるだろう」

「はい……」

「ならば、おれの人を見る目も信じよ。お前は盛岡に残らなければならぬ」

佐渡は豪快に笑って話を終わらせた。健次郎はなおもなにか言いたそうであったので、帯刀がそれを断ち切るように口を開いて話題を変えた。

「出陣はいつだ？」

「調えに十日ばかり。七月二十七日には」

「そうか。十日か――。その間は、幸や太禰と十分に遊んでやれよ」

帯刀の目は、万が一のことがあれば二度と会えなくなるのだと語っていた。

「なんとか時を作ります」

とは言ったものの、夜を徹しての作業も続くだろうと思われた。

「お前は、わしも経験したことのない戦というものの中に身を置くことになる」帯刀の顔に一瞬、苦悩にも似た表情が浮かんだ。

「だから、何一つ役に立つようなことを言ってやれぬのが口惜しい。お城の方々に、わしも出陣させろと詰め寄ったのだが――」

「そんなことをなされたのですか！」

佐渡は驚き、呆れた。

「年寄は足手まといだとけんもほろろよ」

「当然でございましょうな」

佐渡はくすくすと笑う。

「群雄割拠していた時代には、八十、九十の武将もおる」

帯刀はむっとした顔をする。

「父上は万が一の時に、家族を守ってくださいませ」

「万が一の時などない」帯刀はきっぱりと言った。

「お前が総大将なのだ。だから、安心して居眠りをしながらお前の帰りを待つことにする」

「はい」

佐渡は力強く肯いた。

佐渡が久保田藩との戦に備えていた頃、庄内藩軍はすでに久保田藩へ向けて進軍を開始していた。七月六日の時点で、内陸の山道口に一番大隊・二番大隊の約千名。沿岸の海道口の三番大隊・四番大隊の約千名を動かしていたのである。

*　　*

久保田藩軍と奥羽鎮撫総督府軍は、七月十一日、奥羽越列藩同盟からの離反を決意した新庄藩の手引きによって、新庄藩に配置された同盟軍を駆逐し庄内藩を討伐するために出撃した。久保田藩と新庄藩の国境付近で、鎮撫府軍・久保田軍の連合軍と、仙台藩・米沢藩・山形藩・上山（かみのやま）藩・天童藩の同盟軍との戦闘が勃発（ぼっぱつ）。味方を装っていた新庄軍の急な裏切りによって、同盟軍は敗走した。

鎮撫府軍・久保田軍は新庄領内の同盟軍の拠点を次々に破っていった。

そして七月十二日夕刻、鎮撫府軍・久保田軍は新庄城下に入った。

七月十三日。新庄藩を仲間に引き入れた鎮撫府軍は小国（おぐに）川を挟んで庄内軍と砲撃戦を繰り広げたが、背後から奇襲を受けて敗走した。庄内軍は本営を占領した。

七月十四日。庄内軍は新庄の城下に侵攻し、占領した。新庄藩主戸沢正実（とざわまさざね）は久保田藩へ脱出した。

二

大評定の翌日。藩主利剛の嫡子彦太郎は石亀左司馬の屋敷の茶席に招かれた。南部彦太郎、この年数え十四歳である。

茶室には石亀と彦太郎、二人だけである。警護の近習は襖の向こう側に控えていた。

石亀が茶を点て、彦太郎が一口目を喫した時、近習のいる側とは別の襖がすっと開いた。

東次郎が深々と頭を下げた。彦太郎は横目で次郎を見たが、なにも言わずに三口で茶を啜り、飲み口を拭って茶碗を置く。

「東。久しいのう。この茶席は謹慎中の東がわたしに会う方便か。それで、なんの用だ？」

「盛岡よりお移り願いたく」

「盛岡に戦火が及ぶという考えか。世継ぎのわたしを、安全な場所へ連れて行こうと？　謀叛とは無縁の所ならば、それは奥羽鎮撫総督府であろう」

彦太郎は訊いた。

「御意にございます」

「そうなれば、余は人質だ。鎮撫総督府は、余に先陣を命じ、盛岡軍の勢いを削ぐ手に使うかもしれない。そのようなことをするくらいならば、無傷で盛岡を差し出すほうがよい。家屋敷は燃やされず、土地は人馬の足で踏み荒らされず、民百姓らに被害は及ばぬであろう。また、全員とはいかぬまでも、藩士らも引き続き城で働けよう」

「しかし、昨日決した藩論では久保田との会戦は必至でございます」石亀が言う。

「佐竹公は、楢山どのが考えるようには翻意いたしますまい」

「石亀」彦太郎は真っ直ぐな目で石亀を見る。

「そなたは評定の席でなんと申した？」

石亀は一瞬答えに詰まる。

「久保田とは戦いとうございませぬが、藩論がそのように決するのならば、それがしが先鋒を務めまする――と」

「そなたがそういう決意であるのに、余には盛岡藩を裏切れと申すのか？」

「それは……」

彦太郎は石亀から次郎に視線を移すと静かに微笑んだ。

「お上はすなわち盛岡藩そのもの。わたしもいずれ盛岡藩そのものにならなければならぬ。わたしはどこまでもお上についていく。官軍が新しい世を作るために邪魔というのならば、首をすげ替えればよい。そういうことだ、東」

「東次郎、余計なことを申しました。お許しください」

「なんの。藩のこと、余のことを心配してくれているのはよく分かった。なにかの時には、余の力になってくれよ」

「ありがたきお言葉。そのような時には、粉骨砕身、務めまする」

次郎は平伏した。まだまだ子供と侮っていた自分が恥ずかしかった。自分とは異なるが、彦太郎はすでにしっかりとした考えを持っている。

石亀には無理を言ってこの座を設けてもらったが、彼の言うとおり藩論が、そして彦太郎の決意がそうであるならば、自分もまた従っていかなければなるまい――。

万が一の時の楢山佐渡の尻拭い役、立派に務めてみせよう。

東次郎もまた、己の決意を固めたのであった。

三

結局、佐渡は子供たちと遊んでやる時を見つけられず、戦の調えに奔走して十日を過ごした。一番の大仕事は兵の募集であった。

藩士の子弟のほかに、町民、農民からも広く兵を募ったのである。

応募してきたのはおよそ六百人。それを十二の小隊に分け、発機隊（ほっきたい）と名づけた。

藩士らの隊の編成も行われた。

天象隊（てんしょう）。上士によって編成された二小隊百名。盛岡藩の正規軍であり、総大将である佐渡の親衛隊でもあった。

烏蛇隊。十二小隊六百名。奇妙な隊名は、隊長の烏谷部弓太、蛇口重治、三浦長太のうち、二人の名の頭文字をとったものである。

杜稜隊。藩士七十四名。地儀隊。六小隊三百名。昭武隊。槍の部隊。達人百人。煙山隊。三小隊百五十名。風雪隊。二小隊百名——、などの隊を組織して、隊長には手練れの藩士をつけた。

隊は整ったが、盛岡藩の装備は貧弱であった。

個人の武器は刀、槍、弓が主で、銃器は全員に行き渡るほどの数はない。

その銃にしても、火縄銃や、先込めで銃身内部に施条のないゲベール銃がほとんどで、それより新式の施条のある雷管発火式のミニエー銃は少なかった。日新堂を製造工場としてゲベール銃を生産させていたが、その数はまだまだ足りない。

久保田藩の装備は、盛岡とたいして変わりないはずである。もし戦闘になったならば、薩長の援軍が来る前にかたをつけなければならない。

薩長の銃は、ゲベール銃、ミニエー銃よりも性能のいいエンフィールド銃、元込め式のスナイドル銃が主流であることは、京に滞在している間に目にしていた。

また、官軍は京、関東での戦で戦い方を知っている。一方、盛岡の兵たちは、調練はしているものの、実戦は庄内軍との手を抜いた戦闘を知っている者が一部いるだけで、ほとんどが初陣の侍である。竹刀や木剣での試合と真剣による斬り合いが異なるように、戦も調練と実戦はまったく違う。

思考が久保田との戦いに傾いていくたびに、佐渡は頭を振ってそれを追い払った。

いや、戦闘にならないようにしなければならぬ。奥羽が割れてしまってはならないのだ。

それぞれの藩が強い思いによってそれぞれの道を選択している。そう簡単に翻意させることなどできない。すでに久保田、弘前、新庄が同盟を抜けた。それらの藩と干戈(かんか)を交えることになるのは必至――。

であれば、いかに双方の被害を少なく戦を終わらせるかが重要だ。

容赦なく攻めなければ、いたずらに戦を長引かせるだけだ。一気呵成(いっきかせい)に攻め、相手に反撃の暇を与えず降伏させる。苛烈(かれつ)な戦いになる。刀で斬り合う戦ではなく、銃弾の飛び交う戦いなのだ。後方の指揮官とて常に命の危険にさらされる。

盛岡から出陣する者たち誰もが、帰還する保証などないのである。戦死しなくても、盛岡藩が敗れればその責めを負っておれは切腹することになるだろう――。

常日頃から腹を斬る覚悟はできているつもりだったが、中島源蔵の切腹を目の当たりにして、それがいかなるものなのかを知った。腹を斬ることへの恐怖はあったが、粛々と刃(やいば)を腹に突き立ててみせる度胸もある。しかし、それはまだ遠いことだという漠然とした思いがあって、切実な現実感にはなり得なかった。

だが今、出陣を目前にして、自分の死を身近なものとしてとらえるようになった。

佐渡は数え三十八歳にして、初めて自分の死を切実なものとして感じているのだった。

まず心に浮かんだのは死に対する恐怖よりも、自分の死後の家族のことであった。家族にどのような身の振り方をさせるか。この戦に敗れればおれは逆賊とされるだろう。家財没収。家族まで連座で罰せられるかもしれない。官軍の手が回る前に、最善の策をほどこしておかなければならない。それは菜華と弓太に頼んでおこう――。

戦の調えに忙しく動き回りながらも家族のことを考えると、佐渡は胸が締めつけられるような不安を感じるのだった。

そうか――。このようなことを考えるのはなにも、戦が目の前に迫っているという特別な状況に陥った者ばかりではないのだ。病によって己の余命を知る者たちも、同じ思いをするだろう。死に方は様々だが、死そのものは普遍的なものであって、それが訪れるのが早いか遅いかの違いしかない。死はいつも我らの側にあるのだ――。

死というものを考え続けた十日間であった。

*　*

七月二十六日。先発隊の御番組頭桜庭祐橘率いる二百人余りの毛馬内隊を見送った。桜庭祐橘は、佐渡の父帯刀の側室里世の娘、照の夫である。毛馬内隊は、久保田藩との藩境近くの毛馬内要害屋敷に駐屯することになっていた。要害屋敷とは、城塞である。一国一城令に触れないように〈要害〉と呼んでいるのである。毛馬内要害屋敷は弘前藩と久保田藩、二つの藩の藩境近くにあり、両藩の侵略に備えた城であった。

その夜。やっと翌日の出陣の用意が整い、佐渡が家に戻ったのは深夜であった。

手燭(てしょく)を持った菜華と弓太が佐渡を迎えた。

佐渡は弓太に顔を向けて言う。

「留守の間に二つ三つ、やっておいて欲しいことがある」

菜華は娘たちが眠る寝室へ向かい、佐渡は居室に入って弓太に着替えを手伝わせながら指示を出した。

「盛岡藩敗北の報を聞いた時には、家財を取りまとめ、家族らを避難させよ。敗戦の将として首を刎(は)ねられれば、首は九条総督の元へ届けられ、胴はこの家に戻される。家族らの悲しみの涙を骸(むくろ)に落とされては、黄泉路(よみじ)の旅の障りとなるので、自分の骸は空の家に届くようにしてほしい」

弓太は佐渡の帯を締めながら、一瞬泣きそうな表情を見せたが、

「委細承知でございますよ」

明るく言って脇腹をぽんと叩(たた)いた。

弓太が一礼して居室に戻ると、佐渡は敷かれていた夜具の上に座った。

無性に幸と太禰の顔が見たくなった。行灯の灯りを手燭に移し、佐渡は廊下に出た。

菜華の寝室の前まで来ると、声がした。

「二人は眠っておりますので、そっとお開けくださいませ」

菜華の声だった。言われたとおりに音のしないように障子を開ける。幸と太禰は奥の布団で眠っているが、菜華は夜具の上に正座していた。どうやら自分の思いを読まれて

いたらしいと、佐渡は苦笑した。そして、四つん這いになって首を伸ばし、二人の娘の寝顔を覗き込む。安らかな寝息が聞こえてくる。

突然、太禰が一回、大きな鼾を上げ、佐渡と菜華は口元を押さえて笑いを堪えた。

「お前には本当に世話のかけ通しだな」

佐渡は菜華の隣に戻って言った。

「何度も罷免を繰り返すお血筋でございますから、嫁ぐ前から覚悟はしておりました」

菜華はくすくすと笑う。そうやって強がって、おれの不安を和らげようとしているのだと佐渡は思った。本当は自分の方が不安で不安でたまらぬのであろうに、健気に笑ってみせる。そんな妻が愛しくてたまらなかった。

強く抱きしめたい――。そう思ったが、佐渡は堪えた。お互いに強い不安を必死で堪えているのだ。ここで抱き寄せれば、一瞬でそれが崩れてしまう。お互いに弱い相手を目の当たりにすれば、出陣後の日々がさらに辛いものとなるのは自明であった。

二人は並んで座ったまま、微かに感じる相手の体温で絆を確かめ合った。

この瞬間ほど、お互いの絆を強く感じ、お互いの考えていることが同調したと思えたことはなかった。佐渡と菜華は束の間の幸福の中で、眠る二人の娘の顔をいつまでも見つめているのであった。

四

総大将楢山佐渡率いる五百五十余名と、向井蔵人率いる三百七十三名ほかの大軍が盛岡城を出た。洋装の軍服を着ているのは、懐に余裕のある上級武士ばかりであった。所給人、与力、同心のほか、農兵やマタギたちは、それぞれ先祖伝来の古めかしい甲冑や、藩から貸し出された鎧を着ている。筒袖の小袖に股どりをとった袴と鉢巻きという軽装の若者もいた。鉄砲隊が担ぐ銃は火縄銃が目立ったが、日新堂で作られた新品のゲベール銃を持つ者たちは真っ黒い銃身を油で光らせて自慢げに担いでいる。

ゲベール銃を作っていたのは盛岡藩ばかりではない。文久年間（一八六一～一八六四）までには、幕府や諸藩で鉄砲鍛冶による製造が行われ、量産されていたのである。

盛岡藩はこの月にスイスのファーブル社に五百挺の新式小銃、百挺を超える短銃を注文していたが、もちろんそれは間に合わなかった。

兵たちは肩をそびやかして歩く。ほとんどの者たちは、久保田藩の背後にいていずれ戦うことになろう官軍の装備を知らない。そして、大義名分はこちら側にあると信じ切っていた。

大義名分はこちら側にあるのだから、神仏のご加護もまた、こちら側にある。

だが、武器弾薬、食糧などを運ぶ小荷駄隊の人足に徴用された百姓たちは、不安げな顔であった。身を守るための満足な武器も与えられていないからである。

農兵、百姓の人足も多かったから、沿道で見送る人々の中には百姓の家族らの姿も多く見られた。彼らは侍の家族の後ろに佇(たたず)み、両手を合わせて男たちの無事を神仏に祈っているのだった。

佐渡は馬に乗って行列の中にいた。筒袖仕立ての白い小袖に猩々(しょうじょう)緋の陣羽織、黒熊毛の陣笠。堂々とした出陣の姿であった。

行列は盛岡城の北西、北上川に架かる夕顔瀬(ゆうがおせ)橋の近くまで進んでいた。

その時、佐渡は左側に並ぶ見送りの人垣が乱れるのを視野の隅にとらえた。

なにごとかとそちらに目をやると、二人の幼い娘が人を掻き分けながら、速足で歩いているのが見えた。幸と太禰である。小さい太禰は幸に手を引かれながら必死に歩いている。

幸の目は佐渡を見つめていた。眉を八の字にして唇を震わせているが、しっかりと目を見開き、父を見ているのである。二人は母と共に大手門で行列を見送ったはずだった。とすれば幸と太禰は、十三町（約一・四キロ）余りも追ってきたのだ。

太禰は四歳だから、この行列の意味がよく分かっていないだろうが、幸は九歳である。もう二度と父に会えないかもしれないと感じたのだろう。本当は『父上！　父上！』と叫びたいのを唇を固く閉じることで堪えているのがよく分かった。

佐渡の胸に熱いものがこみ上げる。目頭も熱くなり、鼻の奥が微かに痛んだ。

佐渡は幸を見つめ『太禰をよろしく頼むぞ』という思いを込めて肯いた。

幸は力強く何度も肯き返した。

次に太禰を見つめて『幸の言うことをよく聞けよ』と肯く。

太禰はもう疲れてしまったようで、泣き出しそうな顔で幸の背中を見ていた。

佐渡は手綱を持った手を少し動かして、『もう帰れ』と幸に合図した。

幸は足を止めた。

行列は進む。

幸もまた泣き出しそうな顔になり、後方に去って行く。

「父上！」

背後から悲痛な叫び声が一度だけ響いた。

佐渡は胸に突き刺さるその声を聞きながら、振り返らずに馬を進めた。

＊　＊

楢山佐渡の腹違いの弟瀧行蔵は、自宅の寝室で布団を被っていた。

今頃、兄さまの軍は夕顔瀬橋を渡った頃だろうか――。

それを思うと胸の奥の方が痛んだ。

行蔵は昨年の十二月から御取次という役職をもらっていた。佐渡はたとえ親族であっても、人に役職の世話をすることを嫌っていたからこれは自分の実力であるのだと、行蔵はしばらくの間誇らしく思っていた。

しかし――。

久保田討伐に従軍するよう命令が下った。

行蔵は病と称して呼び出しを逃げた。

それ以来、寝所に閉じ籠もって布団の中に潜り込んでいる。

人を殺すのも、人に殺されるのも嫌だった。

険しい道を行軍するのも嫌だった。

人を殺し、人に殺されるために生まれてきたのではない。

では、なんのために生まれてきたのか?

自分のにおいが濃く澱む布団の中に潜っていると、そのような思いが頭の中を駆け巡った。

それに堂々と生きる兄に対する嫉妬が入り交じる。

兄さまなど、戦で死んでしまえばいい。

そんな思いが浮かび上がると、一瞬で体が冷えた。

何度も頭を振って恐ろしい呪いの言葉を振り払う。

おれの方が人として正しい――。

怖いものは怖い。

嫌なものは嫌だ。

兄さまは、己を偽っている。

涌(わ)き上がり渦巻く様々な思いを処理しきれず、行蔵は布団の中で呻き声を上げた。

瀧家の人々は、行蔵の寝所から時折響く呻き声に、「もしかすると、仮病ではなく、本当に病なのかもしれぬ」と医者を呼ぶが、行蔵は絶対に部屋には入れなかった。

＊　＊

夕顔瀬橋を渡ったところで秋田街道を進む野々村真澄の軍と分かれた。

安宅(あたか)軍、栃内(とちない)軍は仙台・松前街道を進み、佐渡と向井蔵人の鹿角方面軍千六百人余りは鹿角街道を行く。鹿角街道は領内の尾去沢鉱山から銅を運ぶための重要な搬出路であった。

七時雨(ななしぐれ)峠を越えて馬継所の荒屋新町まで進み一泊。

三日目は梨(なし)ノ木峠を越えて関所のある田山。四日目に安比(あっぴ)川と米代(よねしろ)川の分水嶺(ぶんすいれい)、梨子木峠を越え、米代川に沿って下り花輪(はなわ)まで――。

旧暦七月の終わりであるから季節は秋である。高い山の気の早い木々は紅葉を始めていたが、まだ多くの葉は緑である。木漏れ日の中、隊列は粛々と進んだ。

そして、五日目の八月一日。佐渡の軍は毛馬内要害屋敷に着いた。

久保田藩が奥羽越列藩同盟から脱退する前後、おそらく斥候なり密偵なりを国境周辺に放っているはずである。当然、千六百もの軍勢が毛馬内に入ったことは、久保田の国境の守りである十二所にも、久保田城にも伝わるはずである。

佐竹義尭はどう出るか。久保田が使者を出して、毛馬内において話し合いを行う――。

それが望ましかった。だから佐渡は待った。

しかし、兵たちは一刻も早く出撃したい様子であった。戦いへの高ぶりと、長く待たされれば恐怖がつのるだろうという恐れがない交ぜになっているのである。

そんな中、新発田藩の同盟離反と同盟国の守山藩の降伏が知らせられ、兵たちは動揺した。佐渡は新発田藩を翻意させるためにもこの戦には勝たねばならぬと兵たちを鼓舞した。

佐渡の軍が毛馬内の要害に入って数日後の深夜。胴丸鎧に鉢巻き姿の江釣子源吉が二人の見知らぬ侍を連れて佐渡の居室を訪れた。源吉は地儀隊に配属されていた。

一人は二十歳前後。もう一人は四十を少し出たばかりに見えた。いずれも打裂羽織に裁付袴姿で、鎧は身につけていない。

二人は柄袋を被せた大刀を抜いて脇に置き、正座して背筋を伸ばした。

「それがしが城外の歩哨をしていましたところ、この二人が急に現れまして、楢山さまにお目通り願いたいと。盛岡から火急の用とのことで」

源吉は言った。

「源吉。この二人、盛岡藩士ではない」

佐渡は行灯の光に照らされた二人の侍を見ながら言った。

「なんですと！」

源吉は、目にも留まらぬ速さで腰の刀を抜き放った。

二人の侍は微動だにせず、じっと佐渡を見ている。

「源吉。刀を収めよ。おれを殺しに来たのではなさそうだ」佐渡は源吉に言うと、二人の侍に顔を向ける。

「お名前を伺おうか」

「十二所城代茂木筑後家臣、忍菊吉でございます」

年嵩の男が言った。

「同じく川連豊吉でございます」

若い侍が名乗る。

「茂木どのの御家来がわたしにどのような用でござろう?」

「兵を盛岡へお戻しいただきたく、参上つかまつりました」

忍が頭を下げた。

「茂木どののご沙汰か?」

「いえ。わたし共の判断でございます」

川連が答える。

「主の沙汰なしに国境を越えてきたというのか」

源吉は言いながら刀を鞘に戻した。

「いや――」

佐渡は首を振る。忍と川連の表情に微かな揺らぎを見て取ったのだった。

「ここで主からの沙汰であると言えば、後々、敵に通じたとあらぬ疑いをかけられても困るということであろうよ。茂木どのは、久保田からの沙汰を待っていたのでは、われらの進撃に間に合わぬと判断して、この二人を遣わした。そうではないか？」

「我らの判断でございます」

忍が慌てたように言った。

「左様か――。まぁいい。お話をうかがおう」

「盛岡藩と久保田藩が戦うは、無益なことでございます」川連が言う。

「両藩は昔から良好な関係を結んで参りました。ここで戦えば、後々まで禍根を残します」

「同じ言葉をそっくりお返し申そう。やむを得ず鹿角口まで兵を進めたが、あくまでも盛岡と久保田は旧来御隣好の間柄、そして祖宗兄弟の御続柄もあるので干戈（かんか）を交えるのは、祖先に対して残念。久保田藩が奥羽越列藩同盟に戻ると約束をしてくだされば、我らは疾風のように盛岡に戻りまする」

「同盟はいずれ朝敵となり申す。戻ることはできませぬ」

川連は首を振った。

「そうなる前に、薩長の暴走を止めようとするのが同盟でござる」

「いつの世も、勝った者が正しいとされます。いかに正論を述べようとも、負ければそれは誤りであるとされるのです」

「同盟は負けると？」

「負けます。久保田が同盟に戻らぬとなれば、次々と脱退する藩が出て参りましょう。動きが遅すぎたのでございます」

痛いところを突かれた――。と佐渡は思った。確かに、各藩の思惑がある中、それを統一せずに列藩同盟を立ち上げた。同盟を結んだ奥羽諸藩の中には、同盟と官軍、どちらに分があるのか見極めようという日和見の参加もある。

「今は、乱世でございます。この乱世をいかに生き抜くかということが大切でございましょう。関ヶ原の戦のことをお考えなさいませ。敗れた藩がどのような仕打ちを受けたか。二百六十年も苦汁をなめさせられたではございませぬか。敗軍となっては、政の中枢に入ることなどできませぬ。会津、庄内攻めが薩長の私怨によるものであることは、そのとおりでございましょう。しかし、屈辱に耐えて敵に頭を下げ、国を守るのが主君の、侍のすべきことではありませぬか？　ならば、会津、庄内は道の選択を誤ったのでございます。ここは世の趨勢に鑑み、多少のことには目をつぶって官軍につくのが一番の方法でございます。どうか盛岡藩も我らと共に同盟を抜けて、新しい世を作りましょうぞ」

川連は一気にまくし立てて、深々と頭を下げた。

「多少のことには目をつぶって官軍につく――。それはその場しのぎではないか」

「その場をしのげねば、百年、二百年の計など無駄でございましょう」

川連の言葉に佐渡は溜息をついた。

「川連どのは同盟が負けるという前提で話をなさる。それがしは同盟が勝つという立場で話をしている──。これでは埒があきませぬな。いずれも前提は当来（未来）のことで、どちらが正しいかは誰にも分からぬ」

「残念ながら、そのようでございますな」

佐渡と川連は見つめ合った。

「さて──」と忍が口を開く。

「我ら二人は、命を捨てる覚悟で参りました。開戦をお決めあそばしたのであれば、我らの首を獲り、十二所へお送りくださいませ。明確な宣戦布告となりましょう」

「いや」佐渡は首を振った。

「このままお帰りなさいませ。安全な所まで、盛岡藩よりの使者として江釣子源吉に送らせましょう。開戦については、今しばし待つことにいたします。本日の会談、正しく佐竹公にお伝えください」

「お上のお考えは変わりませぬ」

「一縷の望みを託します」

佐渡は頭を下げた。

川連と忍も一礼し、大刀を持つと席を立った。

「源吉。くれぐれも粗相のなきように」

佐渡は二人の久保田藩士の後に続いて座敷を出る源吉に言った。

「お任せくだされ。無事に安全な場所までお送りいたします」

源吉は笑って障子を閉めた。

五

北越戦争において、官軍によって新潟港が陥落させられた。それに伴い、列藩同盟の越後方面軍が撤退した。二本松城が陥落した。その戦いで多くの少年兵が殺された。相馬中村藩が官軍に恭順した。北越戦争において三根山藩が官軍に降伏した――。

悪い知らせばかりがもたらされた。

そんな中、佐渡は、兵力を毛馬内の南の花輪に少しずつ移動させた。近隣の村々に募集をかけて千人ほどの農兵を集め、調練をさせて、久保田藩の危機感を煽った。

しかし、八月八日まで待っても、佐竹義堯からの使者は訪れなかった。

そして、家老の須田政三郎が二十名ほどの兵を率いて十二所に入ったという知らせが、花輪に駐屯する佐渡の元に届いた。能代の大砲隊も一緒であるという。

川連や忍との会談は無駄であったか。ならば次の手だ――。

佐渡は十二所城代茂木筑後へ書状を出した。開戦を通告する戦書ではあったが、実質的な内容は、川連らとの会談で語ったものと同じ同盟復帰を勧告する書状である。

国境への出兵は、久保田藩の同盟脱退と仙台藩の使者を斬殺したことについての問罪の兵を差し向けよとの他藩からの要請であると、あくまでも盛岡藩は戦いたくないのだという姿勢を保った。ただ、『各藩申合候期日も之れ有に付』と、久保田藩を攻撃するのは盛岡藩ばかりではないことをにおわせた。

茂木からの書状が届く前に、佐渡の元には斥候から知らせがもたらされていた。十二所の兵が三哲山に配置されたというものである。三哲山は毛馬内から十二所へ向かう道筋の左手にある小高い山であり、街道を行く軍を狙い撃ちするには絶好の場所であった。

八月九日未明。花輪代官所に駐屯している佐渡へ茂木筑後からの返書が届いた。

『重大なことであるから、城下表へ知らせるので数日の猶予が欲しい』という返事に、『以前から親交のある藩であるから、干戈を交えたくはない。万民のためにも盛岡藩が改心し、我が藩と共に力を尽くして奥羽の朝敵を誅戮することを祈望する』という文が添えられていた。佐渡は、さほど長くはない返書を何度も読み返しながら考える。

久保田は、数日の猶予が欲しいという願いを盛岡藩軍が受け入れると考えているはずである。こちらは戦いたくないという意思を表明している。それを受けて向こうも積年の親交を書き綴って来た。少なくとも四日、五日の時を稼ぐことはできると考えている。盛岡藩軍が国境を越えるにしても、正式な戦書を送ってきてからであると判断しているだろう。

すぐに十二所へ進軍すれば、数日の猶予があると思っている三哲山の久保田防衛隊は、慌てて攻撃を仕掛けてくる。向こうには領土を侵犯されたという大義名分がある。汚い手ではあるが、こちらが先に仕掛けたのではないという状況が欲しい。こちらが国境を破り、加えて先に攻撃を仕掛けたのでは、どのような言い訳も立たない。

佐渡は出陣を決意した。

その時、一発の銃声が夜気を引き裂いた。

佐渡ははっとして顔を上げ、居室を飛びだした。

花輪代官所の外は騒然としていた。五百人を超える兵が代官所に駐屯していたが、そのほとんどが外に飛びだして応戦の準備をしている。

江釣子源吉の、「誰だ！　鉄砲を撃ったのは！」という怒声が聞こえる。

どうやら、鉄砲を撃ったのは敵の攻撃ではなく、こちら側の兵であったようだ。

「どうした、源吉」

佐渡は、鬼のような形相で十数名の兵の前に立つ源吉に駆け寄った。

「歩哨の誰かが帰る使者に向けて鉄砲を撃ったのです――。誰だ！　名乗り出よ！」

源吉は怒鳴るが、兵たちは怯えて体を縮こまらせるばかりである。

「名乗り出ぬか。ならば、誰が撃ったのか言え！」

見れば兵は発機隊の、足軽の子息たちを集めた小隊である。

誰かが功を焦ったか。あるいは戦いの前の昂揚（こうよう）を抑えきれずに撃ってしまったか――。

「総大将から、こちらから撃ってはならぬという御下知があったではないか！」

言いながら源吉は一番右端の兵の鉄砲を取りあげる。銃身を握り銃口のにおいを嗅いで返す。銃身の熱さと火薬のにおいで誰が撃ったのかを特定しようというのだった。

「もうよい。源吉」

佐渡は、二人目の銃を確かめている源吉を止めた。

「ここで甘やかせば規律が緩みまする。撃った者を確かめ、この源吉が斬り捨てます！」

「弾は使者に当たったか？」

「いえ。外れたようでございます」

「そうか。不幸中の幸いであったな――お前の言うことは正しいが、ここは曲げて許してやれ。撃った者は失態を挽回しようと、精一杯戦ってくれよう」

「しかし……」

「毛馬内に伝令を出せ。その後、兵たちを並ばせよ。今から宣戦布達文を読み上げさせる」

佐渡は源吉に言うと、目付の田中武左衛門を呼んで読み上げの用意を命じた。

伝令が毛馬内に走った。毛馬内には向井蔵人を総督とする諸隊と、大館北東の新沢へ向かう三浦五郎左衛門の諸隊が集まっていた。

佐渡の隊は、発機隊二番、四番、六番小隊。烏蛇隊十二番小隊。昭武隊二番鉄鎗動隊。小銃隊、大砲隊、花輪周辺で募った農兵隊。そして親衛隊である天象隊の半数五十人、総勢五百五十名であった。

花輪と毛馬内双方で宣戦布達文が読み上げられた後、全員が土器に注いだ酒を干し、大地に投げつけてそれを割った。古来よりの出陣の儀式である。

そして、鬨（とき）の声と共に進撃が開始された。

毛馬内の向井蔵人と桜庭祐橘の隊は、米代川の北岸を葛原（くぞわら）方向へ。同時に三浦五郎左衛門と足澤内記の隊が久保田領へ通じる間道を、新沢方向へ進んだ。東側から大館を攻める作戦である。

佐渡の隊は尾去沢鉱山の北側の道を進み、細い峠道を進んで土深井（どぶかい）に入った。土深井は盛岡領の藩境の集落であったが、すでに住民たちは避難していた。

佐渡の隊は米代川南岸の沢尻の集落まで来ると、敵の伏兵がいる三哲山攻撃に向けて、隊を調えた。対岸の葛原に、向井・桜庭隊が見えた。十二所攻めのために川舟を集めて荷物を乗せている。米代川を渡り、十二所攻めに加わるのである。作業には、徴発された住民の姿はない。葛原の集落もどうやら無人であるようだった。

佐渡の隊は二隊に分かれて、三哲山の北と東に斥候を放ち、山麓（さんろく）に伏兵はいないことを確認した。南側の別所に入った石亀、渡部の隊から伝令が来て、「伏兵なし。別所の集落は無人」と知らせた。

佐渡は主力を率い本道を進み西側から、別働隊の右翼は三哲山の北側に回り込んだ。左翼の石亀隊、渡部の地儀隊は南側へ回り込んで、盛岡軍は三方から三哲山を囲んだ。

佐渡は、周辺の集落に住民の姿がないという知らせを聞いて胸を痛めた。戦に敗れれば、侍は知行を失う。しかし、国が戦に勝っても負けても、戦場となった土地に住む百姓たちは被害を受ける。田畑が踏み荒らされ、集落には火を放たれる。放火するのはなにも敵兵ばかりではない。味方であるはずの兵たちも、敵兵に兵糧を略奪されるのを防ぐために、躊躇(ためら)いなく家々に火を放つのだ。

むろん、二百六十年の静寂(平和)が続いていたので、今までは兵法書の記述か、昔話でしか聞かないものであったが、すでにあちこちで現実のものとなっている。

戦を防ぐ方法はなかったか——。

今さらながら佐渡は思った。

だが、戦を避けることはすなわち、久保田藩と手を結び、薩長の思惑どおりの世を作る手助けをすることだ。奥羽越列藩同盟の国々に刃を向けることにもなる。

どう転んでも戦は避けられない。

佐渡は隊を止め、大砲の筒先を三哲山へ向けるよう命じた。

三哲山から久保田藩の銃声が響く。黎明(れいめい)の中に黒々とした影となって聳(そび)える山腹に銃火が閃(ひらめ)く。盛岡軍はまだ射程の外。三方を塞がれた久保田軍が威嚇射撃をしているのである。

本道に据えられた盛岡藩の大砲が火を噴く。三哲山に土煙が上がり、久保田軍の銃撃が止む。鬨の声が上がり、盛岡兵が山腹を駆け上がる。

散発的に銃声が響く。しかしそれは長くは続かず、すぐに三哲山山頂から鬨の声が響いた。盛岡藩軍の声である。

三哲山の久保田兵は、唯一盛岡兵の包囲のない東側から退却した。

三哲山での戦いは双方に大きな被害を出さずに終えることができた。

東の山稜（さんりょう）から姿を現した太陽に、十二所方向へ逃れる久保田兵たちの姿が見えた。盛岡兵たちには、敵が逃げたならば追撃は不要と申し渡してある。しかし興奮して、逃げる敵の背に鉄砲を構えようとする兵たちがいた。それを十数名の兵が止めている。昨夜、源吉に叱責（しっせき）された者たちであった。

佐渡は右翼の兵が戻るのを待ち、三哲山にわずかな守備隊を残して十二所に向けて進軍を開始した。三哲山の西側で、左翼の石亀隊、地儀隊と合流した。

米代川の対岸では向井・桜庭隊が前進して葛原の集落を出て十二所へ向かっている。

遠目に、街道が馬防柵によって塞がれているのが見えた。数十人の兵が陣取っている。それぞれの手元から細く煙が上がっている。火縄銃の鉄砲隊のようだった。

佐渡隊の鉄砲隊が隊列を整えると同時に、十二所鉄砲隊が引き金を引いた。

敵の弾は佐渡隊まで届かない。しかし、十人ほどが弾込めをしつつ撃ってくるので、佐渡隊はそれ以上前進できない。佐渡隊、石亀隊、渡部の地儀隊の鉄砲方も三段に構えて撃ち返すが、馬防柵は射程の外であり、こちらの弾も敵には届かなかった。

佐渡は大砲を前面に出した。十二所鉄砲隊はそれを見るやいなや、退却した。鉄砲を担いで十二所の方向へ走って行く。佐渡隊は素早く前進して馬防柵を道の脇に撤去した。

前方に橋が見えた。街道を断ち切るように流れる別所川に架かる橋であった。十二所鉄砲隊はそれを駆け渡り、橋を落とすこともなく川沿いの武家地に散り散りに隠れた。

「怪しゅうございますな」

江釣子源吉が佐渡の馬の側に己の馬を寄せて言った。狭隘(きょうあい)な道に敵を誘い込み、周囲から攻撃して殲滅するのは戦の常套(じょうとう)手段である。橋桁(はしげた)に細工をして大軍が渡れば崩れ落ちるようにしておくという戦法もある。

佐渡は肯いて、大砲の射程を外れる位置に隊を止めた。

別所川の向こう側には武家屋敷が建ち並んでいる。その中から突然砲声が轟き、佐渡たちのかなり手前、別所川の川原に着弾して小石を弾き飛ばした。こちらの大砲より射程が短いようであった。

続いて銃撃が始まる。その弾もまたこちらには届かない。

大砲隊が前に出て、数発応射した。弾は武家屋敷に当たり、木片と瓦を弾き飛ばす。

十二所側からの砲撃はない。別所川のこちら側から見える町に人影もない。

町の中央あたりに煙が上がった。密偵からの報告で十二所の街並みは佐渡の頭の中に入っている。火の手が上がったのは茂木筑後の屋敷あたりであった。

砲撃、銃撃は退却のための時を稼いだだけのようであった。

「用心しながら進め」

佐渡は命令した。

隊は広く展開し、別所川の浅い部分を探して渡り、十二所に入った。

発機隊が刀を抜いて町を駆け回り、伏兵を探した。炎上する茂木筑後の屋敷に集まり、敷地内の建物を壊して消火活動をする隊もあった。

武家地にも、米代川ぞいの町屋にも人の姿はないという報告があった。

佐渡は周囲の山々を眺める。おそらくあのどこかに町の者たちは隠れているのだろう。そして木の陰から、家に残してきたものを略奪されまいか、家に火をつけられまいかと戦々恐々と盛岡軍の動きを見守っているのだ。

奪うのは食糧のみ。そのほかの略奪、破壊は厳しく禁じているが――。

佐渡の脳裏に、西郷吉之助との会談が蘇る。京での薩長の藩士の傍若無人さを非難した時、『盛岡藩の侍ばらはいかがであろう』と返された。木戸貫治（桂小五郎）には、『衣食足りて礼節を知るまで放っておく』と言われた。盛岡の藩士、民百姓らも衣食が足りているとは言えない。いまのうちこそ規律を守るだろうが、戦いに勝ち続ければ奢りも出る。あるいは敗走する時には飢えと欲を剝き出しに、略奪を行うかもしれない。

「檜山さま」源吉が馬を近づける。

「その目、また民百姓のことをお考えでございましょう？　総大将は細かいことを気にしてはなりませぬぞ」

「顔に出ておったか」

佐渡は両手でごしごしと頬を擦(こす)った。

「それがしも戦は初めてでございますが、剣術の試合のことを思い出しませ。ピリピリと緊張して、相手の細かい様子までよく見えるものでございます。総大将がそういう目をなさって御座すと、兵たちが不安になりまする」

「左様だな。気をつけよう」

十二所に伏兵はおらず、斥候の報告によれば茂木筑後らの軍勢は西の岩瀬(いわせ)の辺りまで後退しているとのことであった。その数二百五十名足らず。鉄砲はすべて火縄銃で、百数十挺。大砲数門。佐渡の隊に較べれば圧倒的に兵力、武器ともに少なかった。退却も宜(むべ)なるかなと佐渡は思った。

十二所の兵たちが逃げて行った道筋に黒い煙と火の手が上がっていた。大滝(おおたき)の湯宿がある辺りであった。

佐渡は茂木筑後の屋敷の焼け残った建物を本陣として、宿営することに決めた。

これ以上の戦いはないと見た町の人々が山から戻り始めた。佐渡は高札場に、略奪や住民に危害を加えることはないことを記した立て札を立てさせた。

その日のうちに、新沢へ出撃した三浦五郎左衛門の隊から伝令が来た。新沢には久保田領から盛岡領毛馬内に出られる間道があり、久保田兵が関所を守っていた。番人たちは戦わずに逃げ去ったので、今夜はそこに宿営して、明日には大館の町を見下ろす鬼城山を占領する予定であるという。

翌日、佐渡は兵たちに一日の休養を与えた。

六

八月十一日。昼頃。佐渡隊、石亀隊、地儀隊は十二所を出て二里（約八キロ）ほどの扇田村へ向かった。索敵をしながらの行軍であったが、伏兵はどこにもいなかった。

夕刻近くに四十軒ほどの集落が前方に見えてきた。扇田村である。斥候の話によれば、枝郷を含めると百軒ほどであるということだった。周辺の集落の中心地で、大葛や尾去沢へ向かう人々の通行もあり、市の立つ賑わいのある村であった。

村の入り口に人影が見えた。紋付き袴姿の者たち五、六人である。

斥候役の数人の兵が走り、その者たちと一言二言話をして駆け戻ってきた。

「村の肝入らでございます」斥候が報告する。

「我らを迎えに参ったとのこと」

「迎えに？」

佐渡は眉をひそめて村役人たちを見る。村役人たちは頭を下げた。

「肝入をこれへ」

佐渡は命じた。斥候はもう一度村の入り口まで走り、一人の老人を連れて戻ってきた。

「久保田兵が退いてしまったので、乱暴狼藉をされぬよう、我らをもてなそうと考えたか」

佐渡は言った。

「仰せのとおりでございます」

肝入は膝に額がつきそうなほど深く頭を下げた。

「そうか。村人に乱暴はせぬし、物を盗むこともせぬ」

佐渡は言った。

肝入は何度も頭を下げながら、村の方へ歩き出す。村の入り口で待っていた村役人たちが、ほっとしたように肩から力を抜いたのが遠くからも分かった。

佐渡の隊は村を進む。家々の障子や板戸の間から村人が覗(のぞ)いているのが分かった。微かな笑い声が聞こえて佐渡は後ろを振り返った。兵卒らが自分たちを覗き見る村人を嘲って笑っているのであった。たいした戦いもせず、敵は自分たちを見ただけで逃げて行く。我らは強いのだという幻が、兵たちの心を傲慢にしつつある――。

「笑うな！」佐渡の様子からその思いを察した源吉が怒鳴った。

「己の家族のことを考えよ！　敵兵に嘲られれば肝が焼けよう！」

兵卒たちはばつが悪そうに俯(うつむ)いた。

佐渡の隊は寿仙院という寺に案内された。士官たちは膳の並ぶ広間に通され、兵卒は境内に敷かれた筵(むしろ)の上に座った。兵卒らには大鍋の汁物や大皿料理が用意されていた。

兵卒らは歓声を上げて、濁り酒を呷(あお)り料理に食らいついた。

外の騒ぎを耳にしながら、士官らは酌婦に清酒を注がれ、料理を堪能した。

肝入たちは下座に座って、まだ緊張した表情である。

佐渡には気になっていることがあった。酌婦たちである。このような村に似つかわしくない婀娜（あだ）っぽい女たちであった。盛岡で芸者を上げる宴席に座ったことは少なかったが、佐渡も三十八歳。綺麗どころに酌をされて照れる年ではなかった。

佐渡は酌を受けながら、どこの芸者かと訊くと、大館から来たと言う。扇田までは二里半（約一〇キロ）である。大館も盛岡勢が戦を仕掛けてきたと大騒ぎのはずである。豪華な料理を見れば、料理人も大館から連れてきたか――。

佐渡は不審に思ったが、しばらくの間は知らぬふりをして杯を傾けていた。

頃合いを見計らい、源吉に目配せして厠（かわや）に立つ。少し間を空けて、源吉が席を立つ。

「どう思う？」

佐渡は暗い濡（ぬ）れ縁で源吉に訊いた。

「怪しゅうございますな。敵を酔わせて奇襲をかけるは、定石でございます」

「外の者らに酔うまで飲むなと伝えよ。おれは、座敷の者たちに伝える」

「承知いたしました」

源吉は言って濡れ縁を駆け下り、兵卒らの宴の席へ走った。

佐渡は座敷に戻る。町役人たちは士官らの席を巡りながら酒を注いでいた。士官らは雑談に興じている。佐渡は田中武左衛門の前にしゃがみ込み、徳利を取って杯に酒を注ぎながら、小声で「なにか怪しい。酔うまで飲むな。皆の者に伝えよ」と命令した。

「これは！　もったいのうございます！　ありがたく頂戴つかまつる」

田中は大袈裟に言って杯を干すと、徳利を持って席を立った。

田中に耳打ちされた仕官らが次々に席を立ち、仲間に酒を注ぐ。そのたびに耳打ちが行われ、佐渡の指示は全体に伝わっていった。

二刻（約四時間）ほどの時が過ぎた。座敷のあちこちで酔ったふりをして寝転がる者も出てきたので宴はお開きとなった。

＊　＊

深更。佐渡は寝所を出て、広間に寝ている士官たちに声をかけた。

「陣を移すぞ。見廻りと称して少しずつ神明社へ動く」

士官たちは一斉に跳び起き、夜営している兵卒らの元に走った。

神明社は扇田村の入り口近く、米代河畔にある神社であった。佐渡は寿仙院に少数の兵を残し、「敵が来たならば逃げよ」と言い置いて神明社へ向かった。

＊　＊

佐渡隊、石亀隊、地儀隊が神明社に移動した頃。岩瀬に陣を張っていた久保田藩の茂木筑後と須田政三郎の隊は密かに移動を開始していた。扇田村の盛岡軍は、肝入らのもてなしで酔いつぶれている頃である。そこを夜襲し、一気に殲滅する作戦であった。

三哲山の戦い以後、ろくに戦わずに後退を続けていたのは盛岡軍を扇田村に誘い込む作戦であった。圧倒的な兵力差を補うためには、奇襲しかないと判断したのである。

三哲山、十二所の撤退を不甲斐(ふがい)ないと笑われようと、この奇襲によって盛岡軍を殲滅できればよい。

久保田藩、新庄藩、弘前藩が核となって、そこから奥羽に尊皇の思想を広げるのである。

もはや、徳川の時代は終わった。薩長のやり方については異議もあるが、なにより徳川に与(くみ)するべきではないのだ。

奥羽越列藩同盟は、手を結ぶ相手を間違えている。官軍に加わり、旧弊な世に戻そうとする輩(やから)と戦うべきなのだ。

久保田は負けるわけにはいかない。どんな手を使っても盛岡藩に勝たなければならない――。

茂木はそう考えていた。

大館城の佐竹大和に増援を求めれば、難なくうち破れるであろうが、しかし茂木はそれをしなかった。

作戦どおりの撤退ではあったが、三哲山、十二所での始末は自分の手でつけなければならないという意地があったのである。茂木の中には大義と武士の意地という矛盾する思いが共存していたのだった。

さりとて、佐渡らの隊と交戦中に向井・桜庭隊に背後を突かれれば、多勢に無勢。あっという間に自軍は全滅してしまうだろう。

断腸の思いで、茂木は佐竹大和に米代川北岸の向井・桜庭隊の牽制を願い出た。

奇襲をかけるとはいえ、茂木、須田の隊が戦うのは、楢山佐渡率いる五百五十と、石亀隊、地儀隊の二百名余り。総勢八百人近い敵に対して、二百人を少し超えるだけの十二所兵で戦いを挑まなければならない――。

未明の街道を濃い霧が閉ざしつつあった。

朝霧は日が昇ってもしばらくの間消えることはない。土地勘のあるこちらに勝機は続く。また、霧が濃ければ、敵にこちらが無勢であることを知られずにすむのだ。

「天はこちらに味方した」

茂木は、寿仙院を取り囲んだ兵を一気に動かした。

十二所兵が寺の中になだれ込むと、残留していた盛岡兵たちは一斉に逃げ出した。

ここでは濃い霧が、盛岡兵たちに味方した。あっという間に姿を隠し、扇田村の中を散り散りに走った。

「蛻（もぬけ）の殻でございます！」

兵たちの報告に茂木と須田は焦った。

「夜襲がばれたか！　いかがいたします？」

須田は唇を噛む。

「いつ逃げた？」

茂木は報告してきた兵に訊く。

「坊主たちの話によれば、夜半。坊主や寺男らは、一室に閉じ込められていたので伝令にも走れなかったとのことでございます」

「遠くまでは退くまい。夜明けと共に大館へ向かうつもりであろう。探せ！」

＊　＊

扇田村に散発的に銃声が響く。寿仙院から逃れた盛岡兵と追う十二所兵が撃ち合いをしているのである。盛岡兵は川音を頼りに霧の中を走り、その多くが神明社に辿り着いた。

それを追って、十二所兵が盛岡兵の集合地を見つけた。

霧の中に声が響く。

「神明社だ！　神明社にいるぞ！」

それを聞いて、佐渡隊の一部が神明社の杉並木を駆け出て散開し、守りを固めた。

寿仙院から茂木、須田隊が神明社に押し寄せる。霧を遮蔽幕（しゃへいまく）として鉄砲を撃ちかけ、盛岡兵が怯（ひる）んだところに槍隊が突っ込む。

一の鳥居が突破された。石亀隊、地儀隊は神社の左右から突進してくる十二所兵と戦う。

境内の杉林を遮蔽物として、十二所兵は鉄砲を撃ち続ける。同様に盛岡の鉄砲方もゲベール銃を撃つ。怒号と銃声、断末魔の叫びが白い霧の中に響く。

佐渡は神明造りの社殿に床几（しょうぎ）を置き、座ってそれを聞いていた。自分も刃を抜いて共に戦いたかったが、江釣子源吉に「大将はどんと座って御座しませ」と止められている。

「おお、少し霧が晴れて参りましたぞ」

源吉が言う。先ほどよりも霧が薄くなり明るさも増して、杉木立の姿や三の鳥居が朦朧（もうろう）とした影となって浮かび上がっていた。

霧を巻き上げて三人の兵が飛び出してきた。天象隊の二人が、左右から敵兵二人を斬り捨てたが、中央の一人は社殿に向かって突っ込んできた。

佐渡は床几を立ち、刀の柄に手を当てた。

「お手出しご無用！」

源吉が叫ぶなり数歩踏みだして、敵の胴を抜き打ちに斬った。

盛岡兵の守りを破った十二所兵が五人、六人と霧の中から現れる。

その中に見知った顔があった。毛馬内要害に佐渡を訪ねた、忍菊吉と川連豊吉である。

「貴殿らは……」

源吉は血刀を構えながら唸（うな）った。

「このようなことになり、残念でござる」

川連が若い顔に決死の表情を浮かべて言った。

忍と川連は刀を青眼に構えて源吉に対峙（たいじ）する。

周囲では天象隊の兵たちが、敵と切り結んでいる。源吉に手助けできる者はいない。

佐渡は刀を抜いて社殿を駆け下り、源吉に並んだ。

「お手出しご無用と申し上げたはず。楢山さまの御身はこの源吉がお守りせねば、原健次郎に叱られまする」

「御首頂戴つかまつる！」

忍が叫んで刃を大上段に振りかぶり、佐渡に斬りかかる。

佐渡は戸田一心流の免許皆伝である。忍の構えから、自分の敵ではないことは分かっていた。峰打ちで生きたまま捕らえるか。だが、それは恥辱と考えるだろうか――。

一瞬の迷いがあった。

それが忍に刃を振り下ろさせる隙を作った。

佐渡は刀を振り上げて、忍の刃を防ぐ。

がきっと音がして、佐渡の刀の刃がこぼれた。

横から源吉が進み出て、刃を忍の首筋に滑らせる。

血飛沫を上げて忍は地に伏した。

「真剣勝負に情けは不要でございますぞ！」

源吉は佐渡を睨みつけると横に押しやり、裂帛の気合いと共に討ちかかってくる川連の胸に突きを入れる。源吉の切っ先は易々と鎧を貫いた。

川連は目を見開いたまま、源吉が刃を抜くと同時に仰向けに倒れた。

「これは、戦でござる。しきたりどおりにしなければなりませぬ」

源吉は二人の遺骸(いがい)に合掌し、その首を落とした。佐渡は呆然とその様子を見つめていた。

周囲では天象隊と十二所兵の戦いが続いている。

天象隊は手練れ揃いであった。敵(かな)わぬと思った十二所兵たちは二度、三度刃を合わせただけで逃げ出した。

向井・桜庭隊は米代川北岸の軽井沢集落に陣を張っていた。深夜、その陣に佐渡からの伝令が舟で訪れ、十二所軍の奇襲に備えて神明社に移動することを告げた。桜庭隊は対岸から援護するために、直ちに軽井沢の陣を離れて、下流側に移動した。

集落の中で聞こえていた散発的な銃声が、川岸の方へ移って、激しい撃ち合いに変わった。

対岸の神明社の辺りに、霧を透かして銃火が閃き、火縄銃の音が響く。

十二所の兵らが攻撃しているのだ。

桜庭隊の鉄砲方は援護のために霧の中にゲベール銃を向けて引き金を引く。

「撃つな！」桜庭祐橘は叫ぶ。

「敵も味方も分からぬ中に弾を撃ち込むな！　渡河して援護する！」

その時、側面、背面から銃声が巻き起こった。

前方にある山館の集落から進んできた佐竹大和の大館隊の奇襲であった。

桜庭隊は混乱したが、すぐに態勢を立て直し、それを迎え討つ。

こちら側の銃声に気づいた向井隊は急ぎ軽井沢を出て、桜庭隊に合流して大館隊に砲撃を始める。

佐渡・石亀隊も、地儀隊の援護に向かいたかったが、まずは大館隊を殲滅しなければ渡河することもできない。

銃撃が止(や)み、双方の槍隊が激突した。

＊　＊

日が昇るにつれて朝霧が消えていく。「退け！」と、久保田兵の声が響いた。霧が晴れれば無勢が知られる。茂木・須田隊は岩瀬の方向へ走りだした。

「深追いするな！」

佐渡、石亀、地儀隊の渡部隊長が叫ぶ。

「怪我(けが)人の手当てをせよ！　討たれた者を確かめよ！」

盛岡兵たちは肩で息をしながら刀を収めた。中には激闘のために刃が曲がり、鞘に入らない者もいた。いずれも返り血や己の血で染まっている。

境内のあちこち、村のあちこちには首のない遺骸が転がっていた。兵たちは、首級を獲られた時のために胸に名札を縫いつけている。兵たちはそれを確かめながら歩いた。

朋友(ほうゆう)の名を叫ぶ声があちらに一人、こちらに二人と霧の中に悲痛に響く。友を殺された腹いせに、敵兵の骸(むくろ)に刀を振り下ろす者もいて、数人の仲間に取り押さえられた。

天象隊の一人が苦い顔で佐渡に報告した。

「戦死者、士分が六名。農町兵が七名。負傷は十六人でございます。敵首は十一級」

「数の上ではこちらの負けでございますな」

江釣子源吉が言った。源吉は掠り傷一つ負っていなかったが、返り血で全身血まみれであった。

「うむ――」

佐渡は苦しい顔をする。戸板で神明社の境内に運ばれてくる盛岡兵の無惨な姿は、総大将である自分の責任である。

「遺体は仮に埋葬する。戦が終わったならば、必ず連れて帰る」

佐渡は唸るように言った。

「さて、これからいかがいたしますか？」源吉が訊く。

「扇田村の肝入らをそのままにしておくわけには行きますまい」

「十二所まで退く」

佐渡はぼそりと言った。

「なんですと？」

源吉は片眉を上げる。

「扇田へ戻れば、肝入らを罰しなければならぬ。怒り狂って狼藉をはたらく兵もおろう」

「ならば、扇田を迂回し、岩瀬まで追撃いたしましょう」

「濃い霧のために敵の数が分からなかった。岩瀬まで進むのは危険だ」

「霧が晴れてきた途端に撤退したのは、こちらよりも人数が少ないからでございますぞ」

「敵は岩瀬ばかりではない。対岸の援護が途中で途切れたのは、川向こうにも敵がいて向井・桜庭隊がそれと戦っているからだ。十二所まで引き揚げ、態勢を立て直した上で出撃する」

「楢山さま――」源吉は溜息と共に言う。

「それならば、せめて扇田村の肝入らを捕らえさせてくださいませ。奴らを罰しなければ、兵卒らの腹の虫が収まりませぬ。そうでなければ志気が下がりますぞ」

「源吉。肝入らも生き残るために必死なのだ。武器を使えぬから嘘（うそ）を武器にする」

「嘘も武器であるならば、同等ではございませぬか。それが見破られた時には死を覚悟しているはず。民百姓は弱者と思うのはおやめなさいませ。仙台越訴のおりに、そのしたたかさを目の当たりにしたではありませぬか――。これは戦でございます。首級を獲られた兵らの無惨な姿をその目でよくご覧（ろう）じろ。綺麗事ではすまぬのが戦でございます！」

「うむ……」

佐渡は眉間（みけん）に皺（しわ）を寄せた。

「楢山さま！」

三の鳥居を抜けて、桜庭隊の伝令が駆けてきた。

「対岸の敵は大館へ退き申した。向井・桜庭隊はいったん軽井沢まで戻り、態勢を立て直します」

「分かった。こちらは十二所まで戻る。向井、桜庭にそのように伝えよ」

佐渡の言葉に、桜庭隊の伝令は「承知いたしました」と、駆け戻った。

「楢山さま――」源吉は溜息と共に首を振り、諸隊の責任者に十二所への撤退を告げるために佐渡の側を去った。

七

佐渡・石亀隊と地儀隊は、十二所まで引き揚げたが、茂木屋敷の傷み具合があまりにもひどかったので、西に半里（約二キロ）の所にある大滝の湯宿とさらにその西の道目木などに分かれて宿営した。大滝は十二所から逃れる兵たちによって放火されたものの、何軒かの湯宿は残っていたのだった。米代川北岸の向井・桜庭隊は猿間という集落に宿営し、総大将の佐渡からの進軍命令を待っていた。

戦は通常、戦闘の翌日は休戦日となる。しかし、佐渡は十四日になっても進軍の命令を出さなかった。今さらながらこの戦の意味を考えていたのである。

万民の思いが反映される世を作る――。

そのためには、徳川以後の政を薩長に任せてはならない。そして、それを実現するためには、奥羽越列藩同盟が薩長と同等かそれ以上の力を持たなくてはならない。

官軍に寝返った久保田、新庄、弘前をもう一度列藩同盟に戻し、結束を固めて薩長に対抗する――。だが、そこに至るまでにどれだけの命が奪われるのだろう。

公募に応じた者たちとはいえ、侍のほかに農町兵たちの命も失われている。同盟に戻ってもらうべき久保田の兵の命も奪われている。

これでいいのか？

戦以外に方法はないのか？

これが藩内のことであれば、意見が対立して双方が引かなくとも、賛同者が多い者が勝ち、反対する者は決定に従うか退くかすればいい。血が流れることはまずない。

いや――。藩同士の意見の対立も、それと同じではないか。

薩長に賛同する藩が多い。

ならば、反対する藩は従うか、退くかするしかない。

退く――？

この場合、退く場所などないのだ。

仲間になるか、滅ぼされるか。その選択しかない。

仲間になることなど考えられない。

渋々賛同すれば、その言質だけ取りあげられ、声の届かぬ遠い場所に押しやられる。

あるいはなにか理由をつけて滅ぼされるのだ。

今は手を組んでいる薩長でさえ、いずれはどちらかが滅ぼされることになるだろう
――。

ではやはり、どれだけ血が流れようとも戦って勝つしかないのか。

かつて自分は東次郎に、「色々な考え方の者を一つにまとめようとするならば、充分な話し合いをし、妥協できるところはそれぞれ妥協しなければならない」と説いた。

そして、意見が通らぬから殺すというのでは、ならず者の喧嘩と変わらないという次郎の言葉に同意した。

そのおれが、今、なにをやっている？

おれは今、大義のための犠牲を強いようとしている。

しかし――。

と、思考は堂々巡りを繰り返す。

そして十五日が過ぎ、十六日が暮れた。

＊　＊

密偵が、茂木・須田隊が岩瀬を出て扇田に本陣を移したと伝えてきた。せっかく奪ったはずの扇田を奪還されたのである。

「総大将は腰抜けだ」そういう囁きが盛岡軍の中で交わされるようになった。大将の一人、向井蔵人はそういう声を聞きつけて、兵を米代川北岸から道目木へ移した。このま

までは志気は落ちる一方である。まずは斥候だけでも出そうと、向井は佐渡を説得した。

八月十八日。向井隊から十数名が選ばれて、世が明け切らぬ頃に道目木を出発した。

だが、斥候隊が出て半刻（約一時間）も経たぬうちに、払暁の空に数発の銃声が轟いた。

向井隊は直ちに兵を出し、街道を塞いで敵襲に備えた。

逃げ戻る斥候隊の後ろから敵の軍の影が迫る。

向井隊が一斉射撃をしつつ間合いを詰めて、突撃の機会をうかがっている時、左手の山上、山腹から数十発の銃声が轟いた。空が明るさを増して、樹木の間に翻る弘前藩の旗印が見えた。

弘前は、ゲベール銃よりも正確な射撃ができるミニエー銃を持っている。

このまま日が昇れば、兵たちが狙い撃ちにされる。

向井隊は一気に本営のある大滝まで後退した。

大滝の佐渡・石亀隊と地儀隊は三哲山まで撤退を開始した。

鉄砲方が南の山に照準を向けたまま、弘前軍を牽制する。大砲もいつでも撃てるよう火薬と弾が装塡（そうてん）された。

佐渡は馬上で悔やんだ。自分が益体（やくたい）もないことを考え続けていたからこの体（てい）たらくだ。総大将であるのだから、腹を据えて戦をしなければならなかったのだ。そうでなければ、いたずらに死者、負傷者を増やすばかり。まったく、源吉の言うとおりだ。

戦を始めたからには、戦う以外に道はなく、勝つ以外に道はない。総大将が迷っていては、死んでいった者たち、これから死んでいくであろう者たちに対して申し訳が立たない。勝つにしろ、負けるにしろ、戦が終わってこの命があったならば、腹を斬って戦死者たちに詫びよう。死んだ者たちに差し出せるのは、我が命一つのみ。この魂を切り分けて、三途（さんず）の川の渡し賃代わりにしてもらおうぞ。

「楢山さま」

江釣子源吉が馬を並べて声をかけた。

「なんだ」

佐渡は源吉に顔を向けた。源吉は、少し驚いた表情を浮かべた後、にっと笑った。

「どうやら、なにも言わずともよろしいようで。失礼つかまつった。三哲山へ到着したならば、すぐに戦評定をいたしましょうぞ」

「むろんだ。だが、その前に、十二所兵、弘前兵を追い返さなければならぬ」

三哲山に駆け上った佐渡・石亀隊、向井隊、地儀隊は、押し寄せる十二所兵、弘前兵に銃弾を浴びせた。敵兵らも撃ち返してきたが、白兵戦までは至らず、日暮れとともに西の方角へ退却した。米代川北岸の大館軍の一隊は、川岸を遡（さかのぼ）り対岸から三哲山を砲撃しようと試みた。しかし、軽井沢に駐屯する桜庭隊と銃撃戦を繰り広げ、夕刻に撤退した。

八

佐渡と向井、諸隊の士官たちは三哲山の陣内で戦評定を行った。明後日二十日に出陣し、扇田村を奪還する作戦を練ったのである。

佐渡隊は本道を進み、米代川北岸の桜庭隊は大館の一隊を攻撃して後退させ、向井隊は南の山地を進んで、扇田を三方向から攻略することとした。

大館からの増援を防ぐために新沢の三浦五郎左衛門、足澤内記の隊に協力を求めた。三浦・足澤隊は大館東方の山地に陣を敷いているので、そこで戦が始まれば大館に残っている兵はそちらに割かれるという読みである。

また、盛岡藩の高野恵吉隊が尾去沢から一本栗峠を越えて金山へ向かっているという知らせがあったから、それも利用しようと考えた。密偵を出して扇田に盛岡軍の新たな侵攻の情報を流すのである。敵軍はそちらにも兵を出さざるを得ず、扇田の守りは手薄となる。

「なにより――」評定の終わりに佐渡が言った。

「扇田から逃げ去り、さらに大滝、道日木からも追い払われた盛岡軍を、敵は侮っていよう。敵を侮ってかかれば、本来の力の何分の一も発揮できぬのは、剣術の試合も同じ。焦って巻き返しも叶わず敗れる。明後日は一気呵成に攻め寄せるぞ」

一同は「応っ！」と答えた。

江釣子源吉が一番嬉しそうな顔をしていた。

しかし——、夜、雨が降り出した。翌日十九日は一日雨であった。

雨音を聞きながら、兵たちは急造の小屋で体を休めた。

＊　＊

八月二十日。三哲山を駆け下った佐渡隊は、まず茂木筑後の一隊が守る道目木の陣を襲った。南の山中から向井隊が砲撃で援護した。

茂木隊は扇田へ後退した。

米代川北岸では、桜庭隊が寄せてくる大館兵を押し返す。

佐渡隊は一気に扇田村の入り口まで押し寄せる。

向井隊が山地から駆け下りて左翼から攻め、米代川北岸の桜庭隊が右翼として対岸から砲撃。予想どおり、扇田に駐屯する兵は少なく、後退した茂木隊を合わせても盛岡軍の敵ではなかった。扇田の敵兵は舟で米代川を渡り、大館の西方の根下戸（ねじもと）村まで退却した。

扇田を制圧した佐渡は寿仙院を本陣とした。

佐渡らが戦評定を開いている隙を見て、兵たち数十人が村へ走り肝入たちがどこにいるのか詰問した。扇田の戦で友人、家族を失った兵たちである。

村役人たちが隠れていないかと家々を回る。殺気を放つ兵たちに恐れをなした村人は、

「大館へ逃げた」とか、「久保田まで走った」とか、様々に答えた。

村人たちが家から顔を出し、怖々とその様子を見ている。

一人の兵が血走った目を村人たちに向ける。

「お前たちも一蓮托生。斬り殺してやろうか！」

村人たちは慌てて家の中に逃げ込んだ。

「お前たちも肝入の企みを知っていたのであろう！」

と怒鳴りながら板戸を蹴破って家の中に侵入した。悲鳴を上げて住民は逃げ出す。

兵は土間に置いてあった松明用の柴の束を取りあげ、囲炉裏の火を移した。

「お前らも同罪だ！」

兵は障子に松明を押し当てる。障子紙がめらめらと燃え上がった。

火を見て、兵たちの心はさらに高ぶった。十人余りの兵が松明を作り、通りへ飛び出した。陣へ火薬を奪いに走る者もいた。兵たちは弾薬箱の中からゲベール弾薬包や早合と呼ばれる、火縄銃用の弾薬包を両腕に抱えて走った。ゲベール弾薬包は、火薬と弾丸を紙に包んで筒状にしたもので、早合も同様の構造である。

怯えた住民は家を捨てて逃げ出した。

火に弾薬包を放り込むと、爆発的に燃焼した。小さな爆発を起こすものもあった。

松明を持った兵たちは次々に家に火を放った。

「お前らの企みのせいで、友は死んだ！」

「お前らが騙したから、息子は首を獲られた！」

泣き叫びながら兵たちは家々に松明を放り込んで焼いた。

火の粉が飛び、茅葺(かやぶ)き屋根に類焼し、村は火に包まれる。

騒ぎを聞きつけて寿仙院から天象隊の兵が飛びだしてきた。火災の勢いを見て、寿仙院の本陣を引き払い、郊外に移動した。天象隊の兵たちは、通りに座り込んで泣き叫んでいる兵たちを捕らえ、移した本陣に連行した。

帷幕(いばく)の中、床几に座る佐渡と士官たちの前に、放火をした兵たち十二人が引き出された。

「何人か逃げられました」

天象隊の兵が言った。

「村人への狼藉、火付けは禁じていたはずだ」

佐渡は厳しい口調で言った。

「しかし、村人のせいで大勢の仲間が死んだのです」

火付けの兵の一人が言う。見覚えのある足軽であった。

「その仇討ちだったと申すか？」

「仇は十二所の兵。火付けは罰でございます」

「誰の下知で罰を下した」

「総大将が村人を罰しないから、我らがやったのでございます！　これは戦でございます」

「戦には戦の掟がある」

「兵略のために村を焼くこともありましょう」

「その兵略は誰が考える？　お前か？」

「それは……」

「兵略は将が考える。戦では将の下知に従わなければならぬ」

「その下知が間違っていたとしてもでございますか？」

足軽は佐渡を睨みつけた。

「間違いと思うたのが、浅はかな考えであったならどうする？　兵略の上からも、盛岡へ凱旋する時に宿営する場所が一つ減るのは大きな痛手だ。そもそも戦など侍らが勝手に始めることだ。民百姓にとっては迷惑千万。さらに濡れ衣で家を焼かれればどうだ？　扇田村を燃やされたことで、扇田の村人たちの心に盛岡憎しの思いが植え付けられた。扇田は尾去沢鉱山への荷が往来する場所でもある。戦が終わった後、要らぬ恨みが残っておれば商売にも差し支えよう――。お前たちはそこまで考えたか？　仲間を、親族を殺された恨みばかりを膨れあがらせて火付けしたのではないか？」

佐渡の言葉に、火付けの兵たちは苦い顔をした。

「盛岡へ帰れ」

佐渡は言った。斬罪とばかり思っていた兵たちは驚いて佐渡を見た。

佐渡は天象隊の兵たちに顔を向ける。

「誰か二人、三人ついて、この者たちを盛岡へ送り届けよ。盛岡の守りに使（つこ）うてやれば、間違いも起こすまい」

天象隊の兵三人が肯いて火付けの兵たちを立ち上がらせ、帷幕の外に連れ出した。

「さて、おのおの方」佐渡は士官たちを見回す。

「扇田村が焼かれたからには、速やかに大館攻略を進めなければならぬ。雨露を凌げる場所がなければ、兵たちの体が保たぬであろうからな」

佐渡たちは大館攻略の軍議を始めた。

翌日の大館攻めが決定し、北の山中に展開している三浦・足澤隊と、米代川北岸の桜庭隊、さらに、道目木から米代川北岸に渡った向井隊の別働隊に伝令が走って作戦を伝えた。

向井別働隊と、桜庭隊からはすぐに返信があり、山館（やまだて）を攻めて餌釣（えつり）の敵陣目前まで進んだとの報告であった。

その日、金山、大葛方面に侵攻した高野恵吉隊から伝令が来て、「須田隊と衝突し敗北。大砲三門を奪われた」との知らせが入った。久保田藩家老の須田政三郎の須田隊は、茂木と共に十二所を守っていた。大葛防衛に成功した須田は、北方の扇田から火の手が上がっているのを見て、盛岡軍の扇田占領を知り、退路を断たれる可能性を案じ大きく西に回り込んで鷹巣（たかのす）方向へ退却したのだった。

九

八月二十一日。卯(う)の中刻（午前六時頃）。

佐渡・石亀隊、地儀隊の先発隊は扇田郊外の本陣を出て舟二艘(そう)を使い、何度も往復して米代川を渡った。衣類、武器を頭に載せて裸で川を歩き渡る兵卒もいた。

辰(たつ)の中刻（午前八時頃）、総勢が対岸に渡り終え、隊列を整えて大館へ向かって進軍した。

山館村付近で、敵守備隊の攻撃を受けた。

二小隊を村の背後の山に上げて二方向から反撃すると、敵兵は陣を捨てて退却した。

一方、佐渡の本隊は扇田付近に残っていた敵と交戦。米代川を渡河できずに時ばかりが過ぎた。

砲声、銃声が遠く北方向から聞こえていた。

新沢の三浦・足澤隊と大館軍の戦いの音であった。

さらに北方向、ずっと近くで砲声が上がる。向井別働隊と、桜庭隊が餌釣の敵と戦いを始めたのである。

夕闇が迫った頃、向井・桜庭隊から伝令が来て、大館攻略は明朝、佐渡が渡河して後にすると知らせた。

八月二十二日の黎明。佐渡の本隊は米代川畔に夜営していた向井・桜庭隊に合流し、攻めに攻めた。煙が視界を霞(かす)め、火薬の刺激臭が漂い、怒号と絶叫の渦巻く中、盛岡軍は餌釣の敵陣を突破した。

十二所・大館の軍、弘前の援軍は、柄沢(からさわ)方向、池内(いけない)方向と二手に分かれて後退する。大館城外郭まで後退した敵軍は、盛岡軍の猛攻にやむなく城下まで撤退した。大館城は平場の要害屋敷である。堀の数も土塁の数も少なく、その隙間を柵で補っていた。

盛岡軍は難なく柵を打ち壊し、土塁を越えて城下に突入した。

白兵戦となり、怒号と剣戟(けんげき)の響きが城下に広がった。

周囲が夕闇に包まれる頃、敵軍は劣勢となり、大館城へ逃げて籠城(ろうじょう)した。

盛岡軍は城の西側を空けて取り囲んだ。

歩哨を立て、交代で休息をとる。

骸が転がる中、がりがりと乾飯(かれいい)を齧(かじ)る兵もいた。

佐渡隊は扇田郊外の本陣へ下がり、向井・桜庭隊は米代川の川原まで引いて、夜営した。囲みを手薄にして、城主の佐竹大和や、茂木、須田らが逃れやすくしたのである。

大館城から火の手が上がった。城内の大館・十二所兵たちも佐竹大和らと共に城の西側から脱出した。向井・桜庭隊はすぐに移動して、残党と交戦。大館城を占領した。

夜明けを待って、佐渡隊が入城した。

大館の戦で盛岡軍の死者はわずか一名、負傷者は二名であった。一方、大館・十二所の兵は死者二十二名、負傷者十七名。津軽軍は負傷者一名であった。

佐渡は本陣を大館へ移し、焼け残った屋敷で軍議を開いた。

「これより一気に能代まで攻め寄せる」と佐渡は言った。

能代は米代川河口の港町である。材木の積出港であり、蝦夷松前や北陸、関西の諸藩との交易港でもあった。藩境の土深井から能代までを制圧すれば、久保田藩と弘前藩の連絡路を遮断できるのである。それに異を唱えたのは、向井蔵人であった。

「三浦・足澤隊を待ち、ここで合流するほうがよろしゅうございます。また、金山、大葛口から退いた高野隊も再び攻め込んできましょうから、合流して兵の数を増やしておくべきでございましょう」

「鎮撫総督府軍は――」石亀左司馬が言った。

「雄物(おもの)川の周辺で庄内軍と戦闘中で、大館口にまで兵を回す余力はないはずでございます。今のままの兵でも十分ではございませぬか」

「鎮撫総督府も、能代までをこちらに押さえられれば戦況が不利になることは十分承知しているはずでござる」地儀隊の隊長、渡部萬治が言う。

「無理をしてでも増援部隊を送り込んできましょう。地の利を心得ている久保田もまた、能代を落とされることの脅威を知っております。だとすれば、山峡の小繋(こつなぎ)辺りの守りを固めているはず。兵の数は多いにこしたことはございません」

「ならば、敵の増援部隊が来る前に動いたほうがこちらに有利だ」

佐渡は言った。

「その増援部隊が来るのはいつでございましょう？　明日にも能代の湊に入るやもしれませぬ。兵を増やしてからの出陣といたしましょう」

向井は引かなかった。小隊長たちもそれに肯いている。三浦・足澤隊、高野隊との合流を望む者の数が多い。ならばいたしかたあるまいと佐渡は思った。

「それでは、合流を待ちながら密偵を走らせ、各地の戦況を探らせよう。敵の増援部隊が動き出す気配が見えたならば、すぐに出陣だ」

佐渡は、焼け跡を片づけて陣小屋を建てるよう命じた。また、夜間の警備を厳重にすること、出陣に備え大館の西方の川口村に一隊を派遣することなどの手配をした。

＊　＊

三浦・足澤隊は二十四日に大館に到着した。しかし、大館を逃れた弘前軍が北の碇ヶ関に陣を敷いたとの斥候の知らせを受けて、すぐにその方面の防備のために移動した。

高野隊が合流したのはその後であった。

二十五日の夜――。碇ヶ関方向へ向かった三浦・足澤隊から碇ヶ関近くの白沢村に弘前兵二小隊が駐屯しているという知らせがあった。佐渡は、弘前も迷っているのだと思った。

奥羽鎮撫総督府の醍醐、前山両参謀が弘前入りして盛岡藩討伐の命令を下したという密偵の知らせがあってしばらく経つが、まだ碇ヶ関の辺りで留まっているのは、奥羽越列藩同盟脱退に後悔があるからであろう――。

また、久保田に放った密偵が、佐賀藩とその支藩である小城藩の軍を大館口の増援に送ることが決まったらしいと報告した。密偵がそのことを知ったのが前日。増援はすでに大館・十二所の軍と合流するために久保田を発っているだろう。

「楢山さまの仰せられたとおりに二十二日か二十三日のうちに能代へ出陣しておけば……」

向井や地儀隊の渡部は佐渡に詫びた。

「過ぎたことを悔やんでも始まらぬ。能代へ向かおう。落とせぬまでも、こちらの支配が及ぶ土地を西に広げておきたい」

翌日、盛岡から増援があり、それを鷹巣、米内沢に派遣して守りを固めさせた。

そして二十七日未明。盛岡軍は大館を出て能代へ向かった。

行軍は一日六里（約二四キロ）が目安である。小繋までおよそ七里（二八キロ）、能代までは十三里（約五二キロ）以上あった。急がなければ能代方面の守りを固められてしまう。

能代への街道は途中から米代川北岸を通る。盛岡軍は鷹巣の集落を左に見ながら進んだ。鷹巣は少し前まで、大葛口の盛岡軍を破った久保田藩家老の須田政三郎の隊が駐屯していたが、今は能代方面の大館・十二所隊と合流していた。

坊沢、前山の集落を過ぎ、今泉の集落に入ったところで、斥候が前方に大館・十二所軍の久保田軍と佐賀軍が迫っていることを知らせた。小繋まで半里（約二キロ）ほどである。

「桜庭。山越えをして敵の後方を突け」佐渡は命じた。

前山の北の山の沢筋へ入れば、前沢の集落を抜けて山中、大沢集落へ抜ける道がある。そこから藤琴(ふじこと)川沿いに南に下れば川湊の荷上場で、小繋の下に出る。狭隘な小繋の下を封じれば、敵軍は退路を塞がれ、盛岡藩は前後から有利に攻撃を仕掛けられるのである。

桜庭は隊を率いて山中を進んだ。

盛岡軍は今泉を出て展開し、久保田・佐賀軍に対峙した。

敵の前衛は佐賀軍であった。銃士、銃卒は三角の銃陣笠を被り、筒袖に段袋（ズボン形の袴）、胴乱を袈裟懸けにして、エンピール（エンフィールド）銃を手にしている。後装で連発できるスペンセル（スペンサー）騎銃を持っている者もいた。

翩翻(へんぽん)とひるがえる錦旗——。あれに銃を向ければ逆賊となる。盛岡軍に動揺が走る。

「あれはただの布だ！」佐渡は馬上から叫ぶ。

「薩長の者らが、勝手に作ってばらまいているだけのものだ！　あの旗を立てて進む者こそ逆賊なのだ！　怖(お)じ気(け)づくな！」

錦旗は恐ろしくない。しかし、その後ろに控えているものが、佐渡にはとてつもなく恐ろしく感じられた。大砲——、アームストロング砲である。

アームストロング砲とは、イギリスで開発された最新式の大砲である。盛岡藩の大砲が先込め式であるのに較べ、アームストロング砲は銃身の後方から弾を込められるようになっているので、弾込めから発射までが短時間で行える。また、銃身内に条が刻んであるため命中率が高く、柔らかい鉛で被った弾を使用することで銃腔と弾の密着性を高め、飛距離を飛躍的に伸ばした。

佐賀藩は大量のアームストロング砲を所有している。自国で製造しているという噂もあった。時間と予算さえあれば、大橋、橋野の高炉で精錬した鉄でアームストロング砲も自作したいところであったが――。

盛岡藩の四斤山砲(しきんさんぽう)や臼砲(きゅうほう)とアームストロング砲との戦いは、弓と鉄砲との戦いに等しいと佐渡は考えていた。

佐賀軍は、そのアームストロング砲六門を据えて激しい砲撃を開始した。

盛岡軍も撃ち返し応戦するが、弾の飛距離が違うので、盛岡軍はじりじりと後退する。

しかし、果敢に鉄砲方が前に飛びだして敵に射撃する。

佐賀藩兵も前に出て応射する。佐賀軍の弾は、正確に盛岡鉄砲隊を撃ち抜いた。

佐賀の鉄砲隊が使うエンピール銃は先込めであるが命中精度が高い。スペンセル銃はさらに連発できる。対して盛岡軍の鉄砲は火縄銃と、ゲベール銃。エンピール銃、スペンセル銃に較べれば著しく命中精度が劣った。盛岡軍は今泉の集落へじりじりと後退する。

突然、右手の山中から銃撃が始まった。盛岡軍は建物を遮蔽物に、山中から飛来する弾丸を避けたが、前方からは佐賀軍が迫ってくる。

「楢山さま。集落に火を放ちますぞ」

江釣子源吉が佐渡の側に駆け寄って言った。

煙幕を作り敵の目を眩(くら)まし、炎で前進を妨害して、後退する時を稼ぐ作戦である。

「うむ……」

佐渡は一瞬、答えに詰まる。

「今泉の住民には、火付けをせぬとは約束しておりませぬ。でございますから、源吉が勝手に火を放ちます。後々文句が出たならば、源吉の責任でございます」

源吉は、配下に集落へ火を放つよう叫びながら前方へ戻った。

今泉の集落が燃え上がった。盛岡軍は坊沢の集落まで後退した。

十

一方、山越えをして大沢集落へ出た桜庭隊は、少数の守備隊を追い散らしてそこを占領した。数十人の兵を大沢に残し、荷上場へ下る。

そこへ、大沢への襲撃を聞き、藤琴(ふじこと)川沿いの道を佐賀銃士が駆け上ってきた。

たった五人の銃士であった。

「蹴散らせ！」

桜庭は前進を指示した。

しかし――。五人の銃士は道を塞ぐように立ち、銃を構えて連発した。スペンセル騎銃である。

スペンセル騎銃は七発の弾を連発でき、しかも銃身後方から弾倉管を交換すれば、すぐさま射撃を再開できるのである。

五人の銃士が引き金を引くたびに、五人の盛岡兵が倒されていく。

「くそっ！　退け！　大沢まで退け！」

桜庭はやむなく大沢まで撤退する。

桜庭隊は大沢の集落で建物を遮蔽物として銃士五人と対峙した。

銃士らも立木や荷車などを遮蔽物に集落の桜庭隊と睨み合う。

桜庭隊は正確な射撃のできる連発銃五丁のために、銃士らは二百人近い敵の数のために、どちらも動きがとれなくなった。

「隊長」

と隊士四十人が桜庭の側に駆け寄った。

「我らが敵銃士を倒して参ります」

「スペンセル騎銃は七連発。弾一発で一人殺されても、三十五人。弾倉管を取り替える間を与えず、五人で斬り殺します」

「うむ……」

確かに相手はたった五人。いかに高性能の銃を持っていようと、多勢の決死隊が命を捨ててかかれば倒せる。考えない作戦ではなかった。

しかし、確実に大勢の者が死ぬと分かっている命令を下すことに、桜庭は躊躇（ちゅうちょ）していたのだった。

『お前たちは、死んで仲間の命を助けよ』

自分が決死隊の一人として、志願する者を募り突撃しようかとも考えた。

しかし、たった五人の敵銃士を倒した後、久保田・佐賀軍を後方から攻撃するための指揮官がいなくなる可能性がある。重要なのは、五人の銃士を倒すことではなく、久保田・佐賀軍を殲滅することなのだ。

これは戦だ。指揮官ならば、もっと非情になれ――。

「よし……」

と言いかけた時、山の北東方向に煙が上がった。

集落一つが燃える幅広い煙である。

今泉の辺りだ――。

久保田・佐賀軍が今泉に火を放つ理由はない。放火したのは盛岡軍であろう。とすれば、盛岡軍は後退している。

先ほどまで聞こえていた大砲の音も銃声も止んでいる。戦闘が終わったのだ。ならば、盛岡軍は今泉の東、坊沢の辺りまで後退し陣を敷いているに違いない。

今から決死隊によって五人の銃士を倒し、久保田・佐賀軍の後方から攻撃をしたとしても、前方からの盛岡軍の攻撃はない。燃える今泉の集落を突っ切って攻めることは不可能だからだ。

五人の銃士が邪魔をしなくても、我らは後方からの攻撃に間に合わなかった――。

桜庭はほっとすると共に、そう考えた自分を恥じた。

味方が後退しているというのに安堵する奴がどこにいる――。

「味方は押されている。我らは戻って合流する」

桜庭は、佐賀銃士の追撃を警戒し、散発的な射撃を命じつつ、後方の兵から坊沢へ移動させた。

二十七日の夜が明ける頃、桜庭隊は全員が大沢集落を離れた。

二十八日朝。桜庭は坊沢の盛岡軍に合流した。

「敵後方からの攻撃、間に合わずに申し訳ございませぬ」

接収した肝入の家である。佐渡、向井、石亀らが座る中、桜庭は深く頭を下げた。

「いや。こちらが持ちこたえられなかったのだ」佐渡は言った。

「エンピール銃、スペンセル騎銃の性能には舌を巻くばかりだ」

「こちらも性能のいい銃が欲しゅうございます」桜庭は本音を呟き、慌てて付け加えた。

「これは……、つまらぬ愚痴を申し上げました」

「まったく貴公の言うとおりだ」佐渡は言う。

「藩に伝令を出した。数は多くあるまいが、上手くいけばエンピール銃を送ってもらえる」

「できればスペンセル騎銃が欲しいところでございますがな」

向井が言った。

「鎮撫総督府の連中、武器購入には使わぬと約束したのにも拘わらず、我が藩と八戸からかすめ取った二万両で新式銃を買ったに違いない」

石亀が歯がみした。

「盛岡が攻撃を始めたのでいたしかたなくと言うであろうよ」

佐渡は苦笑する。将や士官たちは、なんとも返せずに困った顔をした。

「この戦は、久保田藩、そして弘前藩、新庄藩をも翻意させるために始めたものだ。たとえ戦そのものには敗れても、同盟に引き戻すことができれば、目的を達することができる」

「負ける話はなさいますな」江釣子源吉が膨れっ面をして言う。

「勝負はこれからでございます」

「そのとおりだ。悪かった」佐渡は頭を下げる。

「それでは、勝つための戦評定をしよう――。発機隊一小隊を鷹巣に、地儀隊一小隊を裏山に配置し、進軍してくる久保田・佐賀軍の側面を突こうと思うがどうだ？」

「それはようございますな」向井が答える。

「坊沢の北側の山は、地形が入り組んでおります。ここに兵を配置、街道を来る敵を頭上から攻撃。また、山中を進んでくる敵もそこで防ぐというのはいかがでございましょう？」

「うむ。そうしよう」佐渡は言った。

「しかし、悩ましいのは前山の大砲二門よ」

「前山の大砲がどうかいたしましたか？」

桜庭は聞く。その問いに、一同は渋い顔をした。

「昨日、前山撤退時に、気を利かせた者らが敵の障碍（しょうがい）になるように街道に木を伐（き）り倒した」

佐渡は答えた。

「道を塞ぐのは戦の定石でございますが――」言いかけて桜庭は気づいた。

「前山に大砲を残してきたのでございますか？」

「守備隊と共にな」石亀が言った。

「それを考えに入れずに、何人かがよかれと思うて道を塞いだ」

「状況を確認させたが、かなりの人数を出さなければ取り除くことはできぬ」佐渡は言う。

「大木を伐るのは一人、二人でもできるが、取り除くにはその十倍、二十倍の人が必要だ」

「やはり、いざとなったら大砲を爆薬で吹き飛ばして退却させるしかありませぬな。木をどけるのは一日仕事。それで疲れ果てて戦ができぬでは、話になりませぬからな」

源吉が言った。

「よし。万が一の時には、大砲は諦めよう」

佐渡は決断した。その日は戦の定石通り休戦日となった。

両軍は、次の日の戦闘に備えて隊を配置しつつ兵を休めた。

＊＊

二十九日朝。濃霧――。

前山の兵、四小隊二百人は、見張りの甲高い呼子（よぶこ）の音を聞き、慌てて守備についた。

砲声が轟いた。霧を突き破って砲弾が飛来する。

「撃て！」

合図と共に盛岡の砲も火を噴いた。

しばらくの間砲撃戦が続き、続いて小銃の銃声が霧の中に響く。

弾丸が空気を切る音が掠め、遮蔽に使っている倒木に次々と銃弾が当たり、木屑（きくず）が舞った。盛岡兵らは十人に一挺ずつのゲベール銃、火縄銃。計二十挺による単発の射撃である。敵はその十倍以上の銃声を響かせている。

盛岡兵はその弾幕に、撃ち返す余裕さえ無くなっていった。

「退却！」

小隊長四人は叫んだ。二百人の盛岡兵は姿勢を低くして一斉に後退を始める。

その一人が大砲の側の弾薬箱に松明を放り投げる。松明は木箱の上に転がった。

「突撃！」

霧の向こうから大声が響き、多勢の駆け足の音が続く。確実に火薬に火をつけたかったが、もう間に合わない。小隊長はそのまま仲間たちを追って走った。

霧を巻いて久保田・佐賀藩の官軍兵が現れた。

弾薬箱の上の松明を見て、官軍兵たちは悲鳴を上げる。しかし、後ろから押しかける兵たちにどんどん前へ押し出される。

兵の一人が叫び声を上げて弾薬箱に突進した。松明を取りあげ、遠くへ放り投げる。

「敵の大砲をぶん盗（ど）ったぞ！」

松明を投げ捨てた官軍兵は小銃を高々とかざして叫んだ。

＊　＊

前山の盛岡兵たちは、障碍として斬り倒された木々を乗り越え、ある者は北の山に飛び込んで走り、坊沢へ向かった。

濃霧の中、坊沢北側の山中に展開していた盛岡兵は、下生えを掻き分けて走ってくる音が敵のものか味方のものか分からず、射撃を躊躇した。数歩手前で霧から飛び出す者が前山から逃げてきた仲間と分かり、構えた銃を下ろすということを繰り返した。

それは坊沢の盛岡軍も同様であった。次々に霧の中から飛びだしてくる前山の兵を収容するのに神経をすり減らした。

日が高くなるにつれて朝霧が消えていく。

やがて、押し寄せる大軍の足音が聞こえ、盛岡軍は大砲を放った。

着弾の音が響き、大軍の足音が止まる。薄れる霧の向こうで隊列を整える音がした。

砲撃、銃撃の応酬が始まる。霧が火薬のにおいをまとった。

巳ノ下刻（午前一一時頃）——。風が吹き、霧が流れた。

前方に錦旗を掲げる大軍が現れた。久保田藩、佐賀藩の旗印も翻っている。

その最前列に大砲が二門。

盛岡軍の兵たちは、それが自軍の四斤山砲であることが一目で分かった。

「己らの大砲の弾を食らえ！」

大声と共に、笑い声が響き、大砲が火を噴いた。

弾は馬防柵の向こう側に落ちた。

「さすが田舎者の大砲。射程が短い！」

どっと高笑いが響く。

馬上の佐渡は唇を噛みしめた。

奪われた盛岡軍の大砲と、その後ろに控えていた官軍のアームストロング砲が続けざまに放たれる。官軍の大砲は馬防柵を打ち砕き、盛岡軍の間近に炸裂した。

昼過ぎ。坊沢山中の防衛線が破られ、北側の山中から盛岡軍に向けて銃撃が始まった。

「撤退！」

佐渡は命じる。盛岡軍は一斉に後退した。坊沢を脱し、綴子(つづれこ)の集落に入る。敵の足を止めるためにやむなく火を放った。

官軍は後方からの増援を得たらしく数を増やして前進してくる。

盛岡軍は綴子、糠沢(ぬかざわ)の集落を越え、川口の集落まで後退した。

＊　＊

官軍は綴子に留まって集落の火を消し、坊沢と綴子をその日の宿営地とした。

伝令が来て、南の米内沢(よないざわ)から出発した久保田・小城軍が鷹巣の盛岡兵と交戦、これを打ち破ったとの連絡が入った。久保田・小城軍は鷹巣を今日の宿営地とするとのことだった。

＊　＊

川口に本陣を移した盛岡軍に、鷹巣の発機隊、地儀隊それぞれ一小隊が合流した。

肝入の家に軍議で集まっていた佐渡たちに、天象隊の兵から今日の被害が報告された。

「こちらの死者は一名でございます」

「激しい砲撃、銃撃だったが、死者は一名ですんだか」

佐渡はほっとして言った。

「前山を守っていた小隊長一人と、昨日木を伐り倒した小隊の隊長の姿が見あたりませぬ」

「逃げたか！」

石亀が険しい顔をする。

「いや、人知れず山の中で腹を斬ったのだろう。気の毒なことをした」

佐渡は唸るような声で言った。

「いかに賤しい思いを抱いていても、最新式の武器を備えていれば戦には勝つ」江釣子源吉が食いしばった歯の間から言葉を絞り出す。

「勝てばその者たちが正義となり、負けた側は賊軍と卑しめられる。悔しゅうございます」

「源吉」佐渡は笑った。

「負ける話はするな。勝負はこれからだと言ったのはお前ではないか」

「これは……。失礼を申し上げました」

源吉は赤い顔をして頭を押さえた。

「岩瀬、中仕田、板沢へ兵を差し向け、防衛させよ」

佐渡は命じた。

新式銃を備える佐賀藩、小城藩の参戦によって、盛岡軍は劣勢に追いやられた。この日を境に、盛岡藩の苦しい戦いが始まるのであった。

十一

明けて九月一日は休戦となった。

九月二日。盛岡軍は川口を出て西進した。地儀隊は米代川を対岸に渡って回り込んだ。前方に丘陵地のある岩瀬で、東進してきた官軍と戦闘に入った。

官軍は少し退いて丘陵に陣取り、低地にある盛岡軍に攻撃を仕掛ける。地儀隊は岩瀬の西南から官軍を攻撃し、盛岡軍の本隊を援護したが、米代川を渡ってきた官軍の一隊に側面からの攻撃を受けて退いた。

援護を失った盛岡軍は川口まで後退した。その途上、左から官軍伏兵の攻撃を受けた。

盛岡軍はばらばらに散って、東の大館に向かって逃走した。

早馬が大館に駆け込み、駐屯していた佐藤熊之助を隊長とする煙山隊、井上隊が、大館の西の片山と根下戸(ねげと)に出て、街道の脇に潜んだ。かねて打ち合わせていた、盛岡軍が大館まで敗走してきたときの行動であった。

盛岡軍が大館に逃げ込もうとしていると知った元大館城主佐竹大和は、自軍を引き連れて官軍の本隊を離れた。奪われた大館を奪還しなければならない。その思いで、作戦も立てず飛び出したのである。

佐竹大和の軍は盛岡兵の伏兵に狙い撃ちにされた。さらに退路を数台の荷車によって道が塞がれた。佐竹大和隊は混乱した。その背後から井上隊が鉄砲を撃つ。

川口から遅れて逃げ出してきた盛岡兵たちの多くは、戦場を迂回して大館へ走る。すでに弾薬が尽きていたのである。佐竹大和は馬で荷車を回り込んで、西へ逃げた。そして、川口までは戻らず、餅田（もちだ）集落の側の二頭山に駆け上って陣とした。暮れていく戦場を見下ろしながら、盛岡兵を駆逐すべく指揮をとろうとした。しかし、暗い上に隊形を調えずに戦闘に突入したものだから、山の下は混戦状態であった。

いったん大館まで退いた兵も弾薬を補給して引き返して戦いに加わり、盛岡軍の数は増えていく。銃撃戦、白兵戦があちこちで行われていた。

そこへ、後方から官軍の増援部隊が辿り着き、一気に攻勢に転じた。

盛岡軍は、官軍の数が増えたのを見て取ると、素早く大館へ退いた。

官軍は盛岡軍の攻撃が止むと、餅田に本陣を置いた。諸部隊は餅田、川口に宿営した。

＊　＊

九月三日は雨であった。火薬が湿るのを恐れた盛岡軍は出陣せず、盛岡兵たちは急造の陣小屋や城下の旅籠で束の間の休息をとった。官軍も陣を出ずに兵を休ませた。

九月四日。官軍は大館に総攻撃をかけたが、城下町の各所には土塁や束ねた丸太などの遮蔽物が置かれていて、盛岡の銃士たちがそこから銃を撃ちかけてくる。

戦いは膠着（こうちゃく）状態となって、その日は暮れた。

夜間、羽州街道の長走（ながばしり）と松原（まつばら）に布陣していた三浦・足澤隊から伝令が来た。

『弘前藩の二小隊と交戦、撃退したが、それらの兵は間道を抜けて川口方向へ向かった模様である。悪路のために砲二門は弘前へ引き返した』

「明日は弘前軍も戦に加わるか」

佐渡は唇を真一文字に結ぶ。

大館城の、焼け残った屋敷の広間である。将、士官が集まって軍議の最中であった。

「二小隊ならば、たかだか百人」源吉が明るい声で言う。

「片山村の防衛隊を増やしましょう」

片山村は大館のすぐ西にある村である。

「藩境まで後退し、官軍の盛岡侵入を防ぐ作戦に転じよう」

佐渡が言うと、一同はざわめいた。

「楢山さま」源吉が佐渡を睨む。

「また気弱の虫が出て参りましたか」

「江釣子」向井がたしなめる。

「この戦は、同盟を離れた藩に翻意を促すために起こした。それが達せられないと分かったならば、潔く退くべきだ」

「大義のために始めた戦ならば、最後の一兵卒まで戦い、その志を示すのが侍の道でございましょう」

源吉が言った。隊長らが肯く。

「官軍とは、圧倒的な武力の差があることは、ここ数日でよく分かった。勝負は官軍が久保田に入る前に決しなければならなかった。官軍が戦に加わった今、久保田領に留まって戦っても、盛岡軍が消耗するばかりだ。ここで我らが全滅すれば、誰が盛岡を守る？」

「我らは負けませぬ！」

隊長の一人が叫ぶように言った。

「必ず久保田軍ばらを退けます！」

「退けた後、必ず能代まで占領いたします！」

隊長らが次々に言った。

「楢山さま」向井が言う。

「まずは、明日の戦いの様子を見ては？　敵が片山の防衛を破れるか否か」

そんなことが問題ではない——。大館を守れたところで、ここに籠城するわけにはいかない。敵は我らの軍をここに足止めさせて、盛岡領内へ進軍するだろう。

すでに兵たちは当初の目的を忘れ、官軍に勝利することしか考えていない。

ここまで勝ち進み、十二所、大館の城を落とした。敵に増援があり、いったんは退いたが、まだ勝機はある。次は必ず勝つ——。博打と同じだ。博打でいい思いをしたことのある者は、負け続けても『次は必ず』と賭け続ける。

いつか同じ話をしたような気がする。

そうだ。少将さま（元盛岡藩主利済）のことについて、弓太か誰かと話したのだ――。

広間では、佐渡を抜きにして明日の作戦についての軍議が始まっている。

誰も彼も、一つの思いに囚われて他の意見を取り入れずに突き進もうとする。その先に断崖があるというのに見もしない。いや、見えているのに、そこには断崖などないのだと思いこんでいる。愚かだ。人は皆、どうしようもなく愚かなのだ。

崖からの転落を免れた者たちは、落ちて行った者たちの過ちを繰り返さぬぞと決意するが、喉元を過ぎて熱さを忘れ、同じことを繰り返す――。

佐渡が思い悩むうちに軍議は進み、明日は片山で戦という案でまとまった。

「総大将」

向井の声で佐渡は我に返った。将、隊長らが佐渡を見つめ、返事を待っている。

「よかろう。片山の守りを固めよ」

火にかけた鉄瓶に手を触れて火傷をするまで、それが熱いものだと気づかぬ者もいる。湯の沸き立つ鉄瓶が熱いものだと知るために、火傷をする経験が必要なこともある。

十二

弘前の旗印を掲げた小隊が三方向から片山村を包囲した。片山の守備隊を大館まで後退させ、そのままの陣形で大館を包囲する作戦と見えた。弘前軍の背後には、大館・十二所の久保田軍。そして佐賀・小城軍が控えている。新参の弘前軍が寝返ったとしても、背後から攻撃できる陣容であった。背後からの圧力を感じているのだろう、弘前軍の戦いは必死であった。

守備隊もまた、大館を死守するために果敢に戦った。兵を鼓舞する隊長、小隊長の声が村の中にこだました。しかしやがてその声は悲痛な退却の声に変わり、北山の守備隊は大館外郭まで退き、集落に火の手が上がった。

＊　＊

軍議の広間には重苦しい空気が澱んでいた。片山の守備隊長からの敗戦の報告がなされた後は、誰一人口を開かなかった。しばしの沈黙の後、佐渡は静かに言った。

「明日払暁、総撤退とする。負傷している者は、先に北の山道を進み新沢を越えて毛馬内に送る。後は各隊それぞれに毛馬内まで移動せよ。十二所、大滝、軽井沢、葛原、三哲山の守備隊も退却させよ」

一同は無言のまま頭を下げた。

深夜から撤退の準備が始まり、夜明け前に負傷兵たちが荷車に乗せられて新沢方向の山道へ進んだ。二隊が大館の西側に配置され、敵兵の動きを監視した。残りの隊は間隔を空けて大館を脱出する。佐渡は毛馬内松山（まつやま）へ、向井は毛馬内の南西の瀬田石（せたいし）へ、桜庭は毛馬内の屋敷へと向かった。

＊　＊

盛岡藩の本隊は自領に引き揚げた。しかし――。戻ってくるはずの守備隊がなかなか現れない。守備隊は三隊に分かれ、佐渡、向井、桜庭の元に帰ってくる手筈になっていた。

佐渡の毛馬内松山の陣には十二所の兵たちが来るはずであるのに、夕刻になってもまだ現れなかった。佐渡は守備隊を迎えるために外へ出た。いつまで待っても守備隊は現れない。佐渡は、昼間の名残の明るさを留めた西の空を見た。様々な思いが心の中に去来する。

いつまでも鬱々としていてはならない――。ともかく、今の状況で盛岡藩はどうすべきかを考えるのだ。

気持ちの切り替えはなかなか難しく、ともすれば重い絶望が佐渡の心を支配しようとした。

官軍の増援がある前に、久保田を翻意させるというおれの作戦は失敗した。

その責任をとり、今ここで腹を断ってしまえばどれだけ楽であろうか。

奥羽鎮撫総督府は、どれだけの兵を盛岡藩討伐に投入するだろうか。庄内の戦いが長引けば、それほど多くの兵は割けまい。

官軍が奥羽以外の土地を平定してしまえば、その総力をこちらに振り向けてくるに違いない。

朝廷は薩長の思いどおりに動かされ、奥羽諸藩討伐の宣旨を出すだろう。

奥羽全体が賊軍となる。

今回の戦で分かったように、武力の差は歴然である。

奥羽は蹂躙された挙げ句に、降伏することになるだろう。

その敗戦に意味を残さなければならない。

戦勝軍は、敗戦の軍を悪し様に記録する。

盛岡藩は、奥羽越列藩同盟は、身の程知らずに官軍に逆らった。歴史書にはそう記され、薩長の傍若無人は語られまい。

薩長に異を唱えた奥羽諸藩は、長い年月辱めを受ける。

これから来るであろう薩長の天下に異を唱えた者たちがいる――。

奥羽諸藩がなにを考え、薩長に抗したか。

それを後世に残さなければならない。これから来る世の、次の世のために。

薩長の戦勝に較べれば、ないも同然のささやかなものだが、それが我らの勝利となる。

「まずは、次の戦に備えて藩境を守るのだ」

守備隊はまだ来ない――。

どうしたのだ。途中で久保田の兵と交戦しているのか――？

ならば、助けに行かなければなるまいと、佐渡は屋敷へ踵を返す。

戸口に江釣子源吉が立っていた。

「守備隊ならば、戻ってはきませぬぞ」

源吉は言った。家の中の明かりを背にしているのでその表情は見えなかったが、沈んだ声音であった。

「どういうことだ?」

佐渡は源吉に歩み寄った。源吉は辛そうな顔で佐渡を見つめる。

「あやつらは、武士らしく戦って散ることを選び申した」

「なに?」佐渡は険しい顔になる。

「撤退を命じたはずだ」

「敵に後ろを見せるのは武士の恥と」

「そのようなことで、総大将の下知に逆ろうたか!」

「そのようなことなどと仰せられますな。あ奴らの意地でございます」

「戦はまだ続くのだ。ここで無駄死にしてなんになる!」

「楢山さまももうお分かりでございましょう。久保田との戦も、官軍との戦も、負けでございます。ならば、散り際だけでも各々の思うようにさせてやりましょうぞ」

「お前は、それを知っていておれには黙っていたのか?」

「反対されるのは目に見えておりましたからな」

「向井も、桜庭も知っているのか?」

「ご存じないのは楢山さまばかりでございます」

「なんということだ――」佐渡はきつく唇を嚙む。

「意味のない戦で死ぬのは無駄死にだ」

「ご自身が言い出された戦を意味のないものと仰せられますか」

源吉は眉間に皺を寄せて、一歩前に出る。

「違う。久保田領内での戦いを続けることが無意味だと言っているのだ。ここで兵の数が減れば、これから攻め寄せてくる官軍をどう防ぐ」

「防ぐために戦っておるのです」

「本隊が退却し、兵站（へいたん）も断たれた中でどう戦い続けるというのだ！　弾薬が尽き、食糧が尽きれば腹を斬って死ぬというのか？　それよりは、いったん退いて、藩境を防衛するほうが、よほど命の使い甲斐があろう！」

「仰せのとおりでございますが……。命の捨て場を決めた者どもの心を動かすことは難しゅうございます」

「ならばせめて、三哲山まで退くというのはどうだ？　三哲山は久保田領だ。三哲山に留まるのであれば、敵に後ろを見せたことにはなるまい。盛岡領からも近く、兵站を築くこともさほど難しくはなかろう。退くという言葉が嫌ならば、三哲山に戦力を結集し、盛岡藩に攻め寄せる官軍を討つのだと説得できぬか」

「うむ……。それであれば、なんとかなるやもしれませぬ」

「ならば、すぐに向井と桜庭を呼べ。おれが説得する」

「承知つかまつりました」

厩へ向かおうとする源吉を、佐渡は呼び止めた。

「源吉。散り際を考えるというのは、すなわち負けを認めたということになろう」

源吉は、一瞬戸惑った顔をしたが、「御意」と肯いた。

「それがしが間違うておりました。まだまだ勝負を捨ててはなりませぬな」

「おれは、まだ負けを認めぬ。どのような形であれ、常に勝つ方法を探すと決めた。残留している盛岡兵を三哲山まで集められるのならば、おれが自ら久保田領に戻り、沢尻辺りに本陣を設ける」

沢尻は土深井と三哲山の中間あたりにある集落である。

「それがよろしゅうございましょう――。では、向井さま、桜庭さまをお連れいたします」

源吉は厩に走って馬に跨った。

＊　　＊

一刻（約二時間）ほど経って、佐渡の陣に向井と桜庭が駆けつけた。

「わたしにだけ知らせぬことがあるそうだな」

佐渡が言うと、向井と桜庭は怒ったような顔で源吉を見た。

「総大将に隠し事はならぬと思い直しました」

源吉はけろっとした顔で言った。

「時が惜しい。手短に言う――」

佐渡は源吉に語ったことを繰り返した。向井と桜庭は、佐渡の案に賛成した。

「しかし――」向井が言う。

「楢山さまは毛馬内に御座しくださいませ。沢尻にはそれがしが陣を敷きましょう。米代川対岸の葛原には桜庭を置くということで」

「いや。総大将が盛岡領内にいては、守備隊らも素直にこちらの案に従うまい。沢尻は三哲山の少し後方。しかも平場だ。盛岡兵らは、必死でわたしを守ってくれよう。そうすれば、わたしから離れた心も戻り、こちらの説得に耳を傾けるようになるはずだ。劣勢になった時に撤退の下知に従ってもらえよう」

「分かりました――。そのようにいたしましょう。負け戦ならば、それぞれ散りたい場所で散らせてやることがよいと思っておりましたが――。楢山さまがまだ勝ちを諦めて御座さぬと仰せられるのであれば、兵たちが散り場所を決めるのを後回しにさせましょう」

桜庭は言った。

＊　＊

翌朝、佐渡、向井、桜庭隊は半数を毛馬内の防衛に残し、久保田領へ戻った。

土深井近くまで来ると、砲声、銃声が聞こえ始めた。

桜庭は米代川を渡り葛原へ。向井は三哲山へ向かった。佐渡は沢尻に本陣を敷いた。

すぐに三哲山から伝令が来て、十二所、大滝、軽井沢、葛原、三哲山の様子を伝えた。

十二所の西、大滝の隊は三百人と大砲二門が残り、官軍との砲撃戦を続けていた。米代川を挟んだ北側の山には鉄砲方がいて、攻め寄せる官軍を射撃した。

米代川北岸の軽井沢、葛原の隊も官軍の東進を止めようと戦い続けていた。山中の新沢辺りにも残留する小隊がいくつかあり、大館への攻撃の機会をうかがっているという。

十二所には三隊が残り、扇田の官軍と戦いを繰り広げていた。しかし、かつて城を守っていた茂木筑後率いる兵たちの、十二所奪還の決死の勢いに押されて敗北。

散り場所を決めたはずの兵たちであったが、陥落した十二所から大勢の者たちが三哲山へ退避してきていた。

それでよい――。と佐渡は思った。

十三

九月十四日から数日間、米代川周辺と十二所で衝突があったが、新式の武器を備え、兵の数も多い官軍が、盛岡軍を攻めあぐねた。

そのことが、いったん敗戦を覚悟したはずの盛岡兵たちの志気を高めた。

もしかしたら、勝てるかもしれない、という希望が兵たちの中に生まれたのである。

*　*

十九日の夜――。正攻法では盛岡軍に勝てないと考えた官軍は、夜襲を決意した。

十二所の官軍陣地から茂木筑後の配下二十人が、夜陰に乗じて三哲山の麓(ふもと)を抜け、佐渡の本陣、沢尻の集落に忍び込んだ。そのすぐ後を、十二所の官軍が前進し、三哲山付近に伏せた。米代川北岸の葛原近くにも密かに軍を進めた。

沢尻の本陣に忍び込んだ十二所兵たちは、守りの固い佐渡の宿舎を襲撃しようなどとはもとより考えていない。見張りの少ない小荷駄隊の陣屋に火をかけた。混乱に乗じ伏せてある軍で三哲山を陥落させようという作戦である。

歩哨が通り過ぎるのを待ち、兵たちは荷駄や小屋に油を撒(ま)いた。篝火から火のついた薪を取りだして、油にまみれた荷駄に投げつけた。

荷駄が、小屋が、一気に炎を上げた。

「敵襲だ！」

十二所兵は声を上げて走り回った。

「敵の大軍だ！」

その声を聞いて佐渡は宿舎から飛び出した。江釣子源吉がその横に立つ。

荷駄隊の陣屋が燃えている。火を消そうと兵たちが水の入った桶(おけ)を持って駆け回っている。

源吉は「敵襲だ！」と叫びながら走っているのが、自軍の兵ではないことに気づき、駆け寄って一刀のもとに斬り倒した。

それを見た十二所兵たちは、大慌てで逃げ去る。

「敵の陽動だ！　落ち着いて守りを固めよ！」

と叫ぶ源吉の腕を、佐渡が強く握った。

「敵は総力で攻めてくる。今が引き時だ」佐渡は言った。「藩境防備の兵を減らしたくない」

「承知つかまつった」

源吉は穏やかに肯いた。そして、

「敵は総力戦で押してくるぞ！　まずは土深井の藩境を守れ！」

と叫びながら陣の中を駆け回った。

佐渡の本隊は焼け残った荷駄を引いて、すぐ東側の土深井まで後退した。

官軍は鬨の声を上げて沢尻と三哲山に押し寄せる。川向こうの葛原でも官軍の攻撃が始まった。

伝令が三哲山へ走り、土深井で敵を迎え撃つとの命令を伝える。突然の攻撃で狼狽していたこともあり、三哲山の守備隊は素直にそれに従って退却、土深井へ入った。

官軍は、三哲山の守備隊がさしたる抵抗もしないままに撤退したのを見て、なにか罠があると勘ぐり、すぐに兵を引き揚げさせた。

一方、盛岡軍から奪った薬師山の官軍は、沢尻、三哲山、葛原の夜襲と同時に、新沢の盛岡軍の陣を襲う作戦であったが――。

山中で夜襲を準備していた官軍の隊は、薬師山の陣を奪還しようと移動していた盛岡軍に発見され、討ち取られた。そして、盛岡軍は薬師山を奪還したのであった。

＊　＊

二十日の朝が訪れた。向井と桜庭が土深井に移された佐渡の本陣を訪れて、軍議が開かれた。毛馬内松山の肝入の家であった。

すぐに撤退をしたものの、急襲であったから犠牲者は思いの外多かった。

「三哲山は未だ占領されておりませぬ」向井が言った。

「官軍は、まだ山中に盛岡藩の伏兵が潜んでいると考えているようでございます。この期に、三哲山を奪い返すのはいかがかと」

「確かに――」佐渡は肯いた。

「官軍は一気に三哲山を押さえてしまうだろうと考えて、土深井まで退いたのだが。三哲山へ戻るのは、防衛の面からみても有効だな」

「北の山手は薬師山を取り戻しましたゆえ、まずはそちらから兵を出して、敵の総力を集めておいて、三哲山から大館を攻めるという兵略が使えます」

大館を再び手中にできるならば、それに越したことはない。奪還したと思った大館を再び取られれば、久保田の衝撃も大きいはずである。

「戦況が変われば兵略を変えるのにやぶさかではない」

佐渡は言った。

「そろそろファーブル社に発注した新式小銃も届く頃でございましょう」

桜庭が言う。

ファーブル社は蛤御門の変の前に、薩摩藩にミニエー銃を売っている。商売になれば、勤皇であろうが佐幕であろうが銃を売りさばく節操のない武器商人であるが――。

「それを待つよりも、すぐに三哲山を攻めるべきでございましょう。今ならば敵は、盛岡兵を追い払ったと安心しておりましょうから、不意を突いて十二所までも奪い返すことができるやもしれませぬぞ」

源吉が言った。

「うむ――」佐渡は肯く。

「できればアームストロング砲を奪いたい」

「我が藩の四斤山砲を奪われた意趣返しをしとうございます」

桜庭が腕組みをして悔しそうな顔をする。

十二所、大館を速攻で落とすことができれば、米代川両岸の官軍は逃げ出すだろう。十門を超えるアームストロング砲を手に入れられる。

こたびの撤退を挽回する好機はまだまだある。

佐渡が肯いた時、近習が盛岡から野田丹後が来たことを伝えた。

「新式小銃が届いたのかもしれませぬぞ」

桜庭が嬉しそうに言った。

「ここにお通し申せ」

佐渡は言った。

近習はすぐに野田を軍議の座敷に連れてきた。胴丸鎧を着けた野田は厳しい表情で一礼する。どうやら小銃の到着を伝えに来たのではなさそうだった。

「降伏でございます」

野田はぼそりと言った。

佐渡をはじめ座敷にいた者たちは、一瞬その言葉の意味を理解できなかった。

野田は、眉をひそめて自分を見つめている佐渡たちを見回し、もう一度言った。

「降伏でございます」

「なぜでござろう……？」

あまりにも衝撃が大きく、佐渡は自分の頭の中が空洞になってしまったかのような感覚を覚えていた。

「米沢藩は九月四日に降伏。天童藩は九月九日。二本松藩は九月十日。福島藩は九月十五日。同日、仙台藩も降伏いたしました」

「なんだと……」

一同は唸り声を上げた。

「仙台藩も降伏したなどと！」向井が怒鳴る。

「列藩同盟の旗振り役が……。嘘に決まっております！」

東北での戦況が悪化した七月後半に、仙台藩の但木土佐は失脚、八月の後半から奉行

（家老）らの、和平工作が始まっていたのであった。仙台藩は八月二十八日にはすでに降伏の意思を官軍に伝えていた。会津、庄内の助命嘆願の中心的な役割を果たしてきた仙台藩、米沢藩が降伏したとなれば、もはや奥羽越列藩同盟は存在しないも同じ——。

佐渡の胸に、じわじわと痛みのようなものが広がっていった。

「経緯は？　盛岡藩が降伏と決した経緯をお教えください」

野田は城からの書状を佐渡に手渡した。それは南部弥六郎からのものであった。

佐渡は早口でそれを読み上げる——。

在京の三戸式部が公卿らから降伏の内命を受け、今月の初めに船で宮古に到着。十日に評定。すでに米沢藩が降伏した知らせは入っていたが、仙台藩が無事なうちは同盟は生きていると、藩論は徹底抗戦であった。しかし、仙台が降伏したという知らせが入るに至り、十八日、盛岡も降伏することに決した——。

書状を読み上げながら、佐渡は体からすべての力が流れ出していくような感覚を覚えた。

幻の砲声、銃声が耳の奥で聞こえている。

敵味方の断末魔の悲鳴。傷の痛みに耐える兵たちの呻き。

火薬のにおい。土埃と血のにおい。

強く目を閉じると、幻はまるで現実のもののように佐渡に迫った。

多くの死が無駄になろうとしている。弾も飛んでこず、刃の閃きや血飛沫とも無縁な城内で、兵たちの死を無駄にする決定が成された。いや——。それぞれの役割というものがある。城の方々は、十日に評定を始め、八日をかけて熟慮の結果、降伏という決定をしたのだ。

佐渡は、ゆっくりと目を開ける。

「我らは——」石亀が厳しい表情で言った。

「仙台、米沢が降伏したのも知らずに戦っていたのか」

「ご存じないことはまだまだございます」野田が言う。

「戦が激しく伝令を出せずにおりましたからな——。元号が明治と改まったこともご存じありますまい」

「メイジ——」桜庭は初めて聞く新しい元号を口にした。

「もう慶応ではございませぬのか？」

「九月八日に明治となりました。明るく治めると書きまする」

「なにが明るいものか……」

向井は歯がみした。

「停戦の奉書を出さなければなりませぬな」

佐渡がぽつりと言った。

「いや、降伏の——」

言いかけた野田を佐渡は制する。

「停戦でございます。こちらは攻勢に出る好機でございました。降伏する理由はございませぬ。あくまでも、朝廷からの内命によって、戦を一時中断するのでございます」

佐渡はただちに停戦の奉書を書き、使者に持たせて十二所に向かわせた。

使者は長い竹の尖端（せんたん）に奉書を挟み進んだが、十二所軍の鉄砲隊が射撃してくるので、二度退いて、三度目にやっと役目を果たした。

盛岡藩降伏の噂は、陣内に広がっていた。佐渡は兵たちを村の広場に集めた。

「盛岡藩は降伏するとの噂があるようだが、そうではない。盛岡は敗北しておらぬ。朝廷の内命によって一時、進撃を見合わせるだけである。久保田から返書がありしだい、ひとまず藩に戻る。今から帰藩の用意をせよ」

兵たちは不安げな顔をしていたが、それぞれ持ち場に戻って、荷物の整理を始めた。

翌二十一日に停戦に合意する返書があり、今後の交渉について何度か書状のやり取りがあった。そして二十二日。盛岡軍は久保田領から撤退を開始した。

第八章　秋田戦争始末

一

弘前藩主承昭（つぐあきら）は苦悩していた。藩に駐屯中の奥羽鎮撫総督府の醍醐参謀から、盛岡攻めを命じられたのである。盛岡藩は現在、鎮撫総督府と停戦の交渉中であるという知らせは密偵によってもたらされていた。それにも拘（かか）わらずの出兵の依頼である。弘前に残っている一大隊を盛岡領野辺地（のへじ）に向かわせ、碇ヶ関を守る一大隊を南下させて同じく盛岡領の濁川（にごりがわ）に攻め入れという。

『貴藩はこのたびの戦でぐずぐずと出兵を渋り、たいした働きをしておらぬ。ここで働きを見せておかなければ、後々悔いることになろう。盛岡は弘前の旧敵と聞いた。存分に痛めつける好機であるぞ』

と醍醐は言ったのだった。鎮撫総督府の目論見は明白だった。

弘前藩が攻撃を仕掛ければ、盛岡藩はやむを得ず防衛する。停戦の交渉をしているのに、鎮撫総督府に恭順している弘前藩の軍に銃を撃ちかけた――。そういう既成事実を作りたいのである。また、互いの藩に対する悪感情をさらに強めて、二度と同盟など結ばぬようにという意図もあるに違いない。

正式な命令ではないが、逆らえば逆賊の濡れ衣を着せられかねない。

しかし、盛岡藩に遺恨はあるが、卑怯な真似はしたくない。末代までの恥となろう――。

同様の苦悩を久保田藩主佐竹義堯も抱えていた。

鎮撫総督府の九条総督より、久保田軍を国見峠より東進させて、盛岡領雫石を攻めよという依頼があった。正式な命令ではない。義堯もまた、停戦交渉中であるにも拘わらず官軍に向かって引き金を引いたという既成事実を作りたいのだと察した。

罠を仕掛けて盛岡藩を陥れ、より重い沙汰を下そうという魂胆であろう――。

思想の違いから敵味方となってしまったが、盛岡藩とは長く親交を結んできた。汚い罠など仕掛けたくはない。

薩長の尊皇は真の尊皇に非ず――。盛岡の主張が今さらながら心に染みた。

しかし、もう引き返すことなどできないのだ。

弘前、久保田の両藩主は、苦しみの中、出兵を決意した。

久保田領内の盛岡軍各隊は、それぞれ盛岡領内に転陣し、任を解かれた者たちは家に帰った。盛岡城下に居を持つ者たちは夕顔瀬橋へと向かった。木々は葉を落とし、巌鷲山は重苦しい雲に姿を隠していた。

お触れが出ているのだろうか、それとも帰還を知らないのだろうか、出迎えの人々の姿はない。疲れ果て項垂(うなだ)れた兵たちは、亡者の行進のごとく橋を渡った。出陣の日の晴れがましさを思い出し、啜り泣く者もいた。

＊　＊

佐渡が盛岡に戻ったのは九月二十七日であった。内丸の屋敷には向かわず、下厨川村(しもくりやがわ)の家臣の家を仮の住まいにして、風呂で戦の汚れを落とし、衣類を着替えて城から沙汰があるのを待った。佐渡は停戦を申し入れる奉書を久保田に送ったが、すでに交渉は降伏謝罪へと変化している。

五日前の二十二日には盛岡、久保田の藩境、袈裟掛(けさがけ)において、停戦、降伏に関わる日程等の打ち合わせが行われた。

二十四日には、三戸式部が十二所で官軍と会談し、降伏嘆願書を提出したが、それは却下され〈藩主の降伏、謝罪〉〈罪人の楢山佐渡を、沙汰あるまで禁錮(きんこ)し、差し出すこと〉〈賠償金七万両〉の降伏条件を提示された。

三戸が毛馬内にいた佐渡にそれを報告したのだったが、その時の表情に佐渡は違和感を感じた。なにか隠している様子で、佐渡は自分に関する酷(ひど)い条件でも付加されているのだろうと思い、あえて訊かなかった。

それから少しして、二十三日に盛岡領野辺地に弘前軍が侵攻、盛岡藩の守備隊がやむをえず交戦したという話が耳に入った。もしかすると三戸はこの話を隠していたのかもしれないと佐渡は思った。

守備隊は弘前兵を撃退したという。停戦を申し出ているのにも拘わらず、官軍に鉄砲を撃った——。そういう言いがかりをつけるには充分な事件であった。

停戦協議中の官軍の攻撃はそればかりではない。二十五日には盛岡領濁川に弘前兵が攻め入った。濁川にあった盛岡軍の番所には一小隊が駐屯していたが、官軍への発砲は禁じられていたから、すぐに逃げ出したという。濁川の集落は大砲で破壊され、燃やされたという。

九月二十八日。官軍は国見峠の盛岡藩陣屋を攻撃した。盛岡藩の守備隊は、降伏の手続き中であるから攻撃を中止してもらいたい旨の願いを官軍に届けたが、攻撃は止まなかった。守備隊は応戦せずに耐えに耐えた。官軍は守備隊が反撃しないのをいいことに、距離を詰めてくる。国見峠を越えられれば、盛岡城下はすぐそこである。このままでは官軍が盛岡に攻め込む。守備隊の兵たちの脳裏に、蹂躙される盛岡の姿がありありと浮かび、守備隊は応戦した。しばらく撃ち合いをした後、官軍は撤退していった。

官軍は盛岡藩に罪を重ねさせようと、挑発をしている。まだこれからも藩境を破って侵攻するということは起こるだろう——。

戦の音がしない奥まった小さな座敷に座っていると、全身に鉛でも詰め込まれたかのような重さを感じた。疲労ではない。敵味方、多くの兵たちを死なせ、村々を焼いた責任の重さであった。そして薩長が中心となって突き進んでいく日本の将来への思いである。

城へ出向かなかった理由の第一は、罪人である自分が藩主利剛と面会すれば、後々、官軍にどんな言いがかりをつけられるか分かったものではないという用心であった。第二には、家族への配慮だった。家族には、出陣の時に辛い思いをさせた。今、家に戻れば、今度こそ二度と帰ることのない旅を見送らせることになる。佐渡はそれを避けたのである。

独り座敷に座る佐渡の胸には様々な思いが浮かんでは消える。

戦を避ける方法はなかったのか――？

土深井から盛岡へ戻るまで、何度も考えた。

後悔ではない。自らの罪を認めるために、冷静に自分の行動を省みようとしたのである。

だが、どう考えても今、否を唱えておかなければ、この国は歪な未来を迎えることになる。小さな可能性であってもそれにすがって薩長の暴走を止めなければ、日本は長く民百姓不在の政が行われることになる。

言葉で相手を説得しようとする者同士ならば、言葉で対抗できる。

だが、武力で相手をねじ伏せようとする相手に対抗できるのは、武力だけである。言葉を尽くせば分かり合えるなどと考えるのは、甘い。

そう考えれば、奥羽越列藩同盟が官軍に戦を仕掛けた時期は、遅すぎたのかもしれない。

戦を避ける方法はなかった。

しかし、そのために多くの人命を失ったのは、戦を起こした者の責任である。

その死が、新しい世の礎となるならば、逝った者たちも死に甲斐があろうが――。

これから訪れる新しい世が、支配する者と搾取する者という、今までと変わらぬ構図であるならば、無駄死にと言うしかない。

その責任は、おれにある――。

足音がして障子に影が動き、障子の向こうから家主の甚平の声がした。

「あの……。佐渡さま、お客さまでございます」

なにか戸惑ったような口調である。

「城からの使者か？」

「いえ……、そういうわけでもないようで……。その、東次郎さまでございます」

「なに？」

東次郎はまだ謹慎中のはずである。

「ご一緒に、江幡五郎さまもお出でございます」

「うむ――。通せ」

廊下に足跡が聞こえて、障子に二つの人影が移った。影は廊下に膝を突く。

「東次郎でございます」

「江帾五郎でございます」

懐かしい声であった。佐渡は微笑みながら入るよう促した。

静かに障子が開く。

次郎と五郎は、表情を引き締めて、廊下に額をつけるように平伏した。

「お役目、お疲れさまでございました」

まず、次郎が言った。

「貴殿にそう丁寧に言われると身の置き場がない。大言壮語を吐いたくせに尻尾を巻いて逃げ帰ってきたと嘲(あざけ)ってくれ――。まぁ、その格好では話もできぬ。中へ入れ」

佐渡の言葉に、二人は座敷の中に入った。

「加判役としてお城に戻ることとなりました」

次郎は言った。

「尻拭いをさせて申し訳ないが、よろしく頼む」

佐渡は頭を下げる。

「それはお互いさまでございますれば」

次郎は頭を下げて答えた。

「先々のこと、考えてみました」

五郎が口を開いた。

佐渡は肯いて五郎に体を向けた。

「おそらく、南部家は国替えを命じられましょう。どこへ転封を命じられるか分かりませぬが、それの中止嘆願の一揆を画策しております。転封となれば、藩士もまた他国へ動くことになります。そうなると、困るのは商人ども。貸付金の回収ができなくなります」

「商人を動かそうと？」

「御意。盛岡藩へ命じられた七万両の賠償の支払いは、商人らに申しつけることになりましょうが、その賠償金の撤回まで含めての一揆でござる。藩士への貸付金のことも考えれば、一揆に出す金は惜しみますまい」

「色々お考えのようでございますが、江帾どのもまた、久保田へ送られます」

次郎は冷静な口調で言う。

「白石での同盟結成の評定にいたからな——」五郎は肩をすくめた。

「ともかく、一揆の手配はきっちりとしてから縛（ばく）につきます」

「楢山さま」次郎が言う。

「今城内では、久保田に護送される楢山さまを奪還せしめようとする動きがございますが、いかがいたしましょう？」

「それはありがたい話だが、貴殿が上手く諦めさせてはくれまいか。官軍に盛岡藩を虐める材料をくれてやることになる」

「そう仰せられると思っておりました」次郎は肯いた。

「もう一つ。戦を煽動した罪人として、お上のお叱りを受けてはくださいませぬか？」

「東どの。その言い方はなかろう」

五郎は渋面を作る。

「謝罪降伏のため奥羽鎮撫総督府に出頭させる沙汰を下すので、楢山さまを登城させる——。三戸式部さまは、そのように総督府の役人に言上なされたとのこと」

「なるほど。三戸どのはそのような手を打ってくださったか。いや——。お上に叱っていただけるのであれば、喜んで登城つかまつろう」

二

懐かしい我が家の門を、佐渡はあえて見ようとはしなかった。門の向こうに家族がいると思っただけで胸が騒いだからである。ちらりと視野に入った塀の上にのぞく庭木たちは、そのほとんどが葉を落とし、赤松ばかりが青々とした葉を残している。

迎えの侍と共に綱御門を潜ると、行き交う藩士たちが駆け寄ってきて佐渡を労った。

しかし、遠巻きに知らぬふりをしながら行き過ぎる者たちもいた。戦に負けておめおめと帰ってきたと思う者。だから官軍につけばよかったのにと思う者――。いずれも、佐渡のせいでこれから自分たちに災厄が降りかかってくると考えている侍たちであった。

佐渡は自分を労ってくれる者たちに謝罪しながら、三ノ丸、二ノ丸と進んだ。

迎えの侍は、佐渡を菊之間に案内した。

ここで久保田への出陣を決したことが遠い昔のように感じられた。

利剛はすぐに現れた。嫡男の彦太郎も一緒であった。

佐渡は平伏し、敗戦の謝罪をしようと口を開いたが、先に利剛が言葉をかけた。

「大儀であったな。佐渡」

優しい声音であった。

「お預かりした大切な兵を多数失いまして、申し訳ございませぬ」

佐渡は平伏したまま言う。

「まず、面（おもて）を上げよ。言葉が聞きづろうてかなわぬ」

利剛は戯（おど）けたように言う。佐渡は身を起こして背筋を伸ばした。

「腹を斬ればよかったのだ」

利剛は笑みを浮かべていたが、彦太郎は怒ったような顔で佐渡を見つめている。

彦太郎が言った。

「これ。彦太郎」

利剛は眉根を寄せてたしなめる。

「なぜ腹を斬らなかった？　官軍に捕らえられれば、武士として扱われぬのだぞ。無惨に首を獲られて、晒し者になるのだ」

彦太郎の目から涙がこぼれ落ちた。

「彦太郎。佐渡はな、我らをそのような目に遭わせぬために、腹を斬らず盛岡に戻って参ったのだ。この男は、戦のすべての責任を一身に背負って罰を受ける覚悟なのだ」

「しかし、それではあまりにも佐渡が気の毒でございましょう！　せめて、切腹させてやるのが武士の情けではございませぬか。このまま官軍の手に渡すよりも、今、この場で切腹するよう、お命じくださいませ。戦の責任は南部家がとればよろしいではありませぬか！　藩のやったことに藩主が責任をとらず、家臣に押しつけるのは、納得行きませぬ！」

彦太郎は、さっと体を利剛に向けて平伏する。利剛は困った顔をして佐渡を見た。

佐渡は感動していた。侍は、御家のために命を捨てるのが当たり前。報恩である。あからさまに言えば、御家が無くなれば俸禄をもらえない。たとえ自分が死んでも、家族は生き続ける。その家族のためにも御家を守らなければならない——。

しかし、彦太郎は藩のやったことは藩主が責任をとるべきと言う。

おれ一人の名誉を守るために、南部家が責任追及の矢面に立つべきと仰せられる——。

しかしおれは、自分の名誉を守るよりも、領民の静寂（平和）を選びたい。

報恩というものとは意味が異なり、お上や若君には申し訳ないが——。

「若君に慮(おもんぱか)っていただき、楢山佐渡、この上もなく幸せでございます——。しかしながら、世の中には駆け引きというものがございます。まずは南部家が転封することなくこの土地に安堵されることが、領民のためでもございます。それがし一人の命で済みますことならば、喜んで罪人として死ぬ覚悟でございます」

「彦太郎。佐渡の思うようにしてやることが、忠臣に対する思いやりなのだ」

利剛は彦太郎の肩に手を添えて顔を上げさせた。

彦太郎は乱暴に涙を拭うと、真っ赤な目で佐渡を見つめ、深々と頭を下げた。

佐渡は平伏しながら溢(あふ)れそうになった涙をそっと拭った。

「ところで、佐渡。来月の三日までに降伏謝罪の証(あかし)をすると、三戸が約してきたことは聞いておろう」

利剛の言葉に、佐渡は顔を上げた。

「はい。存じております」

「彦太郎が降伏謝罪使になると申す」

「それは最良のご判断でございます」

「付き添いは南部信民にいたそうと思う。また、其方(そち)にも久保田へ出向いてもらう。付き添いは三戸式部だ」

「承知つかまつりました」

「罪人としての扱いになる。これからは辛い日々となろうが耐えてくれ」

「それはこちらから申し上げなければならぬことでございます。佐渡が至らぬために、お上にも若君にもお辛い思いをさせることとなりました」

「出立は十月二日となろう。それまでの間、下厨川を引き払い家族と名残を惜しむがいい」

「ありがたきお言葉ながら、佐渡は弱い人間にございますゆえ、家族と顔を合わせればこの世に未練を残します」

佐渡は言って恥ずかしそうな顔をしながら首筋を掻いた。

家族のためと自分に言い聞かせていたが、それが本音であったな——、と佐渡は思った。

*　　*

綱御門を出ると、広小路を挟んだ我が家の門前に、見知った男が立っていた。

澤田弓太である。佐渡を見ると、小さく会釈して駆け寄ってきた。そして佐渡の前に立ち、今度は腰を深く曲げて「お疲れさまでございました」と言った。

「留守を任せきりにしてすまなかったな」

佐渡は言った。

見送りの侍が「お任せしてもよろしいか？」と弓太に訊く。

「わたしがお送りいたします」

弓太が答えると、見送りの侍は城内に戻って行った。

「お屋敷にお戻りにはならないのですか？」

弓太はおずおずと訊く。答えは分かっているが、訊かずにはいられなかったようである。

「戻らぬ」

「左様でございますか」弓太は長い溜息をつく。

「菜華さまもそう仰せられておりましたが……。いたしかたございませぬな」

「菜華も言うておったか」

「はい。屋敷にお戻りになるよう言っても無駄だと。菜華さまは武家のご内儀でございますから、そういう覚悟はできて御座しましょうが、お子さまたちは父上にお会いになりたいのではございますまいかと申し上げたところ——。あの子たちは、凛々しく出陣する殿さまの姿だけ覚えていればよいのですと仰せられました」

「うむ」佐渡は頬を撫でると歩き始めた。

「おれは来月二日には久保田へ赴くことになる」

「左様でございますか……」

「その後、盛岡へは官軍が大勢入ることとなろう。以前話し合うたように頼むぞ」

「お任せくださいませ。手筈は調えております」

二人は夕暮れの町を下厨川へ向かって歩いた。風は冷たく、東から濃藍色に侵食されていく茜の空に、巌鷲山が青みを帯びた黒の影となって聳えていた。

三

十月二日の朝。南部彦太郎と楢山佐渡の一行は、盛岡を発した。

佐渡は駕籠に乗せられていた。駕籠は藩主利剛から賜った立派なものであったが、罪人の護送ということで全体に網がかけられていた。行列に遭遇した町人たちは慌てて路地に駆け込み、陰からその駕籠に合掌した。佐渡の護送であると気づいたからである。

佐渡の駕籠の左右には護衛がついている。一人は江釣子源吉。もう一人は小姓姿の彦太郎であった。前を行く駕籠には、彦太郎によく似た背格好の小姓が乗っている。

久保田は敵地である。十二所、大館の辺りには盛岡藩に強い憎しみを抱いている者たちも多い。万が一の用心に、影武者を立てたのである。

そのような卑怯な真似をと、彦太郎は拒否するだろうと思われたが、すんなりと影武者を認め、代わりに源吉と共に佐渡の駕籠を守ると言い出した。手練れの源吉が側にいれば、一番の安心という理由を口にしたが、その本心は盛岡藩のために命を捧げる佐渡の護衛をしたいという思いであることは明白であった。彦太郎の要望を、利剛は苦笑しながら受け入れたのだった。

佐渡は小窓を細く開けて外を見た。

水色の初冬の空を背景に、藍色の巌鷲山が聳えている。

今度こそ、この山の見納めだ——。

佐渡は巌鷲山を見上げる。

官軍によって斬首(ざんしゅ)され、戻ってくるのは体ばかり。見ようにも首がない——。

佐渡はくすりと笑った。死に臨んで、冗談を思いつくようならば大丈夫。おれは、堂々と黄泉路(よみじ)を辿ることができる——。

一行は夕方に毛馬内に着き、代官所に宿泊し、翌朝十二所本陣に向かった。藩境の土深井の肝入の屋敷で、久保田藩士が案内として待っている手筈であった。

肝入の家の周りには人だかりができていた。土深井の百姓と、久保田藩の侍に守られた十二所、扇田、大館あたりの百姓であった。

佐渡の駕籠の窓が開けられると、佐竹の百姓らは代わるがわる中を覗き込み、

「盛岡の火付け盗賊だ」

「盗賊の頭目だ」

「この男に違いございませぬ」

と言った。

「火付け盗賊とはなにごとか！」

盛岡領の百姓らが怒鳴った。

「村々に火を放ったのは久保田の兵だそうではないか」

「官軍の大砲で焼けたと聞いているぞ！」

「元はといえば、うぬらの殿さまが、薩長の食い詰め侍に尻尾を振ったのが悪い！」

盛岡領の百姓たちの罵詈雑言に、久保田領の百姓たちがいきり立つ。

「今は尊皇の世の中だ！　お前たちも殿さまも、頭が古い！」

「今に官軍が攻め込んで、盛岡は火の海だ！　我らにしたことが、そっくりそっちに返っていくのだ！　いい気味だ！」

肝入の家の前は騒然となった。

久保田藩士らは、それを止めようともしない。

「野木右馬之助！」

佐渡は駕籠の中から叫んだ。

一人の侍が窓から覗き込む。

「罪人の分際で呼び捨ては無礼であろう」

「お前が野木右馬之助か？」

「いかにも」

「ならば、今すぐに久保田領の百姓らを土深井から立ち退かせよ。このままでは血を見る争いになるぞ。そうなれば、その責任はお前にある」

「罪人のくせに生意気な！」

「罪人だからこそ、九条総督に会うのだということが分からぬか？　ここで争いが起こり、一滴でも血が流れたならば、無能なお前のことを直に九条総督に話す」

野木の顔色が変わった。佐渡の駕籠に背を向けて大声を上げた。

「お前たちの役目は終わった。疾く、疾く、在所へ帰れ！」

野木の配下たちは、久保田領の百姓たちを急き立てて村はずれまで追いやった。

盛岡藩士たちは土深井の百姓たちを家に戻す。

「野木どの。野木どの」

佐渡は一転して優しげな口調で呼びかけた。

野木は佐渡の駕籠に近づいた。

「野木どの。悪しざまに怒鳴って申し訳なかった。危急のことでござったので、いたしかたなく罵倒つかまつった。本当に申し訳ない」

「いや……。こちらも配慮が足りのうござった」野木も言葉を改めて言った。

「十二所まで、騒ぎの起こらぬよう案内申す」

騒ぎが収まり、野木の配下らも護衛につくというので、彦太郎は肝入の家で着衣を改めて、駕籠に乗った。

出立の準備が整ったのに駕籠は出ない。

何事かと佐渡は小窓を開けた。

野木がなにやら悩ましげな顔をして佐渡の駕籠に歩み寄った。

「楢山どの。どうにも気が進まぬお役目が一つござる」

まさか土深井で処刑されるということはあるまいが――。佐渡はその覚悟も決めて訊いた。

「なんでしょう？」

「九条総督に失礼にならぬような着物を用意しておりますが」

「いえ……。偉丈夫、好男子の楢山どのに立派な形をされては面白くないということでございましょうな。丈の短い小袖と羽織を用意せよという仰せでございまして……」

「なるほど」

佐渡は笑った。見窄らしい格好をさせて辱めようという魂胆か。

佐渡は抗うことなく駕籠を降り、肝入の家で着替えをした。黒羽二重の小袖と鶴御紋のついた羽織であったが、丈が短く脛と腕が露わになった。

総督の考えか、参謀らの考えか。あるいは、大隊長、小隊長らの誰かが、総督、参謀らに気に入られようと考えたのかもしれない。奢れば人は変わる。盛岡藩士らも、敵に同じような辱めをさせぬとは言い切れぬ――。

肝入の家から出てきた佐渡を見て、彦太郎は目を見開き抗議の声を上げようとした。

佐渡は目配せでそれを制する。彦太郎は歯を食いしばり、怒りを耐えた。

佐渡は丈幅不格好な着物で駕籠に乗り込んだ。南部信民と三戸式部、盛岡藩士らは気の毒そうな顔でそれを見つめた。

佐渡の駕籠に網が戻され、行列は十二所に向かって動き出した。

毛馬内から十二所まで一里（四キロ）余りである。戦に焼かれた集落が続いた。焦げたにおいと新しい材木のにおいが漂う道を一行は進んだ。

農民らが集落の建て直しに勤しんでいたが、一行が通りかかると手を止めて真っ黒に汚れた顔で睨んだ。罵声を浴びせる者、石を投げるふりをする者たちもいた。それを野木の配下たちが大声で制する。

憎まれて当然——。

佐渡は駕籠の中で頭を下げる。

盛岡藩の正義は、久保田藩の正義ではない。

久保田藩の正義は、盛岡藩の正義ではない。

それでは、すべての利害を超越した、本当の正義とはどこにあるのだろう——。

佐渡は、考えても答えの出ぬ問いとは知りながら、考えずにはいられなかった。

十二所の守備隊の嘲りや暴言を聞きながら、行列は急造の本陣に入った。

駕籠を降りた佐渡が「縄をかけよ」と従者に言うと、彦太郎は、「そのようなことができるものか」と叫んだ。

「それがしのことを思ってくださるのは身に余る幸せでございますが、罪人ならば縛られていて当然。これは盛岡の領民たちのためでございます」

佐渡はそう押し切り、縄をかけさせた。

縛り上げられた己の姿を敵に晒すというのは屈辱であった。しかし、すでに丈の短い着物で辱めを受けている以上、どのような恥が重ねられようと同じだ――。

佐渡は開き直っていた。

こうなれば、惨めな姿にされようとも堂々としている姿を見せて、逆に官軍を辱めてやる。

佐渡は胸を張って本陣を進んだ。

官軍の兵たちは佐渡の姿を見て罵声を飛ばしたが、佐渡が微笑さえ浮かべているのを見て、口をつぐんだ。

真新しい木の香のする座敷で、彦太郎が前山に謝罪書を提出した。

しかし前山は、「九条総督へ直接お渡しなさいませ」と受け取りを拒否した。

「お取次くださらぬと仰せられる」

彦太郎は眉間に皺を寄せた。

佐渡は、東次郎に言われた言葉を思い出す。

『これから先も、どんな罠が仕掛けられているか分かったものではありませぬ。用心してお旅立ちください』

十月三日までに降伏謝罪の証をすると三戸式部は奥羽鎮撫総督府に約束した。九条に直接手渡すとなれば、久保田城へ向かわなければならない。十二所から久保田城までは、二十五里（一〇〇キロ）を超える道程である。今日中には辿り着けない――。

「貴藩に焼かれた村々の復興に忙しいのでな」

前山は唇を曲げほくそ笑んだ。

「それでは一筆頂戴いたしましょう」

佐渡は言った。

「なにを書けと言うのだ？」

嘲るような目で、前山は縄で縛り上げられている佐渡を見る。

「盛岡藩は確かに十月三日、謝罪書を持参したが、十二所本陣は復興に忙しく、九条総督に直接手渡すようにと言いつけて帰したゆえ、到着は約束よりも二、三日遅くなると」

「そのようなものを書く必要はない」前山は険しい顔になる。

「九条総督に手渡せばすむことだ」

「約束は十月三日。そちらもこの日に受け取る用意をしておかなければならぬはず。それを受け取れぬと仰せられるのであれば、それなりの証をしていただきとう存ずる」

彦太郎が堂々と言った。佐渡は彦太郎に微笑を向けて、後を引き継ぐ。

「謝罪書は重要な書状でございます。忙しいから受け取れぬ。添え状も書けぬと仰せられるのは、新しく政を司ろうとなさる方々にしては、その扱いが杜撰（ずさん）ではございませぬか？　停戦の手続き中、弘前、久保田の軍が盛岡領へ攻めて参ったのは、両藩の勇み足とでも言い訳なさいましょうが、参謀に渡された謝罪書を総督に取次もせずたらい回しになさったとあっては言い訳もできますまい」

佐渡の言葉に前山は返答に窮した様子でしばらく黙り込んでいたが、近侍を呼んで硯と紙を用意させた。

彦太郎、佐渡の一行は、前山からの添え状を手に入れると、いったん毛馬内に戻り、旅の用意をして改めて久保田城へ向かった。

＊　＊

彦太郎、佐渡の一行は十月五日に久保田城に到着したが、九条総督は久保田を出て仙台へ向かっていた。

その日、盛岡には奥羽鎮撫総督府の問罪使が入り、七日に藩士らの武装解除を行わせた。

大砲、火縄銃、新式小銃とその弾丸などが接収された。宮古に到着していたファーブル社に発注した新式小銃も鎮撫総督府へ引き渡すこととされた。

盛岡城で武器弾薬の接収が行われていた頃、彦太郎、佐渡一行は、久保田より十五里（約六〇キロ）南東の横手で九条総督一行に追いついた。

九条の陣屋では、彦太郎も罪人であるということで屋敷内に入ることを禁じられた。やむなく、南部信民と三戸式部が謝罪書を持って九条に謁見した。

その間、彦太郎は門前に平伏して待った。二十万石の大名の嫡子が、土下座をして額を地面に押しつけている姿に、官軍の者たちが集まってきて「惨めな姿よ」と嘲った。

佐渡は駕籠の中で彦太郎の心中を思い、源吉を呼んだ。

「おれを出してくれ。若君と共に平伏する」

源吉は苦しげな顔で肯き、佐渡を駕籠から出すと縄で縛り上げて、彦太郎の後ろに座らせた。

佐渡は後ろ手に縛られた姿のまま土下座して頭を下げる。同行の盛岡藩士らもまた、その場に平伏した。

彦太郎を嘲った官軍兵らは、きまりの悪そうな顔をして屋敷の中に戻り、門衛だけが残された。

門衛たちは目のやり場に困り、横を向いて役目を続けた。

しばらくして南部信民と三戸式部が戻ってきた。彦太郎や佐渡、盛岡藩士たちの姿にぎょっとした二人は、悲しげな顔になって彦太郎の前に正座した。

「この書状には不敬の記述があるとのことでございました」

信民が言った。

「突き返されたか」

彦太郎は顔を上げた。額に土がついていた。

「おいたわしい……」

三戸が泣きそうな顔になる。

「よし。書き直そう」

彦太郎は立ち上がり、先行した家来が用意した宿に向かった。

翌日。信民と三戸が書き直した謝罪書を持って九条の宿舎に入ると、彦太郎と佐渡、盛岡藩士らは寒風の中、また平伏して待った。

だが、またしても謝罪書は突き返された。

一行は怒りを胸の奥に押し込めて、宿へ引き揚げた。

十月十日――。前日と同様に平伏して待っている彦太郎の前に、信民と三戸が座り、

「やっと受け取ってもらいました」

と報告した。

「そうか。受け取っていただけたか」

彦太郎は頭を上げてにっこりとした。

「楢山佐渡、野々村真澄、江幡五郎は国許での禁錮を申しつけられました」

信民が言った。

「国許禁錮――」

彦太郎の顔がぱっと明るくなる。

後ろで平伏していた佐渡にもその言葉は聞こえた。

ここで首を斬られる覚悟であったのに、もう一度盛岡に戻れる――。

体から力が抜ける安堵感があったが、佐渡は慌てて気を引き締めた。

せっかく築いた覚悟を挫き、こちらの心がなまくらのようになったところで死罪を申し渡す――。

そういう残酷な手段ではないか？

「佐渡を置いていくのではないのだな？」

彦太郎は早口で訊く。

「はい」三戸もほっとしたような表情である。

「朝裁が決まるまで、盛岡におれと」

やはりな――。と佐渡は思った。

「そのほかに」信民が言う。

「十一月までに七万両の賠償を差し上げること、開城すること、お上と若君の謹慎などを命じられました」

「上々だ。なにより、佐渡の命が長らえたことが目出度い」

彦太郎は脚の土埃を払って立ち上がった。

「盛岡へ出立する！」

彦太郎が駕籠に乗り込もうとした時、九条総督の宿舎の門を駆けだしてくる侍がいた。

「お待ちくださいませ！」

言って彦太郎の前に平伏した。盛岡藩士らが駆け寄って侍を囲む。

「目時隆之進でございます」

侍は言った。佐渡と共に京へ滞在し、その帰路に脱藩した男である。

「知っている」

彦太郎は穏やかな口調で言った。

目時が鎮撫総督府にいた――。佐渡は愕然とした。

「それがし、東北遊撃軍将府に籍を置き、機械方として列藩同盟軍と戦いました」

周りを囲む盛岡藩士らが「なにっ！」と言いながら刀の柄に手を当てた。

「待て！」彦太郎が制する。

「九条総督本陣の御前ぞ。刀は抜くな」

藩士らは柄から手を離す。しかし、目時を見下ろす顔には殺気が漲っていた。

「それで、なに用あって出て参った？」

「それがし、総督より帰藩して執政を務め、終戦の処理に当たるようにと命じられました」

「加判役として城に入ると申すか！」

「裏切り者のくせに、のうのうと城に入るか！」

藩士たちがじりじりと囲みの輪を縮める。拳の一つ、蹴りの一度なりと浴びせてやろうという動きであった。官軍の兵たちが門に集まり、盛岡藩士が暴れたならばすぐに捕らえようという構えを見せている。

「目時」彦太郎は目時の横にしゃがみ込んで語りかける。

「目時家は代々の盛岡藩士で、其方も少し前まで盛岡藩士であった。そのよしみで、公正な処理を頼むぞ」

彦太郎はそう言って日時の肩に手を当て、もう一度「頼むぞ」と言って駕籠に乗った。

日時はその場に泣き崩れた。その横で行列が動き出す。

佐渡は、平伏の姿勢のまま背中を震わせる日時を窓の外に見ながら通り過ぎた。

日時は朝敵盛岡藩の出であるということで、官軍の中でも辛い思いをしたであろう。

わざわざ東北遊撃軍将府に編入し、奥羽の軍と戦わせるとは、酷いやり口だ。

そして今度は、自分が裏切った盛岡の城に加判役として入るという。日時にとって針の筵であろう。それが薩長のやり方か。敗れた藩をさんざんに虐め尽くす。それが新しい世を担う者のすることか――。

遠くから日時の慟哭が聞こえた。

日時は悔いているのだろうか。それとも、愚かにも官軍と戦って敗れた盛岡藩を憐れんでいるのだろうか――。佐渡の胸に苦いものが広がった。

四

一方、佐渡を久保田に送り出した楢山家では、澤田弓太が奔走していた。

佐渡の妻菜華は弓太と共に家財を商人に引き渡す手配をし、下男、女中にてきぱきと指示を出した。娘らも懸命に手伝いをした。

佐渡の腹違いの弟、行蔵に手伝いをして欲しいと使いを出したが、梨の礫であった。

高知衆の家からたった三百五十石の家に養子に出された不満があったのだろうと楢山家の人々は思っていたから、手伝いの依頼になんの答えもないことを、仕方がないと諦めた。

おおよそ家財のとりまとめが終わると、楢山家の者たちは加賀野の下屋敷に移った。

菜華と里世、その娘たちは残って雇い人たちと共に屋敷の掃除をした。

家財を引き受ける八木新道の万九郎、川原町の宿駒、鉈屋町の高屋、鍛冶町の鍵屋など商人が人足を引き連れて現れ、次々に家具、調度を運び出した。

夜間も高張り提灯を掲げて家財の持ち出しをしていたものだから、隣家の南部出羽から苦情が出て、さらに南部弥六郎の妻（楢山帯刀の最初の妻の娘多代）からも「夜毎に騒々しいのはお上のご謹慎に差し支える」との注意を受けた。

それでも楢山家の一大事なのだからと作業をつづけていると、今度は当番目付の足澤右内から呼び出され、お叱りを受けた。そこで、用人の何人かに相談したが埒があかず、山本寛治郎を訪ねると、

「愚か者らの言葉など聞かずともよい。拙者が聞き届けた。心おきなく片づけられるべし」

との言葉をもらい、やっと憂い無く屋敷の片づけを終わらせることができた。

＊　＊

盛岡城下に諸道の官軍が入ったのは十月九日であった。鼓笛隊を先頭に、三角の鉄砲

陣笠を被り戎装――、西洋式兵学に則った洋服の軍装の兵たちが誇らしげに行進する。

盛岡藩士らはなるべく外出を控えるようにとの命令を受け、固く門を閉ざして屋敷に引き籠もっていたし、官軍は町人たちにとって侵略者であるから、難を恐れて家財道具を荷車に乗せて町を離れる者も多かった。町に残った者たちも家の中に閉じ籠もっている。物見高い者たちがわずかに通りに出て行進を見物していたが、歓呼の声など一つもない。

官軍の兵たちはそれが不満そうだった。旧弊な幕藩体制から民衆を救ってやったという自負があるからである。自分たちのおかげで、藩主の搾取から解放されるのだから、もっと歓迎されてしかるべきであると思っていたのだ。

官軍の行進は、茅町から材木町、八日町を通って北山に至り、その辺りに集まる寺院群に分宿した。藩主利剛は隅御殿に移って謹慎した。

＊　＊

ほっとしたのも束の間。弓太の元に城から知らせがあった。

「官軍の者たちは楢山屋敷を打ち壊し、家族らにも暴行をはたらく恐れあり」

盛岡から出るほうがいいというのである。すでに町には官軍が溢れているが、城から離れた加賀野からならば、川井村辺りに逃がせるだろう――。

弓太はそう考えて夜陰に乗じ、川井村の弓太の実家へ楢山家の人々を移すことにした。

夜、官軍の歩哨らの目を盗んで弓太は呉服町の井筒屋から路銀を調達し、簗川駅にある楢山家家臣の家に送り届け、川井村までの旅の用意を調え、十一日に出発することにして、城下へ戻った。

＊　＊

そして十日。官軍は盛岡城を検分した。案内は加判役の東次郎と目時隆之進であった。城内には人影が少ない。藩士の多くが自宅で沙汰があるまで待機しているからで、官軍が移動する廊下に平伏しているのは高知衆がほとんどであった。

目時は、胸の痛みを感じながら廊下を進んだ。

盛岡藩士であった頃は、自分が平伏する側であったのに――。

立場が逆転してしまったことを自慢に思う気持ちは微塵もなかった。自分たちに頭を下げている高知衆の中には、若い頃から世話になっていた者たちの姿もあった。自分を導いてくれた先達たちが、寒い廊下に正座して頭を下げ続けている。そんな惨めな姿をさせているのは自分のせいであるように感じられて、それが目時を苛んでいたのである。

自分が選んだ道は正しかった。盛岡は官軍に敗れたのだ――。目時はそう考えて自分を鼓舞しようとした。これからかつての上司や、そのまた上の家格の者たちを相手に、終戦処理を行わなければならない。

しかし、盛岡は思想に敗れたのではない。兵力の差で敗れたのだ。

いや、兵力の差とは、つまりはどれだけ多くの藩が官軍を支持したかの表れだ。多くの藩が尊皇を選んだにもかかわらず、盛岡は頑なに佐幕を貫いた。

違う——。盛岡は尊皇であった。奥羽越列藩同盟の諸藩もまた、薩長とは異なる尊皇の思想から、対立したのだ。

官軍に身を置いて、内側からその姿を見続けて、佐渡が言う『薩長にこれからの政を任せることはできない』という考えが分かってきた。

なによりも目時を苦しめたのは、盛岡藩に対する作戦である。

降伏手続きの最中であるというのに官軍に引き金を引いたという既成事実を作り、謝罪書の受け取りを引き延ばし、処断の材料を積み重ねさせる。そして、南部家を転封させて領民との繋がりを絶ち、二度と逆らえぬように徹底的に叩きつぶすつもりなのだ。

こんなことになるとは思わなかった——。

目時は項垂れながら廊下を進む。

これから先、終戦の処理を行う目時だったが、「裏切り者」「売国の徒」という藩士らの罵詈雑言を浴びながらの仕事となるのであった。

目時は、佐渡が久保田領へ攻め入ったという知らせを聞いた時、その敗北を予見して遊撃軍将久我通久（こがみちつね）に『このたびの戦は奸臣らによるものであって、藩主利剛は勤皇の思い強く、異志はない』と訴え、恩情ある沙汰を求めた。しかし、そのことは盛岡藩士らには黙っていた。今さら言い訳めいたことを言っても詮無（せんな）いと思ったからである。

十四日。奥羽鎮撫総督府の澤副総督が入城し、二十日に盛岡を発った。

鎮撫総督府は重臣らに勤番を命じた。しかし、藩主利剛と嫡子彦太郎が謹慎の身であるから、勤番を免ぜられたいという重臣らの申し出を入れて、城は久保田藩に引き渡された。

＊　＊

佐渡が謹慎する下厨川の甚平の屋敷には、江帾五郎が足繁く訪れていた。

この頃、江帾は那珂半十郎と改名していた。十月八日に鎮撫総督府から呼び出され、那珂半十郎も横手へ赴いていたが、罪人として護送されていた佐渡と話をすることはできなかったのである。

半十郎は佐渡が留守の間にあった世の中の出来事を語った。

大阪港が開港場となったこと。江戸が東京と改められたこと。榎本武揚が軍艦を率いて脱走したこと。会津藩が降伏したこと——。

佐渡は、たかだか一月、二月の間に世の中は大きく変わっているのだと痛感した。特に、江戸が東京という名前に変わったことに衝撃を受けた。

官軍はそうやって、支配した土地から徳川のにおいを消し去っていくつもりだろうか。

盛岡藩もまた、その名を消して新しい名前になっていくのか——。

微かな希望は榎本武揚であった。海防をしっかりと行えば、官軍に抗することもできる。諸外国とうまく交渉すれば、蝦夷を独立した国として認めさせることもできる——。

佐渡は半十郎の話を聞きながら、詮無いこととは思いながらも、日本の将来について夢想するのだった。

五

十一月八日。監察使の藤川忠猷が七百名余りの兵を率いて盛岡に入った。

十一日。巳ノ刻（午前十時頃）、藤川は大書院の国座に烏帽子直垂姿で座った。

藤川は讃岐高松藩士で、この戦では竜虎隊を率いていた。竜虎隊はオランダ式の調練を受けていたが農兵部隊であった。

藤川は、利剛と加判役らが次之間に平伏しているのを見て微笑む。利剛も加判役らも礼服をまとっていたが、腰には前差もない。二十万石の大名と家老らが今、百姓らの部隊を率いていた自分の下座にひれ伏している。この上もない満足感が藤川を満たしていた。

藤川は、おもむろに沙汰書を読み上げた。

利剛、彦太郎、楢山佐渡、佐々木直作、江帾五郎改め那珂半十郎を東京に護送し、取り調べを行うという沙汰であった。利剛と彦太郎には三十一名の家臣の随行が認められた。東次郎や目時隆之進ら勤皇の者ばかりであった。

藤川は沙汰書の読み上げを終えると、それを三宝に載せて差し出した。

利剛はそれを押し戴き、懐に入れて平伏した。

藤川は官軍に逆らったことの罪と、恭順することの大切さを得々と説き、利剛がいちいち平伏するのを嬉しそうに眺めた。そして、護送の将は渋江内膳であると言うと、利剛は列席していた渋江に「よろしくお願い申し上げます」と、深く頭を下げた。

藤川は鎮撫総督府の大山参謀らに宛てた書状にこの日の心持ちを、『大愉快とて後にて渋江も大いに喜び申し候』と記している。

＊　＊

十一月十二日。下厨川の佐渡の元に、襷掛けに鉢巻き姿の捕り方が訪れた。

「楢山さま。桜庭さまのお屋敷までお連れせよとの命を受けてまかり越しました」

役人は深々と頭を下げた。

「お役目、ご苦労に存ずる」

佐渡は役人らに伴われ桜庭屋敷に出頭した。盛岡城を久保田藩に明け渡してしまったので、藩の残務取扱所をそこに移していたのである。桜庭屋敷で東京へ護送することになったという沙汰を受け、六日町(むいか)の御仮屋に移されて、佐渡は縄と手鎖を掛けられた。

そして、久保田行きにも使われた駕籠で、北山の官軍の陣となっている寺に護送。新庄藩に引き渡されると、そのまま東京への旅となった。

新庄藩は奥羽越列藩同盟に加盟していたが、早期に脱退した藩である。護送に当たった兵の中で、元もと尊皇攘夷だった者たちは、最後まで官軍に抗した佐渡を「愚か者」と罵倒し、藩論の決定と共にその思想に傾いた者たちは、新庄藩の先見の明を自慢した。中には藩の掌返しを恥ずかしく思い、旅の間中、なにくれとなく世話を焼いてくれる者もいた。

藩主利剛と嫡子彦太郎の護送は、佐渡が旅立った翌日、十三日であったから、旅の間に佐渡と顔を合わせることはなかった。随行の盛岡藩士らは刀を差すことを許されず、徒歩のまま江戸まで旅をしたのであった。

＊　＊

佐渡に随行の者をつけることは許されなかったので、弓太は密かに佐渡護送の奉行をする新庄藩士に五十両を渡し、旅の便宜を依頼した。

そして、新庄藩士らの面倒を見るという口実で、井筒屋の手代に扮した楢山家の家臣を行列に潜り込ませようとしたがうまくいかず、仕方なく家臣らを東京へ向かわせた。

佐渡は東京で切腹となろう。そのおりに着用する着物の調達や、遺体を盛岡へ運ぶ算段などもしなければならない。そのお勤めを果たせと命じたのだった。

＊　＊

十二月二日。盛岡藩主利剛と嫡子彦太郎は、東京に着いた。しかし、上屋敷、下屋敷に入ることは許されず、菩提寺である芝切通しの金地院に籠居することとなった。増上寺の西にあり、南部家の麻布一本松屋敷はすぐそこであった。金地院は、徳川家初代将軍家康の側近であった金地院崇伝が創建した寺で、かつては江戸城北の丸にあったものを寛永十六年（一六三九）に同地に移した。江戸三十三観音の二十八番札所である。

その日、旅の装いを解くと間もなく、彦太郎の座敷を東次郎が訪れた。

「お疲れのところ、申し訳ございませぬ」と次郎は話を切りだした。

「今、旧幕府軍の脱走兵らが箱館で官軍と戦っております」

「脱走兵などと申すな。尊い志を持った者たちだ。できることなら助力してやりたいところだが、幽閉の身とあってはそれもならぬ」

彦太郎は不愉快な顔をして羽織の紐（ひも）を結びながら上座に座った。

「官軍に、討伐の先鋒を願い出てくださいませ」

次郎の言葉に、彦太郎の顔色がさっと変わった。

「お前は、なにを言っているのか分かっておるのか？　官軍におべっかを使えと申すか？」

「分かっております。すべては所領安堵のため。なにか手を打たなければ、官軍は賠償金七万両以外にも、領地召し上げを言い出しましょう」

「奥羽鎮撫総督府との約束が破られるというのか？」

「大総督府からすれば、鎮撫総督府など下っ端でございます。しかも、己らの力だけでは奥羽を鎮撫することができず、援軍を得てやっと盛岡を降伏させた、できの悪い者たちでございます。そのような者たちがした約束など、無かったことにされてもおかしゅうございません」

「うむ……」

「あの手この手で官軍に取り入るべきでございます。盛岡領民のために、恥を忍んでくださいませ」

次郎は平伏した。

「分かった。祐筆(ゆうひつ)を呼べ」

彦太郎は唸るように言った。

しかし――。彦太郎の願いはあっさり却下され、同月二十五日にも箱館戦争への参戦を申し出たが、それもまた許されることはなかった。

利剛、彦太郎が東京に着いた日、楢山佐渡、佐々木直作、江帾五郎改め那珂半十郎も金地院に到着した。三人の身柄は、新庄藩から利剛に引き渡された。

佐渡の世話をするために先行していた澤田弓太の息子助太郎と、帯刀の身の回りの世話をしていた立八(たてはち)が駆けつけた。

六

十二月七日。藩主利剛に沙汰があり、城地召し上げ、十三万石に減封の上、東京において謹慎となった。世継ぎについては早々に申し出ること。新しい領地についてはおって沙汰する――。

奥羽鎮撫総督府との約束は賠償金七万両だけで減封などという話はなかった。しかし、敗戦の藩であるから、七万石を減らされることくらいならば、甘んじて受けるしかなかろうと、その沙汰を聞き知った佐渡は思った。

十二月八日の夜から、佐渡の聴取が行われた。

東次郎、安宅正路、目時隆之進、野田丹後ら盛岡藩の加判役らによる尋問である。尋問といっても、これといって聞くことはない。東次郎は謹慎中であったが、安宅は七戸へ兵を動かし、野田丹後は盛岡城で、戦の報告を逐一受けていた。目時も鎮撫総督府より久保田での戦の様子は聞いている。

型どおりの問いかけがなされ、型どおりの答えが返ってきた。

佐渡は一貫して、「南部家はそもそも勤皇の思い強く、このたびの戦はそれがしが強硬に主張し煽動したもの。すべては奸臣であるそれがしの罪でございます」と主張した。

十五日にも同様の尋問が行われた。同じ顔ぶれであったが、今日は皆の表情が険しかった。特に目時はずっと唇を噛んでいる。

「いかがなさいました？」

佐渡はすぐに様子がおかしいことに気づいて訊いた。

「明後日には若君のご家名ご相続が決まります」安宅が言った。

「彦太郎君は、利恭公と御名を改められます」

「それはよかった――」

佐渡は言ったが、そのことだけならば、東らが苦虫を噛み潰したような顔であるはずがない。もしかしたらと思い、佐渡は訊いた。

「領地のことでなにか？」

「はい。今、旧藩の知行割りが進んでおります」次郎が言った。

「まだ、おおよそのことしか決まっていないようですが、旧領の九戸、鹿角、閉伊、岩手、紫波、稗貫、和賀の各郡は、真田藩、戸田藩に引き渡され、北郡、三戸郡、二戸郡は津軽領となるようで。南部家は白石に転封でございます」

「なんだと！」佐渡は思わず声を荒らげた。

「どういうことだ、目時！」

目時は悔しげに畳に手をついて頭を下げた。目時は終戦の処理を任されて加判役となった。盛岡藩士らは目時を裏切り者と誹りながらも、同郷の者ならば、大総督府へ働きかけ寛大な処分にしてくれようという一縷の望みをかけていたのである。

「大総督府にも申し上げて、なんとか思いとどまっていただくようにしたのでございますが……。力が足らず……」

「会津は旧盛岡藩領の下北に、斗南藩という小さな国をあてがわれます。庄内藩は領地を召し上げ。十二万石へ減封の上、藩主の謹慎、会津への転封。弟君が家督を継ぐとのこと。落ち着いた頃合いを見計らってまた転封を命じるという話も聞こえております。奥羽を虐め尽くすつもりのようで」

次郎が言う。

「仙台藩は？」

「領地を削られましたが、転封はございません。奥羽越列藩同盟の盟主でございましたが、色々と使い道があるという判断でございましょうな」

「うむ……」

佐渡は、頭を下げ続ける目時を見た。

「目時。こうなったからには、疾く出奔いたせ。盛岡藩士に命を狙われるぞ」

「それがし、逃げも隠れもいたしませぬ」

目時は激しく首を振りながら顔を上げた。

「わたしも説得したのですが、このとおりでございます」次郎が言った。

「ともかく、これより京に上り、転封のこと、楢山さまの処分のことなど工作いたします」

「おれのことはよい」

「いえ。国許からは、楢山さまを死なせてはならぬという書状が山のように届いておりますゆえ」次郎は微笑む。

「それがしの説得など一顧だにされぬでしょうが、やるだけのことはやって参ります」

「それならば――」佐渡は那珂半十郎が語ったことを思い出した。

「公卿ばらを説得するときに、一つだけ付け加えて欲しい。盛岡領の民百姓は己の考えを主張することを知っている。藩とも堂々と渡り合ってきた民であると、五郎――、半十郎が言ったことをにおわせてくれ」

「なるほど、分かりました――。忘れずに付け加えましょう」

東次郎はその夜のうちに京へ旅立った。

次郎が言ったように、十七日には嫡子彦太郎が南部家を継ぐことが認められ、二十四日、新しい南部家の領地が決まった。城は、仙台領であった白石城を預けられた。領地は、陸前国柴田郡、磐城国亘理郡、宇多郡、伊達郡、岩代国伊具郡、刈田郡であった。

＊　＊

障子を開けた華燈窓の外に、しんしんと雪が降っている。

佐渡は、庭の松や満天星の葉の上に積もる雪を眺めていた。

雪を見ると、故郷が思い出された。

東京に来て、すでに二十日余りが過ぎ去っていた。

そろそろ、麻布一本松の下屋敷に移ることを許可されるという話も聞こえている。

金地院に幽閉されてから、東京に住む知人たちがよく訪ねてきた。なにかと不自由であろうからと手土産の金品を置いていった。

新政府に恭順してはいても、心は佐幕でござる――。

客たちは佐渡に耳打ちして去っていった。

皆が皆、佐渡を武士の鑑と持ち上げる。

自分は、最後まで武士道を貫くことはできなかったとさめざめと泣く者もいた。

違うのだ――。

初めの頃こそ、佐渡は己の本心を語ったが、庶民による大一揆こそ必要なのだという佐渡の主張を、客はぽかんとした顔で聞くばかりであった。

だから、佐渡は本心を語ることをやめた。

それでも、佐渡の元には官軍の酷い仕打ちが聞こえてくる。久保田での戦の末期。官軍は盛岡軍が優勢になると、近隣の百姓どもが内通しているのではないかと疑い、無惨に拷問して殺したという。また、撤退する時には武家屋敷、町屋、百姓家の区別なく火を放ったという話もあった。

しかし、内通者の扱いについては分からないが、町に火を放ったのは久保田側だけではない。少なくとも本隊には、初めは放火をしてはならぬと厳命していたが、劣勢になっていくにつれ、そうも言ってはいられなくなり、やむなく放火をした。撤退時は常套手段のようになってしまった。

盛岡と久保田の戦ばかりではなく、会津での酷い話も多く聞かれた。会津藩士の死体は埋葬されることが許されず、密かに埋めたものは掘り返され、再び晒されるという残酷な仕打ちを受けているという。

以前から尊皇攘夷であった知人も訪ねてきて、佐渡の愚行を諭しながら、世間で囁かれる会津での蛮行は嘘だと言う。遺体をそのままにしているのは、戦死者の数を確認するために、賊軍らが官軍を鬼畜のごとく思わせるために針小棒大に語っているだけだと唾（つば）を飛ばしながら力説した。

噂話だけでなく、公式の記録であっても、味方に甘く、敵に厳しいものになるのは、世の常だ。味方については美談だけが誇張して語られる。官軍の方には、盛岡軍の卑怯卑劣、残酷な行いしか聞こえていまい。戦に行った者は、その悲惨さよりも自軍がいかに勇猛果敢であったかの武勇伝を語りたがる。そして、聞く側もそれを求めるのだ。

そう考えれば、佐渡は戦の語り手として相応しくなかった。

客たちは、官軍がいかに残酷かを語ることで、盛岡藩が正しかったことを強調する。さらに、一緒に戦えなかった言い訳をし、懺悔をし、己の中にある罪悪感を浄化しようとする。佐渡を慰めながら、己を慰めているのだった。

「戦を美談としてはなりませぬ。敵を悪鬼のごとく語ってはなりませぬ」

佐渡が静かに言うと、多くの客はばつの悪そうな顔をしてそそくさと帰って行って、二度と顔を出さなかった。

上野などの戦に加わったことのある客は、強張った顔をして「いかにも」と肯き、また時々佐渡の元を訪れた。

客が来ない日は、漢詩をしたためたり、敗戦の原因を考えたりして過ごした。

なぜ戦に負けたのか――。官軍の新型兵器に負けたことは確かなのだが、それ以外にもなにか理由があると思ったのだった。それは、己を省みることにもなった。

京で見聞したことを己の中で十分に咀嚼する暇もなく戦に突入してしまったこと。

戦はあまりにも早く訪れた。

しかし考えてみれば、すでにずっと以前から戦の萌芽は存在していたのであって、自分がそれに気づき、もっと早く動き出していれば、戦に敗れることも、いや、戦をすることさえ防げたかもしれない。

盛岡藩から見れば、江戸は遠い。京は遥かに遠い。中央でなにが起こっているのかが伝わってくるまで、時がかかりすぎた。

そして、盛岡藩内には考えなければならないこと、やらなければならないことが多すぎた。

いや――。それとても、常に外側に目を向けていればなんとかなったはずだ。

二十日余りをかけて、佐渡はやっとその考えに辿り着いた。

「ああそうか」

雪を見ながら佐渡は呟いた。

この頃、那珂半十郎や佐々木直作があまり話しかけてくれないと思っていたが、それはおれが考えに没入していたからであったか――。

「半十郎に詩を読んでもらおうか」

いつ死を命じられるか分からない身である。気心の知れた者と疎遠のまま逝くのは少し寂しくもあった。

＊　　＊

「――未だ能(あた)はず、国の為に東京に死するを」

半十郎は朗々と佐渡の漢詩を読み上げて、静かな笑みを浮かべて紙から顔を上げた。

「武士らしい、みごとな詩でございますな」

佐渡は苦笑して小さく溜息をつく。

「お前は〈国〉を盛岡藩と読んだか」

「違うのでございますか？」

「国とは、日本国のことだ」

佐渡に言われて半十郎は紙に書かれた漢詩を改めて読み返す。

鉄枷手に在るも　一心清し
路に見る　君輿の眼に始めて驚せらるるを
来たりて僧房に宿り　なんぞ恨みあらん
未だ能はず　国の為に東京に死するを

罪人として寺に幽閉されているが、心は清らかで恨みもない。そして、盛岡藩のために死ぬことは未だ叶(かな)えられない――。

半十郎はそう解したのであったが、佐渡は違うと言う。

「楢山さまが刑死なさることが日本国のためになると仰せられるのですか？」

「少なくとも、薩長に抗い、首を獲られた者がいるのだという証になる。仏の道を説いた各宗の教祖、耶蘇(ヤソ)教のイエズスも、生前よりも死してその教えが広まった」

「楢山さまは、教祖らと同じだと仰せられる？」

半十郎は眉をひそめる。

「そのような大それたことは思っておらぬ。例えて言うたまでだ。おれが死んでも、おれの考えが残り、同じ志を抱く者が出てくれればと——。そう考えている」

「しかし、この詩からは武士の道を貫いた者の満足しか感じ取れませぬぞ」

「負け犬の遠吠(とおぼ)えのように書いておかなければ、官軍に破り捨てられよう」

「うーむ。読みとってくれる者がおればよいのですが」

半十郎は腕組みをした。

十二月二十七日。旧盛岡藩の加判役らのほとんどがお役御免となり、人事が刷新された。

二十八日。元藩主利剛、藩主利恭共々、佐渡、佐々木直作、那珂半十郎も麻布下屋敷へ移された。

七

明治二年（一八六九）の正月となった。

一月四日。南部彦太郎改め利恭が白石に転封になる報が盛岡に届き、城内は騒然となった。知行割りは目時隆之進が一枚嚙んだと噂が広がり「売国奴討つべし」の声が挙がった。

白石に転封の話はあっという間に民百姓にも広まり、かねて那珂半十郎が手回しをしていた一揆衆が活動を始めた。しかも、動きを見せたのは那珂半十郎の息のかかった者たちばかりではなかった。各通、各郡で強訴、越訴の相談が始まったのである。

一月十五日。長州藩士林友幸が、会計官権判事として盛岡に駐在した。

二十日には、久保田藩の盛岡表鎮撫行政司付の軍が帰還した。

同日の夕方。麻布の盛岡藩下屋敷に、澤田弓太の息子、助太郎が駆け込み、目時隆之進がお役御免になり捕らえられたことが伝えられた。

安宅正路から目時のことに関して官軍が動いているという知らせは受けていた。

白石転封への恨みを目時一人に向け、盛岡藩士たちの腹いせをさせようという謀であると佐渡は思った。

二十六日には盛岡へ送られるということだったので、護衛の御徒目付、藤森太一郎と、佐藤昌蔵に文を書いた。

『目時隆之進は誠心誠意、盛岡領安堵のために働いたが、官軍の思惑を覆すことはできなかった。目時は立派な盛岡藩士である。ぞんざいに扱わないように。また、万が一のことがないように、身辺に注意を払うように』

またもう一通、国表で戦後処理をする南部弥六郎にも文をしたためた。

『目時隆之進を売国の徒として断罪してしまえば、官軍の思う壺であるから、そのことを藩士らに納得させ、穏便にすむよう計らってほしい』

佐渡は二通の手紙を助太郎に託した。

一月二十七日。佐渡は御目付所に移された。

＊　＊

二月八日――。雪が降っていた。春先の、湿った大きな雪である。

深夜であるが、辺りは雪明かりでぼんやりと明るい。

目時隆之進は盛岡藩の南端である黒沢尻（くろさわじり）の旅籠（はたご）、鍵屋の中庭に、独り端座していた。

肩に頭に雪が降り積もる。護送の者たちは寝静まって、物音ひとつしない。

いや、耳を澄ませば雪が降り積もる微かな音が聞こえる。

盛岡藩のために戦った楢山さまは官軍に敗れて、東京に捕らわれている。そして、盛岡藩のために官軍に走ったおれも、捕らわれて雪の中、黄泉路を辿ろうとしている――。

なにが正しかったのだろう。この世に、正しいことなどないのかもしれぬ――。

ついさっき、遺言をしたためた。

「人生朝露の如し　誰か百年を期せんや」

佐渡の『百年、二百年の計を考えよ』という言葉に対する、目時なりの答えであった。

腹に鈍い痛みがある。

晒できつく腹を縛れば、切り裂いても痛まぬと聞いたが。嘘ではないか——。

目時は血の気の失せた唇で微笑した。

護送役の藤森と佐藤からは、

『盛岡の諸士は、南部弥六郎さまに説得され、貴殿に罪はないと納得している。戻ったならば、弥六郎さまと共に白石転封の準備に尽力して欲しいとのこと』

と言われている。罪には問われないからこそ、見張りもなく快適な旅をここまでしてきた。だが、黒沢尻の関を越えた途端、ここはもう盛岡領ではなくなるのだという思いがこみ上げた。それは、知行割りの評定で、官軍側の重臣らを説得できなかったおれの責任だ。

いや、官軍は最初からおれの言葉など受け入れる気はなかった。

本来ならば加判役などになれるはずもない低い家格の者に敗戦の処理をさせて、盛岡藩を辱める。それだけのために選ばれた。ただ都合よく東北遊撃軍将府に盛岡藩士のおれがいたというだけのこと——。

そして今度は、悪意ある知行割りの責任をおれ一人に被せて、生け贄にしようとした。

だが——。目時の微笑が少し大きくなる。

だが、盛岡藩士はそれに乗らなかった。ありがたい——。

そして、白石転封に反対し、領内の民百姓が動き出している。官軍側の藩の江戸藩邸に押しかけて直訴しているそうではないか。京にも上り、朝廷にも直訴しようとしているという。侮りがたし。盛岡の民百姓――。

いつの日であったか楢山さまが仰せられていた、民百姓による日本の改革が、本当に行われるやもしれぬな――。

おれが盛岡藩を売ったことは確かだ。おれが盛岡に戻り、罪を免じられれば、官軍は再び利用することを考えるだろう。切腹という決断は、もしかするとおれの人生の中で唯一正しいものであったかもしれぬな――。

そして、目時は首を垂れ、動かなくなった。目時の骸に雪が降り積もった。

未明、憚に起きた佐藤昌蔵が、雪の庭に座して死す目時を見つけた。

半ば雪に埋もれた骸の後ろの白壁に、大きな血文字が二つ。

報国――。

死の間際に書かれたとは思えぬ、雄渾な筆致であった。

八

目時隆之進切腹の報は、すぐに東京へ届いた。

佐渡は黒沢尻の方角に体を向けて合掌した。

目時は佐渡と共に京へ赴いた。それに同行した中島源蔵は大坂で腹を斬った。

勤皇の志を持つ二人が自死を選んだ。中島は、まだ藩論も固まらぬ中、おれへの抗議で腹を斬ったが、目時の死は防げたはずであった。旅立つ前に、無理にでも会って話をしておくべきだった。後悔の念が佐渡を苦しめた。罪を背負い、恥を忍んで生き延びて欲しかった。そして、今官軍に向かって異を唱える盛岡領民の力になって欲しかった。

盛岡藩は坂道を転がり落ちている。どこまで落ちていくのか。その果てはあるのか――。

佐渡は暗然とするのだった。

＊　＊

二月二十日。北郡、三戸郡、二戸郡の領民たちが八戸領へ強訴した。新しく領主になった津軽氏に支配されるのを嫌ったのである。

新しい世の中のためには恩讐（おんしゅう）を忘れるべきであったが、一揆勢を煽動するには、格好の理由ではあった。

二月、三月と過ぎても、佐渡に対してなんの沙汰も出されず、身の回りの世話をしている兵はいったん帰藩することとなった。

三月のある日。しばらく顔を見せていなかった澤田助太郎が御目付所に面会に来た。

「朗報でございますぞ」

助太郎は濡れ縁に座って笑みを見せる。

「それは目出度い」

佐渡は話を聞きもせずに言った。

「まだなにも言うておりませぬぞ」

助太郎は不満そうに唇を尖らせる。

「このような暮らしをしておると、朗報という言葉だけでも目出度く感じるのだ——。それで、なにがあった？」

「邦さまの所在が知れました」

「なにっ！」

佐渡は腰を浮かせた。

邦は帯刀の側室里世の娘である。南部恭次郎に嫁いでいたが、前年五月に駿府へ移った徳川家に同行し、以来行方が分からなくなっていたのである。帯刀はとても心配して、佐渡への手紙には必ず、江戸でなにか分かったならば知らせるようにと一筆添えていた。

「大殿さまがなんとか探して欲しいと仰せられるので駿府へ出かけていたのでございます」

「そうか。それでしばらく顔を見せなかったのだな」

「はい。それで、立八が国許へ帰るというので、焦っていましたところ、江戸に戻るその日に探し当てたのでございます。八幡村という所に家を建てて住んで御座しました」

「そうか。暮らし向きはどうだった？」

「あまりおよろしくないようで——。そこで路銀の中から十両ばかり、お渡しして参りました」

「よく気がついてくれた——。父上をすぐにでも安心させてやりたい。お前、今から国許まで走ってもらえぬか?」

「お安い御用でございます。わたしの足ならば、飛脚より速うございます。しかし、殿さまのお身の回りのお世話は——」

「大事ない。切腹用の裃は用意してもらっているから、あとのことは心配せずともよい」

「はい……」

切腹用の裃と聞いて助太郎の顔が曇った。

「この様子では四月、五月もお沙汰は下らぬであろうよ。弓太に元気な顔を見せてやれ」

佐渡の口から父の名が出て、助太郎はにっこりと笑うと「はい」と答えた。

死を覚悟した身であれば、なにも恐ろしいことなどないと思っていたが、身内のこととなればまた別なのだと佐渡は思った。

佐渡は心から邦の無事を喜んだ。

しかし——。

処刑の沙汰を出さずに、だらだらと生きながらえさせているのは、これもまた官軍の、薩長の手か。いったん死を覚悟しても、何度か命拾いしているうちに、それは揺らいでいく。

もしかすると助かるのではないか――。

そう思わせておいて、突然処刑を命ずる。

おれが心を乱し、泣き叫んで命乞いをするのを眺めたいか。

敗戦国の者たちを酷い目に遭わせて、二度と逆らう者が出ないようにする。

ならず者が、裏切り者を出さないための手口と同じではないか。

下劣なり薩長。

おれは負けぬぞ。

実のところ、佐渡の心には『もしかして――』という思いが浮かび始めていたのだった。

佐渡は弱い自分の心を叱咤した。

＊　＊

三月二十五日。宮古浦に停泊中だった箱館攻めの官軍軍艦八隻が、旧幕府軍軍艦三隻に攻撃された。宮古湾海戦である。およそ小半時（約三〇分）、旧幕府軍の敗北で終わった。

旧盛岡藩領は分割統治されるために、真田藩、戸田藩、羽黒藩の直隷地取締役権知事が盛岡入りした。真田藩の小幡内膳の一行は六日町。戸田藩の西郷庄右衛門一行は呉服町。羽黒藩の村上一学一行は本町に逗留した。そして、二十四日。各直隷地取締役権知県事に旧盛岡領の帳簿一切が引き渡された。盛岡城に盛岡県治、花巻県治。三戸城に三戸県治が置かれた。旧盛岡領内に、他藩の兵たちが溢れた。

一方、旧盛岡藩士らは次々に白石へ旅立っていった。

すべての家臣が白石へ移れるのではない。十三万石への減封であるから、扶持取りの者など四千人を超える侍に暇が出され、千八百人ほどの家臣のみが利恭と共に白石に向かうことになった。旅費は出ないので、屋敷や所有している田畑、家財道具を売り払って路銀を工面した。余裕のない者は徒歩で白石を目指したのである。

改易の作業が終了したことで、白石転封中止を願う嘆願運動は、南部家を旧領に復帰させるための運動に切り替わった。

佐渡の元へその様子を知らせたのは東次郎であった。

「商人らは、このまま南部家が盛岡を去ったままでは、莫大な損失を出すからという損得ずくの面もございましょうが、運動はそれだけに留まらない動きを見せております」

「一揆か」

佐渡は訊く。

「明治元年の暮れから各地で『藩主さまを盛岡へ戻せ』と。八戸藩や盛岡駐在の会計官権判事林友幸さまへの強訴があり、東京へも各通から四百九十九人もの代表者が来て、十三の藩に嘆願書を提出いたしました。その中には三閉伊の代表もおります」

次郎の言葉を聞いて、佐渡の胸に熱いものがこみ上げた。

かつて『我が土地を仙台藩に入れて欲しい』と願い出た三閉伊の民百姓までも、南部家の盛岡復帰を求めている——。

「遠州、長州、土州、阿波、そして久保田は黙殺したようでございますが、そのほかの藩は嘆願書を受け取り、直書を下されたところもあります。官軍にも盛岡町人一同、岩手郡町人一同、そして十九余りの通より嘆願書が出ておるとのこと」

「幻であるやもしれぬが、今、盛岡の士農工商が一つになっているような気がする」

「久保田での敗戦も、無駄ではございませんでしたな」

「皮肉を申すな」

佐渡は苦笑した。

「各所に差し出される一揆の嘆願書はいずれもよく似た文面で、官軍は中心的な指導者が存在すると考えているようで。旧盛岡藩士が裏で手を引いているかもしれぬと調べを始めております。那珂半十郎あたりに、用心するよう申し置いたほうがよろしゅうございましょうか」

「誰が仕掛けたかはもう問題にならぬ動きになっておろうよ」

「左様でございますな——。民百姓を突き動かしているこの熱いものが潰されなければ、楢山さまが夢想なされていたこと、ただの夢では終わらないということにもなりましょうか」

「そうなればよいな」

佐渡は微笑んだ。

盛岡の豪商七人、鍵屋茂兵衛、井筒屋弥兵衛、近江屋勘兵衛、渋屋善兵衛らが資金を集めてその運動を支えていた。

九

五月十四日。前盛岡藩主利剛は麻布下屋敷の奥まった隠居部屋で静かに書を紐解いていた。廊下に足音がした。利恭のものだとすぐに分かったので、利剛は書見台を脇に置いた。

「利恭でございます」

声が少し硬い。

「入れ」

利剛はなにか不吉な予感を感じながら言った。

利恭は座敷に入ると一礼して、

「楢山佐渡、処刑の沙汰が下りました」

「切腹か？」

「いえ。刎首（ふんしゅ）でございます」

刎首とは打ち首である。武士らしい責任の取り方である切腹は認められなかった——。

「そうか……。いたしかたないな」

利剛は眉間に皺を寄せながら溜息をついた。

「いえ」利恭は首を振った。

「わたしはまだ諦めてはおりませぬ」

「諦めておらぬとは？」

「すぐに軍務官どのに願書をしたためました」

「佐渡の助命嘆願か？」

「いえ。それはとうてい認めてもらえますまい。東次郎の謀が役に立ちました」

「どういうことだ？　次郎がなにか謀ったのか？」

「わたしが新政府におもねり、箱館の旧幕府軍討伐の先鋒を願い出た件でございます。東の思惑どおり一顧だにされず突き返されましたが、わたしは躍起になって官軍にいい顔を見せようとしていると思いこませることができております」

「ああ。あの件か——。しかし、それとお前が出したという願書、どうつながる？」

「今度もいい顔を見せようとしているように思わせました。こちらの願いを二度はねつけたのですから、三度目は認めてもらえようと思います」

「話が見えぬな——」

「無慈悲な官軍の奴ばらが喜ぶような書面にいたしました」利恭は胸を張り、利剛を見た。

「楢山佐渡は天下を騒がせた大罪人。後世への戒めとするため、盛岡で刎首したいと」

「なるほど――。せめて盛岡で死なせたいということだな」

「いえ。盛岡領は山深うございます。盛岡へ戻すことができれば、もうこっちのもの。佐渡は死んだことにしてどこかの山里でひっそりと暮らさせることもできます。ほとぼりが冷めたならば、呼び戻して偽名を名乗らせ、政に参画させることもできましょう。まだ盛岡に残っている南部弥六郎に密かに知らせを出しました」

「なるほど。それは良い考えだ」

「願書の答えは三日後でございます。藩邸の藩士どもが騒ぎ出すやもしれませぬが、利恭が決めたことだと突っぱねてくださいませ」

「分かった。官軍に気取（けど）られぬようにする」

利剛は肯き、眩（まぶ）しそうな目を息子に向けた。

＊　＊

三日後。佐渡に『盛岡へ戻し刎首』という沙汰が下された。これは藩主の意思であると付け加えられた。佐渡は、沙汰を告げた軍務官に静かに頭を下げたが、藩邸の藩士らは大きく二つに割れた。

忠臣を刎首し戒めとするとはなにごとかと憤る者。

せめて盛岡で死なせようというお慈悲だと解釈する者。

利恭や利剛に詰め寄る者もいたが、二人は、「佐渡は大罪人である。二度とこのような者が出ぬように見せしめにするのだ」と答えるばかりだった。

佐渡は二人の心を読みとり、胸の内で手を合わせていた。

何度も死を覚悟しては生き延びて、死の覚悟が緩みそうになっていたが、盛岡に戻って死ぬことができるよう謀ってくれた二人に心から感謝した。

佐渡は未だ、利恭の策の全貌（ぜんぼう）、盛岡領で密かに佐渡を逃がす計画が進んでいることを知らなかった。

＊　＊

五月十九日。仙台藩奉行（家老）但木土佐が東京で斬罪された知らせが届いた。

佐渡は、自分ばかり故郷で死ねることを思い、但木土佐はさぞかし無念であったろうと心の中で詫びた。しかし、盛岡藩士らの思いは違った。

仙台藩は奥羽越列藩同盟の盟主である。にもかかわらず盛岡に久保田との戦をさせている最中に降伏してしまったのである。仙台藩と但木を悪し様（あしざま）に言う者も多かった。

五月二十一日。麻布藩邸に鍵屋茂兵衛より鰹（かつお）が届いた。翌日に盛岡へ送られる佐渡の送別の宴のための差し入れであった。

佐渡は、那珂半十郎、佐々木直作と共に別れの杯を酌み交わした。

佐渡は茶碗に清酒を注ぎ、しみじみとそれを見た。

盛岡の家では、もっぱら茶碗に濁り酒を注いでいた。濁り酒はその家毎に味が違う。

佐渡の口の中に、慣れ親しんだ甘酸っぱい味が蘇る。

また、あの酒を口にすることができるのだ。

未練が思いがけず解消されることになり、そのたびに死の覚悟が遠ざかっていく。

いかん、いかん――。

佐渡は茶碗の酒を一気に飲む。

盛岡に戻ったならば、死の覚悟はさらに遠のくだろう。また一から死への覚悟を積み上げていかなければならぬ。

「尊皇攘夷の思想が、食い詰め者たちの利益を貪る道具にされているのがなんとも悔しい」立て続けに数杯の酒を干した那珂半十郎が言った。

「日本は、このままあ奴らのいいように引っ掻き回されるのかのう……」

「帝を奉じるからには、寺が邪魔になるのではないかと、坊主らは戦々恐々のようだ」

佐々木直作が言う。

「官軍の親玉らは、日本は遅れているから、何もかも欧米に倣い、追いつき追い越さねばならんと考えているようだ。そのうち、江戸の――、いや東京の家々はぶっ潰されて、居留地のような建物が林立することになろう。みな、髷(まげ)を切って洋装で闊歩(かっぽ)する。妙ちきりんな国になるのだ」

「薩長には、己の藩の考えがおかしいと考える者はいないのであろうか」

半十郎は嘆く。

「いたとしても異を唱えることはなかろうよ」

直作は首を振る。

「久保田攻めの評定の時――」佐渡が言った。

「石亀左司馬どのが、『列藩同盟に与するのは、尊皇に反する。しかし、藩論が決まった上は、それに従う』と言うた。衆議で決まった上は、己の信念と違っても従う――。藩に利あれば、己の考えは滅して務める。よくも悪くも、大勢で事を成そうとする時にはそれが鉄則だ」

「いや、脱藩という手もありましょう」

半十郎が言う。

「あるな。だが、それができる者は少ない。寄らば大樹の陰。浪々の身となるよりも、意に染まなくとも上役にいい顔をして藩の中にいるほうが楽だ。家族もそれを望もう」

佐渡の言葉に、半十郎は「はぁ」と大きく息を吐いた。

「日本はどこへ行くのであろう……」

「日本はどこへ行くのかのう」

直作も言う。

「迷走する政を正せるのは、民百姓だ」佐渡は言った。

「盛岡領の民は、死を恐れずに藩に物申した。そして、一揆を起こしても頭人を罰しないという約束まで取り付け、以後、藩と対等に交渉した。そして今、官軍に己らの主張を飲ませようとしている。逞しいとは思わぬか」

「うむ――。なるほど、盛岡の民は逞しい」

半十郎は酩酊した顔で大きく肯き、体を揺らした。

「その逞しさがいつまでも続くことを祈って、杯を干そうぞ」

直作がよろけながら徳利を取り、佐渡と半十郎の茶碗に酒を注いだ。

三人は茶碗を掲げ、一気に干した。

未来に微かな希望を抱きつつ、宴は夜更けまで続いた。

第九章　柳は萌ゆる

一

宴の翌日、五月二十二日は雨であった。

盛岡から迎えに来た者の中に、楢山家家臣の澤田貞助、斉藤辰五郎の姿があった。

奥州街道、仙台・松前街道を佐渡の護送の行列は行く。徳川の世は去ったが、戦場の焼け野原以外、なんら変わったところはなかった。百姓は耕作に勤しみ、商人たちは商いをする。宿場町には呼び込みや棒手振の声が響き、野山からは蟬の声が聞こえている。

幕藩体制が崩れ、戦に敗れ、明日をどう生き延びるかに汲々とする侍。論功行賞でどれほどの褒美をもらえるか胸算用する侍――。いずれにしろ心穏やかではない武士たちとはまったく別のところで、日々の営みが続けられている。これこそが、この国を動かす力なのだ。

侍たちは大きな考え違いをしている。二百六十年の静寂（平和）は、侍が作り上げてきたのではなく、民百姓たちが築いてきたものだ。

静かなる民。物言わぬ民こそが、国の力なのだ。

だが――。物を言わねば、取り返しのつかぬことにもなるのだぞ。

網駕籠（あみかご）に乗せられて旅路を行く佐渡の心には、拭いきれない小さな焦りがある。

盛岡の領民たちの動きが、その焦りを慰めている。

頼む。望みを捨てるな――。何度追い返されようとも、南部家を盛岡へ戻す運動を続けてくれ。その成功は、南部家のためばかりではなく、盛岡領民のためばかりでもなく、この国に生きる者たちの、大きな栄光の第一歩となるのだ。

＊　＊

佐渡の娘、幸は息せき切って菜華の部屋に駆け込んだ。

「そこで弓太に会い、聞きました」

幸は、白麻の着物を仕立てている菜華の横に座り、息を整える。

菜華は針の手を止め、汗まみれの娘の顔を見た。

「あなたもそろそろ、しとやかにすることを覚える年頃ですよ」

幸はこの年、十歳であった。

「おしとやかになどしてはいられませぬ。父上が花巻に到着なさったとのこと」

幸は母の方へ身を乗り出した。

「それはようございました」

菜華はそう言うと、縫い物の続きを始める。

「明日には盛岡にお着きになります。どこでお迎えしたらよろしゅうございましょう」

「お前の好きな所でお迎えなさい」

「母上さまは？」

幸は怪訝な顔をした。

「わたくしは行きません」

菜華の口元には笑みが浮かんでいる。

「禁じられているとはいえ、どこからでもお姿は見られます」

「いえ。わたくしは行きません」

「なぜでございます！　父上がお帰りになるのですよ！」

幸は膝で菜華に近づく。菜華はもう一度針を止め、幸に体を向けた。

「あなたにはまだ早い話かもしれませぬが、母は、一人の女としてこう考えています――。旅人は、家に戻ります。家人は帰る日を心待ちにして今日の日を過ごします」

「だから、その旅人がお帰りになるのです」

「旅に出たままならば、そのお帰りを待って、明日を生きられます」

菜華の言葉に幸ははっとした。久保田との戦に旅立った、雄々しい父の後ろ姿を思い出した。その父は、戦に敗れ、罪人として処刑されるために、死ぬために帰ってくるのだ。

戻らぬ旅人は未だ旅の途上――。母の悲しい決意に幸は泣きそうになった。

「それに、妻としてはこう考えています――。人一倍愛情深いお方は、ご自分のことよりも、家族のことを心配なさいましょう。せっかくの死の決意を揺るがせたくはありません」

遠回しな言葉ではあったが、幸は理解できた。

自分たちの姿を見れば、父は死の決意を揺るがせてしまうかもしれない――。

父上に会いたい。しかし、会えば父上を苦しめてしまう――。

幸の顔が、くしゃくしゃっと歪んだ。

「幸」菜華は幸の両手を取った。

「母としてはこう考えています――。父上はお悩みになった上で、戦にお出になられました。あなたも悩んで、自分の決めたとおりにおやりなさい」

「お迎えに行っても、お迎えに行かなくても、後悔しそうでございます」

幸は啜り泣く。

「今のあなたが、最良と思ったことをすればよいのです。たとえ後悔したとしても、それが明日を、一年後、五年後、十年後を生きるあなたの糧となるのです」

「はい……。でも、太禰はどうしましょう」

太禰は五歳。母の言葉を理解できる年ではない。

「あなたが姉としてお考えなさい。姉として最良と思ったことをすればよいのです」

菜華の言葉に、幸は涙を拭ってその日を真っ直ぐに見、肯いた。

佐渡の腹違いの弟、瀧行蔵は本町の瓢屋にいた。佐渡が加判役になる前、行きつけにしていた居酒屋である。

行蔵は上役から白石に移るよう言われていた。暇を出されることなく、新しい藩に移ることになったのだが、ぐずぐずといつまでも盛岡にいた。

路銀を工面するのが面倒だったからである。瀧家の墓石でも売って金にしようかとも思ったが、それでも足りそうにない。

こうなれば、楢山家に金を無心しよう――。

小上がりに座ってそんなことを考えながら、行蔵は豆腐料理をつまみに徳利を二本空けていた。

土間の床几には他藩の侍たちが座って昼酒を飲んでいる。

耳慣れないお国言葉の会話はよく聞き取れなかったが、彼らが笑うたびに盛岡藩の悪口を言っているのではないかと腹が立ってきた。

しかし、喧嘩を売るような度胸は、行蔵にはない。鬱々として杯を傾けるばかりである。

兄さまは、戦に負けて、首を刎ねられるために帰ってくる――。

「ざまぁみろ」

小さく呟いてみる。ちくりと胸が痛む。

いつも偉そうなことを言い、藩を戦に巻き込んだ上に、惨めに負けやがった――。

こうやって自堕落に酒をくらっていても、生きている者の勝ちなんだ――。

先日、舅から『六月中に楢山さまの切腹があるので、特別に座敷を用意するそうだ。親戚として別れを告げたければ申し出よとのことだ』と言われた。

馬鹿ばかしい。おれに告げる別れなどあるものか――。

そう思ったが『へへぇ』と言って平伏してやった。

土間から一際大きな笑い声が聞こえた。

行蔵は、

「うるせぇな！」

と少し大きな声を出す。

土間の侍たちが行蔵を見る。

行蔵は首を竦め、そっぽを向く。

亭主が慌てて出てきて侍たちに一言二言話をして、小上がりにあがった。

「行蔵さん。悪い酒だよ」

「なぜ瀧さまと呼ばん」

行蔵は杯に酒を注ぐ。

「ツケをきちんと払ってくれたら、瀧さまと呼んでやるよ」

「あいつらは〝さま付け〟で呼んでるんだろう」

行蔵は侍たちを見ずにそちらの方を指差した。

「噂に聞いていたほど行儀は悪くないよ。先日、お城の引き渡しにいらした久保田の小野崎とかいう隊長さんなんかは、錦の御旗を掲げていては盛岡の人々に気の毒って言って、町に入ってくる時には旗を仕舞ってたって話だ」

「旗は仕舞ってたとしても、笛太鼓を鳴らして『官軍でござい』って顔で闊歩してるではないか」

「昼間っからツケで酒をくらってクダを巻くあんたよりはましだよ」

「なんだとっ」

大声を出しかけ、行蔵ははっとした顔で侍たちを見た。侍たちは談笑を続けている。

「そんなに銭が欲しいんなら、楢山の家に取り立てに行け」

行蔵はここしばらく佐渡のツケで飲んでいたのである。

「そんなことできるわけないじゃないか」

亭主は悲しそうに眉を寄せた。

そうか——。兄さまは、もうじき死ぬんだ。

行蔵の胸が締めつけられるように痛んだ。

目が熱くなり、鼻の奥がつんとした。

行蔵は慌てて懐に手を入れ、財布を出した。一両二分ほど入っていた。

行蔵は一両を膳の上に置き、そそくさと立ち上がる。

「行蔵さん、これ……」

亭主は驚いて行蔵を見上げた。

「死んでいく奴はツケを払えねぇだろう」

行蔵は乱暴に言うと小上がりを下りて草履(ぞうり)を引っかけ、外に駆けだした。

流れた一筋の涙を、亭主には見られずに済んだ。

＊　＊

日が西の山に沈んだが、空はまだ水色である。川井村は周囲を山に囲まれているので日没が早いのである。舞うアキアカネの数が一頃より減っている。楢山帯刀は縁側で煙管を吹かしながら、蜻蛉(とんぼ)の姿を目で追っていた。澤田弓太の実家である。

「大殿」

声がして、澤田弓太が庭を歩いてきた。

「盛岡へ行く件ならば、駄目だと申したはずだ。罪人の佐渡に対してお前がかいがいしく世話をすれば、官軍も面白くなかろう」

帯刀は脇に置いた煙草盆の灰吹きに煙管の灰を落とす。

「その件ではございません」弓太は縁側の前まで来て蹲踞(そんきょ)した。

「大きな声では言えませせぬが、殿を救う策略があるようで」

「救う？」帯刀は眉根を寄せる。

「佐渡を逃がすというのか？」

「はい」

「なおさらお前は行かせられぬ」

「なぜでございます？」

弓太は驚いた顔をする。

「佐渡が喜んで逃げ出すと思うか？　佐渡を逃がす奸策（かんさく）が官軍に露呈すれば、盛岡藩にはもっと厳しい罰が上乗せになる。佐渡を晒し者にするために盛岡へ戻してほしいというお上のありがたい方便を無にし、お上の御身を危うくすることになる」

「なるほど……。そこまでは考えが及びませなんだ……」

「誰だ、その奸策を思いついたのは」

「その……。どうもお上は最初からそのつもりで殿を盛岡へ戻す策略を練られたご様子」

「お上がか……」

帯刀は絶句する。

「それがし、盛岡へ行って、殿を逃がす手伝いをしようと思っておりましたが――。愚かな考えだと分かりました。つきましては、あらためて、盛岡行きをお許しください」

「行って奸策を止めるか」

「はい」

「それならばよい。行って参れ――。佐渡は今、どの辺りだ？」

「明日にもご城下入りと聞いております」

「そうか――。佐渡の世話は、澤田多助と刈屋安兵衛にさせよ。あ奴らは、とりたてて佐渡と親しいわけでもない」

「かしこまりました。それでは二人を連れて出かけて参ります」

弓太は一礼して庭を駆け去った。

帯刀は渋面を作って煙管に煙草を詰める。火入れの炭で吸いつけ、煙を吐き出した。

「年寄は涙もろくていかん」帯刀は鼻水を啜る。

「助けてやりたいのは山々だが――」

火皿の煙草は三服で灰になった。帯刀はしばらく、煙管を口元に持ったままぼんやりとしていた。冷えた雁首にアキアカネが留まった。

「すまぬ。佐渡。薄情な父を許せ」

帯刀は蜻蛉が飛び立つまで、じっと煙管を動かさなかった。

二

楢山佐渡護送の行列は、六月七日の夕刻、盛岡に到着した。

斉藤辰五郎が佐渡の駕籠の側に寄り、「惣門でございます」と言った。

「そうか」

佐渡は小窓を開けて外を見る。

透明感のある濃藍色の空を、町屋が黒い影となって切り取っている。

夕闇の中、惣門の内側にぼんやりと人だかりが見えた。官軍の兵が道の両側にその人だかりを押しやって、佐渡の駕籠が通る道筋を作っている。戦で身内の者や知人、友人を失った者たちが、一言罵声を浴びせようと集まっているのだろう――。

佐渡は今すぐにでも駕籠を飛びだし、領民らに平伏して許しを請いたい気持ちであった。

請うたところで許されることではなく、おれの命を差し出したところで償えるものでもない。おれを悪し様に言うことで、一時なりと気が済むのならば、甘んじて受けよう――。

佐渡は駕籠の中が見えるよう、左右の小窓を開けっ放しにした。

見よ。よく見よ。これがお前たちの親しい者たちを死に追いやった大罪人の顔ぞ――。

駕籠はゆっくりと惣門の中に入った。意外な言葉が、佐渡の耳を打った。

「楢山さま！　おいたわしや！」

佐渡は驚いて窓の外を見る。沿道の人々はすべて、手を合わせ佐渡の駕籠を見送っている。中には泣いている者もいた。

おれのために泣いているのか――。

おれのために神仏に祈ってくれるのか――。

旧盛岡藩士の姿もあった。仁王立ちになって両手を強く握りしめ、歯を食いしばっている。佐渡と目が合うと、さっと土下座する侍もいた。

なんという心優しき者たちだ――。

佐渡は目が合う者たちすべてに会釈を返した。

この者たちのために、おれはなにもしてやれなかった――。

いや、おれが戦を始めてしまったために、不幸をもたらしてしまった――。

ならず者の横暴に民百姓が耐えるように、おれもまた耐えて薩長の言いなりになっていればよかったのかもしれぬ――。

「すまなかった――」佐渡は駕籠の中から言った。

「おれの短慮で迷惑をかけた！」

「謝らないでくださいまし！」

町人の女が叫ぶ。

「戦に負けようと、正しいことは正しいのでございます！」

百姓が言った。仙台越訴の一揆勢の中に見た顔のように思えた。

盛岡駐在の官軍の兵たちは、出迎えの人々の声を遮ろうとはしない。ただ黙って行列に随行し、駕籠の行く道を確保する動きだけを続けた。京で見た薩長の侍らの傍若無人ぶりとは雲泥の差があった。真田藩、戸田藩の躾がいいのか、あるいは官軍全体に、教えが行き届いてきたのか――。

駕籠は、北山の寺院群に入り、出迎えの人々はさらに膨れあがった。誰一人、佐渡へ恨み言を叫ぶ者はいなかった。佐渡に石の一つも投げてやろうと思って家を出てきた者もいたのだが、出迎えの人々の悲しみようにすごすごと戻って行ったのだった。

佐渡が処刑までの間幽閉される報恩寺の山門近くには、急造の番小屋が建てられていた。寺の周りには竹矢来が組まれ、葦簀が巡らされている。高張提灯が掲げられ、警護の歩哨、騎馬兵が周囲を固めていた。

佐渡の駕籠を導いてきた官軍の兵は、報恩寺の山門を囲み、出迎えの民衆がそれ以上侵入できないようにした。

山門前には佐渡の親戚である石亀七左衛門と楢山五七郎、家臣の代表として澤田弓太が待っていた。

佐渡は小窓から、

「お出迎え、ありがとうございます」

と声をかけ、一人一人と目を合わせて会釈をした。

駕籠は止まらずに境内を進む。

出迎えの者たちは、それ以上ついて行くことは許されず、佐渡の駕籠を見送った。

＊　＊

空を星が覆い、報恩寺山門前に集まった人々は、名残惜しそうにその場を後にした。

その中に、小さい影が二つ。幸と太禰であった。後ろを川井村から供をしてきた弓太の下男二人が歩く。

「父上さまのお顔、よく見えなかった」

太禰は幸の手に引かれながら言った。

「それでいいの。あれより前に出ていたら、父上さまに太禰の顔が見えていたから」

「なぜ？」太禰は膨れっ面で幸を見上げる。

「なぜ、太禰の顔が父上さまに見えてはいけないの？」

「父上さまの泣いた顔を見たくないでしょう」

幸がそう言うと、太禰は驚いた顔をする。

「なぜ父上さまは太禰の顔を見て泣くの？」

幸はしまったと思った。太禰には説明しても分からないだろう――。

幸は足を止めて、太禰の前にしゃがんだ。

「父上さまは、また旅に出なければならないの。太禰やわたしの顔を見れば、別れが寂しくなるでしょう？　だから陰からお見送りしたのよ」

「お出迎えではなくて、お見送りなの？」

「お出迎えでお見送りなの」

「それでは、お父上は次はいつ帰ってくるの？」

そう訊かれて幸は困った。そして、

「お盆の頃に」

と答えた。言ってしまった途端、悲しみがこみ上げ、幸は太禰を抱きしめて泣き出した。

太禰はどうして急に姉が泣き出したのか分からず、怖くなって泣いた。

抱き合ったまま泣く姉妹を二人の下男が慰めた。見送りから帰る人々はおそらく佐渡の子供に違いないと思い、憐れむ目で会釈すると足早に通りすぎるのだった。

＊　＊

佐渡は報恩寺の謹慎の間に通されて着替えをした。用意された着物は、真新しい藍染(あいぞ)めの木綿であった。袖を通した途端、これは菜華が仕立てたものだと直感した。新品であっても肩の辺りの馴染みがいいような気がするこの感じは、確かに菜華の仕立てだ。

佐渡は前身頃の辺りのにおいを嗅(か)ぐ。微かな藍のにおいがするだけであった。

すぐに夕餉(ゆうげ)の膳が運ばれた。

鮎の塩焼きと煮物、香の物と汁物、白飯という質素なものであったが、佐渡はそれを平らげると深々と膳にお辞儀して、給仕の小使に、

「この料理を作ってくれた者をこれに呼んではもらえまいか」

と言った。小使は肯いて膳を片づけて、料理人を連れてきた。

障子を開けた廊下に座って平伏したのは老人であった。十三日町の茂助――。楢山家

で祝い事や、大切な客があった時に料理を作ってくれる男である。

「味付けで、お前が料理人と分かった。久しいのう」

佐渡は目を細めて老人を見た。

「お久しゅうございます。しばらくの間、お膳の支度をさせていただきます」

「お前が食事の用意をしてくれるか。ありがたい。身に余る贅沢だ。よろしく頼むぞ」

「もったいないお言葉でございます」

もう一度平伏して、茂助は去った。入れ替わりに廊下に現れたのは東次郎であった。

「長旅、お疲れさまでございました」

次郎は廊下で一礼すると、座敷に入って障子を閉めた。

「色々とお気遣いいただき、ありがたい」

佐渡は深く頭を垂れる。

「なんの。皆、向こうからあれをしたい、これをしたいと申し出てくれるので、こちらはなんの気遣いもしておりませぬ」

「左様か――。貴殿からもよくよく礼を言うておいてくれ」

「奥方さまならば、ここへこっそりお連れすることもできまするぞ」

「いや」佐渡は首を振る。

「あれは、来たいとは言わぬ」

「はい。それが不思議でございました。拙宅に着物類を届けられた時に、『ご自分でお持ちなさいませ』とお勧めしたところ、静かに首をお振りになりました」

「お互いに未練を残さぬよう、久保田へ出陣した日が最後と思うておるのであろう」

「左様でございますか――。何事にも我が我がと言う者が多い中、一つだけ誰も申し出ぬお役目がございます」

「ほう。それは?」

「楢山さまの首斬り役でございます。何人かに声をかけましたが、みな顔を青ざめさせて激しく首を振り、大恩ある楢山さまを手にかけることなどできぬと」

「それもまたありがたい言葉だが――。切腹が許されぬのだから首斬り役がいないのは困る。盛岡に残っている盛岡藩士はもう少なかろう。他藩の侍を借りればどうか?」

「はい。そう思っていたところ、他藩の者に斬らせるわけにはいかぬと、役を引き受けてくれた者がございました」

その言葉を聞いて、佐渡の脳裏に浮かんだ偉丈夫の若者の姿があった。

「江釣子源吉か」

「はい――。慣れぬ者に首斬り役は無理。何度も斬りなおし、斬られる者を苦しめる。拙者ならば楢山さまを苦しめずに勤めることができると、号泣しながら申しました」

源吉は、剣術の調練という理由で、一時期罪人の首を斬っていたことがある。佐渡はそれを叱責した。おれが怒って止めさせたことが役立つとはな――。

「そうか。源吉が斬ってくれるか。それならば、見苦しい姿を晒すことなく、この世を去ることができよう。本当にありがたい話だ」

世の中に、無駄なことなどないのかもしれぬ——。佐渡はその皮肉に苦笑を漏らした。

「それからもう一つ」

次郎は膝で佐渡に近づき、声をひそめて言った。

「楢山さまを逃がそうという計略がございます」

「なに？」佐渡の顔が険しくなった。

「そのようなことをすれば、南部家にどのような災難が降りかかるか——。誰だ、その首謀者は？」

「お上でございます」

次郎の言葉に、佐渡は返事もできぬほど驚いた。

お上は、おれの命を助けようと、ひと芝居打って官軍を騙した。そういうことか——？

「いかがいたしましょう？　進んで首斬り役を勤めるという者は源吉ばかりでございましたが、楢山さまの代わりに首を差し出すという侍は何人もおります」

「いや——」佐渡は目を閉じて天井に顔を向ける。

「何もかも、ありがたい話だが、それは受けるわけにはいかぬ——」

と言葉を切ってゆっくり次郎を見た。

「次郎。おれはこの命で戦で死んでいった者たちに詫びると決めたのだ。しかし、処刑が日延べになり、さらに日延べになり、おれの心は揺れた。おれは弱い。そうなってくると、命根性が汚くなる」

「人はすべからく、そういうものではございますまいか。生き延びる機会があるのならば、それを使うべきでございましょう」

「だが、おれの代わりに死ぬ侍はどうなる」

「代わりに死にたいと申しておるのです」

「おれは、責任をとって死にたいと言っている」

「人の命は、それぞれ重さが異なります。楢山さまの身代わりは、楢山さま一人の命しか救えませぬが、楢山さまが生き延びれば、これから何万の命を救うことができましょう」

「その前に何千の命を奪った」

「それとて、これから救う命の数を考えれば、ものの数ではございませぬ。これからの盛岡藩に、楢山さまは無くてはならぬ存在でございます」

「お前がいるではないか」

「わたしだけでは不足――。やっとそこに思い当たりました。わたしには楢山さまほどの人望がございませぬ」次郎はふっと笑う。

「身代わりの家族は藩が手厚く面倒を見ます。なにとぞ、お上のご意思を尊重なさいませ」

「官軍にはおれの顔を知っている者が大勢いる」

「ご遺体はご家族に戻すようにとの沙汰でございますから、誰も楢山さまのご首級をあらためる者はございません」

　このまま話しても、それぞれの主張は交わることはない――。

　佐渡は思った。加判役であった頃もこうだった。二人の話が平行線を辿り、誰かが、たいていお上がどちらかの案を採って話は終わる。そして、お上に採られなかった方は城から去る。しかし、此度は、裁定する側のお上がおれを助けたいと仰せられる。次郎はそれを代弁している。本心はどうであるのか分からないが、お上の意思を通すために、おれを論破しようとしている――。

「次郎。お前はどう考えているのだ？」

「楢山さまのせいで死んだ者がたった一人増えるだけでございます」

　次郎は一瞬冷たい表情になった。佐渡はどきりとした。

　次郎は本気でそう考えているのか？　いや――。これは次郎の手かもしれない。

『このように心の冷たい者を筆頭の加判役として、藩の政を任せてもよいのか？』と次郎は仕掛けているのだ。

「なぁ、次郎。このままでは人としてのけじめがつかぬのだ」

「けじめならば、生き延びて盛岡藩の政を助けることでつけられるのではございませんか？　盛岡藩の士農工商、皆が楢山さまが生き延びることを望んでおります」

次郎はお上の代理として話をしているが、そこにはお上の道理がある。

おれはおれの道理を主張している。

お互いが、正しいと思っていることを主張し続ける。交わらないと思った時に、誰かが間に入ってくれなければ、きっと殴り合いが始まるだろう。

獣ならば、餌の奪い合い、雌の奪い合いという単純なものですむ。しかし、人の場合、色々な思惑が絡み合う――。

いや。違う――。様々な思惑が絡み合っていたとしても、結局は獣の餌の奪い合いと同じ形で決着をつける。

それが戦だ。

個人の間で当たり前に起こることは、国と国の間でも当たり前に起こる。なぜなら、国とは個人の集合であるからだ。

佐渡の思考は次郎との論戦から離れていく。

次郎は沈黙した佐渡の口が開くのを黙って待っている。

「ああ――。すまぬ。ちょっとぼうっとしておった」

佐渡は自分がしばらく黙り込んでいたのに気づき、話を戻した。

「おれを逃がす話であったな」

「長旅のお疲れを配慮せず、失礼いたしました」

「次郎――。おれの中には、武士がいる。けじめだけはきっちりとつけたい。お上にはそのように申し上げてくれ」

「承知いたしました。今日のところはこれで引き揚げましょう」

次郎は謹慎の間を辞した。

運命はまだおれを弄ぶか——。

独りになった佐渡は思った。

何度も死を決意し、そのたびに心を揺り動かされる。

これはもう、生き延びよという神仏のご意思ではないか——？

あるいは、神仏に試されているのか？

三

報恩寺の謹慎の間に幽閉されて六日。次郎はあの日以来訪ねてこない。

緩慢に流れる時の中で、佐渡は生き延びたいと思う心が膨れあがっていくのをなんとか抑え込んだ。

しかし、それは無駄なことだと気づいた。

生き物とは、どのような時にも生き続けようとするものなのだという思いに至ったからであった。

では、自死を選ぶ者は——？

そういう者とて、生きる道が見つかればそちらを選ぶだろう。見つからないから自死するのだ。絶望の暗闇の中でも、微かな光明が見えさえすればそちらに向かって歩き出す。

佐渡は、己の心を移ろうままにして、それをじっと見つめた。

生き続けたいと思う心。

多くの者たちを戦に巻き込み、死なせてしまった責任をとろうとする心。

自分が藩の執政に戻れば、薩長の思惑をはね除けることができるだろうと思う心。

代わりの者の首によって生き延びたとして、それが露呈すれば最悪の事態を招いてしまうだろうと思う心。

事が露呈すれば、末代までの恥と思う心。

心の移ろいをそのままにしておくと、苦しさが減った。「ねばならない」と思うことが、無理やりに心を偏らせ、己を苦しくさせているのだと気づいた。

六日経っても次郎は現れない。

薩長と同じ手を使うか――。あ奴らは、徒に処刑の日を延ばしておれを苦しめた。盛岡へ戻ることを許したのも、故郷の景色を目にして『死にたくない』という思いをつのらせようという魂胆だったに違いない。逆賊に苦悩を味わい尽くさせ、そして殺す。次郎はそれを逆手に取って、おれの心の生き延びたいという気持ちを育てようとしているのだ。

いずれ根負けしてお上のご意思に従う。次郎はそう考えたのだ――。

「ならば、こちらも別の方法を選ぶのみ」

佐渡は呟いた。その日、佐渡は夕食の膳に箸をつけなかった。

小使が膳を下げた後に、おずおずと十三日町の茂助が現れた。

「なにかお気に召さぬ材料でも入っておりましたのでございましょうか？」

「いや。そうではないのだ。明日より、おれの食事は出さんでもよいぞ」

「それは、どうしてでございましょう？　お加減でも悪くなされたのでございますか？」

「いつでも死ねるよう、腹に物を入れずにおこうと思ったのだ」

「左様でございますか……」

茂助は悲しそうな顔をする。

「すまぬな、茂助。ここしばらく、お前の料理を堪能させてもらった。いい冥途の土産になったぞ」

茂助は平伏して背中を震わせた。

＊　＊

翌朝、謹慎の間に端座する佐渡の前に朝食の膳が運ばれた。

「食事はいらぬと言うたはずだが」

佐渡は小使に言った。

「東さまのご命令でございます」

小使は申し訳なさそうに言って謹慎の間を出た。

膳の上には石斑魚(ハヤ)の甘露煮と、田螺(タニシ)の味噌汁、白飯が湯気を立てている。

昨夜からなにも口にしていない佐渡の腹の虫がぐうと鳴いた。

佐渡は目を閉じる。美味そうな匂いがより強調され、佐渡は歯を食いしばって耐えた。

次郎め。卑怯な奴だ——。

一刻(約二時間)後、小使が冷め切った膳を片づけた。

昼食、夕食と膳は出されたが、佐渡は、「茂助にすまぬと伝えてくれ」と言って、膳には手をつけなかった。

翌日も、佐渡の絶食は続いた。

そして絶食三日目の六月十五日。

野田丹後が現れて、身代わりの件を承知するようにと佐渡を説得した。

佐渡は丁重にそれを断った。

「我らは諦めませぬぞ」

野田は言い残して帰っていった。

＊　＊

翌日、温かい朝食、昼食を目の前に置いて、佐渡は空腹を耐えた。

夕食の膳が運ばれて目の前に据えられる。

どれほど苦しめれば気が済むのか――。

耐え難い飢餓感が、佐渡の中で東次郎への怒りに変じて、思わず箸を取って膳の焼き魚を突き散らかした。大振りの鰯の干物が割け、美味そうな肉が粉々に散る。

勢いよく突いたので箸が折れた。

佐渡ははっとした。

物音に気づいた御警衛士が障子を開けた。

佐渡は無惨な残骸と化した鰯に目を落とし、「茂助にすまなかったと申してくだされ」と力無く言った。

＊　＊

六月十七日深更。

佐渡は廊下に気配を感じて目を覚ました。

「誰だ？」

佐渡は夜具に横になったまま問う。

「さすが、楢山さま。江釣子源吉と原健次郎でございます」源吉の声であった。

「寺の裏手は警備も手薄でございます。竹矢来を緩め、葦簀を捲って――。お邪魔してもようございますか？」

「入れ」

佐渡は上体を起こし、夜具の上にあぐらをかく。絶食が続いているので少し目眩がした。

障子を開けて二つの人影が部屋に入った。一人が燭台に近づき、火を灯す。蠟燭が原健次郎の顔を照らした。源吉は佐渡の側に平伏する。健次郎もそれに並んで頭を下げた。

「お迎えに参上つかまつりました」

健次郎が言った。

「東次郎の差し金か？」

「お上直々の御下知にございます――。白石よりのご書状を受け取りました」

「そうか――」

佐渡は溜息をついた。

「さぁ、弓太の邪魔が入らぬうちに、ここを出ましょう」

源吉が言った。

「弓太の？　弓太はお前たちの邪魔をしているというのか？」

佐渡は訊いた。

弓太ばかりはおれの気持ちを察してくれている――。おれを生かそうとする者も、おれを死なせてやろうとする者も、みなおれのことを考えてくれている。おれはなんという幸せ者であろう――。

「はい。ですから、疾く楢山さまを逃がすべく目立たぬように我ら二人で参りました。山越えをして、まずは閉伊に身をお隠しくださいませ」

「源吉。お前の役目はおれを逃がすことではなかろう」

　佐渡の言葉に源吉の目が泳いだ。

「お前の役目は、おれの首を斬ることだ。おれのことを思うならば、いますぐ御警衛士より大小を借りて参れ。今ここでおれは切腹し、お前はその介錯をする。おれはそれを望んでいる」

　源吉は顔を背ける。

「いけません。楢山さまは、これからの藩にとって大切なお方でございます」

「次郎がいる」

「東さまでは、民百姓が幸せになりませぬ」

「健次郎。お前は戦をどう思う？」

「本心を申せば、戦は嫌いでございます」

「戦のない世を作りたいか？」

「はい」

「江戸幕府開闢より二百六十年余り、世の中に大きな戦はなかった。人は、もう戦など始まらぬと思っていた。だから侍の刀は細く華奢になり、飾り物同然の代物と化していった」

「刀などそのまま無くなってしまえばよかったのでございます」

「たとえば、世の中から刀が無くなったとしよう。しかし、どこかの藩が密かに刀を持っていればどうなる？　戦を仕掛けて刀を持たぬ藩を従えてしまうか？　こたびの戦では似たようなことが起こった。盛岡藩は、官軍の新式の武器によって敗退させられた。慌てて発注した新式の武器は間に合わなかった」

「こたびの敗戦はそのような単純なことではございますまい。それまでの藩の有り様が、問題だったのでございます」

健次郎は反論する。

「うむ。よく考えるようになったな、健次郎。その問題だった有り様の一つに、藩の外側のことを甘く見ていたということがある。対岸の火事も、大きくなれば火の粉が飛んでくる。また、盛岡藩の道理は、他藩の道理ではない。他藩の道理は、盛岡藩の道理ではない。お前の言うようにこたびの敗戦の原因が単純なことではないように、戦が起こる原因も単純なことではないのだ。ただ戦のない世を作りたいと考えるだけでは浅い。もっともっと奥深くを考え、どうすれば戦のない世を作れるかと考えなければな。さて、お前ならばどうする？」

佐渡の言葉に健次郎はむっとした顔をする。

「論旨がずれております。ここにいる我らを弓太どのが探り当てる時を稼いでいるのでございましょう？」

「なかなか鋭いな」佐渡はにやりと笑った。

「それでは、おれを逃がす話に戻そうか。おれは梃子でもここを動かぬ――。そう申したらお前はどうするつもりだった？　おれは絶食のために力が出ない。偉丈夫の源吉を使って無理やりここから連れ出そうという考えであったか？」

　健次郎は答えに詰まり、ちらりと源吉を見た。

「ご明察にございます」

　源吉は答えた。

「こちらの意思に逆らい、無理やり連れ出そうとする。そのことと、相手の意思に拘わらず、無理やり武力で言うことを聞かせようとすることと、どう違う？　戦が嫌いな健次郎が、それをするのか？」

「楢山さまのお命を救うためでございます」

「おれも、奥羽を、ひいては日本国を救うためと思って久保田に戦を仕掛けた。久保田の民にとって戦は、否応なしに外から訪れた。戦に巻き込まれる民百姓すべてにとって、戦は外から来るものだ。侍らの勝手な争いに、いつも民百姓は巻き込まれる。日頃、侍から搾取され続けておるというのに、戦で家を焼かれ、田畑を踏み荒らされる。おれもまたそれをやらかしてしまった——。そのようなことのない世を望んでいたおれが、だ」

　佐渡は言葉を切って二人を見つめる。

　佐渡の言葉に源吉は目を逸らしたが、健次郎は真っ直ぐ佐渡の目を見つめている。

「おれは今、お前たちに戦を仕掛けられた。おれはどうすればいい？　おれの意思を曲げてお前たちに降伏すればよいか？　絶食で力がなくとも戦うことを選べばよいか？」

「ご自身が絶食していることを持ち出すのは卑怯でございます」

「それもまた武器だ。お上とて、お前たちを武器として差し向けた。おあいこだ」

健次郎はぶすっとして押し黙った。

源吉は大きな体を縮めて膝の上で拳を握りしめている。佐渡は微笑んだ。

「源吉は力にものを言わせて易々とおれを連れ出すことができよう。だがおれは、連れ出されればこれを好機と隙を見て腹を斬る。さぁ、どうする？」

佐渡の言葉に、健次郎と源吉は顔を見合わせた。

「帰ります」

源吉が言った。

「帰りますが、わたしは諦めません」

健次郎は憤然とした表情で立ち上がると、先に座敷を出た。

「それでは、また後ほど――」

源吉はそう言うと健次郎を追って謹慎の間を出ていった。

「後ほど、か」

それが、また健次郎と共に脱出を促しに来るという意味か、刎首の場でまた会おうということか、佐渡には判断がつかなかった。

「なんにしろ、厄介なことだ」

佐渡は太い溜息をついた。

神仏は、いつまでおれの心を揺さぶり、虐めれば気が済むのか。

四

翌日。三戸式部が佐渡の元を訪れた。

三戸は原健次郎と江釣子源吉のことには触れず、佐渡に逃亡を勧めた。

しかし、佐渡は野田丹後の時と同様に丁重に断った。

「左様か――。実は、ここから抜け出させるのが少々困難になって参りました。弓太の奴が噂を流しおって、官軍は報恩寺の周囲の守りをさらに固め申した。番屋が四方に建てられ、兵が五人ずつつきました。表門には総締（そうじめ）として帷幕を張り、物頭（ものがしら）が出入りの者を吟味しております。弓太も貴殿の家臣を十七人ばかり寺の中に配置しております」

「そうですか。それでは健次郎も源吉も入り込めませぬな」

佐渡は言ったが、三戸は素知らぬ顔をして帰っていった。

入れ替わりに藩医の池田杏亭がやって来て、佐渡の脈を診た。

「絶食のせいで、だいぶ体が衰弱して御座しますな。これでは、山越えは無理でございますぞ。なにか腹に入れませぬと」

「それは好都合でございます」

佐渡が笑うと杏亭は厳しい顔をして、

「このままでは、お仕置を受けるとしても、一人で歩けぬようになります」

と言った。

「ああ。左様でございますな。足がよろけてはみっとものうございます」

「食うのがお嫌ならば、牛の乳をお飲みなされ。手足に力が入るようになりまする——。茂助に頼んでおきましょう」

そう言って杏亭は去った。

＊　　＊

翌十九日には花輪図書が訪れた。野田丹後や三戸式部と同様に佐渡の説得に失敗し帰った。二十日。誰も訪れず、やっと諦めたかと思ったが——。

二十一日、藩医佐藤友伯が現れて佐渡を診察した。

友伯は眉をひそめて、

「衰弱が酷うございますな」

と言う。佐渡は、空腹と体に力が入らないこと以外に具合の悪いところもなかったので、

「牛の乳は毎日飲んでおります」

と答えた。

「明日、また脈を診ましょう」

友伯はそれだけ言って座敷を去った。佐渡は、次郎がまたなにか仕掛けるつもりなのだと思った。次はどんな手で来るのか——。

「用心しなければならぬな」

佐渡は呟く。断食の上に、次郎からの精神的な攻撃に抗するのはとても応えた。

その日の夜。十八日に佐渡の脈を診た藩医、池田杏亭が障子を開けて廊下に座った。

「友伯どのより楢山さまのご衰弱が激しいと報告がございましたので、穴沢祐碩どのと交代で泊まり込むことにいたしました」

杏亭は言うと、障子を広く開けた。

藩医の隣に座っていたのは、父帯刀であった。随分老け込み、白髪も増えたように見受けられた。その後ろに、東次郎が立っていた。

「次郎！　おのれ、こういう手を使うか！」

「どのような手を使っても、楢山さまのお命をお救いしたく」

次郎は小さく頭を下げた。佐渡は奥歯を嚙みしめ、さっと杏亭に顔を向ける。

「それがしすこぶる具合がよろしゅうございます。泊まり込みのご配慮は無用に願います」

「具合の良し悪しは、患者が判断するものではございませぬ」

杏亭はそう言うと、そそくさと廊下を去って行った。

佐渡は居住まいを正し、帯刀に向かって座り直した。

父ならば、今の自分の気持ちを理解してくれているはずだ。ここまで連れてこられたのは、次郎に脅されたか、なにか罠でも仕掛けられたのであろう。

「穴沢祐碩どの」佐渡は、交代で泊まり込むと言われた藩医の名で父を呼ぶ。

「今も申し上げたとおり、いたって具合がようございます。今日はお帰りくださいませ」

言って、瞬時考え、付け加えた。

「父に、こう言伝（ことづて）願えませぬか——。親不孝者になってしまい、申し訳ございませぬ。積もる話はございますが、それはあの世での楽しみということで、と」

「茂太。そのように痩せてしまって……」帯刀は泣きそうな顔をして佐渡を幼名で呼んだ。

「お前の代わりに、この皺腹を斬るので事はすまぬかのう……」

「穴沢どの。なにを仰せられる。疾く、疾く、お帰りになられよ！」

佐渡は顔を背ける。帯刀は次郎を振り返る。

「次郎、次郎。なんとか茂太を助けられぬか。それができればわしはどんなことでもする！」

その言葉に、佐渡は驚いて帯刀に顔を向ける。

「なにを馬鹿なことを仰せられる！　父上は盛岡藩の加判役をお勤めになったお方。どのような理由でわたしが縛についたかはお分かりのはず」

「加判役であったことなどは関係ない！　今のわしは、ただの子を思う爺いだ！」

帯刀は唾を飛ばし、叫ぶ。両目から涙が流れ出した。そして、膝で次郎に擦り寄り、その脚にしがみつく。

「次郎……、次郎どの！　腹を斬れと言うならば腹を斬る。貴殿の家で奴婢として働けというのであれば、そのようにいたす。のう、次郎どの。なんとかならぬか？」

「父上！」

佐渡の声は悲鳴に近かった。父の、自分を思う心が鋭い刃となって胸に突き刺さった。仕置を受ける覚悟が崩れかけていた。

帯刀は涙を拭いながら佐渡を見る。

「お前の気持ちを考えれば、逃げろとは言えぬ」

その言葉を聞き、次郎の眉間に縦皺が寄る。

「なにを仰せられる」

「では、なぜここへいらっしゃいました？」

佐渡は帯刀を睨む。

「次郎からあの手この手でお前を逃がそうという企みがあると聞いた。次郎が、わしにもお前を説得するよう言ってきた。わしはその手に乗るふりをして、何事があろうとも、己の正しいと思った道を貫けと言うつもりで来た。だが、お前の顔を見て、その志は脆くも崩れた――。わしも年を取った。わしに昔のような腕力があればお前の首を斬ってやれるのにのぉ」

帯刀の顔がくしゃくしゃっと歪み、再び涙が溢れた。

「父上――。堪えてくださいませ。そうでないと――」

佐渡は股に爪を立てて強く握ることで涙を堪えた。

「次郎にはお前を説得せよと言われた。だがわしはお前を死なせてやろうと思った。思ったが、お前に死なれる前に一度話をしたいという思いに抗いきれなかったのだ」

帯刀は畳に突っ伏しておいおいと泣き始めた。

「楢山どの」次郎は静かに言った。

「先ほど、貴殿の説得をお願いした時、帯刀どのは一言も命乞いなどなさらなかった。きっとそなたの姿を見て、気が緩んだのであろう。お叱りめさるな」

「死んでいく息子に、建前の姿を見せてなんとする……」

帯刀は顔を伏せたままくぐもった声で言う。

そんな帯刀の姿を見るのは初めてであった。震える父の背中がとても小さく見えた。

そこにいるのは息子の死を潔く見送ることのできない、ただの心優しい年老いた父親であった。佐渡は深く溜息をついた。自死への覚悟はまだ、危うい均衡を保ったまま、心の中にあった。

次郎は、佐渡と帯刀を立ったまま見下ろしている。その顔には悲しみのような、羨みのような、なんとも複雑な表情があった。

「三浦」

次郎は御警衛士の一人を呼んだ。

侍が側に蹲踞すると、

「楢山佐渡は重病。今夜は番医一人が泊まり込む。ここに布団を持って参れ。記録には『番医一人泊被仰付』と記しておけ」

と言って、次郎は廊下を歩み去った。

すぐに小使が来て、謹慎の間に二つの布団を敷いて去った。

座敷に佐渡と帯刀ばかりが残された。

帯刀は手拭いで顔をごしごしと擦り、佐渡に向かい合った。

「取り乱してすまなかった。一生に一度の醜態だ。もう、お前が死んでも泣くことはない」

鼻の詰まった声であった。

「父上――」佐渡は、居住まいを正して座り直す。

「親不孝者になってしまい、申し訳ございませぬ」

先ほど言った言葉をもう一度繰り返し、佐渡は深々と頭を下げた。

「思い残すことはないか？」

帯刀は訊いた。

「侍の世が終わったとは名ばかり。これから百年、二百年と元侍が政を牛耳ることになりましょう。民百姓は騙され、搾取され続けます。そのことだけが気懸かりでございます」

「妻子のことは気にならぬか」

「菜華は気丈な女でございます。わたしがいなくとも、子供らを立派に育て上げてくれるでしょう」

「できた妻を娶るのも良し悪しだな。後に憂いがあれば、命にしがみつくであろうに」

「父上も母上も御座しますし――」言った佐渡の顔に不安げな表情が過(よ)ぎる。

「父上。追い腹などお考えになりますな。息子として立場がございませぬ。また、黄泉路も騒がしくてかないませぬ」

「愚か者(ほんずなす)」

帯刀は笑う。久しぶりに聞くその言葉に、佐渡は微笑む。

「追い腹など斬るものか。愚息がさっさと先に逝ってしまうのだ。気軽な隠居生活を返上して檜山家を守らなければならぬ」

「申し訳ございませぬ――」

「謝るな。お前は信じたことをやったのだ――。しかし、添い寝をするのが菜華ではなく、わしで申し訳ないのう」

「菜華に来られては、未練が残りまする。父上で丁度よいくらいで」

「丁度よいとは、なんという言いぐさだ」

「これは失礼――。そろそろ休みましょうか」

「そうだな。次郎が根負けするまでにお前の力が尽きてしまっては大変だからな」

佐渡と帯刀は寝間着に着替える。帯刀が布団に入ると、佐渡は蠟燭を消した。

「茂太。辞世の句は考えたか？」

闇の中で帯刀が問う。

「はい。色々作ってみましたが、本日、一つに決めました」

「どういう句だ？」

「花は咲く　柳は萌ゆる春の夜に　うつらぬものは武士(もののふ)の道」

「季節が違うぞ」帯刀は笑う。

「今は晩夏だ」

「春先に、江戸で――、いや、東京で作ったものでございますから。しかし、おれの気持ちをよく映しております」

「時は移ろっても、武士の道は変わらぬ――。己ばかりは武士の道を貫き通すという歌か」

帯刀の言葉に、佐渡はくすくすと笑った。

「なにがおかしい？」

「その解釈、間違っております。時は移ろっていくのに、なにゆえ武士は変わらぬのであろうという厭世(えんせい)の気持ちを歌いました」

「いつまでも民百姓を食い物にするのかと──」

「はい」

「わしはお前にもっと、物事を曖昧にすることの大切さも教えるべきであったな」

「曖昧なままでは先が見えませぬ」

隣の布団に潜り込みながら佐渡が答える。

「先が見えすぎるのも困りものだ。百年、二百年先を考えて生きる者など滅多におらぬ」

「政を司る者は、そのくらい先のことを見なければならぬと存じます。目先の利益を求めたり、政敵の揚げ足を取ったり、ろくな代案もないのに人の意見に反対をする者ばかりでは、政は成り立ちませぬ」

「それは侍ばかりではないがな。百姓も、商人も、職人も、どんな身分の者たちにも、そういう連中は多い」

「だからこそ、政を司る者たちだけでも、高潔な心、先を見通す力を持たなければならぬのです。国を導く者らが品性下劣で自分の足元しか見ておらぬのではどうにもなりませぬ」

「左様だな」

「ああそうだ──」佐渡はずっと以前に抱いた疑問を思い出した。

「仙台越訴の頃に、仙台領人首町に齢六十ほどの老人が訪れて、一揆の計画を語って合流を呼びかけたという話がございました」

「ああ。そういう話もあったな」

「あの時、おれは『父上ではありますまいな』と問いました。父上は――」

帯刀がくすくすと笑う。

「わしは齢六十の老人と同一人物と疑うのは無礼であろうと答えた」

「人首の老人、父上だったのでございますか？」

「どう答えれば嬉しい？」

「一揆を煽動した父親と、大一揆による世直しを望んだ息子という組み合わせは、面白うございますな」

「では、そういうことにしておこう」

隣の布団がごそごそと鳴った。帯刀が手を伸ばした音だと分かった。

佐渡も布団から手を出し、父の手を握った。

父の手はごつごつと骨張っていたが、皮膚は柔らかく暖かかった。

「こうして寝るのは初めてでございますな」

「いや。お前が子供の頃、一度こうして寝たことがある」

「覚えておりませぬ」

「わしは、よく覚えておる。そして、けっして忘れぬ」

闇の中、帯刀は佐渡の手を強く握った。

「茂太――。お仕置の時、それがしのようなみっともない姿を見せるでないぞ」

「あれは、そういう戒めでございましたか」

「それもある」

「別の意味もあると？」

「次郎は早くに父を亡くした。父とはこういうものだと知らせたかった。それを知れば
あの男も、もう少し血の通った政を考えよう」

「なるほど――」

「なによりも」と、帯刀は声を詰まらせる。

「あれがわたしの本心だ」

「親父さま――」

佐渡は、嗚咽する帯刀の手を強く握った。

五

帯刀は朝食を摂った後、「それでは、いずれまた」と立ち上がった。

佐渡は、「その日がずっと先であることを祈っております」と答えた。

帯刀は、「愚か者」と笑って帰っていった。

しんと静まりかえった謹慎の間に独りになって、佐渡は己の心に静かな諦観が生まれ

ているのに気づいた。

父に会えてよかった。父と話ができてよかった――。佐渡は心からそう思った。

遅い午後、東次郎が現れた。

「いかがでございますか」

次郎は佐渡に向き合って座りながら訊いた。

「父を連れてきていただき、ありがたく存ずる」

佐渡は頭を下げた。

「――左様でございますか。心は変わらぬと？」

「お仕置のご下知がないのであれば、絶食で死ぬ気持ちが固まった」

「左様でございますか――」次郎は長い息を吐いた。

「もう一度申し上げるが、楢山さまはこれからの藩に、いや、これからの世に大切な方でございます。一時の恥辱を耐えて、生き延びるおつもりはございませんか」

昨夜の次郎とは、どことなく違って見えた。加判役に取り立てられて登城した頃と較べれば、その違いは歴然としている。次郎は、確かに成長している。

では、おれはどうだろう。遠野の早瀬川原で、心を高ぶらせながら一揆勢を盗み見ていた頃から、成長しているだろうか。

佐渡は眩しそうに次郎を見る。次郎は怪訝な顔で佐渡を見返す。

「盛岡領の民百姓は、つい先頃までは敵であった盛岡藩のため、南部家のために命の危険も顧みず、江戸にまで上り強訴いたした。己がやらなければならぬことを知り、命を賭けてもやり通す。その気持ちが領民の中に育っているのだ。おれなどいなくとも、もう大丈夫。この先、どのように苦しいことがあろうとも、盛岡領民は切り抜けていこう」

「左様でございますか――」次郎は深く肯いた。

「内々の知らせによれば、その領民らの願い、聞き届けられそうでございますぞ」

「利恭さまが盛岡に戻られると？　盛岡藩の藩主に戻られると？」

佐渡は身を乗り出した。

「七月にはそうなりましょう」

中務の言葉に、佐渡は「そうか、そうか……」と呟いた。両目から涙が溢れた。

「我ら侍が勝てなかった官軍に、刀も鉄砲も持っておらぬ民百姓が勝つか……。偉いのう。立派だのう。そう思わぬか、次郎」

「御意――。楢山さまの願いも聞き届けられるよう、取り計らいまする。ただし、刑を処するのでございますから、扇腹(おうぎばら)しか認められませぬが」

扇腹とは切腹の作法の一つである。切腹の作法も形式的になった江戸時代の中期、刃を自分で腹に突き立てられぬ侍のために、扇を短刀に見立てて腹に当てた瞬間に首を落とすという方法が作り出された。佐渡が生きた時代、本来の切腹の作法が復活して多くの侍が武士の道を貫き通すために腹を斬った。しかし、佐渡の場合はあくまでも処刑であるから、形ばかり切腹の様式をとると言うのである。

「ありがたいご沙汰だ。本来ならば小鷹の刑場で素っ首を落とされても文句を言えぬところ。だが、扇ではなく短刀を用意してもらえればありがたい。勢い余って刃を突き立てそうになっても、首斬り役が江釣子源吉ならば、素早く首を落としてくれるはずだ」

「それでは、そのように」

次郎は平伏した。

「そうか。もうすぐ逝けるか——」佐渡は指で涙を拭う。

「これ以上痩せれば、いい男が台無しになると思っていたところであった」

次郎は顔を上げ、佐渡の冗談に怪訝な顔をした。

この男、もう少し成長してもらわねばならぬな——。

佐渡は次郎の顔を見て、ゆっくりと肯いた。

＊　＊

二十二日の夕刻。川井村の澤田弓太の家を御目付の榴山蔵之進が訪れ、

「お仕置は未明、寅ノ刻（午前四時頃）とあいなりました」

と伝えた。親戚六人と家臣団から十七人ほどは付き添いを許されたが、家族の報恩寺への立ち入りは禁じられた。

帯刀、その妻恵喜。佐渡の妻菜華とその娘幸、太禰。帯刀の側室里世、その娘の元、浅。そして榴山家の家臣の主立った者は、その知らせを広間で受けた。

広間の空気は凍りつき蜩の声ばかりが響いていたが、蔵之進が帰ると、すぐに全員が動き出し、仕置のための品々を用意した。ほとんどの物は下屋敷に運んでいたが、まだ弓太の家にあった品物を柳行李に詰めて、小者二人と弓太が運ぶことになった。

いざ盛岡に出かける段になって、弓太は一つ足りない荷物を思い出した。

菜華が縫っていた白麻の着物——、佐渡の屍衣である。弓太が菜華の部屋に顔を出すと、ちょうど白麻の帷子を包んだ風呂敷を縛っているところだった。

「これから盛岡に参ります。それをお持ちすればよろしゅうございますか？」

弓太は菜華の手元の風呂敷包みを見た。

「いえ。わたくしも盛岡へ参ります」

「え……、しかし……」

菜華は、『殿さまは長い旅に出ているだけ』と言い続けてきたのだった。

「下屋敷にお帰りになった殿さまのお体を清めるのは、わたくしのお役目でございます」

菜華の内側でどのような変化があったのか、言った菜華の姿は凛としていた。

「殿さまは、家族の者の涙を屍にかけられては、黄泉路を辿る障りとなると仰せられて御座しましたが、心配はいりませぬ。殿さまとは遠い遠い昔に、もう二度と泣かぬと約束をいたしました」

そのような約束をしたことを弓太は初めて聞いたが、確かに弓太は菜華の泣き顔を見たことはなかった。しかし、菜華の目は赤い。つい今し方まで泣いていたのだ。

人知れず泣いて泣いて、涙を泣き涸らし、死した夫と対峙しようと決意したのだ――。

と弓太は思った。

「はい。それではお供いたします」

と弓太は答えた。涙が滲んだ。

＊　＊

報恩寺の周囲は官軍兵たちが厳重に警備していた。篝火が煌々と焚かれ、提灯をかざす騎馬兵らが走り回っている。楢山佐渡奪還の賊たちを警戒しているのであった。

寅ノ刻を過ぎても佐渡の処刑は行われなかった。親戚の者や家臣団が最後の抵抗をしたのである。定刻前に集まったのは澤田弓太ほか数名であった。小監察らは処刑の刻限を延ばし、親戚の者や弓太に「付き添いの者を疾く集めるように」と命じた。

夜が明けて、謹慎の間と襖を隔てた親戚衆詰所に、ぽつりぽつりと人が集まり始める。その奥の家来衆詰所は無人である。弓太らが家臣を集めに走っているからであった。

佐渡の元に親戚衆の衣擦れの音や、ひそひそという話し声が聞こえてくる。

「ずいぶん遅かったではないか」

「なんだ。聞いておらなんだのか。皆、家来衆と申し合わせて遅れて来ているのだ」

「一刻でも長く生きていて欲しいということでな――」

この期に及んで、まだそのような小賢しいことを――。

佐渡は、親戚や家臣たちの気持ちをありがたく思った。しかし、父と話をする前であれば、余計なことをと怒り出していたかもしれない。

「楢山さま」

廊下側の障子の向こうから声がした。十三日町の茂助の声である。

「湯漬けを持って参りました。なにとぞ、一口なりとお召し上がりくださいませ――。お食べくださらないと、楢山さまが餓鬼道へ落ちてしまわれるのではないかと、茂助は心配で心配で……」

あとは啜り泣きに変わった。

「おお、茂助。おれは少々やせ我慢をしすぎた。腹が減りすぎて脚に力が入らぬ。ちょうどよかった」

がらりと障子が開き、茂助が急いで湯漬けと香の物の膳を佐渡の前に置いた。

すぐに座敷を出ようとした茂助を佐渡は引き留めた。

「おれがお前の湯漬けを美味そうに食うところを見てくれ」

言うと、佐渡は椀を手に取り、湯漬けを啜り香の物をぱりぱりと音を立てて齧った。

そして綺麗に平らげると椀と箸を膳の上に置いて、

「この味と、お前の心が黄泉路の灯火となろう」

と言って深々と頭を下げた。

「もったいのうございます……」

茂助は平伏してさめざめと泣いた。

＊　＊

昼を過ぎても、付添人は揃わなかった。

最後の一人は、佐渡の腹違いの弟、瀧行蔵であった。行蔵は夕暮れも近づく頃に、酒臭い息をさせながら親戚衆詰所に入り、他の者から白い目で見られた。

なんとでも思うがいい——。行蔵は佐渡処刑の付き添いなどしたくはなかった。瓢屋で酒をくらっていたところに弓太が現れて無理やり引っ張ってこられたのだった。

行蔵は、家族は付添えないだろうと、取られた腕を邪険に振り払ったのだったが、弓太は、

「他家へ婿に出た行蔵さんはもう家族ではございますまい。血を分けた方に一人なりとも……」

と泣いて頼んだのだった。

行蔵は右の隅の方に空いた座布団を見つけて座り、正面の襖に酔眼を向けた。

あの向こうに兄さまがいる。いよいよ兄さまの首が刎ねられるのだ。いい気味だ——。同じ妾腹のくせに、今まで自分だけいい思いをした罰が当たったのだ。

この座敷に入る前に、行蔵は処刑の後に家族に引き渡される佐渡の私物を置いた部屋を覗いてきた。佐渡の財布の中には十三両一分入っていた。それは、弓太が佐渡護送のおりに新庄藩士に渡した五十両の残金であった。

罪人のくせに、大枚の金を持っていやがった。死人の財布には、三途の川の渡し賃の六文あれば十分。帰り際にあれをかすめ取ってやる――。

行蔵はほくそ笑む。その時、襖の向こうから咳の音が聞こえた。

聞き覚えのあるその音を耳にして、行蔵の脳裏に幼い頃の景色がありありと浮かんだ。

佐渡の風邪が長引き、咳がなかなか治まらなかったことがあった。

行蔵は誰からか花梨の実が咳によく効くと聞いて、盛岡の城下を花梨の実を探して走り回った。花梨の木を庭に植えていた高知衆の家に入って花梨の実が欲しいと言うと、花梨の実など固くて食えぬがどうするつもりかと問われた。

兄さまの咳を止めたいと答えると、それならば花梨の実を漬けた焼酎のことであろうと、瀬戸物の片口に分けてくれた。行蔵は走って楢山家に戻ったが、途中で転び、片口を割り、花梨の酒はみな地面に吸われてしまった。泣きながら帰った行蔵を、佐渡は優しく慰め、行蔵の思いやりに礼を言い、たいそう褒めてくれた――。

行蔵は急に胸苦しさを覚えた。

冷えて乾ききった思いをよそに、行蔵の喉の奥から嗚咽が漏れた。

あの頃おれは、兄さまが大好きだった――。

今はどうなのだ？　おれは本当に兄さまを憎んでいるのか？

兄さま――。

行蔵は両手で口を押さえ、その言葉が迸るのを押さえ込んだ。

次から次へと優しい兄さまとの思い出が涌き上がってきた。行蔵は背中を丸めて泣いた。

不義理ばかりしている行蔵も、佐渡を慕っていたのかと、親戚たちももらい泣きして手拭いで目頭を押さえた。

終章

襖の向こうからする泣き声は、行蔵であろうか――。

檜山佐渡は先ほどから聞こえ続ける啜り泣きをぼんやりと聞きながら思った。

謹慎の間は薄暗く、障子が夕方の光を透かしていた。

蜩の声があちらこちらから聞こえてくる。

佐渡は、白い絹の帷子（かたびら）に、浅葱（あさぎ）色の麻の裃をまとい、座敷の中央に端座していた。

座敷は昼間の熱気を残して蒸し暑い。

それを感じられることも生きている証。佐渡はふっと微笑んだ。

佐渡の心はしんと落ち着いているが、二つ三つ後悔はあった。

盛岡藩が賊軍の汚名を着せられたこと。秋田藩に攻め込んだこと。そして、薩長が政を牛耳る世となってしまったこと――。

だが、今となってはもう考えても仕方のないこと。

自分は死出の旅路に赴くのだから。

「失礼つかまつります」

襖の向こうから声がした。すっと障子が開き、正座した三田善右衛門が一礼する。

「刻限でございます」

隣室から親族たちの嘆息が響いた。佐渡は襖に向かって目礼すると、

「お役目、御苦労に存じます」

と三田に言って静かに立ち上がった。

「楢山さま！」

遠くで少年の声が響いた。それを叱る警護の官軍兵らしい怒声が重なる。

「佐渡さま！」

まるで萌える若葉のようなその声を聞いて、立ち上がりかけた佐渡は、ふと昔のことを思い出した。遠野強訴を見物しに行った若い日、世話になっていた豪農の吉右衛門から言われた言葉である。

『茂太さまは、萌えいずる柳の葉のようなお方でございますな』

ああ、そうか――。佐渡は立ち上がり、廊下に出た。

少年、原健次郎の声が一際大きく聞こえた。警護の兵の手を逃れながら、寺の周りを走っているようであった。

「楢山さま！　原健次郎はお約束いたします！」

佐渡は廊下を進む。目の前に杉戸があった。その向こうが仕置場である。

三田が杉戸を開ける。右手に付添小監察の工藤政之助の姿が見えた。

佐渡はゆっくりと仕置場に入った。正面に、油紙を敷いた上に置かれた座布団があった。その両脇には白木の燭台が置かれ、蠟燭の灯が揺れている。

座敷の四隅に床几があり、小監察が座っていた。

右手の壁際に、襷掛けに袴の股立ちをとった江釣子源吉がいた。その隣に高屋寿平。

源吉は口元を引き締め、佐渡に目礼した。力強い眼光であった。

「楢山さま！」健次郎の声が間近に聞こえた。

「健次郎は必ずや、楢山さまのお考えになった国を作ってお見せいたします！」

佐渡は足を止めた。

「楢山さま！　健次郎は必ずや――」

警護の兵の罵声が重なる。

「楢山さま！　楢山さま！」

健次郎の声が遠ざかる。

佐渡は、自分の心の中に新たな光を見た気がして微笑んだ。

「柳は、萌えておりますな」

佐渡は静かに言った。

側に立っていた三田は一瞬怪訝そうな顔をしたが、小さく肯くと、

「御意」

と応えた。

柳は萌える。冬に葉を落としても、次の春には必ず柳は萌える。

そして、夏の風にたおやかに揺れるのだ。

佐渡はゆっくりと、そして堂々と、四方を白い布で囲まれた仕置場に足を踏み出して行った。

＊　＊

大正六年（一九一七）九月八日。楢山佐渡が最期を迎えた報恩寺において、旧南部藩士戊辰殉難者五十年祭が挙行された。

弔文、祭文が何人もの旧藩士によって読み上げられたが、その中に原敬の姿があった。

原の祭文には次の一文がある。

戊辰戦役は政見の異同のみ。当時勝てば官軍負くれば賊軍との俗謡あり。

その真相を語るものなり。

今や国民聖明の澤に浴しこの事実天下に明らかなり。

諸子もって瞑すべし。

戊辰戦争は、諸藩がそれぞれの政治思想によって戦ったのであり、官軍も賊軍もなかった――。そう宣言したのである。

当時、原は伊藤博文が組織した立憲政友会の総裁であったが、祭文の最後には、

「旧藩の一人　原敬」

とだけ記されている。

原敬は翌年、総理大臣に指名され、原内閣が成立した。

執筆にあたり、多数の資料を参考にさせていただきました。【柳は萌ゆる】は小説ですので、資料やご示唆をあえて拡大解釈している部分があります。

主な参考資料
太田俊穂 編 新人物往来社 刊 【楢山佐渡のすべて】
太田俊穂 著 大和書房 刊 【血の維新史の影に】
太田俊穂 著 大和書房 刊 【南部維新記 万亀女覚え書から】
大山 柏 著 時事通信社 刊 【補訂 戊辰役戦史】
発行兼編輯人 菊池悟朗 【南部史要】（復刻版発行 旧盛岡藩士桑田）
森嘉兵衛 著 法政大学出版局 刊 森嘉兵衛著作集 第七巻 【南部藩百姓一揆の研究】
森嘉兵衛 著 平凡社 刊 【南部藩百姓一揆の指導者 三浦命助伝】
長岡高人 著 熊谷印刷出版部 刊 【盛岡藩校作人館物語】
山本四郎 著 東京創元社 刊 【評伝 原敬 上】
半澤周三 著 PHP研究所 刊 【大島高任 日本産業の礎を築いた「近代製鉄の父」】
小野﨑紀男 著 ツーワンライフ 刊 【盛岡藩の武術】
ユニプラン編集部・鈴木正貴・橋本豪 ユニプラン 刊 【戊辰戦争年表帖】
加藤貞仁 著 無明舎出版 刊 【戊辰戦争と秋田】
和井内和夫 著 盛岡タイムス社 刊 【盛岡藩の戊辰戦争 終章】

幕末軍事史研究会　著　新紀元社【武器と防具　幕末編】
図説盛岡四百年　上巻　江戸時代編　郷土文化研究会
ホームページ【近世こもんじょ館】komonjokan.net

新聞連載時には、〈盛岡市先人記念館〉、この原稿を書いている時点では〈原敬記念館〉にお勤めの田崎農巳氏に、著者の質問に快く回答いただき、原稿のチェックもしていただきました。〈近世こもんじょ館〉を主宰する工藤利悦氏にも、重要なご示唆をいただきました。

本当にありがとうございました。

解説

雨宮由希夫
（文芸評論家）

本作は、幕末維新の動乱期に、若くして陸奥国盛岡藩（南部氏二十万石）の家老（加判役）を担い、戊辰戦争では藩論を佐幕に固め、奥羽越列藩同盟にくみした楢山佐渡（一八三一〜一八六九　幼名茂太、のち五左衛門）の波乱に満ちた生涯を描いた長編歴史小説である。

平谷美樹が『柳は萌ゆる』を書き始めたのは二〇一六年夏である。初出は岩手日報朝刊で二〇一六年七月二十日から二〇一八年二月十七日まで連載された。「明治一五〇年」にあたる二〇一八年に書籍化するにあたって、新聞連載時の原稿の半分以上が削られた。そして今、新たなる文庫として刊行されるにあたり、単行本化の際に割愛された部分を一部復活させた。

東北戊辰戦争には謎がある。戦争の主導権が新政府軍に移り、奥羽の戦勢が決していたあの時期に盛岡藩はなぜ参戦したか、を描くことは物語の注目すべきポイントである。『柳は萌ゆる』は、主人公の少年楢山茂太が三浦命助（一八二〇〜一八六四）と出会う場面からスタートする。

嘉永六年（一八五三）の三閉伊一揆（いわゆる仙台越訴）は盛岡藩の三閉伊地方の農

民、漁民らが蜂起、三浦命助の指導のもと、先祖伝来の土地を捨て、越境して隣国仙台藩（伊達氏　六十二万五千石）領に雪崩れ込んだ大一揆である。大佛次郎は『天皇の世紀』第一巻（一九六九年刊）「黒船渡来」の章に、「ペリー提督の黒船に人の注意が奪われている時期に、東北の一隅で、もしかすると黒船以上に大きな事件が起こっていた」と記したが、仙台越訴は百姓たちが藩政改革を要求し、それが実行されたという稀有な一揆であった。

貧困と重税に不満を爆発させた百姓は頻繁に一揆をおこし、藩はその都度その要求を呑むものの簡単に反故にすることを繰り返す。その状況を憂えた若き家老・楢山佐渡は藩の財政改革に乗り出す。抜本的な解決策をはかるべく民百姓と膝をつき合わせて話し合いをし、民百姓の声を政に反映させなければ国は成り立たないことを学ぶのである。この時代、「侍と民百姓が手と手を取り合って政を進める世」の実現とは「一つの妄想」であろうが、本書の魅力はそうした時代状況の中、主人公が民百姓の百年先、二百年先を憂え、民百姓たちも参加する政を夢見て突き進むことである。読者は主人公の鮮やかな先駆け的行動に、民主主義の萌芽を感じるのである。

平谷氏には、三閉伊一揆に関する『大一揆』（二〇二〇年刊）という作品がある。『柳は萌ゆる』が武士の立場からこの一揆を描いているのに対し、『大一揆』は農民側から描く。幕藩体制の崩壊は外圧のみでなく、土地に根差した民百姓の地底から湧き上がる力によったことを、『柳は萌ゆる』の姉妹版ともいうべき『大一揆』をあわせ紐解くことで味わいたい。

『大一揆』から、岩手県に生まれた陸奥の国の民である作家平谷美樹の本領発揮、面目躍如たる感動シーンをひとつ引いておきたい。

三閉伊の一揆衆は心を一つにしなければならない時期に、命助は思う。「古の陸奥の国、各地の豪族が一枚岩となれなかったために、中央の攻勢に耐えきれず、滅ぼされてしまった。陸奥の国には何か呪い、為政者が巧妙に陸奥の国の人々の結束を壊す仕掛けでもあるのか」と。

この命助の思いは、東北諸藩は心を一つにしなければ、新政府軍には勝てないと負けを覚悟で戊辰戦争を戦った佐渡の思いでもある。

時を同じくしてペリーが浦賀に来航し、時代は激しく動く。勤皇攘夷か、佐幕か。

物語は時代の激流がもたらす渦に巻き込まれた盛岡藩の動向が、佐渡の人となり、心模様を軸として展開される。しかも作者の確かな歴史認識のもと、終始静かな説得力をもった筆致で活写されるのである。

慶応四年（一八六八）一月三日　鳥羽伏見の戦いが勃発。盛岡藩は朝廷より京都警護を命じられ、二月十二日　佐渡は藩主の名代として上洛すべく盛岡を発つ。

奥羽越列藩同盟への参加の是非についての盛岡藩の藩論の決定は、京都駐在の加判役楢山佐渡の帰藩を迎えてのこととされた。

佐渡は京都にあって、盛岡藩の行く末を思い、苦悩。幕府が崩壊した今、幕府と幕府政治に見切りをつけて、新しい国造りをすすめねばならないが、いかにすべきかとの思いで、岩倉具視、西郷隆盛、木戸孝允ら新政府の要人に会う。

一筋縄ではいかない老獪な岩倉具視は語る。「このまま薩長の好きなようにふるまわれては困る。盛岡藩は薩長を討て」と。佐渡は武力討伐の過激派公家・岩倉の正体および彼らの策謀を見抜けず、挑発ともとれる岩倉の暗示から「朝廷は薩長による新政府支配を必ずしも是としていない」と判断し、新政府に対抗する意思を固めたというのか。この件は一般には知られざる幕末史の一幕で、多くの読者は驚きをもって読まれるであろう。

佐渡が京都に滞在している間、奥羽では、薩長率いる「官軍」が私怨を大義にすり替えて、奥羽越列藩の離間、内紛崩壊を露骨に画策しつつ、錦旗を押し立てながら進軍し、奥羽の山河を戦火に晒していた。

佐渡は決意する。「粗暴な成り上がり者でならず者の薩長の新政府に、この国の政治は任せてはおけぬ。薩長の維新は真の維新たりえない。薩長に新しい世を任せれば、百年、二百年の計を過つ」と。日本の将来を彼らに託す気にはなれない。薩長の専横を糾す、これが佐渡の心底であった。

佐渡の盛岡藩への帰藩は七月十六日。御前大評定で、佐渡は「維新は必要だ。しかし、なんとしても薩長の専横を防がねばならない」として、奥羽越列藩同盟への参加継続、久保田（秋田）藩（佐竹氏　二十万二千石）討伐の必要を主張して、藩内の反対派を斥け、一枚岩の団結を実現させる。

しかし、すでに七月四日には、隣国秋田が、八日には隣国弘前藩（津軽氏　十万石）が同盟離脱を決めていた。奥羽の友藩たる両藩の離反は列藩同盟の事実上の崩壊であった。盛岡藩は同盟違約譴責のため、やむなく開戦を決意する。かくて盛岡藩は列藩同盟の最後の牙城となる。

鹿角口からの秋田討ち入りを目指した佐渡は七月二十七日出陣する。華やかな出陣風景の中に、父の雄々しくも凛々しい出陣姿を見送る幼い二人の娘。このシーンが読者の涙を誘う。娘たちはこれが父の負け戦であることを本能的に知っていたのか。

盛岡藩の降伏は九月二十五日。三日前の二十二日に会津藩が降伏。会津が降伏しては、盛岡藩が戦いを続行する大義はないのである。

降伏後、佐渡は賊軍の汚名を一身に帯び、「反逆首謀者」の罪名に甘んじる。列藩同盟の参謀は戦争犯罪者として東京に護送され東京で処刑されたが、佐渡のみは、盛岡に戻される。藩主南部利剛が「死ななければならないのならば、せめて故郷で」と申し立て、その実生き延びさせる手立てを講じたいという思いで、新政府を騙したのだ。

処刑されるために故郷盛岡に帰ってくる父との再会を望む娘に、佐渡の妻菜華は「旅人は家に戻ります。旅に出たままならば、そのお帰りを待って、明日を生きられます」

と諭す。そして母の言葉を理解する幼けなき娘。処刑の前々夜、川の字で添い寝する父・帯刀との会話、これまた、涙なくして読めない場面である。

大幅増補版となった本書（約九〇〇カ所に及ぶ増補箇所、文庫で二〇〇ページ強）では、腹違いの弟瀧行蔵の鬱屈した生きざまと異母弟妹への佐渡の思いやり、若き日の原健次郎（後の原敬・一八五六～一九二一）との出会い、幕閣の勝海舟と小栗上野介に比すべき終生のライバル東中務（東次郎）との確執、三浦命助の逮捕と獄死した詳細模様などの人間ドラマに加え、吉田松陰の東北への旅、奥羽鎮撫総督府の盛岡入りと世良修蔵事件、秋田戦争の真実など史実への切りこみ……といった加筆が随所に盛り込まれ、単行本を既読の読者にもまた新たな出合いと発見があるだろう。

明治二年（一八六九）六月二十三日、盛岡の報恩寺で処刑が執行された。享年三十九。辞世は「花は咲く　柳は萌ゆる　春の夜に　うつらぬものは　武士の道」。

辞世の句の解釈に、二面性を感じたことが本書執筆のきっかけになったと作者は語る。一般には「世の中が移り変わっても、わたしは変わらず武士の道を貫く」と解釈されるが、作者は「世の中が移り変わっているというのに、なにゆえ武士は変わらないのであろうか」と佐渡は厭世の気持ちを詠んだのではないかとする。

度重なる一揆を経験した盛岡藩は、武士の声ばかりでなく民百姓の声を政に反映させなければ国は成り立たぬことを学んだとする物語の前半部と、薩長の武士ばかりを中心とした新政府の政治は民衆不在のものであるとする後半部が、辞世の句を通してここで結合する。見事な小説の手法としか言いようがない。

大正六年（一九一七）九月八日「旧南部藩士戊辰殉難者五〇年祭」が報恩寺で挙行され、祭主の原敬は「戊辰戦役は政見の異同のみ、勝てば官軍、敗くれば賊軍」との祭文を魂魄に捧げた。戊辰戦争は幕末期の政権争いに過ぎないと断じ、明治政府主導で書かれてきた維新史の訂正を天下に公言したのである。

ついでながら、原敬没後一〇〇年を記念して刊行された最新刊の『国萌ゆる　小説原敬』（実業之日本社　二〇二一年一〇月刊）は真剣に日本の行く末を憂える政治家の姿を活写すべく、楢山佐渡から原敬への使命の連環ともいうべきモチーフが表象された作品である。あわせ読みたい。

戊辰戦争では多くの形だけの抵抗、裏切りがでた。嘘と謀の狭間で、あらゆる人間的弱さ、醜さが露呈したのが戊辰戦争であったが、主人公の楢山佐渡は形だけの抵抗ではなく、敢然と立ち向かい、凄烈に生きた。

盛岡藩の視点で戊辰戦争を描き切った本作は家族愛に生きた主人公の生涯に明確な一貫性を与えて、敗者という歴史の闇から引き揚げ、明日への希望のもと、明治維新とは何であったかを改めて問い直すにふさわしい歴史小説の巨編である。

二〇一八年十一月　小社刊
文庫化に際し著者が大幅に加筆修正をしました。

実業之日本社文庫　最新刊

実業之日本社文庫　最新刊

葉月奏太
癒しの湯　仲居さんのおもいやり

人生のどん底にいた秀雄は、山奥へ逃げた。自殺を覚悟した時、声をかけられる。彼女は、若くて美しい旅館の仲居さん。心が癒される、温泉官能の決定版！

は612

平谷美樹
柳は萌ゆる

幕末、新しい政の実現を志す盛岡藩の家老・楢山佐渡。しかし維新の激動の中、幕府か新政府か決断を迫られる。高橋克彦氏絶賛の歴史巨編。（解説・雨宮由希夫）

ひ53

南 英男
裁き屋稼業

卑劣な手で甘い汁を吸う悪党たちに闇の裁きでリベンジせよ！　落ち目の俳優とゴーストライターのコンビは脅迫事件の調査を始めるが、思わぬ罠が……。

み721

吉田雄亮
北町奉行所前腰掛け茶屋　朝月夜

茶屋の看板娘お加代の幼馴染みの女が助けを求めてきた。駆け落ちした男に捨てられ行き場のなくなった女は店の手伝いを始めるが、やがて悪事の影が……!?

よ59

アミの会（仮）
大沢在昌／乙一／近藤史恵／篠田真由美／柴田よしき／新津きよみ／福田和代／松村比呂美
迷　まよう

豪華ゲストを迎えた実力派女性作家集団「アミの会（仮）」が贈る、珠玉のミステリ小説集。短編の名手8人が人生で起こる「迷う」時を鮮やかに切り取る！

ん82

実業之日本社文庫　好評既刊

平谷美樹
蘭学探偵 岩永淳庵 海坊主と河童
江戸の科学探偵がニッポンの謎と難事件を解く！ 歴史時代作家クラブ賞受賞の気鋭が放つ渾身の時代ミステリー。いきなり文庫！（解説・菊池仁）
ひ5 1

平谷美樹
蘭学探偵 岩永淳庵 幽霊と若侍
墓参りに訪れた女が見た父親の幽霊は果たして本物か!? 若き蘭学者が江戸の不思議現象を科学の力でご明察。痛快時代ミステリー
ひ5 2

あさのあつこ
花や咲く咲く
「うちらは、非国民やろか」――太平洋戦争下に咲き続けた少女たちの青春と運命をみずみずしい筆致で描いた、まったく新しい戦争文学。（解説・青木千恵）
あ12 1

あさのあつこ
風を繍う（ぬ） 針と剣　縫箔屋事件帖
剣才ある町娘と、刺繍職人を志す若侍。ふたりの人生が交差したとき殺人事件が――一気読み必至の時代青春ミステリーシリーズ第一弾！（解説・青木千恵）
あ12 2

井川香四郎
桃太郎姫 もんなか紋三捕物帳
男として育てられた桃太郎姫が、町娘に扮して岡っ引の紋三親分とともに無理難題を解決！ 歴史時代作家クラブ賞・シリーズ賞受賞の痛快捕物帳シリーズ。
い10 3

実業之日本社文庫　好評既刊

鳥羽 亮
蒼天の坂 剣客旗本奮闘記
敵討ちの助太刀いたす！ 槍の達人との凄絶なる決闘。目付影働き・青井市之介が悪を斬る時代書き下ろしシリーズ、絶好調第3弾。
と23

鳥羽 亮
遠雷の夕 剣客旗本奮闘記
目付影働き・青井市之介が剛剣〝飛猿〟に立ち向かう！ 悪をズバっと斬り裂く稲妻の剣。時代書き下ろしシリーズ、怒涛の第4弾。
と24

鳥羽 亮
怨み河岸 剣客旗本奮闘記
浜町河岸で起こった殺しの背後に黒幕が!? 非役の旗本・青井市之介の正義の剣が冴えわたる、絶好調時代書き下ろしシリーズ第5弾！
と25

鳥羽 亮
稲妻を斬る 剣客旗本奮闘記
非役の旗本・青井市之介が廻船問屋を強請る巨悪の正体に迫る。草薙の剣を遣う強敵との対決の行方は!? 時代書き下ろしシリーズ第6弾！
と26

鳥羽 亮
霞を斬る 剣客旗本奮闘記
非役の旗本・青井市之介は武士たちの急襲に遭い、絶体絶命の危機。最強の敵・霞流しとの対決はいかに。時代書き下ろしシリーズ第7弾！
と27

実業之日本社文庫　好評既刊

鳥羽 亮
剣客旗本春秋譚
朋友・糸川の妹・おみつを妻に迎えた非役の旗本・青井市之介のもとに事件が舞い込む。殺し人たちの元締「闇の旦那」と対決!! 人気シリーズ新章開幕、第一弾！
と213

鳥羽 亮
剣客旗本春秋譚　剣友とともに
老舗の呉服屋の主人と手代が殺された。探索を続ける中、今度は糸川の配下の御小人目付が惨殺された。糸川らは敵を討つと誓う。人気シリーズ新章第三弾!!
と215

鳥羽 亮
剣客旗本春秋譚　虎狼斬り
北町奉行所の定廻り同心と岡っ引きが、大川端で斬殺された。その後も、殺しが続く。辻斬り一味の目的とは。市之介らは事件を追う。奴らの正体を暴き出せ！
と216

東郷 隆
我餓狼と化す
幕末維新、男の死にざま！——新撰組、天狗党から戊辰戦争まで、最後まで屈服しなかった侍の戦いを描く、歴史ファン必読の8編。（解説・末國善己）
と33

東郷 隆
九重の雲　闘将 桐野利秋
「人斬り半次郎」と怖れられた男！ 幕末から明治、西郷隆盛とともに戦い、義に殉じた男の堂々とした生涯を描く長編歴史小説！（解説・末國善己）
と34

実業之日本社文庫　好評既刊

吉田雄亮
侠盗組鬼退治　天下祭
銭の仇は祭りで討て！　札差が受けた不当な仕置きに山師旗本と人情仕事人が調べに乗り出すが、神田祭が突然の危機に…痛快大江戸サスペンス第三弾。
よ5 3

吉田雄亮
草同心江戸鏡
長屋の浪人にして免許皆伝の優男、裏の顔は⁉　浅草は浅草寺に近い蛇骨長屋に住む草同心・秋月半九郎が江戸の悪を斬る！　書下ろし時代人情サスペンス。
よ5 4

吉田雄亮
騙し花　草同心江戸鏡
旗本屋敷に奉公に出て行方がわからなくなった娘たちはどこに消えたのか？　草同心の秋月半九郎が江戸下町の闇に戦いを挑むが……痛快時代人情サスペンス。
よ5 5

吉田雄亮
雷神　草同心江戸鏡
穏やかな空模様の浅草の町になぜか連夜雷鳴が響く。雷門の雷神像が抜けだしたとの騒ぎの裏に黒い陰謀の匂いが……人情熱き草同心が江戸の正義を守る！
よ5 6

吉田雄亮
北町奉行所前腰掛け茶屋
北町奉行所の前で腰掛茶屋を開く老主人・弥兵衛は元与力。不埒な悪事を一件落着するため今日も探索へ繰り出し…名物料理と人情裁きが心に沁みる新捕物帳。
よ5 7

実業之日本社文庫 ひ53

柳は萌ゆる

2021年12月15日　初版第1刷発行

著　者　平谷美樹

発行者　岩野裕一
発行所　株式会社実業之日本社
〒107-0062　東京都港区南青山5-4-30
emergence aoyama complex 2F
電話［編集］03(6809)0473［販売］03(6809)0495
ホームページ　https://www.j-n.co.jp/
ＤＴＰ　ラッシュ
印刷所　大日本印刷株式会社
製本所　大日本印刷株式会社

フォーマットデザイン　鈴木正道（Suzuki Design）

ISBN978-4-408-55705-2（第二文芸）